Will Jordan
Angriffsziel Circle

AF178573

Autor

Will Jordan lebt mit seiner Familie in Fife in der Nähe von Edin-
burgh. Er hat einen Universitätsabschluss als Informatiker. Wenn er
nicht schreibt, klettert er gerne, boxt oder liest. Außerdem interessiert
er sich sehr für Militärgeschichte.

Die Ryan-Drake-Romane bei Blanvalet:

Besuchen Sie uns auch auf www.instagram.com/blanvalet.verlag
und www.facebook.com/blanvalet

WILL JORDAN

ANGRIFFSZIEL CIRCLE

Thriller

Aus dem Englischen
von Wolfgang Thon

blanvalet

Die Originalausgabe erschien 2020 unter dem Titel
»Something to die for (Ryan Drake 9)« bei Canelo, London.

Penguin Random House Verlagsgruppe FSC® N001967

1. Auflage
Copyright der Originalausgabe © 2020 by Will Jordan
Copyright der deutschsprachigen Ausgabe © 2021 by Blanvalet
in der Penguin Random House Verlagsgruppe GmbH,
Neumarkter Straße 28, 81673 München
Redaktion: Rainer Michael Rahn
Coverdesign: © Johannes Frick unter Verwendung
von Motiven von Colin Anderson Productions pty ltd/DigitalVision/
Getty Images und iStock.com (© LeoPatrizi, © Tetiana Lazunova, © Pixtum)
HK · Herstellung: sam
Satz: KompetenzCenter, Mönchengladbach
Druck und Einband: GGP Media GmbH, Pößneck
Printed in Germany
ISBN 978-3-7341-0972-0

www.blanvalet.de

Für alle, die an mich geglaubt haben

Abbottabad, Pakistan – 1. Mai 2011

Es war eine ruhige Nacht mit einer leichten Brise bei sternklarem Himmel in der Vorstadt von Abbottabad im Nordosten Pakistans. Schwach schimmerte das Mondlicht und warf seinen fahlen Schein auf eine anmutige Landschaft mit kleinen bebauten Feldern, schnell fließenden Flüssen und frühlingshaft blühenden Bäumen. Die Straßen waren menschenleer, die Fensterläden geschlossen, und die Bewohner lagen in tiefem Schlaf.

Die meisten Anwesen in diesem Bezirk hatten eine stattliche Größe und eine solide Bausubstanz. Sie gehörten Akademikern, wohlhabenden Händlern und reichen Unternehmern. Es war eine beliebte, begehrte und dennoch ziemlich unauffällige Gegend.

Doch etwas war seltsam in dieser langweilig gleichförmigen Vorstadt. Am Ende eines Feldwegs und etwas abseits von den Nachbarn gelegen, fiel ein Anwesen aus der Reihe. Es bestand aus mehreren kleineren, über ein weitläufiges, dreieckiges Grundstück verstreuten Gebäuden. Sie waren alle aus denselben Materialien gebaut und ähnelten den Häusern auf den Nachbargrundstücken weitestgehend.

Aber es waren die Details, durch die sich die Gebäude unterschieden. Die zur Abwehr von Dieben mit Stacheldraht versehenen Außenmauern waren höher, als man es üblicherweise für nötig hielt; sie erreichten stellenweise fünfeinhalb Meter.

Auch das Hauptgebäude war größer als üblich, selbst bei Großfamilien, wie sie für die pakistanische Kultur typisch sind. Vor wenigen Jahren war ein zweites Stockwerk mit einem separaten Balkon aufgesetzt worden. Die Besitzer schienen großen Wert auf Privatheit zu legen. Das Hauptgebäude hatte nur wenige Fenster, und die, die es gab, wurden selten geöffnet.

Die Bewohner verließen das Anwesen nur sporadisch und nahmen nicht am Leben der Gemeinde teil. Sie redeten nicht mit den Nachbarn, ließen ihre Kinder nicht zum Spielen nach draußen und keine Fremden herein.

Das *Waziristan Haveli*, wie man das Anwesen hinter vorgehaltener Hand nannte, war einer jener Orte, die Spekulationen und Klatsch anheizten. In der Nachbarschaft wurde von dunklen Geschäften, illegalem Drogenhandel und Geldwäsche gemunkelt. Manche verstiegen sich sogar zu der wilden Theorie, dass das Anwesen einem berühmten Schauspieler oder Prominenten als diskreter Rückzugsort diente.

Doch alle Spekulationen brachten nichts. Die Bewohner von *Waziristan Haveli* mochten unnahbar und geheimnisvoll sein, aber sie ließen sich nichts zuschulden kommen, nichts, was ihre Nachbarn gegen sie aufgebracht hätte.

Sollen sie doch in Ruhe hinter ihren hohen Mauern leben, wenn sie das wollen, lautete das philosophische Urteil der Männer in den örtlichen Teestuben. *Jeder hat das Recht auf Privatsphäre. Und solange er keinen Ärger macht, geht es keinen was an.*

Keiner von ihnen hat wissen können, dass *Waziristan Haveli*, noch bevor die Nacht zu Ende ging, einer der bekanntesten und berüchtigtsten Orte der Welt werden würde.

Es begann mit einem leisen, rhythmischen Klopfen aus nordwestlicher Richtung, das zunächst fast unhörbar war und sich unter die Geräusche der nahen Schnellstraße mischte. Doch anstatt allmählich leiser zu werden, bis die Nacht es vollends verschluckte, wurde das Geräusch zunehmend lauter.

Ein streunender Hund, der ganz in der Nähe in einem ausgetrockneten Abwasserrohr geschlafen hatte, regte sich und blickte in den Nachthimmel hinauf, als plötzlich zwei große schwarze Schatten mit heulenden Turbinen über ihn hinwegrauschten und einen Luftsog verursachten, der Staub und herumliegenden Abfall aufwirbelte. Der Hund zog erschrocken den Schwanz ein, kläffte ängstlich und huschte in die Nacht hinaus.

Die beiden schwer bewaffneten Black-Hawk-Transporthelikopter waren mit Tarnvorrichtungen versehen, die ihre Geräuschemissionen und ihr Radarprofil minimierten. Über *Waziristan Haveli* verringerten sie die Flughöhe. Einer ging über dem größeren Hof in Position, während sich der andere anschickte, im entfernteren nordöstlichen Winkel des Grundstücks zu landen.

Im ersten Black Hawk befand sich ein zwölfköpfiges, schwer bewaffnetes Team von US-SEALs, das sich für ihren Einsatz fertig machte. Die Männer hatten sich wochenlang unermüdlich auf diesen Moment vorbereitet, und sie kannten jedes Detail des ausgefeilten Angriffsplans auswendig.

Die Lukentür zur Passagierkabine wurde aufgeschoben, und Seile für den Schnellabstieg wurden abgeworfen. Die ersten Männer gingen in der Ausstiegsluke auf Position, um sich abzuseilen. Von da an ging alles schief.

Die Abwinde der mächtigen Hauptrotoren der Black Hawks wirbelten im Hof Unmengen von Staub auf. Normalerweise wäre das unproblematisch gewesen, aber die hohen Schutzmauern des Anwesens verhinderten, dass sich die Abwinde verteilen konnten, wodurch ein gefährlicher Luftwirbel entstand, der den Black Hawk nach unten zog.

Der Pilot versuchte, die Höhe zu halten, als das Heck des Helikopters nach Backbord schwenkte und an die Außenmauer schlug. Ein heftiger Knall ließ den Rumpf erzittern, und eines der Heckrotorblätter wurde glatt abgetrennt. Durch die plötzliche Veränderung der komplexen dynamischen Kräfte, die ihn in der Luft hielten, aus dem Gleichgewicht gebracht, begann der Hubschrauber gefährlich zu schlingern. Sirenen heulten auf, und die Männer in der Mannschaftskabine klammerten sich an die Haltegurte, um nicht aus der offenen Luke geschleudert zu werden.

Dem Piloten blieben nur wenige Sekunden für die einzig mögliche Reaktion. Er schob den Steuerknüppel ganz nach vorn, um den beschädigten Hubschrauber zu einer halbwegs kontrollierten Bruchlandung zu zwingen. Der Aufprall zerstörte eine der Landekufen und ließ den Hubschrauber in einem ungünstig schiefen Winkel aufsetzen, doch er wurde dabei wenigstens nicht zerrissen.

Und auch die Männer in seinem Innern nicht, was noch wichtiger war.

Vom Absturz durchgerüttelt und schockiert, fasste sich der Sturmtrupp eiligst, sprang aus dem zerstörten Hubschrauber und rückte über den offenen Hof vor, um die Mission trotz des missglückten Starts durchzuziehen. In den umliegenden Gebäuden gingen Lichter an, weil die Bewohner, vom Krach und der Unruhe geweckt, aus ihren Betten stolperten und das Spektakel begafften.

Die SEALs beachteten sie nicht weiter, schwärmten mit angelegten und schussbereiten Waffen vor dem Gebäude aus. Eine zweite Einheit löste sich, um ein kleineres Gebäude auf der Südseite des Hofes zu stürmen, während Teams aus dem anderen Hubschrauber rasch die inneren Verteidigungsmauern überwanden. Gleichzeitig rückte die Hauptmacht auf die zentrale, zweigeschossige Residenz vor.

Dort sollte sich ihre Zielperson aufhalten.

An der Tür wurden Sprengladungen befestigt, die eine knappe Sekunde später lautstark detonierten. Die Druckwelle zerschmetterte die Fenster bis zu den oberen Stockwerken.

»Achtung: Flash!«, schrie der Teamführer und schleuderte eine Blendgranate durch die qualmende Türöffnung. Dann ging er in Deckung.

Der Explosionsblitz der Granate wurde von einem ohrenbetäubenden Knall begleitet, der das Haus in seinen Grundfesten zu erschüttern schien.

»Los! Los!«

Der erste, aus drei Männern bestehende Sturmtrupp ging sofort hinein, ihre Nachtsichtgeräte tauchten das dunkle Innere in ein gespenstisches Grün. Durch ihre Venen pumpte jetzt eine Überdosis Adrenalin, das ihre Sinne schärfte, während sie weiter ins Haus vordrangen.

Das war der wichtigste Einsatz ihres Lebens.

Erste Tür rechts. Ein einziger fester Tritt, dann krachte sie auf. Eine Frau und zwei Kinder schrien vor Angst.

»Runter!«, brüllte einer der SEALs. »Runter auf den Boden!« Es waren Zivilisten. Unbewaffnet. Sie stellten keine Bedrohung dar, trotzdem stieß einer der SEALs die Frau zu Boden und fesselte ihr die Hände auf den Rücken. Auch Zivilisten konnten eine Handgranate werfen oder eine Sprengstoffweste zünden.

»Der Raum ist gesichert! Nach oben!«

Das Team stürmte weiter. Aus den anderen Räumen drangen Schreie und Rufe. Überall Chaos und Verwirrung. Die Luft war geschwängert von ätzendem grauem Qualm.

Plötzlich dröhnte zu ihrer Linken das ohrenbetäubende Knattern von Automatikwaffen, und eine Tür zersplitterte, weil sie von einer Salve 7,62mm-Geschosse aus einer Kalaschnikow durchschlagen wurde. Der nächste SEAL ließ sich instinktiv auf die Knie fallen und entging so dem tödlichen, aber ungenauen Dauerfeuer. Der heftige Rückstoß der AK-47 verriss den Gewehrlauf, was die Projektile oft nach oben lenkte.

Als Reaktion folgten Feuerstöße aus zwei HK416-Sturmgewehren, bei denen es solche Probleme nicht gab. Man hörte einen Schrei und einen schweren Schlag, als ein Körper zu Boden ging.

Die SEALs verschafften sich gewaltsam Einlass und fanden einen Mann mittleren Alters mit einem langen Bart, der ausgestreckt auf dem Boden lag. Blut aus drei Schusswunden befleckte sein weißes Nachtgewand. Er versuchte vergeblich, nach seiner heruntergefallenen Waffe zu greifen.

Ein zweiter Feuerstoß machte seinen Bemühungen ein Ende.

»Tango ausgeschaltet!«

Der restliche Sturmtrupp drang über die Haupttreppe in das Obergeschoss vor. Der Puls der Männer hämmerte, ihre Körper waren wie elektrisiert. Sie waren ganz nah dran. Der Mann, den sie so lange gejagt hatten, war jetzt nur noch wenige Meter entfernt.

Leise tappende Schritte auf dem oberen Treppenabsatz ließen sie erstarren. Sie warteten und lauschten, richteten die Waffen auf die verschlossene Tür am oberen Treppenabsatz.

Dann öffnete sich die Tür ganz langsam, und sie sahen eine große, schlanke Gestalt in einem weiten Nachthemd. Der grau gesträhnte Bart reichte dem Mann bis zur Brust, sein ausgedünntes Haar war zerwühlt. Er spähte zur Treppe, und einen Wimpernschlag lang blieb sein Blick auf dem SEAL-Team unten haften.

Dann ging alles so schnell, dass alle Beteiligten später

Schwierigkeiten hatten, den genauen Ablauf zu schildern. Der Anführer des SEAL-Teams legte in dem Moment das Sturmgewehr an, als sich die Zielperson ins Zimmer zurückziehen wollte, und stieß ein einziges Wort aus:

»Kontakt.«

Gleichzeitig gab er eine kurze Salve ab. Die Waffe ratterte an seiner Schulter, und die Tür barst in einem Schauer von Holzsplittern.

Sie hörten den schweren Schlag, mit dem ein Körper auf die Bodendielen fiel, und gleichzeitig Schreie von Frauen.

»Tango ausgeschaltet!«

»Rauf da! Los!«

Das Dreierteam hastete die Treppe hinauf und drang oben in das Zimmer ein. Sie mussten die Tür aufdrücken, weil der Verwundete dahinter lag und sie mit seinem Gewicht blockierte. Im Inneren stießen sie auf zwei Frauen, die bei der Zielperson kauerten, schrien und klagten. Es waren die Ehefrauen, die ihren sterbenden Gatten beweinten.

»Auf den Boden! Runter jetzt!«

Da sprang eine der Frauen hoch und sprang auf das Team zu. Ein einzelner Schuss knallte, sie stürzte und schrie vor Schmerz. Aus einer Wunde an ihrem Oberschenkel sickerte Blut.

Vorwärts stürmend packte einer der SEALs die andere Frau und schleuderte sie zur Seite. Jetzt konnte das Team zum ersten Mal einen richtigen Blick auf die Zielperson werfen. Der Mann, dessen Gesicht sie über ein Jahrzehnt lang in unzähligen Nachrichtensendungen und auf Websites gesehen hatten. Der Mann, der für den Tod von Tausenden ihrer Landsleute verantwortlich war.

Jetzt lag er ausgestreckt vor ihnen auf dem Boden, aus seinem Nachthemd sickerte Blut, seine Atmung war ein kurzes, ersticktes Keuchen, das Gesicht schmerzverzerrt. Er hatte den Blick eines in die Ecke getriebenen Tieres. Diese Männer waren nur seinetwegen gekommen.

Einen kurzen, unheimlichen Moment lang schien die Zeit stillzustehen. Die drei SEALs starrten auf ihre Zielperson und waren von der Kraft und der Bedeutung dieses Augenblickes überwältigt. Alles, wofür sie trainiert, alles, worauf sie sich vorbereitet hatten, fand hier seine Erfüllung.

Es war der wichtigste Moment ihres Lebens.

Dauerfeuer dröhnte durch den Raum, als zwei der SEALs gleichzeitig das Feuer eröffneten. Der Mann auf dem Boden zuckte und krümmte sich, als die Kugeln seinen Körper zerrissen. Ein letztes Keuchen, dann rührte er sich nicht mehr.

Die Männer senkten die Waffen, kräuselnd stieg Qualm aus den Gewehrmündungen. Keiner von ihnen sagte ein Wort. Sie hatten gerade Geschichte geschrieben.

Der Leiter des Stoßtrupps ergriff jetzt die Initiative, schaltete das Funkgerät ein und gab ruhig die chiffrierte Meldung durch, die sie für diesen Augenblick einstudiert hatten.

»Für Gott und Vaterland – Geronimo, Geronimo, Geronimo.«

Ihre Mission war erfüllt. Osama bin Mohammed bin Awad bin Laden, der meistgesuchte Mensch auf Erden, war tot.

TEIL EINS

WOFÜR ZU LÜGEN LOHNT

*Manchmal lügen die eigenen Ängste mehr
als alles andere auf der Welt.*

Rudyard Kipling

1

Nordwales, Vereinigtes Königreich – zwei Monate zuvor

Ryan und Jessica Drake standen beide sprachlos und wie angewurzelt da. Ringsum hielt alles erwartungsvoll den Atem an, selbst der Wind schien sich zu legen, als Bruder und Schwester einander gegenüberstanden und sich musterten.

Fast zwei Jahre waren vergangen, seit Drake zum letzten Mal an dieser Schwelle gestanden hatte. Zwei Jahre, seit er seine Schwester in dem Wissen zurückgelassen hatte, dass er sie wahrscheinlich niemals wiedersehen würde. Er hatte sich eingeredet, dass es zu ihrem eigenen Schutz geschehe, und dass er ihr bereits genug zugemutet habe. Dass sie ihm, wo er hinging, nicht folgen könne.

Und doch – jetzt war er hier. Nach all den Schlachten, die er geschlagen, den Feinden, die er überwunden, den Freunden, die er verloren, und den schrecklichen Geheimnissen, die er aufgedeckt hatte, war er wieder da.

Unwillkürlich betrachtete er die Frau, die, solange er denken konnte, ein Teil seines Lebens gewesen war, und verglich das Gesicht vor ihm mit jenem in seiner Erinnerung.

Körperlich hatte sie sich kaum verändert. Ihr dunkles Haar war kürzer geschnitten und anders gestylt, außerdem war sie nach einem Winter voller kalter Tage und langer Nächte ziemlich blass. Aber sie hatte immer noch jene schlaksige Figur, die über ihren athletischen Körperbau hinwegtäuschte, dieselben Gesichtszüge, die ihn von Jahr zu Jahr stärker an ihre Mutter erinnerten, und dieselben Augen, deren Farbe und Form seinen eigenen Augen glich.

Ihr Äußeres mochte unverändert geblieben sein, doch was hinter ihnen lag, hatte die beiden Geschwister verändert.

Die Sekunden dehnten sich, die Stille wurde angespannt und belastend. Um die Beklemmung zu überwinden, wagte sich Drake vor.

»Jessica, ich …«

Als er sah, wie sie ausholte, versteifte er sich; der Schlag klatschte ihm heftig ins Gesicht und war fester als erwartet. Danach brannte seine Wange.

Er versuchte nicht, den Schlägen auszuweichen oder ihnen zu entkommen, und ebenso wenig, sie davon abzuhalten, mit den Fäusten um sich zu schlagen, als es plötzlich aus ihr herausplatzte und sie ihn in einem Wutanfall überall zu schlagen und boxen versuchte, wo sie ihn treffen konnte. Stattdessen erduldete er die Schläge, denn er wusste, dass sie das alles herauslassen musste. Irgendwann hatte sie sich verausgabt und sank ihm schluchzend und zitternd in die Arme.

Drake sagte kein Wort. Das hatte Zeit. In diesem Moment reichte es, sie weinen zu lassen.

Einige Zeit später saß Drake am Küchentisch und betrachtete das schwache Licht der Februarsonne durch den Dampf, der kräuselnd aus seinem Tee aufstieg. Der Tisch, an dem er saß, war alt, schwer und solide. Es war ein schlichtes, unbehandeltes Möbelstück einfacher Machart.

In solcher Umgebung und mit solchen Möbeln war er aufgewachsen. Es hätte ihm vertraute Geborgenheit vermitteln sollen, aber stattdessen fühlte es sich fremdartig und unnatürlich an.

Auf der gegenüberliegenden Tischseite lag eine Zeitung mit Aufmacherfotos vom Bürgerkrieg, der gerade in Libyen ausbrach. Der sogenannte Arabische Frühling hatte sich inzwischen im größten Teil Nordafrikas ausgebreitet und drohte bis in den Nahen Osten hinein mit Umsturz. Die Aufnahmen waren eine erschreckende Erinnerung an die Mission, die Drake hierhergeführt hatte.

»Ich dachte, du wärst tot.«

Drake hob den Blick und sah Jessica an. Sie lehnte sich auf der anderen Seite des Zimmers an den Küchentresen. Ihre Finger umklammerten den Becher. Sie war blass, die Augen gerötet vom Weinen. Es waren die ersten Worte, die sie gesprochen hatte, seit sie an der Türschwelle endlich von ihm abgelassen hatte und hineingegangen war. Sie hatte Platz und Abstand gebraucht, um das Problem klarer sehen zu können.

Das Problem war in diesem Fall er selbst.

»Ich weiß.«

»Ich habe um dich getrauert. Habe mir eingeredet, dass du nicht mehr lebst.« Sie stockte und fasste sich wieder, weil ihre Stimme zu brechen drohte. »Ich habe mich *gezwungen*, es zu akzeptieren, obwohl es so wehtat. Das war besser, als zu fürchten, dass du noch lebst, und mich immer wieder zu fragen, wo du bist und was du gerade durchmachst.«

»Jess, ich …«

»Die Dinge, die sie über dich in den Nachrichten gesagt haben … Die Autobombe in Washington. Diese Fabrik in Brasilien …«

»Das war ich nicht«, sagte Drake entschieden.

Natürlich steckte hinter der Geschichte noch viel mehr, als er ihr sagen konnte, doch was er sagte, war nicht gelogen.

»Aber du *hattest* etwas damit zu tun.«

Er seufzte. »Ja.«

Jessica betrachtete ihn stumm mit besorgter Miene. Sie verstand, dass ihr Bruder in einer dunklen Welt lebte, und sie wusste, weshalb er zwei Jahre zuvor hatte untertauchen müssen. Sie war sogar selbst einmal ins Kreuzfeuer geraten.

»Was zur Hölle ist dir passiert, Ryan?«

Drake schüttelte den Kopf. »Das ist eine lange Geschichte.«

»Ich habe viel Zeit«, sagte sie und wies mit einer Geste auf ihre isolierte Umgebung.

»Aber ich nicht.«

Er konnte buchstäblich spüren, wie der Hoffnungsfunke in ihr erlosch und sie sich wieder verschloss. »Warum bist du dann hier?«

»Freya.«

Er brachte es nicht über sich, das Wort »Mutter« zu verwenden.

»Was ist mit ihr?«

»Sie hat dabei eine Rolle gespielt«, erklärte er. »Diese Sache, in die wir alle verstrickt sind – Cain, Anya, die Agency, das alles; sie hat für die Leute gearbeitet, die dahinterstecken. Deshalb wurde sie umgebracht.«

Jessica drückte den Rücken durch; was sie hörte, ging ihr sichtlich nahe. Freyas Ermordung vor zwei Jahren hatte einen dunklen Schatten über ihr ohnehin problematisches Leben geworfen und ihr das einzig verbliebene Elternteil genommen. Dabei hatte sie keinen Hinweis auf die Identität des Mörders oder sein Motiv.

»Wie meinst du das? Wer hat sie umgebracht, Ryan?«, fragte sie jetzt in einem härteren Ton.

Drake sah seine Schwester an. »Bist du sicher, dass du das hören willst?«

»Meine Mutter ist tot. Mein Bruder ist auf der Flucht vor

der Polizei, der CIA und Gott weiß, wem sonst noch. Und jeden Morgen beim Aufwachen frage ich mich, ob ich die Nächste sein werde. Also ja. Ja, ich will die Scheiße hören.«

Drake kannte seine Schwester so gut, dass er ihrem Urteil traute. Er war auf ihre Kooperation angewiesen, und dazu konnte er sie unmöglich bewegen, solange er sie im Ungewissen ließ.

»In den amerikanischen Geheimdiensten gibt es so etwas wie ... eine Verschwörung. Eine Geheimgesellschaft, eine Schattenorganisation ... wie auch immer man das nennen will. Wir hatten sie meist als *der Zirkel* oder *der Kreis* bezeichnet, aber sie selbst nennen sich *Circle*. Dieser Circle ist wie ein Krebsgeschwür, er breitet sich in den Geheimdiensten, dem Militär, sogar in der Regierung aus. Jeder, der sich ihm in den Weg zu stellen versucht, wird eliminiert.«

Jessica kniff die Augen zusammen. »Warum? Was wollen diese Leute?«

Drake spreizte die Finger. »Geld? Macht? Einfluss? Alles das oder nichts davon. Noch ist niemand dicht genug an sie herangekommen, um es herauszufinden. Aber ihre Möglichkeiten sind nahezu unbegrenzt«, fuhr er fort. »Sie können Kriege und Revolten vom Zaun brechen und ganze Regierungen stürzen ...«

»Ryan, weißt du eigentlich, wie sich das anhört?«

Drake griff sich die Zeitung vom Tisch und hielt sie mit der Vorderseite, auf der die erschreckenden Kriegsfotos abgebildet waren, in ihre Richtung.

»Sieh doch selbst«, forderte er sie auf. »Ich war in Tunesien, als alles anfing. Ich habe sogar einen ihrer Agenten verhört. Die haben das angezettelt. Sie hatten es jahrelang geplant, haben die Mosaiksteinchen zusammengesetzt und auf den richtigen Moment gewartet. Und wenn sie heute so etwas abziehen können, wie soll das dann erst weitergehen?«

Die unermessliche Komplexität der Planung und Vorbereitung, die man für so etwas benötigte, war fast unglaublich. Schon in einem einzigen Land einen Staatsstreich einzufädeln erforderte immense Anstrengungen, aber auf einem halben Kontinent zeitgleich Revolten auszulösen – das war eine ganz andere Dimension.

Jessica grübelte über dieselbe Sache nach, wenn auch aus einem anderen Blickwinkel. »Wenn das alles stimmen würde, was du sagst, hätte es längst jemand entdeckt. Jemand hätte es an die Öffentlichkeit gebracht und online veröffentlicht. Man kann nicht *alle* zum Schweigen bringen.«

»Das brauchen sie nicht. Hast du eine Ahnung, wie viele verrückte Verschwörungstheorien im Umlauf sind? Wie viele Spinner ihre Zeit damit verbringen, über so etwas zu spekulieren und zu schwadronieren?«

»So wie du, meinst du?«

Drake sah sie missbilligend an. »Wenn sie die richtigen Leute kontrollieren, können sie auch den Informationsfluss im Internet beeinflussen. Sie können dafür sorgen, dass nur *ihre* Version der Wahrheit verbreitet und bestätigt, aber alles andere abgewürgt oder zum Schweigen gebracht wird.«

»Woher weißt du das?«

Drake sah seiner Schwester in die Augen. »Ich habe für die CIA gearbeitet, Jess. Die Wahrheit ist den Leuten inzwischen völlig egal – sie wollen nur die Bestätigung für das, was sie sowieso schon glauben. Gib sie ihnen, dann erledigt sich der Rest ganz von allein.«

Wie eine Tierherde brauchte man sie nur zum richtigen Zeitpunkt und an der richtigen Stelle ein wenig aufzustacheln, um sie auf Trab zu bringen.

Jessica schüttelte den Kopf und ließ es fürs Erste auf sich beruhen. »Willst du mir ernsthaft erzählen, dass Mom … *unsere Mutter*, Freya Shaw, zu dieser Gruppe gehört hat?«

Drake warf seiner Schwester einen durchdringenden Blick zu. Er verstand ihre Wut und ihre Zweifel. Die hatte er damals auch gehabt. Aber das bedeutete nicht, dass er sich irrte.

»Ja.«

»Warum?«

»Ich bin hier, um das zu erforschen.«

Jessica stellte ihren Becher ab und verschränkte die Arme. »Und weiter?«

Drake griff in seine Manteltasche, nahm einen Gegenstand heraus und legte ihn mit einem hörbaren Klack auf den Tisch. Es war ein ungewöhnlicher Schlüssel mit drei Bärten anstatt einem. An drei Seiten waren sorgfältig Zahlenreihen eingraviert.

»Sehr hübsch«, bemerkte Jessica trocken. »Was schließt man damit auf?«

»Das will ich herausfinden. Es gab keine Anweisungen, wo man ihn benutzen sollte. Keine Karte, keine Wegbeschreibung, gar nichts. Nur ihren Brief an mich.«

Das kurze Schreiben, das seine Mutter kurz vor ihrem Tod verfasst hatte, war eher so etwas wie eine an ihn gerichtete persönliche Bitte um Verzeihung und der Versuch, einen Schlussstrich zu ziehen, als eine wie auch immer geartete Handlungsanweisung. Es erwähnte weder Orte noch Personen, die er aufsuchen konnte. Zumindest hatte er das angenommen.

»Die Antwort war die ganze Zeit direkt vor meiner Nase, aber ich habe die Verbindung nicht erkannt«, sagte er und hielt ihr den Schlüssel hin, damit sie ihn sich ansehen konnte. Jessica kam zögernd quer durch das Zimmer näher, stellte sich neben ihn und untersuchte den ungewöhnlichen Gegenstand.

»Was glaubst du, bedeuten die Zahlen?«

»Das ist ein Code. Und um ihn zu lesen, braucht man die richtige Chiffre.« Drake sah sie an. »Hast du den Brief noch, den sie mir hinterlassen hat?«

In der Annahme, dass das Dokument nur einen sentimentalen Wert besaß, hatte Drake es bei seiner Abreise in der Obhut seiner Schwester gelassen. Erst kürzlich hatte er begriffen, dass das eine falsche Entscheidung gewesen war, weil er nicht erkannt hatte, dass beide Gegenstände benötigt wurden. Dieser Irrtum hatte ihn sehr viel Zeit gekostet.

Doch jetzt stand er vielleicht kurz davor, seine Antworten zu finden.

Jessica erwiderte nichts. Stattdessen wandte sie sich abrupt ab, ging ans Küchenfenster und starrte zu den Hügeln hinaus.

»Sag doch was, Jess«, hakte er nach. »Wo ist das Problem?«

»Es tut mir so leid, Ryan«, sagte sie ganz leise. »Aber er ist weg.«

Drake konnte kaum fassen, was er hörte. »Wie bitte?«

»Ich habe ihn verbrannt!«, gestand sie.

»Warum hast du das getan?«

Sie wandte sich zögernd ihrem Bruder zu. »Das habe ich doch gesagt. Ich dachte, du bist tot. Ich habe es mir eingeredet. Der Brief war das Letzte, was du mir gegeben hattest. Das Letzte, was mich noch an dich erinnerte. Den Brief zu verbrennen war meine Art ... dich loszulassen.«

Drake sackte in seinem Stuhl zusammen.

»Ich wäre nie auf die Idee gekommen, dass du kommst und danach suchst«, versuchte seine Schwester ihre Handlungsweise zu rechtfertigen. »Ich dachte, es wäre vorbei. Ich dachte, du wärest tot.«

Ihre Worte erreichten Drake fast nicht mehr.

»Dann war alles umsonst«, sagte er leise.

Man brauchte den Schlüssel und den Brief, um die letzte Botschaft seiner Mutter zu dechiffrieren. Ohne das eine war das andere nutzlos.

Er spürte ihre Finger auf seiner Hand, hörte den Schmerz und das Bedauern in ihrer Stimme, als sie sagte: »Es tut mir so leid, Ryan.«

Drake schüttelte den Kopf. »Es ist nicht deine Schuld«, beruhigte er sie schließlich. »Ich habe dir schon genug zugemutet. Das hier geht auf meine Kappe.«

»Aber ohne den Brief… Was willst du jetzt tun?«

Drake ließ sich mit der Antwort Zeit. Dann stand er plötzlich auf. »Steht Dads Auto noch in der Garage?«

Jessica verzog ihr Gesicht, mit dieser Frage hatte sie nicht gerechnet. »Ja, schon …«

Er nickte. »Komm mit.«

2

Abbottabad, Pakistan

Bashir Shirani stieg langsam und vorsichtig die steile Innentreppe hinauf; bei jedem Schritt klapperten leise die Tassen und die Teekanne auf seinem Tablett.

Der Herr, der Mann, um den sich der gesamte Haushalt drehte, war ein Gewohnheitsmensch. Jede Abweichung und jede Verzögerung verärgerten ihn maßlos. Weil er als Neuzugang unter den Mitarbeitern mit der Aufgabe betraut worden war, ihm aufzuwarten, wollte Shirani unter keinen Umständen sein Missfallen erregen.

Als er unten schnelle Schritte und Gelächter hörte, blickte sich der junge Mann um und sah zwei Knaben am Treppensockel, die den kurzen Flur entlanggelaufen kamen. Sie schrien und lachten auf dem Weg nach draußen in den Hof. Der Herr hatte in seinem Leben über zwanzig Kinder gezeugt, von denen neun in diesem Anwesen lebten. Einige von ihnen waren jung und großspurig und schreckten nicht davor zurück, den Bediensteten ihres Vaters Streiche zu spielen.

Glücklicherweise waren sie heute mehr an ihren eigenen Spielen als daran interessiert, ihn zu piesacken, und er setzte seinen Aufstieg fort.

Die beiden oberen Stockwerke des Haupthauses waren dem Herrn und seiner großen Familie vorbehalten, obwohl sein Herr dort auch oft Zusammenkünfte mit seiner Entourage abhielt. Als Shirani oben an der Treppe angelangt war, hörte er Frauenstimmen aus einem der Zimmer, die vor ihm lagen. Es klang, als besprächen zwei Ehefrauen des Herrn – er hatte insgesamt drei – irgendwelche häuslichen Angelegenheiten. Es könnten Siham und Khairiah sein, weil sie beide am längsten bei ihm waren und dazu neigten, mehr Zeit miteinander zu verbringen.

Seine Vermutung wurde bestätigt, als er das zentrale Wohnzimmer im Obergeschoss betrat. Da waren Siham und Khairiah, die sich leise unterhielten, während sie frisch gewaschene Laken aufzogen – eine triviale Routinearbeit, die sie schon tausendmal verrichtet hatten.

Shirani bewunderte sie irgendwie. Der Herr hatte mehr als die Hälfte seines Lebens mit ihnen verbracht; sie waren mit ihm durch die Welt gereist und trotz aller Schwierigkeiten und Gefahren loyal und standhaft geblieben. Sie waren nicht mehr jung und hatten kein friedliches Leben hinter sich – was ihren faltigen Gesichtern und dem ergrauenden Haar deutlich anzusehen war. Trotzdem hatten sie sich arrangiert, weitergemacht und getan, was von ihnen erwartet wurde.

»*As-salāmu ʿalaykum*«, sagte Shirani und verbeugte sich respektvoll vor den beiden.

In der islamischen Kultur erwartete man von Frauen, sich Männern gegenüber bescheiden und respektvoll zu verhalten, insbesondere in der Öffentlichkeit. Aber in den eigenen vier Wänden galten andere Regeln. Männer hatten in Familienangelegenheiten zwar das letzte Wort, aber es wurde allgemein akzeptiert, dass Frauen zu Hause das Regiment führten. Und das war nirgendwo offensichtlicher als hier in *Waziristan Haveli*.

»*Waʿalaykumu s-salām*«, erwiderte Khairiah, wie es Sitte war.

»Ich habe Tee gebracht, falls er ihn möchte.«

Man hatte Shirani ausdrücklich eingeschärft, bei seinem Herrn niemals etwas vorauszusetzen. Mahlzeiten und Erfrischungen sollten angeboten oder vorgeschlagen werden, doch niemals so, dass er sich verpflichtet fühlen musste. Das hätte als große Respektlosigkeit gegolten.

Khairiah nickte eher desinteressiert und deutete zur Tür auf der anderen Seite, die in das Privatgemach des Herrn führte.

»Er ist da drin.«

Als er die Tür erreicht hatte, machte Shirani eine kleine Pause, um sich zu sammeln, dann klopfte er leise.

»Herein«, rief eine sanfte Männerstimme.

Shirani öffnete die Tür und trat ein.

Er gelangte in ein Zimmer, das klein und nur sparsam möbliert, jedoch mit verwegen angeschlossenen Elektrogeräten vollgestellt war. Der Raum war völlig schmucklos und ohne jeden Zierrat. Der Herr mied trotz seiner vom Wohlstand geprägten, privilegierten Herkunft jede Form von Luxus und zog eine einfache und asketische Lebensweise vor.

Sein privater Arbeitsbereich war, wie der Großteil des restlichen Hauses, spärlich mit Kunstlicht beleuchtet. Es gab nur ein kleines Fenster, das stets geschlossen und abgedunkelt war.

Dieses bescheidene Zimmer war das Refugium des Herrn und diente als Arbeitszimmer, als Büro, als Konferenzraum und manchmal auch als Aufnahmestudio, wenn er Botschaften an seine Gefolgschaft formulierte. Shirani hatte es nie selbst erlebt, aber gerüchteweise gehört, dass Letzteres mit einigen Schwierigkeiten verbunden war. Der Herr war keine charismatische Persönlichkeit, auch kein begnadeter Redner, und sprach deshalb seine knappen Botschaften oft stockend in die Kamera. Er legte dabei häufig Pausen ein, stolperte über seine eigenen Worte und verlor manchmal den Faden, weshalb oft viele Versuche nötig waren, bis er sich mit dem Ergebnis zufriedengab.

Jetzt saß er mit einer Decke über den Schultern auf einem niedrigen Sessel im Zentrum dieses zusammengewürfelten Arbeitsbereiches, und seine Aufmerksamkeit war auf einen alten Fernseher in der Ecke gerichtet. Auf dem Anwesen gab es keine Festnetzverbindungen und keinen Internetanschluss, aber man konnte Satellitenfernsehen empfangen. Im Fernseher liefen die Nachrichten von Al Jazeera. Es ging um den aufkeimenden Bürgerkrieg in Libyen.

»As-salāmuʿalaykum«, begann Shirani den traditionellen Gruß. Dann machte er eine Pause und wartete auf die Erwiderung.

Sie blieb aus. Der Herr löste den Blick nicht vom Fernseher, der Neuankömmling war für ihn offenbar uninteressant.

»Ich habe Tee gebracht, Herr«, fuhr er fort. »Falls Sie möchten.«

Jetzt endlich bekam er eine Reaktion.

»Bemerkenswert, oder?«, murmelte der Herr mit sanfter und ruhiger, fast schwacher Stimme.

Shirani hob fragend die Brauen. »Herr?«

Die Decke bewegte sich, der Herr drehte den Kopf und sah ihn an. Shirani blickte in das bekannte Gesicht, das man weltweit auf unzähligen TV-Monitoren, Websites und Postern gesehen hatte. Die lange, betonte Nase, dunkle, tief liegende Augen, die hohe Stirn, der buschige Bart.

Ein Mann, den die meisten Menschen in der westlichen Welt am liebsten tot sehen würden.

Aber Shirani fragte sich, wie viele von ihnen den Mann, der hier vor ihm saß, überhaupt erkennen würden. Sein Bart und das Kopfhaar waren schon lange ergraut – doch er war immerhin eitel genug, beides für seine Video-Aufzeichnungen zu färben. Die Augen und die Wangen waren eingefallen, tiefe Falten hatten sich ins Gesicht und die Stirn gegraben. Er war von jeher schlank und groß gewesen, hatte aber während seiner selbst auferlegten Isolation Gewicht verloren und sah blass und kränklich aus. Seit fast einem Jahrzehnt jagte und hasste man ihn, und der Herr war vorzeitig gealtert und gebrechlich geworden.

»Die Lage in Libyen«, sagte er und deutete auf den Fernseher, der den Diktator Oberst Gaddafi zeigte, wie er in Tripolis zu einer Menschenmenge sprach. »Es ist nicht zu glauben: Dieser alte Narr macht ausgerechnet *mich* für den Aufstand in seinem Land verantwortlich. Er behauptet, ich hätte die Jugend seines Landes mit Waffen und Drogen versorgt und gegen ihn aufgehetzt. Ha!« Er schnaubte sarkastisch. »Wie siehst du das, Junge?«

Shirani unterdrückte den Impuls, zu schlucken und vor dem durchdringenden Blick zurückzuschrecken. Plötzlich wirkte der Herr nicht mehr wie ein gebrechlicher alter Mann, der sich unter eine Decke kuschelte. Jetzt sah er in ihm die mächtige, einschüchternde Persönlichkeit, die in Afghanistan gegen die Sowjets gekämpft hatte, den Kopf hinter den Anschlägen, die das Selbstvertrauen und die Arroganz der Amerikaner für alle Zeiten erschüttert hatten. Der Mann stand seit über einem Jahrzehnt an der Spitze eines weltumspannenden Dschihads gegen den westlichen Imperialismus.

Und jetzt wollte dieser Mann wissen, was *er* dachte.

»Ich glaube, die Probleme in Libyen sind hausgemacht«, sagte er vorsichtig.

»Ganz genau, Junge. Genau«, erwiderte der Herr und sank, zufrieden mit der Antwort, in seinen Sessel zurück. »Gaddafi ist nur auf seine Hurereien konzentriert und zu eitel, um sein eigenes Volk wahrzunehmen. Wenn man bedenkt, dass so ein Mann es wagt, sich als Muslim zu bezeichnen.« In diesem Moment schien in seinem Blick ein Feuer aufzulodern. »Ein Trottel ist er. Er hat sich das eigene Grab geschaufelt und wird bald darin liegen, glaube ich.«

Er hielt inne, als hätte ihn seine Tirade erschöpft, dann blickte er auf das Tablett in Shiranis Händen. »Du hast Tee gebracht?«

»Das habe ich, Herr.«

Er nickte. »Gut, gut. Dann lass uns trinken, bevor er kalt wird.«

Shirani stellte das Tablett auf einen kleinen Tisch neben dem Sessel und goss ihm eine Tasse ein. Dabei zitterte seine Hand ein wenig, was nicht unbemerkt blieb.

»Bist du nervös, Junge?«

Shirani wich seinem Blick aus. »Es ist … eine große Ehre, Ihnen persönlich zu begegnen.«

»Und machst du dir Sorgen, dass ich dich töten lasse, falls du etwas Falsches sagst?«

Shirani warf ihm einen erschrockenen Seitenblick zu. Doch seine dunklen Augen sahen ihn jetzt nicht mehr so bohrend und brennend an. Es lag ein Anflug von Wärme und Belustigung in seinem Blick.

»Aber wenn du jetzt nicht aufhörst einzuschenken, werde ich etwas unternehmen müssen.«

Shirani blickte nach unten und sah entsetzt, dass der Tee schon über den Rand der Tasse strömte. Er schnappte erschrocken nach Luft und zog die Kanne weg.

»Entschuldigung, Herr«, stieß er hervor und senkte unterwürfig das Haupt. »Vergeben Sie mir.«

»Da ist nichts zu vergeben«, beruhigte ihn der Herr. »Ich bin ein alter Mann, der wenig zu tun hat. Ich muss mir mein Vergnügen holen, wo ich es finde.«

Er hob die übervolle Tasse an die Lippen, nahm einen Schluck und nickte wohlwollend.

»Der Tee ist gut.«

»Freut mich, dass er Ihnen schmeckt, Herr.« Shirani zögerte. »Kann ich sonst etwas tun?«

Der ältere Mann lächelte und schüttelte den Kopf. »Ich glaube, für den ersten Tag habe ich dir genug zugemutet. Du kannst jetzt gehen.«

Shirani verbeugte sich wieder und war dankbar, das Zimmer verlassen zu dürfen, als der Herr noch einmal das Wort an ihn richtete.

»Wie heißt du, Junge?«

»Shirani. Bashir Shirani.«

»Shirani.« Er ließ sich den Namen auf der Zunge zergehen. »Ein guter paschtunischer Name. Aus Khost, nicht wahr?«

»Ja«, antwortete Shirani überrascht.

Der Herr nickte. »Gute Kämpfer kommen aus Khost. Im Krieg habe ich viele gekannt. Sie starben wie Männer.«

Danach sagte er nichts mehr, richtete die Aufmerksamkeit wieder auf den Fernseher und machte es sich in seinem Sessel bequem.

Keiner der beiden wusste, dass das Areal in diesem Moment verdeckt observiert wurde. 30 000 Fuß über ihnen kreiste mit knapp 200 Meilen pro Stunde eine einzelne unbemannte MQ-9-Reaper-Drohne.

An den Tragflächenpylonen hingen zwei klobige, lasergesteuerte 500-Pfund-Paveway-II-Bomben – bereit, auf Knopfdruck eingesetzt zu werden, und präzise genug, um in einen Brunnenschacht zu treffen. Jede davon hatte genug Sprengkraft, um das in eine Festung verwandelte Haus in einen qualmenden Trümmerhaufen zu verwandeln.

Trotzdem legte es Josh Irvine, der Pilot des Flugkörpers, der Hunderte Meilen entfernt im Luftwaffenstützpunkt Bagram in Afghanistan in einem klimatisierten Bodenkontrollzentrum saß, nicht darauf an, seine Nutzlast abzuwerfen. Stattdessen lehnte er sich locker in seinem Bürosessel zurück, trank einen Schluck Kaffee aus dem dampfenden Becher neben ihm und behielt dabei den Live-Stream des ausgefeilten multispektralen Zielsystems der Drohne im Auge.

Seine Arbeit erschöpfte sich nicht darin, die Reaper zu lenken, er musste außerdem akribisch alles aufzeichnen, was sie sah. Routine – das war ihnen schnell klar geworden – hatte dort unten eine große Bedeutung. Jeden Tag zur selben Zeit kam jemand mit einem leeren Teetablett aus dem Haus. Der Mann, der dort bedient wurde, war eindeutig ein Gewohnheitstier.

Irvine konnte ihn sich in diesem Moment fast bildlich vorstellen. Wie er an seinem Tee nippte und sich in seinem Betongefängnis sicher wähnte. Er warf einen Blick auf die Kontrollkonsole, die im Zentrum seines Drohnenterminals montiert war. Die Reaper kreiste auf Autopilot über dem Zielgebiet, ihre Hightech-Kameras und -Sensoren richteten sich unablässig neu aus, um das bestmögliche Bild zu liefern. Nur der Waffeneinsatz musste manuell ausgelöst werden. Diese Aufgabe wollte man keinem Computer anvertrauen.

Es wäre so einfach, dachte er. Ein einziger Knopfdruck, und tausend Pfund hochexplosiven Sprengstoffs würden diesen Ort in Schutt und Asche legen. Nach knapp 40 Sekunden hätten die Bomben ihr Ziel getroffen.

Luftwaffenoffizier Josh Irvine könnte als der Mann, der Osama bin Laden tötete, in die Geschichte eingehen.

Genug, dachte er und nahm den nächsten Schluck Kaffee. Allzu lange über solche verlockenden Chancen nachzudenken war für einen Mann in seiner Position gefährlich. Sein Job waren Beobachtung und Protokollierung. Sie würden so etwas unter keinen Umständen einer intelligenten Bombe überlassen, nach deren Einsatz keine Identifizierung möglich war, weil sie nichts übrig ließ. Getötet wurde, wenn der Moment gekommen war, und dann aus nächster Nähe und von Angesicht zu Angesicht.

Und es dauerte nicht mehr lange. Das spürte er.

3

Washington, D.C. – 20. Juni 1989

Es war ein warmer, diesiger Sommerabend in der Hauptstadt. Marcus Cain fuhr in östlicher Richtung auf der Constitution Avenue. Er blickte nach links, konnte in der Entfernung gerade noch die Säulen und Giebel des Weißen Hauses erkennen und fragte sich, was in jenem großartigen Gebäude vor sich gehen mochte, welche Staatsangelegenheiten oder diplomatischen Probleme dort gerade diskutiert wurden.

Als neuer Chef der streng geheimen CIA-Abteilung für Sonderkommandos kannte Cain besser als die meisten anderen die Bedeutung und Risiken der Geheimnisse, die dieses Land hütete, und von denen nur wenige jemals den Präsidentenschreibtisch kreuzten. Manche Dinge waren zu brisant, um sie einem der Amtsinhaber anzuvertrauen, die alle paar Jahre wechselten.

Heute hatte Cain jedoch anderes in Washington zu erledigen. Er war schlicht und einfach vorgeladen worden – Treffpunkt, Datum und Uhrzeit. Mehr wurde ihm nicht mitgeteilt. Er hatte das erwartet, selbstverständlich. Wenn man einen Pakt mit dem Teufel eingeht, wird er früher oder später seinen Tribut einfordern.

Am vereinbarten Treffpunkt angelangt, war Cain von der Wahl des Ortes ehrlich verblüfft. Heimliche Treffen arrangierte man normalerweise in Tiefgaragen, unter Highway-Überführungen oder irgendwo draußen in der Wildnis, fernab von *allen neugierigen Blicken. Aber nicht in markanten Stadtvillen kaum eine Meile vom Weißen Haus entfernt.*

Er parkte und nahm sich einen Moment Zeit, ließ den Blick über die Fassade schweifen und bewunderte die vornehm-zurückhaltende, aber elegante Architektur, die symmetrisch angeordneten Fenster im Obergeschoss und das ungewöhnlich große und beeindruckende Portal.

Hier wohnte niemand.

Er ging zur Tür, entdeckte die Gegensprechanlage an der Seite und drückte auf den Summer.

»Guten Abend«, meldete sich kurz und knapp eine Frauenstimme. »Darf ich um Ihren Namen bitten?«

»Marcus Cain«, erwiderte er. »Ich werde erwartet.«

Nach einer kurzen Pause meldete sich die Stimme wieder. »Bitte treten Sie ein.«

Man hörte ein Summen, und es klickte, als die Tür elektronisch entriegelt wurde. Cain nahm sich einen Augenblick Zeit, um sich zu sammeln, dann ging er neugierig und erwartungsvoll hinein.

Er betrat ein Refugium mit getäfelten Wänden, tropischen Kübelpflanzen, geschmackvollen Kunstgegenständen und antiken Möbeln, die sicher kostspieliger waren als seine gesamte Einrichtung. Man konnte unschwer erkennen, um was es sich bei diesem Ort wirklich handelte – einen diskreten Klub nur für Mitglieder, der bewusst so gestaltet worden war, dass er von außen harmlos und unscheinbar wirkte.

Klubs wie diesen gab es überall in den Vereinigten Staaten, insbesondere in den älteren Städten an der Ostküste, aber Cain hatte selbst noch keinen betreten. Er war nicht reich oder bedeutend genug, und er hatte auch keinen berühmten Familiennamen, aufgrund dessen ihm eine Mitgliedschaft angeboten würde.

»Willkommen im L'Infini, Mister Cain.«

Cain richtete den Blick auf die attraktive blonde Frau, die hinter dem Empfangstresen stand. Sie lächelte ihn an, höflich und professionell, und ihr Blick war im Gegensatz dazu taxierend kühl.

»Sie sind zum ersten Mal bei uns?«

»Korrekt«, räumte er vorsichtig ein. »Ich bin hier verabredet.«

»Selbstverständlich. Bitte warten Sie hier. Es wird gleich jemand kommen und Ihnen den Weg weisen.«

»Ich finde mich zurecht.«

Die junge Frau öffnete den Mund für eine Antwort, doch sie wurde von einer anderen Stimme unterbrochen, die von dem hohen Torbogen kam, durch den es in den Restaurantbereich weiterging.

»Marcus. Schön, dass Sie gekommen sind.«

Cain wandte dem Mann seinen Kopf zu und musterte ihn kurz. Er wirkte wie Mitte vierzig, war durchschnittlich groß und weder übergewichtig noch sonderlich athletisch. Sein hellbraunes Haar, das sich am Scheitel bereits etwas ausdünnte, war von der hohen Stirn nach hinten gekämmt. Sein schmales, fast zartes Gesicht zeigte vorzeitige Alterserscheinungen; attraktiv hätten den Mann wohl nur wenige genannt. Aber er kam mit einem selbstbewussten und entspannten Lächeln näher und streckte Cain die Hand hin.

»Ich habe Sie hoffentlich nicht warten lassen?«

»Ganz und gar nicht«, sagte Cain beim Händeschütteln. »Ich glaube ... wir sind uns noch nicht begegnet?«

»Das glaube ich auch«, pflichtete der Mann bei. »Ich bin James.«

»Nur James, hm?«

»Nur James. Vornamen sind mir immer am liebsten. Identität ohne Erwartungen.« Er lächelte noch einmal, und damit war die Sache für ihn anscheinend erledigt. »Wie dem auch sei, ich schätze, dass Sie mir ein paar Fragen stellen wollen.«

»Das schätzen Sie ganz richtig ein.«

Er deutete in die Richtung, aus der er gekommen war. »Folgen Sie mir, dann können wir uns unterhalten.«

James führte ihn durch Räumlichkeiten, die wie der Restaurantbereich des Klubs aussahen. Sein aufrechter und gelassener Gang ließ Cain an einen blaublütigen Lord denken, der es gewohnt war, sich diszipliniert und würdevoll zu benehmen.

Über dem Speisebereich lag eine Geräuschkulisse aus Gesprächsfetzen, klirrenden Gläsern und klapperndem Besteck. Reich verzierte Säulen aus italienischem Marmor strebten zum Deckengewölbe, von dem drei aufwendige Kronleuchter hingen. Cain ließ im Vorübergehen den Blick über die Gesichter schweifen und erkannte ein paar Kongressabgeordnete, einen Senator und sogar einen US-Botschafter.

»Nett haben Sie es hier, James«, sagte Cain, während ihn sein Gastgeber eine kurze Treppe hinaufführte. »Ich bin anscheinend in guter Gesellschaft.«

»Die Mitgliedschaft im L'Infini ist … recht elitär. Diskretion und Exklusivität sind heutzutage nicht so leicht zu haben.«

Er wurde in einen Privatsalon weitergelotst. Das Dekor war so opulent und geschmackvoll wie im großen Speisesaal, und die Getränkebar hätte viele professionelle Cocktailbars vor Neid erblassen lassen. Ein Ort für die Crème de la Crème.

»Sie haben um dieses Treffen gebeten«, sagte Cain und wandte sich zu seinem Gastgeber. »Jetzt bin ich hier. Was kann ich für Sie tun?«

»Sie können sich entspannen und einen Drink nehmen, Marcus«, schlug ihm eine andere Stimme vor. »Das ist doch kein Verhör. Also sollten wir uns auch nicht so benehmen.«

Cain fuhr herum und sah eine Frau aus einer Türöffnung auf der anderen Seite des Raumes treten. Sie war groß, wohlproportioniert und trug ein schmales schwarzes Abendkleid, das hervorragend mit der eleganten Umgebung harmonierte.

Sie sah ihn mit demselben wissenden, gefährlich entwaffnenden Lächeln an wie schon an jenem Abend ihres ersten Kennenlernens.

Freya Shaw. Die Frau, die ohne Vorwarnung mit einem Angebot in sein Leben getreten war, das er nicht hatte ablehnen können. Es war ein Angebot, das alles verändert hatte.

»Danke, dass Sie ihn hereingeleitet haben, James«, sagte sie und nickte Cains Begleiter zu.

»Ich hatte mir schon gedacht, dass Sie sich bald wieder blicken lassen«, sagte Cain, der sich schnell wieder gefasst hatte.

Ihr entwaffnendes Lächeln behielt sie bei, als sie mit subtil, aber einladend schwingenden Hüften zu ihm schlenderte. Trotz aller Vorbehalte konnte Cain zumindest nicht abstreiten, dass Freya eine hinreißend attraktive Frau war. Zweifellos war ihr diese Tatsache durchaus bewusst, und sie nutzte sie zu ihrem Vorteil.

»Wie das sprichwörtliche Unkraut, das nicht vergeht?«

»Das haben Sie gesagt, nicht ich.«

Sie blieb ein kleines bisschen näher vor ihm stehen als nötig und sah ihm in die Augen. Ihre Lippen waren leicht geöffnet. Er konnte ihr Parfüm riechen und bildete sich ein, auch ihre Körperwärme zu spüren.

»Ich bin nicht so schlimm, wie Sie glauben ... Nur wenn es sein muss.« Ihre Augen funkelten gefährlich. »Verraten Sie mir jetzt, was Sie trinken möchten?«

»Ich habe nicht viel Zeit.«

»Ach, kommen Sie«, sagte sie, hob die Hand und richtete ihm sanft den Kragen. »Sie wollen mich doch nicht alleine trinken lassen, oder?«

»Bourbon. Auf Eis«, sagte er schließlich.

Sie knipste ihr Lächeln wieder an. »Machen Sie zwei, James.«

James, der sich hinter dem Tresen aufgebaut hatte, inspizierte die Flaschen, wählte einen Woodford Reserve cask strength und schenkte zwei Gläser auf Eis ein.

»Meinen Sie nicht, wir sollten unter vier Augen weitermachen?«, schlug Cain vor, als Shaw die beiden Gläser von James übernahm. »Nichts für ungut, James.«

»Nicht doch, Marcus.«

»Ich würde für James die Hand ins Feuer legen«, erklärte sie. »Ich kann Ihnen versichern, dass wir hier ganz offen reden können.«

Sie reichte ihm ein Glas, und er nahm es zögernd.

»Wenn das so ist ... Was wollen Sie?«, fragte Cain. »Ich vermute, dass Sie mich nicht zum Tanztee herbestellt haben.«

»Und wenn es so wäre?«

»Mit Tanzen habe ich es nicht so.«

Sie tat, als schmolle sie. »Aber ich. Was für ein Jammer.«

»Genug. Warum bin ich hier?«

»Erzählen Sie mir von Anya«, forderte Shaw ihn auf.

Anya. Die junge Frau, die er für die Agency rekrutiert, die in Afghanistan gekämpft und ihr Leben riskiert hatte. Sie hatte ihn gefesselt, in einer Art und Weise, wie er es niemals erwartet hätte. Die Frau hütete ein zerstörerisches Geheimnis, für das man sie beide fast umgebracht hätte.

»Was ist mit ihr?«

»Ist sie als Operateurin einsatzfähig?«, fragte Shaw und machte hinter jedem Wort eine kleine Pause.

»Sie ist auf dem Weg ... der Besserung.«

Sie war von den Sowjets gefangen genommen, verhört und brutal gefoltert worden, aber schließlich unter entsetzlichen Bedingungen über die Grenze nach Pakistan geflüchtet. Anya hätte sterben sollen. Und sie wäre tatsächlich fast gestorben. Nur ihre angeborene Zähigkeit und ihr eiserner Überlebenswille hatten sie durchkommen lassen.

»Aber sie ist nicht wieder im aktiven Dienst, oder?«, hakte Shaw nach.

Beide kannten die Antwort. Seit ihrer Rückkehr in die Vereinigten Staaten hatte sich Anya weitgehend von der Agency ferngehalten und sich nur widerwillig zu psychologischen und medizinischen Untersuchungen blicken lassen.

»Sie hat eine Menge durchgemacht. Das braucht Zeit.«

»Sie hat ein Kriegstrauma«, sagte Shaw in einem kühleren und geschäftsmäßigeren Tonfall. »So nennt man das doch in Ihrer Branche, oder? Sie hat was abbekommen und ist jetzt ängstlich. Ein Soldat, der nicht kämpft, ist eigentlich gar kein Soldat.«

»Woher wollen Sie wissen, was es heißt, Soldat zu sein?«, fragte er. »Wann haben Sie zum letzten Mal Ihr Leben für etwas riskiert?«

Falls er gehofft hatte, sie mit dieser deutlichen Spitze zu treffen, wurde er enttäuscht. Shaw zeigte sich unbeeindruckt.

»Man kann auf viele Arten kämpfen. Und nicht immer sind Waffen im Spiel«, sagte sie kryptisch. »Wie dem auch sei – ich habe den perfekten Job, um Anya wieder aufs Spielfeld zu bringen.« Sie nahm einen Ordner, der am Ende der Theke lag, und zeigte ihn Cain. »Dieses Foto wurde vor zwei Tagen in der Ukraine aufgenommen. Erkennen Sie den Mann?«

Cain betrachtete das Schwarz-Weiß-Bild. Es war ein Mann Anfang vierzig, aus großer Entfernung fotografiert und dennoch deutlich zu erkennen. Cain kannte jedes Mitglied von Anyas Einheit so gut, als wäre es seine eigene Familie.

»Luka«, sagte er ruhig. Der ehemalige Anführer von Anyas Kommandotruppe, den niemand mehr gesehen hatte, seit die Einheit in Afghanistan in den verheerenden Hinterhalt geraten war. »Woher haben Sie das?«

»Wir können fast jeden finden«, erklärte Shaw und kostete den Augenblick aus. »Dieser Mann hat seine Freilassung aus den Händen der Sowjets gegen Anya und ihre Einheit eingetauscht. Er ist ein ungelöstes Problem, und wer eignete sich besser als Anya dafür, den Fall abzuschließen?«

»Sie standen sich nahe, die beiden«, warnte Cain. Luka war für Anya wie ein Bruder gewesen. »Sie verlangen von ihr, einen Mann zu töten, an dessen Seite sie gekämpft hat.«

»Ich verlange von ihr, den Verräter zu bestrafen, der sie alle ans Messer geliefert hat«, korrigierte ihn Shaw. »Was könnte besser dazu geeignet sein, ihr die Dämonen auszutreiben?«

Cain antwortete darauf nicht. Es war ein Test. Es ging um Loyalität – sowohl Anyas als auch seine eigene.

»Holen Sie sie für diesen Auftrag ins Boot, Marcus«, befahl Shaw. »Holen Sie sie zurück und schicken Sie sie an die Front, wo sie hingehört.«

»Und wenn ich das nicht kann?«

Shaws Mundwinkel zuckte zu einem halben Lächeln, als sie sich ihre Reaktion überlegte. »James, nehmen Sie Ihre Waffe und richten Sie sie auf Mister Cains Kopf.«

James zog blitzartig eine Waffe aus der Innentasche seines Anzugjacketts und zielte damit so beiläufig auf Cain, als richtete er eine Fernbedienung auf einen Fernseher.

»Was soll das hier werden?«, herrschte Cain. Weil er selbst keine Waffe mitführte, war er so gut wie wehrlos.

»Ich will etwas klarstellen«, erwiderte Shaw und sah ihn drohend an. Hinter ihrer Schönheit schimmerte jetzt ein Kern aus kaltem Stahl. »Wissen Sie, was James' wichtigster Charakterzug ist? Loyalität. Wenn ich jetzt von ihm verlangte abzudrücken, würde er es unverzüglich tun und mir danach, ohne mit der Wimper zu zucken, den nächsten Drink eingießen.« Sie sah zu ihm hinüber. »Stimmt das, James?«

»Ein Wort genügt«, erwiderte James. »Nichts für ungut, Marcus.«

»Um das klarzustellen«, fuhr Shaw fort, »wir wollen, dass

Anyas Einheit für unser Team spielt. Aber die Männer kämpfen nicht ohne Anya, und Anya kämpft nicht ohne Sie, Cain. Wenn Sie mit ihr nicht fertigwerden, dann ... hat es eigentlich auch keinen Sinn, sich noch mit Ihnen abzugeben, oder?«

Falls bei Cain irgendwelche Zweifel darüber bestanden haben sollten, wie skrupellos Freya Shaw sein konnte, verpufften sie in diesem Moment. Sie würde ohne zu zögern und ohne jedes Mitgefühl seinen Tod befehlen.

»Ist das die übliche Art, wie Sie Ihre ›Geschäfte‹ erledigen?«, fragte er höhnisch.

»Es ist mir lieber, wenn meine Beziehungen beiden Seiten von Nutzen sind. Aber wenn etwas klargestellt werden muss, dann ziehe ich es vor, es nur einmal sagen zu müssen.«

Cain kippte den letzten Schluck seines Bourbons, ohne den wütenden Blick von ihr zu lassen.

»Ich rede mit ihr.«

Shaws Lächeln kehrte zurück; es war so verführerisch und entwaffnend wie immer.

»Ich wusste, dass Sie mich verstehen, Marcus.«

Washington, D.C. – 27. Februar 2011

Die schmale Landzunge, die zwischen dem schlammtrüben, träge strömenden Fluss auf der einen und der kabbeligen Weite des Tidal Basins auf der anderen Seite aus dem Nordufer des Potomacs herausragte, war ganz sicher nicht die vorteilhafteste Umgebung für die Franklin-Delano-Roosevelt-Gedenkstätte. Die meisten Touristen zogen es vor, sich auf die berühmteren und leichter zugänglichen Gedenkstätten entlang der National Mall zu konzentrieren, weshalb dieses Monument für den 32. Präsidenten der

Vereinigten Staaten relativ wenig Besucher zu verzeichnen hatte.

Diese Ausgangslage wurde heute durch das ungünstige Wetter noch verschärft, denn es war kalt und windig. Der stahlgraue Himmel verhieß Regen. Die entlaubten Baumkronen schwankten und knarrten im böigen Wind.

Wirklich eine Schande, dachte Marcus Cain. Verglichen mit dem überladenen Pomp der meisten Regierungsgebäude und Denkmäler in Washington, D.C., hatten die plätschernden künstlichen Wasserfälle und die grob behauenen Steinblöcke eine zurückhaltende und beruhigende Eleganz. Die Steinquader bildeten die vier »Außenräume« der Gedenkstätte – die jeweils eine andere Epoche der langen Karriere Roosevelts im Staatsdienst symbolisierten.

Cain legte vor der steinernen Statue Roosevelts einen Halt ein. FDR war sitzend dargestellt, um die Lähmung zu kaschieren, die einen Großteil seines letzten Lebensabschnitts überschattet hatte. Cain dachte über das Zitat nach, das neben dem Präsidenten in die Wand graviert war:

Diejenigen, die eine Regierungsform einführen wollen, welche auf der Maßregelung aller menschlichen Wesen durch eine Handvoll individueller Herrscher beruht ... nennen es eine neue Ordnung. Aber das ist weder neu noch eine Ordnung.

Wie vorausschauend diese Worte jetzt wirken, dachte Cain.

Das Geräusch von Schritten auf dem Granitsockel verriet ihm, dass sich jemand näherte. Cain blickte sich nicht um. Das war nicht nötig.

Der Mann hieß Richard Starke, war der Direktor der National Security Agency NSA und seit fast zwanzig Jahren Cains Hauptansprechpartner beim Circle. Dieser Mann hielt zurzeit den Schlüssel für seinen Aufstieg in die oberste Führungsebene der Organisation in den Händen.

Es war Starkes Idee gewesen, sich hier zu treffen und den üblichen Treffpunkt in dem einsamen Parkgelände weit draußen vor der Stadt zu meiden. Der heutige Tag war nicht wie alle anderen, das wusste Cain. Der Ortswechsel signalisierte veränderte Bedingungen – für sie beide.

»Ich erkläre Ihnen, wie es weitergeht«, erklärte Starke übergangslos. »Sie werden nachher einen Anruf vom Direktor der National Intelligence erhalten, der Sie darüber in Kenntnis setzen wird, dass er Sie dem Präsidenten offiziell als CIA-Direktor empfiehlt.«

Cain spürte, wie sein Herz bei jedem Wort schneller schlug.

»Etwa 30 Minuten später nehmen Sie einen Anruf aus dem Weißen Haus entgegen. Der Präsident wird bestätigen, dass er im Senat einen Antrag auf Einleitung des Prüfungsverfahrens einbringen wird. Er wird Ihnen gratulieren. Sie geben sich bescheiden und fragen, ob er es wirklich mit Ihnen versuchen will. Er wird betonen, dass Sie sein Mann sind, dass er darauf vertraut, im Senat die Stimmen zu bekommen, die er zu Ihrer Bestätigung braucht. Zum Schluss wird er Ihnen für Ihre jahrelangen Dienste danken. Sie antworten, dass Sie sich geehrt fühlen und dem Direktorenamt alle Ehre machen wollen. Danach halten Sie höflich den Mund und warten, bis er auflegt.«

Als er ans Ende seiner Liste knapper Instruktionen gelangt war, drehte sich der NSA-Direktor um und musterte den Mann, der neben ihm stand.

»Irgendwelche Unklarheiten?«

»Ich glaube, das kriege ich hin«, sagte Cain und achtete auf einen absolut neutralen Tonfall. Ihm war sehr wohl bewusst, dass seine Berufung zum Direktor nicht das war, was dieser Mann sich gewünscht hatte. Obwohl er Starke hatte zwingen können, seinen eigenen Willen zurückzustellen, blieb der Mann ein ernst zu nehmender Feind. Es wäre kontraproduktiv, am Vorabend seines größten Triumphes hämisch zu werden.

»Gut.« Nach einer Pause fügte Starke hinzu: »Ihnen ist natürlich klar, dass alles auf Ihrer Zusicherung beruht, Ihr Versprechen einzuhalten?«

»Das ist mir klar.«

»Falls Ihre Zielperson entwischen sollte, wäre es mit der Unterstützung des Präsidenten auch vorbei.«

»Er wird nicht entkommen, Richard«, versprach Cain. Dafür wollte er sorgen – selbst wenn er dafür persönlich nach Pakistan reisen und Bin Ladens Gefangennahme überwachen müsste. »Unsere Informationen sind hieb- und stichfest.«

Starke atmete langsam aus, sein Atem kondensierte in der kalten Luft, als er über das Tidal Basin hinweg bis zu den hoch aufragenden Säulen des Lincoln-Memorials blickte. Die beiden Männer wurden von Personenschützern bewacht, die genug Abstand hielten, damit die beiden miteinander reden konnten, ohne Lauscher befürchten zu müssen.

»Das hier ist unser letztes Treffen, Marcus.«

Da sah Cain ihn an – der Satz hatte überraschend endgültig geklungen. Er spürte die Verbitterung und die Vorbehalte des sonst so unerschütterlichen Mannes. Starke war fast zwei Jahrzehnte lang sein Verbindungsmann zum Circle gewesen. Sämtliche Kommunikation mit dem unverändert anonymen Führungszirkel an der Spitze der riesigen Pyramide hatte seiner Kontrolle unterlegen und war von ihm als Mittler abhängig gewesen. Wenn Starke jetzt abgezogen wurde, konnte es nur eines bedeuten.

»Mit wem arbeite ich künftig zusammen?«

»Nächstes Mal wird man sich direkt mit Ihnen in Verbindung setzen.«

Als er den Sinn dieser Worte begriff, stockte Cain tatsächlich kurz der Atem. Jetzt war es also endlich so weit. Nachdem er mehr als zwei Jahrzehnte lang ihre Wünsche befriedigt, ihre Vorgaben erfüllt und ihre Schlachten geschlagen hatte, sollte er dem Führungszirkel endlich persönlich begegnen.

»Wann?«

»Man wird Sie instruieren, wenn die Zeit gekommen ist«, antwortete Starke kryptisch.

Cain ahnte, dass ihm Starke nicht mutwillig Informationen vorenthielt, sondern lediglich wiedergab, was man ihm aufgetragen hatte. Dieser Moment bedeutete eine erdrutschartige Verschiebung der Macht- und Autoritätsverhältnisse zwischen den beiden Männern. Cains Einfluss wuchs und gleichzeitig wurde Starke gezwungen, beiseitezutreten und ihm Platz zu machen.

»Ich würde Ihnen raten, sich zu diesem Treffen nicht zu verspäten.«

»Haben Sie jemals erlebt, dass ich zu spät gekommen bin, Richard?«

Starke blieb ihm die Antwort schuldig, aber Cain erwartete eigentlich auch nichts anderes von ihm. Unterdessen schlug er den Mantelkragen hoch, blickte sich um und wollte gehen.

»An dieser Stelle trennen sich vermutlich unsere Wege.«

Zwanzig Jahre und zahllose Vier-Augen-Gespräche hatten für Cain nicht gereicht, um ein weitergehendes persönliches Interesse an Richard Starke zu entwickeln. Deshalb hatte er unterm Strich nichts dagegen einzuwenden, wenn der Mann aus seinem Leben verschwand. Was nichts daran änderte, dass es das Ende einer langjährigen Arbeitsbeziehung war. Cain spürte die Dimension dieses Augenblicks und streckte ihm die Hand hin.

»Man sieht sich«, sagte er, weil er keine Lust hatte, ihm etwas Tiefschürfenderes mit auf den Weg zu geben.

»Ebenso.« Starke nahm seine Hand. Doch anstatt sie danach gleich wieder loszulassen, packte er fest zu und beugte sich leicht vor. »Ich gehe nie mit Ratschlägen hausieren, aber Sie bekommen heute einen gratis. Hüten Sie sich vor unerledigten Problemen.«

Cain zog eine Augenbraue hoch; die eindringliche Miene des Mannes verunsicherte ihn. »Unerledigte Probleme?«

»Drake und Anya. Mit denen haben Sie noch nicht abgerechnet.«

»Ich habe Ihnen doch gesagt, dass die beiden erledigt sind«, erwiderte Cain, der schnell zu seiner Selbstgewissheit zurückfand. »Unter einem Berg in Afghanistan begraben. Die findet keiner mehr.«

Trotz der selbstsicheren Worte waren für den neuen CIA-Direktor längst nicht alle Zweifel ausgeräumt. Es war tatsächlich ein unerledigter, neuralgischer Punkt.

Starke sah ihm sekundenlang tief in die Augen, bevor er ihn wieder losließ – ein untypisch offensives Verhalten für den wortkargen Mann.

»Ich wiederhole: Hüten Sie sich vor unerledigten Problemen. Die haben die Angewohnheit, zurückzukehren und wehzutun.« Nach dieser letzten Warnung wandte er sich ab und entfernte sich. »Leben Sie wohl, Marcus. Viel Glück.«

»Jetzt brauche ich kein Glück mehr«, erwiderte Cain tonlos und konzentrierte sich wieder auf die Gedenkstätte vor ihm. Er blieb eine Weile stumm und reglos sitzen, die Gedanken so düster und aufgewühlt wie der dunkel bewölkte Himmel.

Als sein Entschluss stand, fischte er sein Handy aus der Manteltasche und wählte eine Nummer. Der Angerufene ließ nicht auf sich warten.

»Hawkins.«

»Jason, ich habe einen Job für Sie«, begann Cain. »Sie müssen einem alten Freund einen Besuch abstatten.«

4

Nordwales, Vereinigtes Königreich.

Drake hatte vor vielen Jahren seinen Vater verloren. Der Nachlass war später größtenteils verkauft oder verschenkt worden. Seine Mutter hatte jedoch – ohne dass ihre Kinder davon erfuhren – etwas aufbewahrt. Hatte es über viele Jahre gehütet und akribisch in Schuss gehalten. Vielleicht als Geschenk für ihren Sohn, als Friedensangebot womöglich. Aber sie war nie dazu gekommen, es ihm zu überreichen.

Und da stand es unter einer Staubschutzplane hinter den soliden Steinmauern der heimischen Garage: Die Plane schmiegte sich an die schlanke, kurvige Form. Ein schlafendes Ungetüm wartete darauf, zum Leben erweckt zu werden.

Drake ergriff die Plane, schlug sie zurück und enthüllte die anmutigen, eleganten Kurven eines klassischen Sportwagens, eines 1967-er Austin-Healey 3000, dessen makellose dunkelgrüne Lackierung im Licht der elektrischen Deckenleuchten schimmerte.

Jessica hatte sich nie für Autos begeistert, doch selbst sie konnte dem Fahrzeug etwas abgewinnen, das so still vor ihnen stand. Es war so unzertrennlich mit ihrem Vater verknüpft, dass es ganz von seinem Geist durchdrungen zu sein schien. Sie hatte immer noch das Bild von ihm hinter dem Lenkrad vor Augen, wenn er begeistert wie ein kleiner Junge strahlte, sobald er den Motor startete.

Ihrem Bruder, der neben ihr stand, ging bestimmt etwas

Ähnliches durch den Kopf. Verglichen mit der Beziehung zu ihrer distanzierten und abwesenden Mutter war Ryans Verhältnis zu seinem Vater hitzig und temperamentvoll gewesen. Zwei grundverschiedene Männer, deren Persönlichkeiten niemals wirklich harmonierten und deren Lebenswege sehr weit auseinandergedriftet waren.

Drake ging einen Schritt näher heran und streckte den Arm aus. Er strich andächtig, fast zärtlich mit der Hand über die Karosserie und folgte der geschwungenen Kontur des Kotflügels. Weil er Jessica den Rücken zukehrte, konnte sie seinen Gesichtsausdruck nicht sehen, aber das brauchte sie auch nicht.

»Er ist wunderschön«, sagte Jessica aus tiefstem Herzen.

Zu ihrer Verwunderung ging Drake zu dem Doppelflügeltor der Garage, entriegelte und stieß es auf, damit das gedämpfte Licht der Nachmittagssonne hereinfluten konnte.

Sie zog skeptisch die Stirn in Falten. »Was hast du vor?«

»Autos sind dazu da, gefahren zu werden«, sagte er, stützte die Hand auf die Fahrertür, schwang sich lässig auf den Fahrersitz und schaute sie an. Da sah sie für einen kurzen Augenblick eine Spur des Mannes durchschimmern, der ihn aufgezogen hatte. »Willst es nicht ausprobieren? Wenigstens einmal?«

»Ryan, ich …«, protestierte sie, führte den Satz aber nicht mehr zu Ende. Es gab wahrscheinlich hundert Gründe, die dagegensprachen, aber in diesem Augenblick fiel ihr kein einziger ein.

»Vertrau mir, Jess.«

Sie seufzte und fügte sich ins Unvermeidliche. »Ich werde das bereuen, das weiß ich genau.«

Sie hielt sich an der Tür fest, schwang sich darüber und landete nicht ganz so elegant wie Drake auf dem Beifahrersitz.

»Daran musst du noch arbeiten«, empfahl er und grinste neckend.

Jessica rächte sich mit einem kurzen, harten Schlag auf seine Schulter, hinter dem genug Kraft steckte, um ihn daran zu erinnern, dass sie zwar seine jüngere Schwester sein mochte, aber sich nicht auf den Arm nehmen ließ. »Den nächsten kriegst du aufs Mundwerk.«

Drake grinste und drehte den Zündschlüssel. Der alte Anlasser jaulte und kämpfte, der Motor drehte mühsam beim Versuch, ihn zu zünden. Erst sprang er an, dann setzte er kurz aus und fing an zu stottern. Schließlich hustete er einmal und röhrte dann plötzlich auf, als wieder genug Öl und Benzin durchs System strömten und die alte Maschine grollend zum Leben erwachte. In den ersten Sekunden klapperte und rasselte der Motor so asthmatisch, dass Jessica den Atem anhielt. Aber zu ihrer Überraschung beruhigte er sich schnell, und die wummernde Maschine fand ihren alten Rhythmus.

»Bist du bereit?«, fragte er.

Jessica sah zu ihrem Bruder. »Ich habe …«

Bevor sie den Satz beenden konnte, legte er den ersten Gang ein und trat das Gas durch. Der Sportwagen machte einen mächtigen Satz, raste die Einfahrt hinunter und auf die schmale Straße hinaus. Die Drehzahl schoss rauf und runter, als Drake die Gänge durchschaltete. Kühler Wind peitschte in ihr Gesicht und zerrte an ihren Haaren; sie fuhren immer schneller.

40 mph, 50 mph …

Das Fahrwerk war hörbar gefordert, der Motor röhrte und knurrte wie ein Lebewesen, aber Drake schonte beides nicht.

»Jesus!«, schrie sie auf und klammerte sich an den Türgriff, als Drake auf der gewundenen Landstraße eine scharfe

Linkskurve nahm. Die Reifen rutschten, quietschten und krallten sich in den Asphalt; um ihre Bodenhaftung war es nicht sehr gut bestellt. Auf beiden Seiten fegten mit beängstigender Geschwindigkeit Steinmauern und Zäune an ihnen vorbei.

»Du bringst uns noch um, du Wahnsinniger!« Jessica musste schreien, um den Fahrtwind und den röhrenden Motor zu übertönen.

»Ich muss erst wieder ein Gefühl dafür entwickeln!«, schrie Drake zurück und grinste so wie früher ihr Vater. »Es ist schon eine Weile her!«

»Sollte mich das beruhigen?«

»Eigentlich nicht.«

Die kurvenreichen Landstraßen, die die Gegend durchzogen, waren um diese Jahreszeit alle ziemlich verwaist und gewährten Drake freie Fahrt, um den kraftvollen alten Sportwagen nach Lust und Laune zu fordern. Er verlangte ihm einiges ab, schnitt durch enge Kurven und entfesselte auf den Geraden die ganze Kraft des Wagens.

Trotz ihrer Vorbehalte musste sogar Jessica zugeben, dass es etwas Berauschendes hatte. Der Fahrtwind, das kräftige Grollen des Motors, die Vibrationen der Mechanik, die unter ihnen mit Hochdruck arbeitete, die unbändige Kraft, die sie vorantrieb.

Drake schien einen sechsten Sinn dafür zu haben, was er dem Wagen abverlangen konnte, wie schnell er in jede Kurve gehen musste und wann die Bodenhaftung der Reifen am Limit war. Er holte das Äußerste heraus und trieb den Wagen bis an die Grenzen seiner Leistungsfähigkeit. In ihrem tiefsten Innern verstand sie, warum.

Sie versuchte nicht, sich einzumischen: Er tat nur, was er tun musste.

Westwärts ging es, weg von den Bergen und Tälern, wo

Jessicas Haus stand – eine ausgedehnte und trotzdem schweigsame Fahrt. Es war zu laut, als dass man sich hätte unterhalten können, und Jessica spürte, dass jetzt nicht der richtige Moment dafür war.

Schließlich bog Drake bei einer Landzunge auf einen kleinen leeren Parkplatz ab, der einen Ausblick auf ein breites Stück Sandstrand bot, dahinter die graugrüne Weite der Irischen See, die in der Spätnachmittagssonne schimmerte. Die kalte Brise roch salzig nach Meer und trug das rhythmische Rauschen der Brandung zu ihnen hinüber.

Drake stellte den Motor ab, seufzte leise und blickte aufs Meer.

»Weißt du, wie oft ich das schon tun wollte?«, fragte er. »Dad hat es mir nie erlaubt.«

»Kannst du es ihm verübeln?«, gab Jessica zurück. »Wenn er gesehen hätte, wie du fährst, hätte er dir die Hölle heißgemacht.«

Ihr Bruder lächelte, wenn auch mit einem Anflug von Traurigkeit.

»Ich habe Fehler gemacht, Jess«, sagte er schließlich. »Eine Menge.«

»Das haben wir alle.«

Er schüttelte langsam den Kopf. »Aber nicht solche wie ich.«

Jessica hörte schweigend zu, als Drake ihr alles unterbreitete. Alles, was geschehen war, seit sich ihre Wege zum letzten Mal getrennt hatten: der gescheiterte Versuch, in Pakistan an Marcus Cain heranzukommen, der Hinterhalt, durch den sein Team in Gefangenschaft geraten war, der verwegene Plan, den Anya und ein paar andere zu ihrer Befreiung ausgeheckt hatten. Er erzählte ihr sogar von seiner zunehmenden mentalen Labilität, die schließlich vor wenigen Wochen bei einer tödlichen Konfrontation in Afghanistan ihren Höhepunkt erreicht hatte, als ihm die verschüttete Wahrheit über seine eigene Vergangenheit offenbart worden war.

Als er ans Ende seiner erstaunlichen und erschütternden Geschichte gelangte, berührte die Sonne schon den Horizont. Ihre Glut loderte über das Meer und schien die Wolken zu entflammen.

»Mein Gott …«, murmelte Jessica schließlich und schüttelte schockiert den Kopf.

Selbst in ihren wildesten Fantasien hätte sie sich niemals ausmalen können, in welchen Strudel von Ereignissen ihr Bruder geraten war. Nachdem sie erfahren hatte, was er vor seiner Rückkehr hatte durchmachen müssen, konnte sie nur ahnen, wie es jetzt in ihm aussah.

»Wie schon gesagt, ich habe Fehler begangen. Solche, die nicht mehr gutzumachen sind«, räumte er finster ein. »Ich würde dir keinen Vorwurf machen, wenn du mich jetzt mit anderen Augen siehst, Jess. Ich habe mich verändert. Ich bin nicht mehr der Mann, den du einmal kanntest.«

Jessica ließ den Kopf hängen, weil sie es nicht über sich brachte, ihn anzusehen. »Es tut mir leid.«

Drake schluckte, doch er nickte und nahm es hin, wie man alle längst erwarteten schlechten Nachrichten hinnimmt. Er verdiente keine Vergebung und kein Verständnis, weder von ihr noch von sonst wem. Alles zusammengenommen schien sich die Waagschale gerade deutlich zu seinen Ungunsten zu neigen.

»Es braucht dir nicht leidzutun. Ich verstehe es und … ich werde dir keinen Vorwurf machen«, versprach er. »Man kann von dir nicht erwarten, damit zu leben.«

Er fand, es sei Zeit für die Rückfahrt, und griff nach dem Zündschlüssel.

»Nein«, sagte sie plötzlich.

Drake hielt inne, die Hand am Schlüssel.

Zaghaft legte ihm Jessica die Hand auf den Arm. »Sieh mich an, Ryan.«

Er tat es, auch wenn es ihm nicht leichtfiel.

»Es tut mir leid, was du durchgemacht hast«, flüsterte sie. »Ich ... ich kann mir nicht annähernd vorstellen, wie es gewesen sein muss; Leute zu verlieren, zu solchen Entscheidungen gezwungen zu werden und nicht einmal dem eigenen Verstand vertrauen zu können ...« Sie machte eine Pause, ihre Stimme war belegt, und ihre Augen glänzten. »Aber ... das ändert gar nichts. Ganz egal, was du tun musstest – du bist und bleibst mein Bruder. Ich liebe dich, und ich verstehe dich. Ich habe dich immer verstanden. Ich weiß, dass du ein guter Mensch bist.«

Drake erwiderte darauf kein einziges Wort. Er lehnte sich nur hinüber, zog sie an sich und umarmte sie so fest wie sie ihn, als er vorhin unvermittelt vor ihrer Tür gestanden war. Als er sie schließlich wieder losließ, lehnte sich Jessica in ihren Sitz zurück und blickte aufs Meer.

»Und was den Brief anbetrifft ... vielleicht ... ich weiß nicht, vielleicht ist es besser, dass er weg ist?«, versuchte sie es vorsichtig. »Vielleicht ist es an der Zeit, das alles loszulassen.«

Sie konnte fast spüren, wie sich Drakes Miene verdüsterte und er sich innerlich zusammenkrampfte, weil ihn sein Scheitern quälte und er sich den Kopf darüber zerbrach, was herausgekommen wäre, wenn der Brief noch vorhanden wäre. Es war ein Rätsel, das er nicht mehr lösen konnte. Seine Fragen würden unbeantwortet bleiben.

»Du hast recht«, sagte er schließlich gefasst und gab sich geschlagen. »Das alles hat sich viel zu lange hingezogen. Irgendwann muss Schluss sein.«

Jessica stieß den Atem aus, den sie angehalten hatte, und spürte, wie die düstere Stimmung verflog, als trüge der kalte

Wind sie mit sich fort. Es mochte ihm nicht leichtgefallen sein, aber ihr Bruder hatte endlich die Bürde abgelegt, die er in den vergangenen zwei Jahren mit sich herumgeschleppt hatte.

»Danke«, flüsterte sie, legte ihre Hand auf seine und fügte – nach dem kritischen Moment um einen Stimmungswechsel bemüht – munterer hinzu: »Und können wir jetzt endlich weiterfahren? Ich friere mir den Arsch ab!«

Drake lachte. Es war ein echtes, herzliches Lachen. Er ließ den Motor an und fuhr vom Parkplatz.

Als sie zu Hause ankamen, war es fast dunkel und nach Lage der Dinge keine Sekunde zu früh, denn gerade rieselten die ersten dichten und schweren Schneeflocken auf die Einfahrt.

Jessica konnte sich kaum daran erinnern, wann sie zum letzten Mal einen so törichten und schlecht geplanten Ausflug wie heute gemacht hatte. Es musste sehr lange her sein. Aber das war ihr völlig egal. Sie beide hatten es nötig gehabt – und genossen, auch wenn ihre Hände und Füße taub waren und ihr Gesicht brannte.

»Es wird spät«, sagte Drake beim Verriegeln der Garagentorflügel und warf einen kurzen Blick auf den immer dichteren Schneefall. »Ich sollte mich auf den Weg machen.«

»Das ist doch nicht dein Ernst«, sagte Jessica und ging auf dem Weg zurück ins Haus voran. »Sobald es mit dem Schnee losgeht, werden die Straßen hier in der Gegend zum Albtraum. Bleib über Nacht, wenigstens, bis das Wetter besser wird.«

Drake blickte wieder nach draußen. In exakt diesen Bergen und Tälern hatte er den Auswahlprozess des SAS durchgestanden, und ihm war nur allzu bewusst, wie schnell sich das Wetter verschlechtern konnte. Niemals würde er einen ganz besonders harten Marsch über einen ungeschützten

Bergkamm vergessen, bei dem eine heftige Böe sie alle mitsamt den Ausbildern wie Bowlingkegel umgeworfen hatte.

Das bedeutete jedoch nicht, dass hierzubleiben eine sichere Alternative war. Für die CIA galt Drake offiziell als verstorben, seit er vor einigen Wochen in Afghanistan bei einem Sturmangriff angeblich den Tod gefunden hatte. Theoretisch zumindest sollte die internationale Jagd auf ihn damit beendet sein, weshalb keine Überwachung seiner Schwester mehr zu befürchten war.

Aber das musste nicht die Wahrheit sein.

»Das könnte gefährlich sein«, warnte er. »Vielleicht wird nach mir gesucht.«

»Ich weiß.« Er sah jetzt ein verschmitztes Lächeln, ein schelmisches Funkeln in ihren Augen. Mit so einem Blick hatte er sie vorhin angesehen, um sie in den Wagen zu locken. »Aber weißt du was? Scheiß drauf.«

Drake musste unwillkürlich lächeln. »Scheiß drauf, hm?«

»Ja, scheiß drauf«, wiederholte sie und fand langsam Gefallen an der Pose. Jessica hatte einen angeborenen trotzigen und aufsässigen Wesenszug, den sie nicht oft zeigte – und schon gar nicht, seit sie erwachsen war. Trotzdem war dieser Charakterzug immer präsent, und die Ereignisse des heutigen Tages hatten ihn offenbar geweckt. »Vor diesen Arschlöchern habe ich lange genug gezittert. Ich finde, jetzt steht mir mal ein freier Abend zu. Und dir auch.«

Drake rieb sich das Kinn und überlegte hin und her. Für Jessica schien die Sache allerdings schon festzustehen.

»Ich weiß nicht, wie's dir geht, aber ich habe den ganzen Tag nichts gegessen«, sagte sie, wandte sich von ihm ab und steuerte die Haustür an. »Und so, wie du aussiehst, könntest du auch eine anständige Mahlzeit gebrauchen.«

»Ach ja? Und wer soll sie zubereiten?«, rief ihr Drake hinterher.

»Du kannst mich mal, ich bin besser als du«, parierte sie. »Und ich habe eine verdammt gute Flasche Merlot.«

Drake konnte nicht anders, er musste grinsen und folgte ihr. »Jetzt hast du mich neugierig gemacht.«

Die Aussicht auf eine warme Mahlzeit, guten Wein und die Gelegenheit, die Beziehung zu seiner Schwester aufzufrischen, die er zwei Jahre nicht gesehen hatte, reichte aus, um seine Vorbehalte zu beseitigen. Außerdem spürte er die veränderte Stimmung zwischen ihnen. Spannungen und Distanziertheit schienen verflogen zu sein, und an die Stelle trister Reflexionen und schmerzhafter Offenbarungen waren bald Scherze und freundlicher Spott getreten.

Morgen musste Drake neu anfangen und herausfinden, wie es für ihn ohne die Antworten, für die er gekommen war, weitergehen konnte. Aber wenigstens an diesem Abend waren sie einfach nur Bruder und Schwester. Und das war genug.

5

Als Drake aufwachte, war die Welt ringsum eine andere geworden. Der Schneefall hatte sich die ganze Nacht unvermindert fortgesetzt und die umliegenden Felder mit einer glitzernden weißen Decke weich verhüllt. Jetzt spannte sich ein strahlend blauer Morgenhimmel darüber.

Die Sonne lugte knapp über den Horizont, als er aus dem Haus ging und durch den Schnee auf den Hügel trottete. Er wollte nicht, dass Jessica ihn bei seinem Vorhaben belauschen konnte. Außerdem waren die walisischen Täler für ihren lückenhaften Handyempfang berüchtigt, was ihn dazu zwang, größere Höhen aufzusuchen.

Er hatte sich bereits etwa 300 Meter vom Haus entfernt, als die ersten Signalbalken auf seinem Handydisplay sichtbar wurden.

Es war hier etwa 6 Uhr morgens, also später Nachmittag in jenem Teil der Welt, in dem sich sein Kontakt aufhielt. Er kannte sie gut und wusste deshalb, dass es trotzdem noch ein paar Stunden dauern konnte, bis sie voll ansprechbar war. Jetzt hoffte er einfach, sie nicht allzu betrunken zu erwischen.

Das Telefon klingelte gute zehn Sekunden, bis sie endlich abnahm. Drake redete nicht gleich los, sondern wartete, bis die auf dem Telefon installierte, maßgeschneiderte Verschlüsselungssoftware so weit war und eine sichere Verbindung mit dem anderen Gerät aufgebaut hatte.

»Ryan, wie läuft es da drüben?«, fragte Keira Frost. Drake konnte im Hintergrund Musik und laute Stimmen hören, was seine Vermutung bestätigte, dass Frost gerade eine Kneipentour unternahm. »Hast du gefunden, wonach du gesucht hast?«

»Es war ein Reinfall, Kira«, informierte er sie. Es hatte keinen Sinn, die Sache schönzureden. »Der Brief ist weg. Jessica hat ihn vernichtet.«

»Scheiße …« Das war nicht gerade druckreif, fasste aber gut zusammen, wie er über diese Sache dachte. »Was hast du jetzt vor?«

»Das hier ist eine Sackgasse. Für mich gibt es nichts mehr zu tun.«

»Tut mir leid, Mann. Ich weiß, dass du dir eine Menge davon versprochen hast.«

»Braucht dir nicht leidzutun. Vielleicht gibt es Dinge, die man auf sich beruhen lassen sollte«, räumte er ein. »Aber deshalb rufe ich nicht an. Du musst etwas für mich tun.«

»Ich hatte schon so etwas im Gefühl«, antwortete sie sarkastisch.

»Du musst Anya für mich finden«, erklärte Drake. »Egal, was es kostet, egal, was du dazu brauchst, finde sie.«

»Ryan …«

»Keine Diskussion, Keira.«

»Hör zu. Anya *will* nicht gefunden werden«, warnte Frost. »Du hast selbst gesagt, es gibt Dinge, die man auf sich beruhen lassen sollte.«

»Viele Leute wollen nicht gefunden werden. Aber das hat uns noch nie davon abgehalten.«

»Du verstehst nicht, was ich sage. Wenn Anya nicht gefunden werden will, wird sie auch nicht gefunden. Sie taucht ab und verschwindet von der Bildfläche. Nicht einmal ich kann so jemanden finden.«

»Aber du suchst nicht nur sie«, rief Drake ihr ins Gedächtnis.

Frost zögerte, sie ahnte, worauf er hinauswollte. Anya mochte in der Versenkung verschwunden sein, aber sie hatte ein Teammitglied mitgenommen. Einen Mann, der sich höchstwahrscheinlich nicht komplett aus allem zurückziehen würde. Wenn sie ihn fanden, führte er sie vielleicht zu Anya.

»Das könnte vielleicht klappen«, räumte sie widerwillig ein. »Aber die Betonung liegt auf ›vielleicht‹. Der Mann beherrscht sein Handwerk. Leicht wird es nicht.«

»Das ist es nie, aber du bist genauso gut wie er. Ich weiß, dass du das kannst.«

»Leck mich«, fauchte sie. »Deine aufmunternden Worte kannst du dir sparen.«

»Also ... wirst du es tun?«, drängte er.

»Das wird Zeit kosten.«

»*Davon* habe ich jede Menge.«

Frost stöhnte und fügte sich dem Unausweichlichen. »Angenommen, du findest sie auf wundersame Weise. Wozu soll das deiner Meinung nach gut sein? Sie ist nicht grundlos gegangen, Ryan. Sie wird uns nicht helfen.«

Drake dachte einen Moment lang über die Frau nach, die er suchte. Anya – wütend, verraten, rachedurstig und tödlich. Eine Frau, die nichts mehr zu verlieren hatte.

»Um uns mache ich mir keine Sorgen«, bemerkte Drake finster. »Sondern um sie.«

TEIL ZWEI

WONACH ZU STREBEN SICH LOHNT

Keine Bürde drückt so schwer wie ein Geheimnis.

Französisches Sprichwort

6

Blue Ridge Mountains – 21. Juni 1989

Marcus Cain war außer Atem; er hatte sich ein Dutzend juckender Mückenstiche eingefangen und war wegen der heißen Nachmittagssonne durchgeschwitzt, als er sein Ziel erreichte. Er hatte seinen Wagen ein paar Meilen zuvor zurücklassen müssen, als der alte Waldweg – den man überschwänglich eine Straße nannte – irgendwann nicht mehr befahrbar war.

Um hierherzugelangen, war ein langer Fußmarsch bergauf nötig gewesen. Er war einem Wildpfad durch die stark bewaldeten Ausläufer der Blue Ridge Mountains gefolgt, während mit der Sonne zugleich auch die Temperatur in die Höhe geklettert war.

Aber jetzt war er hier, bei einem der einsamsten Gehöfte, die er jemals besucht hatte. Keine Telefonverbindung, kein Strom, kein Wasser und kein Straßenzugang. Auf die Schnelle konnte man diesen Ort weder erreichen noch verlassen, so viel stand fest. Und genau so wollte es die Eigentümerin. Eine gute Verteidigungsstellung, die sich nur zu Fuß erreichen ließ.

Fürs Auge wurde hier eher wenig geboten: Eine einfache Holzhütte aus grob behauenen Baumstämmen, deren Dach von einer dichten Moosschicht bedeckt war. Vielleicht eine alte Jagdhütte oder ein reparierter und umfunktionierter Vorposten der Forstwirtschaft. Von der Besitzerin war nichts zu sehen.

»Anya!«, rief er und ging auf die vordere Terrasse zu. »Ich bin's, Marcus. Ich bin hergekommen, um mit dir zu reden.«

Keine Antwort. Anscheinend war sie nicht da.

Cain wartete ab und ging seine Optionen durch. Sollte er ihre Rückkehr abwarten, nach ihr suchen oder die Aktion komplett abblasen? Die zweite Option hatte vermutlich keinen Sinn. Anya war in einer ähnlichen Landschaft wie dieser aufgewachsen, und er war sich ziemlich sicher, dass sie spurlos darin verschwinden konnte, falls sie das wollte.

»Du wirst nachlässig, Marcus.«

Cain fuhr herum und sah eine Gestalt, die aus dem Unterholz getreten war, als würde sie sich direkt vor seinen Augen materialisieren. Eine Frau, die zur Tarnung Erde auf ihr Gesicht geschmiert hatte und in Tarnfarben gekleidet war, die perfekt mit der Umgebung verschmolzen. Sie trug einen beeindruckenden schwarzen Jagdbogen, ein Pfeil war eingelegt und die Sehne gespannt.

Eine tödliche Waffe – und auf ihn gerichtet.

»Willst du den benutzen?«, fragte Cain, ohne zurückzuweichen.

»Ich dürfte es«, erinnerte ihn Anya. »Eure Gesetze geben mir das Recht, meinen Besitz zu verteidigen.«

Sie stellte ihn auf die Probe und wollte ihn zum Schwitzen bringen. »Ich will nur reden.«

Anya behielt ihn ein paar Sekunden im Visier, der Bogen knirschte leicht unter der Belastung, aber schließlich entspannte sie die Sehne und senkte die Waffe.

»Für heute habe ich genug gejagt«, bekundete sie, bückte sich nach den beiden toten Kaninchen, die vor ihren Füßen lagen, und warf sie sich über die Schulter.

Cain sah zu, wie sie ihre Jagdbeute auf einem Hauklotz neben der Hütte deponierte und danach sorgsam den Bogen ablegte.

»Wie lange bist du mir gefolgt?«

»Vor einer Meile habe ich deine Spur entdeckt«, erklärte sie

und öffnete den Reißverschluss ihrer Tarnjacke. »Du bist nicht schwer aufzustöbern.«

»Du schon«, erwiderte er und sah sie vielsagend an. »Was ist los, Anya? Warum hältst du dich hier draußen auf, mitten in der Wildnis?«

»Ich wollte allein sein. Dafür kommt mir dieser Platz gelegen.«

Sie zückte ihr Jagdmesser und nahm sich das erste Kaninchen vor. Schnell und unsentimental effizient nahm sie es aus und häutete es.

»Und wie lange willst du noch so weitermachen?«

»Warum fragst du?« Sie sah ihn nicht an und konzentrierte sich auf ihre blutige Arbeit.

»Weil du mehr draufhast als das hier«, versuchte es Cain. »Die Anya, die ich kannte, hat vor keinem Kampf gekniffen.«

Sie rammte die Messerspitze mit so viel Kraft in den Hauklotz, dass die Waffe aufrecht im Holz stecken blieb, und sah ihn wütend an.

»Haben dir die Psychologen in Langley erzählt, was du sagen sollst? Ein Appell an mein Pflichtgefühl? Mir mein vergeudetes Leben vorhalten?« Sie schenkte ihm ein mattes, fast mitleidiges Lächeln. »Diese Spielchen haben wir beide so lange gespielt, dass du es besser wissen müsstest.«

»Es ist kein Spiel«, sagte er. »Sondern deine Chance zurückzukommen.«

»Wie ein braver kleiner Soldat?«, fragte sie spöttisch.

»Wie die Frau, die ich einmal kannte.«

»Auf Wiedersehen, Marcus.« Sie zog das Messer aus dem Hauklotz, sammelte die Überreste ihrer Jagdbeute zusammen und steuerte den Rand der Lichtung an.

»Wir haben ihn gefunden.«

Diese drei Worte reichten, damit sie wie angewurzelt stehen blieb. Cain sah, wie die junge Frau beim Ausatmen langsam den Kopf senkte und die Schultern hängen ließ, und er beobachtete die Spannung, die die Muskeln und Sehnen ihres Unterarms aufbauten, als sie das Messer in ihrer Hand fester packte.

»Luka. Er ist in der Ukraine.« Cain näherte sich vorsichtig. »Er hat deine Einheit an die Sowjets verraten. Im Tausch gegen seine Freiheit.«

Anya drehte sich nicht sofort um, und Cain rührte sie nicht an. Er wusste, dass sie das nicht zulassen würde. Stattdessen übte er sich in Geduld. Er wartete, bis sie sich wieder gefasst hatte.

Erst als sie sich zutraute, ihm in die Augen zu sehen, wandte sie sich um.

»Bist du sicher?«, fragte sie und suchte die erhoffte Spur eines Zweifels in seinem Gesicht.

Cain nickte. »Ich habe das ganze Dossier gelesen. Er hat wochenlang mit ihnen in Kontakt gestanden und ihnen alles geliefert: Einsatzpläne, Funkfrequenzen, Aufgaben und Ziele.« Er griff in den mitgebrachten Rucksack, schlug den Ordner bei dem Observationsfoto von Anyas ehemaligem Kameraden auf und hielt es ihr hin. »Ich wünschte, es wäre nie so weit gekommen.«

Er sah förmlich, wie sich ihre Kehle zuschnürte. »Was verlangst du von mir?«

»Luka muss sich für seine Tat verantworten«, sagte Cain ruhig. »Und das wird er auch, so oder so.«

»Du verlangst von mir, einen meiner Brüder zu töten?«

»Der Mann hat dich verraten.«

»Der Mann war mit mir zusammen im Training, er hat an meiner Seite gekämpft und mit mir geblutet«, platzte es wütend aus ihr heraus.

»Hör zu, ich kann dir nicht sagen, was du tun sollst. Ich bin hergekommen, damit du dich entscheiden kannst, mehr nicht.« Er schwieg einen kurzen Moment. »Aber bevor du deine Ent-

scheidung triffst, solltest du wissen, dass sie dir das Kommando der Task Force Black anbieten.«

Er hatte nicht oft erlebt, dass Anya die Überraschung so deutlich ins Gesicht geschrieben stand. »Das Kommando?«

»Diese Männer sind dir – und nur dir – loyal ergeben. Nach allem, was du in Afghanistan getan hast, wollen sie nicht mehr ohne dich kämpfen.« Cain ließ dieses Eingeständnis einen Moment einwirken und beobachtete ihre Reaktionen genau. Er spürte die Regungen ihres Stolzes und der Emotionen, die seine Worte geweckt hatten.

Das war ihre Schwäche, und er kannte sie. Das hingebungsvolle Verantwortungsgefühl, das sie für die Männer empfand, an deren Seite sie gekämpft hatte. Sie hatte so hart dafür gearbeitet und so viel dafür gegeben, um von ihnen akzeptiert zu werden. Die Nachricht, den Respekt und die Loyalität dieser Männer gewonnen zu haben, brachte ihre Entschlossenheit ins Wanken.

»Sie brauchen dich jetzt«, sagte Cain sanft. »Und ich glaube … du brauchst sie vielleicht auch.«

Anya streckte langsam den Arm aus und nahm ihm das Dossier ab. Ihre Finger hinterließen blutige Spuren auf dem Foto von Luka. Sie starrte eine Weile darauf, dann hob sie den Kopf und sah in Cains erwartungsvolle Miene.

»Das klingt nicht nach dir, Marcus.«

»Was soll das heißen?«

»Freya.« Die junge Frau stöhnte leise. »Sie hat dich hergeschickt, oder?«

Cain wusste, dass jeder Versuch, sie zu täuschen, unklug, vielleicht sogar tödlich gewesen wäre. »Sie war die Einzige, die mir geholfen hat, als niemand sonst es tat. Die Männer, für die sie arbeitet … Sie könnten uns dabei helfen, wirklich etwas zu bewegen, so wie wir es immer wollten.«

Anya antwortete ihm nicht sofort. Aber sie betrachtete ihn traurig, fast mitleidig, als wären seine Worte eine Illusion, die nur sie allein durchschauen konnte, und als sähe sie bereits, worauf alles hinauslief.

»Du begreifst es immer noch nicht, oder? Die werden uns benutzen, bis nichts mehr von uns übrig ist«, sagte Anya. »Sie werden dein Ende sein ... und meins.«

Trotz der heißen Nachmittagssonne spürte Cain den eiskalten Schauer einer Vorahnung in den Knochen. Anyas Worte entsprangen weder Wut noch Frustration, stattdessen klang sie, als fügte sie sich einfach kampfesmüde in ihr Schicksal und fände sich jetzt schon mit der düsteren Zukunft ab.

»Das würde ich nicht zulassen«, hielt er trotzig dagegen. »Niemals.«

Sie hielt ihm das Dossier hin, das jetzt von ihren blutigen Fingerabdrücken gezeichnet war.

»Ich kehre zurück, Marcus«, sagte sie ruhig. Aber als er ihr das Dossier abnehmen wollte, hielt sie es fest. »Nicht für dich oder Freya Shaw, sondern für meine Brüder. Sie sind alles, was jetzt noch für mich zählt.«

Cain erwiderte ihren Blick. Das Feuer war zurück und loderte in ihren eisblauen Augen. Ein Feuer, das ihn jedoch keine Spur wärmte.

Tel Aviv, Israel – 24. April 2011

Es war ein milder, warmer Abend in Tel Aviv, und die Hitze hielt noch an, nachdem die Sonne längst untergegangen war. Vom Mittelmeer strich eine laue Brise über die Palmen, die die Straßen säumten. Die Stadt verfiel in einen langsameren, nächtlichen Rhythmus.

Chanan Russo war durchaus danach zumute, alles etwas

langsamer anzugehen, als er vor seinem Haus stoppte und wartete, dass das Sicherheitstor des Gebäudes zur Seite fuhr.

Er war ein unscheinbarer Mann von 65 Jahren, der sich nur ungern an den Gedanken gewöhnte, dass die Zeit gegen ihn arbeitete. Beim Aufstehen fühlte er sich jeden Morgen steif und erschöpft, und oft wachte er nachts auf, weil er zur Toilette gehen musste. Sein Körper, der während seiner aktiven Zeit bei den israelischen Streitkräften schlank und fit gewesen war, wurde schlaffer und schwächer.

Er alterte, auch wenn er es noch so sehr hasste.

Aber ihm war noch Verantwortung geblieben.

Die Arbeit als hochrangiger Führungsoffizier beim Mossad – Israels elitärem und gefürchtetem Geheimdienst – forderte ihm unvermindert viel ab. Sein Land hatte viele innere und äußere Feinde, die keine Rücksicht auf einen alten Mann nahmen, der kurz vor dem Ende seiner Berufslaufbahn stand.

Er parkte im Carport neben dem Haus, schaltete den Motor ab und stieg aus. Er atmete die warme Abendluft tief ein und roch den Wacholder im Nachbargarten. Ein Duft, der ihn von jeher auf eine eigentümliche Weise mit der Welt versöhnt hatte.

Das Haus war dunkel, als er es betrat; seit dem Tod seiner Frau vor neun Jahren wirkte es still und leer. Undenkbar, dass er sich daran je gewöhnen würde.

Aber diesmal war etwas anders. Diesmal war das Haus nicht ganz so still, wie es sein sollte. Heute Abend war jemand da.

Seine Hand bewegte sich instinktiv zur IWI-Jericho-Pistole in seinem Hüftholster.

»Stopp.«

Russo erstarrte, nicht allein von dem Befehl, sondern

auch von der Stimme schockiert, die ihn erteilt hatte. Eine Frauenstimme.

Ein Schalter klickte, und plötzlich erstrahlte der Flur in hellem Licht und machte die Angreiferin sichtbar. Eine Frau mit einer schallgedämpften Automatik, die sie auf seinen Bauch richtete. Er kannte die Frau.

Russo stieß einen Seufzer aus. Diesen Tag hatte er seit vier Jahren erwartet.

»Ich dachte mir, dass Sie herfinden würden«, sagte er auf Englisch. Er wusste, dass sie Hebräisch verstand, aber nicht flüssig genug sprach, um eine vernünftige Unterhaltung zu führen.

Anya ignorierte seine Worte und deutete auf die Waffe, die er fast gezogen hätte. »Nehmen Sie die Waffe heraus und legen Sie sie auf den Boden. Dann schieben Sie sie zu mir rüber.«

Russo tat, was sie verlangte, legte die Jericho auf den Fliesenboden und kickte sie mit dem Fuß in ihre Richtung.

»Jetzt schließen Sie die Eingangstür«, befahl sie. »Kommen Sie nicht auf die Idee wegzulaufen.«

Unter anderen Umständen hätte Russo vielleicht gelacht. In seinem Alter war er nicht gerade schnell auf den Beinen.

Wieder tat er, was sie verlangte, und schloss, den Duft des Wacholders in der Nase, die Außentür. Dann drehte er sich zu ihr um.

Seit der letzten Begegnung war sie gealtert. Sie war noch immer eine hinreißend schöne Frau, doch die letzten acht Jahre waren nicht spurlos an ihr vorübergegangen. Sie hatte Falten um Mund und Augen, die dort früher nicht zu sehen waren, ihre Miene war verhärtet, und in ihren Augen brannte Rachedurst.

Ja, Chanan Russo wusste genau, weshalb Anya heute Abend hier war.

Sie bückte sich, nahm seine Waffe und deutete zum Wohnzimmer, das vom Korridor abging. »Da rein. Auf die Couch. Lassen Sie Ihre Hände, wo ich sie sehen kann.«

Er war klug genug, ihr aufs Wort zu gehorchen, ging durch den Türbogen und setzte sich auf die Couch. Anya nahm gegenüber auf einem Sessel Platz und richtete unverwandt die Waffe auf ihn.

»Ich bin unbewaffnet«, sagte er. »Sagen Sie mir, was Sie wollen.«

Jetzt sah er ein Glitzern in ihren blauen Augen. Ärger, Wut, Schmerz.

»Was ich will«, wiederholte sie und atmete langsam und tief durch. »Im Jahr 2003 vermittelten Sie ein Treffen zwischen mir und einem irakischen Überläufer, der sich mit seinem Decknamen Typhoon vorgestellt hatte.«

Ihr Tonfall war kühl und sachlich, als präsentierte sie einen dienstlichen Abschlussbericht.

»Das ist richtig.«

Anya nickte langsam. »Auf dem Weg zu diesem Treffen geriet ich in einen Hinterhalt und wurde von einem russischen Kommando gefangen genommen.« Sie machte eine Pause, dann fuhr sie fort. »Jemand hatte ihnen gesteckt, wo ich mich aufhalten würde. Typhoon hatte ebenso wenig Interesse daran wie ich, dass dieses Treffen fehlschlug. Somit bleibt nur eine Möglichkeit: Chanan.«

Russo schloss die Augen und stöhnte. Ihm war bewusst, dass Anya neben ihrem mörderischen Geschick als Auftragskillerin auch ein unheimliches Gespür dafür hatte, wenn jemand sie belügen wollte. Kleine, verräterische Hinweise und Ticks, die die meisten Menschen überhaupt nicht bemerkten, offenbarten es ihr so deutlich wie die Mittagssonne. Selbst ausgebildete Geheimdienstler hatten sich daran die Zähne ausgebissen.

»Ja«, sagte er nach geraumer Zeit. »Das war ich.«

Anya reagierte überhaupt nicht auf sein Geständnis. Ihr Ausdruck blieb kalt, gefühllos und äußerst konzentriert.

»Und weiter?«

»Ich wurde von einer Gruppe von Männern angesprochen, die wussten, dass ich mit Ihnen in Kontakt stand. Sie wussten, dass ich als Mittelsmann in Ihrem Auftrag das Treffen arrangiert hatte, und wollten erfahren, wo es stattfinden sollte.«

»Russen?«

Russo schüttelte den Kopf. »Nein. Pakistanische Geheimdienstler.«

Für einen kurzen Moment ließ sie hinter ihre Maske blicken. Er hörte sie ausatmen und sah, dass sie einen Augenblick lang unkonzentriert war, als sie seine Worte verarbeitete.

»Sie lügen«, platzte es aus ihr heraus.

»Ach ja?«, fragte er. »Schauen Sie mich an, Anya. Wollen Sie mir sagen, dass ich lüge?«

»Das ergibt keinen Sinn.«

»Es ist die Wahrheit.«

Ihre Anspannung war fast körperlich spürbar. »Auf wessen Befehl haben diese Leute gehandelt?«

Russo spürte unweigerlich einen Anflug von Mitgefühl für diese Frau, die Männern, die es nicht zu schätzen wussten, so viel geopfert hatte.

»Das weiß ich nicht.«

Aus der schallgedämpften Waffe kam ein Blitz; neben ihm wurde der Stoff des Sofas zerfetzt, und es regnete Holzsplitter.

Russo zuckte unwillkürlich zusammen, er spürte die spitzen Splitter an seinem Arm und Hals.

»Denken Sie genau nach.«

»Ich glaube, ich hörte, wie einer von ihnen einen Namen erwähnte. Vizur.«

Da riss sie plötzlich die Augen auf, und er sah ihr an, dass ihr der Name vertraut war. »Sind Sie sicher?«

»Absolut.« Er beugte sich leicht vor. »Wer ist das?«

Anya antwortete nicht. Sie hatte einen gehetzten, verzweifelten Blick in den Augen.

Russo fühlte sich verpflichtet, sie zu trösten. »Ich weiß, das wird Ihnen nur wenig bedeuten, aber … es tut mir leid, wie das gelaufen ist.«

»Es tut Ihnen leid«, wiederholte sie distanziert. »Ich habe vier Jahre in Einzelhaft gesessen, Chanan. An einem Ort so fern von jedem Licht, dass ich sogar vergaß, wie Licht sich anfühlt. Was Sie mir angetan haben …«

Sie verstummte, vielleicht traute sie sich nicht zu, noch mehr zu sagen. Ihm wurde schmerzlich bewusst, dass man sie mit Methoden gebrochen hatte, über die man niemals hinwegkommen konnte.

Russo biss sich auf die Lippe; er war der Meinung, dass sie eine Erklärung verdiente. »An dem Tag, an dem mich diese Männer besuchten, hatten sie einen Laptop dabei. Sie setzten mich dahin, wo Sie jetzt gerade sitzen, und zeigten mir ein Livevideo von meiner Tochter und meinem Enkel im Park. Sie haben mir zu verstehen gegeben, dass meine Familie nur noch eine Stunde zu leben hätte, wenn ich ihnen nicht geben würde, was sie verlangten. Sie wollten die Hinrichtung volle sechzig Minuten dauern lassen und mich zwingen, jede einzelne Sekunde davon anzusehen.«

Er schloss die Augen und dachte an jenen furchtbaren Nachmittag zurück – an die Angst, den Schrecken, die ohnmächtige Wut.

»Also habe ich es getan. Ich habe Ihr Leben geopfert, Anya, um das Leben meiner Familie zu retten. Und ich tat es ohne Bedauern und ohne zu zögern. Weil sie es verdienten zu leben. Das sind gute Menschen, und wir nicht. Wir haben uns dafür entschieden, das zu sein, was wir sind.«

»Ich war früher gut«, sagte sie leise und nachdenklich.

Russo reagierte nicht darauf. Er sah nur zu, wie sie langsam aus dem Sessel aufstand – demselben Sessel, in dem er sie verraten hatte.

»Sie wissen, wie es weitergeht.«

Russo schluckte, sah ihr in die Augen und nickte. Das war ihm sofort klar gewesen, als er sie gesehen hatte. Vielleicht wusste er es sogar schon, seit ihre Flucht aus russischer Gefangenschaft bekannt geworden war.

»Man wird Sie jagen«, warnte er. »Der Mossad wird erst Ruhe geben, wenn Sie tot sind.«

»Ich weiß.«

Russo stand auf und zog langsam seinen Schlipsknoten fest. Er konnte nicht genau sagen, warum, aber es schien ihm angemessen zu sein: im Stehen zu sterben und dem Tod ins Auge zu schauen, wie es einem Mann geziemt.

»Ich bin bereit.«

Keine Förmlichkeit, keine letzten Worte von Vergebung und auch kein Ausdruck des Bedauerns ihrerseits. Nur zwei schnelle Blitze und zwei dumpfe Schläge, als die Geschosse in seine Brust drangen. Seine Beine gaben nach, und er fiel rückwärts auf die Couch. Blut sickerte in den Bezugsstoff.

Mit brechenden Augen sah er noch Anya, die die Waffe senkte und sich wegdrehte. Er ertappte sich, wie er seltsam entrückt überlegte, was sie mit diesem Wissen anstellen und wohin sie als Nächstes gehen würde. Wie viele Männer würden noch sterben, bis sie fertig war?

Dann erloschen auch diese Gedanken, und andere hatte Russo nicht mehr.

7

Oxford – 25. April

Es waren ein paar fruchtlose und überwiegend frustrierende Monate für Drake gewesen, der immer wieder Hinweisen hinterhergejagt war, die irgendwann im Nichts endeten; er hatte damit eigentlich nur seine Zeit und Mittel vergeudet.

Frosts weltumspannende Suche nach Anya hatte nur sporadisch ein paar spärliche Informationen zutage gefördert: winzige Hinweise auf ihre Reiserouten, die ihn viel zu spät erreichten, als dass er noch darauf reagieren konnte. Sie war wie ein Geist, der ungesehen und unbemerkt durch die Welt zog.

Aber sie lebte. Und wie er sie einschätzte, war von ihr kaum zu erwarten, dass sie ihre Pläne aufgeben würde. Bis zu ihrer nächsten Aktion war es nur eine Frage der Zeit.

Der Anruf erreichte ihn an einem regnerischen Mittwochnachmittag, als er auf einem Uferweg an der Themse entlangjoggte, wo sie sich durch das Herz der uralten Stadt schlängelte. Am anderen Ende der Verbindung war Frost.

»Was hast du gefunden?«, fragte er und versuchte ruhiger zu atmen.

Frosts Tonfall ließ von Anfang an erkennen, dass es etwas Außergewöhnliches sein musste. Es hatte einen Zwischenfall gegeben. Eine große Sache.

»Letzte Nacht wurde in Tel Aviv ein Mossad-Agent hingerichtet«, fing sie an. »Die Geheimdienste machen sich ins

Hemd und bezichtigen alle Welt – von den Palästinensern bis hin zu den Iranern. Aber Zeugen sagten aus, dass sie zur Tatzeit eine Frau vom Tatort weggehen sahen. Eine Frau mit blonden Haaren.«

Drake lief es kalt den Rücken herunter, und sein ohnehin schon beschleunigter Puls legte noch einen Zahn zu. »Wie hieß der Agent?«

»Russo, Chanan Russo.«

Sofort stieg in Drake die Erinnerung an ein Gespräch mit Anya auf. Vor vier Jahren hatten sie versucht, die Ereignisse zu rekonstruieren, die ihrem Aufenthalt in dem russischen Gefängnis vorausgegangen waren.

»Ich habe über einen Mittelsmann Kontakt mit ihm aufgenommen, und danach kommunizierten wir über anonyme E-Mail-Accounts.«

»Wer war der Vermittler?«, fragte Drake.

»Ein israelischer Mossad-Agent namens Russo. Ich hatte schon früher mit ihm gearbeitet, und er verfügte über viele Kontakte zu irakischen Behörden.« Sie schüttelte den Kopf. »Aber ich werde mich nicht wieder mit ihm in Verbindung setzen. Er hat enge Verbindungen zur Agency.«

»Verdammt«, sagte er tonlos. Die Puzzleteile fügten sich zusammen und ergaben ein Bild.

»Kennst du ihn?«

»Russo hatte das Treffen vermittelt, zu dem Anya vor acht Jahre unterwegs war«, erklärte Drake. »Sie ist nie dort angekommen.«

»Glaubst du, er hat sie verraten?«

»*Sie* scheint es zu glauben.«

Drake schüttelte den Kopf. Ihm war klar, welche Tragweite Anyas jüngste Aktion hatte. Mit der Exekution Russos brachte sie sich bei Cain und der Agency nachhaltig in Erinnerung. Sie wussten jetzt, dass sie am Leben war.

Und wenn sie erst wussten, dass sie noch lebte, dann wussten sie auch, dass er am Leben war. Mit der Anonymität, die er in den letzten Monaten genossen hatte, war es vorbei.

»Ich muss los«, sagte er und dachte bereits fieberhaft nach. »Wenn sie erfahren, dass ich noch am Leben bin, werden sie sich Jess schnappen ...«

Nordwales, Vereinigtes Königreich

Jessica kam fröhlich die Treppe herunter und bewegte sich mit so viel Elan wie schon lange nicht. Die lange, kalte und dunkle Winterperiode näherte sich ihrem Ende, die Tage wurden spürbar länger, und in die Welt, die sie umgab, kehrte das Leben zurück.

Sie ging zu dem kleinen, gemütlichen Arbeitsplatz, der ihr als Homeoffice diente, schaltete den Computer ein und wollte die immer länger werdende Liste von E-Mails in Angriff nehmen. Aus naheliegenden Gründen hatte sie sich in den letzten Jahren sowohl beruflich als auch privat bedeckt gehalten, aber auch das änderte sich gerade.

Seit Drake offiziell als tot galt, hatte sich der Schatten verflüchtigt, der in den letzten Jahren auf sie gefallen war. Sie schmiedete sogar schon Pläne, um ihre selbst gewählte Isolation zu beenden und in die reale Welt zurückzukehren. Dazu hatte sie ehemalige Geschäftspartner kontaktiert, um wegen Jobs vorzufühlen, und mit Maklern und Notaren gesprochen, weil sie umziehen wollte.

Ihr Bruder sollte das von ihr erfahren, wenn er sich das nächste Mal bei ihr meldete, und sie hatte sogar eine Flasche seines Lieblingswhiskys gekauft, damit sie es feiern konnten.

Sie wollte sich gerade an die Arbeit machen, als es an der Tür klingelte.

Jessica blickte auf. Sie bekam nicht oft Besuch. Doch es war nie auszuschließen, dass es sich um Auslieferungsfahrer oder eine Wandergruppe handelte, die in den verschlungenen Tälern von ihrer Route abgekommen waren.

Sie stand vom Schreibtisch auf und öffnete eine Schublade. Aus Gewohnheit fischte sie eine kleine Sprühdose heraus, die sie dort immer verwahrte, und schob sie in die Gesäßtasche ihrer Jeans.

Es klingelte wieder. Sie ging durch die Diele, schloss die Haustür auf und öffnete sie ein paar Zentimeter weit, ohne die Sicherheitskette zu lösen.

Der Mann vor der Tür war etwa 40 Jahre alt, klein und stämmig, mit kurz geschnittenem, schütterem Haar. Er war in einen dunkelblauen Handwerker-Overall gekleidet und trug Arbeitsstiefel. Hinter ihm parkte ein Werkstattwagen in der Einfahrt.

»Morgen«, sagte er freundlich und sah auf den Tablet-PC, den er in der Hand hielt. »Mrs. ... Drake, richtig?«

»*Miss* Drake«, korrigierte ihn Jessica. »Kann ich Ihnen helfen?«

»Das können Sie wirklich. Ich bin Gareth Thomas«, sagte er und zeigte einen Ausweis vor. »Es gab Beschwerden über Stromausfälle in der Gegend. Hatten Sie Probleme mit Ihrem Anschluss?«

»Eigentlich nicht.«

»Ah, gut«, sagte er sichtlich erleichtert. »Na ja, nicht gut, aber ein Anfang. Hätten Sie etwas dagegen, wenn ich mir Ihren Sicherungskasten anschaue, nur um einmal durchzumessen?«

Jessica dachte kurz darüber nach. Ihre angeborene Vorsicht haderte mit dem Wunsch, die Sache schnell hinter sich zu bringen, damit sie wieder an die Arbeit gehen konnte. Sie wollte gerade antworten, als ihr Handy in der Küche klingelte und sie kurz ablenkte. Ryan war einer der wenigen Menschen, die ihre Nummer hatten.

»Miss Drake, ich würde es wirklich gern hinter mich bringen, damit ich weiterkann«, sagte der Techniker. Er lächelte, aber er wirkte jetzt nicht mehr ganz so freundlich. Seine Stimme hatte einen härteren, ungeduldigen Unterton bekommen, der sie sofort in Alarmbereitschaft versetzte.

»Hätten Sie etwas dagegen, wenn ich erst ans Telefon gehe?«, sagte sie und drückte die Tür zu.

Doch er stieß blitzschnell seinen schweren Arbeitsstiefel in den Türspalt, damit sie die Tür nicht schließen konnte. Sie sah ihm in die Augen und traf auf einen stahlharten, unbarmherzigen Blick.

»Ich bestehe darauf«, knurrte er, hatte plötzlich einen Bolzenschneider in der Hand und knipste die Sicherheitskette durch wie ein Gärtner, der einen Baum beschneidet. Jetzt wurde die Tür von nichts mehr zurückgehalten; er warf sich mit seinem beachtlichen Körpergewicht dagegen, und der heftige Stoß schleuderte Jessica rückwärts brutal an die gegenüberliegende Wand.

Wie in Zeitlupe kam er danach durch die Tür, in seiner Hand glänzte eine dunkle Waffe. Sofort schwenkte der lange Lauf eines Schalldämpfers in ihre Richtung. Die freundlich-entschuldigende Miene war verschwunden, und der Ausdruck kühler, berechnender Aggression an ihre Stelle getreten.

Vor einigen Jahren war Jessica in eine ähnliche Situation geraten. Damals war sie von bewaffneten Männern schnell und mühelos überwältigt und in einen wartenden Lieferwagen verfrachtet worden. Sie hatte sich kaum gewehrt, weil es ihr vor Angst wie einem Tier im Scheinwerferlicht ergangen war – unfähig, sich zu rühren oder einen klaren Gedanken zu fassen.

Aber das waren andere Zeiten gewesen, und sie – naiv und unvorbereitet – ein anderer Mensch. Jessica hatte sich verändert.

Sie ging sofort auf ihn los und verringerte die Distanz so schnell, wie ihre Füße sie trugen. Eine Mischung aus Selbstverteidigungstraining, Instinkt und explodierender, ungezügelter Wut hatte von ihr Besitz ergriffen. Sie wusste nicht, wer dieser Mann war und was er von ihr wollte, aber das spielte keine Rolle.

Die Selbstverteidigungslehrer, mit denen sie trainierte, hatten ihr wertvolle Lektionen über den Umgang mit bewaffneten Gegnern erteilt.

Möglichst deeskalieren. Notfalls zurückziehen. Kämpfen, wenn das Leben davon abhängt. Wer aber kämpft, muss alles geben.

Sie griff in ihre hintere Tasche, riss die Minidose Pfefferspray heraus, die sie dort hineingesteckt hatte, zielte und sprühte ihm mitten ins Gesicht. Sie sah ihn überrascht blinzeln, bevor er plötzlich die Augen zudrückte und sein Gesicht vor Schmerz verzerrte. Sogar Jessica brannte das starke Gas in den Augen.

Da blitzte es, sie hörte den gedämpften Schuss, der von den Wänden widerhallte, und das Krachen zersplitternden Holzes, als nicht weit von ihnen ein Querschläger durch eine Tür schlug. Er schoss blind, aber die Chancen auf einen Zufallstreffer standen nicht schlecht.

Jessica ließ das Pfefferspray fallen, riss den linken Arm hoch und schlug ihm aufs Handgelenk. Der Aufprall schmerzte sie bis in die Knochen, und sie spürte die Wellen bis in die Schulter, aber darauf kam es nicht an. Wichtiger war, mit der anderen Hand die Waffe von oben zu packen und mit aller Kraft nach unten zu drücken.

Die Knochen am menschlichen Handgelenk sind nicht dafür ausgelegt, seitlichen Belastungen dieser Art standzuhalten, und plötzlich stand er vor der klaren Wahl, entweder die Waffe loszulassen oder zuzusehen, dass seine Speiche und die Elle wie Zweige brachen. Er wählte die erste Option und ließ sich die Waffe aus der Hand reißen.

Jessica war noch nicht fertig und versetzte ihm einen heftigen Tritt in den Unterleib, der ihn auf die Knie sinken ließ. Er erkannte die drohende Gefahr und schwenkte die Fäuste links und rechts, bevor Jessica mit dem Pistolengriff nach seiner Schläfe ausholte. Der Stahl rammte den Schädel mit einem dumpfen Schlag.

Zwei feste Schläge waren nötig, um ihn niederzustrecken, und sie hatte ihm kaum den zweiten Schlag versetzt, als sie draußen jemanden rufen hörte. Sie warf einen Blick durch die offene Haustür. Die Seitentüren des Lieferwagens standen offen, und zwei weitere Männer kamen aufs Haus zugelaufen. Beide bewaffnet.

Ihr Herz raste angetrieben von einer Mischung aus Wut, Adrenalin und Todesangst. Sie lief den Flur zur Küche hinunter und hatte gerade erst die Tür hinter sich verschlossen und einen Stuhl unter die Klinke geklemmt, als sie im Flur Schritte und Schreie hörte.

Jessica zwang sich, ihre wachsende Panik zurückzudrängen. Sie sah sich im Raum um und versuchte, rational zu bleiben und klar zu denken. Sie hatte es mit mehreren bewaffneten Profis zu tun. Den ersten Mann überrumpeln zu können war reine Glückssache gewesen, aber es auch noch mit seinen beiden Begleitern aufzunehmen kam nicht infrage.

Sie brauchte einen anderen Ausweg.

Ihr Blick fiel auf die Alarmanlage, die nicht weit von ihr an der Wand montiert war. Sie hatte in jedem Raum einen Schalter installieren lassen und konnte sie deshalb aus jedem Teil des Hauses aktivieren. Sie hechtete vor und drückte den Panikknopf. Sofort sprang lautstark die draußen montierte Sirene an.

Nachdem das erledigt war, betrachtete sie die Waffe in ihrer rechten Hand. Es war eine Heckler&Koch Automatik, die durch den klobigen, aufgeschraubten Schalldämpfer noch schwerer wirkte. Sie wusste nicht, welches Kaliber die Waffe hatte, und das war ihr im Moment auch egal. Sie war geladen und entsichert.

Sie zielte auf die Tür, drückte dreimal ab und feuerte blind in den Flur dahinter. Der Rückstoß der Unterschallgeschosse war heftiger als erwartet, und sie spürte ihn bis in die Schultern. Aber als die Kugeln durch das Türblatt schlugen und das Holz splitterte und zerbarst, übertönte ein Warnruf aus dem Flur die Sirene.

»Kontakt! Kontakt!«

Auf der anderen Seite der Tür pressten sich zwei Agenten in taktischer Schutzkleidung flach an die Wand, um nicht von ungezielten Schüssen getroffen zu werden. Ihre Kevlarwesten schützten sie vor direkten Treffern, doch es bestand immer die Gefahr, von einem Zufallstreffer an Armen oder Beinen erwischt zu werden.

Einer ihrer Kameraden lag bereits auf dem Boden und stöhnte vor Schmerzen. Dabei hätte es ein Leichtes sein müssen, eine untrainierte Zivilistin zu schnappen und einzukassieren. Inzwischen waren sie in einen ausgewachsenen Häuserkampf mit einer Zielperson verwickelt, die sie lebend einfangen mussten. Noch schlimmer war, dass der ohrenbetäubende Lärm der Alarmanlage jede verbale Kommunikation und den Funkverkehr unmöglich machte.

Dennoch waren sie aufgrund ihres Trainings, ihrer Feuerkraft und ihrer zahlenmäßigen Überlegenheit im Vorteil – drei Faktoren, die sie unbedingt ausnutzen wollten.

Der Agent auf der rechten Seite hakte eine Blendgranate von seinem Utensiliengürtel, zog den Sicherungsstift und rückte zur Küchentür vor, während ihm sein Begleiter Deckung gab. Er tauschte einen kurzen Blick mit seinem Kameraden, dann zählte er leise herunter.

Drei, zwei, eins …

Er ließ den Hebelgriff hochschnappen, trat die Tür auf, wobei er den Stuhl zertrümmerte, mit dem sie verkeilt war, und warf die Granate hinein. Eine Sekunde später erbebte das Haus von dem heftigen Knall, mit dem die Blendgranate explodierte.

Kurz darauf waren beide Männer im Zimmer und suchten den Raum ab. Sie erwarteten, ihr Opfer geblendet und handlungsunfähig vorzufinden. Eine leichte Beute.

Der Raum war leer.

»Gesichert!«

»Gesichert! Wo ist sie?«

Die Hintertür war noch verschlossen und gesichert. Außerdem wurde dieser Ausgang von einem draußen postierten dritten Mann überwacht. Sie wäre ihm nicht entwischt, wenn sie versucht hätte, dort zu entkommen.

Erst als einer von ihnen zu Boden blickte, sah er, dass ein Teppich bewegt worden war. Es sah aus, als hätte man ihn eilig beiseite geworfen. Und dort, bündig in die Bodendielen eingelassen, fand sich eine kleine hölzerne Türklappe.

Sein Kamerad stürzte sich darauf, packte den Griff und riss die Tür hoch. Dabei übersah er den dünnen Draht, der an der Klappe befestigt war, und die darunter an die dunkle Wand geschraubte, abgesägte Schrotflinte, deren Doppellauf nach oben zeigte.

Mit Sicherheit bemerkte er jedoch die beiden Schrotladungen, die die Waffe mit einer mächtigen Entladung genau auf seine Brust abfeuerte. Der Aufprall schleuderte ihn zurück, und er landete einige Schritte entfernt auf dem Boden. Seine Weste hatte ihn knapp davor bewahrt, aus nächster Nähe von Schrotladungen getötet zu werden, aber die kinetische Energie hatte seinen Brustkorb verletzt und ihm die Luft aus der Lunge geschlagen.

»Verdammt!«, zischte der andere Agent und griff nach dem Funkgerät, während sein Kamerad mühsam aufstand. »An alle Einheiten. Geheimausgang im Küchenfußboden. Zielperson könnte Gebäude verlassen haben. Sichtung sofort melden!«

Er hatte den knappen Befehl kaum gegeben, als der Lärm eines durchstartenden Motors seine Aufmerksamkeit nach draußen lenkte. Das Geräusch war hochtourig und rau, stammte von keinem Automotor, sondern von etwas Kleinerem, Leichterem. Er sprang gerade noch rechtzeitig zum zerbrochenen Küchenfenster, um ein Cross-Motorrad aus einem steinernen Nebengebäude rasen zu sehen. Die Zielperson war tief über den Lenker gebeugt.

Er legte sofort an und feuerte durch die zerbrochene Scheibe eine Maschinenpistolensalve auf das schnelle Fahrzeug. Er hoffte, einen Reifen zu durchlöchern oder den Motor zu beschädigen. Aber die Schüsse klatschten mehrere Meter hinter seiner Zielperson in den feuchten Boden.

Und dann war sie blitzartig von der Bildfläche verschwunden.

»Achtung, Zielperson unternimmt Fluchtversuch«, bellte er ins Funkgerät, riss die Hintertür auf und rannte nach draußen. »Zum Wald unterwegs in nordöstlicher Richtung. Alle Einheiten hinterher!«

Jessica bekam von den hektischen Befehlen hinter ihr

nichts mit, als sie den Gasgriff bis zum Anschlag drehte und das Bike gefährlich schnell einen zugewucherten Feldweg entlangjagte. Wasser spritzte ihr ins Gesicht und durchnässte ihr langes Haar, das hinter ihr im Fahrtwind flatterte.

Sie riss den Lenker hart nach rechts, ging vom Gas und verlagerte ihr Gewicht auf eine Seite. Das Bike rutschte durch die Kurve, danach gab sie wieder Vollgas. Das Hinterrad drehte durch, krallte sich wieder in den feuchten Grund und schleuderte klumpenweise Schlamm und Gras hinter sich, aber irgendwie gelang es Jessica, das schlingernde Motorrad unter Kontrolle zu behalten.

Sie rechnete damit, jeden Moment von hinten beschossen zu werden, aber das passierte nicht. Das Haus verschwand in der Entfernung, die Sirene heulte unablässig, doch sie ging keine Sekunde vom Gas und wagte es nicht, nach hinten zu sehen.

Es wäre ein Leichtes, die wenigen Straßen zu blockieren, die diese Gegend durchzogen. Eine Flucht mit dem Auto war deshalb unmöglich. Jessica war sich dessen schon lange bewusst gewesen und hatte deshalb in ein kleines, leichtes Cross-Bike investiert, das dafür geschaffen war, mit schwierigem Gelände fertigzuwerden. Nicht unbedingt ihr Stil – aber nach vielen Versuchen und Fehlschlägen traute sie sich zu, mit der temperamentvollen Maschine umzugehen.

Noch wichtiger war, dass sie die Gegend hier wie ihre Westentasche kannte, alle Schleichwege und die halb vergessenen Pfade, die sich durch die Berge und Täler schlängelten.

Und sie wusste sie zu ihrem Vorteil zu nutzen.

Ein kleiner Fluss, angeschwollen von Frühlingsregen und Schmelzwasser, wand sich durch das Tal, und ein schmaler Pfad folgte seinem Verlauf. Er wurde gelegentlich von Wanderern auf dem Weg zu den Hügelketten der Umgebung genutzt – nicht gerade eine asphaltierte Hochgeschwindigkeitspiste, doch immerhin befahrbar. Die Hänge ringsum waren dicht mit Bäumen bewachsen, die in der geschützten Umgebung gut gediehen und Jessica reichlich Deckung verschafften.

Sie zwang sich, Tempo zurückzunehmen, als es einen steilen Hügel hinaufging und sie dabei unter Einsatz aller Kräfte Bäumen und Büschen ausweichen musste. Jessica war gezwungen, sich voll auf die Bremsen zu verlassen. Doch sobald die Reifen wieder festen Boden berührten, gab sie alles, was sie hatte. Der Motor knurrte, als das leichte Fahrzeug in einem Sprühregen aus Schlamm und Abgasen den Pfad hinunterschoss.

Dieser Weg erstreckte sich mehrere Meilen weiter nach Südosten; er folgte dem Wasserlauf, bis dieser sich mit einem größeren Strom vereinigte. An dem Zusammenfluss befand sich ein kleines Dorf, das neben einer alten Steinbrücke erbaut worden war, die den schnell strömenden Fluss überquerte. Ein Ort, der sich für einen Hinterhalt ihrer Verfolger anbot. Glücklicherweise kannte Jessica noch andere Stellen, an denen sich der Pfad verzweigte, sodass sie diesen Engpass umfahren konnte.

Die Automatik, die sie im Haus einem der Männer abgenommen hatte, hatte harte Kanten, die sich schmerzhaft in ihre Seite gruben, aber sie konnte jetzt nicht auf sie verzichten. Es war momentan ihre einzige brauchbare Waffe, und wenn es hart auf hart kam, würde sie sie benutzen. Unter keinen Umständen wollte sie so jämmerlich kapitulieren wie letztes Mal.

Jessica strich sich eine nasse Strähne von den Augen. Diese Männer mussten nach Ryan gesucht haben, aber woher wussten sie von seinem Besuch? Und weshalb kamen sie erst jetzt, nachdem so viel Zeit vergangen war?

Sie musste ihn auf jeden Fall warnen.

Das Handy, das sie hastig vom Küchentisch genommen hatte, steckte in ihrer Tasche. Sie stand gerade lange genug von ihrem Sitz auf, um es herauszuziehen, dann wählte sie die Kurzwahlnummer von Ryan.

Tatsächlich klingelte es nur zweimal, bis Drake sich meldete.

»Jess, bist du okay?«, fragte er unverkennbar besorgt. Hatte er schon vorher gewusst, dass sie in Gefahr war?

Jessica hielt mit einer Hand das wackelige Motorrad und presste mit der anderen das Handy ans Ohr. Sie schrie geradezu in das Gerät.

»Ryan, hör zu. Ich …«

Bevor sie ein weiteres Wort sagen konnte, stoppte das Bike urplötzlich und brachial; sie wurde von der Fliehkraft über den Lenker geschleudert. Einen widerwärtigen, beängstigenden Moment lang flog Jessica hilflos taumelnd durch die Luft, während sich alles um sie drehte.

Sie hatte gerade noch die Geistesgegenwart, den Kopf einzuziehen, als der Boden auf sie zuraste und sie traf wie eine riesige steinerne Faust. Plötzlich rutschte und rollte sie den Weg hinunter, scharfe Steine schürften über ihre Haut, der heftige Sturz riss blutende Wunden und verletzte die Muskeln unter der Haut.

Schließlich blieb sie zerschlagen und blutig liegen. Alles verschwamm ihr vor den Augen. Sie konnte den Bikemotor tuckern hören, der den Sturz überstanden hatte und tapfer weiterlief.

Durch den Nebel von Schmerz und Verwirrung kam ihr nur eine einzige Frage in den Kopf: Was zum Teufel war gerade geschehen?

Sie stöhnte vor Schmerz und versuchte mühsam, sich aufzusetzen. Schließlich schaffte sie es, sich umzudrehen und zu der Stelle zurückzublicken, wo der Unfall passiert war. Erst jetzt sah sie das zwischen zwei stabilen Bäumen über den Weg gespannte Kabel. Es war stark genug, um ein leichtes Crossbike mitten in der Fahrt zu stoppen.

Jessica wurde sofort von Angst übermannt. Hier hatte jemand auf sie gewartet.

»Schau an«, spottete eine Frauenstimme. »Ganz schön mutig, Lady. Sie sind anscheinend kein Waschlappen wie Ihr Bruder.«

Jessica drehte sich um und sah die Frau, der die Stimme gehörte, aus der Deckung kommen. Sie war nicht älter als dreißig, hatte kurzes blondes Haar und einen schlanken, fast zierlichen Körperbau. Sie trug eine Schutzweste über ihrer Zivilkleidung, schien aber unbewaffnet zu sein.

Sie lächelte. Ein kaltes, bösartiges Lächeln.

»Machen Sie es uns beiden doch leicht und geben Sie auf, hm?«

Jessica hatte nicht vor, sich geschlagen zu geben. Weder friedlich noch sonst wie.

Etwas drückte noch schmerzhaft gegen ihre Seite. Es war die Pistole, die im Gürtel ihrer Jeans steckte. Aus einem unerfindlichen Grund hatte sie sie bei dem Sturz nicht verloren.

Jessica griff danach, ohne zu zögern. Die junge Frau erkannte ihre Absicht und rannte überraschenderweise in ihre Richtung. Jessica riss die Waffe heraus, kniete sich hin und legte an. Sie hatte noch nie auf jemanden geschossen, doch sie hätte nicht gezögert, es zu tun. Es hieß töten oder getötet werden.

Mit einer ungeschickten, ungeübten Bewegung entsicherte sie die Waffe. Es dauerte keine Sekunde, und ihr Zeigefinger lag schon auf dem Abzug. Aber gerade als sie abdrücken wollte, sprang die junge Frau mit einem perfekt platzierten Tritt auf sie zu und trat ihr die Waffe glatt aus der Hand.

Von der Geschwindigkeit und Entschlossenheit dieses Angriffs verblüfft, holte Jessica aus, um ihr in den Magen zu schlagen. Ein guter, harter Schlag aufs Brustbein sollte sie fällen wie einen Ziegelstein. Diese Frau war vielleicht schnell, aber kleiner und schwächer als Jessica. Sie konnte es mit ihr aufnehmen.

Doch ihre Gegnerin lenkte den Schlag mühelos ab und konterte mit einem weiteren, brutal effizienten Tritt, der Jessica nach hinten schleuderte. Verletzt und orientierungslos war sie nun völlig wehrlos und nicht mehr imstande, weiter Widerstand zu leisten.

Jessica hustete und schnappte nach Luft. Sie öffnete die Augen und sah neben sich auf dem Boden etwas hell leuchten. Es war ihr Handy, das Display hatte Risse, funktionierte aber noch. Es zeigte eine aktive Verbindung.

Falls die anderen das Handy in die Finger bekämen, könnten sie den Anruf zurückverfolgen und Ryan lokalisieren. Das durfte sie nicht zulassen. Sie erhob sich mit unendlicher Mühe und kroch auf das Gerät zu.

Die geheimnisvolle Agentin schien dies mit einem sinnlosen Fluchtversuch zu verwechseln und grinste amüsiert.

»Mehr haben Sie nicht drauf? Verdammt, wenigstens etwas schwerer hätten Sie es mir machen können«, höhnte sie und umkreiste Jessica wie ein Hai, der jeden Moment angreifen konnte. »Dann sind Sie wohl doch nicht anders als Ihr Bruder.«

Mit einer letzten, verzweifelten Anstrengung warf sich Jessica vor, griff das Handy und schleuderte es in genau dem Moment in den Fluss, als ein Stiefel ihre Schläfe traf und explosionsartig Dunkelheit über sie hereinbrach.

8

Jessica erwachte vom Gerüttel; sie hörte das gedämpfte Grollen eines Fahrzeugmotors und die prasselnden Regentropfen an einer Windschutzscheibe.

Sie war verletzt. Der heftige Ruck, der sie von ihrem Motorrad geschleudert, und die brutalen Schläge, die sie eingesteckt hatte, hatten ihr zahllose Wunden und Prellungen eingebracht. Gebrochen war ihrer Einschätzung nach nichts, aber ihr Kiefer pochte an der Stelle, wo sie getroffen worden war, und selbst kleine Bewegungen rissen an dem geronnenen Blut, wo es ihre Kleidung mit der Haut verklebt hatte.

Sie öffnete die Augen und erkannte das Innere eines Autos, wahrscheinlich ein SUV, der Größe und dem Design nach zu urteilen. Die Nacht war hereingebrochen. Vor den getönten Scheiben war es dunkel, aber sie konnte dichte Tannenbestände im Scheinwerferlicht ausmachen. Ein zweites Fahrzeug fuhr voraus, man erkannte es durch die verregnete Windschutzscheibe nur als verschwommenen Schimmer. Sie hatte keine Ahnung, wo sie waren, und erkannte weder die Straße noch die Gegend, aber es musste ziemlich einsam hier sein.

Sie atmete durch und roch das unverwechselbare Aroma von Tabakrauch.

»Hey, da ist sie ja«, höhnte eine inzwischen vertraute Stimme. »Verdammt, ich hatte schon Angst, ich hätte Sie ein bisschen zu fest geschlagen. Sterben Sie mir bloß noch nicht weg.«

Die Frau, die sie bewusstlos geschlagen hatte, saß ihr gegenüber in einem der nach hinten ausgerichteten Sitze. In Zivilkleidung, mit abgelegter Schutzweste und einer Zigarette in der Hand, gab sie ein Bild entspannten Selbstvertrauens ab. Und hatte immer noch jenes bösartige, spöttische Grinsen.

Ohne Zögern wollte sich Jessica auf ihre Feindin stürzen, musste aber schmerzhaft feststellen, dass sie von etwas zurückgehalten wurde. Stahlhandschellen, die an einem der Isofix-Befestigungspunkte des Wagens angebracht waren, schnitten ihr in die Handgelenke und verhinderten, dass sie sich mehr als nur ein paar Zentimeter weit bewegen konnte.

»An Ihrer Stelle würde ich das nicht versuchen.« Die Frau griff in ihre Jacke, zog einen kleinen Handtaser heraus und schwenkte ihn vor Jessicas Nase. »Wir haben zwar den Befehl, Sie lebend abzuliefern. Aber das lässt mir einen ziemlich großen Spielraum.«

Lebend, wiederholte Jessica im Stillen und vergaß einen Moment lang ihre prekäre Situation.

»Ich bin noch gar nicht dazu gekommen, mich vorzustellen«, fuhr die Frau genüsslich fort. »Ich heiße Riley. Ich würde Ihnen die Hand schütteln, aber Sie wissen ja …«

»Was haben Sie mit mir vor?«, wollte Jessica wissen.

»Verdammt, Sie sind wohl dümmer, als ich dachte.« Die junge Frau beugte sich näher zu ihr heran. »Wir wollen Ihren Bruder. Wir wissen, dass er noch lebt, und Sie werden uns sagen, wo er ist.«

»Woher zum Teufel sollte ich das wissen?«, fragte sie und stellte sich unwissend. »Ich habe seit Jahren nichts von ihm gehört.«

Riley nahm nachdenklich einen langen Zug von der Zigarette und blies Jessica den Rauch ins Gesicht. »Wollen

Sie wissen, was Sie verraten hat?«, fragte sie. »Es war Ihre Lebensmittelrechnung.«

Sie sah Jessica an den Augen an, dass es ihr langsam dämmerte, und fuhr fort. »Wissen Sie, wir brauchen Ihr Haus nicht zu überwachen, um Sie im Auge zu behalten. Sie würden sich wundern, was man über jemanden herausfinden kann, wenn man nur seinen elektronischen Spuren folgt. Wir können die E-Mails der Leute lesen, wir können ihre Internet-Suchen filtern ...« Sie grinste. »Sogar ihre Pornogewohnheiten. Sie glauben nicht, was für perversen Schund der durchschnittliche Kongressabgeordnete anklickt.«

Jessica wandte den Blick ab, sie wollte ihr nicht in die Augen sehen.

»Wissen Sie, was in Ihrem Fall der entscheidende Hinweis war?« Sie machte eine Pause, und Jessica hörte das leise Zischen und Knistern des glühenden Tabaks, als sie den nächsten Zug nahm. »Der Whisky.«

In diesem Augenblick stockte Jessica das Herz. Sie wusste genau, welchen Fehler sie gemacht hatte. Als sie jetzt daran zurückdachte, konnte sie nicht glauben, wie dumm sie gewesen war.

»Talisker – Ryans Lieblingsmarke. In den vergangenen drei Jahren haben Sie keine einzige Flasche von dem Zeug gekauft.«

Jessica sah sie wütend an. »Ich will einen Anwalt.«

Die junge Frau starrte sie ein paar Sekunden lang angespannt und mit versteinerter Miene an. Dann bekam sie plötzlich einen Lachanfall, in den die beiden Männer auf den Vordersitzen kichernd einstimmten.

»Ach, Süße«, sagte Riley schließlich und wischte sich eine Träne aus dem Auge. »Sie begreifen wirklich nicht, in welchen Schwierigkeiten Sie stecken, oder? Terrorverdächtige kriegen kein ordentliches Verfahren.«

»Sie können nicht einfach Menschen entführen. Meine Regierung wird ...«

»Wir haben Ihre Regierung in der Tasche«, unterbrach Riley. »Und selbst wenn es anders wäre – glauben Sie wirklich, wir wüssten nicht, wie man Leute verschwinden lässt? Vertrauen Sie mir, das Einzige, was *Ihre* Zukunft noch bereithält, ist ein Geheimgefängnis in irgendeinem Land, das die meisten Menschen nicht auf einer Karte finden könnten, wo Sie den Rest ihres beschissenen, kurzen Lebens verbringen werden. Man wird Sie foltern und verhören, bis Sie sich wünschen, dass Sie ihnen mehr zu geben hätten. Und wenn die endlich fertig sind, dann schaffen sie das, was von Ihnen übrig ist, in irgendeinen Wald am Arsch der Welt und jagen Ihnen eine Kugel durch den hübschen Kopf.«

Trotz ihrer Wut, ihres Hasses und ihrer hilflosen Frustration darüber, gefesselt zu sein, spürte Jessica, wie sich in ihrem Magen vor Angst ein harter Knoten zusammenballte. Sie zweifelte keine Sekunde, dass diese Frau die Wahrheit sagte.

»Sie könnten das natürlich vermeiden, wenn Sie mir sagen, was ich wissen will«, sagte Riley in einem nahezu verschwörerischen Ton. »Wir wissen doch beide, dass Sie schließlich aufgeben werden, also könnten Sie es sich auch leicht machen, oder nicht, Jessica? Verdammt, wenn Sie Ihre Karten richtig ausspielen, könnten Sie vielleicht sogar heil aus dieser Sache herauskommen.«

Jessica blickte schweigend zu Boden, als haderte sie noch mit der Antwort. Riley spürte, dass ihre Entschlossenheit ins Wanken geriet, und beugte sich erwartungsvoll vor. Sie hatte genug Menschen verhört, um zu wissen, wann jemand davorstand zu brechen.

Dann geschah etwas, mit dem niemand gerechnet hatte. Eine plötzliche Kollision zwang ihre Aufmerksamkeit auf

die Straße vor ihnen, wo ein großer, klobiger Pritschenwagen aus einer Weggabelung herausgeschossen und in die
Frontpartie des SUVs vor ihnen geknallt war. Doch anstatt
zu bremsen, behielt der Fahrer des Pritschenwagens den
Fuß auf dem Gas und drückte das verformte Fahrzeug an
den Straßenrand und auf den steilen Abhang dahinter zu.

»Oh, verdammt!«, schrie ihr Fahrer und trat auf die
Bremse.

Jessica sah, wie die Beifahrertür des ersten SUVs aufflog
und einer der Passagiere vergeblich versuchte hinauszuspring-
gen, bevor das Heck kippte und die ganze Masse verformten Blechs mit allen Insassen über die Kante rutschte und
verschwand. Innerhalb von Sekunden war die Hälfte ihres
Konvois ausgelöscht worden.

»Bringen Sie uns hier weg!«, befahl Riley, deren arrogan-
tes Selbstvertrauen plötzlich verschwunden war, als deutlich
wurde, dass sie in einen Hinterhalt geraten waren.

Der Pritschenwagen blockierte die Weiterfahrt, und die
Straße war zu schmal zum Wenden. Ihr Fahrer legte den
Rückwärtsgang ein, trat aufs Gas und ließ das SUV in einer
Fontäne von Schlamm und losem Sand rückwärts schlingern. Aber gerade als sie Geschwindigkeit aufnahmen,
dröhnte irgendwo im Wald hinter ihnen eine laute Detonation, dessen Druckwelle sich bis in ihr Fahrzeug fortsetzte.

Jessica drehte sich mühsam in ihrem Sitz und sah, dass
eine der großen Kiefern, die nah an der Straße standen, sich
zu neigen begann; aus dem zerfetzten Stamm stieg Qualm
auf. Dann krachte der Baum quer über die Straße. Sie sah
es, und der Fahrer sah es auch, aber er reagierte zu spät und
konnte nicht mehr verhindern, dass sie rückwärts gerade-
wegs in dieses unvorhergesehene, unpassierbare Hindernis
hineinrauschten.

Jessica ächzte, als sich die Heckklappe des SUVs von

dem Aufprall verformte, begleitet vom Klirren zerplatzender Scheiben und dem Quietschen verformter Kunststoffteile. Der plötzliche Aufprall brachte Riley aus dem Gleichgewicht, sie wurde vom Sitz geschleudert und fiel auf den Boden.

Sie war gerade dabei, sich wieder aufzurichten, als vor ihnen eine Gestalt aus der Fahrerkabine des Pritschenwagens sprang. Es war ein maskierter Mann in dunkler Kleidung. Jessica beobachtete, wie er ruhig zur Fahrertür des SUVs ging, eine Waffe an die Schulter drückte und zielte.

»Mist! Runter!«, schrie einer der Agenten auf den Vordersitzen.

Einen Augenblick später zerplatzte das Seitenfenster in einem Hagel von Glassplittern. Das Stakkato des Mündungsfeuers beleuchtete das Dunkel, als der Angreifer einen anhaltenden Feuerstoß aus der Automatikwaffe abgab. Die Wirkung auf die beiden Männer vorne war verheerend, die Agenten zuckten und verkrampften sich, als die Kugeln ihre Körper durchsiebten; ihr Blut bespritzte die Innenseite der Windschutzscheibe.

Jessica war mit den Handschellen gefesselt, weshalb ihr nichts anderes übrig blieb, als sich flach auf den Rücksitz zu pressen und zu beten, dass sie keinen Querschläger abbekam.

Neben ihr wurde die Tür aufgerissen, und Riley sprang gebückt heraus, um dem Kugelhagel zu entgehen. Sie zog die Pistole und richtete ihre Waffe auf den maskierten Angreifer.

Jessica reagierte instinktiv. Sie holte mit beiden Füßen aus und erwischte die Frau direkt zwischen den Schulterblättern. Die Pistole bellte einmal, die Kugel wurde vom Autoblech abgelenkt und heulte laut auf. Riley verlor das Gleichgewicht.

Doch anstatt wieder aufzustehen und das Feuer auf den Angreifer zu eröffnen, rollte die Frau rückwärts ab, sprang über die Böschung und ließ sich genau in dem Moment in das dichte Unterholz darunter fallen, als ein weiterer Feuerstoß den Boden an der Stelle zerwühlte, wo sie gestanden hatte.

Jessica sah mit großen Augen zu, wie der einsame Angreifer das Magazin aus der qualmenden Waffe fallen ließ, ein neues nachlud, an den Rand der Straße ging und über das Visier in den dichten Wald hinunter starrte. Als er keine Spur seines flüchtigen Ziels entdeckte, senkte er die Waffe und kehrte zum Fahrzeug zurück.

Jessica wurde warm ums Herz, als er sich näherte. Sie war überzeugt, dass Ryan irgendwie zu ihrer Rettung gekommen sein musste. Gleich würde er die Maske fallen lassen, dachte sie, damit sie sein vertrautes und beruhigendes Gesicht sehen konnte.

»Sind Sie okay?«

Jessica blinzelte überrascht. Das waren nicht die tiefe Tonlage und der englische Akzent ihres Bruders. Die Stimme gehörte einer Frau und klang ausländisch.

»Sind Sie verletzt?«, wiederholte sie die Frage.

»Wer zum Teufel sind Sie?«, fragte Jessica.

»Das spielt keine Rolle«, erwiderte die Frau, zückte einen Universalschlüssel für Polizeikräfte und schloss die Handschellen auf. Kaum befreit, entdeckte Jessica den Handtaser, mit dem Riley sie vorhin bedroht hatte, und sie griff danach.

»Und ob das eine Rolle spielt«, gab sie zurück und hob die Waffe. »Man hat heute schon auf mich geschossen, mich gekidnappt und verhört. Warum sollte ich Ihnen trauen?«

Die Frau stand stumm und still im strömenden Regen

und beobachtete sie. Ihr Gesicht wurde von der Maske verdeckt, aus der nur ihre Augen herausschauten. Sie waren jetzt auf Jessica gerichtet.

»Wenn ich vorhätte, Ihnen wehzutun, würden wir jetzt nicht diese Unterhaltung führen.«

Das leuchtete ein, musste Jessica zugeben.

Nach dieser ernüchternden Warnung zeigte die Frau in die Richtung, in der Riley verschwunden war. »Sie wird Verstärkung rufen. Ich schlage vor, Sie folgen mir, wenn Sie am Leben bleiben wollen.«

»Wo wollen Sie hin?«

»Hauptsache hier weg.«

Die Frau machte einen Rückwärtsschritt, damit Jessica aus dem zerstörten Fahrzeug herausklettern konnte. Unwillkürlich fiel ihr Blick auf die toten Agenten auf den Vordersitzen und das viele Blut, das an der Windschutzscheibe verschmiert war.

»Entweder Sie oder die anderen. Die sollten Ihnen nicht leidtun.«

»Tun sie auch nicht«, sagte sie ruhig.

»Gut. Helfen Sie mir jetzt.« Sie war ans Seitenfenster auf der Fahrerseite gegangen, griff nun ins Wageninnere und drehte das Lenkrad so, dass der Wagen zum Abhang ausgerichtet war. »Jetzt schieben!«

Jessica ahnte, was sie vorhatte, stellte sich auf die andere Seite und schob mit aller Kraft, die sie aufbringen konnte. Die Straße unter ihren Füßen war matschig, aber der Wagen stand flach, und als er sich dank ihrer vereinten Bemühungen erst einmal in Bewegung gesetzt hatte, wurde er bald schneller. Jessicas geheimnisvolle Retterin behielt das Lenkrad in der Hand, bis sie die Kante fast erreicht hatten, und ließ erst los, als der Wagen über die Kante kippte und den steilen Hang hinunterrollte.

»Verschwinden wir!«, rief die Frau und würdigte das Autowrack keines weiteren Blickes, selbst dann nicht, als es dreißig Meter tief in den Grund der Schlucht stürzte.

Jessica folgte ihr zum Pritschenwagen, der mit laufendem Motor quer auf der Straße stand, und kletterte in die Kabine. Sie sah sich darin um und entdeckte Fußballaufkleber für Cardiff City und leere Imbisspackungen, was sie in ihrer Vermutung bestätigte, dass dieses Fahrzeug nicht ihrer Retterin gehörte.

»Sie sollten sich anschnallen«, warnte die rätselhafte Unbekannte und legte den Rückwärtsgang des großen Pritschenwagens ein.

»Jetzt sorgen Sie sich um meine Sicherheit?«, fragte Jessica, als das Fahrzeug einen Satz nach hinten machte, wendete und sich mit zunehmender Geschwindigkeit vom Ort des Geschehens entfernte.

9

Riley schnappte nach Luft, streckte den Arm aus und konnte ihn um einen tiefen Ast schlingen, der teilweise unter Wasser lag. Die junge Frau kämpfte mit der schnellen Strömung, sie zog und trat und arbeitete sich so lange vorwärts, bis ihre Stiefel im felsigen Flussbett Halt fanden und sie sich auf trockenes Land hieven konnte.

Ihr Rückzug vom Schauplatz des Hinterhalts war kaum mehr als ein unkontrollierter Sturz gewesen, Hals über Kopf den steilen Hang hinunter, bergab durch Schlamm, durch Gebüsch und spitze Dornen, die ihre Haut und die Kleidung zerrissen, dabei stets auf der Hut vor Felsen und Baumstämmen, die nur darauf warteten, ihr die Knochen zu brechen.

Riley war flink und wendig wie eine Profiturnerin, weshalb sie den schlimmsten dieser potenziell tödlichen Hindernisse ausweichen konnte, doch schließlich stürzte sie in den eiskalten Fluss, der durch den Talgrund strömte. Die körperlichen Strapazen bedeuteten ihr nichts, viel schwerer wog die Schmach, versagt zu haben.

Sie kauerte neben dem gurgelnden Wasserlauf und zwang ihre zitternden Muskeln, sich zu beruhigen. Dann hielt sie den Atem an und lauschte angestrengt mit leicht geneigtem Kopf auf mögliche Verfolger. Als keine zu hören waren, stand sie auf, griff in die Jackentasche und fischte ihr Handy heraus. Das Display hatte Sprünge, es musste beim Sturz beschädigt worden sein, aber das Gerät war wasserdicht und funktionierte noch. Sie zwang ihre eiskalten Finger, sich zu bewegen, wählte ungeschickt eine Telefonnummer und wartete auf die Verbindung.

»Lagebericht?«, fragte Hawkins sofort.

»Die Operation ist gescheitert. Drake hat uns erwartet.«

Einen kurzen Moment lang blieb es am anderen Ende still. »Was ist passiert?«

»Wir sind bei der Evakuierung in einen Hinterhalt geraten«, meldete Riley. »Das Team ist tot.«

»Nur Sie nicht, natürlich«, unterstrich Hawkins. Sein vorwurfsvoller Unterton war unüberhörbar.

Riley war klug genug, sich nicht darüber aufzuregen.

»Wie ist Ihre letzte bekannte Position?«

Sie wusste es nicht. Das ländliche Wales war ihr nicht gerade vertraut. Eigentlich hasste sie dieses kalte, nasse und trostlose Land immer mehr.

»Orten Sie das Signal. Sie haben uns knapp westlich von hier angegriffen, es kann nur ein paar Minuten her sein. Sie müssten noch in der Gegend sein.«

»Gut. Wir ziehen Luftunterstützung und Bodeneinheiten hinzu.«

»Wir brauchen auch ein Aufräumkommando«, fügte Riley hinzu. Sie wusste, dass die Toten ihres Teams Hawkins nur wenig bedeuteten, aber verloren gegangene Ressourcen konnten die Geheimhaltung der Operation gefährden und stellten eine Bedrohung dar, die vermieden werden musste.

»Gehen Sie zum Evakuierungspunkt Bravo.«

»Ich kann helfen …«, protestierte sie. Momentan hätte sie sich am liebsten eine Waffe geschnappt, um Drake samt Schwester wie Tiere zu jagen.

»Sie können helfen, indem Sie zum Evakuierungspunkt kommen«, unterbrach Hawkins sie schroff. »Wir hatten heute schon genug Fehlschläge. Mehr brauche ich nicht.«

Riley knirschte mit den Zähnen. »Verstanden.«

Die Verbindung wurde getrennt. Die junge Frau ließ das Handy sinken und atmete langsam aus. Dann holte sie aus und schleuderte das Gerät auf einen Felsen in der Nähe. Das Glas zerbrach klirrend, aber das half wenig, um ihren lodernden Zorn zu beschwichtigen.

Es ist noch nicht vorbei, sagte sie sich. Vorbei war es erst, wenn Drake durch ihre Hand starb.

Jessica schmiegte sich an die Rückenlehne und genoss die heiße Luft, die aus der Heizung des Pritschenwagens strömte. Der Angst- und Adrenalinschub, den ihr Körper während des Hinterhalts sofort produziert hatte, verebbte allmählich, und sie fühlte sich plötzlich furchtbar müde. Sie hätte auch nichts dagegen gehabt einzunicken, wenn ihre Begleiterin nicht so halsbrecherisch gefahren wäre.

Sie verlangte dem großen, schwerfälligen Nutzfahrzeug einiges ab und manövrierte es wie einen Sportwagen. Der Motor heulte, als sie die einsame Straße entlangbretterten, die Reifen rutschten und krallten sich in den Boden, während sie mit der schwergängigen Lenkung kämpfte und dabei dem unbefestigten Straßenrand so manches Mal gefährlich nah kam.

»Meinen Sie, wir könnten etwas langsamer fahren?«, schlug Jessica vor und zuckte zusammen, als ein niedrig hängender Zweig ans Seitenfenster schlug.

»Nicht, wenn Sie hier heil herauskommen wollen«, erwiderte die Frau. »Die werden Luftunterstützung mit Wärmebildkameras anfordern, um uns aufzuspüren. Unsere einzige Chance ist, aus dem Suchgebiet herauszukommen, bevor sie alles scannen.«

Jessica reckte den Hals, blickte nach oben und stellte sich Flugzeuge vor, die alles nach ihnen absuchten.

»Das alles nur für mich?«

»Nicht für Sie«, stellte ihre Begleiterin fest. »Die wollen Ihren Bruder. Sie sind nur das Druckmittel.«

»Sie wissen wirklich, was Sie sagen müssen, damit ein Mädchen sich wie etwas Besonderes fühlt.«

»Ich bin hier, um Ihr Leben zu retten, und nicht, um Ihr Ego zu füttern.«

Jessica biss sich auf die Zunge. Sie wollte sich nicht provozieren lassen. »Ich brauche ein Handy.«

»Noch nicht.«

»Ich muss Ryan warnen. Falls er herkommt ...«

»Das wird er nicht«, stellte sie kurz und bündig fest, als wäre es eine unumstößliche Tatsache. »Ryan ist mindestens 100 Meilen von hier entfernt.«

»Woher genau wissen Sie das?«

Keine Antwort.

»Sie sind Anya, nicht wahr?«, sprach sie aus, was sie vermutete. »Er hat Sie gesucht. Und Sie waren die ganze Zeit hier, direkt vor unserer Nase.«

Wieder erhielt sie keine Antwort. Weil sie spürte, dass sie zum gegenwärtigen Zeitpunkt nichts mehr aus ihrer geheimnisvollen Begleiterin herausbekommen würde, massierte sich Jessica die Arme und konzentrierte sich darauf, sich zu wärmen und trocken zu werden.

Sie fuhren in hohem Tempo noch gute 20 Minuten weiter, gelangten auf immer breitere Straßen und stoppten schließlich an einem Rastplatz. Neben den üblichen Zapfsäulen und 24-Stunden-Schnellrestaurants entdeckte Jessica den Ableger einer kleinen Hotelkette.

»Hier steigen Sie aus«, teilte ihr die Begleiterin mit. Sie griff in ihre Tasche und nahm eine Schlüsselkarte mit dem eingeprägten Hotel-Logo heraus. »Gehen Sie in Zimmer 26. Dort finden Sie Geld, ein Handy und saubere Kleidung.«

Jessica verzog ihr Gesicht. »Das war's?«

»Das war's.«

»Was ist mit Ihnen? Wo wollen Sie hin?«

»Machen Sie sich um mich keine Sorgen.« Es kam Jessica vor, als hörte sie einen deprimierten Unterton in ihrer Stimme.

Sie nahm die Schlüsselkarte und sah ihre maskierte Begleiterin an. »Kommen Sie mit mir, Anya«, sagte sie. »Falls die wirklich hinter uns her sind, sollten wir zusammenbleiben.«

Sie schüttelte den Kopf. »Ryan wird mich nicht sehen wollen.«

Jessica seufzte, gab sich geschlagen und nickte. Sie wollte gerade gehen, aber als sie die Tür schon geöffnet hatte, zögerte sie einen Moment. »Hören Sie ... was auch immer das zu bedeuten hat ... vielen Dank. Für das, was Sie getan haben. Ich wünschte, ich könnte mich dafür revanchieren.«

»Bleiben Sie am Leben. Das reicht schon.« Sie wirkte, als wollte sie noch etwas sagen, aber dann deutete sie nur zum Hotel. »Gehen Sie jetzt.«

10

Wien, Österreich – 19. Juli 1989

Cain hörte, schon lange bevor er sein Ziel erreichte, den Jubel und den Applaus. Er stieg eine kurze Treppe zu einer weitläufigen Aussichtsplattform hinauf und hielt kurz inne, um das überwältigende Schauspiel auf sich wirken zu lassen, das sich vor ihm ausbreitete.

Durch große Fenster, die in das Deckengewölbe eingelassen waren, flutete Sonnenlicht in den Saal, die Helligkeit des natürlichen Lichts wurde von den makellos weißen Wänden verstärkt und reflektiert, in die kunstvoll gearbeitete Steinsäulen, Skulpturen und Reliefs eingelassen waren. Von der Decke hingen verzierte Kristalllüster, deren Licht jedoch überhaupt nicht benötigt wurde.

Es erinnerte ihn an eine Kathedrale, einen prachtvollen Palast oder ein Museum. Aber es war nichts dergleichen. Die Funktion dieses Saals wurde deutlich, als er über die Balustrade blickte.

Weit unten, auf einem Boden aus gestampfter Erde, der so gar nicht zu der opulenten Umgebung zu passen schien, wurde eine Gruppe schneeweißer Pferde von Männern in extravaganten, formellen Uniformen geritten. Die Pferde vollführten eine Folge komplexer Drehungen und Sprünge, sie stiegen sogar auf ihre Hinterbeine, als gingen sie aufrecht, und bewegten sich mit der starren Präzision von Soldaten auf dem Exerzierplatz.

Cain war kein Pferdenarr, er konnte der Präsentation höchster Dressurkunst aber trotzdem etwas abgewinnen: Es waren die berühmten Lipizzanerhengste, die weithin als die besttrainierten Pferde der Welt galten.

Nicht zuletzt bewunderte er das dramatische Gespür seiner Kontaktperson. Das war etwas, das er an Freya Shaw immer mehr zu schätzen lernte – sie machte keine halben Sachen.

»Bemerkenswert, nicht wahr?«

Cain brauchte nicht hinzusehen, um zu wissen, dass James an seine Seite geschlüpft war, Freyas treuer Assistent und Leibwächter. Er blickte anerkennend zu der Aufführung hinab.

»Sie sind immer ein perfektes Beispiel gewesen.«

»Wofür?«, fragte Cain.

»Für die Kraft des Gehorsams.«

Abermals brandete Applaus durch die Zuschauerreihen, als einer der Hengste sich aufbäumte und mit austretenden Vorderbeinen rückwärtslief.

»Das kommt auf die Perspektive an«, erwiderte Cain, ohne ihn anzusehen. »Sie sehen Gehorsam. Ich sehe eingerittene Pferde.«

Er hörte ein leises Lachen. »Jedem das Seine.«

Cain war nicht gekommen, um mit Freyas Lakaien zu parlieren. »Ich habe noch andere Termine. Wo ist sie?«

»Begleiten Sie mich«, sagte James, von Cains barschem Tonfall unbeeindruckt.

Er ging über den breiten Balkon voran und führte Cain in einen abgeschiedeneren Bereich der Zuschauertribüne. Dort wartete Freya auf ihn, die die Aufführung unten mit mildem Interesse beobachtete. Sie war konservativer gekleidet als bei ihrem letzten Treffen und hatte das Abendkleid gegen eine anthrazitgraue Hose mit Bluse und passendem Jackett getauscht.

Cain nahm etwas aus seiner Tasche und legte es neben sie auf die steinerne Balustrade. Es war ein Satz Erkennungsmarken. Sie hingen noch an ihrer Kette. An einem klebte getrocknetes Blut.

Er beobachtete, dass ihr Blick kurz auf den blutigen Anhänger fiel. Ein schwaches Lächeln umspielte ihre Mundwinkel.

»Gut gemacht, Marcus.«

»Anya hat ihren Job erledigt, wie Sie es verlangt haben«, erwiderte Cain. Anya, die gute Soldatin, die immer noch ihre Pflicht erfüllte und ihr Leben für Leute riskierte, die sie nicht kannten und die nicht um ihr Wohl besorgt waren.

Eigentlich war Anya der einzige Grund, weshalb er nach Österreich gekommen war. Die Wachttürme und elektrischen Zäune, die die österreichisch-ungarische Grenze gesichert hatten, waren kürzlich abgebaut worden, sodass Touristen, Flüchtlinge und in diesem Fall CIA-Auftragskiller über die weitgehend unbewachte Grenze von Ost nach West strömen konnten.

Anya war erst gestern bedrückt und mit grimmiger Miene zur US-Botschaft zurückgekehrt; sie hatte den Beweis für den erfolgreichen Abschluss ihrer Mission dabeigehabt. Und Cain war dort gewesen, um es zu bestätigen.

Freya wandte sich ihm zu. Ihr Lächeln vertiefte sich.

»Und jetzt, da wir das … Geschäftliche hinter uns gebracht haben, ist es, glaube ich, an der Zeit, dass Sie und ich uns über die Zukunft unterhalten.«

»In welchem Zusammenhang?«

Sie deutete mit dem Kopf in Richtung Ausgang. »Die vielen ostdeutschen Autos auf den Straßen rings um Wien sind Ihnen aufgefallen, ja?«

Das war untertrieben. Wohin Cain auf der Fahrt hierher auch geblickt hatte, waren ihm die typischen kastenförmigen Trabant- und Lada-Karosserien aufgefallen, die meisten davon in schlechtem Zustand. Aus dem ganzen Ostblock strömten die Menschen auf der Flucht vor einem zusammenbrechenden Regime nach Westeuropa.

Cain beugte sich näher. »Worauf wollen Sie hinaus, Freya?«

»Auf das Gleiche wie Sie: dauerhaften Frieden. So wie die

Männer, für die ich arbeite«, führte sie aus. »Der einzige Unterschied besteht darin, wie wir die Sache angehen.«

»Was ist der Unterschied?«

»Ihre Freunde von der CIA und im Pentagon sehen nur die Probleme, die ihnen präsentiert werden. Eine Invasionsarmee in Afghanistan zum Beispiel, die geschlagen werden muss. Wie lautet das Sprichwort? Wenn man nur einen Hammer hat, sieht alles wie ein Nagel aus.«

Er hatte keine Lust, sich belehren zu lassen. »Wir hatten eine Aufgabe zu erledigen, und das haben wir getan«, erinnerte er sie.

»Genau genommen waren das Anya und ihre Einheit. Und sie haben es außergewöhnlich gut gemacht.« Sie hatte einen leicht spöttischen Unterton in der Stimme. »Aber so tapfer sie auch waren, gab es Grenzen für das, was sie erreichen konnten. Ein Land, das von außen besiegt wird, wird nur härter und entschlossener in dem Willen, sich wieder zu erheben. Wenn man seinen Feind wirklich besiegen will, muss man ihm seinen Widerstandsgeist nehmen. Man muss ihn von innen heraus besiegen.«

Sie sah zu den Lipizzanerhengsten, die dort unten pflichtschuldig ihre Show fürs Publikum aufführten. Keiner von ihnen wagte es, Ungehorsam zu zeigen. Solche Regungen waren ihnen schon vor langer Zeit ausgetrieben worden.

»Man muss sie brechen.«

Er sah keinen Grund, diese Einschätzung anzuzweifeln. »Ich höre.«

»Die Sowjetunion steht vor dem Zusammenbruch. Denen gehen das Geld und die Truppen aus, und sie haben auch keine Zeit mehr. Der Eiserne Vorhang, der Ostblock... das alles balanciert auf Messers Schneide. Es braucht nicht mehr als einen Stoß zur rechten Zeit und an der richtigen Stelle.«

Das sowjetische Militär war geschwächt und nach dem

erniedrigenden Rückzug aus Afghanistan demoralisiert, es hatte kaum Appetit auf weitere Konflikte. Inzwischen war die ohnehin angespannte wirtschaftliche Situation durch verheerende Unfälle wie die Kernschmelze in Tschernobyl nur noch verschärft worden. Am schlimmsten war, dass Gorbatschows Glasnost- und Perestroika-Politik, die eigentlich dafür gedacht gewesen war, den wachsenden Druck hinsichtlich politischer Reformen abzumildern, die Schleusentore für noch größere Forderungen geöffnet hatte.

»Stellen Sie sich das mal vor. Keine Berliner Mauer, keine Raketen und keine Stellvertreterkriege mehr. Die Nachkriegswelt, in der Sie und ich aufgewachsen sind, wird verschwinden. Was, glauben Sie, wird die neue Weltordnung prägen? Politiker, die sich um die nächste Wahlperiode sorgen? Geheimdienste, die durch endlose Komitees und Kongressausschüsse lahmgelegt werden?«

Sie schüttelte den Kopf.

»Und an diesem Punkt kommen wir ins Spiel. Meine Organisation repräsentiert eine andere Denkweise, die sich nicht mit politischem Punktesammeln aufhält und sich nicht von Bedenkenträgern zurückhalten lässt. Stellen Sie sich vor, den Kern eines Problems klar zu erfassen und es durch schnelle und entschlossene Aktionen aus dem Weg räumen zu können. Ohne dass Ihnen jemand im Weg steht.«

Für Cain war das alles natürlich nicht neu. Doch als er sie mit solcher Leidenschaft und Begeisterung von ihrer großen Hoffnung reden hörte, der Welt ein neues Gesicht zu geben, fühlte er sich unweigerlich angezogen. Nicht allein von der Frau, sondern auch von dem, was sie repräsentierte.

Das gleiche Feuer hatte einst auch in ihm gelodert: das Bedürfnis, in der Welt wirklich etwas zu bewegen und sie in einem besseren Zustand zu verlassen, als er sie vorgefunden hatte. Bei Freya erschien ihm diese Chance weitaus greifbarer, *als er sie je bei der CIA gesehen hatte. Sie war die Tür zu einer neuen Welt. Eine Welt unbegrenzter Möglichkeiten, nicht gebunden durch die veränderliche öffentliche Meinung, wankelmütige Politiker oder kleinliche Stammesfehden.*

Die Frau, die vor ihm stand, schien dieses Bedürfnis so gut zu verstehen wie niemand anders zuvor. Ganz bestimmt nicht Carpenter, der hochrangige Militär, der Cain anfangs in all diese Dinge hineingezogen hatte, aber jetzt davon besessen war, sein eigenes Prestige zu vergrößern, oder die zusehends von Komitees bestimmte und risikoscheue CIA-Führung.

Nicht einmal Anya – trotz aller Fähigkeiten, über die sie zweifellos verfügte. Er sah die fundamentale Beschränktheit ihrer Weltsicht inzwischen viel klarer, ihre Unfähigkeit, über ihre eigenen Erfahrungen hinaus zu denken, um sich einem größeren und komplexeren Bild zu öffnen. Verglichen mit einer Frau von Freyas Kaliber wirkte sie schmerzhaft jung und naiv.

»Uns bietet sich hier eine Chance, Marcus. Wir können die Geschichte verändern und die Welt für alle Zeit neu kartieren. Dafür sind wir geschaffen, dafür existieren wir. Wir wollen diese Welt nicht einfach verändern, wir wollen etwas Neues, Besseres aus ihr machen.«

Er konnte nicht genau sagen, wie sie es geschafft hatte, aber irgendwie war es ihr gelungen, zum Kern seines Wesens vorzudringen und präzise zu artikulieren, welchen Inhalt er seinem Leben geben wollte.

Wie hätte er solch ein Angebot zurückweisen können?

»In Ordnung«, sagte er schließlich. »Ich bin dabei.«

Freya setzte ein strahlendes Lächeln auf. Strahlend und siegesgewiss.

»Dann haben wir eine Menge Arbeit zu erledigen.«

Das Hart Senate Office Building unterschied sich äußerlich deutlich von der aufgesetzten, neoklassizistischen Pracht vieler anderer, bekannterer Regierungsgebäude in Washington. Die schlichte, quadratische Betonkonstruktion war in den 1970er Jahren errichtet worden. Es handelte sich um ein zweckmäßiges Bürogebäude, bei dessen Planung Funktionalität, nicht aber die äußere Erscheinung im Vordergrund gestanden hatte.

Außerdem war es der Ort, an dem sich Marcus Cains politisches Schicksal entscheiden sollte.

Die Vorhersagen, die Starke vor einigen Monaten gemacht hatte, hatten sich fast minutengenau bewahrheitet. Cain war gerade erst in sein Büro zurückgekehrt, als er vom Direktor der NSA angerufen worden war, der ihm mitgeteilt hatte, dass er dem Präsidenten als Kandidat für den Posten des Direktors der CIA vorgeschlagen worden war.

Danach war nicht viel Zeit vergangen, bis ihn der Präsident persönlich angerufen und ihm zu der Empfehlung gratuliert hatte. Seine Stimme war sanft, seine Worte waren, wie so oft, würdevoll und bedacht gewählt. Cain hatte seine Rolle gespielt, er hatte beigepflichtet, wo es von ihm erwartet wurde, hatte Zusicherungen gemacht, wo sie benötigt wurden, und sogar über ein paar Witze gelacht, wo es angebracht gewesen war.

Aber was jetzt gerade geschah, war nicht zum Lachen. Wie bei jeder Besetzung eines Direktorenamtes üblich, musste er sich einer mehrtägigen Befragung durch das Auswahlkomitee für Geheimdienste unterziehen – das Leitungsgremium aus erfahrenen Abgeordneten, die mit der Aufgabe betraut waren, die Arbeit der US-Geheimdienste zu kontrollieren und abzusegnen. Es war die Aufgabe dieses

Komitees, ihn unter die Lupe zu nehmen und zu testen, ihm zu seiner Berufslaufbahn, seinem Hintergrund, seinen politischen Ansichten und sogar seinem Privatleben schwierige Fragen zu stellen, um sicherzugehen, dass man ihm den Direktorenposten anvertrauen konnte. Am Ende wurde durch eine Abstimmung mit einfacher Mehrheit über seine Berufung entschieden.

Starke hatte ihm versichert, dass der Circle über genügend Einfluss im Komitee verfügte, um ihn durch die Abstimmung zu bringen, aber er kontrollierte nicht jedes einzelne Komiteemitglied. Es bestand immer die Gefahr, dass ihm ein feindlicher Senator ein Bein stellte. Und Cain hatte während seiner langen Karriere in diesem politischen Minenfeld gelernt, dass in Washington nie etwas garantiert war, bevor nicht alle Stimmen abgegeben und gezählt worden waren.

Das Summen seines Handys riss ihn aus diesen Gedanken.

»Machen Sie es kurz, Jason«, sagte er auf dem Weg zur Anhörung im zentralen großen Atrium des Hauptgebäudes. »Ich muss in zehn Minuten da sein.«

»Sie hatten den richtigen Riecher. Drake lebt noch.«

Cain blieb stehen. »Sind Sie sicher?«

»Wir hatten deutliche Hinweise darauf, dass er in den letzten Wochen Kontakt mit seiner Schwester aufgenommen hatte, deshalb haben wir ein Team hingeschickt, um sie zu verhören. Als das Team sie evakuieren wollte, ist es in einen Hinterhalt geraten.«

»Verluste?«

»Ein paar.« Er klang nicht besonders betroffen. »Ein Aufräumteam hat sich bereits darum gekümmert. Wir wurden nicht kompromittiert.«

Cain biss die Zähne zusammen. Er musste ans Starkes Warnung denken, keine ungelösten Probleme zu hinterlassen. Und Ryan Drake war ein ungelöstes Problem, das ihm schon seit geraumer Zeit Ärger machte. Trotz aller Maßnahmen, die man gegen ihn ergriffen hatte, weigerte sich der Mann einfach zu sterben.

»Wo sind sie jetzt?«

»Wir arbeiten dran.«

Nur wenige Tage vor der Bestätigung im Amt war dies das Letzte, was Cain gebrauchen konnte. Er konnte sich jetzt nicht erlauben zu scheitern. Nicht nach allem, was er getan hatte, um so weit zu kommen.

»Ich will, dass das zu Ende gebracht wird, Jason«, sagte er langsam und betont, um keinen Zweifel und keine Fragen aufkommen zu lassen. »Ein für alle Mal. Mit allen Mitteln.«

»Es könnte unschön werden«, warnte ihn Hawkins. »Drake wird nicht kampflos untergehen.«

»Ich sagte, mit allen Mitteln. Treten Sie mir erst wieder vor die Augen, wenn es erledigt ist. Haben Sie verstanden?«

Hawkins schwieg für ein, zwei Sekunden. »Jawohl.«

»Gut. Jetzt erledigen Sie das.«

Cain schaltete das Handy aus, schloss die Augen und atmete tief durch, um sich zu konzentrieren. Dann setzte er den Weg zur Anhörung fort.

11

Nordwales, Vereinigtes Königreich.

»Das war Cain. Er hat sie hergeschickt«, erklärte Jessica und beugte sich über einen Stuhl, während Drake ihr einen blutigen Kratzer auf ihrer Schulter verband. »Sie wollten mich benutzen, um an dich heranzukommen.«

Sie hatte das Zimmer genau wie beschrieben vorgefunden und das Wegwerftelefon benutzt, um ihren Bruder anzurufen, ihn davor zu warnen, zu ihr nach Hause zu kommen, und ihm ihren Aufenthaltsort mitzuteilen. Ein paar Stunden später war er bei ihr.

Zunächst war für sie das Wichtigste gewesen, sich zu säubern und ihre Verletzungen zu versorgen. Nach ihrer Ankunft hatte sich Jessica ihrer durchnässten Kleidung entledigt, geduscht und sich umgezogen. Dabei war sie allerdings von stummem Entsetzen erfasst worden, als sie im Spiegel ihren körperlichen Zustand gesehen hatte.

»Verdammt«, sagte Drake jetzt leise.

»Ich hätte vorsichtiger sein sollen«, sagte sie voller Selbstvorwürfe. »Ich hätte wissen müssen, dass sie mich überwachen. Dabei hatte ich mir fest vorgenommen, dass mir so etwas nie wieder passiert.«

»Es ist nicht deine Schuld, Jess, sondern meine.«

»Wieso?«

»Anya«, erklärte er. »Sie hat gestern einen israelischen Mossad-Agenten erledigt.«

Jessica zog die Brauen hoch. »Das verstehe ich nicht. Was hat das mit mir zu tun?«

»Dass sie ihn umgebracht hat, war der Beweis dafür, dass sie nicht in Afghanistan gestorben ist. Und wenn sie wissen, dass Anya lebt, liegt auf der Hand, dass ich auch noch am Leben bin. Es war nur eine Frage der Zeit, bis Cain bei dir auftauchte.« Drake schüttelte den Kopf. Er wusste, dass sie jetzt noch stundenlang einen Schuldigen suchen konnten, ohne dass dabei etwas Brauchbares herauskam. »Erzähl mir, was passiert ist.«

Er hörte zu, als ihm Jessica von dem Angriff auf ihr Haus berichtete, von ihrem verzweifelten Fluchtversuch und der anschließenden Gefangennahme.

»Die haben mir gesagt, dass sie mich für immer wegsperren. Mich foltern, mich umbringen …« Ihre Stimme wurde brüchig. »Und dann ist *sie* aufgetaucht.«

»Sie?«

»Ich habe nie ihr Gesicht gesehen. Aber sie hat auf diese Leute gewartet. Sie hat ihren Konvoi ausgeschaltet und mich in Sicherheit gebracht. Sie ist der einzige Grund, weshalb ich nicht tot oder in Gefangenschaft bin.«

Drake lehnte sich erstaunt zurück. Ihm kamen andere Kämpferinnen wie Frost oder Mitchell in den Sinn, aber die beiden kamen nicht infrage. Sie wären nicht hergekommen, ohne ihn zu informieren.

Nach ihrer Geschichte gab es für ihn nur eine einzige logische Schlussfolgerung. Anya war, nachdem sie den Mossad-Agenten erledigt hatte, in das Vereinigte Königreich gereist. Aber wenn es so war – weshalb? Hoffte sie, einen Kontakt mit Drake herstellen zu können? Oder war ein anderes Motiv der Grund dafür gewesen?

»Hat sie gesagt, wo sie hinwollte? Was sie als Nächstes vorhat?«

»Nichts. Sie hat gesagt, ich soll mich mit dir in Verbindung setzen und auf mich aufpassen. Dann ist sie aufgebrochen.«

Drake dachte stumm und aufgewühlt mit düsterer Miene darüber nach.

»Sie ist es doch, oder?«, fragte Jessica. »Anya?«

»Ich weiß es nicht.«

»Ich glaube, du weißt es sehr wohl. Ihr beide seid wie Magnete und zieht euch immer wieder an. Das ist ihr vielleicht noch früher klar geworden als dir.«

»Konzentrieren wir uns auf das, was wir schon wissen«, sagte er angespannt. »Wir wissen, dass sie hinter mir her sind. Wir wissen, dass sie dich beobachtet haben. Und wir wissen, dass sie jetzt versuchen werden, am Ball zu bleiben, bevor sie uns wieder verlieren. Das heißt, wir können hier nicht lange bleiben.«

Die Ereignisse des heutigen Tages bewiesen, dass die Jagd auf Drake wieder in vollem Gange war. Sie wussten, dass er lebte, sie wussten auch, dass Jessica mit ihm in Kontakt gestanden hatte. Im Laufe eines einzigen Tages waren sie beide wieder zu gesuchten Flüchtigen geworden.

Ganz offensichtlich ging Jessica das Gleiche durch den Kopf.

»Ich kann nicht mehr zurück, oder?«

Als Drake nicht antwortete, drehte sie sich zu ihm um und sah ihn an. Ihre leuchtend grünen Augen hatten einen traurigen, verlorenen Ausdruck.

»Mein Zuhause. Mein altes Leben. Jetzt jagen sie mich auch.«

»Das kriegen wir wieder hin«, versprach er ihr und drückte ihre Hand. »Aber wir müssen Großbritannien für eine Weile verlassen. Hier ist es zu gefährlich, und es gibt keinen Grund, noch zu bleiben.«

Drakes Verstand lief bereits auf Hochtouren. Er ging all seine Optionen durch und versuchte, sich nicht einzugestehen, dass es gefährlich wenige waren. Allmählich gingen ihm die Ressourcen, die Verbündeten und die Verstecke aus. Seine Welt wurde immer kleiner, seine Feinde wurden immer stärker und zahlreicher.

»Ryan ...«

Er hielt inne und wunderte sich über ihren veränderten Tonfall. Sie klang jetzt zögerlich und ängstlich. Was hätte sie jetzt noch sagen können, das schlimmer war als die Ereignisse des heutigen Tages?

»Da ist etwas, was ich dir mitteilen muss«, sagte sie. »Aber ich habe Angst. Ich weiß nicht, was du von mir denken wirst.«

»Jess, du bist heute meinetwegen fast umgebracht worden. Wie könnte ich dir böse sein?«

Jessica seufzte und blickte auf ihre Hände, dabei suchte sie nach den richtigen Worten. Er machte ihr keinen Druck und ließ ihr einfach die Zeit, die sie brauchte.

»Du bist hierher zurückgekommen, weil du etwas gesucht hast«, sagte sie schließlich. »Und ich habe dir gesagt, dass es weg ist.«

Drake spürte, wie sich sein Puls beschleunigte. »Das stimmt.«

Als sie wieder aufschaute, sah er den Schmerz und das Schuldgefühl, die sich tief in ihre Miene gegraben hatten. »Ich habe dich belogen, Ryan. Der Brief wurde nicht vernichtet. Ich weiß genau, wo er ist.«

Riley war meilenweit durch unwegsames Gelände bis zum Evakuierungspunkt marschiert, wo man sie schließlich eingesammelt und zu einem nahe gelegenen Safehaus gebracht hatte.

Sie zündete sich gerade eine Zigarette an, als die Tür aufging und Hawkins einschüchternd wie immer hereinkam.

»Lassen Sie uns bitte allein«, befahl er dem anderen Operateur, der Wache hielt.

Der Mann wagte es nicht, zu widersprechen, verabschiedete sich rasch und schloss die Tür hinter sich. Riley vermied den Blickkontakt, als der große Mann langsam und nachdenklich durch das Zimmer schritt. Sie konnte den Zorn, den er ausstrahlte, geradezu mit Händen greifen und hatte unwillkürlich Angst.

Wozu sie allen Grund hatte.

»Reden Sie«, sagte er sanft.

Riley nahm einen Zug von der Zigarette. »Da gibt es nicht viel zu erzählen. Wir haben wie befohlen seine Schwester eingesammelt. Drake hat einen Hinterhalt für uns vorbereitet. Mein Team ist umgekommen.«

»Und Sie sind sicher, dass es Drake war?«, knurrte Hawkins. »Sie haben sein Gesicht gesehen?«

Riley schnitt eine Grimasse und rief sich die chaotische Schießerei in Erinnerung. »Er trug eine Maske, aber er muss es gewesen sein. Wer sonst hätte so eine Nummer durchziehen können?«

»Das ist eine gute Frage.«

Sie spürte seine Hände auf ihren Schultern. Sanft und beruhigend. Dann plötzlich umklammerten sie ihre Kehle wie ein Schraubstock, hoben sie aus dem Stuhl und stießen sie zurück. Als Hawkins sie an die Wand drückte, entfuhr ihr ein erschrecktes Stöhnen.

»Ich habe den Eindruck, dass Ihnen heute Abend nicht besonders viel einfällt.« Seine kalten blauen Augen blitzten gefährlich. »Was soll ich jetzt mit Ihnen machen? Sagen Sie es mir.«

Der Versuch, sich zu wehren, wäre selbstmörderisch gewesen. Hawkins war doppelt so groß wie sie und besaß ein Vielfaches ihrer Stärke. Andererseits würde er sie nur verachten, wenn sie um Gnade und Vergebung bettelte.

Daher versuchte sie es auf einem anderen Weg. Sie entspannte ihren Körper und wurde in seinen Händen weich und nachgiebig. Ihre Lippen öffneten sich ein bisschen, und ihre Augen wurden größer. Sie neigte ihm ihr Gesicht entgegen, brachte ihre Hüften näher an ihn heran und stöhnte leise. Innerhalb von Sekunden schien sich ihr ganzes Wesen verändert zu haben, es wurde subtil verlockend, verführerisch und erregend.

»Ich glaube, Sie wissen ganz genau, was Sie mit mir machen wollen«, flüsterte sie.

Sie sah ein Lächeln über dieses schroffe, grausame Gesicht flimmern. Er wusste, welch gefährliches Spiel sie spielte, aber er wies sie nicht zurück. Gefahr war etwas, das ihn schon immer angezogen hatte.

Riley schloss die Augen und drängte sich gegen ihn, sie spürte seine plötzliche Erregung, spürte, wie sein Griff an ihrem Hals etwas schwächer wurde. Hawkins war wie eine geladene Waffe, die jeden Moment losgehen konnte; man musste ihn mit größter Vorsicht behandeln.

Und sie wusste ganz genau, was er mit ihr machen wollte.

12

»Sag das noch mal«, verlangte Drake von seiner Schwester. Er musste es noch einmal von ihr hören. Musste sicher sein.

»Ich habe dich belogen«, sagte sie und zwang die Worte geradezu über ihre Lippen. »Ich habe dir gesagt, dass ich den Brief vernichtet habe, aber das habe ich nicht getan.«

»Warum?«

»Warum?«, echote sie und lachte bitter und höhnisch. »Weil ich gesehen habe, wie du dein Leben wieder und wieder riskierst, Ryan. Ich habe gesehen, wie du gezockt und dabei alles und jeden verloren hast, der dir etwas bedeutete. Und wofür? Was hat dir das alles eingebracht?«

Drake hatte keine Antwort für sie, und sie erwartete auch keine.

»Ich wusste, dass du alles riskieren würdest, um die Wahrheit herauszufinden, ganz egal, wohin es dich führt. Ich wollte, dass du es aufgibst und alles hinter dir lässt. Dieses ganze verdammte, furchtbare Chaos. Ich wollte, dass du wenigstens einmal an dich selbst denkst. Deshalb habe ich gelogen, weil ich dachte, es ist … besser für dich.« Sie senkte den Blick und ließ betrübt die Schultern hängen. »Aber es ging in Wahrheit nicht um dich. Ich glaube, ich habe mir auch etwas vorgemacht. Ich habe es für mich getan, weil ich es nicht ertragen konnte, dass du mich wieder verlässt, dass du vielleicht nie wieder zurückkommst.« Sie schniefte und wischte sich die Augen. »Es tut mir leid, Ryan. Wirklich.«

Drake seufzte und setzte sich neben sie. Er dachte,

jemand anders wäre vielleicht wütend geworden, weil sie ihn getäuscht und ihm die Zeit gestohlen hatte. Aber solche Gefühle regten sich nicht in ihm, weil er verstand, weshalb sie es getan hatte.

»Es ist in Ordnung«, flüsterte er und legte den Arm um sie. »Ich verstehe. Es war nicht fair von mir, dich in diese Lage zu bringen.«

Er spürte, wie jetzt ein wenig Spannung von ihr abfiel, weil sie wusste, dass er ihr wenigstens vergab. Doch glücklicher sah sie nicht aus. »Aber das ändert doch nichts, oder? Du wirst dich trotzdem dahinterklemmen.«

Sie wusste die Antwort so gut wie er selbst.

»Ich habe keine Wahl. Das könnte meine letzte Chance sein.« Er rückte ein Stück von ihr ab, griff dann nach ihren Armen und blickte ihr in die Augen. »Wo ist der Brief?«

Liverpool, Vereinigtes Königreich – 26. April

Der Hafen Liverpools gehörte zu den größten des Landes. Dort wurden alljährlich viele Millionen Tonnen Fracht abgefertigt, von Öltankern und riesigen SUPERMAX-Frachtschiffen bis hin zu Luxuskreuzfahrtschiffen.

Als Drake aus dem Auto stieg, hielt er kurz inne und betrachtete bewundernd den Rumpf eines riesigen Frachtschiffes, dessen Decks mit hoch aufgestapelten Containern beladen waren, die riesigen Legosteinen glichen. Im Flutlicht arbeiteten unablässig Kräne, um sie auf den Docks abzuladen, wo sie für den Weitertransport auf Sattelschlepper und Eisenbahnzüge warteten.

Was sie heute Nacht hierherführte, hatte allerdings nichts mit Schiffsverkehr zu tun.

»Geh du voran«, sagte er und folgte Jessica zu dem Magazin mit vermieteten Lagerplätzen, das vor ihnen lag. Das Lagerhaus stand zwischen Silos, Bürogebäuden und Containerstellplätzen, die sich über das ganze Dock erstreckten. Ein Schild an der Fassade verkündete stolz, dass es rundum gesichert und 24 Stunden am Tag zugänglich war. Um hineinzukommen, musste man einen Code in einen Ziffernblock eingeben.

»Warum hier?«, fragte Drake Jessica, während sie den Code eintippte. Glücklicherweise war es spät am Abend, und auch wenn auf den Docks selbst jede Menge los war, würde das Gewerbegebiet, das sie umgab, noch für mehrere Stunden menschenleer bleiben.

»Ich hatte immer das Gefühl, dass so etwas wie heute passieren könnte«, erklärte sie. »Das Haus war zu bekannt. Ich brauchte einen Ort, von dem niemand sonst wusste. Deshalb habe ich unter falschem Namen einen Lagerraum gemietet und das meiste von Moms Sachen hier versteckt. Auch den Brief.«

»Schlau«, lobte er sie.

Sie blickte zu ihrem Bruder hoch. »Ich habe so meine Momente.«

Das Schloss summte, und die Tür öffnete sich. Ein Nachtwächter, der in seinem Wachhäuschen saß, blickte auf und nickte ihnen ohne großes Interesse zu. Drake achtete darauf, den Kopf einzuziehen und sein Gesicht von den Sicherheitskameras über ihren Köpfen abzuwenden.

Sie gingen an den Reihen identisch aussehender Rolltore entlang. Schließlich stoppte Jessica vor einem Tor und machte sich an dem Zahlenblock zu schaffen. Drake war beeindruckt von ihrer Umsicht, einen Anbieter mit Zugangscode zu verwenden und keinen mit richtigen Schlüsseln, die man verlieren oder verlegen konnte.

Es piepte einmal kurz, das Magnetschloss öffnete sich, und Drake konnte den Stahlriegel hochziehen.

Der Raum war circa drei Meter lang und zwei Meter breit. Die Wände bestanden aus einfachem Porenbeton, unverputzt und nicht geweißelt, und es gab nur eine einfache Lampe. Jessica schaltete sie ein, und ihr Licht fiel auf Stapel von staubigen Pappkartons in verschiedenen Größen und Formen, die an der Rückwand ordentlich aufgestapelt waren. Es mussten mindestens ein paar Dutzend sein, die die persönlichen Gegenstände und Dokumente enthielten, die ihre Mutter über Jahrzehnte angesammelt hatte.

»Das könnte eine Weile dauern«, sagte Drake und betrachtete den ansehnlichen Stapel. Die Hoffnung auf einen schnellen Abgang schien sich rapide zu verflüchtigen.

»Aber nicht, wenn man das Ganze systematisch angeht«, erwiderte Jessica, ging näher, ließ den Blick über die Etiketten schweifen, die oben auf jedem Karton angebracht waren, und suchte schließlich einen aus. Es dauerte nur Sekunden, bis sie gefunden hatte, wonach sie suchte, und den handgeschriebenen Brief hochhielt.

Drake musterte sie misstrauisch. »Du bist *viel* zu organisiert, um meine Schwester zu sein.«

»Einer in der Familie musste es doch sein. Außerdem hatte ich auch viel Zeit zur Verfügung.«

Dazu sagte Drake nichts; er nahm ihr den Brief ab und faltete ihn auf.

»Und wie geht es jetzt weiter?«, fragte Jessica und schloss das stählerne Rolltor hinter ihnen, damit sie unbeobachtet blieben.

»Jetzt finden wir heraus, ob sich mein Verdacht bestätigt«, erwiderte Drake und legte den Brief oben auf einen Kartonstapel. Das Papier war zerknittert und inzwischen etwas vergilbt, aber die Handschrift war noch deutlich lesbar.

Drake legte den Schlüssel daneben. Endlich waren die beiden Puzzleteile wieder vereint.

Beide hielten einen Moment inne und lasen die kurze Mitteilung.

Ryan,

ich hoffe inständig, dass du diesen Brief hier liest, weil Jessica dich hergebracht hat. Es macht mich sehr traurig, dass ich es nie selbst geschafft habe – und das war mein Versagen. Ich habe dich im Stich gelassen, Ryan. In mancher Hinsicht.

Ich war nie die Mutter, die du verdient hast. Ich konnte für dich nie so da sein, wie ich es gern gewesen wäre, und konnte dir nie sagen, was ich gern gesagt hätte. Aber du hast dir nichts vorzuwerfen. Es war meine Schuld – von Anfang bis Ende. Ich erwarte nicht, dass du mir vergibst, aber vielleicht verstehst du mich am Ende.

Wenn ich dir doch nur alles sagen könnte, was geschehen ist, was ich getan habe und was ich erreichen wollte. Aber davon darf ich dir nichts erzählen. Ich kann es dir nur zeigen. Dann bilde dir ein eigenes Urteil.

Immer deine
Freya

»Sie hat dich geliebt, Ryan«, sagte Jessica ruhig. »Auch wenn sie es nicht immer gesagt hat.«

Drake wich ihrem Blick aus. »Lass es uns einfach hinter uns bringen, ja?«

Er zückte einen Stift und schrieb die Zahlen auf, die seitlich in den Schlüssel eingraviert waren. Es handelte sich um insgesamt vier Zahlenfolgen mit jeweils vier Zahlen. Offenbar eine Art Code – obwohl sie den Sinn und die Anwendung nicht begriff.

»Sagst du mir jetzt, was das bedeutet?«

»Hast du jemals von einem Gittercode gehört?«, fragte er sie, als er fertig war.

»Sehe ich für dich wie eine Kryptologin aus?«

Drake knurrte. »Gittercodes wurden im 16. Jahrhundert von einem Italiener namens Cardano erfunden, der sich eine Methode ausdachte, codierte Nachrichten in einfachen Textblöcken zu verstecken. Das Gitter war ein Stück Papier mit eingestanzten Löchern. Man brauchte das Gitter nur über die Originalnachricht zu legen und die Buchstaben in den Löchern zu notieren. Das ist so einfach, dass sogar ich es hinkriege.«

»Aber wir haben kein Gitter«, bemerkte Jessica.

»Nein, aber wir haben etwas, dass dem sehr nahekommt.« Er deutete auf die erste Zahlenfolge: 1, 2, 1, 1. »Jede Zahlengruppe steht für eine Buchstabenposition in der Nachricht: Absatz, Zeile, Wort, Buchstabe.«

Jessica zog die Stirn kraus, folgte dieser Anleitung beim Brief ihrer Mutter und gelangte zum Buchstaben M.

»M«, wiederholte sie. »Okay, was ist mit den anderen?«

1, 3, 1, 3: R

2, 3, 6, 9: F

3, 2, 8, 4: F

»Was zum Teufel bedeutet MRFF?«, fragte Jessica, perplex und enttäuscht. Sie hatte etwas Aussagekräftigeres erwartet. »Haben wir vielleicht einen Fehler gemacht?«

Drake schüttelte den Kopf. »Da war kein Fehler. Ich habe es zweimal überprüft.«

»Aber das sagt uns nichts. Welchen Sinn hat es, uns eine codierte Nachricht zu hinterlassen, wenn wir das verdammte Ding nicht verstehen? Sie schwieg für ein paar Sekunden. »Gib mir dein Handy, Ryan.«

Sie rief auf dem Gerät die Google-Suche auf und machte

sich an die Arbeit. Unter den Tausenden von Suchergebnissen für die Abkürzung MRFF entdeckte sie eine staatliche australische Stiftung für medizinische Forschung, eine Bürgerinitiative, die für Religionsfreiheit beim Militär eintrat, und eine Recyclingfirma, um nur einige wenige zu nennen. Aber nichts davon war für sie oder ihre Mutter von Bedeutung.

Sie schüttelte den Kopf und gab ihm geknickt das Smartphone zurück. »Das macht keinen Spaß.«

Drake war während ihrer Suche nicht untätig geblieben. Er hatte im Stillen über alles nachgedacht, was er von seiner Mutter wusste, über ihre Lage und das, was ihr möglicherweise durch den Kopf gegangen war, als sie ihre Botschaft verschlüsselt hatte.

»Sie musste davon ausgehen, dass dieser Brief in die falschen Hände fallen könnte. Leuten mit Ressourcen und Dechiffrierkenntnissen. Früher oder später hätten sie denselben Zusammenhang wie ich herstellen und die Nachricht entziffern können.«

»Und?«

»Und ... was auch immer das hier bedeutet, war ausschließlich für mich bestimmt.« Er kniff die Augen zusammen. »Etwas, das nur ich erkennen konnte.«

»Großartig. Wie was?«

Plötzlich nahm Drake den Brief und den Schlüssel, öffnete den Karton, auf dem sie gelegen hatten, und fing an, den Inhalt durchzugehen. Er enthielt eine große Sammlung von Papieren – alte juristische Dokumente, Besitzurkunden, Rechnungen und unzählige andere bürokratische Schriftstücke, wie sie ein Mensch im Leben ansammelt. Es hatte ihrer Mutter gehört und war, allem Anschein nach, seit ihrem Tod unberührt geblieben.

»Könntest du mir vielleicht erklären, wonach du suchst?«,

fragte Jessica, als Drake einen weiteren Deckel aufriss, ihn beiseite warf und den Inhalt durchwühlte.

»Du warst noch jung, als Dad gestorben ist«, sagte er abwesend, während er weitersuchte. »Nein, das Zeug hier ist zu neu.«

»Das war ich. Und weiter?«

»Deswegen erinnerst du dich wahrscheinlich nicht daran, wer sich um all diese Rechtsangelegenheiten gekümmert hat. Testamente, Erbschaften, solche Sachen?«

Seine Schwester verzog das Gesicht. »Darum hat sich Mum gekümmert. Ich vermute, den Papierkram hat sie ihrem Rechtsanwalt überlassen.«

Als ihr Vater das Zeitliche gesegnet hatte, waren ihre Eltern schon seit Langem geschieden gewesen, aber Freya hatte als Erziehungsberechtigte der Kinder die Aufgabe übernommen, seine Angelegenheiten zu regeln.

»Das hat sie getan«, gab er ihr recht und öffnete einen weiteren Karton. »Einem Anwalt für Familienrecht, um genau zu sein. Er war für uns zuständig, so lange ich denken kann. Sein Name war … Fitzgibbons. Frederick Fitzgibbons.«

»Ein ganz schöner Zungenbrecher.«

»Da sagst du was Wahres.« Drakes Augen leuchteten auf, als er fand, wonach er gesucht hatte. »Stell dir vor, du bist Anwalt und müsstest diesen verdammten Namen täglich Hunderte Male schreiben. Also hat er es gelassen und ihn abgekürzt.«

Er nahm ein altes Anwaltsschreiben und hielt es hoch, um es genauer zu betrachten. Am Ende des Briefes fand er eine auf die Schnelle hingekritzelte kurze Signatur.

Hochachtungsvoll
FF

»FF.« Jessicas Blick sprang von dem Dokument zu Ryan hoch. »Verdammt.«

»Mr. Frederick Fitzgibbons«, verkündete Drake. »Sie wollte, dass ich da hingehe. Dort werde ich finden, wonach ich suche.«

Seine Schwester sah ihn überrascht und beeindruckt an. »Und wenn man bedenkt, dass du beim Puzzeln immer ziemlich schwach warst ...«

»Du bist nicht die Einzige in der Familie, die was im Kopf hat«, erwiderte er und suchte auf dem Briefkopf nach der Adresse. »Fitzgibbons' Kanzlei befindet sich anscheinend in der Londoner Innenstadt.«

Er plante bereits die bevorstehende Reise und wog die Risiken und Chancen ab. Zu Fitzgibbons' Kanzlei zu gelangen würde leicht sein. Aber dabei unentdeckt zu bleiben war die größere Herausforderung.

Jessica blickte zu ihm hoch und fing an zu grinsen. »Worauf warten wir noch?«

13

Camp Peary Ausbildungslager, Virginia – 19. Oktober 1989

Siebzehn, achtzehn, neunzehn ...

Die Arme spannten sich mühsam, die Finger schlossen sich um die Reckstange, dass die Knöchel weiß hervortraten. Anya zog ihren Körper hoch und zwang ihre brennenden, erschöpften Muskeln zu gehorchen. Ein Rinnsal von Schweiß sickerte zwischen ihren Schulterblättern herunter, als sie die anstrengende Bewegung wiederholte; das frisch verheilte Narbengewebe an ihrem Rücken war noch wund und empfindlich.

Zwanzig, einundzwanzig, zweiundzwanzig ...

Das US-Marinekorps hielt zwanzig Klimmzüge für den idealen Standard bei seinen Kampfkraft-Tests, aber die Einheit, in der Anya diente, erwartete mehr. Es hatte keine Zugeständnisse aufgrund ihres Geschlechts gegeben, und obwohl es ihr Leben bestimmt nicht leichter gemacht hatte, begriff sie die einfache, pragmatische Logik, die dahinterstand. Mitleid wurde weder erwartet noch gewährt. Deshalb hatte sie noch härter gekämpft und trainiert als die anderen und sich mit purer Willenskraft und sturer Entschlossenheit dazu gezwungen, ihre körperlichen Leistungsgrenzen zu erweitern.

Dreiundzwanzig, vierundzwanzig ...

Ihre Arme zitterten jetzt, und die Muskeln schmerzten, weil sich in den Fasern Säure zu bilden begann. Ihr Körper warnte sie, dass sie sich ihrer Leistungsgrenze näherte. Wie ein Automotor, dessen Drehzahl dem roten Bereich näher kam.

Fünfundzwanzig …

Der Puls dröhnte ihr in den Ohren, sie biss die Zähne zusammen und zwang ihre Arme, den Körper hochzuziehen. Sie schaffte es ungefähr bis zur Hälfte, bevor ihre Kraft nachließ, dann blieb sie aus purer Willenskraft noch für etwa eine Sekunde hängen, bevor sie sich schließlich geschlagen gab und auf den Boden fallen ließ.

Sie versuchte ihre Atmung zu beruhigen, schaute auf ihre Hände hinunter, spreizte und ballte langsam die Finger und sah zu, wie die Bänder und Sehnen in ihren Unterarmen so straff wie Stahldrähte wurden, bevor sie sich wieder entspannten.

Es stand außer Frage, dass sie noch immer einen schlanken und robusten Körper besaß. Sie konnte sich vorstellen, dass viele sie sogar immer noch für körperlich stark hielten. Doch sie spürte den Unterschied, die subtile, aber unvermeidliche Tatsache, dass sie nicht mehr ganz die Alte war. Sie war irgendwie geschrumpft, reduziert.

Und dann war da natürlich die Veränderung, die sie nicht sehen konnte und die vor einigen Monaten bei einer knappen und oberflächlichen ärztlichen Visite bestätigt worden war. Die Erkenntnis, dass sie niemals Leben in sich tragen, niemals eigene Kinder haben würde.

Sie hatte versucht, sich einzureden, dass es ein Segen war, dass ihr selbst gewähltes Leben keinen Raum für solche Fantasien ließ. Aber es war ein kalter Trost gewesen, damals genauso wie jetzt. Zu wissen, dass man ihr etwas genommen hatte. Etwas, das sie nie zurückbekommen konnte, ganz gleich, wie viel sie trainierte. Was für sie vielleicht das Tor in ein anderes Leben hätte sein können, war für immer verschlossen.

Sie schloss die Augen und atmete aus, während sie gründlich darüber nachdachte, ob sie an dem plötzlich aufkeimenden Zorn und dem Gefühl von Ungerechtigkeit, das in ihr brodelte, arbeiten sollte.

»Verdammt!«, schrie sie in ihrer litauischen Muttersprache, holte aus und rammte ihre Faust in die Gipswand vor ihr. Das brüchige Material gab unter ihrem Schlag nach, und sie hinterließ eine bröckelige, faustgroße Delle.

Anya schluckte und atmete aus, versuchte, den Schmerz in ihrer Hand zu ignorieren – und die peinliche Verlegenheit, die sie wegen ihres Wutausbruchs empfand.

»Sie verschwenden Ihre Zeit, wissen Sie.«

Anya wirbelte herum und stellte überrascht fest, dass sich jemand unbemerkt schnell und leise über den Schwingboden der Sporthalle genähert hatte. Sie erkannte die Frau nach ihrer ersten und einzigen Begegnung vor sechs Monaten.

»Verstehen Sie mich nicht falsch«, fuhr Freya Shaw fort. Anyas Bedrängnis amüsierte sie. »Ich bewundere Ihre Hingabe. Und die Rolle der knallharten Soldatin ist einfach ... entzückend. Aber das ist ein Kampf, den Sie niemals gewinnen werden.«

»Wie sind Sie hier hereingekommen?«, wollte Anya wissen, weil diese Störung sie gleichermaßen ärgerte und verunsicherte. Camp Peary war eine militärische Einrichtung der höchsten Sicherheitsstufe, konzipiert für Spezialeinsatzkräfte sowie CIA-Einsatzgruppen, die dort trainieren und sich auf Einsätze vorbereiten sollten.

Es war kein Ort, wo ein Zivilist einfach hereinspazieren konnte.

Shaw antwortete darauf nicht, obwohl Anya den Anflug eines Lächelns sah, als die Ältere um sie herumging. Geschmeidig und elegant, gut gekleidet und perfekt frisiert verkörperte sie alles, was Anya nicht war – eine Tatsache, der sich beide Frauen in diesem Moment sehr bewusst waren.

»Es spielt keine Rolle, wie viele Gewichte man stemmt oder wie weit man läuft. Sie werden nie so groß oder stark wie die anderen sein«, erklärte sie geduldig. »Sie sind einfach nicht

dafür gebaut, Anya. Und je härter Sie versuchen, dagegen anzugehen, desto härter wird die Realität auf Sie zurückfallen.«

Anya ballte die Fäuste und sah Shaw wütend an, diese arrogante, manipulative Frau, die es wagte, sie darüber zu belehren, wer sie war und was sie nicht leisten konnte.

»Ich habe es bis hierhin geschafft«, stellte sie klar. »So wie Sie haben viele Menschen versucht, mich aufzuhalten oder mir einzureden, dass ich es nicht kann. Aber hier bin ich.«

»Das sind Sie in der Tat«, gab Shaw ihr recht. »Und das verrät mir zwei Dinge über Sie. Sie sind zäh, aber nicht weitsichtig. Das eine macht Sie zu einem Aktivposten, das andere zu einer Belastung.«

Anya konnte spüren, wie sich ihre Herzfrequenz beschleunigte, als Shaws Worte wie Gift in sie eindrangen und sie in ihrem tiefsten Inneren trafen. Um sich abzulenken, bückte sie sich und hob ihre Wasserflasche auf.

»Ich bin heute hergekommen, um herauszufinden, welche dieser Qualitäten in Ihnen stärker ausgeprägt ist. Ob ich etwas Nützliches aus Ihnen machen kann oder ob Sie immer nur eine dumme ›Valstietis‹ bleiben werden, die Soldat spielen will…«

Anya erstarrte bei der vulgären Beleidigung in ihrer Muttersprache. Sie hatte mehr als genug gehört. Sie zerschmetterte die Glasflasche an der nächsten Reckstange, wirbelte herum und hielt Shaw das zackige Ende an die Kehle.

Shaw zuckte nicht und rührte keinen Muskel, als ihr Anya die improvisierte Waffe kaum weiter als einen Zentimeter vor die verletzliche Haut hielt.

»Dieses ›Mädchen‹ hat Leute getötet, die schlauer und stärker waren als Sie«, zischte Anya. »Ein falsches Wort, dann finden wir heraus, wie belastend ich wirklich bin.«

Anya hatte viele Männer aus nächster Nähe und im Nah-

kampf getötet, aber noch nie eine Frau. Nicht etwa, weil sie Mitgefühl oder eine besondere Loyalität gegenüber ihrem eigenen Geschlecht empfand, es hatte sich nur noch nie eine Gelegenheit dazu ergeben. Es kam ihr sogar in den Sinn, dass es interessant sein könnte zu beobachten, ob Frauen irgendwie anders sterben würden.

Doch weit davon entfernt, Angst zu haben, wie es eigentlich angebracht gewesen wäre, erwiderte Shaw ihren bösen Blick mit einem Blick kühl-distanzierter Befriedigung, als ob es ihr gelungen wäre, bei einer akademischen Debatte ein Argument zu belegen.

»Mir scheint, ich sollte ›leicht provozierbar‹ in die Liste aufnehmen.«

Anya brachte das gesplitterte Ende der Flasche näher, bis es die Haut über ihrer Halsschlagader berührte. Sie wusste genau, welchen Winkel sie mit wie viel Kraft benutzen musste, und falls sie es tun würde, wäre Shaw in weniger als einer Minute tot.

»Glauben Sie, das ist ein Spiel, Freya Shaw? Sollen wir es spielen, Sie und ich?«

»So kann man es auch betrachten«, erwiderte Shaw. »In dem Fall sollten Sie mehr als einen Schritt vorausdenken. Sie könnten mich zum Beispiel sofort töten …«

»Geben Sie mir einen Grund, es nicht zu tun.«

»Wenn Sie das täten, würden die beiden Scharfschützen dort bei den Oberlichtern Sie zu Fall bringen, bevor Sie nur drei Schritte gemacht hätten.«

Anya starrte sie noch ein oder zwei Sekunden lang an, bevor sie den Blick nach oben zu den Fenstern des Gebäudes richtete. Und tatsächlich, dort sah sie mindestens eine Gestalt bei einem Fenster hocken, das geöffnet worden war, um frische Luft hereinzulassen, und den langen Lauf eines Gewehrs, der auf sie gerichtet war.

»*Planung und Vorausschau. Sie können mir nicht das Leben nehmen, ohne Ihr eigenes zu opfern. Und da wären wir – bei einem Patt.*« Shaws Gesichtsausdruck wurde härter und entschiedener. »*Und jetzt nehmen Sie diese Scherbe von meiner Kehle, bevor ich die Geduld verliere.*«

Anya hielt das Glas noch trotzig ein paar Sekunden länger, hoffte, sie zum Schwitzen und aus ihrer provozierend tadellosen Fassung zu bringen. Als sich abzeichnete, dass sie damit keinen Erfolg haben würde, senkte sie schließlich den abgebrochenen Flaschenhals und ging ein paar Schritte zurück.

»*Gutes Mädchen.*« Shaw sah aus, als wäre gerade nichts auch nur entfernt Ungewöhnliches passiert. »*Es gibt einen weiteren Grund, weshalb ich heute hier bin.*«

»*Welchen?*«

»*Ich mag Sie, Anya.*«

Anja schnaubte höhnisch. »*Wenn Sie schon lügen müssen, tun Sie es wenigstens glaubwürdig.*«

»*Ich meine es ernst. Sie sind intelligent, mutig und entschlossen. Ich weiß, was Sie in Afghanistan durchgemacht haben.*« Nach einem strengen Blick von Anya hob sie beschwichtigend die Hand. »*Entspannen Sie sich. So etwas hätte die meisten Menschen gebrochen, Männer wie Frauen. Aber Sie haben es geschafft herauszukommen. Und was noch wichtiger ist: Sie hatten den Mut, wieder mitzumischen.*«

Der Anflug eines ironischen Lächelns umspielte ihre Mundwinkel.

»*Und wie ich gerade feststellen durfte, haben Sie Ihr Feuer nicht verloren.*«

Anya schloss die Augen und stöhnte, als ihr die Wahrheit dämmerte. »*Das war ein Test.*«

Es war unverkennbar, dass Freya stets vorausdachte. Alles, was sie tat, jede scheinbar belanglose Handlung oder Unterhaltung, diente einem höheren Zweck.

»Allmählich begreifen Sie.« Shaw trat vor, musterte sie und nickte anerkennend. Anyas Körper war nach ihren anstrengenden Work-outs sehnig und fit. *»Sie haben das Äußerste aus sich herausgeholt.«* Dann tippte sie sich mit einem Finger an die Schläfe. *»Aber das hier … das ist weitaus gefährlicher.«*

Anya betrachtete sie genau und versuchte zu ergründen, was die Frau vorhatte. Normalerweise konnte sie Menschen mühelos durchschauen, aber Shaw blieb ihr ein Rätsel.

»In den Augen von Männern sind wir schwach. Und kann man es ihnen wirklich anlasten? Wir sind kleiner als sie, weicher, weniger aggressiv. Wir können nicht so schnell laufen, nicht so schwer heben und nicht so hart zuschlagen wie sie. Wir sind von Geburt an im Nachteil. Sie wissen das, und in unseren ehrlichsten Momenten wissen wir das auch.«

Anya kochte bei dieser Aussage sichtlich das Blut. So etwas hatte man ihr fast ihr ganzes Leben lang erzählt, und es jetzt von einer Frau zu hören verbesserte ihre Laune nicht gerade.

»Aber verstehen Sie denn nicht, Anya? Das ist absolut kein Handicap; es ist unser größter Vorteil. Wir werden immer ignoriert, übersehen und unterschätzt. Niemand sieht in uns eine Bedrohung, und deshalb behält uns niemand im Auge. Wir kämpfen nicht dagegen an, wir arbeiten damit.«

Anya hörte ihr jetzt zu, aber nicht mit der unterschwelligen Verachtung und der Wut, die sie zuvor empfunden hatte. Jetzt hörte sie wirklich zu. Shaw schien sie völlig durchschaut zu haben, bis hin zu ihren Ängsten, Unsicherheiten, Hoffnungen und Nöten.

»Was wollen Sie von mir?«

»Sie haben in den vergangenen fünf Jahren nach den Regeln der anderen gespielt. Sie haben gut gespielt, aber es wird immer deren Spiel nach deren Regeln bleiben. Ein solches Spiel kann man nicht gewinnen.«

Shaws Miene änderte sich in diesem Moment. Sie trug ihr

Selbstvertrauen und ihre Fassung wie eine Maske, doch jetzt ließ sie sie ein wenig sinken. Plötzlich begriff Anya, dass sie in derselben Position gewesen war und schon lange vor ihr dieselben Kämpfe ausgefochten und dieselben Fehler begangen, aber daraus gelernt hatte.

»Wenn ich Ihnen jetzt zeigen würde, wie man die Spielregeln ändert? Was wäre, wenn Sie die Rolle einnehmen könnten, die für Sie bestimmt ist, anstatt sich bei dem Versuch fertigzumachen, den Erwartungen anderer zu entsprechen?«

»Und welche Rolle ist für mich bestimmt?«, fragte Anya, die Schmeicheleien und leere Versprechungen satthatte.

»Aus Ihnen soll etwas Besseres werden«, sagte Shaw mit Entschiedenheit. »Besser als wir, besser als ich. Sie verkörpern die Zukunft. Mit meiner Hilfe können Sie das erreichen, glaube ich. Wenn Sie mir vertrauen.«

Anya musterte sie mit Argusaugen; sie suchte nach einem versteckten Hinweis, einem verräterischen Anzeichen von Betrug, aber sie konnte nichts entdecken. Soweit sie es beurteilen konnte, schienen Shaws Angebot und ihre Absichten aufrichtig zu sein. Und nach allem, was sie im vergangenen Jahr durchgemacht hatte, nach allem, was sie für die Ziele anderer geopfert hatte, wäre es eine Lüge gewesen zu behaupten, dass sie davon nicht in Versuchung gebracht wurde.

»Ich war fast mein ganzes Leben lang der Spielball anderer Menschen. Für Sie werde ich das nicht sein.«

Bei diesen Worten lächelte Shaw. Aber kein hinterhältiges oder bösartiges, sondern ein anerkennendes Lächeln. Vielleicht sogar mit einer Spur Respekt.

»Anya, wenn ich mit Ihnen fertig bin, werden Sie kein Spielball sein. Dann sind Sie die Königin.«

Eine unbehagliche Stille lastete über der Altstadt von Jerusalem. Die Mondsichel stand am Himmel über einer Stadt mit uralten steinernen Gebäuden, engen, gepflasterten Straßen, die von Akazienbäumen gesäumt waren, abgeschiedenen Hinterhöfen und Seitengassen. Eine angespannte Stille lag in der Luft, die unausgesprochene Erwartung einer Stadt, die im Laufe ihrer langen Geschichte kaum etwas anderes als Krieg und Auseinandersetzungen gekannt hatte.

Doch trotz aller Spannungen und Differenzen kamen immer noch Menschen aus aller Welt zu Besuch. Amerikanische Juden kehrten für einen Besuch in die Heimat ihrer Vorfahren zurück, Muslime pilgerten zur Moschee auf dem Tempelberg, und Touristen strömten aus unzähligen Ländern in die Stadt, um alles zu besichtigen und ihre Geschichte zu erfahren.

Aus all diesen Gründen hatte Jerusalem ein lebendiges Nachtleben mit Restaurants, Bars, Cafés und Underground-Nightclubs, die in jahrtausendealten Straßen und Bezirken florierten. Es war, kurz gesagt, für eine weiße Frau, die erst vor wenigen Tagen einen hochrangigen Mossad-Offizier ermordet hatte, ein perfekter Ort zum Untertauchen. Und in einer dieser gut besuchten Underground-Bars saß Anya in einer Ecke mit dem Rücken zur Wand und einem leeren Wodkaglas vor sich. Normalerweise war sie keine große Trinkerin und zog es vor, einen klaren Kopf zu behalten, aber heute Nacht war es anders.

Zwei Tage nach ihrer Mission in Tel Aviv fühlte sie sich besorgt und ruhelos. Sie grübelte über das nach, was sie von Russo erfahren hatte. Der Name Vizur konnte sich nur auf Vizur Qalat beziehen, einen pakistanischen Geheimdienstoffizier, mit dem sich Cain im letzten Jahr getroffen hatte, um einen heimlichen Austausch nachrichtendienstlicher Erkenntnisse auszuhandeln. Weshalb hätte dieser Mann ihre Gefangennahme befehlen sollen? Soweit sie wusste, waren sie einander vorher nie begegnet.

Je tiefer sie grub, desto mehr Fragen stellten sich ihr. Aber trotzdem war sie entschlossen weiterzumachen. Was auch immer Qalat und seine Komplizen im Schilde geführt haben mochten, das Resultat waren die Vernichtung ihrer Einheit und vier lange Jahre in einem sibirischen Gefängnis gewesen. Das war etwas, das nicht ungesühnt bleiben durfte.

Dies würde ihre letzte Mission sein. Nicht für eine Flagge, ein Land, eine Ideologie oder eine Geheimorganisation, sondern für sie selbst. Wie es danach weitergehen sollte, wusste sie nicht. Vielleicht gab es kein Danach.

Sie blickte auf, als der Barkeeper mit einer Flasche Wodka in den fetten Pranken zu ihr herübermarschierte. Er war ein Bär von einem Mann, deutlich über einen Meter achtzig groß, hundertvierzig Kilogramm Fett und Muskeln. Aber sein freundliches, sanftes Benehmen strafte sein einschüchterndes Äußeres Lügen.

»Willst du noch einen?«

Anya schenkte ihm ein müdes Lächeln und hielt die Hand über ihr Glas. Ein paar Wodkas hatten für Entspannung gesorgt, doch sie konnte es sich nicht leisten zu übertreiben.

Der Barbesitzer nickte verständnisvoll und entfernte sich, um andere Gäste zu bedienen. Doch in diesem Moment kreuzte sich Anyas Blick mit dem eines anderen Mannes am gegenüberliegenden Ende des Tresens. Sie bemerkte seine interessierte Miene, als er aufstand und sich in ihre Richtung auf den Weg machte.

Anyas Hand glitt unter den Tisch; sie entsicherte mit

dem Daumen vorsichtig ihre Waffe und musterte ihn von oben bis unten. Sie schätzte, dass er ungefähr so alt war wie sie. Für einen Mann durchschnittlich groß, aber gut in Form, ohne überschüssiges Fett. Sandbraunes Haar, mittellang. Strahlend blaue Augen und ein markantes Gesicht, das man beinahe für attraktiv halten konnte, dazu ein gebräunter, wettergegerbter Teint. Er trug ein weites Baumwollhemd, ausgewaschene Jeans und staubige Wüstenstiefel, die aussahen, als hätten sie schon viel erlebt.

»Tut mir leid, wenn ich störe, aber mir bricht das Herz, wenn ich eine schöne Frau allein trinken sehe.« Er hatte einen britischen Akzent. Freundlich und gut artikuliert. Er sah sie mit einem funkelnden Blick an, als fühlte er sich zu ihr hingezogen.

»Ich trinke nicht«, stellte Anya klar und nickte in Richtung ihres leeren Glases. Heute Abend war ihr kaum nach Gesellschaft zumute, und ganz sicher nicht nach einer Romanze.

»Aber du *bist* schön und allein«, erwiderte er. »Vielleicht kann ich daran etwas ändern.«

Er schob sich ihr gegenüber auf einen Stuhl, ohne auf ihre Erlaubnis zu warten. Als der Barkeeper den Neuankömmling sah, kam er, um seine Bestellung aufzunehmen.

Er bestellte für sich ein Bier und fügte hinzu: »Und einen Wodka für die Lady. Stumbras, nicht wahr?«

»Du bist sehr forsch«, bemerkte Anya, als ihnen der Barkeeper die Drinks brachte; sein anmaßendes Benehmen ärgerte sie zwar, beeindruckte sie jedoch nicht sonderlich. Viele Männer täuschten aggressives Selbstvertrauen vor, aber der hier war irgendwie anders.

Er zuckte mit den Schultern. »Wenn ich etwas sehe, das mir gefällt, versuche ich es mir zu holen. Das Leben ist zu kurz, um es nicht zu tun. Meinst du nicht auch?«

»Das kommt darauf an, worauf du aus bist«, erwiderte Anya. »Es ist nicht alles so, wie es aussieht.«

»Das stimmt, aber ist es nicht das, was Menschen so interessant macht? Jeder hat eine Geschichte zu erzählen.« Er nahm einen Schluck von seinem Bier. »Dein Akzent, zum Beispiel. Litauisch, wenn ich mich nicht irre?«

Anya schob erstaunt die Brauen hoch und erntete dafür ein amüsiertes Lachen.

»Die Art, wie du die Rs und die Ls dehnst. Ein untrüglliches Zeichen. Aber bei dir ist es natürlich weicher, mit einer Spur von Ostküsten-Amerikanisch, glaube ich. Ich vermute, du bist in Litauen aufgewachsen und später in den Westen gekommen.«

»Du vermutest eine Menge.«

»Du kannst mich gerne korrigieren, falls ich mich irre.«

Anya blieb die Antwort darauf schuldig, was er mit einem schiefen Grinsen quittierte. »In meinem Beruf kommt es auf die Details an. Man lernt, auf sie zu achten.«

Anya legte den Kopf schief. »Und was arbeitest du?«

»Ich bin Journalist.« Er machte eine kurze Pause, dann fügte er hinzu: »Ein Freelancer, könnte man sagen. Ich heiße Blake. Carter Blake.«

Sie hatte genug gehört. Ein Investigativ-Journalist, der schon jetzt mehr über sie wusste, als ihr lieb war, gehörte ganz bestimmt nicht zu den Menschen, mit denen sie sich vielleicht abgegeben hätte. Anya kippte ihren Wodka herunter und stellte das Glas auf den Tisch.

»Danke für den Drink, Blake«, sagte sie und stand auf. »Ich hoffe, du findest auch allein noch eine gute Story.«

Sie sah einen Anflug von Enttäuschung, trotzdem prostete er ihr mit seinem Bier zu. »Ebenso.«

Anya stieg die Treppe in die kühle Nachtluft hinauf. Draußen blickte sie sich zur Orientierung um.

Sie befand sich in der Altstadt, dem historischen Stadtzentrum. Etwa eine halbe Meile entfernt wurden die verwitterten Steinmauern, die hoch aufragenden Türme und das große Plateau des Tempelbergs von Flutlichtern hell angestrahlt. Mittendrin befand sich die vergoldete Kuppel des Felsendoms.

Der Berg war das religiöse Zentrum mehrerer Glaubensrichtungen und ein Symbol unablässiger Konflikte, die den uralten Boden Israels schon seit Jahrtausenden befleckten. Die Römer und die Perser, die Kreuzfahrer, die Tempelritter und sogar die Ottomanen und die Briten hatten diese Stadt erobert und um sie gekämpft. Weltreiche, die nacheinander von den Wogen der Geschichte nach oben gespült und wieder begraben worden waren.

Sie legte sich einen Schal um, der ihr Haar bedeckte, und ging in östlicher Richtung durch das komplizierte Labyrinth von Kopfsteinpflasterstraßen und kleinen Gassen. Sie hielt den Kopf gesenkt, aber ihre Augen waren wach, ihre Haltung entspannt, aber bereit, und ihre Hände steckten in den Jackentaschen.

An der verkehrsreichen Hauptstraße bog sie nach links ab und folgte einer Seitengasse in nördlicher Richtung. Die alten Gebäude überragten sie düster und hätten ihr fast den Blick auf die Sterne am Himmel genommen. Jenseits der Lichter und Geschäftigkeit der Hauptverkehrsachse schärften sich ihre Sinne.

Es dauerte nicht lange, bis sie Schritte hinter sich hörte. Kein Laufen, aber schnell genug, um mit ihr Schritt zu halten. Zwei Personen, die ihr zügig, aber in gleichbleibendem Abstand folgten.

An der nächsten Kreuzung bog sie wieder nach rechts ab und trat durch den Torbogen in einer Mauer in einen kleinen Hof, der sich dahinter befand. Der Hof war von düsteren Sandsteingebäuden umgeben, deren Fenster von fest verschlossenen Fensterläden abgedunkelt wurden.

Ganz wie sie es erwartet hatte, stand dort ein Begrüßungskomitee für sie bereit.

Anya stoppte und sah zu den beiden Männern auf der gegenüberliegenden Seite des Innenhofes. Beide waren groß und athletisch gebaut, der eine war schwarz, der andere ein Latino. Beide trugen weite Hemden und Jacketts. Es war die Sorte Kleidung, in der sich leicht Waffen verstecken ließen.

Beide beobachteten sie mit dunklen, wachsamen Augen.

»Du hättest bleiben und den Drink nehmen sollen«, bemerkte eine Stimme hinter ihr.

Anya brauchte sich nicht umzudrehen, um zu wissen, dass ihr Blake aus der Bar gefolgt war.

»Wer hat euch geschickt?«, fragte sie leise und bewegte sich zur Ecke des Hofes, während sich der Ring um sie zuzog. »Der Mossad? Die CIA?«

Sie sah der Reihe nach jeden der Männer an und prägte sich ihre Haltung und ihre Waffen ein. Die beiden Männer vorn waren mit Tasern bewaffnet – X26 in der Polizeiausführung. Nicht tödlich und nur dafür gedacht, sie kampfunfähig zu machen.

Die anderen beiden hatten Automatikpistolen. Die eine war eine Glock 22, die andere wahrscheinlich eine Sig-Sauer-P220, obwohl sie sich bei dem schwachen Licht nicht ganz sicher war. Beide Waffen waren mit Schalldämpfern versehen.

»Nichts so Großartiges, fürchte ich. Auf deinen Kopf sind 10 Millionen Dollar ausgesetzt. Damit könnte ein Mann seinen Ruhestand finanzieren. Und jetzt nimm bitte die Hände hoch, damit ich sie sehen kann.«

Anya schnaubte verächtlich. »Ihr seid Kopfgeldjäger.«

Durch die vier Männer, die um sie herumstanden, wogte Gelächter.

»Wenn du es so nennen willst«, bestätigte Blake. »Es ist nichts Persönliches, nur ein Geschäft.«

»Du brauchst das nicht zu tun, Blake«, beschwor ihn Anya. Sie hielt die Hände weiterhin fest in ihren Taschen. »Du kannst immer noch verschwinden.«

Von ihnen unbemerkt hatte sie die Finger um die schwere Metallkugel in ihrer Tasche gelegt; ihr Daumen drückte gegen den Sicherungsstift, bis er heraussprang.

»Aber so läuft das hier nicht, fürchte ich.« Seine Stimme bekam einen bedrohlicheren Unterton. »Und jetzt zeig mir deine Hände.«

»Du meinst diese Hand?«, fragte Anya und streckte die Granate in die Höhe, die sie in der Hand hielt. Der Sicherungsstift baumelte jetzt an ihrem Daumen. Eine halbe Sekunde später ließ sie den Griff der Granate los und schleuderte sie auf die Männer.

Sie sah, wie sie leicht zusammenzuckten, und einer oder zwei von ihnen wichen zurück, aber Blake blieb ungerührt. Seine stumme Selbstsicherheit beruhigte die anderen, und sie behielten ihre Position und Anya im Blick.

»Netter Versuch«, höhnte Blake, den ihr Manöver amüsierte. »Aber wir wissen beide, dass die Granate nicht scharf ist.«

Anya ignorierte seinen spöttischen Tonfall, spannte sich an und machte sich bereit.

Es gab einen lauten Knall wie von einem Feuerwerkskörper, gefolgt von einer Eruption von dichtem weißem Rauch, als die Granate platzte und den Hof in einen undurchdringlichen chemischen Nebel hüllte.

»Mist, wir sind blind!«, rief eine Stimme.

»Feuer! Feuer!«, schrie eine andere Stimme, begleitet vom

dumpfen, schweren Knallen aus einem Schalldämpfer, als der Mann durch den Qualm auf Anyas letzte bekannte Position feuerte.

Aber da war sie nicht mehr, weil sie zur Seite gehechtet und sich zusammengerollt hatte. Alles schien wie in Zeitlupe abzulaufen, als sie nach unten griff, den schallgedämpften Colt 1911 aus der Innentasche ihrer Jacke riss und auf die Quelle des ersten Rufes losrannte.

Eine dunkle Gestalt löste sich aus dem Nebel. Der Größe und dem Körperbau nach zu urteilen glaubte sie, dass es sich um den Latino handeln könnte.

Sie zielte auf seinen Kopf und drückte den Abzug. Ihre Waffe spuckte zwei Kugeln aus, und der Schalldämpfer dröhnte bei jedem Schuss. Der erste ging daneben, weil er sie kommen sah und sich seitlich wegzuducken versuchte, aber der zweite erwischte ihn knapp hinter dem Ohr und fetzte ihm den Hinterkopf weg.

Um den brauchte sie sich nicht mehr zu kümmern. Er würde bereits tot sein, bevor er auf dem Boden aufschlug.

Einer weniger.

Der Schwarze musste die Schüsse gehört haben, denn sie hörte plötzlich einen Knall, als sich ein Druckgasbehälter entlud und etwas über ihren Kopf schwirrte. Es waren die beiden Elektroden eines Tasers; die stromführenden Drähte reichten bis zum Schützen zurück.

Es hätte nicht einfacher sein können. Sie ließ sich von den Drähten leiten und verpasste ihm zwei Schüsse mitten ins Gesicht, die die Vorderseite seines Kopfes zu einem feuchten Brei aus Knochensplittern und blutigem Fleisch zerfetzten. Sie hörte einen erstickten, gurgelnden Schrei, als der Mann nach hinten taumelte und sich die Hände vor das schlug, was von seinem Gesicht übrig geblieben war.

Zwei erledigt.

Aber der Qualm wurde allmählich durchlässiger, weil sich die Wolke verteilte.

»Kontakt!«, schrie es zu ihrer Linken.

Sie legte die letzten Schritte zurück, die sie noch von dem Mann trennten, dem sie ins Gesicht geschossen hatte, dann packte sie ihn an der Jacke und schob ihn gerade in dem Moment vor sich, als drei Schüsse aus einem Schalldämpfer krachten. Sie spürte, wie sein muskulöser Körper zuckte und zitterte, als die Kugeln in seinen Oberkörper schlugen, aber das spielte jetzt keine Rolle mehr, er hatte seinen Zweck erfüllt.

Noch während ihr menschliches Schutzschild zu Boden ging, hob Anya ihre Waffe, legte auf die Mündungsblitze an, eröffnete das Feuer und gab zwei Schüsse auf den Körper ihres nächsten Ziels ab, von denen einer zuerst dessen Unterarm durchschlug und ihm dann den Brustkorb zerschmetterte. Ein dritter Schuss in die Stirn brachte ihn zu Fall.

Nummer drei war ausgeschaltet.

Als sie hinter sich das leise Klicken einer Waffe hörte, die auf sie angelegt wurde, reagierte Anya instinktiv, wirbelte herum und ließ sich fallen wie ein Stein, während sie gleichzeitig die Waffe herumriss. Es war Blake. Er hatte sich hingekauert, damit ihn die Querschläger nicht erwischten, die überall herumflogen. In dem Augenblick, bevor sie den Abzug drückte, sah sie sein markantes, attraktives Gesicht, das vor Wut verzerrt war.

Beide Kämpfer feuerten im selben Augenblick, ihre schallgedämpften Waffen zuckten bei der Entladung. Anya spürte ein Stechen an ihrer Schulter, als sie heftig auf den staubigen Boden stürzte, während Blake plötzlich nach hinten gerissen wurde und eine rote Nebelwolke aus seinem Rücken austrat.

Anya griff sich an den Arm und spürte warmes, triefendes Blut an der Hand. Sie bewegte den Arm und streckte probehalber die Finger, um herauszufinden, ob Sehnen oder Nerven beschädigt waren. Alles schien zu funktionieren. Es war nur eine Fleischwunde.

Der Schmerz war noch nicht zu ihr durchgedrungen, aber sie wusste, dass er kommen würde.

Ihre Waffe war nicht mehr geladen. Sie richtete sich auf, drückte das leere Magazin aus der M-1911, nahm ein neues aus der Jackentasche und schob es in die Waffe. Ein Bewegungsablauf, den sie so oft wiederholt hatte, dass es für sie fast so natürlich war wie Atmen.

Blake lag lang ausgestreckt auf dem Rücken, er zitterte und krümmte sich ein wenig, und aus dem Loch in seiner Brust stieg blutiger Schaum. Anya trat seine Waffe zur Seite und blickte ihn von oben mit so etwas Ähnlichem wie Mitleid an.

»Ich habe dir doch gesagt, du sollst verschwinden«, sagte sie. Sie war wütend auf ihn, weil er ihr diesen Kampf aufgenötigt hatte.

Blake versuchte zu antworten, aber das Einzige, was er herausbrachte, war ein rasselndes, klapperndes Keuchen. So klang ein Sterbender.

Sie sah, dass er es wusste, und die Angst in seinen Augen.

»Und was die Storys betrifft …«, sagte sie und hob ihre Waffe, »deine endet hier.«

Zwei weitere Schüsse in die Brust machten seinem Leiden ein Ende.

Nummer vier erledigt.

14

London, Vereinigtes Königreich

Was Drake immer wieder in Erstaunen versetzte, war die fieberhafte Geschwindigkeit, mit der sich die Hauptstadt seines Landes ausdehnte und entwickelte. London war in den letzten 20 Jahren mit Sicherheit zur größten Baustelle der Welt geworden. Wohin er auch blickte, ragten Kräne, Gerüste und die Stahlskelette von neuen Bürogebäuden und Wolkenkratzern in den Abendhimmel.

Es war eine Stadt der krassen Gegensätze. Reihen von dekorativen viktorianischen Stadthäusern standen neben brutalistischen Betonmonolithen, die in den Sechziger- und den Siebzigerjahren hochgezogen worden waren und nun ihrerseits durch eine neue Generation ultramoderner Stahl- und Glastürme ersetzt wurden.

Menschen, Kulturen und Religionen aus allen Ecken der Welt drängten sich an einem Ort zusammen. Es war ein Ort, an dem Vergangenheit, Gegenwart und Zukunft in einem lebhaften Durcheinander aufeinandertrafen, das ebenso faszinierend und einzigartig wie überwältigend war.

Heute konzentrierte sich Drake jedoch weniger auf seine Umgebung, dafür umso mehr auf das Treffen, das ihm bevorstand. Er hatte in Fitzgibbons Kanzlei angerufen und um einen Termin gebeten. Die Sekretärin hatte ihm versichert, dass der Anwalt um 17 Uhr Zeit für sie habe.

Das war auch gut so, denn da hatte Drake bereits mit

Jessica im Schlepptau einen Zug von Liverpool zum Londoner Euston-Bahnhof bestiegen. Im Londoner Stadtgebiet mit dem Auto herumzufahren war ein sinnloses Unterfangen, wie er aus Erfahrung wusste. Es hätte auch bedeutet, an unzähligen Verkehrsüberwachungskameras vorbeizufahren, denen er lieber aus dem Weg gehen wollte.

Der Zug war die direkteste Verbindung, wenn auch nicht frei von Risiken. Er hatte sich vorsichtshalber einen Sitzplatz gesucht, der nicht direkt von den Innenraumkameras des Zuges erfasst wurde, und während der Fahrt bewusst den Kopf nach unten geneigt.

Jetzt näherten sie sich dem Bahnhof. Drake sah zu seiner Schwester, die ihm gegenübersaß, und sorgte sich gleichermaßen um ihre psychische Verfassung wie um das Risiko, das sie darstellte. Jessica war still geworden, seit die wogenden Felder und kleinen Ortschaften der englischen Landschaft den grauen Hochhäusern der Londoner City Platz gemacht hatten, die sich im orangefarbenen Schein verstreuter Lichtquellen vom stark bewölkten Himmel abhoben.

Als der Zug langsamer wurde, starrte sie verzweifelt durch das regennasse Fenster auf die vorbeiziehenden Läden, Kneipen, Restaurants und Fußgänger, ohne wirklich etwas zu sehen. Drake konnte sich denken, was ihr durch den Kopf ging.

»Ist schon ganz schön lange her, was?«, sagte er leise.

Sie schreckte aus ihrem Tagtraum auf und setzte sich etwas aufrechter hin. »Seit der Scheidung, meinst du?«, erwiderte sie mit einem trüben, halben Lächeln. »Ja, es ist schon eine Weile her.«

Sie hatte vor einigen Jahren Erfahrungen gemacht, die ihr Leben von Grund auf geändert hatten. Einst glücklich verheiratet, lebhaft und gesellig, hatte sie sich gleichermaßen zornig und voller Sorgen zurückgezogen. Die Auswirkungen auf ihre Ehe waren ebenso unvermeidlich wie schmerzhaft gewesen.

»Es tut mir leid, Jess«, sagte er und war sich dabei sehr bewusst, wie unzulänglich diese Worte klangen. Auch wenn er es nie gewollt hatte, der Krieg, in den er verwickelt war, hatte sich nicht nur auf sein eigenes Leben ausgewirkt. Zu viele Unschuldige waren ins Kreuzfeuer geraten.

Jessica reagierte nicht und starrte nachdenklich und stumm aus dem Fenster.

Die Lautsprecheranlage des Zuges meldete sich; die blecherne Automatenstimme verkündete, dass sie sich der Endstation näherten.

»Das war's«, sagte Drake, froh, den Zug verlassen zu können. »Vergiss nicht, was ich dir gesagt habe. Kopf runter und keine plötzlichen Bewegungen.«

Sie stiegen aus und mischten sich unter die Tausenden von Pendlern, die durch die Türen am südlichen Ende des Kopfbahnhofs strömten, hinaus in den Krach und das hektische Treiben der Londoner City.

Durch die gegenüberliegende Hauptstraße brauste der Verkehr, Autos kämpften um Vorfahrt, Doppeldeckerbusse drängelten, und Motorräder, Mopeds und Fahrräder schlängelten sich dazwischen hindurch. Mehrere Gebäude in der Umgebung waren eingerüstet, aus ihnen drang das Dröhnen von Baumaschinen und das Rattern von Presslufthämmern. Inzwischen prasselte bereits heftiger Regen aus dem bleigrauen Himmel.

Das ungünstige Wetter wirkte sich jedoch zu ihrem Vorteil aus. »Kapuzen auf«, befahl Drake.

London war für seine flächendeckende Videoüberwachung berüchtigt. Falls der MI5 von ihrer Anwesenheit Wind bekam, wäre es nur eine Sache von Minuten, bis die

Sichtung an die CIA weitergeleitet wird. Das hätte das Ende des Spiels bedeutet.

Drake orientierte sich und deutete nach Westen. »Da lang. Auf geht's.«

Fitzgibbons' Kanzlei lag knapp eine halbe Meile vom Euston-Bahnhof entfernt. Unter normalen Umständen ein leichter, zehnminütiger Spaziergang.

Sie machten sich auf den Weg und arbeiteten sich durch die Fußgängermassen. Drake mit den Händen in den Taschen und gesenktem Kopf. Er war nur einer unter vielen anonymen Pendlern auf dem Heimweg.

Drake war Einsätze in Innenstädten wie dieser gewöhnt; er wirkte entspannt und uninteressiert, während er gleichzeitig seine Umwelt genauestens beobachtete. Bei Jessica standen die Dinge jedoch ganz anders. Ihr sah man die Anspannung und Nervosität an.

Das war nicht gut. Menschen haben die angeborene Fähigkeit, Angst und Unbehagen bei anderen wahrzunehmen. Das gehört zu den Urinstinkten, die den prähistorischen Vorfahren das Überleben sicherten.

Es war wie bei den Gazellen in der afrikanischen Steppe. Wenn auch nur eine aus der Herde Nervosität zeigt, werden auch die anderen misstrauisch.

»Entspann dich«, riet er ihr mit leiser Stimme. »Schön langsam.«

»Kümmere du dich lieber um dich selbst, Ryan«, knurrte sie zurück.

Dennoch schien sie sich wieder zu fassen, als Drake an einer großen Kreuzung gleich östlich vom Regent's Park in südliche Richtung abbog. Sie kamen gut voran, zumindest bis sie eine heulende Polizeisirene hörten, die auf sie zukam.

Drake sah, wie sich Jessica verspannte. Er konnte sich die Fragen und Ängste vorstellen, die ihr in diesem Moment durch den Kopf schossen. Waren sie entdeckt worden? Konnten sie entkommen? In welche Richtung sollten sie laufen? Würden sie sich freikämpfen müssen?

Drake sah zwar, wie das Blaulicht schnell näher kam, doch er machte sich momentan so gut wie keine Sorgen. Falls sie tatsächlich entdeckt worden wären, hätte man keine Polizeistreife eingesetzt, um sie einzufangen.

»Entspann dich. Das betrifft uns nicht«, versicherte er ihr über den lauter werdenden Verkehrslärm hinweg.

Und da raste auch schon ein Polizeiwagen an ihnen vorbei über die nächste Kreuzung. Die anderen Verkehrsteilnehmer fuhren vorsichtig an den Rand, um Platz zu machen. Drake stieß erleichtert den Atem aus und wandte die Aufmerksamkeit wieder seiner Schwester zu.

Auch sie hatte sich von der Straße abgewandt, der Streifenwagen hatte sie erschreckt, und sie brannte darauf, weiterzugehen und sich von der Stelle zu entfernen. Unglücklicherweise geriet sie in ihrer Hektik mitten in den Weg einer plumpen Frau mittleren Alters, die mit gesenktem Kopf und den Blick fest auf ihr Handy gerichtet in der Gegenrichtung unterwegs war.

Sie stießen zusammen, bevor Drake sich einschalten konnte, der Frau rutschte das Handy aus der Hand und fiel zu Boden. Gleichzeitig wich Jessica mit einer plötzlichen Bewegung zurück, ihre Kapuze rutschte nach hinten und ihre Hand ging instinktiv zu ihrer Gesäßtasche.

»Oh Mist!«, schimpfte sie und sah Jessica sichtlich verärgert an. Umstehende hatten ihr Tempo verringert und beobachteten die Begegnung mit mäßigem Interesse.

»Es … es tut mir leid. Ich habe Sie nicht gesehen«, stammelte Jessica, bedeckte sich wieder und bückte sich, um das Gerät aufzuheben.

»Ist in Ordnung! Lassen Sie nur.« Bevor sie reagieren

konnte, hatte sich die Frau schon gebückt und das Handy an sich genommen. Sie wischte Wassertropfen von der Hülle und untersuchte schnell das Display auf Schäden.

»Ich kann es bezahlen, wenn es kaputt ist …«, bot Jessica an.

»Ich sagte doch, es ist in Ordnung«, erwiderte die Frau gereizt. Sie hielt kurz inne, dann schickte sie hinterher: »Nächstes Mal schauen Sie, wo Sie hingehen.«

»Ist okay«, sagte Drake, schob sich schnell zwischen die beiden und lotste Jessica von der Stelle weg. »Es war nur ein Missgeschick. Ist ja nichts passiert.«

Die Frau warf ihnen einen letzten genervten Blick zu, dann setzte sie ihren Weg fort. Die anderen Umstehenden, die das Tempo verlangsamt hatten, um sich die Sache anzusehen, gingen ebenfalls weiter. Kleine Missgeschicke und Missverständnisse wie dieses passierten häufig in einer überfüllten Stadt, und die meisten von ihnen würden es nach wenigen Minuten vergessen haben.

Drake hatte in den Sekunden nach dem Zusammenstoß jedoch etwas gesehen, das allen anderen entgangen war. Er wusste, wonach Jessica gegriffen hatte.

»Setz die Kapuze wieder auf«, sagte er leise, und seine Stimme hatte einen härteren, befehlsmäßigen Unterton.

»Es geht mir gut«, protestierte Jessica, als er sie mit Nachdruck in eine enge Seitengasse führte, die für Anlieferungen genutzt wurde. »Ich habe gesagt, es geht mir gut!«

Drake sagte nichts, griff hinter sie und holte heraus, was sie in ihrer Gesäßtasche versteckt hatte. »Hey! Was soll das?«

»Sag du es mir«, erwiderte Drake und hielt das dunkle, stählerne Klappmesser hoch, das sie bei sich trug. »Was zum Teufel soll das sein, Jess?«

»Schutz. Was denkst du denn?«

»Denk doch mal nach, um Himmels willen. Wenn man dich hier mit einem Messer erwischt, bist du am Arsch.«

Weil man im Vereinigten Königreich nur schwer an Schusswaffen kam, hatten sich in den Großstädten Messer als Tatwaffen für Verbrechen epidemisch ausgebreitet. Was zum Ergebnis hatte, dass die Polizei nicht lange fackelte, wenn sie jemanden mit einer solchen illegalen Waffe erwischte. Jeder, den sie in die Finger bekamen, wurde verhaftet und sofort angeklagt.

Jessica musterte ihn verschmitzt. »Erwartest du etwa von mir, ich solle dir auch nur eine Sekunde lang glauben, dass *du* unbewaffnet bist?«

Natürlich war er das nicht. Ohne eine Waffe ging Drake zurzeit so gut wie nirgendwohin.

»Das ist etwas anderes.«

»Warum?«

»Das ist mein Job. Das ist meine Welt.« Er schüttelte den Kopf. »Aber nicht deine.«

»Ach, erspar mir die Nummer vom großen Beschützer-Bruder«, höhnte sie. »Du warst nicht da, als sie mich vor vier Jahren geholt haben, und als sie gestern gekommen sind, bist du auch nicht da gewesen.«

Drake fühlte sich, als hätte er einen Schlag in den Magen bekommen. Die Wut und die Enttäuschung, die aus ihr sprachen, waren unverkennbar und – schlimmer noch – absolut gerechtfertigt.

»Ich bin jetzt hier, Jess. Und ich gehe nicht mehr weg«, sagte er mit einer sanfteren Stimme.

»Das reicht mir nicht, Ryan. Das ist vorbei.«

Sie streckte ihm die Hand hin und wartete darauf, dass er ihr die Waffe zurückgab.

Er tat es nicht. Stattdessen ließ er sie in seine eigene Tasche gleiten.

»Lass mich eins klarstellen«, sagte er. »Wir erledigen die Dinge auf *meine* Weise. Ich habe das letzte Wort, und wenn du tust, was ich sage, bleibst du am Leben. So läuft das hier.« Dann wandte er sich ab und steuerte wieder die nahe gelegene Hauptstraße an. »Lass uns gehen.«

»Und wenn du es alleine nicht hinkriegst?«, rief ihm Jessica hinterher.

Drake hielt kurz an, aber ohne sich umzudrehen.

»Das werde ich.«

Er hörte Jessica leise fluchen, dann platschten ihre Schritte durch die Pfützen auf ihn zu.

Ihre gereizte Auseinandersetzung hatte die beiden so beansprucht, dass ihnen die Überwachungskamera über ihnen entgangen war, die den Eingang zur Straße abdeckte.

15

GCHQ, Cheltenham

Der leitende Geheimdienstanalyst Wilson Hager gähnte und streckte sich vor seinem Terminal – einem von vielen in der Einsatzzzentrale des Doughnut-Gebäudes, dem berühmten Hauptquartier des GCHQ –, dann öffnete er die nächste Sammlung von Prüfkandidaten aus dem automatischen Gesichtserkennungssystem. In seiner Schicht war eine Menge los gewesen, und nichts sprach dafür, dass es etwas abflauen könnte.

Er überlegte sich gerade, einen Kaffee zu holen, als sein Terminal mit einem Tonsignal den Eingang einer neuen Anfrage meldete. Diese war mit einer roten Flagge als besonders wichtig gekennzeichnet.

Er stellte die anderen Prüfkandidaten sofort zurück, öffnete die Anfrage und überflog ihren Inhalt.

Verdächtige Person: Jessica Drake
Geschlecht: Weiblich
Alter: 35
Ethnie: Mitteleuropäisch
Status: Aus dem Umfeld eines flüchtigen Tatverdächtigen der Kategorie eins.

Als Hager diese Meldung gelesen hatte, spürte er einen kleinen Adrenalinschub. Kategorie eins hatte auf der Liste gesuchter Personen höchste Priorität und war für international agierende Verbrecher, Terroristen und bekannte ausländische Geheimagenten reserviert.

Als Jessica Drake in jener regennassen Straße im Stadtkern Londons ihre Kapuze zurückgeschlagen hatte, war ihr Gesicht automatisch von der Videoüberwachung, die auf die Straße ausgerichtet war, aufgezeichnet und auf den GCHQ-Server geladen worden. Die leistungsfähige Künstliche Intelligenz des Dienstes konnte im Sekundentakt Terabytes von Daten verarbeiten. Es hatte bestimmte Konstanten ihrer Gesichtszüge identifiziert und schon nach 113,56 Sekunden einen Datenbanktreffer erzielt.

Hager öffnete die Aufnahme von Jessica und fütterte zunächst eine Diagnosesoftware damit, die gründlicher war als die Standardanalyse der KI.

Sie bestätigte den Treffer mit 98,2-prozentiger Wahrscheinlichkeit.

Als Nächstes rief Hager das aktuellste Foto aus dem Personenregister auf, positionierte es neben den Videobildern und stellte persönlich einen Vergleich an. Er registrierte Übereinstimmungen bei der Schädelform, dem Hautton und den Gesichtszügen und markierte den Treffer als bestätigt.

Nachdem das erledigt war, öffnete er einen Link zur Original-Videodatei, um sich ein Gesamtbild zu verschaffen. Die ruckelnden Videobilder zeigten die verdächtige Person, die gegen den Fußgängerstrom unterwegs war, von einem vorbeifahrenden Polizeifahrzeug abgelenkt wurde und mit einer anderen Zivilistin kollidierte. Er spulte die Aufzeichnung der Begegnung bis zu der Stelle vor, als sie den Schauplatz zusammen mit einer zweiten Person verließ.

Einem Mann.

Einem Mann, der sie in die nächste Seitengasse lotste – vermutlich, weil er mit ihr unter vier Augen sprechen wollte.

Aber durch seine Bewegungen verschaffte er Hager die Gelegenheit, ein Standbild mit einem Teil seines Gesichts herauszuziehen und es durch die Gesichtserkennung laufen zu lassen. Das System ermittelte einen Treffer mit 77,4-prozentiger Wahrscheinlichkeit.

Kategorie-1-Verdächtiger identifiziert:
Personendaten unterliegen der Geheimhaltung.
Kontaktieren Sie umgehend Ihren Administrator.

Er hatte das Ergebnis gerade erst überflogen, als auch schon sein Schreibtischtelefon klingelte. Es war sein direkter Vorgesetzter Oliver Pendleton.

Hager legte den Hörer ans Ohr: »Hager.«

»Wilson, hier ist Oliver. Ich bekomme gerade einen Kategorie-1-Alarm an Ihrem Terminal angezeigt«, meldete er sich in einem entschlossenen, sachlichen Tonfall. »Wie viel Zeit ist seit der Aufzeichnung vergangen?«

»Ähh …«, Hager checkte den Zeitstempel. »Das war vor etwa fünf Minuten in London City.«

»Ermitteln Sie den aktuellen Aufenthaltsort des Verdächtigen. Wir müssen genau wissen, wo er jetzt ist.«

»Sir, es wäre hilfreich, wenn ich einen Namen …«

»Tun Sie es einfach, Hager«, bellte Pendleton.

London, Vereinigtes Königreich

Drake hatte es eilig, ohne weitere Zwischenfälle ihr Ziel zu erreichen, und drängte voran. Er studierte die Straßenschilder, bis er schließlich das entdeckte, nach dem er gesucht hatte. Middleton Place. Dort bog er ein.

Die Gasse, die für Autos zu schmal war, sah wie eine Fußgängerpassage zwischen den beiden Einkaufsstraßen aus, die sie miteinander verband. Das Ergebnis war eine schmale und ziemlich dunkle Gasse von etwa fünfzig Metern Länge, an die überwiegend Häuser mit kleinen Mietwohnungen angrenzten, dazwischen verstreut gab es ein paar kleinere Geschäfte. Aus einem altmodisch aussehenden Eck-Pub drangen Musikfetzen und Licht, draußen standen Männer in kleinen Grüppchen zusammen, die rauchten und sich unterhielten. Drake hätte sich jetzt gerne ein Pint gegönnt, doch er hatte etwas anderes zu erledigen.

Sein Ziel befand sich etwa in der Mitte der engen Straße.

»Bist du sicher, dass wir hier richtig sind?«, erkundigte sich Jessica misstrauisch und sah an dem tristen Gebäude hoch, vor dem sie standen. Es war ein eingeschossiges, schmales Haus im viktorianischen Baustil des 19. Jahrhunderts, das bedenklich zwischen zwei größeren Gebäuden eingeklemmt war, die es wie große Brüder überragten. Das Mauerwerk war verwittert und von jahrzehntelanger Umweltverschmutzung schwarz verfärbt; die Farbe blätterte ab, die Fenster waren schmutzig und mit billigen Netzgardinen verhängt. Ein zufälliger Passant würde glauben, dass dieses Haus schon seit Längerem ungenutzt war, aber hinter den schäbigen Vorhängen ließen sich ganz schwach elektrische Lichtquellen erkennen.

»Ziemlich sicher«, erwiderte Drake und deutete auf eine angelaufene Messingtafel an der Tür: *Fitzgibbons und Carter, Rechtsanwälte und Notare.*

Ihre Online-Suche hatte nichts Greifbares über diese Kanzlei zutage gefördert – es gab keine Website und keine Social-Media-Präsenz, keine Pressemitteilungen, in denen sie erwähnt wurde, nicht einmal einen Eintrag im örtlichen Branchenbuch. Womit Fitzgibbons und Carter ihr Geld verdienten, war gewiss nichts, was sie in die Welt hinausposaunten.

Drake stieg die ausgetretenen Treppenstufen hinauf und drückte gegen die Tür. Als er sie verschlossen fand, versuchte er es mit der Gegensprechanlage. Aber da summte nichts, und es brannte auch kein Lämpchen, aus dem sich schließen ließ, dass sie angeschlossen war.

»So ein blöder Mist«, knurrte Jessica, ging an ihm vorbei und hämmerte eindringlich gegen die Tür.

Die Sekunden verstrichen, Regen prasselte von oben herab, und kalte Böen fegten durch die schmale Straße, wirbelten leere Chipstüten und anderen Müll herum. Das warme, gut besuchte Pub wirkte von Minute zu Minute verlockender.

Endlich knirschte ein schwergängiges Schloss, die große Tür öffnete sich, und dahinter kam ein Mann zum Vorschein, den Drake für Mister Frederic Fitzgibbons hielt.

Mit seinem faltigen, eingefallenen Gesicht, den wässrigen Augen, mit denen er ein Leben lang langweilige juristische Dokumente geprüft hatte, und nur wenigen schütteren Strähnen weißen Haares, das über seinen kahlen Schädel gekämmt war, musste Fitzgibbons zumindest weit in den Siebzigern sein.

Er betrachtete Drake und seine Schwester über die Ränder seiner Lesebrille und musterte sie argwöhnisch, als erwartete er, jeden Moment von ihnen ausgeraubt zu werden. Angesichts ihrer äußeren Erscheinung keine ganz ungerechtfertigte Einschätzung.

»Mein Name ist Drake, Ryan Drake. Ich bin hier, weil ich Mister Fitzgibbons sprechen möchte.«

»In welcher Angelegenheit?«

Drake griff in seine Jackentasche und zog den Schlüssel hervor, den ihm seine Mutter gegeben hatte. »Ich suche

etwas, wo das hier hineinpasst, und ich bin nicht allzu wäh-
lerisch.«

Fitzgibbons' Augen wurden etwas größer. »Verstehe.
Dann sollten Sie besser hereinkommen.«

Er trat beiseite und ließ Drake und Jessica eintreten, danach zog er hinter ihnen die Tür zu und schloss sie ab.

16

Hager blickte kurz von seinem Terminal auf, als Abteilungsleiter Oliver Pendleton herbeieilte. Er war ein schroffer,
effizienter Mann mit dunklem Haar und ordentlich ge-
stutztem Bart, der alles stets mit hundertzehnprozentigem
Einsatz zu erledigen schien und den Menschen in seiner
näheren Umgebung das Gefühl gab, nie zu genügen, ganz
gleich, wie hart sie arbeiteten.

»Was haben Sie, Wilson?«, fragte er und beugte sich
gleich vor, um Wilsons Arbeit unter die Lupe zu nehmen.

»Ich habe eine bestätigte visuelle Übereinstimmung mit
zwei gesuchten Personen. Treffer Nummer 1 ist Jessica Drake,
eine 35-jährige Britin. Treffer Nummer 2 ist eine gesuchte
Person der Kategorie 1 ohne Namen oder Nationalität.«

»Wo sind sie jetzt?«

Hager brachte die Verkehrsüberwachungskamera nach
vorn, ließ den Blick über die Aufnahmen schweifen, dann
deutete er auf zwei Personen, die mit gesenktem Kopf und
übergezogenen Kapuzen nebeneinander hergingen. »Da
sind sie. Langham Street, unterwegs in westlicher Richtung.«

»Wohin gehen sie denn?«, wunderte sich Pendleton laut.

Die Antwort ließ nicht lange auf sich warten. Die beiden
Gestalten bogen nach links in eine schmale Seitenstraße ab.

»Da«, sagte Hager mit wachsender Aufregung. »Middleton Place. Das ist eine Fußgängerstraße, die zwischen den beiden Hauptstraßen verläuft.«

»Gibt es dort irgendwelche Kameras?«

»Keine öffentlichen Systeme, aber vielleicht private Geräte, auf die wir zugreifen können.«

»Okay. Versuchen Sie es«, sagte Pendleton, wandte sich ab und wählte rasch eine Nummer auf seinem Handy: eine Direktverbindung zum Chef des MI5.

»Pendleton am Apparat. Sir. Wir haben ihn.«

Die Inneneinrichtung von Fitzgibbons und Carter entsprach ziemlich genau Drakes Erwartungen. Beim Erstbezug hatte der zentrale Flur mit hoher Decke, holzgetäfelten Wänden, gefliestem Boden und kunstvoll geschnitzten Randleisten vermutlich ein beeindruckendes Foyer abgegeben. Aber der Zahn der Zeit und Vernachlässigung hatten ihn zu einem trostlosen, deprimierenden Ort werden lassen. Die Bodenfliesen wiesen Sprünge auf, an einigen Stellen fehlten sie ganz, und die Holzschnitzereien waren hinter unzähligen Farbschichten verborgen. Billige Neonröhren sorgten für Licht. In der Luft lag ein muffig-feuchter Geruch, wie man ihm typischerweise nur in alten Gebäuden begegnete.

»Danke, dass Sie so kurzfristig einen Termin für uns hatten, Mister Fitzgibbons«, wagte sich Jessica vor. »Sie sind bestimmt ein … vielbeschäftigter Mann.«

»Keine Ursache, Miss Drake. Für ein Mandat wie das Ihre ist immer Zeit.«

Zu ihrer Überraschung hatte Fitzgibbons in wenigen Augenblicken eine eigenartige Transformation durchgemacht. Sein krummer Rücken wurde gerade, nachdem er sich aufgerichtet hatte, der gebrechliche und verschrumpelte Körper wurde vital und straff, und sein zerfurchtes, verhärmtes

Gesicht entspannte sich. Es war, als verjüngte sich der Mann direkt vor ihren Augen.

»Ah, so ist es besser«, sagte er, nahm die Lesebrille ab und ließ den Arm vorschnellen, um Drake die Hand zu schütteln. »Frederic Fitzgibbons zu Ihren Diensten.«

Drake ergriff vorsichtig die ausgesteckte Hand und war überrascht, wie fest der andere zupackte. Bei diesem Mann war offenbar nicht alles so, wie es den Anschein hatte.

»Bitte verzeihen Sie das Laientheater, aber man muss den Schein wahren«, entschuldigte sich Fitzgibbons.

»Und warum?«, fragte Jessica.

Der alte Anwalt bedachte sie mit einem geduldigen Lächeln. »Anonymität. Sie ist einer der Hauptgründe, weshalb unsere Mandanten meine Organisation in Anspruch nehmen.« Er merkte, dass seine Worte für die beiden nichts zur Aufklärung beigetragen hatten, und forderte sie auf, ihn zu begleiten. »Sie haben bestimmt eine Menge Fragen. Bitte folgen Sie mir, und ich werde alles erklären.«

Nach diesen Worten eilte er zielstrebig und entschlossenen Schrittes voran. Drake und Jessica blieb nichts anderes übrig, als hinterherzulaufen.

»Was zum Teufel geht hier vor sich?«, flüsterte Jessica.

»Ich weiß nicht, aber bleib dicht bei mir«, riet Drake und behielt ihren Gastgeber im Auge.

An einer Ecke bog Fitzgibbons ab und öffnete einen alten Lagerschrank. Zumindest sah es danach aus. Er lehnte sich hinein und zog an einem versteckten Griff oder Hebel. Plötzlich schob sich die Rückwand zur Seite. Dahinter kam das Scherengitter eines altmodischen Fahrstuhls zum Vorschein. Er drückte den Knopf an der Seite, und brummend sprang die Fahrstuhlmechanik an.

»Es ist mir ein Vergnügen, Sie beide endlich persönlich kennenzulernen. Ich bedaure nur, dass es nicht unter glücklicheren Umständen geschehen konnte.« Er hielt inne und nickte Jessica zu. »Mein Beileid zum Verlust Ihrer Mutter.«

»Danke«, erwiderte Jessica und zögerte einen Moment, bis sie hinterherschickte: »Sie sprachen vorhin von einem ›Mandat wie unserem‹. Was meinten Sie damit?«

Der Fahrstuhl kam, und ein Glöckchen schlug einmal laut an. Der alte Mann öffnete das Scherengitter und forderte sie mit einer Geste zum Einsteigen auf. Sie betraten den Fahrstuhl mit gemischten Gefühlen; Jessica musste unangenehme, klaustrophobische Anwandlungen verdrängen. Fitzgibbons zog die Käfigtür zu, dann drückte er den Abwärts-Knopf.

»Wir haben Ihre Mutter Freya so geschätzt wie nur wenige andere Mandanten, Miss Drake«, führte er aus, während der Fahrstuhl langsam den Schacht hinunterfuhr. »Ihr Vertrag umfasste das volle Spektrum unserer Dienstleistungen.«

Der Fahrstuhl rüttelte und stoppte, und Fitzgibbons zog wieder das Scherengitter auf. Der luxuriöse Flur, der sich geschmackvoll eingerichtet und gut ausgeleuchtet vor ihnen erstreckte, gehörte zu einer völlig anderen Liga als das triste, kalte und vernachlässigte Bauwerk darüber. Zwei Anzugträger, viel jünger und kräftiger gebaut als Fitzgibbons, bewachten eine Doppeltür am Ende des Korridors. Drake hatte schon so viele geheime Einrichtungen von innen gesehen, dass er Security-Leute erkannte, wenn er sie sah.

»Was ist das hier?«, fragte Jessica und sah sich mit großen Augen um.

»Nennen Sie es … ein Lagerhaus«, sagte der alte Mann und geleitete sie zu den Doppeltüren. »Unsere Mandanten schätzen zwei Dinge: Sicherheit und Diskretion. Meine Organisation hat es sich zur Aufgabe gemacht, für beides zu sorgen.«

Seine Worte mochten Jessica nicht viel sagen, aber Drake dafür umso mehr. Im Laufe der Jahre hatte er immer wieder von Orten wie diesem gehört – in Branchengerüchten, die wie moderne Mythen kursierten. Tresorräume und Sicherheitsschließfächer für die reichsten und berüchtigtsten Persönlichkeiten. Orte, an denen man für den richtigen Preis so gut wie alles – und jeden – einlagern oder besorgen konnte, ohne Fragen beantworten zu müssen.

»Sie befinden sich in einem abgeschirmten Bereich. Ihre Handys werden hier unten nicht funktionieren«, bat er um Verständnis. »Eine Sicherheitsmaßnahme, auf der wir bedauerlicherweise bestehen müssen.«

»Für Sie oder für uns?«, fragte Drake.

»Für uns alle«, erwiderte Fitzgibbons. »Wie ich bereits sagte, steht Diskretion hier an erster Stelle.«

Die Security-Leute hielten ihnen die Türen auf, als sie sich näherten, und ließen sie in den großen, luxuriös ausgestatteten Konferenzraum ein, der sich dahinter befand. Im Zentrum des Raumes stand ein langer Tisch, Bürosessel an beiden Seiten, an der Kopfseite hing ein Wandmonitor. Weitere Sofas und Sessel waren an verschiedenen Positionen im Raum verteilt. Drake fühlte sich an einen altmodischen Herrenklub erinnert.

Die Türen wurden geschlossen; Fitzgibbons atmete hörbar aus und klatschte in die Hände.

»Schön. Vielen Dank für Ihre Nachsicht. Das hier kann befremdlich auf Mandanten wirken, die uns zum ersten Mal besuchen. Bitte fühlen Sie sich nicht beleidigt, aber wir hatten uns bereits gefragt, ob Sie jemals zu uns finden würden.«

»Das bekomme ich dieser Tage öfter zu hören«, sagte Drake und warf seiner Schwester einen Blick zu.

»Verstehe. Nun, Ihr Paket wird in diesem Moment aus unserem Tresorraum geholt.«

»Ein Paket?«, schaltete sich Jessica ein.

»Ihre Mutter hat den Inhalt ihres Schließfachs für Sie hinterlassen, er sollte Ihnen gleich nach der Ankunft ausgehändigt werden. Selbstverständlich brauchen Sie Ihren persönlichen Sicherheitsschlüssel dafür.«

»Was wissen Sie über unsere Mutter?«, fragte Drake.

»Wie ich schon sagte, war Miss Shaw eine unserer besten Mandantinnen. Ihr Servicevertrag umfasste den uneingeschränkten Zugang zu allen unseren Einrichtungen weltweit, es gab Vereinbarungen über Asyl, über freies Geleit und über die Beschaffung von Dokumenten und Ausrüstung.«

»Gibt es noch mehr solcher Orte?«, fragte Jessica.

»Viel mehr. Selbstverständlich sind sie nicht alle so charmant wie unser kleines Etablissement hier in London.«

Was Drake betraf, so war er weniger an Fitzgibbons' globalem Imperium interessiert als daran, was seine Mutter mit dieser Organisation verband.

»Können Sie uns sagen, worin Freya verwickelt war? Gab es vielleicht jemanden, der sie umbringen wollte?«

Darauf schüttelte der alte Mann bedauernd den Kopf. »Mister Drake, meine Organisation verfolgt eine Politik strikter Neutralität. Wir sind weit davon entfernt, uns mit Angelegenheiten internationaler Politik zu befassen, die beruflichen Aktivitäten unserer Mandanten eingeschlossen.«

Ihre kurze Unterhaltung wurde durch ein höfliches Klopfen an der Tür unterbrochen.

»Aber da Ihre Mutter uns ausdrücklich instruierte, Ihnen Einlass zu gewähren, wage ich zu behaupten, dass ihr Schließfachinhalt womöglich etwas Licht in diese Dinge bringt.«

Die Türen öffneten sich, und ein Mann brachte eine verschlossene Metallbox herein. Sie war unhandlich und hatte ungefähr die Ausmaße eines großen Aktenkoffers. Seitlich eingelassene Griffe sollten das Tragen erleichtern. Darauf lag ein Laptop.

Der Mann stellte die Box und den Laptop auf den Konferenztisch, nickte Fitzgibbons knapp zu und ging sofort wieder.

»Die meisten Mandanten ziehen es vor, sich ungestört mit dem Inhalt ihrer Schließfächer zu befassen. Falls Sie sonst nichts benötigen, werde ich Sie beide jetzt allein lassen«, erklärte der Chef der Einrichtung. »Die Tür wird verschlossen, davor bleiben Wachen postiert. Der Raum ist schallisoliert und wird nicht elektronisch überwacht, daher kann ich Ihnen absolute Diskretion zusichern.« Er zeigte auf eine Gegensprechanlage, die in den Konferenztisch eingelassen war. »Bitte rufen Sie, falls Sie Unterstützung benötigen oder wenn Sie gehen wollen. Ansonsten können Sie so lange über den Raum verfügen wie nötig.«

Fitzgibbons entschuldigte sich und entfernte sich in dem gleichen schnellen und dynamischen Tempo wie vorhin. Hinter ihm schlossen sich die Türen, es folgte das leise Klicken der Schlösser.

Sobald sie unter sich waren, ächzte Jessica und ließ sich in einen der Hochlehner fallen.

»So etwas Abgedrehtes habe ich in meinem ganzen Leben noch nicht erlebt. Chiffrierte Briefe, Verschwörungen, geheime unterirdische Tresore …«, zählte sie auf und massierte sich die Schläfen. »Im Ernst – treibst du dich oft in solchen Läden herum, wenn ich nicht dabei bin?«

»Eigentlich nicht«, gab Drake zu. Er bewegte sich jetzt auf unbekanntem Terrain und konnte auf keine früheren Erfahrungen zurückgreifen. Alles, was er hatte, war der Kasten, der vor ihm stand.

»Und?«, drängte Jessica. »Machst du ihn jetzt auf?«

Drake sah den Schlüssel an, über dessen Daseinszweck er seit Jahren gerätselt hatte und der diesen jeden Moment offenbaren sollte. Er lag schwer in der Hand, und die Bedeutung dieses Augenblickes schien ihn noch schwerer zu machen.

»Wir werden heute manches über sie erfahren«, warnte er seine Schwester ruhig. »Manches, das wir danach nicht mehr vergessen können. Bist du sicher, dass du das willst?«

Jessica stand langsam auf und sah ihn an. »Ich habe das alles nicht durchgemacht, um jetzt zu kneifen.« Sie atmete tief durch, dann nickte sie ihm entschlossen zu. »Ich bin bereit.«

Drake trat an den Kasten, steckte den ungewöhnlichen Dreifach-Bartschlüssel in die schwere Box, hielt ihn gut fest und drehte.

Man hörte ein gedämpftes Klicken, als sich der innere Sperrriegel löste. Der obere Teil der Box sprang einen Spalt weit auf. Drake klappte den erstaunlich schweren, massiven Deckel hoch und legte den Inhalt des Kastens frei.

17

Jason Hawkins stand am Fenster des Eckbüros, das er mit Beschlag belegt hatte, nahm einen Schluck von seinem Kaffee und blickte auf die Londoner Skyline. Er hatte sich nie viel aus England gemacht. Dreckswetter, Drecksfraß und ein Scheißkaffee – dem verbrannten, bitteren Inhalt seines Bechers nach zu urteilen.

Aber hier war er, im obersten Stockwerk einer bizarren, pyramidenartigen Festung, die dem MI6 als Hauptquartier diente, in Vauxhall Cross am Südufer der Themse. Cain hatte bereits dafür gesorgt, dass ihm alle Sicherheitsfreigaben und jegliche Kooperation gewährt wurden, die er benötigte, um seine Arbeit zu erledigen.

Die Briten sahen ihn hier offensichtlich nicht sonderlich gern, aber das störte ihn nicht. Papiertiger waren das, die eigentlich nur herumnörgeln und sich über alles bepissen konnten, was ihnen nicht in den Kram passte. Aber vor der Agency kuschten sie, und die Agency kuschte inzwischen vor Cain – was Hawkins alle Autorität gab, die er brauchte.

Ryan Drake hatte bei ihm Top-Priorität. Er wollte den Hurensohn aufspüren und umbringen. Sie hatten lange Katz und Maus gespielt, und Hawkins war seinem Ziel, die Sache zu beenden, mehrfach frustrierend nahe gekommen, doch irgendwie war Drake ihm jedes Mal wieder entwischt.

Aber nicht mehr lange. Auch wenn er es nicht in Worte

fassen konnte, tief drinnen spürte er es. Langsam fügten sich die Teile zum Finale zusammen.

Das Endspiel.

Er wurde unvermittelt aus seinen Gedanken gerissen, als ein junger Geheimdienstoffizier hereinplatzte und in sein Büro stürmte.

»Anklopfen haben Sie wohl nicht gelernt?«, fragte Hawkins spitz.

»Tut mir leid, Sir. Aber Sie wollten sofort informiert werden, wenn wir eine Spur haben.« Er hielt ihm einen ausgedruckten Bericht hin. »Wir haben eine bestätigte Sichtung.«

Hawkins stellte den Kaffee ab, riss ihm die Seiten aus der Hand und überflog sie. Seine Aufregung wuchs mit jeder Zeile. Drake war gesehen worden, genau hier in London. Und – noch besser – in Begleitung seiner Schwester.

Wenn es eins gab, für das er die Briten loben musste, dann waren es ihre Fähigkeiten auf dem Gebiet der Videoüberwachung. In den meisten Ländern, in denen er bisher Einsätze durchgeführt hatte, konnte man mühelos untertauchen. Aber nicht im Vereinigten Königreich. Hier gab es fast genauso viele Kameras wie Menschen – eine Tatsache, der sich Drake zweifellos bewusst war.

Warum war er dann hier? Wieso ging er das Risiko ein?

»Wie verlässlich ist die Sichtung?«

»So sicher, dass das GCHQ sie markiert hat.«

»Und wie viel Zeit ist seit der Sichtung vergangen?«

»Ungefähr zehn Minuten.«

Hawkins wandte sich ab und sah auf die Stadt hinaus, als könnte sein Blick irgendwie die Gebäude durchdringen. Falls man sich auf diesen Treffer verlassen konnte, war Drake in diesem Moment nur wenige Meilen von ihm entfernt.

»Versetzen Sie mein Team in Alarmbereitschaft. Sie sollen sich einsatzbereit machen«, befahl er. »Sie haben auch eigene Einsatzkommandos, vermute ich?«

»Haben wir, Sir. Zwei schnelle Eingreiftrupps in ständiger Alarmbereitschaft. Sie können in weniger als dreißig Minuten jeden Punkt in der Stadt erreichen. Dazu kommen örtliche bewaffnete Polizeieinheiten.«

Hawkins grinste. »Sie sollen sich zum Ausrücken bereit machen.«

»Welche Einheit?«

»Alle. Gehen Sie jetzt.«

Der junge Offizier eilte davon, und Hawkins sah sich die Adresse an, die Drake vermutlich aufgesucht hatte. *Fitzgibbons und Carter, Rechtsanwälte und Notare.* Der Name war ihm vertraut, aber es dauerte ein paar Sekunden, bis er sich erinnern konnte, weshalb.

Danach legte sich langsam ein Lächeln über sein Gesicht.

»Ryan, du gerissener Hurensohn«, flüsterte er. Jetzt wusste er, warum Drake das Risiko auf sich genommen hatte, hierhergekommen war und sich sicher wähnte.

Tresorräume galten als die sichersten Safehäuser. Sie wurden nicht allein durch physische Sicherheitsmaßnahmen geschützt, sondern vor allem durch unauffälligere, aber weitaus ernster zu nehmende Vereinbarungen und Verträge zwischen den Globalplayern der Geheimdienstlandschaft. Im Spiel verdeckter Geheimdienstoperationen nahmen solche Tresorräume die Rolle der Schweiz ein und blieben durch ihre Neutralität so gut wie unantastbar.

Ein Bruch dieser Vereinbarungen konnte gravierende Konsequenzen haben, aber das brauchte ihn nicht mehr zu kümmern. Cain hatte ihm befohlen, nichts unversucht zu lassen, was dazu diente, Drake aus dem Weg zu räumen.

Der Preis spielte keine Rolle.

18

»Mein Gott«, keuchte Jessica, als sie den Inhalt des Kastens erblickte.

Drake hatte Verständnis für ihre Reaktion. Er selbst war mit solchen sogenannten »Sicherheitspolstern« inzwischen durchaus vertraut und erkannte den Inhalt sofort wieder. Aber seine Schwester hatte in einer ganz anderen Welt gelebt.

Die ersten und augenfälligsten Objekte waren in wiederverschließbare Plastikbeutel verpackte, stattliche Geldbündel in verschiedenen Währungen, von amerikanischen Dollars über britische Pfund bis hin zu Euros. Drake packte ein Bündel aus und schätzte, dass er ungefähr 40 000 bis 50 000 Pfund in der Hand hielt.

Er legte die Banknoten beiseite. Das Geld konnte sich noch als nützlich erweisen, aber Freya hatte ihn bestimmt nicht nur hergeführt, damit er sich die Taschen füllte.

Der nächste Gegenstand war ebenso vertraut. Ein Plastikkästchen mit Schaumstoffeinlage, darin eingebettet eine Glock-17 Automatik. Als Beigabe eine Schachtel 9mm-Patronen und zwei Ersatzmagazine.

Geld und Waffen waren Standardrequisiten solcher Schließfachdepots, die ihre Nutznießer unkompliziert mit den beiden Mitteln versorgten, die am effektivsten halfen, Probleme zu lösen: mit Waffen oder mit Schmiergeld.

Aber sein Hauptinteresse galt dem kleinsten Objekt: einem USB-Speicherstick, auf dem vermutlich Dokumente gespeichert waren, die sie ihm zeigen wollte. Der Stick lieferte die Erklärung, weshalb ihnen ein Laptop zur Verfügung gestellt worden war. Die gespeicherten Dateien waren der eigentliche Grund, weshalb sie jetzt hier waren.

»Was könnte da drauf sein?«, fragte Jessica, als er ihn vorsichtig herausnahm.

Er sah zum Laptop. »Lass es uns herausfinden.«

Drake steckte den Stick in einen der freien Slots und wartete, bis der Rechner den Inhalt eingelesen hatte. Sekunden später wurde eine einzelne Videodatei angezeigt. Drake klickte darauf, dann setzte er sich neben seine Schwester und wartete.

Es blieb ein paar Sekunden lang dunkel, dann erschien ein Bild – das Gesicht seiner Mutter. Als er sie unvermittelt gesund und lebend vor sich sah, lief ihm ein kalter Schauer über den Rücken. Anscheinend war es eine Nachricht aus dem Grab.

Neben sich hörte er, wie seine Schwester scharf die Luft einzog. Er mochte sich im Laufe der Jahre von Freya entfremdet haben, aber Jessica war ihr nahe geblieben, ohne von ihren Geheimnissen zu wissen. Sie hatte an dem Verlust gelitten und ihren Tod betrauert. Drake fühlte sich nur leer und hinters Licht geführt.

Er verdrängte diese Gedanken und untersuchte das Videobild nach Details, die von Bedeutung sein konnten. Freyas Alter und ihrer Erscheinung nach zu urteilen, war dieses Video kurz vor ihrem Tod aufgezeichnet worden.

Auch der Hintergrund war ihm sofort vertraut, weil er von seinem momentanen Sitzplatz aus denselben Blick auf die holzverkleideten Wände hatte.

»Ryan«, fing sie an, und beim Klang ihrer Stimme lief es ihm noch einmal kalt über den Rücken. »Wenn du das hier siehst, bedeutet es, dass du meine Nachricht verstanden hast.« Sie machte eine Pause und fügte dann hinzu: »Es bedeutet auch, dass ich tot bin.«

Sie sagte es ohne Bedauern, ganz nüchtern und sachlich. Es war eine einfache Feststellung.

»Ich kann mir denken, dass du viele Fragen an mich hast. Ich werde jetzt tun, was ich kann, um sie dir wahrheitsgemäß zu beantworten.«

Drake spürte, wie sich eine warme, weiche Hand auf seine Hand legte. Seine Schwester, die sich auf alles gefasst machte, wollte spüren, dass er da war.

»Die Wahrheit beginnt in meinem Fall mit einer Lüge. Mein Leben, meine Karriere, so gut wie alles, was dir und deiner Schwester von Kindesbeinen an über mich erzählt wurde, war von vorn bis hinten gelogen. Ich war keine Journalistin und keine Autorin. Ich bin beim Geheimdienst gewesen, bin schon kurz nach meinem Uniabschluss rekrutiert worden und habe für den MI6 gearbeitet. Zunächst sechs Jahre lang aktiv im Außendienst.« Sie seufzte. »Ich verkörperte vermutlich genau die Person, nach der sie gesucht hatten – jung, attraktiv, intelligent und … auf meine eigene Art abenteuerlustig. Ich wurde sehr gut bei dem, was ich tat.«

Drake hörte zu, ohne etwas zu sagen. Angesichts ihrer Verbindung zum Circle war es nicht überraschend, dass andere Aspekte ihres Lebens durch ein Lügengebilde verschleiert wurden. Dennoch war es befremdend, es in so krassen, deutlichen Worten aus ihrem Mund zu hören.

»Das konnte ich natürlich niemandem erzählen, der mir nahestand. Nicht einmal eurem Vater.« Bei diesen Worten erkannte Drake echtes Bedauern. »Rückblickend betrachtet hätte mir klar sein müssen, dass bei einem Job wie diesem nicht viel Raum für eine Ehe bleibt. Ich versuchte, in zwei verschiedenen Welten zu leben, aber ich habe nie den Spagat geschafft und sie miteinander verbinden können. Es war mein Versagen, nicht seins.« Es fiel Drake schwer, das Monitorbild dieser gealterten, reumütigen Frau, die um Verständnis warb, mit seinen eigenen Erinnerungen an eine kalte, distanzierte und abweisende Mutter in Einklang zu bringen, die immer irgendwo anders zu sein schien, stets etwas Wichtigeres zu tun hatte, früh das Haus verließ und – wenn überhaupt – erst spät zurückkehrte. Sie hatte ihm permanent das Gefühl vermittelt, eine lästige Pflicht darzustellen, eine Unbequemlichkeit, mit der man sich abfinden musste.

Plötzlich erschien ihm diese Frau in einem ganz anderen Licht. Er sah die Kräfte, die hinter den Kulissen ihr Leben bestimmt und alles überschattet hatten, was sie tat. Wie sollte man von jemandem erwarten, an einem Tag Entscheidungen zu fällen, die das Leben anderer erschüttern, ja sogar beenden konnten, und am nächsten Tag völlig sorglos die Kinder zum Spielplatz zu begleiten?

Wie Drake aus Erfahrung wusste, gelang es nur wenigen Menschen, diese beiden äußerst unterschiedlichen Welten in ihrem Leben miteinander zu versöhnen.

»Ich werde nicht so tun, als ob ich immer ein guter Mensch gewesen oder alles optimal gelaufen wäre. Du weißt so gut wie ich, dass unsere Welt so nicht funktioniert. Aber ich habe diese Arbeit erledigt, weil ich an sie geglaubt habe. Ich bildete mir ein, mit meinem Leben Gutes bewirken zu können. Etwas Bedeutsames.«

Dann wechselte ihre Miene, und ihre Stimmung wurde düster.

»Alles änderte sich, als ich 1983 abkommandiert wurde, eine Operation in Nordirland zu leiten und eine IRA-Zelle zu infiltrieren. Ein SAS-Offizier namens Faulkner verlor die Nerven und verriet die Operation, was die Hinrichtung von zwei unserer besten Informanten zur Folge hatte.«

Drake wurde hellhörig, als er diesen Namen hörte. Er hatte David Faulkner nur zu gut gekannt und wusste aus eigener Erfahrung, wie gefährlich und labil der ehemalige SAS-Offizier sein konnte. Drake hatte ihm keine Träne nachgeweint, als der Mann vor einigen Jahren in Libyen getötet worden war.

»Die Hauptschuld wurde mir in die Schuhe geschoben.« Sie zuckte resigniert mit den Schultern. »Ich war eine Führungsoffizierin im Geheimdienst und eine Frau. Solche wie mich gab es damals nur wenige, aber es gab eine Menge Leute, die mich deshalb ablehnten. Viele wollten mich scheitern sehen. Nun, ihr Wunsch erfüllte sich. Ich erhielt einen Verweis und wurde auf einen Schreibtischposten versetzt. Mir wurde sehr deutlich zu verstehen gegeben, dass meine Karriere beim Geheimdienst keine Zukunftsaussichten hatte.

Da wurde ich von dem Repräsentanten einer ... neuen Organisation angesprochen – es handelte sich um ein gemeinsames Projekt von Geheimdienstlern und hochrangigen Militärs aus vielen verschiedenen Ländern, die sich über Einschränkungen hinwegsetzten, die ihnen von ihren eigenen Regierungen auferlegt worden waren. Eine Organisation, die sich nicht zum Spielball von Politikern oder wechselnden Regierungsmehrheiten machte. Und diese Leute wollten mich ins Boot holen. Zum damaligen Zeitpunkt hatte die Organisation noch keinen Namen, aber im Laufe der Jahre wurden ihr viele gegeben. Unter anderem auch ›der Kreis‹ oder ›der Zirkel‹. Aber dir ist die Organisation wahrscheinlich unter dem Namen ›der Circle‹ ein Begriff.«

So verhielt es sich wirklich. Und Drake wunderte sich nicht über die verschlagenen Bedingungen, unter denen sie Freya rekrutiert hatten. Sie hatten sich eine fähige Nachrichtendienstlerin herausgepickt, effektiv ihre Karriere ruiniert und ihr danach einen Ausweg geboten. Die Chance zu einem Neustart in ein Leben, das sonst vergeudet gewesen wäre. Die Aussicht darauf, wieder etwas zu bewegen.

»Ich würde dir gern erzählen, dass ich sie durchschaut hatte und mir meine Loyalität nicht abkaufen ließ – aber das kann ich nicht. Ich habe schon zu oft gelogen. Die Wahrheit ist … Ich nahm sein Angebot an«, gestand seine Mutter und streckte dabei leicht das Kinn vor. »Ich habe es getan, weil ich meinem Leben wieder einen Sinn geben wollte, und ich tat es aus freien Stücken. Ich habe mich bereit erklärt, für den Circle zu arbeiten.«

Drake beugte sich vor. Zwar hatte er bisher jedem einzelnen Wort konzentriert gelauscht, aber er hatte den Eindruck, dass alles bisher Gesagte lediglich eine Einleitung war. Was als Nächstes folgte, würde der eigentliche Kern ihrer Nachricht sein.

»Bis zu diesem Zeitpunkt hatte ich die meiste Zeit dafür aufgewendet, ausländische Informanten anzuwerben. Man könnte sagen, dass ich das Talent hatte, Menschen zu durchschauen. Ich verstand ihre Wünsche und Ängste und konnte das gegen sie verwenden. Der Circle erkannte mein Talent ebenfalls und beauftragte mich, andere für unsere Sache zu rekrutieren – Geheimdienstler, hochrangige Militärs, sogar Diplomaten und Regierungsvertreter. Ich wurde sehr gut darin, Menschen auf unsere Seite zu ziehen.«

Eine weitere Pause. Drake hielt den Atem an und wartete auf die Fortsetzung.

»Damals wurden wir auf einen jungen CIA-Agentenführer aufmerksam. Einen Mann namens Marcus Cain.«

19

Die drei schwarzen SUV schossen auf der geschäftigen Londoner Straße ihrem Ziel entgegen; das Blaulicht blitzte, und die Motoren röhrten, wenn die Fahrer die Gaspedale bearbeiteten. Der Verkehr teilte sich vor ihnen wie ein Fluss, und viele Fahrer anderer Fahrzeuge mussten das Steuer herumreißen und über die Bordsteine fahren, um ihnen auszuweichen und sie vorbeirasen zu lassen.

Hawkins ließ das Chaos, das sie verursachten, völlig kalt. Er konzentrierte sich auf die anstehende Aufgabe. Er machte sich keine Hoffnungen, dass es einfach werden würde. Der Mann, hinter dem sie herjagten, war ebenso gefährlich wie einfallsreich. Aber er war fest entschlossen, die Sache durchzuziehen.

»Wie ist der Status der schnellen Eingreiftruppe?«

Sein Kommunikationsspezialist saß über den Laptop gebeugt und hielt sich fest, als der Fahrer ausscherte, um einem Bus auszuweichen. Sein Funk-Ohrhörer brummte fast nonstop, weil mehrere Geheimdienste und Einsatzkommandos versuchten, ihr Vorgehen abzustimmen.

»Sie sind jetzt unterwegs. Geschätzte Ankunftszeit unter 10 Minuten. Die Ortspolizei hat alle Beamten in der Umgebung alarmiert. Sie rücken in diesem Moment vor.«

»Sie sollen Abstand halten und den Ort einkreisen«, befahl Hawkins. »Wenn Drake uniformierte Polizisten entdeckt, verzieht er sich.«

»Verstanden.«

»Was wissen wir von dem Zielgebäude?«, fragte er als Nächstes. Er wollte so viele Informationen wie irgend möglich. Die Erstürmung von Häusern wurde normalerweise tage-, wenn nicht wochenlang im Voraus geplant, was ihnen alle Zeit der Welt ließ, vorab sämtliche Gebäudedetails zu recherchieren.

»Ein zweigeschossiges Stadthaus, erbaut um die Jahrhundertwende. Solide Ziegelwände, Zugänge vorne und hinten. Keine Unterlagen über Renovierungen oder Bauarbeiten.«

Natürlich gab es keine. Tresorräume wurden unter Bedingungen umfassender Geheimhaltung errichtet und erforderten oft lange Jahre geduldiger Arbeit, bevor man sie in Betrieb nehmen konnte. Ihre Anonymität schützte sie noch mehr als die eingebauten Sicherheitsvorkehrungen, obwohl auch sie oftmals hervorragend waren.

»Alle Ein- und Ausgänge müssen abgeriegelt werden«, befahl er. »Niemand verlässt den Bereich ohne unser Wissen.«

»Das GCHQ arbeitet mit Hochdruck daran«, bestätigte sein Kommunikationsexperte. »Sie kontrollieren alle Streams der Videoüberwachung. Wenn er zu verschwinden versucht, erfahren wir es.«

»Und die Luftüberwachung?«

»Die Briten lassen in diesem Augenblick Polizeihubschrauber anrücken, und die Eingreifteams verfügen über unbemannte Drohnen, die sie einsetzen können.«

Hawkins hielt sich gut fest, als der Fahrer einen Lieferwagen schnitt, das Gehupe ignorierte und wieder aufs Gas stieg. Er hatte schon eine Idee.

»Treiben Sie die Konstruktionspläne aller angrenzenden Gebäude auf«, befahl er. »Suchen Sie mir ein Haus heraus, das unterkellert ist.«

20

Bruder und Schwester saßen stumm und wie gebannt da, als ihre Mutter mit ruhiger Miene und gefasster Stimme die Details ihres Lebens ausbreitete.

»Marcus Cain war ein vielversprechender Überflieger in der CIA-Abteilung für Sondereinsätze gewesen, bis seine Karriere nach einem gescheiterten Rettungseinsatz in Afghanistan Schiffbruch erlitt. Aber der Circle erkannte sein Potenzial, und ich teilte ihre Meinung. Ich rekrutierte ihn, wir kümmerten uns darum, seine Karriere wieder in Schwung zu bringen und ihn schnell in der Hierarchie aufsteigen zu lassen. Er war intelligent, hoch motiviert und wollte vorankommen. Die Sorte Mann, die sich vom Circle erfahrungsgemäß leicht manipulieren ließ.«

Sie machte eine kleine Pause, bevor sie fortfuhr, und Drake hörte, wie sie leise stöhnte. Sie war im Begriff, etwas Unangenehmes zu sagen.

»Aber in Wahrheit war es dem Circle dabei primär gar nicht um ihn, sondern um jemand anderen gegangen. Cain war zwar auf seine Art nützlich, aber das wahre Potenzial hatte eine von ihm geführte Agentin. Eine Frau, für die Cain fast seine ganze Karriere weggeworfen hätte. Sie hieß Anya.«

Ein Ruck ging durch Drake, als er den Namen hörte, und die Welt schien plötzlich stillzustehen. Er hörte gebannt zu.

»Eine Soldatin wie sie hatten wir noch nie gesehen. Es

gab bei ihr weder Eitelkeiten noch Ambitionen, die wir ausnutzen konnten; es wäre unmöglich gewesen, sie zu manipulieren oder zu nötigen, wie all die anderen. Marcus war der einzige Mensch, auf den sie hörte. Er war der Schlüssel, um sie zu kontrollieren, und ich war der Schlüssel, um ihn zu kontrollieren. Und als wir es geschafft hatten, die beiden für uns arbeiten zu lassen, dauerte es nicht lange, bis sie beweisen konnten, was in ihnen steckte.«

Ostberlin, Deutsche Demokratische Republik – 25. Oktober 1989

Otto Fischer zog noch einmal an seiner Zigarette, der Tabak glühte auf und knisterte, dann atmete er eine graue Rauchwolke aus. Die Scheibenwischer des Autos schwenkten rhythmisch, als er im Regen durch die nächtlichen Straßen Ostberlins zu seiner Wohnung fuhr. Aus den Heizungsschlitzen blies warme Luft und vertrieb die Kälte des späten Oktobers.

Das Auto war neu – gerade erst vom Band gelaufen und geliefert worden. Einer der Vorteile, die sein Rang und seine Position mit sich brachten. Damit herumzufahren verbesserte stets seine Stimmung – ganz besonders wenn er, wie gerade eben, an einer alten Frau vorbeikam, die im Regen und vor Kälte gekrümmt in einem schäbigen Mantel über den Bürgersteig stapfte. Menschen ihrer Generation kannten Not und Niederlage aus eigener Erfahrung – im Gegensatz zu Fischer. Er gehörte zu einer neuen Generation von Deutschen, einer jüngeren Generation, die von der Schande und dem Versagen der Vergangenheit unbelastet war.

Heute Abend hatte er allerdings noch einen anderen Grund zu guter Laune.

Er spürte, wie sich eine warme und weiche Hand auf seinen Oberschenkel legte, und warf einen Blick zu der hübschen jungen Blondine neben ihm auf dem Beifahrersitz. Er sah ihr schüchternes, fast mädchenhaftes Lächeln und das Begehren, das in ihren blauen Augen funkelte. Die Vorstellung, mit ihr die Nacht zu verbringen, ließ sein Herz spürbar schneller schlagen.

Er hatte sie in einer der Bierhallen kennengelernt, durch die er nach einem besonders langen Arbeitstag gezogen war, um sich mit ein paar Gläsern die Sorgen zu vertreiben. Dort war ihm eine große, attraktive junge Frau mit einem schüchternen Lächeln und Augen, die immer wieder seinen Blick suchten, aufgefallen.

Vom Alkohol in seinen Adern ermutigt, hatte er nicht lange gezögert, war zu ihr gegangen und hatte sie in ein Gespräch verwickelt, bei dem er erfahren hatte, dass sie Annika hieß, aus Litauen stammte und nach Berlin gekommen war, um Medizin zu studieren. Sie war an diesem Abend auf einen Drink mit einem ihrer Kommilitonen verabredet gewesen, aber der hatte sich zu ihrer Enttäuschung nicht blicken lassen.

Selbst schuld, dachte Fischer grinsend.

Ein paar Drinks später war ihre Schüchternheit einer lebhaften Persönlichkeit mit einem ansteckenden Lachen und einem strahlenden Lächeln gewichen, das ausgereicht hatte, um die Aufmerksamkeit einer ganzen Reihe umstehender Männer zu wecken, von denen einige auch in Begleitung ihrer vermeintlichen Liebsten waren.

Fischer wusste ganz genau, wie leicht es war, die Fantasien junger und leicht zu beeindruckender Frauen wie Annika zu entzünden, insbesondere wenn sie aus ländlichen, abgeschiedenen Gegenden wie dem Baltikum stammten. Mädchen vom Lande, die das grobe Gerede und die fummeligen Annäherungsversuche von Männern gewöhnt waren, die noch nie die Grenzen ihrer eigenen Provinz hinter sich gelassen hatten.

Es hatte nicht lange gedauert, bis sie zu ihm nach Hause aufbrachen. Fischer freute sich ebenso darauf, die hübsche Blondine flachzulegen, die so viele andere mit neidischen Augen betrachtet hatten, wie er es genoss, in seinem warmen Auto herumzufahren, während andere die Kälte ertragen mussten.

»Sind wir bald da?«, fragte sie mit einer Spur atemloser Erregung und Nervosität in der Stimme. Sie war es nicht gewohnt, solche Dinge zu tun.

»Wir sind bald da«, versicherte er ihr.

Ihre Hand rutschte ein Stück höher an seinem Bein. »Ich bin so darauf gespannt, alles zu sehen.«

Fischers Haus war ein aufwendig gestaltetes Gebäude nach preußischem Vorbild, das nach dem Krieg wiederaufgebaut und renoviert worden war. Keiner dieser billigen Plattenbauten, wie man sie überall eilig hochgezogen hatte. Dieses Haus war bedeutenden Männern vorbehalten.

Er parkte in der Nähe auf der Straße, dann flüchteten die beiden Hand in Hand vor dem Regen Richtung Eingang. Es dauerte nicht lange, bis sie mit dem Fahrstuhl ins Obergeschoss unterwegs waren.

»So ein Haus wie dieses habe ich noch nie gesehen«, sagte sie sichtlich beeindruckt. »Es ist wunderschön.«

»Das gehört zu den Annehmlichkeiten meines Berufs«, erwiderte Fischer vage. Er ließ seine Hand an ihrem Rücken hinuntergleiten und drückte ihren Hintern, als sich mit einem Ping die Fahrstuhltüren öffneten. »Komm, ich zeig dir den Rest.«

Dann öffnete er die Eingangstür zu seiner geräumigen Wohnung, durch deren Fenster man über die Berliner Mauer hinweg ins hell erleuchtete West-Berlin sehen konnte. Er führte die junge Frau hinein und konnte es gar nicht abwarten, mit ihr allein zu sein.

»Zieh deinen Mantel aus und ich werde ...«

Er beendete seinen Satz abrupt mit einem schmerzhaften Grunzen, als ihn etwas Hartes zwischen den Schulterblättern traf, gefolgt von einem festen Tritt in die Kniekehle, der sein Bein wegknicken ließ. Er ging zu Boden und knallte mit den Knien auf den Parkettfußboden, sein Geist ein Wirbel von Verwirrung, Schmerz und wachsender Wut, als ihm klar wurde, dass Annika ihn angegriffen hatte.

»Du Miststück!«, knurrte er, drehte sich schnell nach ihr um und fummelte in seiner Jacke nach der Makarow-Dienstpistole, die er dort aufbewahrte. Aber obwohl er die Waffe herausreißen und auf sie richten konnte, fand er seine Pistolenhand plötzlich in einem erschreckend starken Griff wieder, der sein Handgelenk umbog.

Muskeln und Sehnen protestierten schmerzhaft, sein Griff lockerte sich, und die Waffe wurde ihm aus der Hand gerissen. Er sah, wie ihm etwas entgegenkam, spürte einen Lichtblitz und eine Schmerzexplosion, dann wurde er ohnmächtig.

Als er später aufwachte, lag er seitlich auf dem Bett, Hände und Füße schmerzhaft hinter dem Rücken verschnürt. Ein paar versuchsweise Bewegungen bestätigten ihm, dass seine Fesseln stabil und gut verknotet waren. Ihm war etwas in den Mund gerammt und mit Klebeband befestigt worden, sodass er nichts anderes als ein ersticktes Grunzen von sich geben konnte. Sein Puls raste, er war schweißgebadet, und seine Blicke irrten suchend hin und her, aber es war zu dunkel, als dass er viel erkennen konnte. Dann hörte er den Lichtschalter klicken. Er blinzelte, als Annika in sein Blickfeld trat.

Nur dass dies eine ganz andere Annika war als die schüchterne, naive Studentin, die er vorhin in der Kneipe kennengelernt hatte. Diese Frau war hart und kalt; sie fixierte ihn mit einem gnadenlosen Blick, setzte sich auf die Bettkante und betrachtete ihn eine Weile schweigend.

»Du fragst dich, ob ich dich umbringen werde«, stellte sie

fest. »*Also, mach dir keine Sorgen, Otto. Ich werde es nicht tun, ganz egal, was heute Abend passiert.*«

Fischer schrak zusammen, als sie in die Tasche griff und ein kleines, aber teuflisch scharf aussehendes Messer zückte und hochhielt, damit er die Klinge besser sehen konnte.

»Stattdessen werde ich zwischen dem vierten und dem fünften Wirbel dein Rückenmark durchtrennen und dabei die Hauptarterien unberührt lassen. Du wirst noch atmen und sprechen können, aber das ist dann auch alles, was du von dem Moment an noch tun kannst. Du wirst dauerhaft vom Hals an abwärts gelähmt sein, wirst Menschen brauchen, die dich füttern und waschen, wirst komplett auf sie angewiesen sein. Oh, und den bisherigen Erfahrungen nach zu urteilen, wirst du dich wahrscheinlich einkoten. Aber daran musst du dich wohl gewöhnen.«

Fischer hatte plötzlich ein erschreckendes Zukunftsbild vor Augen. Eine Zukunft in schmutzigen Krankenhäusern, mit desinteressierten Krankenschwestern und Mitleidsbesuchen seiner ehemaligen Freunde und Genossen. Wundliegen und Infektionen. In Plastikbeutel pissen und scheißen.

Er schrie in den Knebel und wollte um Gnade flehen, als sie sich über ihn beugte und ihn auf die Vorderseite rollte, obwohl er panisch versuchte, sich aufzubäumen und um sich zu treten.

»Wenigstens wird es relativ schmerzlos sein«, sagte sie und drückte die Klinge an seinen Hals. Fischer stieß vor Angst und ohnmächtiger Wut einen gequälten Schrei aus, er presste die Augen zu und ballte die Fäuste, bis es wehtat, während er auf die plötzliche Taubheit wartete, wenn die Klinge seine Nervenenden durchtrennt und ihn zu einem Gefangenen in seinem eigenen Körper gemacht hätte.

»Oder wir können uns einigen«, sagte sie ruhig.

Fischer öffnete die Augen und sah ihr Gesicht nur wenige Zentimeter vor seinem.

»Wie würde dir das gefallen, Otto?«

Er nickte hektisch, ohne zu wissen oder sich auch nur darum zu scheren, worin er einwilligte.

»Gut. Auf dem Alexanderplatz soll am 4. November eine Demonstration stattfinden. Der größte Demonstrationszug, den die DDR je gesehen hat. Du weißt davon, ja?«

Er nickte wieder. Er wusste ganz genau über den geplanten Demonstrationszug Bescheid, der von Ostberliner Studenten und anderen Aktivisten organisiert worden war, die politische Freiheiten und Bürgerrechte einforderten. In den vergangenen Wochen hatten die ostdeutschen Behörden debattiert, wie damit umzugehen sei, und ob die Demonstration stattfinden oder ob man die Organisatoren verhaften sollte. Morgen war der Termin für eine endgültige Entscheidung angesetzt.

»Das kann ich mir denken. Als einer der höchstrangigen Stasioffiziere der Stadt wirst du morgen bei der Versammlung eine Schlüsselrolle spielen.«

Fischer riss erschrocken und ungläubig die Augen auf. Woher wusste sie das alles?

»Du wirst morgen die Empfehlung aussprechen, dass der Demonstrationszug genehmigt wird, Oberst Fischer. Du wirst darauf beharren, dass der Versuch, ihn zu verbieten, nur für zusätzliche Unruhe sorgen würde; deshalb sollte sie unbedingt gestattet werden. Das wirst du tun, weil du weißt, was sonst mit dir passiert.«

Trotz seiner furchtbaren Lage erkannte Fischer, dass eine solche Entscheidung das Ende seiner Karriere bedeuten konnte. Die Situation in Ostberlin war bereits brenzlig, und nur die Angst vor staatlichen Repressionen hielt den Status quo noch aufrecht. Ein solcher Massenprotest konnte die DDR in den offenen Umsturz treiben. Und alles wäre seine Schuld.

»Ich weiß, was du denkst, Otto«, sagte sie, als stünden ihm seine Gedanken offen ins Gesicht geschrieben. »Du denkst, du könntest dem Vorschlag zustimmen und dein Versprechen brechen, sobald du in Sicherheit bist. Aber du sollst eins wissen: Du wirst nie vor mir sicher sein, und auch nicht vor den Leuten, für die ich arbeite. Ganz egal, wohin du gehst, ob du deinen Namen oder sogar dein Aussehen änderst – ich werde es zu meiner Mission machen, dich aufzuspüren. Und wenn ich dich gefunden habe ...«

Sie hielt das Messer wieder hoch und führte es so dicht vor seine Augen, dass er sich einbildete, die Klinge berührte schon das zarte Fleisch.

»Also, du kannst mir glauben, nächstes Mal tut es weh. Verstehst du, was ich dir sage?«

Fischer malte sich erst gar nicht aus, wie ihn diese Frau foltern und verstümmeln konnte, bevor sie endlich wieder verschwinden und ihn gelähmt und ruiniert zurücklassen würde. Ebenso wenig bezweifelte er, von ihr bis ans Ende der Welt gejagt zu werden, falls er sie betrog.

Angesichts so einer Drohung konnte er nur nicken.

»Wirst du tun, was ich sage?«

Er nickte wieder und wusste, dass dies wahrscheinlich das Ende seiner Karriere und vielleicht auch das Ende der ganzen DDR bedeutete. Er wusste das alles und akzeptierte.

Das Messer wurde zurückgezogen, und er sah den Anflug eines Lächelns. Aber jetzt war es nicht mehr das schüchterne, anregende und weibliche Lächeln von vorhin. Es war ein kaltes, befriedigtes Lächeln.

»So ist es gut, Otto. Mit etwas Glück siehst du mich nie wieder.«

Wenige Augenblicke später spürte er einen schmerzhaften Stich in seinem Hals. Es war nicht der Schnitt einer Messerklinge, sondern der Stich einer feinen Nadel, gefolgt von einer kühlen Injektion, als ihm ein kräftiges Beruhigungsmittel in die Blutbahn gespritzt wurde.

Als er am nächsten Morgen aus seinem Medikamentenschlaf erwachte, war er seiner Fesseln entledigt und allein, als ob niemals etwas geschehen wäre. Er würde seine unheimliche Besucherin nie wiedersehen, außer in gelegentlichen Albträumen.

»Die Kundgebung auf dem Alexanderplatz war die größte Massendemonstration der ostdeutschen Geschichte«, führte Freya aus. »Sie war der Funke, der das Pulverfass Ostberlin zur Explosion brachte. Genau so, wie wir es geplant hatten. Und ... na ja – den Rest kennst du.«

Keine zwei Wochen später war unter euphorischem Jubel die Berliner Mauer gefallen, ein Symbol der sowjetischen Besetzung Osteuropas und des Kalten Krieges gleichermaßen. Dies hatte eine Kettenreaktion von Demonstrationen und Aufständen auf dem ganzen Kontinent zur Folge, was schließlich dazu führte, dass ein Land nach dem anderen seine Unabhängigkeit erklärte. Nicht einmal zwei Jahre später zerfiel vollends, was von der UdSSR übrig geblieben war.

Der schwelende Konflikt und die Rivalität, die die Welt fast ein halbes Jahrhundert lang gespalten, auf der ganzen Welt Stellvertreterkriege ausgelöst und Millionen von Menschenleben gekostet sowie ganze Volkswirtschaften in den Ruin gestürzt und die Menschheit fast in ein nukleares Armageddon gezogen hatten, endeten im Grunde 1989 an einem kühlen Novemberabend in Berlin.

Und der Circle hatte das alles inszeniert. Diese Vorstellung war so atemberaubend, dass Drake bei dem Versuch, das alles zu fassen, sekundenlang den Faden verlor und die Aufnahme vergaß.

Aber bei allen Spekulationen, aller Verblüffung und allem Unglauben stellte sich ihm vor allem eine Frage: Warum hatte sie nichts davon erzählt?

Er blinzelte und konzentrierte sich wieder auf das Video.

»… würde ich gerne behaupten, dass an dieser Stelle alles endete, dass Marcus und ich unsere Ziele erreicht hatten und getrennte Wege gingen«, fuhr Freya fort. »Aber die Wahrheit ist, dass wir in den folgenden Monaten und Jahren viel enger zusammengearbeitet haben. Es gab so viel zu tun. Wir hatten eine neue Welt geschaffen und waren dafür verantwortlich, sie auf den richtigen Weg zu bringen.«

Wieder ein leises Stöhnen. Das Vorzeichen einer unangenehmen Wahrheit.

»Je besser ich ihn kennenlernte und seine Denkweise begriff, desto mehr fühlte ich mich von ihm verstanden. Manchmal war es fast, als dächten wir mit einem Verstand und als wäre nichts mehr unmöglich, wenn wir zusammenarbeiteten. Einem Menschen wie ihm war ich noch nie begegnet. Und so … war wohl unvermeidlich, was als Nächstes geschah.«

21

Der SUV an der Spitze hielt mit quietschenden Reifen vor dem Eingang zum Middleton Place. Passanten in der Nähe wichen überrascht und ängstlich zurück, als mehrere Männer in dunkler Kampfkleidung mit klobigen Schutzwesten heraussprangen und in die schmale Gasse vorrückten. Kurz darauf folgte ihnen am gegenüberliegenden Ende der Gasse ein ähnliches Team.

Die Straße wurde abgeriegelt, und bewaffnete Einsatzkräfte liefen von beiden Seiten schnell auf das Zielgebäude zu. Eine dritte Polizeieinheit blockierte den Hinterausgang, für den Fall, dass ihre Zielpersonen dort zu entkommen versuchten.

»Team Alpha in Position«, knisterte beim Vormarsch die Stimme von Hawkins' zweitem Teamleiter im Ohr. »Wir rücken vor.«

»Verstanden. Bleiben Sie dran«, erwiderte er und ließ die Blicke links und rechts über die geschlossenen Geschäfte und schmalen Stadthäuser auf beiden Seiten der Straße schweifen.

Ein paar betrunkene Zivilisten kamen aus dem Pub und blieben gaffend stehen, aber der gebrüllte Befehl eines Teammitglieds sorgte dafür, dass sie sich wieder nach innen verzogen.

»Was sagt die Luftaufklärung?«, wollte Hawkins wissen.

Über ihnen schwebten irgendwo zwei kleine, ferngesteuerte Drohnen und überwachten das Zielgebäude und die umliegenden Straßen. Die Verbreitung solcher unbemannten Fluggeräte hatte in den vergangenen Jahren sprunghaft zugenommen und erlaubte es den Einsatzkommandos, schnell und leicht Luftaufnahmen des Zielgebietes zu bekommen. Die eingesetzten Drohnen verfügten sogar über Nachtsichtgeräte und Wärmebildkameras, mit denen man durch Wände blicken konnte.

»Die einzigen Wärmeabstrahlungen kommen aus dem Erdgeschoss«, meldete der Drohnenlenker. »Das restliche Gebäude wirkt unbewohnt.«

»Verstanden. Alle Einheiten bereit zum Zugriff. Irgendwelche Aktivitäten am Hintereingang?«

»Hier rührt sich nichts. Wir haben sie umstellt.«

Als sein erster Sturmtrupp am Haupteingang in Stellung ging und sich sein zweites Team beeilte, seine Position einzunehmen, hielt Hawkins kurz inne und dachte an den Mann, den er hier töten wollte.

Ryan Drake war hier irgendwo, vielleicht nur ein paar Meter unter seinen Füßen. Eine Ratte, die in einem unterirdischen Labyrinth gefangen war, das bald zu seinem Sarg werden sollte.

Mit diesem neuen Bild im Kopf gab Hawkins einen einzigen knappen Befehl in sein Funkgerät: »Zugriff!«

Sein Teamleiter hatte ein Gerät dabei, das liebevoll »Generalschlüssel« genannt wurde. Dabei handelte es sich um nichts anderes als ein kompaktes, aber extrem leistungsstarkes Bolzenschussgerät, das den Apparaten ähnelte, die man zum Töten von Vieh verwendete. Es war ebenso effektiv beim Knacken von Türschlössern.

Dem plötzlichen Zischen einer Explosion folgten der Knall und das Knirschen von Metall und Holz, die unter einem Druck von mehreren Tonnen pro Quadratzentimeter nachgaben. Die zerstörte Tür wurde aufgestoßen, und der Trupp stürmte mit gezogenen und entsicherten Waffen hinein. Sie hatten die Freigabe für tödliche Schüsse und wollten ihren Spielraum voll ausnutzen.

Die stampfenden Schritte wurden von ohrenbetäubendem Knallen begleitet, als Blendgranaten in die verstaubten alten Büros geschleudert wurden. Stapel vergilbten Altpapiers und Glasscherben wurden von den Detonationen in alle Richtungen geschleudert.

»Los! Los!«, schrie ein Teammitglied, rückte in den nächsten Raum vor und suchte mit vorgehaltener Waffe die dunklen Ecken ab.

»Raum gesichert«, antwortete jemand anders. »Aufrücken!«

Sie liefen weiter, bewegten sich schnell und effizient von Zimmer zu Zimmer und klärten nacheinander jeden einzelnen Raum, bevor sie in die erste Etage hinaufstiegen. Überall stießen sie auf alte Büros mit veraltetem Mobiliar und Lagerräume, die aussahen, als wären sie jahrzehntelang nicht benutzt worden.

Das Einzige, was sie nicht fanden, war der Mann, den sie hatten schnappen wollen.

22

Drake und Jessica wurden plötzlich von einem Klopfen an der Tür des Konferenzraums gestört, das ihre Konzentration ablenkte. Drake drückte gerade in dem Moment auf Pause, als Fitzgibbons hereinkam. Er benahm sich nicht mehr so gelassen und gefasst wie vorhin.

»Was ist los?«, wollte Drake wissen. Er spürte, dass etwas nicht in Ordnung war.

»Bitte verzeihen Sie die Störung«, antwortete Fitzgibbons. »Aber ich fürchte, Sie sind aufgeflogen. Das Gebäude über uns wird angegriffen.«

Jessica keuchte entsetzt und dachte mit Sicherheit das Gleiche wie Drake. Sie saßen hier unten ausweglos in der Falle.

»Sie sagten doch, hier sei es sicher!«, blaffte Drake.

Fitzgibbons fixierte ihn mit einem scharfen Blick. »Es ist sicher, seien Sie beruhigt. Aber die Straßen und Gassen der Umgebung sind es nicht. Außerhalb dieser Mauern sind unsere Mandanten selbst für ihre Sicherheit verantwortlich, und es sieht aus, als wären Sie entdeckt worden.«

Drakes Verstand lief bereits auf Hochtouren; er ging seine Optionen durch, obwohl es herzlich wenige waren. Falls die Sicherheitsbehörden entdeckt hatten, wo sie sich aufhielten, stand das Gebäude zweifellos bereits unter Beobachtung. Sie konnten sich nicht davonschleichen, und der Versuch, sich an bewaffneten Einsatzkommandos vorbeizukämpfen, wäre selbstmörderisch gewesen.

»Das war ich, oder?«, fragte Jessica finster.

»Das kann man nicht wissen.«

Sie sah ihn an, und ihrem schuldbewussten Blick war anzusehen, wie unendlich leid es ihr tat. »Doch, ganz sicher. Sie müssen mich gesehen haben, als ich mit dieser Frau zusammengestoßen bin. Wenn ich nicht so ungeschickt gewesen wäre, würde das alles jetzt nicht passieren.«

Drake drückte ihren Arm und hätte sie am liebsten in den Arm genommen, dann richtete er seine Aufmerksamkeit wieder auf Fitzgibbons. Etwas an dem Benehmen des Mannes sagte ihm, dass die Situation nicht so hoffnungslos war, wie es schien.

»Es muss noch eine andere Möglichkeit geben, um hier herauszukommen.«

»Wie ich schon sagte, das Mandat ihrer Mutter umfasst eine Vereinbarung über eine sichere Passage.«

»Und das heißt?«, fragte Jessica.

»Kommen Sie mit«, sagte Fitzgibbons und wies sie mit einer Geste an, ihm zu folgen. »Ich muss Sie bitten, sich zu beeilen. Wir haben nicht viel Zeit.«

Jessica war bereits aufgesprungen und unterwegs zur Tür. Drake zog den Speicherstick aus dem Laptop und steckte ihn in die Tasche.

Der Pulsschlag in der unterirdischen Einrichtung hatte sich spürbar verändert. Personal hastete von Raum zu Raum und beeilte sich, alles zu verriegeln und höchstwahrscheinlich auch alles sensible Material zu vernichten, bevor es beschlagnahmt werden konnte.

Drake achtete kaum darauf und konzentrierte sich auf Fitzgibbons, der um eine Ecke bog und bei einem der Holzpaneele stoppte, mit denen die Wände verkleidet waren. Sie sahen zu, wie er sich bückte und in Fußbodennähe auf einen kleinen Bereich des dekorativen Paneels drückte.

Es klickte, als sich ein verborgener Haken oder Riegel löste, dann schwenkte plötzlich der ganze Mauerabschnitt nach innen und enthüllte einen altmodischen, aus Ziegeln gemauerten Tunnel dahinter. Er wurde von fluoreszierenden Streifen auf dem Boden spärlich beleuchtet. Kalte, abgestandene Luft umfing sie, als Fitzgibbons beiseitetrat.

»Dieser Tunnel ist ungefähr hundert Meter lang«, erklärte er. »Am Ende finden Sie eine Treppe. Wenn Sie dort hinaufgehen, kommen Sie in eine Garage, in der ein Fahrzeug für Sie bereitsteht. Der Schlüssel steckt im Zündschloss.«

»Und was ist mit Ihnen?«, fragte Jessica.

»Ich bin hier sicher. Die Einrichtung ist gut geschützt, und meine Organisation hat einen gewissen … Einfluss bei den Sicherheitskräften«, erwiderte Fitzgibbons mit einem schiefen Grinsen. »Gehen Sie jetzt. Ich wünsche Ihnen beiden viel Glück.«

Drake wusste, dass jetzt nicht der geeignete Moment für Diskussionen war. Also nickte er einfach und drückte dem Mann stumm Anerkennung und Dank aus. Er wusste noch immer nicht recht, was er von ihm oder der bizarren, geheimnisvollen Welt halten sollte, in der er lebte.

Er tastete in seiner Tasche nach dem kleinen Speicherstick aus Kunststoff. Was ihnen Freya noch zu sagen hatte, musste warten, bis sie von hier verschwunden waren.

Er nahm Jessica bei der Hand und betrat mit ihr den Tunnel; Fitzgibbons drückte hinter ihnen die Tür zu und schloss sie ein.

Nach Erfüllung seiner Pflicht drehte sich Fitzgibbons um und machte sich auf den Rückweg zur Kommunikationszentrale der Tresorräume. Von dort aus wollte er einen dringenden Notruf an seine Vorgesetzten abschicken. Die Leute, für die er arbeitete, besaßen einen gewissen Einfluss auf die Regierungen der meisten Länder, in denen sie operierten, was ihnen die Möglichkeit gab, von Zeit zu Zeit Gefälligkeiten einzufordern.

Heute war so ein Tag.

»Mister Stevens!«, rief er laut.

Der Chef seiner Security war sofort bei ihm.

»Wie ist unsere Lage?«

»Oben sind Spezialkräfte. Sie haben das obere Gebäude gestürmt, aber weiter sind sie noch nicht gekommen.«

»Sind wir vollständig abgeriegelt?«

»Ja. Der Fahrstuhl ist abgestellt und die Stromversorgung auf interne Generatoren geschaltet. Es führt kein Weg herein.«

»Gut. Lassen Sie die Kommunikationszentrale ...«

Fitzgibbons wurde mitten im Satz plötzlich von einer heftigen Explosion unterbrochen, die ihn zu Boden warf. Er landete hart auf dem Boden, und seine alten Gelenke schmerzten höllisch. Schockiert und nahezu taub öffnete er die Augen, konnte aber kaum etwas erkennen, weil der Flur voller Rauch und Staub war.

»Mister Stevens«, sagte er und hielt sich gegen den erstickenden Dunst ein Taschentuch vor den Mund. Sein Security-Mann antwortete nicht. »Mister Stevens!«

Als er sich umschaute, sah er den Mann ganz in der Nähe ausgestreckt auf der Seite liegen; ein herumfliegendes Trümmerteil hatte ihm den Kopf eingeschlagen.

Fitzgibbons wurde sich vage der panischen Schreie bewusst, begleitet vom Geknatter automatischer Waffen, und begriff erschrocken, dass der Tresorraum gestürmt worden war. Wie hatten sie hier so schnell heruntergefunden?

Er versuchte mühsam wieder hochzukommen, als sich drei Gestalten geisterhaft aus dem Rauch lösten. Die grünen Strahlen ihrer Laservisiere suchten hin und her und blieben schließlich an ihm haften.

»Stehenbleiben! Keine Bewegung!«, schrie einer von ihnen, dessen Stimme durch seine Gasmaske gedämpft wurde.

Fitzgibbons hob die Hände, um zu zeigen, dass er unbewaffnet war, und sah den größten der drei Kämpfer die Waffe senken und vortreten. Der Mann löste den Verschluss seiner Maske und zog sie sich herunter. Dahinter kam ein hartes, markantes Gesicht zum Vorschein, das als attraktiv hätte durchgehen können. Wäre da nicht der Makel der Narbe gewesen, die seitlich an seinem Gesicht entlanglief.

Jason Hawkins sah auf den alten Mann herunter, der vor ihm kniete, und triumphierte kurz, wie schnell sein Team hier eingedrungen war. Es hatte sich erwiesen, dass ein Zugang über den Pub in der Nähe möglich war; genauer gesagt: über den tiefen Keller darunter. Ein paar Sprengladungen an der Wand hatten völlig ausgereicht, um ihnen den Weg hierher freizusprengen.

»Sind Sie der Manager der Tresorräume?«

»Das bin ich«, antwortete der alte Mann.

»Gut. Beantworten Sie meine Fragen, dann lasse ich Sie vielleicht am Leben. Wo sind sie?«

»Ich habe keine Ahnung, wovon Sie reden.«

Hawkins grinste matt und hob die Waffe. »Mein Geduldsfaden ist dünn, alter Mann.«

Fitzgibbons sah trotzig zu ihm auf. »Sie haben keine Vorstellung, was Sie heute angerichtet haben«, sagte er selbstbewusst und mit einer Autorität, die in einem krassen Missverhältnis zu seiner Situation stand. »Das ist eine kriegerische Handlung. Glauben Sie mir, *junger Mann*, die Leute, die ich vertrete ...«

Er wurde abrupt zum Schweigen gebracht, als Hawkins anlegte und ihm ein einziges 5,56mm-Projektil durch die Stirn jagte. Der alte Mann flog zurück, und Hawkins schickte ihm einen verächtlichen Blick hinterher.

»Der Krieg ist vorbei«, sagte er und lächelte bösartig. Die Tresorräume und die Menschen, die sie betrieben, waren ein Relikt aus einer anderen Welt. So wie er das sah, war es höchste Zeit für Veränderung.

Er senkte die Waffe und wandte sich zu seinen beiden Teamkameraden um.

»Er wollte uns hinhalten«, verkündete er. »Es muss einen anderen Weg nach draußen geben. Finden Sie ihn und schärfen unseren Bodentruppen und der Luftüberwachung ein, dass sie die Augen aufhalten sollen. Aber inzwischen will ich herausfinden, was Drake hier wollte. Los!«

Drake stieg eine enge Wendeltreppe hinauf, seine Browning-Automatik fest in einer Hand, Jessicas Hand in der anderen; beim Aufstieg hallten ihre Schritte auf den Metallstufen durchs Gemäuer.

»Es tut mir leid, Ryan«, flüsterte Jessica. »Wenn ich es nicht vermasselt hätte ...«

»Spar dir das«, unterbrach er sie. Selbstmitleid würde ihnen nicht helfen. »Wir müssen hier weg. Das ist das Einzige, worauf es jetzt ankommt.«

Darauf erwiderte sie nichts. Sie umrundeten die letzte Treppenbiegung, dann standen sie vor einer schweren Stahltür, die stabil genug war, um Angriffen standzuhalten. Drake streckte den Arm aus, legte die Hand auf den Türgriff und machte sich auf das gefasst, was dahinter lag.

»Und wenn sie schon auf uns warten?«, flüsterte Jessica.

Drake dachte kaum eine Sekunde darüber nach.

»Bleib dicht bei mir«, erwiderte er, entriegelte die Tür und drückte sie auf.

Anstatt eines massiven Aufgebots von Polizisten oder zwielichtigen Regierungsagenten wartete auf sie eine einfache, unscheinbare Autogarage, die von billigen Neonröhren grell ausgeleuchtet wurde. Keine Fenster, keine Werkzeuge oder Regale, und nichts von dem Zeug, das normalerweise in solchen Räumen zu finden war.

Im Zentrum der Garage stand eine elegante schwarze BMW-Limousine, deren abgedunkelte Fenster den Blick ins Innere verwehrten. Drake öffnete die Fahrertür und fand den Funkschlüssel auf dem Sitz.

»Mach das Tor auf«, sagte Drake, schlüpfte ins Fahrzeug und drückte den Knopf. Der Motor sprang beim ersten Versuch an und knurrte mit sanfter, kultivierter Kraft.

Jessica lief zum Garagentor und drückte den Schalter der Automatikwinde. Während das Tor hochfuhr, sprang sie auf den Sitz neben Drake.

»Schaffen wir es, hier herauszukommen?«

Drakes einzige Antwort war ein Tritt aufs Gaspedal. Augenblicke später raste der Luxuswagen aus der Garage nach draußen auf die Straße und entfernte sich mit zunehmender Geschwindigkeit vom Ort des Geschehens.

23

»Reden Sie schon, Sanchez«, bellte Hawkins ins Funkgerät, als er wieder auf die Straße kam. Er ignorierte das stroboskopartig blitzende Blaulicht und die Massen von Schaulustigen hinter den Polizeiabsperrungen, die mit ihren Smartphones alles aufzeichneten. Er hatte sich eine Sturmhaube übergestreift, um sein Gesicht zu verbergen.

Aus dem Keller des Pubs stieg Qualm auf; er strömte durch die Fenster, die bei der Explosion zu Bruch gegangen waren. Später alles aufzuräumen war eine Heidenaufgabe, aber darüber sollte sich jemand anders den Kopf zerbrechen.

Hawkins hatte nur eine einzigen Auftrag: Drake zu finden, um jeden Preis.

»Die Luftaufklärung ist an der Sache dran, Sir«, knisterte die Stimme des Kommunikationsspezialisten in seinem Ohr. »Das GCHQ hat jede Kamera im Umkreis von einer halben Meile auf dem Schirm.«

»Vergessen Sie es, die werden das Gelände niemals schnell genug eingrenzen«, sagte er und eilte zu dem SUV, in dem Sanchez in Stellung gegangen war. Außerhalb der Sichtweite neugieriger Zuschauer riss er sich die schützende Sturmhaube vom Kopf und fixierte seinen Kommunikationsspezialisten mit einem harten Blick.

»Die müssen einen unterirdischen Ausgang gehabt haben«, verkündete er. »Und zwar jenseits der Grenzen der Polizeiabsperrung.«

»Einen Tunnel«, gab ihm Sanchez recht.

Der Eingang zu einem solchen Fluchtweg musste zum Schutz vor Entdeckung gut versteckt sein. Ein verborgenes Tor zu finden konnte Tage in Anspruch nehmen, und Hawkins hatte keine Zeit zu vergeuden. Jede Sekunde, die ungenutzt verstrich, war verschwendet.

»Rufen Sie einen Umgebungsplan auf und suchen Sie nach unterirdischen Bauwerken. Abwasserkanäle, U-Bahnen, alles, was man vom Tresorraum aus erreichen könnte.«

Sanchez arbeitete fieberhaft an seinem Computer und sichtete die einströmenden Datenmengen. Das London des 21. Jahrhunderts erstreckte sich über einem komplexen Gewirr alter Tunnel, stillgelegter Abwasserkanäle und aufgegebener U-Bahn- und Wartungsschächte, von denen viele schon stillgelegt waren, bevor Hawkins' Großeltern das Licht der Welt erblickt hatten. Einige davon waren nie kartiert und erst beim Ausschachten von Fundamenten für neuere Gebäude entdeckt worden.

»Die Uhr tickt, Sanchez«, warnte Hawkins.

»Ich arbeite ja dran.«

Er blickte nicht auf und war völlig darauf konzentriert, durch Blaupausen unterirdischer Einrichtungen und amtliche topografische Karten zu scrollen. Dann erhellte sich sein Gesicht.

»Ich habe etwas!« Er drehte den Laptop herum und zeigte auf einen Tunnel, der die Gasse kreuzte, in der sie sich gerade befanden, und fast direkt unter dem Tresorraum verlief. »Das sieht wie der Abschnitt eines Zugangstunnels für eine östlich von hier geplante U-Bahn-Station aus. Die Station wurde nie eröffnet und der Tunnel versiegelt.«

Auf Hawkins' Gesicht breitete sich ein Grinsen aus. Das Grinsen eines Raubtiers, das seiner Beute immer näher kam. »Finden Sie heraus, wo der Tunnel endet, und setzen Sie sofort das GCHQ darauf an.«

Drake und Jessica rasten auf der Hauptstraße in östlicher Richtung, scherten dabei immer wieder links und rechts aus, um in dem dichten Verkehr voranzukommen. Ihre hastig gewählte Route führte sie aus Fitzrovia heraus in den Stadtbezirk Farringdon. Drake hoffte, ins vergleichsweise heruntergekommene und überlaufene Londoner East End mit seinem ausgedehnten Hafengelände und spärlich verteilten Polizeiwachen fliehen zu können. Dort hätten sie eine Chance zu verschwinden.

Drake war sich durchaus bewusst, dass er mit überhöhter Geschwindigkeit die Polizei auf sich aufmerksam machen konnte, aber das Bedürfnis, so viel Distanz wie möglich zwischen sie und das belagerte Tresorgebäude zu legen, war noch größer. Die Truppe, die sie jagte, hatte Zugriff auf sämtliche Ressourcen der britischen Sicherheitskräfte. Es war alles andere als sicher, dass sie entkommen würden.

»Wohin fahren wir?«, fragte Jessica und klammerte sich an einen Haltegriff, als Drake eine scharfe Rechtskurve hinlegte, eine Kreuzung überfuhr und knapp einem Lieferwagen auswich.

»Hauptsache weg«, erwiderte er, obwohl er gleichzeitig hart auf die Bremsen steigen musste, weil der Verkehr auf beiden Spuren langsamer wurde und die Straße mit einem Strom aus roten Lichtern blockierte.

Wenn es eins gab, das sich auch mit aller Entschlossenheit und besten Fahrkünsten nicht überwinden ließ, dann waren es die Risiken des Londoner Stadtverkehrs.

»Wir haben ihn!«, meldete Sanchez.

Hawkins sah ihn an. »Reden Sie schon.«

»Das GCHQ hat es gerade gemeldet. Ein schwarzer BMW wurde gesehen, als er genau über dem Tunnelende aus einer Garage herauskam. Sie sind jetzt dabei, die Video-aufzeichnungen zu rekapitulieren, aber es wurde bestätigt, dass das Fahrzeug in östlicher Richtung unterwegs ist.«

»Wie lange ist das her?«

»Drei, vielleicht vier Minuten.«

»Alarmieren Sie sämtliche verfügbaren Luft- und Bodentruppen und koordinieren Sie das mit dem GCHQ. Ich will, dass dieser Hurensohn eingekesselt wird.« Nachdem er seine Befehle erteilt hatte, beugte er sich zu dem Agenten am Lenkrad vor. »Bewegung! Jetzt erwischen wir ihn.«

Drake sah im Rückspiegel in der Ferne Blaulichter blitzen. Er hatte keine Zweifel daran, dass sie ihm galten. Mochten nun Pech oder falsche Entscheidungen schuld daran sein: Sie waren entdeckt worden. Das Netz zog sich zu, und für sie wurde es von Sekunde zu Sekunde enger.

Jessica hatte es auch gesehen und war zu demselben Schluss gelangt.

»Ryan ...«

»Ich weiß.«

»Sie kommen in unsere Richtung.«

»Ich weiß.«

Hier reglos sitzen zu bleiben wäre Selbstmord gewesen, aber ihre Chancen, zu Fuß zu entkommen, lagen bei null. Sie mussten einen anderen Ausweg finden.

Drake analysierte die Situation ein, zwei Sekunden lang, dann riss er das Steuer herum, trat fest aufs Gas und legte einen Hochgeschwindigkeits-U-Turn hin, mitten in den entgegenkommenden Verkehr.

»Was zum Teufel tust du da?«, schrie Jessica laut und zuckte zusammen, als hinter ihnen das Hupkonzert losging und Drake wieder beschleunigte.

»Ich bringe uns hier raus.«

»Du fährst uns direkt auf sie zu! Bist du wahnsinnig?«

Er sah vor ihnen eine Einbahnstraße und nahm sie, ohne zu zögern, legte eine scharfe Linkskurve hin und verschwand mit quietschenden Reifen, die auf dem nassen Asphalt kaum die Bodenhaftung behielten, von der Hauptstraße. Er spürte, welche Mühe die Traktionskontrolle des Wagens damit hatte, ein Schleudern zu verhindern.

»Du weißt, dass da ein Einfahrt-verboten-Schild stand, ja?«

»Ist mir gar nicht aufgefallen«, log er, schrammte knapp an einem Wagen vorbei, der in der Gegenrichtung unterwegs war, und fuhr mit Vollgas weiter, ohne die obszönen Gesten des Fahrers zu beachten.

»Die Zielperson hat ihren Kurs geändert«, meldete Sanchez. Der SUV beschleunigte kraftvoll, trieb die Fahrzeuge vor ihnen mit Blaulicht und Sirene auseinander. »Er fährt jetzt in südlicher Richtung auf die Waterloo Bridge zu.«

»Dranbleiben«, befahl Hawkins.

»Die Luftüberwachung hat ihn«, bestätigte der Kommunikationsspezialist. »Hubschrauber und Drohnen haben Sichtkontakt. Jetzt kann er uns nicht mehr abschütteln.«

»Was ist mit den Bodentruppen?«

»Polizeifahrzeuge nähern sich aus allen Richtungen. Er ist eingekesselt.«

Hawkins grinste. »Deine Zeit ist um, Ryan.«

Drake wusste, dass die Hauptstraßen zu stark befahren waren, um dort voranzukommen, deshalb musste er sich an Londons kleine Wohnstraßen halten, von denen viele in verwirrende Einbahnstraßensysteme eingebunden waren – die er prompt ignorierte.

Er behielt einen Kurs bei, der ungefähr nach Südosten führte, weil er hoffte, auf diese Weise aus dem verstopften

Stadtzentrum heraus und in die ausgedehnten Vorstädte zu gelangen, wo die Videoüberwachung weniger konzentriert war und er wegen des geringeren Verkehrsaufkommens schneller fahren konnte.

Doch zuerst musste er die Verfolger am Boden abhängen, die trotz all seiner Mühen immer näher kamen.

»Wieso werden wir die nicht los?«, fragte Jessica und blickte über ihre Schulter nach hinten. »Die sollten uns überhaupt nicht mehr sehen können.«

»Die verfolgen uns aus der Luft«, räumte Drake ein. »Wir können sie nicht abschütteln.«

Jessica reckte den Hals, um den Himmel über ihnen abzusuchen, aber es gab zu viele Gebäude und Lichtquellen, als dass sie etwas erkennen konnte. »Was machen wir jetzt?«

Drake zog sein Handy aus der Tasche, wählte eine Nummer und wartete auf die Verbindung. Glücklicherweise ging fast sofort jemand ran.

»Frost.«

»Sag mir bitte, dass du an deinem Computer sitzt«, begann Drake und verringerte kaum das Tempo, bevor er über eine Hauptstraße raste und auf der anderen Seite in eine andere Nebenstraße fuhr.

»Ja. Wieso?«

»Hör gut zu. Du musst für mich …«

»Ryan«, schrie Jessica und stemmte sich gegen das Armaturenbrett.

Drake trat auf die Bremsen, als am anderen Ende der Straße ein SUV auftauchte und ihnen den Weg versperrte. Der BMW stoppte mit quietschenden Reifen, als die Tür des anderen Fahrzeugs aufgestoßen wurde und ein Mann mit einem Heckler-&-Koch-G36-Sturmgewehr im Arm heraussprang. Ein Mann, in dessen Gesicht sich ein hämisches Grinsen ausbreitete, als er anlegte.

Jason Hawkins.

»Runter!«, schrie Drake und drückte Jessica in ihren Sitz, als das Sturmgewehr einen kurzen, bösen Feuerstoß ausspuckte.

Drake verkrampfte sich, als die Serie von Projektilen gegen die Windschutzscheibe schlug. Er erwartete, dass sie die Scheibe glatt durchschlagen und ihn durchlöchern würden.

Aber das passierte nicht. Stattdessen gab es eine schnelle Folge hohl klingender Schläge, und Drake zuckte, als drei kleine Risse im Glas sichtbar wurden. Draußen spiegelte Hawkins' Gesichtsausdruck seine eigene Verwirrung. Er brauchte einen Augenblick, bis ihm klar wurde, dass der Wagen mit schusssicheren Scheiben verstärkt worden war.

Da hielt Drake nichts mehr zurück; er legte den ersten Gang ein und rammte den Fuß auf das Gaspedal. Die kraftvolle Maschine röhrte, und der BMW schoss vorwärts, direkt auf den Mann zu, der davorstand.

Hawkins schaltete auf automatisches Dauerfeuer und zielte auf den Motorblock des Fahrzeugs. Drake ignorierte die Kugeln, die unkontrolliert von der Karosserie des Wagens abprallten und Gebäude und parkende Autos trafen; er beschleunigte immer weiter und raste auf sein Ziel zu.

»Was tust du?«, schrie Jessica. »Willst du da reinbrettern?«

»Bleib unten!«, erwiderte er, ohne die Augen von Hawkins zu lassen, dem sie immer schneller entgegenrasten. Er stellte sich den dumpfen Schlag beim Aufprall vor, das Knirschen der Knochen, wenn der Stahl sie zerschmetterte, den Todesschrei, wenn seinem Feind das Leben herausgequetscht wurde.

Der Beschuss endete, als Hawkins die Munition ausging. Er hatte keine Zeit nachzuladen, deshalb drehte er sich weg und sprang zur Seite. Im selben Augenblick riss Drake das

Lenkrad herum, sein Ziel war das Heck des SUVs, das ihm den Weg versperrte.

»Festhalten!«, schrie er und klammerte sich ans Lenkrad.

Ein gewaltiger Knall, nachgiebiger Kunststoff knirschte und Glassplitter klirrten, als die Front des BMWs in das Heck des SUVs einschlug und ihn wie einen umgestürzten Bowlingkegel zur Seite drückte, bis er gegen einen geparkten Wagen stieß.

Drake wurde schmerzhaft in den Sicherheitsgurt gedrückt, schaffte es aber, den Fuß auf dem Gas zu behalten, und betete, dass der Antrieb des BMWs den Stoß überstanden hatte. Der Motor lief auf wundersame Weise weiter, und obwohl die Lenkung jetzt deutlich schwergängiger war, schien der Wagen noch fahrbereit zu sein.

Er bog am Ende der Straße mit quietschenden Reifen ab und fuhr so schnell weg, wie es das beschädigte Fahrzeug hergab.

»Wie zum Teufel haben wir das überlebt?«, fragte Jessica und starrte auf die Schäden, die die Kugeln auf der Windschutzscheibe hinterlassen hatten.

»Sie haben uns einen verdammt guten Wagen gegeben«, erwiderte Drake und tastete auf dem Wagenboden rings um seine Füße nach seinem Handy. Die Verbindung stand noch, und Frost war über das, was sie gerade gehört hatte, nicht allzu erfreut.

»Ryan, sprich mit mir, du Hurensohn!«, dröhnte ihre Stimme aus dem kleinen Handylautsprecher. »Was ist da los?«

»Das ist eine lange, üble Geschichte«, erwiderte er und klemmte sich das Handy an die Schulter. »Aber im Moment brauche ich deine Hilfe.«

»Scheiße, erzähl mir doch mal was Neues.«

Während sie sich entfernten, erhob sich Hawkins aus dem schmutzigen Rinnstein und begutachtete den beschädigten SUV. Durch den Aufprall hatte er sich gedreht, das ganze Heck war eingedrückt, wobei ein Rad geknickt und wahrscheinlich die Hinterachse gebrochen war. Der Fahrer rieb sich den Nacken und hatte Mühe, die Tür zu öffnen.

Er knirschte mühsam beherrscht und frustriert mit den Zähnen und schaltete sein Funkgerät ein.

»Sagen Sie mir, dass die Luftüberwachung noch dran ist.«

Ein paar Hundert Meter über ihnen flog ein Airbus-H135-Leichthubschrauber vom National Police Air Service einen weiten Bogen nach links, um den BMW zu verfolgen. Seine leistungsfähige Gerätephalanx zur Überwachung aller Ereignisse auf dem Boden war auf das Zielfahrzeug ausgerichtet. Die Phalanx verfolgte automatisch seinen Kurs und drehte sich mit, um das Fahrzeug im Fadenkreuz zu behalten.

»Bestätige«, erwiderte der Pilot. »Air One hält Sichtkontakt. Das Ziel bewegt sich jetzt in südlicher Richtung auf das Victoria Embankment zu.«

»Ich will, dass alle Brücken in der Gegend gesperrt werden«, befahl Hawkins.

Mit einer Spitzengeschwindigkeit von 170 mph konnte der H135 mühelos jedes Landfahrzeug der Welt überholen.

Die visuellen Tracking-Daten der Kameras wurden automatisch zum GCHQ heruntergeladen und mit der Kennzeichenerkennung der Video-Verkehrsüberwachung abgeglichen, wodurch ein digitales Netz erzeugt wurde, das sich in aller Stille um das Fluchtfahrzeug legte.

Ein Netz, das unerbittlich enger wurde.

Drake raste währenddessen durch das Herz der Stadt, vorbei an den alten Festungsmauern des Londoner Towers, den angestrahlten Türmen und der erhöhten Fußgängerpassage der Tower Bridge und den eleganten, ultramodernen Wolkenkratzern von Southwark dahinter.

Er schenkte diesen berühmten Wahrzeichen keine Beachtung, forderte dem Wagen so viel ab, wie er ihm gerade noch zutraute, und kümmerte sich nicht um die Stoppschilder oder den Verkehr auf seinem Weg. Ihm lief die Zeit davon. Wenn er seinen Plan in die Tat umsetzen wollte, musste es jetzt geschehen.

»Ich sehe da oben Lichter«, sagte Jessica, die die Blinklichter eines Helikopters entdeckt hatte, der wie ein Schatten an ihnen klebte. »Sie folgen uns.«

»Polizeihubschrauber«, erwiderte Drake und betrachtete die Temperaturanzeige im Armaturenbrett. Sie kletterte zügig. Bei dem Zusammenstoß war wahrscheinlich das Kühlsystem des Motors beschädigt worden. Es war nur eine Frage der Zeit, bis der Wagen den Geist aufgab.

Sein Handy war jetzt im Freisprechmodus. »Keira, wir sind gleich da. Bist du bereit?«

»Gib mir noch ein paar Minuten«, erwiderte die junge Computerspezialistin gereizt, wie so oft, wenn sie unter Zeitdruck arbeitete.

»Ein paar Minuten haben wir nicht.«

»Tja, leck mich. Willst du lieber mit mir tauschen?«

»Mit Vergnügen«, knurrte Drake.

Er fuhr ständig hupend in eine Einbahnstraße, raste im Schatten einer U-Bahn-Station über eine Kreuzung und machte eine scharfe Rechtskurve. Nur Augenblicke später stiegen auf beiden Seiten die Betonmauern eines Dammes in die Höhe, während die Straße nach unten abfiel.

»Jesus, ich hoffe, das funktioniert«, flüsterte Jessica und hielt sich fest.

»Keira, ich werde in ein paar Sekunden das Signal verlieren«, warnte Drake. »Also jetzt oder nie.«

Er erhielt keine Antwort. Sie rasten auf ein massives, gemauertes Portal zu, das sich direkt vor ihnen befand.

»Keira, sag was.«

Drake bildete sich ein, gerade noch die Stimme der jungen Frau gehört zu haben, bevor ihr Wagen im Tunnel verschwand und das Signal unterbrochen wurde.

Obwohl London für seine vielen alten und neuen Brücken bekannt ist, die kreuz und quer über die Themse führen, gibt es noch eine ganze Anzahl von Tunneln, die tief unter der Themse verliefen. Die meisten davon dienen dem Schienenverkehr des städtischen U-Bahn-Netzes, aber einige wenige waren für den Straßenverkehr bestimmt.

Dazu gehörte der Rotherhithe-Tunnel, der den Bezirk Tower Hamlets mit Southwark verband. Der Tunnel war vor über einem Jahrhundert gebaut worden, als gerade die ersten Kraftfahrzeuge in Erscheinung traten, und inzwischen zu einer viel befahrenen Pendlerroute in die östlichen Bezirke geworden.

Heute sollte er für Drake und seine Schwester zum Fluchtweg werden.

»Hier spricht Air One, das Zielfahrzeug ist gerade in den Rotherhithe-Tunnel gefahren und bewegt sich in südlicher Richtung«, meldete der Hubschrauberpilot.

»Verstanden«, bestätigte Hawkins. »Gehen Sie auf Position, um ihn am südlichen Ende abzufangen.«

»Roger, Air One ist unterwegs.«

Der Hubschrauber flog in einem Bogen zum südlichen Tunnelausgang, der unentwegt einen Strom von Fahrzeugen ausspuckte. Seine Infrarotkameras waren eingeschaltet und erfassten automatisch jedes herauskommende Fahrzeug. Doch keine Spur von dem BMW. Die Sekunden verstrichen, aber das Auto kam einfach nicht heraus.

»Wo ist er, Air One?«, erkundigte sich Hawkins. »Geben Sie mir einen Lagebericht.«

»Air One hier, nichts von ihm zu sehen. Wir bleiben dran.«

»Inzwischen sollte er dort sein. Was geht da vor sich?«

»Air One ist in Position.«

Plötzlich knisterte eine andere Stimme über das Funknetz. »An alle Einheiten, hier spricht der Kommandant. Wir haben von der Verkehrsüberwachung eine bestätigte Sichtung am Nordende des Tunnels. Er fährt in östlicher Richtung.«

»Wiederholen Sie das, Kommandant?«, verlangte der Pilot.

»Das gesuchte Fahrzeug wurde am Nordende des Tunnels von Kameras erfasst.«

»Der Hurensohn will uns reinlegen«, schimpfte Hawkins, als er merkte, dass Drake es mit einer List versuchte. »Fliegen Sie dorthin, Air One. Und *verlieren* Sie ihn ja nicht!«

»Roger, Air One fliegt in nördlicher Richtung.«

Der Helikopter flog eine scharfe Kurve, dann röhrte er über den Fluss zurück; die Überwachungsphalanx, die unter der Kanzel montiert war, richtete sich automatisch neu aus und suchte das Ziel.

Währenddessen strömten auf dem Boden Polizeikräfte aus allen Richtungen heran und blockierten potenzielle Fluchtrouten. Der Pilot sah die Blaulichter, die sich von allen Seiten näherten.

Die Falle war zugeschnappt.

Aber bei alldem fehlte etwas: das Zielfahrzeug selbst. Der Pilot ließ den Helikopter etwa dreihundert Meter über dem Geschehen schweben, suchte links und rechts nach dem beschädigten schwarzen BMW und entdeckte nichts, was danach aussah.

»Siehst du etwas?«, fragte er seinen Kopiloten.

»Kein Sichtkontakt«, erwiderte der Mann und suchte fieberhaft. »Wo zum Teufel ist er?«

»Kommando, bitte bestätigen Sie die Position des gesuchten Fahrzeugs.«

»Wir haben eine bestätigte Kameraerfassung direkt unter Ihnen.«

»Wir sehen es nicht. Und am Boden sind überall Einsatzkräfte. Warten auf Befehl.«

Seine dringende Bitte stieß auf ein verwirrendes Schweigen.

Dreihundert Meter tiefer hielten drei Polizeiwagen mit quietschenden Reifen an einer viel befahrenen Kreuzung. Die Beamten sprangen mit schussbereiten Tasern heraus und suchten die Reihen der Fahrzeuge ab, die jetzt eingekesselt waren.

Verängstigte und verwirrte Fahrer erwiderten ihre Blicke, aber die Beamten beachteten sie nicht weiter. Sie suchten nach einem beschädigten schwarzen BMW und dem Flüchtigen hinter dem Lenkrad.

Aber während sie von Auto zu Auto gingen, nahmen ihre Verwirrung und Ungläubigkeit stetig zu. Da waren ein Ford, ein Vauxhall und zwei Volkswagen in unterschiedlichen Farben von Silber bis Rot. Aber kein BMW.

»Was zum Teufel ist hier los?«, fragte einer der Beamten und sah sich bestürzt um. »Warum sehen wir ihn nicht?«

Sein Kollege, ein Sergeant und der höchstrangige Beamte im Einsatz, hatte die Ehre, die Funkmeldung durchzugeben. »Hier spricht Einheit 6, wir haben negativen Kontakt. Ich wiederhole, negativen Kontakt.«

»Bestätigen Sie das, Einheit 6«, forderte das Kommando. »Sie müssten direkt auf ihm drauf sein.«

»Bestätige. Er ist nicht hier.«

Irgendwie, und ohne dass sie es selbst so recht begriffen, war ihnen die Beute aus der Falle geschlüpft. Es konnte eine Weile dauern, bis sie den Ursprung des Täuschungsmanövers entdeckten, und bis dahin jedoch waren Drake und seine Schwester längst verschwunden.

24

Fünf Minuten zuvor

Der BMW raste tief unter der Themse durch den Rother-hithe-Tunnel. Die Temperatur war in den roten Bereich der Anzeige geklettert, und von der Motorhaube stiegen Dampf-wolken auf. Drake konnte spüren, wie die überhitzten Bau-teile aneinanderschabten und das unablässige Röhren des Motors langsam in ein stotterndes, kratzendes Rumpeln verwandelten.

Das spielte jetzt keine Rolle mehr. Der Wagen hatte sie so weit gebracht, wie es nötig gewesen war. Er wartete, bis er die Tunnelmitte erreicht hatte, dann warf Drake seiner Schwester einen Seitenblick zu.

»Bist du bereit?«

Jessica nickte und hielt sich fest.

Drake ging in die Eisen und brachte den BMW in einer Wolke aus Wasserdampf und Reifenqualm kreischend und stotternd zum Stehen. Der Fahrer des weißen Vauxhall Corsa hinter ihnen reagierte instinktiv, legte eine Vollbrem-sung hin und drückte aggressiv auf die Hupe, als er nur wenige Meter hinter dem schlingernden BMW stoppte.

Drake öffnete seine Tür, sprang heraus und ging zu dem Corsa-Fahrer hinüber, der das Fenster herunterkurbelte, um ihn anzuschreien.

»Ej, was soll das, du Blödmann?«, schimpfte der überge-wichtige Mittdreißiger. »Ich bin dir fast hinten reingefahren!«

Drake ignorierte ihn, zog seine Waffe und schob sie dem Mann ins schockierte Gesicht. »Raus aus dem Wagen. Sofort.«

Menschen reagieren unterschiedlich auf Situationen wie diese, manchmal mit katastrophalen Ergebnissen, aber meistens erstarren sie nur fassungslos und wie gelähmt vor Angst. Drake nutzte diese Schocksekunde zu seinem Vorteil, packte den Fahrer am T-Shirt und zog ihn heraus.

»Töten Sie mich nicht! Bitte!«, stammelte der Mann und kauerte sich an die Tunnelwand.

»Verschwinde«, erwiderte Drake, hüpfte auf den Fahrersitz und knallte die Tür zu. Jessica wartete schon auf ihn.

Drake sagte nichts weiter, legte einen Gang ein, umfuhr den schrottreifen BMW und beschleunigte.

»Woher weißt du, dass das hier funktionieren wird?«, fragte Jessica, als die Straße wieder anstieg und der Tunnelausgang näher kam.

»Ich weiß es nicht«, gab er zu. »Aber mehr haben wir nicht.«

»Wie beruhigend.«

»Ganz egal, was passiert, bleib in meiner Nähe, okay?«

Wenn alles andere schiefging, konnten sie den Wagen aufgeben, loslaufen und hoffentlich in dem Ameisenhaufen von Hinterhöfen und Nebenstraßen verschwinden. Er machte sich keine Illusionen über ihre Chancen, aber es war besser als nichts.

Er spürte ihre Hand auf dem Arm, als sie sich dem Ausgang näherten. Betonwände rasten an ihnen vorbei, und schließlich verschwand die Decke über ihnen und enthüllte den unendlichen Nachthimmel. Einen Himmel, an dem sich gnädigerweise kein einziger Helikopter zeigte.

»Es hat funktioniert!«, japste Jessica und blickte sich erstaunt um.

Einen kurzen Augenblick später klingelte Drakes Telefon.

»Gute Arbeit, Keira. Ich habe nicht eine Sekunde an dir gezweifelt.«

»Das hättest du aber besser tun sollen«, entgegnete Frost, unverkennbar genervt. »Der Scheiß hat erst in letzter Sekunde geklappt.«

Es war der Technikexpertin zwar nicht gelungen, die ausgefeilte Cyberabwehr zu durchdringen, die das GCHQ umgab, aber dafür hatte sie das weitaus anfälligere System der Verkehrskameras geknackt. Es reichte schon, ein paar falsche Treffer einer Nummernschildattrappe ins System zu speisen, um alle davon zu überzeugen, dass Drake nach dem Sichtkontakt eine Kehrtwendung hingelegt hatte und wieder in nördlicher Richtung unterwegs war.

»Nächstes Mal trage ich das im Terminkalender ein.«

»Wahnsinnig komisch. Ich schlage vor, du machst dich gleich unsichtbar«, fuhr die junge Frau fort. »Es wird nicht lange dauern, bis sie herausfinden, was passiert ist.«

»Verstanden. Wir verschwinden hier.«

Frost stöhnte. »Dafür bist du mir noch eine Erklärung schuldig, weißt du das?«

»Das könnte eine Weile dauern«, vertröstete Drake sie. »Ich melde mich, sobald wir außer Gefahr sind.«

»Daran habe ich keinen Zweifel.«

Als Drake das Gespräch beendet hatte, grinste Jessica ihren Bruder schief an. »Nicht schlecht, Ryan.«

»Jetzt noch nicht die Korken knallen lassen«, warnte Drake sie. »Wir müssen erst noch aus der Stadt herauskommen.«

25

Jerusalem, Israel

Jerusalems Altstadt ist ein Gewirr aus uralten Straßen und Gebäuden, umgeben von befestigten Mauern, die vor Jahrtausenden zur Abwehr einfallender Invasionsarmeen errichtet wurden. Das Resultat ist ein stark komprimiertes Ökosystem aus Häusern, Läden, Restaurants, Cafés und Hotels, wie es auf der Welt kein zweites gibt.

In einem Hotelzimmer inmitten dieses urbanen Durcheinanders hockte ein junger Mann vor seinem Laptop und verfolgte konzentriert das Entschlüsselungsprogramm, das gerade lief.

Er war in eine erbitterte und heftige Auseinandersetzung verwickelt, deren Verlauf sich jeden Moment ändern konnte. Ein Konflikt, der nicht mit Schwertern oder Kanonen geführt wurde, sondern auf dem digitalen Schlachtfeld des Cyberspace.

Und seine Gegnerin in dieser Nacht stellte eine echte Herausforderung dar.

Jemand hatte online heimlich nach ihm gesucht und digitale Fühler nach ihm ausgestreckt, um seinen Aufenthaltsort zu ermitteln. Er war irgendwie markiert worden, durch irgendein winziges Tracking-Programm, das in den Tiefen seiner System-Registry vergraben war und sich vor jedem Diagnosetool und jeder manuellen Suche verbarg.

Anfangs hatte er diese Angriffe nur als kleine Ärgernisse

abgetan – und mehr waren sie auch nicht gewesen –, aber seine Gegnerin war sowohl ausdauernder als auch raffinierter geworden, sie hatte aus ihren Fehlern gelernt und nach Schwachpunkten gesucht.

Er war sich ziemlich sicher, es mit einer Frau zu tun zu haben: Keira Frost, die leidenschaftliche, schroffe junge Frau, deren Überheblichkeit angesichts ihrer – wie er fand – eingeschränkten Fähigkeiten völlig ungerechtfertigt war.

Frustriert darüber, immer wieder von ihr belästigt zu werden, hatte sich Alex dazu entschlossen, in die Offensive zu gehen. Er hatte den Spieß umgedreht und es geschafft, die Angriffe der Möchtegernjägerin bis zu ihrer Quelle zurückzuverfolgen, woraufhin er sein ganzes Arsenal von Hacker-Software einsetzen konnte. Wenn er erst in ihrem System war, wollte er dort einige der schädlichsten verfügbaren Viren platzieren.

Es würde Wochen dauern, bevor sie ihm wieder nachstellen konnte. Bis dahin hätte er seine Arbeit abgeschlossen und wäre – vielleicht für immer – von der Bildfläche verschwunden.

Auf seinem Monitor erschien ein Dialogfenster mit der Mitteilung, dass der erste Layer ihrer Firewall geknackt war. Er grinste, schluckte die lauwarmen Reste seines Kaffees herunter und wartete auf den unausweichlichen Durchbruch.

Dann passierte etwas Seltsames. Mitten auf seinem Screen poppte ein neues Fenster auf. Es war ein verschlüsseltes Chat-Fenster mit einem einzigen Satz:

WARUM TUST DU DAS?

Zu behaupten, dass Alex überrascht war, wäre eine Untertreibung gewesen. Nachdem sie ihm wochenlang heimlich online nachgestellt hatte, nahm Frost jetzt direkt Kontakt zu ihm auf, als verkündete sie einen Waffenstillstand zwischen den kriegführenden Parteien.

Jetzt stellte sich die Frage: Warum?

War es ein aufrichtiges Gesprächsangebot oder der verzweifelte Versuch, Zeit zu schinden? Alex' Finger schwebten über der Tastatur; er dachte über die nächsten Schritte nach – ob er den Angriff fortsetzen, auf ihre Frage antworten oder alles abbrechen sollte.

Er hatte die ausdrückliche Anweisung, sich nicht mit Drake oder einem Mitglied seines Teams einzulassen. Es war eine unumstößliche Forderung, der er sich für seine gegenwärtige Arbeit unterworfen hatte, und er achtete akribisch darauf, nicht dagegen zu verstoßen. Denn wenn es etwas gab, was seine Arbeitgeberin nicht tolerierte, dann war es Insubordination.

Aber musste sie es erfahren? Warum versuchte Frost ihn zu erreichen? Gab es etwas Neues, das sie ihm mitteilen wollte? Etwas, was Alex wissen musste?

Ein lautes Klopfen an der Tür riss ihn aus seinen Gedanken.

Diese Entscheidung musste er auf einen späteren Zeitpunkt verschieben. Er fuhr eilig den Computer herunter, griff nach der Beretta 9mm Automatik, die daneben auf dem Tisch lag, checkte die Kammer und sah das Messing im Schlitz glänzen.

Alex konnte sich nur noch vage an die Zeit erinnern, als ihn schon der bloße Anblick einer echten Schusswaffe nervös gemacht hätte – ganz zu schweigen von der Aussicht, sie zu benutzen. Diese Zeit war längst vorbei, und tief im Innern wusste er, dass sie niemals zurückkehren würde.

Er schob sich die Waffe hinten in den Hosenbund der Jeans, ging quer durchs Zimmer und entfernte den Stuhl, den er unter der Türklinke verkeilt hatte.

Sein Herz schlug schneller, wie stets in diesen Zeiten. Jeder neue Tag war ein Risiko, jedes Klopfen an der Tür konnte das letzte sein. Er nahm die Waffe in die Hand, dann schloss er die Tür auf und öffnete sie einen Spalt breit, ohne die Kette zu lösen.

Die Frau, die vor ihm stand, war groß und fast auf Augenhöhe mit ihm. Sie war Anfang 40, hatte blondes Haar, ein nordisches Gesicht und scharfe, leuchtend blaue Augen.

Anya.

»Bist du allein?«, fragte er, weil sein Blickfeld nach beiden Seiten nur wenige Zentimeter betrug.

»Nein.«

Alex entspannte sich. Ein Ja hätte bedeutet, dass sie genötigt wurde. Dann wäre ihm nichts anderes übriggeblieben, als vom Hotelzimmerfenster in die Äste des Baumes darunter zu springen.

Nichts, worauf er große Lust hatte.

Er entriegelte die Tür und trat zur Seite, damit die Frau eintreten konnte. Er spürte jene vertraute, aber widersprüchliche Mischung von Unruhe und Erleichterung, die sie in ihm auslöste.

Die Aufspaltung der Gruppe vor einigen Monaten hatte Alex vor eine harte Entscheidung gestellt – bei Drake und den anderen zu bleiben oder sich Anya anzuschließen. Aber schließlich war ihm die Entscheidung nicht schwergefallen.

Anya hatte sein Leben mehr als einmal gerettet, genau wie er das ihre, und obwohl es übertrieben gewesen wäre, sie eine Freundin zu nennen, stand außer Frage, wem gegenüber Alex loyal war. Mit Anya Kontakt aufzunehmen war nicht schwer gewesen. Eigentlich war sie es, die ihn gefunden hatte.

Sie benötigte ein letztes Mal seine Hilfe.

»Ich habe mich schon gefragt, ob du es zurückschaffst«, sagte Alex und entspannte den Griff seiner Hand an der Waffe. »Du kommst spät.«

»Ich hatte Schwierigkeiten«, erklärte Anya und ließ ihr Gepäck aufs Bett fallen.

»Was für Schwierigkeiten?«

»Nichts, was ich nicht bewältigen konnte.«

Alex machte große Augen, als sie die Jacke abstreifte. Ihre linke Schulter war mit einem blutigen Verband umwickelt.

»Jesus, du bist verletzt«, rief er und ging näher, um ihr zu helfen.

Anya winkte ab. »Es ist nichts. Nur eine Fleischwunde.«

»Gab es dazu nicht so einen Spruch von Shakespeare?«

Anya blickte ihn streng an. Eins hatte er an ihr zu schätzen gelernt: Wenn sie nicht wollte, dass ein Gespräch fortgesetzt wurde, dann wurde es auch nicht fortgesetzt. So einfach war das.

»Na schön«, knickte er ein. »Was ist mit Russo? Hast du ihn gefunden?«

Es war nicht leicht gewesen, Russos Privatadresse in Tel Aviv herauszubekommen. Es versteht sich von selbst, dass Männer wie er solche Dinge sorgfältig verbargen, aber Alex war geschickt, motiviert und ausdauernd – eine wirksame Kombination, die schließlich zu Ergebnissen geführt hatte.

»Das habe ich.«

»Und?«

Anya setzte sich aufs Bett und stieß einen müden Seufzer aus. Er begriff, dass sie sich seit den Ereignissen in Afghanistan verändert hatte. Sie sah jetzt älter aus, wirkte körperlich und geistig erschöpft, als ob der Lebensfunke in ihr schwächer geworden wäre.

»Er hat mir einen Namen genannt«, berichtete sie und schälte den Verband ab. »Vizur.«

Alex verzog das Gesicht. »Schon mal gehört?«

Die Frau nickte langsam. »Vizur Qalat war der ISI-Agent, den Cain letztes Jahr in Pakistan getroffen hat.«

»Als Drake und die anderen gefangen genommen wurden?«

Ein düsterer Schatten huschte über ihr Gesicht, als sie Drakes Namen hörte.

»Genau der«, bestätigte sie schließlich. »Die beiden Männer haben offensichtlich noch eine Rechnung offen.«

»Kann ich nachvollziehen. Aber warum sollte dich ein pakistanischer Agent hereinlegen wollen?«

Die Entschlossenheit in ihrem Blick war ihm Antwort genug. Alex spürte, dass ein Abstecher nach Pakistan drohte.

»Das werden wir herausfinden, wenn wir Qalat gefunden haben.«

Er bezweifelte nicht, dass ihr das gelingen würde. Ihn beschlich jedoch ein beunruhigender Gedanke.

»Und wenn Russo ihn vorwarnt?«

»Russo redet mit niemandem mehr.«

Alex spürte, wie sich seine Kehle zuschnürte. Er hatte erwartet, dass sie Russo in die Mangel nehmen, ihn hart anfassen und verhören würde, aber ihm war nie in den Sinn gekommen, was sie danach tun wollte. Ein Mann war tot, und er hatte es ermöglicht.

»Hast du ein Problem damit, Alex?«, fragte sie ihn unverblümt.

»Ich hätte nicht gedacht, dass es so weit kommt.«

Bei seinen Onlinerecherchen zu Russo hatte er sich auch dessen privaten Hintergrund vorgenommen. Chanan Russo hatte eine Tochter und Enkelkinder. Eine Familie, die seinen Tod betrauern würde.

»Das ist es, was wir tun, Alex. Das ist die Welt, in der wir jetzt leben«, sagte Anya, deren Stimme ruhiger, aber irgendwie auch härter und überzeugender klang, als sie einen Schritt auf ihn zu machte. »Es ist eine Welt, die Mitgefühl nicht belohnt. Wenn du damit nicht leben kannst, dann solltest du gehen.«

Die Welt, in der *wir* leben, dachte er. Er war jetzt kein Außenseiter mehr, der nur einen Blick riskierte. Jetzt steckte er bis zum Hals mit ihr in diesem Schlamassel; an seinen Händen klebte Blut, und es gab keinen Weg hinaus.

Sie sah ihm tief in die Augen. »Bist du dabei, oder steigst du aus, Alex?«

Er wusste, dass er nicht aussteigen konnte. Nicht, bevor es vorbei war. Wäre er auf sich allein gestellt, würden sie ihn aufspüren und umbringen. Es gab nur die Möglichkeit weiterzumachen.

»Du weißt, dass ich dabei bin«, antwortete er wahrheitsgemäß. Etwas anderes würde Anya nicht akzeptieren. Sie hielt noch eine Weile seinen Blick, dann nickte sie. »Gut. Dann pack deine Ausrüstung zusammen. Wir brechen in zwanzig Minuten auf.«

Alex blinzelte verblüfft. »Wir brechen heute Nacht noch auf?«

»Wir sind in Israel nicht mehr sicher. Wir können es uns nicht erlauben, noch länger zu bleiben.«

Alex erwiderte nichts. Sein Blick blieb einen Moment zu lange am Laptop haften, als er über die Nachricht von Frost nachdachte. Eine Nachricht, die er bisher weder beantwortet noch Anya gegenüber erwähnt hatte.

»Stimmt etwas nicht?«

»Hmm? Nein, alles klar.« Dann fiel ihm ein, dass Anya die Begabung hatte, Lügen sofort zu spüren, und er fügte hinzu: »Du solltest wissen, dass du online ein Gesprächsthema bist. Die Russen haben das Kopfgeld auf dich erhöht.«

Anya stöhnte und nickte grimmig. »Das habe ich auch gehört. Pack deine Ausrüstung zusammen. Ich bin bald zurück.«

Sie nahm gerade ihr Gepäck, als Alex erneut das Wort an

sie richtete. »Sag mir noch eins: Hat er es verdient? Russo, meine ich.«

Anya blieb eine Weile stumm und dachte über die Frage nach.

»Wir alle verdienen es, Alex.«

Mehr sagte sie nicht, dann ging sie fort.

26

Amesbury, Vereinigtes Königreich

Die tief im ländlichen Wiltshire im Südwesten Englands gelegene Kleinstadt Amesbury war ein Ort mit Reetdachhäusern, kleinen Feldern und Landstraßen, die von hohen Knicks gesäumt wurden. Eine Welt fernab hektischer Betriebsamkeit – ganz zu schweigen von der allgegenwärtigen Bedrohung durch die Videoüberwachung wie im Zentrum Londons. Noch wichtiger war, dass die Gegend von britischen Militäranlagen und Garnisonsstädtchen durchsetzt war, in denen es häufig Personalwechsel aus allen Winkeln des Vereinigten Königreichs gab.

Es war eine Gegend, in der zwei Neuankömmlinge nur wenig Aufmerksamkeit auf sich ziehen würden. Kurz gesagt, ein perfekter Ort, um abzutauchen und sich neu aufzustellen.

Drake hatte die örtlichen Hotels abgeklappert und am Stadtrand eines entdeckt, das noch freie Zimmer hatte. Ein paar improvisierte Ausreden mit einem liegen gebliebenen Auto hatten ausgereicht, um trotz der späten Stunde jeglichen Verdacht zu zerstreuen, und schon bald waren Jessica und er in einem kleinen, billig eingerichteten Zimmer im Obergeschoss einquartiert.

Drake stand am Fenster und starrte in die dunkle Landschaft. Er konnte es von hier aus nicht sehen, aber er wusste, dass irgendwo da draußen im Westen, inmitten der weiten

Graslandschaft der Salisbury-Ebene, das uralte, jungstein-zeitliche Stonehenge-Monument stand.

Das nächtliche Idyll wurde in der Ferne vom schmalen Band einer Straße durchschnitten, aber sonst wirkte alles still. Das hätte beruhigend sein sollen, aber für ihn war es eine drückende Stille; nichts hören zu können bedrängte ihn wie eine böse Vorahnung.

Er reckte sich nach dem Pizza-to-go-Karton, der neben ihm lag, fingerte an einem Stück herum, das sich nur wider-willig von den anderen lösen wollte, und plötzlich wurden sein Finger vom Deckel eingeklemmt, weil Jessica die Hand darauf legte.

»Ich kann nicht fassen, wie du unter solchen Umständen Hunger haben kannst«, beschwerte sich Jessica.

Hatte er nicht, aber er musste essen. Beim Militär hatte er eine Lektion gelernt: Man isst und ruht, wann immer sich eine Gelegenheit ergibt. Du weißt nie, wann du das nächste Mal dazu kommst.

»Auftanken«, erinnerte er. »Du solltest auch was essen.«

Jessica musterte das fettige Konglomerat aus Fleisch, Teig und Käse und zog angewidert die Nase kraus. Stattdessen hielt sie die Miniflasche Wodka hoch, die sie aus der Mini-bar genommen hatte.

»Danke. Ich halte mich lieber hieran fest«, sagte sie und nahm einen Schluck.

Er zuckte mit den Schultern. Sie tat sich keinen Gefallen damit, auf nüchternen Magen zu trinken. Aber sie konnte etwas Nervennahrung vertragen.

»Was macht der Computer?«

Auf Drakes Drängen hatten sie beim Verlassen Londons einen Zwischenstopp bei einem Pfandhaus eingelegt. Es be-fand sich unter einer Eisenbahnbrücke. Dort gab es von Schmuck über Handys bis hin zu E-Gitarren alles zu kaufen. Und sie akzeptierten Barzahlung, wahrscheinlich weil der Großteil der Ware gestohlen war – aber es kam Drake nicht zu, darüber zu urteilen. Er trennte sich von 200 £ und kehrte mit einem zerschrammten, aber funktionierenden Laptop zu ihrem Wagen zurück.

Jessica hatte es auf sich genommen, den Laptop auf die Werkseinstellungen zurückzusetzen – nur für den Fall, dass der vorige Benutzer etwas hinterlassen hatte, das dem Speicherstick schaden konnte. Außerdem nahmen sie die WLAN-Karte heraus, um zu verhindern, dass sie irgendwelche Signale sendeten. Das war zwar unwahrscheinlich, aber es hatte schon Missionen gegeben, die wegen banaleren Dingen aufgeflogen waren.

»Fast fertig«, meldete sie. »Noch fünf Minuten.«

Sie stöhnte, lehnte sich an die Wand und ließ die Ereignisse noch einmal Revue passieren.

»Das alles fühlt sich so irreal an«, sagte sie nach einer Weile ruhig. »Ich hatte mir eingeredet, dass ich wüsste, worauf ich mich einließ, und dass ich vorbereitet wäre. Ich hatte mich vier Jahre lang darauf vorbereitet. Aber ...«

»Es ist eine andere Geschichte, wenn es einem wirklich passiert, stimmt's?«

Seine Schwester lächelte bitter. »Du warst schon immer ein Schlauberger, Ryan.« Doch schon bald verblasste ihr Lächeln, als sie ihn anschaute und zu begreifen versuchte. »Wie hast du das ... geschafft? Angstfrei zu sein?«

»Das habe ich nicht«, gab Drake zu. »Ich kann es nur gut verbergen.«

Darüber lachte Jessica. »Schön, dann versuche ich nächstes Mal, es besser zu überspielen.«

Der Laptop piepte, um zu melden, dass der Vorgang abgeschlossen war.

»Anscheinend sind wir so weit.«

Drake zückte den Speicherstick und ging zu ihr. Er steckte ihn in einen freien USB-Port, dann öffnete er die Video-Datei, sprang zu der Stelle, an der sie zuvor die Wiedergabe unterbrechen mussten, und drückte auf Play.

Und wieder erschien das Gesicht seiner Mutter auf dem Bildschirm.

»… war es fast, als dächten wir mit einem Verstand und als wäre nichts mehr unmöglich, wenn wir zusammenarbeiteten. Einem Menschen wie ihm war ich noch nie begegnet. Und so … war wohl unvermeidlich, was als Nächstes geschah.«

Berlin – 3. Oktober 1990

Auf den Straßen der deutschen Hauptstadt herrschte eine euphorische Feierstimmung; aus zahllosen Gebäuden dröhnte Musik, am Himmel explodierten Feuerwerksraketen, und ekstatische Menschenmassen schwenkten die schwarz-rot-goldene Fahne. Zehntausende marschierten durch den Tiergarten und die Prachtallee Unter den Linden. Sie alle strebten zum Reichstagsgebäude, dem Symbol des deutschen Staates.

Marcus Cain hatte einen Platz in der ersten Reihe; er stand auf dem Balkon seiner Hotel-Suite im Westin Grand mit Blick auf das Brandenburger Tor. Die Energie da unten auf den Straßen war ansteckend; er spürte unwillkürlich die wogende Aufregung und Begeisterung, und vielleicht auch ein bisschen Stolz auf das, was er erreicht hatte. Ein ganzes Land, ein ganzer Kontinent – wiedervereinigt nach einer Epoche der Unterdrückung und Teilung. Millionen von Menschen, die bisher nur Angst und Misstrauen gekannt hatten, kamen jetzt in den Genuss von Freiheit, Demokratie und Selbstbestimmung.

Und was das einst so mächtige Reich der Sowjetunion anbetraf, das sie hinter dem Eisernen Vorhang eingesperrt hatte, so zuckte es im Todeskampf – eine abgewirtschaftete Macht, bankrott, ausgelaugt und am Rand des Abgrunds, zerrissen von internen Streitigkeiten und Abspaltungen. Ein Gigant, der endlich zu Fall gebracht worden war.

Seinetwegen. Und wegen der Frau an seiner Seite.

»Hier«, sagte Shaw, reichte ihm eine Champagnerflöte und glitt neben ihn. Cain konnte den Duft ihres Parfüms riechen und die Wärme ihres Körpers spüren.

»Heute kein James?«, fragte Cain und sah sich nach ihrem omnipräsenten Assistenten um.

Die Frau lachte auf. »James hat jetzt andere Dinge zu tun. Ich wollte diesen Moment mit dir teilen – und nur mit dir.«

Er nippte genießerisch am Glas und zelebrierte den Augenblick.

»Es ist wunderschön, oder?«, flüsterte Shaw.

Er blickte zu ihr hinüber. Sie schaute auf eine Stadt, die vereint feierte, die Feuerwerksraketen stiegen in den Nachthimmel, ihre Lippen waren leicht geöffnet, und ihre Augen strahlten triumphierend und verwundert zugleich. Sie war wie eine Droge, gefährlich und berauschend, und je mehr Zeit er mit ihr verbrachte, desto mehr begehrte er sie.

»Das Ende der Alten Welt«, sagte Cain und dachte an die Mauer, die diese Stadt einst geteilt hatte und jetzt abgerissen wurde. Eine ganze Lebensweise, das Gleichgewicht der Mächte, das fast ein halbes Jahrhundert lang gehalten hatte, war binnen weniger Monate Vergangenheit geworden.

»Und der Anfang einer neuen.« Shaw wandte sich zu ihm, kam ein Stückchen näher heran, ihr Blick suchte seinen, als sie ihm sanft die Hand auf die Brust legte. Die Berührung durchfuhr ihn wie elektrischer Strom. »Auch für uns, Marcus. Wir werden gemeinsam Unglaubliches vollbringen, du und ich.«

*Du und ich, wiederholte er im Stillen. Ja, sie würden ge-
meinsam Unglaubliches vollbringen, das begriff er in jenem
perfekten, aufregenden Moment, als ihnen die ganze Stadt zu
Füßen lag. Unten sangen die Massen, sie jubelten und schwenkten ihre Fahnen, da zog er Freya Shaw an sich, und ihr Körper
verschmolz mit seinem, als er sie küsste.*

Drake und Jessica hörten schockiert und wie betäubt ihrer
Mutter zu, die etwas beschrieb, das es gar nicht hätte geben
dürfen. Etwas, was keinem von ihnen jemals in den Sinn
gekommen war.

»Marcus war damals anders«, sagte Freya bedauernd und
mit sorgenvoller Miene. »Jünger, intelligenter, immer die
Zukunft im Blick. Es muss sich hoffnungslos klischeehaft
und romantisch anhören, aber es fühlte sich wirklich wie
etwas Besonderes an. Als wäre es vorherbestimmt. Ich dachte, er und ich würden es gemeinsam mit der ganzen Welt
aufnehmen.«

Sie hielt inne, um sich zu räuspern, und Drake sah, wie
schwer ihr das Geständnis fiel, das sie gleich machen wollte.

»Und eine Zeit lang sah es aus, als behielte ich recht. Wir
lebten und arbeiteten zusammen ... so oft wir konnten, wenigstens. Aber das alles veränderte sich, als wir ein Kind
bekamen.«

Das Wort stand so plötzlich, so unvermittelt im Raum,
dass weder Drake noch seine Schwester es sofort fassen
konnten. Es dauerte einen Moment, bis jeder von ihnen
verarbeitet hatte, was es bedeutete:

Ihre Mutter hatte heimlich ein Kind zur Welt gebracht.
Marcus Cains Kind.

Drake sah ohne sich zu rühren und absolut sprachlos seiner Mutter zu, die sich – unverkennbar von Erinnerungen
gequält – in ihrem Stuhl zurücklehnte.

»Es tut mir wirklich leid, dass du es auf diese Weise erfahren musstest, Ryan. Aber ich habe versucht, die Wahrheit vor dir, Jessica und allen anderen zu verbergen. Nur so konnte ich ihre Sicherheit gewährleisten. Aber jetzt ...« Sie seufzte. »Du hast eine Halbschwester. Sie heißt Lauren ...«

Drake drückte mit zitternden Fingern den Pauseknopf, um das Video anzuhalten; dann stand er auf und ging zur Minibar des Hotelzimmers.

»Ryan ...«, setzte Jessica an.

Drake reagierte nicht. Er öffnete die Minibar, riss den Verschluss einer Miniflasche Whisky auf und trank sie in einem Zug aus. Der billige Alkohol rann brennend durch seine Kehle und entfachte ein Feuer in seinem Bauch, während ihm Schauer den Rücken hinunterliefen. Das brauchte er jetzt, weil er von Lauren Cain etwas wusste. Jener Halbschwester, von deren Existenz er nichts geahnt hatte.

Und jetzt war es zu spät.

»Was ist los?«, hakte Jessica nach und rückte näher. »Sag was.«

Drake kippte den zweiten Whisky und sah seine Schwester an.

»Sie ist tot«, sagte er unverblümt.

»Lauren?«

Er nickte.

Sie war einen Moment lang bestürzt. Diese verwirrende Leere an der Stelle, wo herzzerreißende Trauer sein sollte. Der Verlust einer Schwester, die sie niemals kennenlernen würde.

»Wo? Und wie ist das passiert?«

Er konnte ihr nichts als die Wahrheit bieten.

»In Berlin«, gestand er. »Als unser Team in Pakistan in Gefangenschaft geriet, benutzte Anya Lauren als Tauschobjekt für unser Leben. Aber der Handel ging schief, und die Dinge liefen aus dem Ruder. Du weißt doch noch, was ich dir von Berlin erzählt habe, oder nicht?«

»Ich erinnere mich«, bestätigte sie düster.

»Es gab Tote, und Lauren war eine davon.« Er schloss die Augen und konnte die grausame Schicksalswendung kaum fassen, die ihn jetzt mit dieser Realität konfrontierte. »Jesus Christus, es war meine Schuld. Sie ist meinetwegen gestorben.«

Der Tod dieser unschuldigen jungen Frau hatte Drake seit jenem Tag schwer belastet, aber die jüngsten Offenbarungen, rückten alles noch einmal in ein schreckliches neues Licht. Das tragische Opfer eines Krieges war unversehens zu einem persönlichen Verlust geworden.

Jessica schüttelte den Kopf. »Nein, Ryan. Du hast sie nicht umgebracht. Das geht nicht auf deine Kappe.«

»Ohne mich wäre sie gar nicht da gewesen.«

»Vielleicht nicht, aber sie dorthin zu bringen war nicht deine Entscheidung. Dafür sind Anya und Cain verantwortlich. Sie haben dieses ganze Chaos geschaffen und uns alle hineingezogen. Einschließlich Lauren.« Sie sah zur Seite und schluckte. »Was auch immer sie … was auch immer Lauren für uns gewesen sein mag: Sie ist jetzt tot. Wir können nichts mehr für sie tun.«

Drake seufzte. Jessica mochte imstande sein, emotional auf Abstand zu gehen, weil sie nicht dabei gewesen war. Sie hatte nichts damit zu tun gehabt. Lauren war nur ein Name, eine abstrakte Identität ohne Wurzeln in der Realität. Drake hatte ihr in Fleisch und Blut gegenübergestanden. Ein Mensch, ein Leben, eine Zukunft.

Er hatte fast Angst vor dem, was er als Nächstes erfahren könnte, doch er wusste, dass er die Nachricht bis zum Ende sehen musste. Sie fassten sich, dann setzten sie sich, um den letzten Teil anzuschauen.

»Danach veränderten sich die Dinge«, fuhr Freya fort. »Marcus ging auf Abstand zu mir, er wirkte innerlich unbeteiligt und arbeitete wie besessen. Er war fest entschlossen, in der Hierarchie aufzusteigen, sowohl bei der Agency als auch beim Circle. Erst später begriff ich allmählich, was ihn antrieb. Oder besser: wer.«

Plötzlich verdüsterte sich ihre Miene.

»Anya. Auch wenn er sich noch so bemühte, er konnte sie nie loslassen. Aber damals ging sie schon ihren eigenen Weg, dem sie folgen musste. Der Circle hatte ihr Potenzial erkannt, ihre größer werdende Macht und ihren Einfluss, und wollte sie als ihren nächsten Shooting Star etablieren.« Sie erlaubte sich ein bitteres, sardonisches Lachen. »Sie waren wie Kinder, die miteinander um die Gunst ihrer Eltern wetteiferten. Jeder versuchte, den anderen zu übertreffen. Ich versuchte, Marcus zu einer Kehrtwende zu bewegen … aber er wollte nicht auf mich hören. Ich kann mir vorstellen, dass er Größeres im Sinn hatte. Deshalb … bin ich gegangen. Einfach so. Ich habe es beendet. Und sie haben ihren kleinen Kalten Krieg fortgesetzt.

Als das Jahrzehnt zu Ende ging, hatte Anya sogar mehr Einfluss als Cain selbst. Er konnte sie nicht überflügeln, und ich glaube, dass er deshalb zum einzigen Mittel griff, das ihm zur Verfügung stand: Er kämpfte schmutzig. Er sabotierte ihre Einheit und hetzte alle gegeneinander auf, als Anya sich gerade darauf einstellte, in den inneren Circle aufgenommen zu werden. Er zerstörte in einer einzigen Nacht alles, was sie aufgebaut hatte. Er hat sie gebrochen.«

Drake kannte die finstere Geschichte ziemlich gut, denn er hatte sie von Anya selbst gehört. Cain hatte ihrem Chief Lieutenant eingeredet, dass sie sich mit ihrer Einheit absetzen wollte. Er fädelte einen Coup gegen sie ein, der praktisch die Vernichtung der Task Force Black zur Folge hatte.

»Das war für mich der Wendepunkt«, fuhr sie traurig fort. »Etwas musste geschehen, nicht allein wegen Cain, sondern wegen des Circles. Mir wurde klar, dass sie sich verändert hatten. Die Fäulnis hatte sich sehr langsam eingeschlichen, vielleicht war es mir deshalb nicht aufgefallen, aber jetzt begriff ich, dass etwas ganz anderes aus ihnen geworden war. Der Circle war gegründet worden, um den Lauf der Geschichte zu verändern, um eine neue, bessere Welt als jene zu errichten, die wir stürzten. Aber als der Moment schließlich gekommen war, haben sie versagt. Sie wurden kurzsichtig und skrupellos, entfachten Kriege für Geld oder um Ressourcen und häuften Macht als Selbstzweck an. Ich konnte sie nicht mehr wiedererkennen.«

Jetzt verhärtete sich ihre Miene zu einer finsteren, unnachgiebigen Entschlossenheit.

»Deshalb werde ich sie vernichten.«

27

Berlin, Deutschland – 3. Oktober 1990

Marcus Cain mochte seinen größten Triumph genießen, doch in der Menschenmenge unten befand sich eine Person, die jene Nacht nicht feierte.

Anya stand in einer Tür auf der gegenüberliegenden Seite der belebten Durchgangsstraße, die Kapuze ihrer Jacke verbarg ihr Gesicht vor den Blicken, und sie beobachtete schweigend den Mann, den sie einmal geliebt hatte.

Sie war heute Abend hergekommen, weil sie ihn sprechen wollte, und hatte fest damit gerechnet, dass er ihr eine Audienz gewährte. Trotz all ihrer Differenzen und Probleme hatte sich Cain noch nie geweigert, mit ihr zu reden, und sie hatte keine Sekunde daran gezweifelt, dass sie ihn heute Abend treffen würde.

Schließlich war sie der Grund für vieles von dem gewesen, was heute hier geschah. Sie hatte bei einer Exkursion nach Ostberlin ihr Leben aufs Spiel gesetzt und den Stasioffizier bedroht, damit er die Kundgebung auf dem Alexanderplatz zuließ. Und wie oft hatte sie in Afghanistan ihr Leben riskiert.

Sie war davon überzeugt, dass Cain ihr Anerkennung zollen, ihr zu ihren Erfolgen gratulieren und sich bei ihr für alles bedanken würde, was sie getan und geopfert hatte. Und in irgendeinem winzig kleinen, kaum eingestandenen Winkel ihres Herzens hatte sie darauf gehofft, dass aus einer Versöhnung vielleicht noch etwas mehr werden könnte.

Für sie beide war Zeit vergangen, und ihre Wut hatte sich etwas abgekühlt. Sie hatte begonnen, die Entscheidungen, die sie in den letzten Jahren getroffen hatte, neu zu bewerten. Sie fragte sich, ob sie ihn vorschnell abgewiesen hatte, ob sie zu schroff mit ihm umgegangen war, und wollte ihm heute Abend die Hand reichen.

Aber es sollte nicht sein. Sie hatte gerade erst den Fuß in die Hotellobby gesetzt, als sie schon von zwei stämmigen Security-Männern abgefangen wurde, die ihr unmissverständlich zu verstehen gaben, dass sie dort nicht willkommen war.

Sie hatte es sofort gespürt. Das missbilligende Starren, die neugierigen Blicke, die gemurmelten Bemerkungen der anderen Gäste beim Anblick ihrer zerrissenen Jeans, der zerkratzten Schuhe und der ausgefransten Lederjacke, in der sie sich auf den Straßen Berlins so leicht unters Volk mischen konnte. Hier wurde sie wegen ihres Outfits als eine Außenstehende klassifiziert, auf die man herabsehen konnte.

Wie konnten sie es wagen?, hatte sie gedacht. Sie war doch keine Pennerin, kein dummes Mädchen, das man einfach so abtun konnte. Sie hätte es mit beiden Männern aufnehmen können, bewaffnet oder nicht. Aber was hätte es ihr genützt – selbst, wenn sie gewonnen hätte?

Die beiden waren nur die Überbringer der Nachricht, und die Nachricht war klar: Sie war unerwünscht.

Sie hätte einfach gehen sollen, einfach loslassen und in ihre temporäre Wohnung zurückkehren, aber das hatte sie nicht getan. Sie konnte es nicht. Stattdessen war sie nach draußen geschlichen und hatte auf der gegenüberliegenden Straßenseite im Dunkel eines einsamen Hauseingangs gewartet, sie hatte die Kälte und die allgegenwärtige Festtagslaune ignoriert und sich auf die oberen Balkone konzentriert.

Und jetzt sah sie, weshalb sie heute Abend unerwünscht war. Als Cain seine weibliche Besucherin an sich zog und um-

armte, spürte Anya, dass ihre Wangen rot anliefen. Vor Eifersucht – und auch vor Scham, was schlimmer war. Selbstverständlich würde sich Cain so eine Frau nehmen, sagte sie sich wütend. Schön, kultiviert, intelligent und fesselnd – die Sorte, zu der sich jeder Mann hingezogen fühlte.

Sie wurde plötzlich wütend – nicht auf die anderen, sondern auf sich selbst. Wütend über ihre eigene Dummheit und Naivität, wütend über die lächerlichen Hoffnungen und kurzsichtigen Ambitionen, die sie in sich genährt hatte. Verglichen mit denen da oben in ihrer majestätischen Hotelsuite mit ihren großartigen Plänen war sie ein Kind. Ein Kind, das die Spiele der Erwachsenen spielte und sich etwas darauf einbildete, in ihrer Welt mitmachen zu dürfen.

Ob sie mich auslachen?, *fragte sie sich in einer jähen, selbstquälerischen Anwandlung. Amüsierten sie sich über die törichte junge Frau, die Soldat und Spion spielen wollte? Machten sie Witze über ihren Versuch, ihnen in die Abendplanung zu platzen?*

Sie konnte nicht länger zusehen. Anya wandte sich von dem herzzerreißenden Anblick ab und ging die Straße hinunter. Die Stadt feierte, und über ihr illuminierten Feuerwerksraketen den Himmel, doch sie hielt den Kopf gesenkt, um die Tränen in ihren Augen zu verbergen.

Jerusalem, Israel

Anya spritzte sich kaltes Wasser ins Gesicht, dann richtete sie sich auf, betrachtete sich im Badezimmerspiegel und musterte das Gesicht, das sie anstarrte.

Du wirst alt, gestand sie sich etwas trotzig ein. Eitelkeit hatte nie zu ihren Lastern gehört, doch selbst sie erkannte die subtilen, unaufhaltsamen Veränderungen, die sich in ihr abspielten. Das Leben, das sie gelebt hatte, war weder kurz noch leicht gewesen, es hatte nur einige wenige Momente gegeben, die ihr als wahrhaft glücklich in Erinnerung geblieben waren, und allmählich war ihr das anzusehen.

Sie war jetzt fast am Ende ihres langen Weges angelangt, ihre besten und erfolgreichsten Jahre lagen hinter ihr, und sie blickte in eine dunkle und ungewisse Zukunft. Und wenn sie ehrlich zu sich war, musste sie sich fragen, wer sie wirklich vermissen würde, wenn es sie nicht mehr gab.

Anya atmete tief durch, hielt sich am Waschbecken fest und spannte ihre Muskeln an. So konzentrierte sie ihre Kraft und ihren Widerstandsgeist, wie sie es schon oft getan hatte. Sie war von fast jedem, dem sie vertraut hatte, betrogen, benutzt, abgeschrieben und weggeworfen worden. Sie war ein Relikt aus einer anderen Zeit, ein Gespenst, das von alten Misserfolgen und Fehlern verfolgt wurde.

Aber sie war noch nicht fertig. Sie hatte eine letzte Mission zu erfüllen und wollte nicht aufhören, solange ihr noch Atem durch die Lunge und Blut durch die Venen strömte.

Sie hörte, wie etwas ins Waschbecken tröpfelte, sah nach unten und entdeckte Blut, das über das weiße Porzellan lief. Der Verband um ihre Schulter musste sich gelöst haben; sie erschauerte wie von einer Vorahnung, und wunderte sich zugleich darüber.

Sie wandte sich vom Spiegel ab, entfernte den blutigen Verband und inspizierte die Wunde. So schlimm war es nicht gewesen, doch sie hatte genäht werden müssen, und eine Narbe war ihr sicher. Noch eine auf der Liste, dachte sie und grinste finster.

Beim Verbandswechsel entdeckte sie ihr Handy und wählte aus dem Gedächtnis eine Nummer, danach wartete sie ein paar Sekunden, während die Verschlüsselungssoftware ihre Arbeit tat.

»Ich bin's«, antwortete der Angerufene. Keine Grußfloskeln, keine Vorrede, keine Gefühle. Rein geschäftlich. So war das Wesen ihrer Beziehung.

»Wie ist die Lage?«, fragte Anya.

»Ich habe ihn gefunden.«

Anya schloss die Augen und ließ es sacken.

»Ist er … wie ist sein Status?«

Es gab eine kurze, fragende Pause. »Er ist aktiv und unverletzt. Ich kann den Kontakt herstellen …«

»Nein«, antwortete Anya sofort. »Observiere ihn fürs Erste.«

»Verstanden.« Wieder eine Pause. »Was ist mit dir?«

Anya dachte einen Moment lang an das, was sie heute Abend von Russo erfahren hatte, und an den nächsten Mann auf ihrer Liste.

»Ich habe eine neue Spur. Der werde ich nachgehen.«

28

Amesbury, Vereinigtes Königreich – 27. April

Der Morgen dämmerte, und die Aprilsonne stieg gerade über die offenen Moore der Salisbury Plain, als Jessica sich ihrem Bruder näherte. Er stand mit dem Rücken zu ihr, blickte auf die aufragenden Megalithen des uralten Henge, das vom Schimmer des Tagesanbruchs in Licht getaucht wurde, und hing seinen Gedanken nach.

Beide hatten über vieles nachzudenken. Sie hatten sich den Rest der Nachricht ihrer Mutter angehört; wie in ihr der Zweifel und das Misstrauen gegen den Circle gewachsen waren, ihre Angst vor Marcus Cains rücksichtslosem Ehrgeiz und schließlich ihr Entschluss, beidem ein Ende zu machen. Sie hatte sogar ein paar andere Personen genannt, die sie für ihr Anliegen gewonnen hatte und die vielleicht helfen konnten.

Ihre Lebensbeichte hatte mit einer erschreckend pragmatischen Schlussfolgerung geendet.

»Falls du dieses Video siehst, steht fest, dass meine Pläne gescheitert sind. Ich kann nur hoffen, dass es schnell ging.«

Jessica hatte die Anspannung ihres Bruders gespürt, die Wut und den Schmerz, die ihn von innen zerfraßen, als sie schließlich Freyas letzte Worte vernahmen.

»Ich wollte, dass du das alles erfährst, Ryan. Weil du viel mehr verdienst, als du von mir bekommen hast. Ich habe mich fast mein ganzes Leben lang mit Geheimnissen und

Lügen befasst, aber wenigstens einmal wollte ich dir die Wahrheit sagen. Ich weiß, dass ich viele Menschen enttäuscht habe und mein Verhalten nicht wiedergutmachen kann. Aber vielleicht hilft es, meine Absichten zu verstehen. Und was dich betrifft ... Ich kann dir nicht sagen, was du als Nächstes tun sollst. Ich werde nicht von dir verlangen zu beenden, was ich angefangen habe, oder dich aus allem Weiteren herauszuhalten und das ganze Chaos hinter dir zu lassen. Ich bitte dich nur, dich um deine Schwester zu kümmern. Ich kann sie nicht mehr beschützen, nur du kannst das jetzt noch tun. Aber ganz gleich, wie du dich entscheidest: Ihr sollt wissen, dass ich euch beide bis zur letzten Minute geliebt habe. Und es tut mir leid ... alles.«

Jessica konnte sich bloß verschwommen erinnern, wie es danach weitergegangen war. Sie wusste nur, dass sie geweint und noch mehr getrunken hatte, bis sie schließlich ein unruhiger, sorgenschwerer Schlaf übermannte.

Sie war bei Sonnenaufgang erwacht, und Drake war verschwunden gewesen. Aber sie hatte geahnt, wo sie ihn finden konnte.

Sie stellte sich neben ihn und genoss den Anblick. Das uralte Monument hatte hier schon Hunderte von Generationen überdauert, bevor sie geboren wurden, und es würde auch noch lange stehen bleiben, nachdem alle ihre Sorgen und Nöte zu Staub zerfallen waren.

»Wir sind hier früher schon gewesen«, sagte sie ruhig. »Als Kinder. Mom und Dad brachten uns her. Ich kann nicht mehr als ... fünf, höchstens sechs Jahre alt gewesen sein.«

Drake reagierte nicht. Seine Miene war eisig, sein Blick verlor sich in der Ferne, und sein Kopf war voll düsterer Gedanken.

»Du bist mit mir auf den Steinen herumgeklettert«, fuhr

Jessica fort. »Das war damals anscheinend noch erlaubt. Ich hatte Angst hochzuklettern. Ich war klein und es nicht gewohnt, solche Dinge zu tun. Das war ich nie. Aber … du hast mir die Hand gereicht und gesagt, dass ich vor nichts Angst zu haben brauche, wenn du dabei bist.«

Sie hörte ihn ausatmen, seine Miene wurde etwas weicher. »Ich hätte nicht gedacht, dass du dich daran erinnerst.«

»Ich erinnere mich«, bestätigte sie und schickte ein zerknirschtes Lächeln hinterher. »Und ich kann mich auch daran erinnern, dass ich beim Abstieg ausgerutscht bin und mir die Knie aufgeschürft habe. Wie am Spieß habe ich geschrien, weil es so schrecklich wehgetan hat.«

Drake lachte leise bei dieser Erinnerung. »Da hat dich dein älterer Bruder nicht gut beschützt«, sagte er nachdenklich. »Aber falls es dich beruhigt: Ich habe dafür was auf den Hintern gekriegt.«

»Ja, irgendwie schon«, erklärte sie, wurde jedoch gleich wieder ernst. »Ich wusste jedenfalls, dass du dein Bestes gegeben hast, Ryan. Genau wie Mom für uns.«

Drake schüttelte den Kopf. »Sie hätte es mir sagen sollen. Wir hätten uns gegenseitig helfen können.«

»Sie hat versucht, uns aus allem herauszuhalten«, erinnerte ihn Jessica. »Vielleicht war das richtig, vielleicht auch nicht. Aber es war ihre Entscheidung.«

»Ihre Entscheidung«, wiederholte er. »Jetzt ist es meine.«

Jessica konnte den Blick in seinen Augen erkennen. Diesen Blick sah sie nicht zum ersten Mal. Jetzt wusste sie, dass ihr Bruder über sein weiteres Vorgehen bereits entschieden hatte.

»Ich bin zurückgekommen, um Antworten zu finden, und ich habe sie erhalten.« Er nickte ganz leicht, wie zu sich selbst. »Ich weiß, was ich zu tun habe. Jetzt zählt nur noch eines.«

»Dein Leben zählt, Ryan. Das hat es immer getan.«

Drake lächelte traurig. »Diese Sache ist wichtiger als ich, wichtiger als wir alle zusammen. Es geht um die Zukunft.«

Falls zutraf, was ihre Mutter in ihrer letzten Nachricht offenbart hatte, war zu befürchten, dass sich die unkontrollierte Macht des Circles exponentiell vergrößerte, bis es niemanden mehr gab, der gewillt war oder über die Mittel verfügte, ihm die Stirn zu bieten. Dann würde der Circle alles und jeden kontrollieren.

Und im Zentrum all dessen säße dann Drakes Erzfeind.

»Was wirst du tun?«

Er blieb einen Moment lang still und dachte über die Zukunft nach, die ihn erwartete, wenn er sich jetzt heraushielt. Ein prekärer Frieden vielleicht, aber wenigstens Frieden. Es ging ihm kurz durch den Kopf, dann tat er es ab.

Als er schließlich antwortete, tat er es im Brustton kalter, unerschütterlicher Überzeugung.

»Ich werde Marcus Cain töten.«

TEIL DREI

WOFÜR ZU KÄMPFEN LOHNT

*Für den Triumph des Bösen genügt es,
wenn die Guten nichts tun.*

Edmund Burke

29

Abbottabad, Pakistan – 28. April 2011

Die oberen Stockwerke des *Waziristan Haveli* boten einen beeindruckenden Ausblick auf Abbottabad, obwohl die stets drohende Gefahr einer Luftüberwachung die Bewohner davon abhielt, ihn zu genießen. Stattdessen hatte man eine hohe Sichtschutzmauer um den Balkon hochgezogen.

Jetzt, gegen Ende April, stand die Nachmittagssonne so hoch, dass ihr Schein über diese Betonmauer fiel, was es dem Herrn erlaubte, seinen Tee im Sonnenschein an der frischen Luft zu sich zu nehmen.

Er hatte einen Großteil des langen Winters zurückgezogen in seinem abgedunkelten Büro verbracht und sich die Zeit damit vertrieben, alte Nachrichtensendungen anzusehen – wie ein vergessener Filmstar, der sich die eigenen alten Filme vorspielt.

Der Herr hatte seine Teetasse auf den kleinen Beistelltisch gestellt und es sich seufzend wieder im Liegestuhl bequem gemacht, die langen, dünnen Beine ausgestreckt. Die Nachmittagssonne fiel auf sein hageres, blasses Gesicht, das durch Jahre voller Sorgen und Nöte zerfurcht war. Sein Kinn wurde von dem langen grauen Bart überwuchert.

»Das habe ich vermisst.« Er sprach in seinem typischen ruhigen und sanften Tonfall. »Frische Luft zu atmen und die Sonne im Gesicht zu spüren.«

Er drehte sich zu Bashir Shirani um, der neben ihm saß

und ihm geduldig aufwartete. »Während der Sowjetinvasion haben wir monatelang in den Bergen gelebt. Es war so lange her, dass ich eine warme Mahlzeit gegessen oder in einem richtigen Bett geschlafen hatte, dass ich allmählich vergaß, wie das war. So ging es uns allen. Vielleicht *wollten* wir uns nach einiger Zeit auch nicht mehr daran erinnern.« Er lachte in sich hinein. »Glorreiche Tage waren das. Wir fühlten uns stark und unbesiegbar, so wie es sich für richtige Männer ziemt. Wir fühlten uns, als könnten wir die gesamte Sowjetarmee allein besiegen, weil Gott mit uns war.«

Shirani lächelte und nickte nachsichtig, wie man es von ihm erwartete. Er hatte viele Geschichten und Legenden über diesen Mann gehört, in denen es meist um titanische Kämpfe gegen die ungläubigen Invasoren und Sternstunden unvergleichlichen Heldentums ging. Erst als er etwas älter geworden war, hatte er allmählich auch die ehrlicheren Interpretationen der Ereignisse erfahren, von Männern, die tatsächlich dabei gewesen waren. Geschichten von Waffenhandel und Finanzverhandlungen – nicht ganz das Heldenleben voller Kämpfe und Opfer, das viele sich vorstellten. Aber Shirani wusste inzwischen auch, dass es das Vorrecht der alten Männer war, Ruhmestaten der Vergangenheit auszuschmücken.

In den dunklen Augen des Herrn lag ein trauriger, nachdenklicher Blick. »Heute lebe ich bequem und im Luxus«, sagte er und deutete auf ihre massiv befestigte unmittelbare Umgebung. »Ich trage saubere Kleidung, esse gute Nahrung und schlafe in einem warmen Bett. Aber ich würde das alles mit Freuden aufgeben, um wieder dieser junge Mann zu sein, der sein Leben in der Bergeskälte fristet, um wieder so stark und furchtlos und frei zu sein.«

Er verstummte, und Shirani konnte den Schmerz der

Sehnsucht fast mit Händen greifen. Jetzt musste er etwas sagen.

»Vielleicht werdet Ihr das eines Tages tun, wenn es Gottes Wille ist«, versuchte er es.

»Vielleicht«, pflichtete der Herr bei.

Doch insgeheim spürten beide, dass es nicht so sein würde.

In einer kleinen Wohnung auf einer Anhöhe mit Blick auf das Zielgebäude observierten zwei CIA-Agenten, bewaffnet mit leistungsstarken Teleobjektiven, das gesamte Anwesen und fertigten sorgfältig und akribisch Notizen über sämtliche Vorkommnisse auf dem Gelände an.

Sie und Männer wie sie besetzten diesen Posten schon seit mehreren Wochen, sodass die Agency stets über alle Vorgänge auf dem Anwesen Bescheid wusste. Es war eine gefährliche und nervenaufreibende Arbeit, bei der die ständige Furcht vor Entdeckung mit der noch größeren Gefahr wetteiferte, ein entscheidendes Detail zu übersehen, das sich auf die gesamte Operation auswirken konnte.

»Ich sehe ein ankommendes Fahrzeug«, meldete Agent Cory Linfield, der sich über seine auf einem Stativ montierte Kamera beugte. Er hätte lieber ein Scharfschützengewehr vor sich gehabt, aber sie hatten ausschließlich die Aufgabe, Informationen zu sammeln.

Sein Kollege Rolf Ulland, der damit beschäftigt war, den nächsten Bericht für die Übertragung nach Langley vorzubereiten, sah von seinem Laptop auf.

»Marke und Modell?«

»Toyota Cruiser, neues Baujahr, dunkelblau. Sieht nach vier Fahrgästen aus«, erwiderte Linfield und verfolgte die Fahrt ans Haupttor. »Sie öffnen das Tor.«

Ulland runzelte die Stirn. Das war bemerkenswert. Es

konnte zwar nichts bedeuten, aber auch auf eine besonders wertvolle Zielperson hinweisen, die mit mehreren Leibwächtern unterwegs war. Er verließ seinen Computer, ging hinüber und übernahm den zweiten Beobachtungsposten. Er richtete das Objektiv auf den Hauptparkplatz des Anwesens aus, als der Toyota zum Stehen kam.

Seine Fingerspitze schwebte über dem Auslöser, als die Türen aufgingen und die Passagiere ausstiegen. Den Fahrer und den Passagier auf der Beifahrerseite erkannte er nicht, doch er fotografierte sie trotzdem. Sie waren beide groß und stämmig, wahrscheinlich Personenschützer.

Dann öffnete sich die hintere Tür, und ein dritter Mann stieg in die Nachmittagssonne hinaus. Er war eher stämmig, Mitte 40, von durchschnittlicher Körpergröße und hatte einen Vollbart, der ihm fast bis an die Brust reichte. Sein dunkles Haar ging etwas zurück, und über seinen tief liegenden Augen wucherten dunkle, buschige Augenbrauen.

Beide CIA-Männer erkannten ihn sofort.

»Leck mich«, sagte Ulland und schoss ein paar Fotos mehr, als der Mann ihnen kurz das Gesicht zuwandte.

»Verdammt, das ist Al-Kuwaiti«, bestätigte Linfield. »Dafür lege ich meine Hand ins Feuer.«

Al Kaida hatte Handys, E-Mails und andere moderne Kommunikationsmittel weitestgehend abgeschafft und verließ sich für den Informationsaustausch stattdessen auf ein Netzwerk menschlicher Kuriere. Und hier schlenderte, flankiert von zwei Leibwächtern, Abu Ahmed Al-Kuwaiti, einer ihrer wichtigsten Anführer, einfach so ins Zielgebäude.

»Holen Sie Langley an die Strippe«, ordnete Linfield an und scrollte dabei durch die Digitalfotos, die er hatte aufnehmen können. »Das wird sie interessieren.«

30

CIA-Zentrale, Langley

Es dauerte nicht lange nach Eintreffen der Nachricht, dass eine Sondersitzung der Einsatzplanung anberaumt wurde, geleitet von Dan Franklin, dem Direktor der streng geheimen CIA-Abteilung für Spezialkommandos. Er war für die Durchführung der Operation verantwortlich, die jetzt offiziell *Neptuns Speer* genannt wurde.

Vertreter der NSA und des Pentagons, der Direktor des Nationalen Geheimdienstes und der Stabschef des Weißen Hauses waren per Videoleitung zugeschaltet. Einige der mächtigsten Männer und Frauen des Landes richteten ihre Blicke auf ihn.

»Wie Sie unserem Bericht entnehmen können, haben wir jetzt eine bestätigte Sichtung von Abu Ahmed Al-Kuwaiti auf dem Gelände des Zielobjektes«, fasste er zusammen und holte eine Aufnahme der Luftüberwachung auf den Wandmonitor. »Man hält Al-Kuwaiti für Bin Ladens Spitzenmann und persönlichen Kurier. Seine Anwesenheit ist der bisher eindeutigste Hinweis darauf, dass es sich hier *tatsächlich* um den Ort handelt, an dem sie ihn verstecken.«

»Aber noch keine bestätigte Sichtung Bin Ladens?«, sondierte der Stabschef.

»Nein, Sir«, räumte Franklin ein. »Das gesamte Anwesen wurde mit zwei grundsätzlichen Zielvorgaben zur Festung ausgebaut: Sicherheit und Privatsphäre. Und es ist in beiden Punkten äußerst effektiv.«

»Sie sagen also, dass er womöglich gar nicht dort ist?«

Franklin wusste, weshalb der Stabschef so viel Druck machte, denn am Ende war es der Präsident, der die Operation genehmigen musste. Er sah das Unternehmen aus der politischen Perspektive und lotete den potenziellen Schaden für den Fall aus, dass das ganze Unternehmen in die Hose ging. Es war kein Geheimnis, dass die Zustimmungsraten des Präsidenten seit seinem Amtsantritt gesunken waren, weil ihm ein zerstrittener Kongress und eine strauchelnde Wirtschaft zusetzten.

Ein größerer Triumph im Krieg gegen den Terror konnte ihm die erste Amtszeit retten und seine Chancen für eine zweite dramatisch verbessern. Andererseits hätte man ihm einen kapitalen Fehlschlag, bei dem amerikanische Soldaten ums Leben kamen und ernsthafte Verwicklungen mit Pakistan heraufbeschworen wurden, für den Rest seiner Amtszeit und bis zur nächsten Wahl angekreidet.

»Diese Möglichkeit besteht, Sir«, gestand er ein. »In Situationen wie dieser gibt es nur selten Garantien. Meistens beschäftigen wir uns mit Wahrscheinlichkeiten, nicht mit Fakten. Aber alles, was wir bisher gesehen haben, deutet auf diesen Ort hin. Ich würde darauf wetten, dass er da ist.«

»Wie steht es um die Einsatzbereitschaft?«, wollte der Direktor des National Intelligence wissen. »Wie schnell können wir reagieren, falls wir zuschlagen müssen?«

Zur Beantwortung dieser Frage verwies Franklin auf Chris Kennedy, einen seiner hochrangigsten Shepherd-Teamleiter, den er mit der Aufgabe betraut hatte, die Erstürmung zu koordinieren. Er war ein scharfsinniger, gewissenhafter Operateur, der vor seinem Wechsel zur Agency als Army Ranger gedient hatte. Seine Aufgabe war es, jeden einzelnen Schritt des Einsatzes im Kopf zu haben, von dem Moment an, wenn ihr Team von der Basis in Afghanistan aufbrach, bis zu dem Moment, wenn sie zur Abschlussbesprechung aus dem Hubschrauber stiegen.

»Wir haben eine JSOC-Einsatztruppe gleich hinter der Grenze in Afghanistan stationiert«, bestätigte Kennedy, dessen Haltung Anspannung und Beherrschtheit durchblicken ließ. »Tarnkappen-Flugzeuge sind jederzeit einsatzbereit.«

Das gemeinsame Kommando für Sondereinsätze war eine Dachorganisation, die für die Sonderkommandos Spezialisten aus allen Waffengattungen und Nachrichtendiensten einschließlich der CIA anfordern konnte. Für diese Operation waren einige der besten Kräfte aus aller Welt zusammengezogen worden.

»In puncto Bereitschaft gilt zurzeit aktives Stand-by. Wenn wir jetzt den Befehl erteilen, können sie in 60 Minuten komplett ausgerüstet in der Luft sein.« Kennedy machte eine kurze Pause und fügte dann hinzu: »Falls wir sie auf maximale Bereitschaft setzen, verkürzt es sich auf zehn Minuten.«

»Mit anderen Worten, Sir, wir sind so bereit, wie wir nur sein können«, stellte Franklin schnörkellos fest. »Es ist nicht damit zu rechnen, dass sich die Situation noch wesentlich verbessern wird.«

Al-Kuwaiti und Bin Laden gleichzeitig im selben Anwesen anzutreffen war eine einmalige Möglichkeit, wie sie sich vielleicht wochen- oder monatelang, womöglich sogar nie mehr bot. Franklin hatte schon zu viele Zielpersonen entwischen sehen, weil die sogenannten Entscheidungsträger Bedenken hatten und alles verzögerten, weil sie auf irgendein märchenhaft perfektes Szenario hofften, das sich niemals ergab.

Der Stabschef des Weißen Hauses atmete langsam durch die Nase aus. Er merkte, dass Franklin die Sache forcieren wollte, und schätzte es nicht, in die Ecke getrieben zu werden.

»Entspricht das auch der Einschätzung von Direktor Cain?«, fragte er.

»Direktor Cain hat mir die uneingeschränkte Befehlsgewalt auf der Kommandoebene erteilt. Er steht in dieser Angelegenheit voll hinter mir.«

»Das ist eine ziemlich große Verantwortung für einen Bereichsleiter.«

Darauf erwiderte Franklin nichts.

»In Ordnung«, gab der Stabschef nach. »Ich werde den Präsidenten informieren. Sie halten uns natürlich auf dem Laufenden, falls es irgendwelche Änderungen gibt?«

»Sie werden der Erste sein, der davon erfährt«, versicherte ihm Franklin, ohne sich seine Verärgerung anmerken zu lassen. Wenn es etwas gab, das den Misserfolg einer Militäroperation geradezu garantierte, dann war es politische Einflussnahme.

Nach Abschluss des Meetings kehrte Franklin in sein eigenes Büro im Obergeschoss des New Headquarters Building zurück, ließ sich in seinen Schreibtischstuhl sinken und lockerte dankbar die Krawatte. Er fühlte sich nach der anstrengenden Sitzung mental ausgelaugt. Weil so viel auf dem Spiel stand, waren alle sehr angespannt, und mehrere Schlüsselfiguren stellten heimlich Listen von Leuten zusammen, denen sie die Schuld zuweisen konnten, falls die Sache in die Hose ging.

Vielleicht war das der Grund, weshalb ihm Cain eine so umfassende Befehlsgewalt übertragen hatte, überlegte er grimmig. Ein Gedanke wie dieser belastete ihn schwer, doch in Wahrheit war das nicht das Einzige, was ihm momentan Kopfzerbrechen bereitete.

Er loggte sich in sein Terminal ein und rief die Fallakte

einer aktiven Operation auf, die er akribisch überwachte: eine Akte mit Einzelheiten über die Jagd auf Ryan Drake.

Seit dem letzten einfachen und knappen Update hatte sich nichts verändert.

Letzte bestätigte Sichtung – London (04/26/11)

Franklin wusste über den gescheiterten Versuch, Drake festzunehmen, nur zu gut Bescheid. Zum Teufel, eine unterirdische Explosion im Londoner Stadtgebiet, gefolgt von der Erstürmung eines Hauses und schließlich einer Hochgeschwindigkeitsverfolgungsjagd durch die Hauptstadt des Vereinigten Königreichs gehörte nicht zu den Dingen, die man einfach unter den Teppich kehren konnte.

Sogar die Nachrichtensender hatten Wind davon bekommen und publizierten Storys mit wild ins Kraut schießenden Spekulationen, die von einem Terroranschlag bis hin zu einem Verbrechersyndikat nichts ausschlossen.

Sie lagen alle daneben, aber das änderte nichts an zwei unumstößlichen Tatsachen: Drake war am Leben und hatte sich in London blicken lassen. Es wäre falsch zu behaupten, dass es ihn nicht erleichterte, seinen alten Freund noch am Leben zu wissen, aber weshalb erschien er jetzt wieder auf der Bildfläche? Worauf wollte der Mann hinaus? Und warum riskierte er es, sich in eine Stadt wie London zu wagen?

Der Versuch, mehr darüber in Erfahrung zu bringen, barg das Risiko, selbst Aufmerksamkeit auf sich zu ziehen. Cain hielt ihn an der kurzen Leine und würde nicht zögern, sich gegen ihn zu wenden, sobald er ihm auch nur den geringsten Anlass gab, an seinen Absichten zu zweifeln.

Und trotzdem konnte er nicht loslassen. Was auch immer in den letzten Jahren zwischen ihnen vorgefallen war – er und Drake waren einst enge Freunde gewesen. Er verdankte dem Mann sogar sein Leben. Das gehörte nicht zu den Dingen, die man einfach vergaß.

Er brauchte jemanden, der ein besserer Ermittler als er selbst war, aber keine große Vorgeschichte mit Cain hatte. Jemanden, der nachstochern konnte, ohne die Aufmerksamkeit auf sich zu ziehen. Es fragte sich, ob diese Person bereit war, ihre Karriere, vielleicht sogar ihr Leben aufs Spiel zu setzen, um ihm zu helfen.

Er schloss seine Schreibtischschublade auf, angelte das Wegwerfhandy heraus, das er dort aufbewahrte, tippte schnell eine Nummer ein und wartete, bis es klingelte.

»Kennedy.«

»Chris, ich bin's, Dan. Ich muss mit Ihnen reden.«

»Klar, Boss. Ich bin in fünf Minuten bei Ihnen im Büro.«

»Ich möchte lieber unter vier Augen mit Ihnen reden.« Er überlegte kurz. »Wir treffen uns am Kryptos.«

Die CIA-Zentrale befand sich auf einem ausgedehnten Campus mit Bürogebäuden, Wachtposten und Ausbildungseinrichtungen, und die Architekten hatten von Anfang an Wert darauf gelegt, Freiflächen zu integrieren, damit die Angestellten dort Entspannung finden oder Sport treiben konnten. Einer der wichtigsten Außenbereiche war ein offener, von hohen Bäumen und Buschwerk gesäumter Hof zwischen den beiden Hauptgebäuden, der von der Cafeteria des New Headquarters Buildings aus einsehbar war.

In der nordwestlichen Ecke dieses Hofes stand eine faszinierende und ziemlich bizarre, unter dem Namen Kryptos bekannte Metallskulptur. Sie war zur Eröffnung des New Headquarters Building im Jahre 1990 in Auftrag gegeben worden und bestand aus vier großen Kupfertafeln, die man in einer S-Form angeordnet hatte. Sie erinnerte an einen Papierstreifen, der aus einem Drucker kam.

Auf jeder Platte war jeweils eine verschlüsselte Botschaft eingraviert worden, was angehende Codeknacker dazu animieren sollte, ihre Bedeutung zu dechiffrieren. Seitdem waren drei davon geknackt worden, wodurch mehrere rätselhafte Textblöcke zum Vorschein gekommen waren, doch die vierte Platte bewahrte hartnäckig ihr Geheimnis.

Franklin war immer der Meinung gewesen, dass der Code nicht geknackt werden konnte, weil der Gestalter ganz bewusst keinen Sinn hineingelegt hatte – ein kleiner Scherz des Künstlers, der so dafür sorgte, dass sich ganze Generationen junger Codeknacker darüber die Köpfe zerbrechen konnten. Und vielleicht war es auch eine subtile Referenz an ihre realen Arbeitsbedingungen – es sollte nicht alles bekannt werden, und man konnte nicht jedes Rätsel lösen.

Kennedy wartete auf ihn, er saß auf einer Bank vor der Skulptur. Als Franklin näher kam, stand er auf. »Sie wollten reden. Was ist los?«

»Lassen Sie uns ein Stück spazieren«, sagte Franklin leise und reichte ihm einen Pappbecher mit Kaffee.

Es war ein angenehmer Frühlingstag, und auf dem Hof gab es viel Betrieb. Franklin kehrte dem Hin und Her den Rücken zu und wartete, bis sie so weit von allen anderen entfernt waren, dass sie garantiert nicht belauscht wurden.

»Falls Sie sich Sorgen machen wegen der Op…«, fing Kennedy an.

»Es geht nicht um die Operation«, beruhigte ihn Franklin. »Da ist etwas anderes.«

»Ich höre.«

Franklin blieb stehen und wandte dem Jüngeren das Gesicht zu. »Es geht um Ryan Drake.«

Ein Schatten huschte über das Gesicht des jungen Mannes. Drake wurde wegen Mordes und Verrats gesucht, und es blieb ein anhaltender Verdacht gegen jeden bestehen, der früher mit ihm in Verbindung gestanden hatte. Er war der Grund, weshalb das Shepherd-Programm vor über einem Jahr eingestellt worden war.

»Was ist mit ihm?«

Franklin nahm einen Schluck von seinem Kaffee und blickte sich um, bevor er redete. »Er lebt, Chris. Er wurde vor zwei Tagen in London gesichtet.«

»Diese Explosion, die bewaffnete Verfolgungsjagd?«, fragte er.

»Drake.«

Kennedy blieb für eine Weile stumm, während er das Gesagte verarbeitete. »Verflucht.«

»Kann man wohl sagen«, gab Franklin ihm recht. »Einsatzkommandos wollten ihn abfangen, aber er ist entwischt und verschwunden.«

»Ich kann nicht behaupten, dass mich das überrascht, schließlich kenne ich Ryan«, dachte Kennedy nach. »Aber warum taucht er jetzt wieder auf, wo alle dachten, er wäre tot?«

Franklin fixierte ihn mit einem eindringlichen Blick. »Das möchte ich gerne herausfinden.«

Kennedy brauchte nicht länger herumzurätseln, weshalb ihn Franklin einbestellt hatte. »Sie wollen, dass ich einen Fall daraus mache.«

Er nickte. »Unter dem Radar. Niemand darf davon erfahren.«

»Wegen dieses Arschlochs wurde schon einmal mein ganzes Team ausgelöscht«, platzte Kennedy so emotional heraus, dass sein unterschwelliger alter Groll und seine Vorbehalte durchschienen. »Das waren gute Leute, Dan.«

»Sie sollten sich glücklich schätzen. Cain will, dass Drake stirbt, und er wird vor nichts zurückschrecken, damit es geschieht. Ganz egal, wer in die Schusslinie gerät.«

»Warum? Was hat er für ein Problem mit Ryan?«

Das zu erklären würde viel mehr Zeit in Anspruch nehmen, als sie hatten. »Lange Geschichte. Die Kurzversion lautet, dass Cain nicht der ist, für den Sie ihn halten. Er war im Laufe der Jahre in viele schlimme Dinge verwickelt, wirklich üble Geschichten. Als ihm Ryan auf die Schliche kam, unterschrieb er damit sein eigenes Todesurteil.«

Kennedy trat einen Schritt näher heran. »Dan, wollen Sie mir etwa erzählen, dass Ryan unschuldig ist?«

Sosehr er auch glauben wollte, dass Drake ungerechtfertigt verfolgt wurde – er machte sich keine falschen Hoffnungen darüber, dass sein ehemaliger Freund immer auf der richtigen Seite des Gesetzes gestanden hätte. Er war für viele fragwürdige Dinge verantwortlich, für die er sich noch nicht verantwortet hatte. Aber er verdiente zumindest eine faire Anhörung.

»Das sollen Sie für mich herausfinden«, wies Franklin ihn an. »Ich muss wissen, was Drake in London treibt und wo er danach hinwill. Und ich muss es schnell erfahren. Wenn ich mich nicht irre, bleibt uns nicht viel Zeit.«

»Wie meinen Sie das?«

Franklin blickte auf den Weg zurück, den sie gekommen waren, zu der Metallskulptur, die im Schatten des großen Büroturms stand, und zu den gestresst wirkenden Analysten und Technikern, die darum herumwieselten. In der Agency war nur selten so viel los gewesen wie jetzt, weil auf der ganzen Welt so viele Ereignisse gleichzeitig hochkochten.

Die Welle der Revolten und Staatsstreiche in Afrika und dem Nahen Osten, die Jagd nach Bin Laden, die Ermordung eines hochrangigen Mossad-Agenten und neulich die Angriffe in London. Oberflächlich betrachtet hätte man es leicht als eine Serie unzusammenhängender Ereignisse abtun können, eine zufällige Häufung. Er glaubte nicht daran.

Wo andere Zufälle sahen, erkannte er Muster – ein unsichtbares und ungreifbares Netz, das alles miteinander verknüpfte. Und jeder von denen spielte entweder freiwillig oder unfreiwillig eine Rolle dabei. Und jeder von denen war darin verwickelt. Es kam ihm vor, als wären die Einzelteile eines Puzzles ausgebreitet worden, und die Teile schoben sich langsam auf ihre Positionen. Und doch konnte er noch kein abschließendes Bild erkennen.

»Es ist nur ein Gefühl«, sagte er leise und mit distanzierter Miene. »Ich kann es nicht erklären, ich kann es nicht beweisen ... aber ich spüre es. Das ist größer als Drake, das ist größer als wir alle zusammen. Es braut sich schon lange zusammen, und wenn es so weit ist, wird es alles verändern.« Er legte die Stirn in Falten, weil ihm plötzlich unverhofft eine Phrase in den Sinn gekommen war. »Das Ende der Alten Welt.«

Er blinzelte, verdrängte seine seltsame Vorahnung und ärgerte sich über sich selbst, weil er solche vagen Mutmaßungen von sich gegeben hatte. Aber als er zu dem Shepherd-Teamleiter blickte, der neben ihm stand, sah er Kennedy an, dass der es auch so empfand.

»Ich werde sehen, was ich tun kann«, versprach er.

31

Tijuana, Mexiko – 28. April

Die enge, billige Mietwohnung, in der sich Keira Frost aufhielt, war einer jener Orte, zu denen einen die Not, aber kein
Verlangen treibt. Eine Zweizimmerwohnung mit Wohn-
küche und verdreckten Fenstern mit Ausblick auf einen vermüllten Wohnblock; eine funktionierende Straßenbeleuch-
tung war nur eine ferne Erinnerung.

Der müde Hauch, den die marode Klimaanlage noch
verströmte, brachte kaum Kühlung und konnte es nicht mit
der Hitze der mexikanischen Nacht aufnehmen. Aber sie
hatte wenigstens ein Dach über dem Kopf. Und trotz aller
stickigen Unbehaglichkeit schlug das milde Wetter den
Winter auf den Straßen Chicagos mit Leichtigkeit.

Seit einigen Monaten war Tijuana ihre Operationsbasis.
Man kam leicht hin, noch leichter war es für jemanden wie
sie, sich dort unerkannt unters Volk zu mischen, und wegen
der fortwährenden Bandenkriege zwischen rivalisierenden
Drogenkartellen hielt sich die Polizei von dieser Gegend
fern.

Ein paar High-End-Laptops summten nebeneinander
auf ihrem provisorischen Schreibtisch, sie waren mit einem
Gewirr von Kabeln, externen Festplatten und blinkenden
Internet-Routern verbunden. Codezeilen strömten über ge-
öffnete Debug-Fenster, während Frost einen aussichtslosen
Kampf führte, den Aufenthaltsort ihres Gegners zu bestim-

men. Auch wenn sie es nur äußerst ungern zugab – der Mann, mit dem sie sich angelegt hatte, war ihr mehr als ebenbürtig und hatte bisher jeden Versuch abgewehrt, in sein System einzudringen.

Sie richtete ihre Aufmerksamkeit auf den Laptop zu ihrer Linken, tippte eine Folge von Befehlen ein und versuchte ihre Strategie anzupassen. Einer ihrer Finger landete aber auf der falschen Taste, und sie sah sich genervt dazu gezwungen, wieder von vorne anzufangen.

Sie ballte und streckte ihre Finger ein paarmal und bemerkte die Narbe im Zentrum ihrer Handfläche. Eine kleine Erinnerung an die Zeit, als ihre Hand brutal von einem Messer durchbohrt worden war. Sie hatte einen Großteil ihrer motorischen Fähigkeiten wiedererlangt, aber so, wie es mal war, würde es nie wieder sein. Diese Erkenntnis vergrößerte ihre Entschlossenheit nur, es dem Mann heimzuzahlen, der dafür verantwortlich war.

Aber das musste fürs Erste noch warten. Heute hatte sie eine dringendere Aufgabe.

Und diese Aufgabe bestand darin, Alex Yates aufzuspüren, der sich auf Anyas Seite geschlagen hatte, als ihre Gruppe sich auflöste. So geschickt Anya auch war, wenn es ums Verschwinden ging – Alex war ihre Schwäche. Er war es, der Frost zu Anya führen konnte.

So lautete zumindest die Theorie. Aber ganz gleich, womit sie ihm zusetzte, er schien ihr immer einen Schritt voraus zu sein.

Sie wollte sich gerade um den anderen Laptop kümmern, als plötzlich ein Dialogfenster auf ihrem Screen erschien, das nur eine einfache, prägnante Mitteilung zeigte:

DU VERSCHWENDEST DEINE ZEIT. HÖR AUF, MICH ZU TRACKEN.

Frost sprang geradezu aus ihrem Stuhl. Das war das erste

Mal, dass Alex offen mit ihr kommunizierte. Aber warum jetzt? Entweder wollte er jetzt reden, oder sie stand kurz davor, ihn zu finden.

Aber der Grund war egal, sie tippte eilig eine Antwort:

WIR MÜSSEN REDEN. DIE DINGE HABEN SICH GE-ÄNDERT.

Sekunden später traf Alex' Antwort ein.

FÜR MICH NICHT. HÖR AUF, MICH ZU TRACKEN. DAS SAG ICH NICHT NOCH MAL.

Frost biss bei dieser unverblümten Drohung die Zähne zusammen, beschloss aber, am Ball zu bleiben.

RYAN HAT WAS ABBEKOMMEN. IN LONDON HÄTTEN SIE IHN FAST ERWISCHT.

Seine Antwort ließ fast 30 Sekunden auf sich warten.

DAS IST SEIN PROBLEM, NICHT MEINS.

»Herr im Himmel, verdammt noch mal, Alex. Bleib doch nicht dein Leben lang ein Volltrottel«, murmelte sie und hämmerte für ihre nächste Nachricht fester als nötig in die Tastatur:

ES IST ERNST. SAG ANYA, WAS PASSIERT IST … BITTE.

Alex' Reaktion war nicht die Versöhnungsbotschaft, auf die sie gehofft hatte. Stattdessen verschwand das Dialogfenster, und alle ihre geöffneten Programme froren plötzlich ein.

»Was zum …«

Etwa eine Sekunde später erschien ein Blue Screen, auf dem ihr mitgeteilt wurde, dass ihr System nach einem schwerwiegenden Systemfehler heruntergefahren werden musste.

»Verdammt!«, schimpfte sie und knallte den Laptop zu.

Alex' Drohung war ernst gemeint gewesen. Für sie bestand kein Zweifel, dass sie das Gerät abschreiben konnte. Sie hatte natürlich Sicherheitskopien ihrer wichtigsten

Daten, aber es würde einige Zeit dauern, alles wieder einzurichten. Zeit, die sie nicht hatte.

»Arschloch«, murmelte sie und ging zum Kühlschrank, um ihre Nerven mit ein paar Flaschen Sam Adams zu beruhigen.

Sie riss gerade den Deckel von ihrem ersten Bier, als es an die Tür hämmerte. Sofort hellwach, öffnete Frost eine Küchenschublade und zog die Beretta 9mm Automatik heraus, die darin lag. Sie zog den Schlitten zurück, um eine Patrone in die Kammer zu laden, checkte den Sicherheitshebel, dann näherte sie sich mit der Waffe hinter ihrem Rücken der Tür.

In einer Hand das Bier, legte sie den Sperrriegel um und öffnete die Tür gerade weit genug, um einen Blick auf den Neuankömmling werfen zu können. Und strahlte sofort übers ganze Gesicht.

»Ryan«, sagte sie und fasste sich wieder. »Verdammt, du hast aber lange gebraucht.«

Ryan grinste kurz, aber er sah erschöpft und müde aus; trotzdem schien er erleichtert, wieder mit seiner Teamkameradin vereinigt zu sein.

»Es waren ein paar ereignisreiche Tage«, erklärte er. »Was dagegen, wenn wir reinkommen?«

Frost zog eine Braue hoch. »Wir?«

Seine Begleiterin trat ins Blickfeld; eine Frau, die Frost nach ihrer ersten und einzigen Begegnung vor mehreren Jahren nur noch vage wiedererkannte. Es war Drakes Schwester Jessica. Die Familienähnlichkeit zwischen den beiden war unverkennbar, obwohl sie sich allem Anschein nach in einer schlechteren Verfassung befand als er, ihr Gesicht war von Platzwunden und Prellungen gezeichnet, die das dicke Make-up nicht kaschieren konnte.

»Oh Gott, bist du wahnsinnig geworden?«, fragte sie und

löste die Sicherheitskette, um sie hereinzulassen. »Was denkst du dir nur dabei, sie hierherzubringen?«

Sie und Drake hatten vereinbart, sich hier zu treffen, sobald er im Land war. Aber von seiner Schwester war nie die Rede gewesen. Frost war davon ausgegangen, dass er für sie ein Safehaus suchen würde, wo sie auf Tauchstation gehen konnte, bis das alles vorbei war.

»*Sie* hat einen Namen«, gab Jessica zurück und schnappte sich die Bierflasche aus Frosts Hand. »Und sie ist nicht in Stimmung, sich noch mehr dummes Zeug anzuhören.«

Als Jessica von dem Bier trank, warf Frost Drake einen wütenden Blick zu. Hätte Jessica nicht unter seinem Schutz gestanden, vermutete er, wäre Frost für das, was sie gerade getan hatte, über sie hergefallen.

»Ich erkenne eine gewisse Familienähnlichkeit«, erwiderte Frost gereizt.

»Spar dir das. Ich bin nicht hier, um mit dir zu streiten.« Drake sah sich in der kleinen, unaufgeräumten Wohnung um und war von dem, was er sah, wenig erbaut. »Wir müssen reden. Es gibt viel zu erzählen.«

Frost kapierte den Wink. »Ich weiß einen Laden. Aber du zahlst.«

Fünfzehn Minuten später saßen sie mit einer Runde Drinks in den Händen in einer Bar am Pazifik. Vor ihrem Tisch erstreckte sich der breite Strand von Tijuana Beach, dahinter die wogende Dünung bis weit hinauf zum Horizont, der im Licht der Abendsonne glühte. Es war ein lebendiger Ort, mit einer berauschenden Mischung von Touristen, die ihren Spaß haben wollten, und Einheimischen, die bereit waren, ihnen den zu bieten. Alles unterlegt mit lauter Musik und billigen Drinks.

Frost hörte zu, und Drake und seine Schwester schütteten alles vor ihr aus – die versuchte Entführung Jessicas, gefolgt von ihrer unerwarteten Rettung, die Entdeckung der verborgenen Nachricht ihrer Mutter, die sie zum Tresor in London geführt hatte, und ihre verzweifelte Flucht vor den Behörden. Ganz zum Schluss erzählte Drake von der letzten Botschaft, die seine Mutter ihm hinterlassen hatte.

Frosts Miene verdüsterte sich, als ihr die Tragweite seiner Worte bewusst wurde.

»Jesus Christus«, sagte sie schließlich. »Diese ganze verdammte Scheiße hängt zusammen. Cain, Anya, der Circle … Deine Mom hat die ganze Zeit für sie gearbeitet.«

»Eigentlich *gegen* sie«, korrigierte Jessica. »Sie plante, sie von innen heraus zu erledigen.«

»Und was hat ihr das gebracht?«

Jessica biss die Zähne zusammen und wollte mit einem bösen Spruch kontern, aber Drake ging dazwischen, bevor sie etwas sagte, was sie später bedauern würde. »Sie ist bei ihnen eingestiegen, weil sie an das glaubte, was sie repräsentierten. Sie hat erst später begriffen, was aus ihnen geworden war. Sie wollte alles richtig machen.«

Frost wirkte nicht überzeugt, aber sie verzichtete darauf, noch weiter herumzubohren. »Und was ist jetzt mit dir, Ryan? Warum bist du hier?«

Drake wandte für einen kurzen Moment den Kopf ab und blickte aufs Meer hinaus. Er ließ die Leere auf sich wirken, den endlosen Horizont, die Verheißung, ein neues Leben zu beginnen.

»Ich bin hier, um zu Ende zu bringen, was sie begonnen hat.«

»Blödsinn«, schnaubte sie. »Du bist auf Rache aus. Diesen Blick sehe ich nicht zum ersten Mal.«

Drake versuchte nicht, darüber zu diskutieren. Dazu bestand keine Veranlassung. Sie wussten beide, dass sie absolut recht hatte.

»Nenn es, wie du willst. Cain weiß jetzt, dass ich am Leben bin, und er wird nicht ruhen, bis ich tot bin. Es ist egal, wo ich hingehe oder was ich tue – irgendwann wird er mich finden. Damit muss Schluss sein. So oder so.«

»Ryan, denk darüber nach, was du hier von dir gibst«, sagte Frost und beugte sich über den Tisch, um ihm in die Augen zu sehen. »Deine Mutter hat versucht, Cain zu erledigen, und war am Ende tot. Wir haben es in Pakistan versucht und haben verloren …« Ihre Stimme stockte einen Moment, bevor sie weiterreden konnte. »Wir haben Cole verloren und wären selbst fast getötet worden. Jedes Mal, wenn wir gegen ihn vorgegangen sind, hat er gewonnen und wir haben verloren. Wie kommst du auf die Idee, dass es diesmal anders laufen könnte?«

»Weil wir diesmal einen Trumpf im Ärmel haben.«

Frost machte schmale Augen. »Wie meinst du das?«

»Einen Mann von innen«, verkündete Jessica.

Drake sah ihre Verwirrung und Überraschung und fügte deshalb hinzu: »Freya war nicht die Einzige, die daran gearbeitet hat, den Circle auszuschalten. Sie hatte Verbündete.«

Frost hörte sich alles an, was ihr die beiden erzählten. Es gab also einen gut platzierten Mann, der das Vertrauen des Circles genoss und mit dem Freya zusammengearbeitet hatte, um Informationen und Beweise zu sammeln. Einen Mann, der begriffen hatte, wie korrupt die Organisation im Inneren war, und wusste, welche Gefahr Cain darstellte. Vielleicht war dieser Mann bereit, ihnen zu helfen.

»Seid ihr euch sicher?«, fragte sie skeptisch. »Was ist, wenn das alles nur so etwas wie ein Spielchen ist?«

»Sie hat die Nachricht heimlich und allein im Tresorraum aufgezeichnet. Ich wüsste nicht, wer dabei Druck auf sie ausgeübt haben könnte. Und hätte man uns umbringen wollen, wäre das mit Leichtigkeit möglich gewesen.«

»Aber *vertraust* du ihr?«, hakte Frost nach. »Ich meine, ihr habt es selbst gesagt – ihr ganzes verdammtes Leben war eine Lüge.«

»Du kanntest sie nicht«, sagte Jessica mit kaum unterdrücktem Zorn.

Frost musterte sie kühl. »Ihr anscheinend auch nicht.«

Die Feindseligkeit zwischen den beiden war spürbar. Drake ging schnell dazwischen, bevor ein ausgewachsener Streit daraus wurde.

»Hör mal, ich will nicht so tun, als hätte Freya keine Fehler gemacht. Sie hat sie gemacht und dafür mit ihrem Leben bezahlt. Sie starb bei dem Versuch, alles wiedergutzumachen. Das glaube ich, und ich glaube, dass wir die Chance haben, das zu Ende zu bringen, was sie begonnen hat.«

»Bist du bereit, dein Leben darauf zu verwetten?«, sagte sie leise. »Alles oder nichts?«

Er nickte. »Alles oder nichts.«

Sie waren schließlich an diesem Punkt angelangt. Das Ende der Fahnenstange. Die letzte Chance, Cain aufzuhalten, bevor er unantastbar wurde. Keine Gnade, kein Zögern und keine Skrupel. Aus dieser Sache konnte nur eine Seite lebend herauskommen.

»Ich erledige das mit dir oder ohne dich, Keira.« Er warf einen kurzen Seitenblick auf seine Schwester. »*Wir* erledigen das. Aber mit deiner Hilfe haben wir eine bessere Chance. Ich bin hergekommen, um dich vor eine einfache Wahl zu stellen – ein letztes Mal. Bist du dabei, oder steigst du aus?«

Frost betrachtete ihn ein paar Sekunden lang in einer angespannten, nervösen Stille, sie beobachtete ihn, als könnte sie irgendwie ihre Erfolgsaussichten an seinem Gesicht ablesen. Aber das gelang ihr nicht. Keiner von ihnen konnte wissen, was daraus werden und ob es ihnen gelingen würde, sich gegen ihren ärgsten Feind zu behaupten.

Oder ob es überhaupt einer von ihnen überlebte.

Drake konnte ihr nichts versprechen. Wie er gesagt hatte: Es lief auf eine simple Entscheidung hinaus.

In diesem Moment sah er es. Das Lächeln. Das schiefe, wölfische Lächeln, das er so gut kannte. Das Lächeln, nach dem er gesucht hatte.

»Logisch bin ich dabei, verdammt«, sagte Frost, hob die Flasche und stieß damit gegen seine. »Auf geht's, legen wir dieses Arschloch um.«

32

Washington, D.C. – 4. April 1992

Die Wohnung im obersten Stockwerk war luxuriös ausgestattet und geschmackvoll dekoriert. Die großen, vom Boden bis zur Decke reichenden Fenster boten einen herrlichen Blick über den Potomac und die Vorstädte, die sich dahinter ausbreiteten. Und weil der Sonnenuntergang bevorstand, wurde das Zimmer von einem feurig glühenden Schein geflutet. Der Himmel loderte vor Farben.

Aber der Ausblick war an Marcus Cain verschwendet. Er tigerte durch sein Wohnzimmer und wartete ungeduldig auf das Eintreffen seiner Kontaktperson. Das Warten war immer der schlimmste Part.

Er goss sich ein Glas Whisky aus einer Kristallkaraffe ein, ging zum Fenster und sah hinaus. Das Gebäude war um einen großen, halbkreisförmigen Komplex mit Wohnungen und Büros errichtet worden und vielleicht am besten durch seinen berühmt-berüchtigten Namen bekannt.

Watergate.

Von hier aus konnte er tatsächlich das Bürogebäude sehen, in dem zwei Jahrzehnte zuvor der berühmte Einbruch stattgefunden und jene eskalierende Kettenreaktion von Vertuschungsmanövern und Untersuchungen ausgelöst hatte, die zuletzt zum unrühmlichen Ende der Präsidentschaft Richard Nixons führten.

Die Tür öffnete sich hinter ihm, und ein paar High Heels

stöckelten ins Zimmer. Cain spannte die Muskeln an und machte sich auf alles gefasst.

»Und?«, fragte er, ohne sich umzudrehen. »Wie lautet der Beschluss?«

Er hörte ein mattes Seufzen.

»Sie haben sich entschieden«, verkündete Shaw sachlich. »Es sieht nicht gut aus.«

Cain schloss die Augen, schluckte die bittere Frustration herunter, die in ihm aufwallte.

»Erfahre ich auch, weshalb?«

»Sie haben den Eindruck, dass eine Ausweitung des Konflikts in Afghanistan nicht unseren strategischen Interessen dient. Es gibt jetzt andere Prioritäten.«

Andere Prioritäten. Anders ausgedrückt: Afghanistan hatte seinen Zweck erfüllt und dabei geholfen, die Sowjetunion zu Fall zu bringen. Jetzt wollte man es abhaken und vergessen.

Cain hatte sich beim Circle dafür eingesetzt zu intervenieren, weil brodelnde Spannungen zwischen den siegreichen Mudschahedin-Gruppen überzukochen und das Land in einen Bürgerkrieg zu stürzen drohten. Einen Krieg, aus dem wahrscheinlich die strengen Islamisten als Sieger hervorgingen, die das einstmals gemäßigte Land in einen religiösen Würgegriff nehmen würden. Dabei würde eine ganze Generation auf der Strecke bleiben, die von Amerika betrogen und verlassen worden war, und man hätte die Saat für zukünftige Kriege gesät.

»Du weißt, dass die Geschichte böse enden wird«, sagte er. »Eines Tages stehen wir wieder da und müssen den ganzen Krieg noch mal von vorne kämpfen.«

»Wie ich schon sagte, es gibt andere Prioritäten«, wiederholte Shaw kühl. Er hörte, wie sie die Karaffe öffnete, und danach das Plätschern des Whiskys beim Eingießen.

Cain wandte sich zu ihr um, die Miene finster und feindselig. Shaw war immer noch eine wunderschöne Frau, elegant und verführerisch, aber sie hatte sich verändert. Das Feuer und die Energie, die ihn anfangs so zu ihr hingezogen hatten, waren ihr abhandengekommen. Die Verbindung zwischen ihnen war gestört, beschädigt von zunehmender Desillusionierung und Misstrauen.

»Und du? Was hast du gesagt?«

Shaw hob das Glas an die Lippen. »Ich bin auch nur ein Befehlsempfänger. So wie du, Marcus.«

»Blödsinn«, fauchte er. »Hab wenigstens einmal im Leben Rückgrat und sei ehrlich.«

Sie seufzte. »Du lässt das zu nah an dich herankommen und machst eine persönliche Sache daraus. Du betrachtest die Situation nicht mehr objektiv.«

»Ich versuche, Leben zu retten. Ich versuche, einen weiteren Krieg zu verhindern, noch bevor er ausbricht.« Er war jetzt so wütend, dass seine kontrollierte Fassade zu bröckeln begann. »Was zum Teufel hast du jemals getan, das nicht zu deinem eigenen Nutzen war?«

»Was ich getan habe?«, wiederholte sie und lachte. Es war ein kaltes, verletzendes und spöttisches Lachen. »Was ich getan habe, Marcus? An dich geglaubt, zum Beispiel. Das war der größte Fehler meines Lebens.«

»Du hast mich da hineingezogen«, erinnerte er sie. »Nach all den Versprechungen, all den großen Reden über Weltveränderung, bist du doch nur wie alle anderen. Schwach.«

»Du kapierst es einfach nicht, oder?«, konterte sie. »Du begreifst immer noch nichts.«

Sie ließ ihre Worte in der Luft schweben, um die Sekunden in die Länge zu ziehen, bevor sie ihm den endgültigen Schlag versetzte.

»In Wahrheit wollten sie Anya, nicht dich.«

»Schwachsinn!«

Die Frau schüttelte langsam den Kopf, die Miene mitleidig

und voller Verachtung. »Du warst nur ein Mittel zum Zweck, Marcus. Mehr bist du nie gewesen und konntest nie mehr sein – ein Werkzeug, um Anya bei der Stange zu halten. Ihnen ist egal, was du denkst, und deshalb hören sie nicht auf dich. Das werden sie niemals tun.«

Cain sagte nichts. Er brachte kein Wort heraus und fühlte sich, als ob man ihm ein Messer in die Eingeweide gestoßen hätte. So wie Afghanistan war auch er nur eine nützliche Spielfigur, von der man sich trennte, wenn sie ihren Zweck erfüllt hatte.

»Es war alles eine Lüge«, sagte er mit flacher Stimme. »Das alles.«

»Ich dachte, du hättest das Zeug, mehr zu erreichen. Ich sah das Potenzial in dir«, fuhr Freya fort. »Aber ich habe mich geirrt. Du hast keinen Blick für das große Ganze, weil du immer Anya vor Augen hattest.«

Cain war nicht entgangen, wie verächtlich sie Anyas Namen ausspuckte.

»Darauf läuft es also in Wirklichkeit hinaus«, sagte er bitter, weil er den eifersüchtigen Unterton ihrer harschen Worte gespürt hatte. »Du hast ihnen eingeredet, gegen mich zu stimmen. Du wolltest mich abstürzen sehen, weil dein Stolz und dein Ego nicht ertragen konnten, nur die Zweitbeste zu sein. Ja – in einer Sache hattest du recht, Freya. Mir stand die ganze Zeit Anya vor Augen, weil sie besser war als du. Sie war in allem besser.«

Freya leerte ihr Glas und stellte es ab. »Bald wird dich ein neuer Führungsoffizier kontaktieren. Ich kann mir nicht vorstellen, dass wir wieder zusammenarbeiten werden.«

Sie schickte sich schon an zu gehen, da rief Cain ihr hinterher: »Eins musst du mir noch sagen: War es das wert?«

Freya blieb stehen, ohne sich zu ihm umzudrehen.

»Leb wohl, Marcus.«

Marcus Cain änderte leicht die Sitzposition und unterdrückte das Bedürfnis, sich an den Hals zu greifen und den Schlips zu lockern – eine Geste, die das Senatskomitee, vor dem er saß, als ein Anzeichen von Unbehagen und Nervosität interpretiert hätte. Es waren sechzehn Männer und drei Frauen. Alle hatten ihr Pokerface aufgesetzt.

Das Auswahlkomitee des Senats war zusammengekommen, um nicht nur seinen Hintergrund und seine Leistungen, sondern auch sein Privatleben, seinen Charakter und sein Temperament auszuloten. Sie hatten die Aufgabe, ihn abzuklopfen, ihm auf den Zahn zu fühlen, nach Schwächen zu suchen und dann zu entscheiden, ob er geeignet war, den wichtigsten Geheimdienst des Landes zu führen. Und sie nahmen ihre Aufgabe ernst. Cain hatte eine ganze Reihe schwieriger Fragen beantworten müssen, die eigens darauf ausgelegt waren, ihn ins Straucheln zu bringen. Es gab Abschnitte seines Lebens und seiner Karriere, die er nur ungern der Öffentlichkeit preisgab, und das alles jetzt im Rampenlicht ausgebreitet sehen zu müssen war nicht leicht auszuhalten.

Manche erfüllten ihre Aufgabe allerdings eifriger als andere.

»Ich möchte Ihnen für Ihre heutige Kooperation danken, Direktor Cain. Ihre Antworten waren sehr informativ«, sagte Senator Thomas Barr, ein schmaler, scharfzüngiger Republikaner aus Missouri, und blätterte durch seine Akten. »Ich darf Ihnen versichern, dass wir fast fertig sind.«

Cain gab sich Mühe, seine Verachtung für diesen Mann zu zügeln. Sein faltiger Truthahnhals wabbelte beim Sprechen, seine Brille war ungewöhnlich groß, er hatte eine dünne und nasale Stimme, und seine endlose Fragerei zielte darauf ab, ihm den Nerv zu töten und ihn zu provozieren.

Cain war vom Präsidenten, einem Demokraten, vorgeschlagen worden, weshalb die republikanische Fraktion selbstverständlich entschlossen war, sich der Ernennung zu widersetzen. Barr hatte von Tag eins an die Rolle eines Chefanklägers übernommen und sich auf den plötzlichen Tod des vorherigen CIA-Direktors im letzten Jahr konzentriert. Dabei hatte er ziemlich unverhohlen unterstellt, dass Cain von seinem Ableben sehr profitiert hatte.

»Bevor wir unsere abschließenden Stellungnahmen abgeben, möchte ich eine Frage stellen, die etwas … persönlicherer Natur ist.«

Cain griff nach dem Glas Wasser, das neben ihm stand. »Sir?«

»Ihre Tochter … Lauren, nicht wahr?«

Cain umklammerte das Glas fester. »Jawohl.«

»Ihre Tochter Lauren … hat letztes Jahr bei einem Terroranschlag in Berlin das Leben verloren. Mein Beileid für Ihren Verlust, Sir.«

»Ich weiß Ihre Anteilnahme zu schätzen, Senator«, brachte Cain heraus.

»Sicher. Ich möchte wissen – falls Sie mir meine Direktheit nachsehen –, wie sich das auf Sie ausgewirkt hat?«

Cain verzog sein Gesicht und gab sich bestürzt, anstatt die unbändige Wut zu zeigen, die er in Wahrheit empfand. Der Bastard wollte ihn in Bedrängnis bringen, weil er ein Kind verloren hatte. Er sah die kaum verhohlene Süffisanz in Barrs Miene, der auf eine Antwort wartete.

»Ich weiß nicht, ob ich Sie richtig verstehe?«

»Sie haben bei einem Terroranschlag Ihr eigen Fleisch und Blut verloren. Als CIA-Direktor obliegt Ihnen die Aufgabe, mit klarem Kopf und ungetrübtem Urteilsvermögen solche Anschläge zu verhindern. Fürchten Sie nicht, dass sich diese beiden Dinge nicht gut miteinander vertragen?«

Cain erkannte die Falle genau, die Barr ihm gestellt hatte. Falls er zugab, Schmerz über den Verlust seiner Tochter zu empfinden, konnte das Zweifel an seinem Urteilsvermögen wecken. Wenn er sich aber gänzlich unbeeinflusst gab, wirkte er womöglich wie ein Lügner, der den Ausschuss zu täuschen versuchte. Oder schlimmer noch – wie ein gefühlskalter Soziopath.

An diesem Punkt räusperte sich einer der Ausschusskollegen Barrs. »Ich bin mir zwar sicher, dass Senator Barr mit seiner Frage lautere Absichten verfolgt, dennoch sollten wir, meiner Meinung nach, die Grundregeln eines professionellen, respektvollen Umgangs beherzigen, denen dieses Komitee verpflichtet ist.«

»Ich bin anderer Meinung, Sir«, konterte Barr. »Der Verlust eines nahestehenden Menschen, ganz gleich, wie tragisch er ist, kann und wird sich auf das Denken eines Mannes auswirken. Es ist durchaus angebracht, die Frage aufzuwerfen, ob sich der Verlust eines nahen Familienmitglieds in einem kritischen Moment auf das professionelle Urteilsvermögen Direktor Cains auswirken könnte. Die Frage mag wehtun, aber trotzdem müssen wir uns unserer Verantwortung gerecht werden und sie stellen.«

Er sah jetzt zu dem Ausschussvorsitzenden hinüber. Dieser war zwar kein stimmberechtigtes Mitglied, hatte aber die Pflicht, Entscheidungen zu treffen, wenn das Protokoll infrage gestellt wurde.

»Mein Kollege, Senator Barr, hat eine berechtigte, wenn auch taktlose Frage aufgeworfen«, räumte er ein. »Ich lasse sie gelten. Ich bitte die Ausschussmitglieder jedoch, die sehr persönliche Natur dieser Angelegenheit zu respektieren.«

Cain nahm einen Schluck Wasser und sammelte sich, dann formulierte er seine Antwort. Der Vorsitzende hatte ihn zwar unausgesprochen in Schutz genommen, aber er wusste, dass man es ihm übelnehmen würde, wenn er der Frage auswich. Sie waren zwar bereit, ihm einen gewissen Spielraum zu gewähren, aber sie erwarteten eine Antwort.

»Ich danke Ihnen, Herr Vorsitzender. Aus Respekt vor diesem Ausschuss und der Verantwortung, die ihm übertragen wurde, möchte ich Senator Barrs Frage beantworten. Der Verlust meiner Tochter Lauren war einer der schwierigsten Momente in meinem Leben«, sagte er jetzt mit schonungsloser Offenheit. »Als es geschah, fühlte ich mich, als hätte ich meine Zukunftshoffnung verloren. Ich habe mich wieder und wieder gefragt, wie es geschehen konnte. Hätte ich mehr tun können? Hatte ich sie wirklich so schlimm im Stich gelassen?

Und ich glaube, ich hätte mich leicht darin verlieren können. Aber ich bin davon überzeugt, dass es etwas gibt, das uns hilft, Trauer und Schmerz zu überwinden: Das ist Bestimmung. Für mich war meine Arbeit diese Bestimmung. Ich habe jetzt am eigenen Leib erfahren, wie es ist, wenn einem ein geliebter Mensch entrissen wird. Es hat meine Entschlossenheit nur noch vergrößert, anderen unschuldigen Menschen diesen Schmerz zu ersparen.

Mir steht kein Urteil darüber zu, ob ich wegen Laurens Tod bessere oder schlechtere Arbeit leiste, und ob er mein Urteilsvermögen geschärft oder getrübt hat. Aber eins kann ich Ihnen versichern: Mir war noch nie so klar, welcher Sache ich mein Leben widmen will.«

Er fixierte Barr mit einem harten, durchdringenden Blick. Die süffisante Siegermiene des Mannes verflüchtigte sich gerade. »Beantwortet das Ihre Frage, Sir?«

Barr räusperte sich und richtete sich den Schlips. »Das tut es, Direktor. Ich danke Ihnen.«

Als Cain aus der Ausschusssitzung kam, schaltete er zuerst sein Handy ein. Er war in den letzten Stunden offline gewesen und interessierte sich brennend für Neuigkeiten. Der Erste, mit dem er Kontakt aufnahm, war der Mann, der den Auftrag hatte, Ryan Drake zur Strecke zu bringen.

»Hawkins.«

»Reden Sie«, befahl Cain und durchmaß mit großen Schritten das riesige, zentrale Atrium des Gebäudes. »Wie weit sind wir mit Drake?«

»Neuesten Berichten zufolge hat er einen Privatflug nach Mexiko gechartert.«

Mexiko. Von dort gelangte man leicht in die Vereinigten Staaten.

»Was ist mit dem Tresorraum in London? Bitte sagen Sie mir, dass Sie etwas Nützliches gefunden haben.«

Den Sturm auf die Einrichtung hatte Hawkins aus eigener Initiative angeordnet – eine Entscheidung, die wahrscheinlich schwerwiegende Folgen nach sich ziehen würde. Wenn die Zeit gekommen war, wollte sich Cain darum kümmern, und ebenso um Hawkins selbst, aber jetzt brauchte er den Mann noch.

»Der Hauptrechner des Tresorraums wurde gelöscht, bevor wir eingreifen konnten. Die Digital-Forensik befasst sich gerade damit, aber die Löschung war ziemlich gründlich. Unwahrscheinlich, dass wir noch etwas Brauchbares rekonstruieren können.«

»Jetzt will ich eine gute Nachricht hören, Jason«, warnte Cain.

»Wir haben im Konferenzraum der Einrichtung einen Laptop geborgen und konnten Fragmente der letzten Datei zusammensetzen, auf die damit zugegriffen wurde. Man vermutet, dass es sich um ein Video handelt. Alles, was wir bisher haben, sind ein paar Standbilder.«

»Ich will sie sehen.«

Ein paar Sekunden später traf eine Bilddatei auf Cains

Handy ein. Er öffnete sie sofort. Ihm stockte der Atem. Das Gesicht, das ihn ansah, war ihm beängstigend vertraut. Ein Gespenst aus seiner Vergangenheit.

»Freya«, sagte er tonlos.

»Wie sie leibt und lebt«, bestätigte Hawkins. »Ich vermute, dass sie ihm so etwas wie eine Botschaft hinterlassen hat.«

Cain fing an, sich Sorgen zu machen. Drake war ihm seit geraumer Zeit ein Dorn im Auge gewesen, und obwohl er es nicht geschafft hatte, den Mann zu eliminieren, war es ihm wenigstens gelungen, ihn in einem gewissen Maße zu kontrollieren. Aber jetzt hatte ihm Freya eine Nachricht hinterlassen. Das änderte alles.

Was wusste Drake? Wie viel hatte sie verraten? Es gab für ihn keine Möglichkeit, das herauszufinden. Aber Freya hatte alles über ihn gewusst. Ihm blieb jetzt nichts anderes übrig, als sich auf das Worst-Case-Szenario vorzubereiten: Drake könnte es auf ihn abgesehen haben.

»Fahren Sie nach Mexiko, Jason«, befahl er. »Drake weiß jetzt zu viel. Finden Sie ihn und stoppen Sie ihn, bevor er die Grenze passiert.«

»Ich bin schon auf dem Weg«, bestätigte Hawkins. Nach einer Pause fuhr er fort: »Und das … andere Problem?«

Cain sah sich tatsächlich aus zwei unterschiedlichen Richtungen bedroht. Er hatte es nicht nur mit Drake zu tun, der ihnen in London durch die Finger geschlüpft war und jetzt Cain anvisierte, sondern auch mit Anya, die in Israel aufgetaucht war, um einen hochrangigen Mossad-Agenten hinzurichten.

Cain hatte knapp eine Stunde nach der Entdeckung der Leiche davon erfahren, und auch von der Ermordung weiterer vier Männer in Jerusalem – Kopfgeldjäger, die bei einer tödlichen Konfrontation in einem Hinterhof erschossen worden waren. Man brauchte nicht viel Fantasie, um die beiden Ereignisse in Zusammenhang zu bringen und zu vermuten, dass diese Männer versucht hatten, Anya abzufangen, und daran gescheitert waren.

Ihr Tod ließ ihn natürlich kalt, die Ermordung Russos war weitaus besorgniserregender. Er repräsentierte das erste Glied in jener Kette von Ereignissen, die sich vor acht Jahren zugetragen hatten. Auch wenn zwischen ihm und Cain mehrere Zwischenglieder eingefügt worden waren, konnten solche Vorsichtsmaßnahmen das Unvermeidliche allenfalls hinauszögern.

Nach mehreren Monaten auf Tauchstation war Anya zurück und pflasterte ihren Weg zur Wahrheit mit Leichen. Nichts würde sie aufhalten.

Zwei unterschiedliche Gegner, von denen jeder etwas anderes herausfinden wollte. Aber beide Spuren würden am Ende wieder zu ihm führen. Die einzige Frage war jetzt, wie er am besten mit ihnen fertigwerden konnte.

»Falls sie zu Russo vorgedrungen ist, weiß sie nun, was er wusste«, dachte Cain laut nach. Anya hätte den Mann niemals umgebracht, ohne vorher in Erfahrung zu bringen, was sie von ihm wissen wollte. »Wenn das so ist, kennen wir ihr nächstes Ziel.«

»Qalat«, sagte Hawkins, der denselben Gedanken gehabt hatte.

»Setzen Sie Ihre besten Leute darauf an«, befahl Cain. »Wenn Anya bei ihm anrückt, müssen sie bereit sein. Wir haben nur einen Versuch.«

»Wird erledigt.«

»Wir sind fast auf der Zielgeraden«, rief ihm der CIA-Direktor ins Gedächtnis. »Keine Fehlschläge mehr. Ist das klar?«

»Kristallklar«, erwiderte Hawkins, jetzt mit einem gereizten Unterton.

Cain legte auf und wählte noch auf dem Weg zur Tiefgarage, wo sein Dienstwagen wartete, unverzüglich Franklins Nummer. Es ging alles schneller, als er erwartet hatte. Jetzt war es an der Zeit, die letzte Stufe seines Plans in die Tat umzusetzen.

»Marcus, es gab ein paar Entwicklungen in Pakistan«, setzte Franklin an. »Ich muss Sie so schnell wie möglich auf den letzten Stand bringen.«

»Ich bin schon unterwegs zum Büro«, bestätigte Cain. »Setzen Sie unseren Sturmtrupp in erhöhte Alarmbereitschaft. Ich übernehme die Verantwortung.«

»Sind Sie sicher? Nur der Präsident kann einen Marschbefehl erteilen.«

Darüber konnte Cain nur lächeln. Der Präsident folgte den Anweisungen seiner Berater, und Cain hatte die Berater in der Tasche. Sein Ziel lag zum Greifen nahe. Nach so vielen Jahren der Planung war die Zeit fast gekommen.

»Das wird er. Vertrauen Sie mir.«

33

Tijuana, Mexiko

Nach dem Sonnenuntergang lebte die Stadt auf, und allmählich füllten sich die lokalen Bars, Restaurants und Nachtklubs. Helle Lichter illuminierten Stranddiscos, in denen bereits Betrieb herrschte. Musik dröhnte aus allen Richtungen.

Drake und Frost hatten andere Dinge im Sinn, sie waren auf dem Weg zu einem ruhigeren Strandabschnitt, wo das Rauschen der Wellen, die gegen die Wellenbrecher krachten, eine gefälligere Geräuschkulisse bildete.

Nachdem sie sich über das weitere Vorgehen einig waren, hatten sie ihre wenigen verbliebenen Verbündeten Jonas Dietrich und Olivia Mitchell angerufen und ein Treffen mit ihnen vereinbart, sobald Drake und die anderen die Grenze überquert hatten.

»Wie läuft es für dich, Keira?«, fragte Drake aus ehrlichem Interesse. Er wusste, dass sich Frost erst öffnen würde, wenn sie unter vier Augen sprachen.

Die junge Frau schnaubte amüsiert. »Alles easy. Ich meine, was könnte einen schon stören? Wir werden von sämtlichen wesentlichen Geheimdiensten der Welt gejagt, ganz zu schweigen von einer geheimen Bande Arschlöcher, gegen die die Illuminaten wie ein Mädchenpensionat rüberkommen. Das Beste allerdings ist, dass wir vorhaben, mit runtergelassener Hose in die Höhle des Löwen zu spazieren.

Und das alles hängt von einem Kerl ab, der uns vielleicht auf der Stelle ans Messer liefern wird, wenn wir zu ihm Kontakt aufnehmen.«

»Also ziemlich gut, ja?«

Frost boxte ihm so fest auf den Arm, dass es nicht mehr als Spaß durchgehen konnte.

»Und du so?«

»Fast genauso gut«, wich er aus.

»Zwing mich nicht, dir noch einen zu verpassen, Arschloch. Spuck's aus.«

Drake stöhnte und wurde ernster. »Sie wollten sich Jess schnappen«, sagte er leise. »Ich hätte sie fast wieder verloren. Dazu wäre es auch gekommen, wenn ... *sie* nicht gewesen wäre.«

»Anya?«

Er schüttelte den Kopf. »Irgendwie passt das nicht zusammen. Wir wissen, dass sie einen Tag zuvor in Tel Aviv gewesen ist. Wie stehen die Chancen, dass sie gerade noch rechtzeitig ins Vereinigte Königreich kommen konnte, um Jess abzufangen?«

»Der Einwand klingt plausibel. Aber wer war das dann, wenn nicht Anya?«

Darauf wusste Drake keine Antwort. Offenbar übersah er etwas, aber er hatte keine Zeit, das jetzt zu klären. Es passierten zu viele andere Dinge.

»Ist bei der Suche nach ihr etwas herausgekommen?«, fragte er stattdessen.

Jetzt war es an Frost zu stöhnen. »Ja und nein.«

»Und das heißt?«

»Ich bin dichter an Alex herangekommen, hatte sogar schon Kontakt mit ihm.«

Drake sah sie ungläubig an. »Ich hab dir gesagt, du sollst ihn tracken, aber doch nicht in ein Gespräch verwickeln.«

»Das ist nicht so einfach, Ryan«, gestand sie. »Alex mag ja ein Arschloch sein, aber er hat was drauf. Ich konnte mich nicht in sein System hacken. Das war meine letzte Hoffnung.«

»Und?«

Wenn es nicht so dunkel gewesen wäre, hätte er bestimmt sehen können, wie sie dunkelrot anlief – davon war er überzeugt.

»Er hat meinen Rechner heruntergefahren und über die Internetverbindung mein System plattgemacht. Es wird mich Tage kosten, alles wieder zu installieren.«

Drake wandte enttäuscht den Kopf ab. »Na toll.«

»Dir entgeht das Wesentliche. Das hätte er nämlich normalerweise nicht getan, höchstens als letztes Mittel. Also war er entweder sauer auf mich und hat die Nerven verloren, oder ...«

»Oder bei ihm läuft noch was anderes«, beendete Drake für sie den Satz.

»Genau«, gab Frost ihm recht. »Wenn ich raten müsste, würde ich sagen, er und Anya bereiten gerade etwas vor. Eine andere Operation vielleicht.«

»Noch eine Hinrichtung, meinst du?«

Er wusste nicht, wie viel Anya in Tel Aviv aus Russo hatte herausholen können, aber für die nächste Stufe ihres Plans hat es jedenfalls gereicht. Drake hatte keine Ahnung, wo das enden sollte. Aber er wusste, dass noch mehr Menschen sterben mussten, bis sie fertig war. Und in einem hellsichtigen, ahnungsvollen Moment fragte er sich, ob Anya selbst zu diesen Toten gehören würde.

»Wir müssen sie aufspüren«, erklärte er. »Es muss doch irgendwie möglich sein.«

»Dir ist aber schon bewusst, dass sie nicht gefunden werden *will*?«, fragte Frost.

»Wir brauchen sie«, stellte Drake unvermittelt fest. »Wenn diese Sache funktionieren soll, brauchen wir jeden, den wir kriegen können.«

»Was erzählst du da? Wir wissen beide, dass das nicht der wahre Grund ist.«

Drake spürte, dass sie ihn ansah, und wusste, dass sie nicht lockerlassen würde, bevor sie eine Antwort bekam. Die war er ihr schuldig, und es musste die Wahrheit sein.

»Ich habe ihr unrecht getan«, gestand er. »Ich habe etwas genommen, das ich nicht zurückgeben kann.«

Er senkte den Blick und ließ ein bisschen von der Wut und der Sehnsucht zu, die er seit jenem Tag in Afghanistan in sich weggesperrt hatte.

»Weißt du, für eine Weile glaubte ich tatsächlich, dass wir zwei es schaffen könnten«, erinnerte er sich traurig. »Ich konnte mir geradezu ein Leben danach vorstellen. Ein reales Leben.«

»Nichts, was mit einer Lüge beginnt, kann real sein.«

Überrascht spürte er Frosts Hand auf seinem Arm. Er wandte den Kopf und sah seine Kameradin an, seine Teamkollegin und eine Freundin. Eine der wenigen, die ihm geblieben waren.

Es war nicht viel, doch Drake wusste die Geste zu schätzen.

»Es ist so weit«, verkündete er und angelte das verschlüsselte Satellitenhandy aus seiner Tasche. »Taugt das was?«

»Es ist das beste Verschlüsselungssystem auf dem Markt«, erklärte Frost. »Aber wenn man bedenkt, wen du anrufst, solltest du dich kurzfassen und darauf achten, was du sagst.«

»Wird gemacht«, versicherte Drake und gab die Nummer der Kontaktperson ein, die ihm seine Mutter in ihrer allerletzten Nachricht übermittelt hatte. Dieser Mann konnte vielleicht Entscheidendes zum Sturz Marcus Cains beitragen.

Drake stand am Strand, der Mond ging über dem Ozean auf, und die Wellen brachen sich an der Küste. Er wartete auf das Signal.

Es dauerte ganze fünf Sekunden, bis es so weit war.

»Ja?«

»Ich bin Ryan Drake. Ich glaube, Sie haben meinen Anruf erwartet.«

34

Washington, D.C. – 10. Juni 1999

Anya war während ihrer Dienstzeit oft an diesem Ort gewesen. Und doch versetzte sie der Nationalfriedhof von Arlington schon wegen seiner Ausmaße immer wieder in Erstaunen. 400 000 amerikanische Gefallene waren hier beigesetzt worden, ihre Gräber markierten ordentliche Reihen identischer weißer Grabsteine, die sich über eine sanft gewellte Hügellandschaft mit Rasenflächen und versprengten Baumgruppen hinzogen. Ordnung und feierliche Uniformität im Tod, nicht anders als im Leben davor.

Aber sie war mit ihren Gedanken weniger bei ihrer Umgebung als bei den zusehends turbulenten und außergewöhnlichen Ereignissen, die nun ihr Leben bestimmten.

Die Task Force Black, jene kleine, geheime Spezialeinheit, deren Kommando sie fast zehn Jahre zuvor trotz aller Vorbehalte übernommen hatte, war langsam, aber sicher aufgeblüht und verdientermaßen zu einer vitalen und mächtigen Organisation herangewachsen. Ihre Reihen hatten sich mit jungen Rekruten gefüllt, ihr Operationsgebiet war – genau wie ihre Fähigkeiten – erheblich gewachsen.

Anya stand nun an der Spitze einer Formation, die de facto zu einer Privatarmee geworden war und zeitgleich in einem halben Dutzend Länder Einsätze durchführte. Hunderte von Menschen unterstanden ihrem direkten Befehl. Und das meiste davon wurde aus den strömenden Einnahmen finanziert, die der Circle inzwischen generierte. Was auch immer sie anforderte – man stellte es ihr zur Verfügung, ohne nachzufragen.

Es war zugleich überwältigend und beflügelnd. Sie war in eine Welt eingetreten, mit der sie keine Erfahrung hatte und die sie nicht durchschaute: eine Welt raffinierter Verhandlungen, in denen es um Macht und politische Winkelzüge ging.

Die simple Pflicht, das alles zu koordinieren und organisieren, nahm so viel von ihrer Zeit und Kraft in Anspruch, dass sie sich aus taktischen Planungen und Kampfeinsätzen heraushielt.

Ist das jetzt meine Zukunft?, *fragte sie sich. Die Soldatin war zur Spionin geworden, um als Bürokratin zu enden? Sie führte ihre Männer jetzt nicht mehr an, sondern dirigierte sie nur aus irgendeinem Büro in Washington. Eine Perspektive, die gemischte Gefühle in ihr auslöste. Einerseits bedeutete es eine Chance darauf, die Zielvorgaben zu definieren, anstatt sie einfach nur abzuarbeiten. Sie konnte Politik gestalten, anstatt nur ihr Instrument zu sein. Doch wenn sie sich vorstellte, nie wieder ins Feld zu ziehen, nie wieder an der Front zu führen, sondern von anderen zu erwarten, dass sie das für sie erledigten, dann kam sie sich wie eine Betrügerin vor. Als ob sie sich aus der Verantwortung stehlen und den Männern den Rücken zukehren würde, die nicht weniger riskiert hatten als sie.*

Als Schritte nahten, wandte sie sich um. Ihr Kontakt war eingetroffen.

»Guten Morgen.« Freya Shaw wirkte munter und gut gelaunt.

Ihre Augen waren hinter einer dunklen Sonnenbrille verborgen, sie war noch immer eine verblüffend attraktive und elegante Frau, aber Anya konnte sehen, dass die Zeit ihre Spuren hinterlassen hatte. Die kleinen Fältchen um ihren Mund und die Augen, die grauen Strähnen in ihrem schwarzen Haar und ihre Gesichtszüge, die immer härter wurden. Freya Shaw wurde alt.

»Etwas morbide als Treffpunkt, finden Sie nicht?«

Anya hatte den Ort bestimmt. Das tat sie schon seit geraumer Zeit.

»Überhaupt nicht«, gab sie zurück. »Es rückt alles ins rechte Licht.«

Freyas Blick blieb an dem prächtigen Marmorsarkophag vom Grabmal des Unbekannten Soldaten hängen. Die Ehrenwache der Marine stand wie immer stumm davor auf ihrem Posten.

»Nun, hoffen wir, dass wir nicht hier enden«, merkte sie ironisch lächelnd an. »Gehen wir ein Stück?«

Sie ging voran, den Hügel hinauf. Anya folgte ihr. Freya bewegte sich etwas langsamer als in ihren jungen Jahren.

»Für Sie lief in letzter Zeit alles prächtig«, bemerkte die ältere Frau, um das Gespräch in Gang zu halten. »Eine Serie erfolgreicher Einsätze, ein größeres Budget und mehr Personal für Ihre Einheit. Ich bin beeindruckt.«

»Ich tue, was ich kann«, erwiderte Anya leicht verlegen, weil sie kein Lob gewohnt war.

»Das ist mir auch schon aufgefallen. Und nicht nur mir, wie sich herausgestellt hat.«

»Was soll das heißen?«

Shaw blieb stehen, nahm die Sonnenbrille ab und musterte Anya von oben bis unten, als ob sie ihr zum ersten Mal begegnete. Die beiden Frauen waren ungefähr gleich groß. Die eine war älter, erfahrener und mächtiger, die andere jünger und stärker und hatte ihre besten Tage noch vor sich. Shaw schien das in diesem Moment zu begreifen.

»Unsere ... gemeinsamen Freunde sind der Meinung, es sei für Sie an der Zeit, den nächsten Schritt zu machen.«

Anyas Augen wurden größer. »Der Circle?«

Ein Lächeln umspielte Shaws Mundwinkel. »Dort wurden die Fortschritte verfolgt, die Sie in den letzten Jahren gemacht haben, Anya. Es kam gut an. Man ist der Meinung, dass Sie jetzt bereit sind, Ihren Platz in der Führungsebene einzunehmen. Ich bin übrigens derselben Meinung.«

Anya war völlig verblüfft von dieser Eröffnung. Sie wusste nur wenig über die mysteriöse Gruppe, die ihr seit über zehn Jahren beim beruflichen Aufstieg eine große Hilfe gewesen war. Ihre Informationen stammten größtenteils direkt von Shaw. Es gab so viele Ebenen der Macht und des Einflusses, zu denen man aufsteigen konnte, ohne jemals zu erfahren, wo die wahren Entscheidungen getroffen wurden.

Aber der innere Kreis, der Circle, repräsentierte die oberste Spitze dieser riesigen Pyramide. Die Führungsriege. Die exklusive Personengruppe, die alles kontrollierte.

Und die wollte sie bei sich aufnehmen – Anya, das Waisenmädchen aus Litauen.

»So eine Chance bekommt man nur einmal im Leben, Anya. Es gibt Leute, die sich ihr Leben lang abrackern könnten, ohne jemals an den Punkt zu gelangen, an dem Sie jetzt sind«, sagte Freya. »Verdammt, versuchen Sie doch mal, dabei nicht so ein Gesicht zu ziehen.«

»Ich verstehe, und ich fühle mich ... geehrt«, sagte Anya, die noch Mühe hatte, alles zu begreifen. »Ich hätte einfach nie damit gerechnet. Wenn ich mir den inneren Circle vorstelle, sehe ich immer ...«

»Alte Männer?«, half ihr Shaw weiter. »Weißhaarige alte Männer in teuren Anzügen, die sich in dunklen Sitzungssälen treffen?«

Als sie Anyas schuldbewusste Miene sah, lächelte sie amüsiert. »Okay, wer kann Ihnen das zum Vorwurf machen?« Leiser und in einem verschwörerischen Tonfall fuhr sie fort: »Vielleicht geht es genau darum, Anya. Vielleicht haben wir schon genug alte Männer in teuren Anzügen. Vielleicht ist die Zeit für etwas anderes gekommen.«

»Aber ich bin doch nur eine ...« An dieser Stelle stockte sie, weil sie sich klarmachte, dass die Welt sich seit den prägenden Erfahrungen ihrer Kindheit weiterentwickelt hatte. »Ich will sagen, dass ich nicht weiß, ob ich mich ihnen anpassen und ihre Denkweise annehmen kann. Ich bin nicht ... durchtrieben, bin kein politischer Mensch oder etwas in dieser Art.«

»Wie ich schon sagte, das ist der Punkt«, erklärte Freya und musterte sie wohlwollend und amüsiert. »Als der Circle gegründet wurde, war der Kreml noch mit Hammer und Sichel beflaggt. Aber die Welt hat sich verändert, und es wird Zeit, dass der Circle diese Veränderungen mitmacht. Die Männer im Führungsgremium gehören der Vergangenheit an und sitzen schon zu lange auf ihren Posten. Sie sind in ihrer Denkweise zu unbeweglich geworden. Aber Sie ... Sie könnten ihre Zukunft sein. Eine bessere Zukunft, für sie und für uns.«

Erst jetzt schien sich das alles für sie zusammenzufügen.

»Sie waren das, oder?«, fragte Anya. »Sie haben dafür gesorgt.«

Wieder dieses vielsagende und rätselhafte Lächeln. »Das habe ich Ihnen schon vor Jahren gesagt, Anya. Sie haben es nicht nötig, sich von anderen wie eine Spielfigur benutzen zu lassen. Diese Zeiten sind vorbei.«

Die schicksalhafte Dimension dieses Augenblicks überwältigte Anya. Bei allen Schlachten, die sie geschlagen, und allen Herausforderungen, die sie gemeistert hatte, war es ihr nie um Macht und Einfluss gegangen, sondern immer nur darum, etwas zu bewegen. Aber ihr war jetzt endlich klar geworden, wie unzertrennlich diese beiden Motive miteinander verknüpft waren, weil das eine unerreichbar blieb, wenn man das andere vernachlässigte.

Und wie wichtig es war, das nicht zu missbrauchen.

»Aber meine Männer ...«

»Für Ihre Männer sehe ich keine Probleme«, versicherte ihr

Shaw. »Die Task Force Black organisiert sich eigentlich selbst. Ihr zweiter Kommandant ist der Aufgabe mehr als gewachsen, wenn ich mich recht entsinne.«

Dominic Munro, das taktisch brillante und ambitionierte Mitglied der Spezialkommandos, war in der Hierarchie der Task Force Black rasch aufgestiegen und innerhalb weniger Jahre zu ihrem höchstrangigen Führungsoffizier geworden. Und seit sie sich neuerdings aus der operativen Führung heraushielt, war er de facto der Kommandant der Einheit. Ein guter Mann. Ein starker Mann. Ein Mann, auf den sie sich verlassen konnte.

»Und?«, versuchte es Shaw bei der Jüngeren. »Ihnen wurden gerade die Schlüssel des Königreichs angeboten. Wie lautet Ihre Antwort?«

Islamabad, Pakistan – 29. April 2011

Anja klammerte sich an die Kante des Waschbeckens. Sie hatte den Kopf gesenkt und atmete tief durch, um sich zu beruhigen, bevor sie zum Spiegel aufsah. Die Frau im Spiegel war längst nicht mehr die naive, junge Person, die vor über einem Jahrzehnt in Arlington gestanden hatte und von den schwindelerregenden Aussichten so überwältigt gewesen war, dass ihr dabei die tektonischen Verschiebungen im Untergrund entgangen waren. Sie hätte sich nie vorstellen können, welch grausames Schicksal nur Wochen nach jener Begegnung über sie und ihre ganze Einheit hereinbrechen sollte.

Sie blinzelte und verscheuchte die Erinnerungen. Es war das Gespenst einer Zukunft, die sich nie verwirklicht hatte, und die Frau im Zentrum aller Ereignisse war schon lange tot. Sie hatte jetzt dringendere Angelegenheiten zu erledigen.

Sie verließ das Badezimmer und ging in das enge Wohnzimmer, wo Alex vor seinem Laptop kauerte.

»Sind wir schon weitergekommen?«, wollte sie wissen.

»Es ist bald so weit«, erwiderte er, ohne aufzusehen. »Ihre Netzwerkprotokolle sind ziemlich alt, aber die Konfiguration ist etwas seltsam, deshalb dauert es eine Weile, bis man …«

»Die Details interessieren mich nicht«, fiel ihm Anya ins Wort. Sie verstand nichts vom Hacken und interessierte sich auch nicht dafür. »Wie lange noch?«

»Zehn, fünfzehn Minuten. Sobald ich drin bin, bekomme ich alles, was du brauchst. Funkfrequenzen, Einsatzpläne, alles.«

»Gut.«

Anya bückte sich nach der Reisetasche, die auf dem Boden stand, hievte sie auf den Tisch und öffnete den Reißverschluss.

»Ich kann ihre Verstärkung ausbremsen und ihre Kommunikation durcheinanderbringen, aber bei seinen Leibwächtern bin ich machtlos«, warnte Alex. »Du gegen sie. Und soweit ich weiß, gibt es dich nur einmal.«

»Dass es mich einmal gibt, reicht mir vollkommen«, erwiderte sie und packte ein zerlegtes M4A1-Sturmgewehr aus. Eine leichte Maschinenpistole wäre vielleicht ihre erste Wahl gewesen, aber um sich gegen Männer in schussfester Schutzkleidung zu behaupten, brauchte sie die größere Durchschlagskraft der 5,56mm-Waffe. Sie hatte sich sogar mit panzerbrechender Munition eingedeckt.

Alex enthielt sich jeden Kommentars. Aber sie wusste, dass ihm etwas durch den Kopf ging, das über die bevorstehende, gefährliche Mission hinausging.

»Du willst mir etwas sagen, Alex«, stellte sie fest und zog den Auswurfhebel zurück, um den Patronentransport zu checken. »Tu es jetzt, solange wir noch Zeit haben.«

Der junge Computerexperte stöhnte. »Frost hat mich online getrackt.«

Er sah, wie sich Anyas Miene verfinsterte, und streckte eine Hand hoch, um einem Tadel zuvorzukommen. »Entspann dich, sie weiß nicht, wo wir sind.«

»Aber da ist noch was anderes«, hakte Anya nach.

Er nickte. »Sie hat mir eine verschlüsselte Nachricht geschickt. Wir konnten uns nicht sehen, aber schreiben.«

Anya nahm die Waffe fester in den Griff. »Ich habe dir gesagt, dass du keinen Kontakt zu Drakes Gruppe herstellen darfst«, sagte sie eisig. »Du hast versprochen, es nicht zu tun.«

»Ich weiß. Und du weißt, dass ich ihnen nie etwas verraten würde.« Alex sprach ruhig und langsam, weil er spürte, wie heikel die Situation war. »Aber Frost sagte, dass sich etwas verändert habe und sie alle in Gefahr seien.«

Anya winkte ab. »Das weiß ich schon längst.«

Alex machte große Augen. »Und hast mir nichts davon erzählt?«

»Du brauchtest es nicht zu erfahren. Drake und die anderen gehen dich nichts mehr an.«

»Aber *du* hast sie im Auge behalten.«

Anya wandte sich ab, packte das Sturmgewehr hörbar unsanft auf den Tisch und griff nach der Schachtel mit der Munition. »Wie schon gesagt, du brauchst das nicht zu wissen.«

»Du weißt, dass er dich noch nicht abgeschrieben hat«, sagte Alex einfühlsam. »Er hat die ganze Zeit nach dir gesucht. Vielleicht solltest du ihn auch nicht abschreiben?«

Anya drehte sich blitzschnell um, packte ihn am T-Shirt, drängte ihn gegen die Wand und fixierte ihn dort am Hals mit ihrem Unterarm. Ein einziger, fester Schlag konnte die Luftröhre zertrümmern und in wenigen Augenblicken zum

Tode führen. Damit kannte sie sich aus, weil sie es oft genug praktiziert hatte.

Sie sah, wie ihn dieser plötzliche Ausbruch für einen kurzen Moment schockierte und ängstigte, aber es dauerte nicht lange, bis sein Blick immer trauriger und – was noch schlimmer war – mitleidiger wurde.

»Willst du mich umbringen, Anya?«, fragte er und starrte ihr in die harten, kalten Augen. »So weit ist es jetzt mit uns gekommen?«

Sie merkte, dass sie zu weit gegangen war und wie nie zuvor die Kontrolle über sich verloren hatte. Wann war sie so geworden? Anya ächzte, nahm den Arm weg und ließ von ihm ab.

»Tut mir leid«, flüsterte sie beschämt. »Das war unfair.«

»Sie bitten uns um Hilfe«, flehte Alex. »Wollen wir sie wirklich ignorieren?«

Anya wich seinem Blick aus und wandte sich wieder der Ausrüstung zu. Solche Ablenkungen konnte sie nicht gebrauchen, jetzt erst recht nicht. Sie musste für das Spiel einen kühlen Kopf bewahren.

»Wir haben gerade selbst eine Mission. Und nur darauf kommt es an.«

35

Sheffield, Texas – 29. April

Das Städtchen Sheffield – keine 1000 Seelen im Süden von Texas und circa 50 Meilen nördlich der mexikanischen Grenze – war ein abgeschiedenes Kaff von der Art, die ihre jüngeren Einwohner jede Nacht vom Weggehen träumen ließ. Eine einzige Straße schnitt durch die staubige Ansammlung sonnengebleichter Holzhäuser, die mitten in der texanischen Wüste Wurzeln geschlagen hatten. Eine Tankstelle gab es, ein paar Supermärkte, billige Bars und das konkurrenzlose Motel, bei dem vor allem Fernfahrer einen Zwischenstopp für die Nachtruhe einlegten.

Drake hatte diesen Ort für ihr Rendezvous aus zweierlei Gründen gewählt. Erstens weil der nächste FBI-Außenposten gut 100 Meilen entfernt war, und zweitens weil ihm der Name Sheffield gefiel. Er fand die Vorliebe der Amerikaner, ihre kleineren und größeren Städte nach bereits existierenden Orten zu benennen, schon immer drollig.

Jedenfalls eignete sich Sheffield so gut wie jeder andere, x-beliebige Ort als Sammelpunkt für die Wiedervereinigung mit dem restlichen Team. Doch vorher musste noch der heikle Grenzübertritt von Mexiko in die USA gelingen. Normalerweise stellte die kaum gesicherte Südgrenze kein Hindernis dar und konnte selbst von untrainierten Zivilisten mühelos überquert werden – erst recht also von einem Team ehemaliger Shepherd-Agenten. Es hatte jedoch in den letzten Tagen deutlich mehr Grenzkontrollen gegeben. Die verschärften Sicherheitsmaßnahmen hatten sie gezwungen, weiter ostwärts zu einem einsameren Grenzabschnitt zu fahren und sich außerdem von einem ordentlichen Geldbündel zu trennen, das ein ortskundiger »Experte« dafür kassierte, sie über verschlungene Bergpässe zu einem Geländewagen zu führen, der auf der anderen Seite der Grenze zu ihrer Abholung bereitstand. Als sie es an jenem Abend ins kleine Sheffield geschafft hatten, waren sie verschwitzt, müde und durstig. Eine der örtlichen Kneipen eignete sich perfekt dafür, alle drei Probleme zu lösen.

Sie wurden von ihren beiden Teamkameraden Dietrich und Mitchell erwartet, die bei einem Bierchen saßen und provozierend ausgeruht und entspannt wirkten. Drake war zugegebenermaßen erleichtert, sie wiederzusehen. Es waren einige Monate vergangen, seit sich die Gruppe aufgelöst hatte, und er hatte die Leute vermisst – auch wenn er das nur ungern zugab.

Nach der Begrüßung präsentierte Drake pflichtschuldig seine Zusammenfassung aller Ereignisse, die sie schließlich hierhergeführt hatten, und erzählte, was er nach ihrer Rückkehr in die USA dort vorhatte.

»Ha!«, schnaubte Dietrich, als Drake fertig war. Er legte den Kopf in den Nacken und leerte den Rest seines Bieres – des dritten bis jetzt. »Scheiß viel Glück, Ryan. Das brauchst du bei so einem Plan.«

Jonas Dietrich war ein untersetzter Mann mit grimmigen Gesichtszügen, der sowohl beim westdeutschen Nachrichtendienst als auch bei der CIA gedient hatte und dessen Persönlichkeit wie auch sein Humor – wenn man das so nennen konnte – ziemlich genau seiner äußeren Erscheinung entsprachen. In diesem Fall waren seine Zweifel aber nicht völlig aus der Luft gegriffen.

»Keiner hat gesagt, dass es leicht wird, Jonas«, erwiderte Drake.

»Okay, nehmen wir mal – rein theoretisch – an, dass dein Kontaktmann *sauber* ist und dich *nicht* umbringen lässt, sobald du aufkreuzt, *und* dass er es irgendwie schafft, dich an Cain heranzubringen. Und dass du es auf irgendeine wundersame Weise hinkriegst, den Drecksack umzulegen, *ohne* dabei selbst dran glauben zu müssen: Man wird dich danach immer noch wegen Mordes und Hochverrat suchen. Und der Circle wird weiterhin Jagd auf dich machen. Erklär mir doch noch einmal, wie dieser Plan dazu beiträgt, unsere Lage zu verbessern.«

»Danke, dass du so viel Vertrauen in uns setzt, Dietrich«, sagte Jessica, die sich von seinem Zynismus nicht besonders beeindrucken ließ. »Du bist bestimmt eine echte Bereicherung für das Team.«

»Und was genau hast du für uns getan, *Mädchen*?«, forderte er sie heraus. »Als wir uns das letzte Mal über den Weg gelaufen sind, musste *mein* Team deinen Hintern aus einer Gefängniszelle im Irak retten.«

»Eigentlich war es gar nicht *dein* Team. Sie gehörten alle zu Ryan«, stellte sie höflich fest. »Und als wir uns zum letzten Mal begegnet sind, warst du heroinsüchtig und hast kaum noch was auf die Reihe gekriegt.« Als sie seine finstere Miene sah, fügte sie hinzu: »Dinge können sich ändern, Mister Dietrich. Menschen können sich ändern. Das solltest du dir vielleicht ins Gedächtnis rufen.«

Zum ersten Mal in seinem Leben schien Dietrich keinen Spruch parat zu haben. Er schnaubte nur, grinste böse, erhob sich und baute sich für einen kurzen Moment vor ihr auf.

»Ich muss pissen«, verkündete er.

Nach seinem Abgang lockerte sich die angespannte Stimmung etwas, und Mitchell steuerte eine diplomatischere Einschätzung bei. »Dietrich mag ein Arschloch sein, aber er hat nicht unrecht. Du machst dich von einer langen Reihe Wenns und Abers abhängig, Ryan. Mit vielen Gelegenheiten, sich umbringen zu lassen.«

Olivia Mitchell hatte früher als Ermittlerin für die amerikanische Militärgerichtsbarkeit gearbeitet und war vor einigen Jahren in den Konflikt mit Cain hineingezogen worden. Diese Begegnung hatte sie fast das Leben gekostet, aber Drakes Team konnte sie mit einer waghalsigen Rettungsaktion aus der CIA-Gefangenschaft befreien. Sie war danach zu einer brauchbaren Verbündeten geworden, weil sie einen klaren, analytischen Verstand besaß und unter Druck Ruhe bewahrte, was sie zu einem hilfreichen Gegenpol zu den hitzköpfigeren Teammitgliedern machte.

»Ich kenne die Risiken«, versicherte ihr Drake. »Aber nach den bisherigen Erfahrungen gehe ich davon aus, dass Freya gut informiert war. Ich glaube, dieser Mann kann uns die nötige Gelegenheit verschaffen, Cain sauber ins Visier zu nehmen. Mehr verlange ich gar nicht.«

»Aber du musst auch damit durchkommen«, erinnerte sie. »Cain umzubringen lohnt sich nicht, wenn du es mit dem Leben bezahlst.«

Drake warf ihr einen strengen Blick zu. »Wie schon gesagt, ich kenne das Risiko.«

»Deshalb brauchen wir euch«, mischte sich Jessica ein. »Je mehr wir sind, desto größer ist unsere Chance.«

»Wie jetzt?«, setzte Dietrich das Gespräch fort, als er an den Tisch zurückkehrte. »Wollen Sie etwa mit uns anderen zusammen reingehen?«

»Ich habe keine Angst, mein Leben zu riskieren«, sagte sie entschlossen. »Aber vielleicht ist das bei Ihnen anders.«

»Ruhig, Dietrich«, sagte Frost, bevor der Mann auf die

Provokation eingehen konnte. »Versuch mal, nicht immer so ein Arschloch zu sein.«

Dietrich sah seine junge Kollegin wütend an, sagte aber nichts.

»Passt auf, den ersten Schritt werde ich allein machen«, sagte Drake, beugte sich vor und sah jeden seiner Kameraden der Reihe nach an. »Falls sich das Treffen als Falle erweist, sitz nur ich drin. Wenn er uns nicht helfen kann, gehen wir einfach. Aber falls doch, entscheiden wir, ob wir uns darauf einlassen oder nicht.«

Seine entschlossene Miene machte jedoch deutlich, dass er sich schon entschieden hatte.

»Wann ist das Treffen?«, fragte Mitchell.

»Morgen Nacht in Washington, D.C.«, antwortete Drake. »Ich breche morgen bei Tagesanbruch auf. Ich muss nur wissen, wer von euch mitmacht.«

Am Tisch wurde es still. Hätte sich jetzt einer absetzen wollen, hätte er ihm keinen Strick daraus gedreht. Ihre Kontaktperson war gelinde gesagt zweifelhaft, von ihren Erfolgschancen ganz zu schweigen, aber es war der letzte Strohhalm für sie. Ihre letzte Chance.

Frost sprach als Erste aus, was sie dachten: »Verdammt, Ryan. Du weißt, dass ich dabei bin.«

Mitchell ließ es sich einen Moment länger durch den Kopf gehen und nickte dann. »Okay, hören wir uns an, was er zu sagen hat.«

Jetzt hatten zwei aus dem Trupp eingewilligt, und alle Augen richteten sich auf Dietrich, der scheinbar völlig unbekümmert an seinem Bier nippte. Erst als ihm Frost unterm Tisch einen Tritt verpasste, reagierte er.

»Verdammt, was soll's?«, knurrte er gereizt. »Ich komme mit, aber nur, um mir das Feuerwerk anzusehen.«

36

Ojinaga, Mexiko

Antonio Gomez parkte den Transporter vor seinem bescheidenen Bungalow, schaltete den Motor aus und ächzte zufrieden nach einem sehr einträglichen Arbeitstag. Das Dollarbündel seines Kunden beulte immer noch seine Jeanstasche aus.

Gomez war es gewohnt, Leute durch das karge Bergland über die US-Grenze zu führen. Er nutzte abgelegene Pässe und Pfade, auf denen er schon als Kind gespielt hatte, aber normalerweise stammten seine Kunden aus dem Süden. Flüchtlinge aus Guatemala, Honduras und Nicaragua oder Familien aus Mexiko, die sich ein besseres Leben erhofften. Aber diese Gruppe hatte aus Gringos bestanden, einem Mann und zwei weißen Frauen, von denen mindestens eine Amerikanerin gewesen war.

Man brauchte nicht viel Fantasie, um sich zu denken, weshalb sie den Behörden aus dem Weg gehen wollten, aber wen interessierte das? Gomez ganz bestimmt nicht. Er hatte jetzt nichts mehr mit ihnen zu tun, sein Land war dadurch sicherer geworden und er ein gutes Stück reicher.

Mit diesen Gedanken kletterte er in die warme Abendluft hinaus und ging zu seinem Haus. Unterwegs zündete er sich eine Zigarette an. Später wollte er vielleicht noch ausgehen und sich zur Feier des Tages ein paar Drinks genehmigen. Und sei's drum, vielleicht sogar eine Frau abschleppen und flachlegen. Das war nicht schwer, wenn man Geld in der Tasche hatte.

Er war so mit diesen vielversprechenden Planungen beschäftigt, dass ihm nichts Ungewöhnliches auffiel, als er die Tür aufschloss und hineinging. Doch schon in dem Moment, als sie sich hinter ihm wieder schloss, spürte er eine Bewegung zu seiner Linken und drehte sich instinktiv danach um.

Zu spät. Etwas flog in seine Richtung und krachte gegen seine Schläfe. Es gab einen weißen Blitz, und er hatte das undeutliche Gefühl zu fallen, bevor ringsum alles verschwamm und dunkel wurde.

Als Gomez aufwachte, war er mitten in seiner Küche an einen Stuhl gefesselt, die Hände und Füße mit reichlich Klebeband fixiert. Auch sein Mund war damit zugeklebt. Das Licht von oben tat ihm in den Augen weh und verschlimmerte den pochenden Kopfschmerz.

Vage registrierte er ein Plätschern und dann einen strengen, chemischen Geruch, der ebenso vertraut wie beängstigend war. Es roch nach Benzin.

Als er sah, wie der Fremde beiläufig den Inhalt eines Benzinkanisters über dem Fußboden entleerte, packte ihn panische Angst, und er stemmte sich mit aller Kraft gegen die Fesseln. Es war eine vergebliche Mühe.

Der Fremde blickte ihn an, als er ihn zappeln hörte. Schon wieder ein Gringo, groß und kräftig, mit dunklem Haar und einem bösartigen Grinsen, das durch die helle Narbe noch akzentuiert wurde, die sich seitlich durch sein ganzes Gesicht zog.

»Ah, gut. Sie sind wach«, sagte er. Er sprach fließend Spanisch, aber mit amerikanischem Akzent. »Ich habe mich schon auf unser Gespräch gefreut.«

Gomez stieß einen erstickten Schrei aus, als der Mann

den Kanister zu ihm schwenkte und den Inhalt über seinen Schoß entleerte. Das kalte, beißende Benzin durchnässte sofort seine Kleidung und seine Haut.

Als er mit seiner Arbeit fertig war, stellte der Amerikaner den Kanister zur Seite, ging ans andere Ende der Küche und angelte ein Feuerzeug aus seiner Tasche. Gomez' hilfloses Geschrei wurde noch wehleidiger, als er die Flamme entzündete und dabei bösartig grinste.

Der Mistkerl wollte ihn bei lebendigem Leib verbrennen. Er sollte unter Todesqualen sterben.

Dann griff der Amerikaner überraschenderweise nach einer Schachtel Zigaretten auf dem Küchentresen – seinen Zigaretten, wie er bemerkte – und zündete sich eine an.

»Das ist besser«, sagte er und stieß eine Wolke grauen Tabakrauchs aus. »Was könnte schöner sein, als am Ende eines langen Tages eine zu rauchen. Und für mich ist es ein sehr langer Tag gewesen. Ich musste mit vielen Führern sprechen – Ihren Kollegen –, um Sie zu finden, Antonio.«

Es lief Gomez kalt den Rücken hinunter. Der Mann wusste, wie er hieß.

»Ich werde Ihnen jetzt den Knebel abnehmen, mein Freund«, informierte ihn der Amerikaner. »Ich weiß, dass Sie nicht so dumm sind loszuschreien, weil ich Sie sonst bei lebendigem Leib verbrennen müsste. Wissen Sie, wie verbranntes Menschenfleisch riecht?«

Gomez starrte ihn an, er zitterte und schwitzte vor Angst.

»Wie Schinkenspeck«, erklärte der Amerikaner. »Können Sie sich das vorstellen? Jedes Mal, wenn ich zu einem gottverdammten Abendessen gehe und gebratenen Speck rieche, muss ich an das Geschrei von Dummköpfen wie Sie denken.«

Er klemmte sich die Zigarette zwischen die Lippen, ging zu Gomez, nahm das Klebeband, das über seinem Mund klebte, und riss es ab. Gomez schrie auf, weil dabei Haare und eine Hautschicht mit abgerissen wurden.

»Bitte«, keuchte er und zwang seine schmerzenden Lippen, sich zu bewegen. »Ich habe Geld. Nehmen Sie es. Nehmen Sie alles.«

»Ach, kommen Sie, Mann«, erwiderte der Amerikaner enttäuscht. »Glauben Sie wirklich, ich habe den ganzen Weg zurückgelegt und ein halbes Dutzend Typen wie Sie umgelegt, nur um Ihnen ein paar Hundert Dollar abzunehmen?«

Gomez sagte nichts.

»Nein, mein Freund, Sie haben etwas Wertvolleres. Informationen. Schauen Sie, ich weiß, dass Sie heute ein paar Leute über die Grenze gebracht haben. Gringos. Einen Mann und zwei Frauen.«

Als Gomez merkte, worum es ging, wurden seine Augen größer – woran der Amerikaner sofort anknüpfte.

»Aha, Sie *erinnern* sich also.« Er nahm noch einen Zug und blies Gomez eine Rauchwolke ins Gesicht. »Erzählen Sie mir alles, was Sie über sie wissen.«

»Ich … ich …«, stammelte er und versuchte, einen klaren Gedanken zu fassen.

»Mein lieber Antonio, Sie müssen mit mir zusammenarbeiten«, warnte der Amerikaner. »Geduld gehört nicht zu meinen Stärken.«

»Die waren zu dritt, genau wie Sie gesagt haben. Ein Mann und zwei Frauen.«

»Und hat eine der beiden Frauen dem Mann ähnlich gesehen? Als ob sie Geschwister wären?«

»Ja.«

»Und die andere?«

»Sie war … klein, zierlich. Mit dunklem Haar.«

Über das Gesicht des Amerikaners breitete sich ein Lächeln aus. »Wo wollten sie hin?«

»Das weiß ich nicht.«

Das Lächeln verschwand schnell. »Na los, Antonio. Enttäuschen Sie mich nicht.«

»Das habe ich doch schon gesagt. Ich weiß es nicht! Ich habe sie auf der anderen Seite von jemandem abholen lassen. Es war sein Job, sie dorthin zu bringen, wo sie hinwollten.«

»Wie hieß dieser Mann?«

»Ein Fahrer. Er heißt Ruiz.«

Der Amerikaner musste Gomez das Handy abgenommen haben, während er ohnmächtig war, denn er zückte es und scrollte durch die Kontaktliste, bis er den richtigen Eintrag fand.

»Ist das seine Handynummer?«, fragte er und ließ ihn aufs Display sehen.

»Ja. Der kann Ihnen sagen, wo sie hin sind.«

Der Amerikaner ließ das Handy zufrieden in seine Tasche gleiten. »Das ist gut, Antonio. Sie waren eine große Hilfe.«

Der Amerikaner zog mit einer schnellen, routinierten Bewegung eine schallgedämpfte Waffe hinter seinem Rücken hervor, drückte den Abzug und feuerte Gomez eine Kugel in die Stirn. Es traf den Mann fast unerwartet.

Einen kurzen Moment später trat Hawkins durch die Hintertür ins Freie auf eine kleine Straße. Die Abenddämmerung wurde vom Flackern der Flammen erhellt, die aus Gomez' Haus schlugen. Bis die Feuerwehr aus der übernächsten Stadt eintraf, würde von dem Haus und seinem Besitzer nur noch glühende Asche übrig sein.

Hawkins entfernte sich mit schnellen Schritten vom Schauplatz und rief eine auf seinem Telefon gespeicherte Nummer an. »Sie müssen eine Handynummer für mich lokalisieren.«

37

Sheffield, Texas

Über Südtexas war die Dämmerung angebrochen, am Osthimmel glitzerten bereits die ersten Sterne, und das letzte Licht der Sonne bestrahlte hoch oben im Himmel ein paar einsam ziehende Wolken. Es war ein ruhiger, friedlicher Abend in einer verschlafenen und abgelegenen Kleinstadt.

Drake wusste, dass er nicht mehr lange aufbleiben sollte. Ein langer, anstrengender Tag lag hinter ihnen, und der morgige Tag würde noch länger dauern. Trotzdem hockte er auf einer niedrigen, felsigen Hügelkuppe nicht weit von ihrem Hotel und blickte in die endlose Wüste hinaus.

Morgen Abend um diese Zeit wollte er sich mit seiner Kontaktperson in Washington, D.C., treffen. Und trotz seiner beruhigenden Worte von vorhin konnte er nicht wissen, was ihn erwartete. Er riskierte sein Leben – nur auf das Wort einer toten Frau hin, die er kaum gekannt hatte, der er jetzt aber unbedingt glauben wollte.

Und doch, trotz der Herausforderungen, die ihn morgen erwarteten, drifteten seine Gedanken immer wieder zu einer anderen. Einer Frau, die in diesem Moment irgendwo da draußen unterwegs war und ihre eigene Mission vorantrieb. Eine Frau, die ihn vielleicht bis ans Ende ihres Lebens hasste.

Er fragte sich, ob er sie jemals wiedersehen würde. Ob sie sich noch einmal über den Weg liefen, bevor das alles vorbei war? Und was würde passieren, falls es dazu käme?

Er hörte das Knirschen sich nähernder Schritte.

»Machst du wieder dein Luke-Skywalker-Ding?«, fragte Jessica.

Drake zog eine Augenbraue hoch. »Luke Skywalker?«

»Du weißt schon, der doppelte Sonnenuntergang, ergreifende Musik, Seelenerkundung ...?« Als sie merkte, dass es nichts brachte, schüttelte sie den Kopf. »Vergiss es. Ich hätte nie gedacht, dass ich ein größerer Nerd als mein Bruder sein könnte.«

Drake lächelte, als sie sich neben ihn auf den Boden setzte.

»Aber hier ist es *wirklich* schön«, sagte sie leise.

»Das ist etwas anderes als Wales im Frühling, hm?«

»Nur ein bisschen. Ich kann nicht behaupten, dass ich den Regen vermisse.«

Sie schwieg eine Weile; es genügte ihr, stumm seine Gesellschaft zu teilen und ihren eigenen Gedanken nachzuhängen. Aber es dauerte nicht lange, bis sie sich entschloss, es auszusprechen.

»Hör mal, wegen morgen ...«

»Ich muss es tun«, sagte er bestimmt.

»Ich weiß.« Sie machte eine Pause. »Ich möchte dich zu dem Treffen begleiten.«

Drake wandte sich um und sah sie an. »Jess ...«

»Ich weiß, ich bin nicht so ... ausgebildet wie die anderen. Ich bin keine Soldatin. Aber das hier ist ebenso mein Kampf wie deiner. Ich habe genauso viel verloren wie du. Ich muss ihm in die Augen sehen und ihn fragen, warum sie gestorben ist.«

»Selbst wenn du diese Antworten bekommst, bringt es sie nicht zurück.«

»Cain zu töten ändert auch nichts«, erinnerte sie ihn. »Aber du tust es trotzdem.«

»Weil ich es tun muss. Mir bleibt nichts anderes übrig. Aber du?«, sagte Drake leise. »Ich könnte es mir nie verzeihen, wenn dir etwas zustoßen würde.«

»Glaubst du denn, es ginge mir anders, wenn ich dich verliere?«, fragte sie. »Findest du es in Ordnung, *dein* Leben zu riskieren, aber nicht meins?«

»Natürlich nicht«, räumte er ein. »Aber wir tun, was wir tun müssen. Wir riskieren, was nötig ist. Aber nicht mehr.« Er legte ihr die Hand auf den Arm. »Du wirst deine Antworten bekommen, Jess. Das verspreche ich dir. Aber das hier muss ich allein tun.«

Seine Schwester wandte den Blick von ihm ab, eine Brise erfasste ihr Haar. Sie nickte zögernd.

»Jetzt komm«, sagte Drake und stand auf. »Wir brauchen eine Mütze Schlaf.«

Der Konvoi von drei SUVs mit verdunkelten Scheiben raste über die einsame Wüstenstraße, sprang über unsichtbare Buckel und rumpelte durch Schlaglöcher, die Scheinwerferkegel hüpften bei jeder Bewegung auf und ab. Ihre normalerweise glänzende Lackierung war vom Staub und dem Sand, den die Räder aufwirbelten, stumpf geworden.

Sie näherten sich schnell ihrem Ziel, einer abgeschiedenen Kleinstadt 50 Meilen nördlich der mexikanischen Grenze. Weit entfernt von der Bundespolizeibehörde und ein idealer Ort, um sich auszuruhen, bevor es weiterging.

»Achtung«, rief der Fahrer. »Wir sind in zwei Minuten da.«

Hawkins nickte. »Bereit machen. Bringen wir es hinter uns!«

Hawkins hatte das Handy orten lassen, das Gomez' Partner Ruiz gehörte. Danach hatte er dem Mann einen Besuch abgestattet und dafür gesorgt, dass er ihm alles erzählte, was er wusste. Erstaunlich, wie überzeugend ein Benzinkanister sein konnte, insbesondere wenn die gefesselte Freundin neben einem lag. Ihr Tod war ein Kollateralschaden gewesen, aber Hawkins konnte damit leben.

Als sich der Konvoi der Kleinstadt näherte, checkten die Männer ihre schusssicheren Körperpanzer, die Waffen und Funkgeräte. Hawkins genoss die konzentrierte und kontrollierte Anspannung, die sich ausbreitete, je näher der Einsatz rückte. Es war wie eine Droge, kraftvoll und berauschend.

»Dreißig Sekunden«, warnte der Fahrer. Ein paar Hundert Meter vor ihnen flackerte im Dunkel am Rand der Hauptstraße rot und grün die Neonreklame eines Motels und pries freie Zimmer an.

Sie hatten vorher angerufen, um den Hinweis zu überprüfen, und tatsächlich bestätigte der Angestellte, dass am Nachmittag drei Leute eingecheckt hatten – ein Mann und zwei Frauen. Zwei aus der Gruppe waren Briten.

»Tempo drosseln«, befahl Hawkins. »Wir wollen sie nicht vorwarnen.«

Drake lag in seinem billigen, unangenehm heißen Motelzimmer auf den Laken; er rollte sich zur Bettkante, weil er aus unruhigem Schlaf erwacht war. Er öffnete langsam die Augen, blickte in das spärlich beleuchtete Zimmer. Der schwache Schein der Straßenlaternen sickerte durch die Schlitze der Jalousie.

Einen Moment lang beobachtete er nur, lauschte und stellte seine Sinne auf die Umgebung ein. Alles war ruhig und friedlich, abgesehen vom dumpfen, rhythmischen Brummen der Klimaanlage. Draußen hörte er überhaupt nichts. Keine Autos, keine Bewegung. Die Stadt schlief.

Aber seine Intuition sagte ihm etwas anderes. Etwas stimmte nicht.

Drake setzte sich auf, griff unter das Kissen, holte die Browning 9mm heraus, die er dort deponiert hatte, und zog den Schlitten leise etwa einen Zentimeter weit zurück. Das Licht reichte gerade noch, um in der Kammer Messing schimmern zu sehen.

So bewaffnet verließ er das Bett und schlich durch das Zimmer zum Fenster. Beim Näherkommen spürte er, wie seine Nackenhaare sich aufrichteten, und daraufhin packte er seine Waffe noch fester.

Das war es. Alle drei SUVs fuhren auf den Motel-Parkplatz; ihre Scheinwerfer waren ausgeschaltet, um niemanden aufzuschrecken, dessen Zimmerfenster in Richtung Parkplatz lag. Nach einer scharfen Bremsung sprangen die Sturmtrupps heraus; einer umrundete das Gebäude bis zur Rückseite, um mögliche Fluchtrouten abzudecken, während die beiden anderen aus zwei Richtungen auf den Schlafbereich zuliefen und sich beim Vorrücken gegenseitig Deckung gaben.

»Team drei, melden! Regt sich was?«, zischte Hawkins, während er den asphaltierten Parkplatz überquerte und sich den Zimmern drei und vier näherte, die Drakes Gruppe gebucht hatte.

»Draußen ist nichts«, meldete der Leiter von Team drei. »Kein Kontakt.«

»Verstanden.«

Hawkins und sein Team rückten über den überdachten Gang vor, der zu den Zimmern führte, gleichzeitig näherte sich der zweite Stoßtrupp von der anderen Seite.

Jedes Zimmer hatte nur einen einzigen Eingang, und es gab keine Verbindungstüren. Ein- und Ausgang waren identisch. Hawkins schob mit dem Daumen vorsichtig den Feuerwahlhebel seiner MP5-Maschinenpistole auf Dauerfeuer.

Er atmete einmal tief durch, dann befahl er mit einem einzigen Wort: »Los.«

Die Tür sprang auf, das Türschloss war mit einer Sturmflinte weggesprengt worden. Hawkins setzte sich in Bewegung, bevor die Holzsplitter den Boden erreicht hatten, drängte sich durch die Tür und schwenkte mit der Laserzieloptik seiner Waffe durch den Raum, bevor sein Blick auf das Bett fiel, wo eine zusammengekauerte Gestalt unter den Laken lag.

Ohne zu zögern, riss Hawkins die Maschinenpistole herum und eröffnete das Feuer. Die MP5 spuckte einen ausgedehnten, schallgedämpften Feuerstoß aus, die Matratze zitterte von den Einschlägen, und Schaumstoffklumpen und Federn flogen durch die Luft.

Aber man hörte keinen Schrei, keinen Schreckensruf, keinen Schmerz, und man sah auch keine plötzlichen roten Eruptionen aus aufgerissenem Fleisch. Kein Anzeichen dafür, dass er gerade jemanden getötet hatte.

Hawkins ging näher heran, packte den Zipfel der Bettdecke und riss sie beiseite. Darunter lag ein kleines Häufchen zerfetzter und versengter Kissen, die dort so platziert worden waren, dass sie einen Körper nachformten.

»Hurensohn«, sagte er und wandte sich verärgert ab. »Guter Trick, Ryan.«

Drake entriegelte die Tür, öffnete sie und ging nach draußen. Die Waffe schob er sich hinten in den Hosenbund. Dann blieb er ein paar Sekunden reglos stehen, sah sich um und lauschte.

Hinter dem Motelparkplatz und ein paar Wohnhäusern stieg das Gelände allmählich zu einem niedrigen, mit Gebüsch bewachsenen Hügel an, der die Stadt überragte. Der schwache Schein von ein paar Straßenlaternen in der Nähe beleuchtete die Straße und den Parkplatz, aber nicht viel mehr.

In der Luft kreisten winzige Insekten langsam um einen der Außenscheinwerfer des Motels. In der Ferne hörte er das Klicken und Zirpen von Zikaden und Grillen.

Er atmete ein und schnupperte nach ungewöhnlichen Gerüchen, aber da war nur die schwache Ausdünstung von Müll in den Containern weiter hinten, die darauf warteten, geleert zu werden.

Aus Misstrauen gegenüber dem Mann, von dem sie gegen Bezahlung abgeholt worden waren, hatte Drake sie zu einer Stadt namens Juno bringen lassen, die etwa 30 Meilen entfernt lag, und sogar zwei Zimmer in dem Motel dort gebucht, um die Illusion aufrechtzuerhalten. Danach waren sie per Anhalter nach Sheffield gefahren. Es war unwahrscheinlich, dass sie hier jemand aufgespürt hatte, aber nicht völlig ausgeschlossen.

Er wurde das Gefühl nicht los, dass er beobachtet wurde, dass irgendwo hinter den matten Lichtkegeln von Natriumlampen ein Augenpaar jede seiner Bewegungen verfolgte. Aber wem gehörte es? Freund oder Feind?

Er blieb dort gut zehn Minuten, hielt Ausschau und begann an seinem Urteilsvermögen zu zweifeln. Er fragte sich, ob Müdigkeit und Paranoia seinem Verstand Streiche spielten.

Als die Zeit verging und nichts passierte, verschwand das Gefühl langsam. Drake schüttelte den Kopf und kehrte zögernd in sein Zimmer zurück. Später wachte er immer wieder auf.

Eine dunkle Gestalt verließ ihren Beobachtungsposten auf dem Hügel vor dem Motel; sie erhob sich leise vom Boden wie ein Geist und tauchte im Dunkel der Nacht unter.

Sie ließ Drake allein. Vorläufig.

38

Washington, D.C. – 30. April

Don's Autohof im Süden Washingtons war einmal eine florierende Garage und Autowerkstatt gewesen. Aber die Finanzkrise und die nachfolgende Rezession hatte den Besitzer zusehends in Schulden gestürzt, was ihn dazu gezwungen hatte, sein Geschäft zu schließen und alles von Wert zu verkaufen.

Das Gebäude war jetzt kaum mehr als ein leeres, feuchtes und rostiges Gehäuse mit einem Dach, das an mehreren Stellen undicht war. An solchen Gebäuden gingen die Leute normalerweise vorbei, ohne sie weiter zu beachten. Es war nur eines von vielen gescheiterten Unternehmen in einem Land, das voll davon war.

Alles zusammengenommen war es nicht gerade ein Stützpunkt, um von dort aus die gefährlichste Mission ihres Lebens zu starten, aber immerhin groß genug, um im Inneren ein paar Fahrzeugen Platz zu bieten; außerdem gewährte der von Mauern eingefasste Hinterhof ein gewisses Maß an Diskretion. Aber das Wichtigste war, dass der Besitzer ein alter Freund von Frost war, der oft ihr Motorrad repariert hatte. Ein kurzer Anruf hatte gereicht – mehr Überredungskunst war nicht nötig gewesen, damit er sich von seinem Schlüssel trennte.

Hier an diesem Ort, der wie kein anderer von Erfolglosigkeit gezeichnet war, arbeiteten Drake und sein kleines

Team jetzt daran, ein provisorisches Kommunikationszentrum, eine Waffenkammer und einen Fuhrpark aufzubauen. Bis zu seinem Treffen blieb weniger als eine Stunde Zeit, und es war noch viel zu tun.

»Okay, pass auf«, sagte Frost, als der Peilsender justiert war, den sie im Innenfutter seiner Jacke versteckt hatte. »Das hier ist ein Mode-7-Satellitenpeilsender, der auf einer verschlüsselten Frequenz sendet und sich im Falle eines Security-Scans passiv schaltet.«

Sie hielt ihren Laptop hoch, um es zu demonstrieren. Dort sah man schon einen pulsierenden grünen Punkt, der, auf eine Straßenkarte Washingtons projiziert, den Standort des Peilsenders anzeigte.

»Toll. Und was hat das alles zu bedeuten?«, fragte Jessica.

»Er hört auf zu senden, wenn mich jemand nach Wanzen absucht«, erklärte Drake.

»So ungefähr«, gab Frost ihm recht. »Der Nachteil ist ein etwas schwächeres Signal. Wenn du in einem massiven Betonbau oder unter der Erde unterwegs bist, bekomme ich kein Signal mehr. Das gilt auch für das Funkgerät.«

Sie öffnete eine kleine Plastikschachtel und nahm einen winzigen, hautfarbenen Ohrstöpsel heraus, der einem Mini-Hörgerät ähnelte. Er sollte in einen Gehörgang passen, war deshalb so gut wie unsichtbar und konnte nur bei einer genauen Durchsuchung gefunden werden.

»Gibt es eigentlich etwas, was du nicht kannst?«, fragte Jessica, als Drake das Gerät einpasste.

Frost drehte die Hände nach außen. »Ich kann die Naturgesetze nicht ändern.« Und zu Drake: »Es gibt kleine, die sich gut verstecken lassen, und große mit viel Leistung. Such dir was aus.«

»Das hier ist prima«, versicherte ihr Drake und klopfte auf das Gerät, um es zu aktivieren. »Funkcheck. Test. Test.«

»Ich hab's«, bestätigte Frost, nachdem sie an ihrem Computer den Empfang überprüft hatte.

Sie hatte den Satz noch nicht ganz ausgesprochen, als aus den Tiefen unter ihnen ein seltsames Rumpeln aufstieg, dessen Vibrationen sich durch das gesamte alte Gebäude fortsetzten. Ein halb voller Becher Kaffee auf der Werkbank zitterte leicht, und auf seiner Oberfläche erschienen winzige Wellen.

»Was ist das?«, fragte Jessica und sah sich nach der Ursache der Störung um. Soweit sie wusste, war Virginia nicht erdbebengefährdet.

»Eine U-Bahn«, erklärte Frost, als die Vibrationen und die Geräusche nachließen. »Direkt unter uns verläuft eine der Hauptrouten der Metro.«

Nachdem Drake mit dem Peilsender und dem Funkgerät ausgestattet war, kam Dietrich mit einer kompakten, halbautomatischen Kurzwaffe.

»Hier«, sagte er und hielt sie ihm hin. »Eine Glock 26, 9mm. Klein, aber effektiv. Durch Panzerwesten kommst du damit nicht, aber wir haben keine Waffe, die sich besser verdeckt tragen lässt.«

Drake betrachtete sie, dann schüttelte er den Kopf. »Keine Waffen.«

Der kampferfahrene Operateur zog die Stirn in Falten. »Lebensmüde, Ryan?«

»So lautet nun einmal unsere Vereinbarung. Keine Waffen.«

»Glaubst du wirklich, dass er sich daran hält?«, stimmte Mitchell misstrauisch ein. »Ich würde sie lieber mitnehmen und dann nicht benutzen.«

Drake sah sie beide an. »Wenn er mich tot sehen will, dann sorgt er dafür. Eine Glock kann daran auch nichts ändern.«

Die beiden wussten nicht, was sie darauf erwidern sollten. Weil er spürte, dass sie immer weniger Zuversicht hatten, fuhr Drake fort:

»Habt ein bisschen Vertrauen. Er würde das nicht alles auf sich nehmen, nur mich umzubringen.«

Somit war die Angelegenheit beschlossen, wenn auch noch nicht restlos geklärt. Drake nahm die Jacke, die Frost vorbereitet hatte, und streifte sie über. Dann wandte er sich zu dem Gebrauchtwagen, den sie hereingebracht hatten. Sie hatten ihn bei einem Händler in einer der ärmeren Stadtgegenden gekauft, bar bezahlt – was ihnen einiges an Papierkram ersparte – und schon die Nummernschilder ausgetauscht.

Jetzt blieb noch die Frage offen, wo das Treffen stattfinden sollte. Drake hatte nur die Stadt und das Datum erfahren. Der Rest sollte ihm erst mitgeteilt werden, wenn es so weit war. Er kannte die Methode und die Gründe dafür, aber er fühlte sich dadurch nicht viel besser.

»Ryan.«

Jessica war dazugekommen, sie wollte unter vier Augen mit ihm sprechen. Sie wirkte angespannt und nervös, was er ihr nicht verdenken konnte. Er hoffte nur, dass sie nicht an ihr Streitgespräch von letzter Nacht anknüpfen wollte.

»Du weißt, dass ich das allein durchziehen muss, Jess.«

»Ich weiß«, gestand sie ihm zu. »Es ist nur ... Bitte sei vorsichtig.«

Er legte ihr die Hände auf die Schultern und blickte seiner Schwester tief in die Augen. »Ich werde ihn finden. Dann besorge ich uns die Antworten, die wir brauchen, und komme danach in einem Stück zurück. Okay?«

Sie schluckte und nickte. »Okay.«

Drakes verschlüsseltes Handy, das in der Nähe auf Frosts Werkbank lag, vibrierte, als eine Nachricht einging. Er ging hin und las die Mitteilung. Die Nachricht stammte erwartungsgemäß von seinem Kontakt, der ihm den ersten Anlaufpunkt seiner Exkursion mitteilte.

»Es geht los«, verkündete er. »Bringen wir es hinter uns.«

39

»Reden Sie, Chris«, sagte Franklin, sobald er mit Kennedy allein war. Sie überquerten gerade den zentralen Platz auf dem Hauptcampus der Agency. Kennedys Gesichtsausdruck verriet ihm, dass der Mann Neuigkeiten für ihn hatte, und er sollte nicht enttäuscht werden.

»In London hat es richtig gekracht«, fing er an. »Das Gebäude, das sie gestürmt haben, wurde nach dem Angriff vollständig abgeriegelt; es gab eine totale Nachrichtensperre. Wir haben Nachforschungen über das Gebäude angestellt; es gehörte offenbar einer Scheinfirma. Obwohl der Laden bereits seit vielen Jahren existierte, gibt es keinerlei Aufzeichnungen über Geschäftsabschlüsse oder sonstige Aktivitäten.«

»Okay, aber was steckt hinter der Scheinfirma?«

»Wir haben vorher erst einmal von einem solchen Ort gehört. Das war bei einem Einsatz in der Ukraine. Absolut gesichert, aber völlig unter dem Radar. Ein schwarzes Loch, das jeder sehen kann, aber über das niemand Bescheid weiß. Als würde es gar nicht existieren.« Er machte eine Pause, dann fügte er hinzu: »Ich glaube, Ryan war in einem Tresor.«

Franklin stoppte abrupt. Diese sogenannten Tresore waren den höchstrangigen Akteuren vorbehalten – global aufgestellten Persönlichkeiten, die sich mit ihrem Geld und ihren Verbindungen für den Zugang qualifizierten. Die Vorstellung, dass sich Ryan Drake Zutritt zu einem solchen

Ort verschafft hatte, war absurd. Noch absurder war es anzunehmen, dass Cain den Sturm auf so einen geschützten Raum genehmigt hatte.

»Wie konnte Ryan solch einen Ort finden?«

Kennedy drehte die Handflächen nach außen. »Das kann ich Ihnen nicht sagen. Aber was er dort gefunden hat, muss wahnsinnig wichtig gewesen sein, denn Cain hat so gut wie alle verfügbaren Ressourcen in London mobilisiert, um ihn zu stoppen.« Er sah sich um, dann fügte er hinzu: »Ich habe mit einem Kumpel gesprochen, der zum britischen Geheimdienst abgestellt wurde. Er meinte, die Operation wurde von einem Amerikaner mit höchster Sicherheitsfreigabe geleitet, der befugt war, alles anzufordern, was er benötigte.«

»Wer genau?«

»Ein Mann namens Hawkins.«

Franklin spürte, wie sein Puls sich beschleunigte. Jason Hawkins. Cains persönlicher Bluthund. Ein Mann, der für eine ganze Serie von Morden, Attentaten und illegalen Operationen auf der ganzen Welt verantwortlich war.

»Sie kennen ihn also?«, deutete Kennedy seinen Gesichtsausdruck.

»Ja«, erwiderte Franklin gefasst. »Ja, ich kenne ihn.«

Der Shepherd-Teamleader musterte seine Miene einen Moment länger, dann fuhr er fort: »Also, Sie sollten wissen, dass Hawkins kurz danach weitergereist ist.«

»Wohin?«

»Zurück hierher, in die Vereinigten Staaten. Er nutzte einen undokumentierten Flug, den die Agency angesetzt hatte, deshalb gibt es darüber keine Aufzeichnungen, aber wir haben nachgehakt und ihn bis zur Laughlin Air Force Base in Texas verfolgt.«

»Laughlin?«, wiederholte Franklin und ging im Kopf

durch, was er über die Militärbasen in jener Gegend wusste. »Das ist direkt an der mexikanischen Grenze.«

»So ist es.«

»Dieser Hurensohn!«, entfuhr es Franklin.

»Ich weiß. Man braucht nur eins und eins zusammenzuzählen, dann ...«

»Sie wollen Ryan davon abhalten, ins Land zu kommen«, brachte Franklin den Gedanken für ihn zu Ende. »Er muss versuchen, die mexikanische Grenze zu überqueren.«

»Ja, aber was will er?«

»Cain«, erklärte Franklin, als sich die verschiedenen Puzzleteile plötzlich zusammenfügten. »Er kommt nach Washington. Er hat es auf Marcus Cain abgesehen.«

Stille senkte sich über sie, als jedem der beiden Männer die Tragweite dieser Erkenntnis bewusst wurde.

»Hören Sie, ich sollte nur ein paar Nachforschungen für Sie anstellen, aber hier geht es um eine ernst zu nehmende Gefahr für das Leben des CIA-Direktors«, stellte er klar. »Ich habe, weiß Gott, nicht viel für Cain übrig. Der Mann mag Dreck am Stecken haben und alles Mögliche sein, für das er sich verantworten müsste. Aber das ist nicht die Art, wie man es tun sollte.«

»Wer weiß noch davon?«, fragte Franklin, dessen Verstand bereits auf Hochtouren lief.

Kennedy zögerte, der Mann verhielt sich so unerwartet, dass es ihn verblüffte. »Nur mein Team.«

»Vertrauen Sie Ihren Leuten?«

»Ich lege meine Hand für sie ins Feuer«, versicherte der Teamleader. »Die halten dicht.«

»Gut. Sorgen Sie dafür, dass es so bleibt.«

Kennedy verstummte einige Sekunden. Man konnte ihm deutlich ansehen, dass er mit diesem Befehl nicht gerade glücklich war.

»Dan, falls etwas passiert und herauskommt, dass wir etwas darüber wussten und nichts unternommen haben …«

»Ich kenne die Sachlage«, gab Franklin zurück. »Und Cain ebenfalls. Deshalb hat er seine Leute darauf angesetzt.«

»Was sollen wir jetzt tun?«

Franklin schwieg und überlegte, welches das kleinere von beiden Übeln war.

»Wir warten«, sagte er schließlich. »Sie bleiben dran. Suchen Sie weiterhin nach Ryan und rufen Sie mich an, sobald Sie etwas haben.«

40

Die Washington National Cathedral war ein großes, neugotisches Bauwerk, das sich weit im Nordwesten der Washingtoner Innenstadt befand. Ihre aufragenden Fassaden, Strebepfeiler, hohen Fenster und der große, säulengestützte Innenraum waren als Referenz an die großartigen mittelalterlichen Sakralbauten Europas errichtet worden. Dabei war das Gebäude selbst kaum ein Jahrhundert alt. Der beherzte, aber unnötige Versuch eines jungen Landes, dem es an einer eigenen Identität mangelte, an historische Glanzleistungen anzuknüpfen.

Das Gebäude war in den vergangenen hundert Jahren jedoch vielfältig genutzt worden. Es war ein bevorzugter Ort für Staatsbegräbnisse und andere wichtige Gedenkveranstaltungen. Erst wenige Jahre zuvor war hier die Trauerfeier für Ronald Reagan zelebriert worden.

Die Kathedrale war fast die ganze Woche über für Besucher geöffnet, aber jetzt, am frühen Abend, hatten sich die meisten Touristen nach und nach verabschiedet.

Das kam Drake sehr gelegen, als er das Mittelschiff hinunter- und an all den leeren Bankreihen vorbeiging. Er hielt sich rechts, nutzte die Säulen als Deckung und blieb so lange wie möglich in den dunkleren Bereichen. Ihm war sehr bewusst, wie exponiert er an diesem Ort war und wie leicht dieser sich als Hinterhalt erweisen konnte, der ihm nur wenige Fluchtmöglichkeiten ließ.

Es gab keine Garantien bei dem, was er tat. Er konnte

nur hoffen, dass sich der Kontakt seiner Mutter als zuverlässig erwies.

Als er sich dem hinteren Ende des riesigen Kirchengewölbes näherte, hielt Drake einen Moment inne, lauschte, blickte sich um und versuchte, ein Gefühl für seine neue Umgebung zu entwickeln. Er hörte einige gedämpfte Worte, die ein älteres Touristenpaar drüben am Hauptaltar miteinander wechselte. Ihre Unterhaltung wurde durch die Raumakustik verstärkt, aber ansonsten war alles still. Die Luft war kühl und trocken und roch nach staubigem Stein.

Es gab keinen Hinweis auf eine Bedrohung.

Drake war zufrieden, nichts Ungewöhnliches festzustellen, und wandte sich am Querschiff nach links, wo eine Steintreppe in die Krypta der Kathedrale hinunterführte. Ein rotes Seil versperrte den Durchgang. Daran hing eine Messingtafel mit der Aufschrift: *Wegen Renovierungsarbeiten geschlossen. Kein Zutritt für Unbefugte.*

Drake machte einen Schritt über die niedrige Hürde und stieg hinab.

Jonas Dietrich parkte auf der Straße gegenüber der Kathedrale. Die Nachmittagssonne schimmerte auf den hohen Mauern. Er hatte Drake durch die Stadt verfolgt, schließlich eingeparkt und zugesehen, wie sein Kamerad allein durch das riesige Portal in die Kathedrale gegangen war. Er wollte sich allein und unbewaffnet mit einem Mann treffen, dessen Absichten er nicht kannte – Dietrichs Meinung nach verhielt sich Drake entweder außerordentlich mutig oder außerordentlich dumm.

Allerdings schlossen diese beiden Dinge einander nicht aus.

Er hob den Arm und tippte auf sein Funkgerät, um zu berichten. »Er ist im Gebäude.«

»Verstanden«, summte Frosts dünnes Stimmchen in seinem Ohr. »Irgendwelche Hinweise auf Aktivitäten?«

»Sicher, aber ich dachte, ich lehne mich einfach zurück und sehe zu.«

Theoretisch war Dietrich zur Unterstützung abgestellt; im Handschuhfach seines Wagens war eine MP7-Maschinenpistole verstaut. Aber niemand gab sich der Illusion hin, dass er irgendetwas ausrichten konnte, falls die Sache brenzlig wurde. Er durfte allenfalls darauf hoffen, den Eingang im Blick zu behalten und melden zu können, was er sah.

»Sehr witzig. Position halten. Melde dich, wenn du was siehst.«

»Verstanden und Ende.«

Dietrich änderte die Sitzposition und blieb konzentriert auf seinem Wachtposten.

Drake stieg langsam und vorsichtig die Treppe hinunter. Er schärfte alle Sinne, um etwas Ungewöhnliches zu bemerken. Der Urinstinkt, der einst unseren fernen Vorfahren in einer rauen Welt das Überleben sicherte, ist immer noch bemerkenswert geschickt darin, potenzielle Bedrohungen zu erkennen. Das Problem ist nur, dass die Jahrhunderte währende Sicherheit und Bequemlichkeit unser Bewusstsein für subtile Warnzeichen abgestumpft haben. Agenten wie Drake mussten die Fähigkeit trainieren, auf dieses primitive, aber effektive Warnsystem zu achten. In diesem Fall gab es bisher jedoch noch nichts, was ihn beunruhigte.

Schon bald endete die Treppe vor einer großen Kammer in den tiefen Eingeweiden des Gebäudes. Auch wenn sie düstere Assoziationen heraufbeschwören, die Krypten der meisten Kathedralen sind recht unscheinbare Orte, die oft nur für zweckmäßige Dinge genutzt werden. Was die Kathedrale von Washington anbetraf, so beinhaltete die

Krypta tatsächlich eine ganze Reihe von Kammern und nicht weniger als drei unterirdische Kapellen, die den Gläubigen die Möglichkeit boten, fern von den größeren Menschenmengen in der Etage darüber relativ ungestört beten oder in sich gehen zu können.

Drake schlich tiefer ins Innere der Krypta; er folgte den Wegweisern zur Kapelle des St. Josef von Arimathea. Er war weder theologisch bewandert noch mit dem Bauplan der Kathedrale vertraut, aber er wusste, dass sich diese besondere Kapelle am Sockel des mächtigen Hauptturms der Kathedrale befand, was sie zum Herzstück des gesamten Bauwerks machte.

Er betrat das unterirdische Gewölbe der Kammer. Sie wurde von sanften Lichtern ausgeleuchtet, die, umlaufend an den Wänden montiert, eine Atmosphäre stiller Andacht und Besinnung erzeugten. An den vier mächtigen, gedrungenen Stützpfeilern war leicht zu erkennen, dass es sich hier um einen Ort handelte, der für die Stabilität des Gebäudes von entscheidender Bedeutung war. Diese Säulen trugen das Gewicht von Tausenden Tonnen.

Er blieb stehen, hielt den Atem an und wartete.

Er brauchte volle fünf Sekunden, bis er merkte, dass er hier unten nicht allein war. In der kühlen, trockenen und sterilen Luft nahm er den feinen Duft eines Aftershaves wahr. Außerdem spürte er, dass er beobachtet wurde.

»Sie haben um ein Treffen gebeten«, sagte er, und seine Stimme hallte durch die Kapelle. »Hier bin ich.«

»Da sind Sie«, wiederholte eine Stimme.

Drake beobachtete, wie sich eine Gestalt aus dem Dunkel auf der gegenüberliegenden Seite des Raumes löste. Eine Gestalt, die schnell die Konturen eines Mannes annahm, schlank und gut gekleidet, das ergraute Haar ordentlich gekämmt.

»Hallo, Ryan«, sagte Richard Starke. »Schön, Sie endlich kennenzulernen.«

»Verdammt noch mal«, stieß Frost leise hervor.

Die Stimmung in der stillgelegten Werkstatt war angespannt, als das Team auf Neuigkeiten von Drake wartete und keiner von ihnen etwas mit sich anzufangen wusste.

Jessica war augenblicklich an ihrer Seite. »Was ist los?«

»Ich habe sein Signal verloren«, erwiderte die junge Frau und checkte die Tracking-Software. »Kein Signal, kein GPS.« Sie schüttelte den Kopf. »Ryan ist von der Bildfläche verschwunden.«

»Wir wussten, dass das passieren könnte«, überlegte Mitchell, obwohl sie nicht minder um die Sicherheit ihres Freundes besorgt war. »Sein Kontakt hat speziell diesen Ort ausgewählt. Ich schätze, er wollte nicht, dass ihnen jemand hinterherspioniert.«

Frost biss unzufrieden die Zähne zusammen. »Das gefällt mir nicht. Da ist doch was faul.«

»Wir könnten reingehen«, schlug Dietrich über Funk vor. »Wir könnten Ryan und seinen Kontakt herausholen und hier verhören. Dann hätten wir alle Zeit, die wir brauchten, um ihn zu befragen.«

»Im Ernst?«, fragte Mitchell. »Meinst du, ein Typ wie der würde sich entführen lassen?«

Dietrich schwieg einen kurzen Moment. »Ihm würde nichts anderes übrigbleiben.«

Frost war hin- und hergerissen. Es fiel ihr schwer, ihre Sorge um Drake und die drohende Gefahr, die ganze Operation durch einen übereilten Angriff platzen zu lassen, gegeneinander abzuwägen.

»Gib ihm eine Chance«, sagte Jessica zu ihrer eigenen Überraschung. »Ryan weiß, was er tut.«

Frost blickte zu ihr auf. »Das befürchte ich auch.«

Drake sah zu, wie der NSA-Direktor in die Mitte der Kammer trat; er hielt die Hände ruhig an den Seiten und richtete den Blick auf den einzigen anderen Mann im Raum.

Im Gegensatz zum Direktor der CIA, der oft im Zentrum verschiedener Kontroversen und Nachforschungen stand, hatte sich Starke viel seltener in der Öffentlichkeit blicken lassen. Drake war noch nie mit ihm im selben Raum gewesen und konnte sich nicht erinnern, aus den Nachrichten viel über ihn erfahren zu haben.

Das wenige, das er wusste, hatte er einer kurzen offiziellen Biografie zu verdanken. Wie es für die NSA vorgeschrieben war, hatte Starke einen militärischen Hintergrund; er hatte 1973 als Klassenbester in West Point graduiert und im Anschluss fast zwei Jahrzehnte lang in der US-Army gedient. Schließlich war er in die National Security Agency übergewechselt und dort schnell aufgestiegen. Ungewöhnlich schnell, nach Drakes Einschätzung.

Wegen der komplexen Strukturen von Regierungspositionen wie dieser war Starke de facto auch Chef des Central Security Service sowie des US Cyber Commands und bekleidete formal den Rang eines Viersternegenerals, auch wenn er seine Uniform schon vor langer Zeit gegen einen unauffälligen, konservativen Businessanzug eingetauscht hatte.

Ein Spitzenmilitär, der herumlief und sich kleidete wie ein Zivilist. Einer der mächtigsten Männer Amerikas und unscheinbar wie ein unbedeutender Bürohengst.

»Ich bin unbewaffnet und allein«, sagte Starke in einem ruhigen, gefassten Tonfall. »Wie vereinbart.« Er blieb stehen und betrachtete Drake von oben bis unten. »Ich gehe davon aus, dass Sie sich ebenfalls daran gehalten haben?«

»Hätte ich Sie töten wollen, wären Sie schon tot.«

»Das bezweifle ich nicht.«

Der Ansatz eines Lächelns umspielte die zerfurchten Gesichtszüge des alten Mannes. »Wissen Sie, ich habe mich schon gefragt, ob Sie überhaupt noch etwas von sich hören lassen würden. Nach all der Zeit dachte ich, dass Freya Shaws Nachricht verloren gegangen sein musste.«

»Ich war beschäftigt.«

»Das habe ich bemerkt. Sie haben in den letzten Jahren ziemlich viel Staub aufgewirbelt. Es gibt eine Menge Leute, die Ihren Tod wollen.«

»Das höre ich oft«, versicherte ihm Drake. »Aber hier bin ich.«

»Da sind Sie«, gab ihm Starke recht. »Und da jetzt geklärt ist, wofür wir *nicht* hergekommen sind, lassen Sie uns darüber reden, *warum* wir hier sind. Was wollen Sie von mir, Ryan Drake?«

»Sie haben mit meiner Mutter zusammengearbeitet«, stellte Drake fest. »Freya Shaw.«

Starke nickte. »Sie sehen ihr durchaus ähnlich, wissen Sie. Diese Ähnlichkeit war mir bisher gar nicht richtig aufgefallen.«

Drake ignorierte das. »Sie gehörten beide zum Circle.«

»Wenn Sie diese Bezeichnung verwenden wollen«, bemerkte Starke kühl. »Was genau hat sie Ihnen erzählt?«

»Genug.«

»Oh, das bezweifle ich«, verhieß ihm Starke.

»Warum helfen Sie mir nicht ein bisschen auf die Sprünge«, schlug Drake vor. »Was war das, was Sie beide getan haben? Was wollte sie erreichen?«

Starke setzte ein mattes Lächeln auf, ging zu einer der Kirchenbänke, die entlang der Wände der Kapelle aufgestellt waren, und ließ sich ächzend darauf nieder. »Das ist … eine lange Geschichte.«

»Nur zu. Lange Geschichten bin ich gewohnt.«

Der NSA-Direktor hob eine graue Augenbraue. »Wie Sie wollen.«

Er lehnte sich auf der Bank zurück und ließ den Blick für eine Weile auf Drake ruhen, bevor er begann.

»Sie liegen natürlich nicht verkehrt«, räumte er ein. »Ihre Mutter und ich haben in der Organisation, die Sie den Circle nennen, fast ebenso lange gedient, wie Sie am Leben sind. Lange genug, um die Veränderungen zu sehen, die stattgefunden haben.«

Drake fixierte ihn durch zusammengekniffene Lider. »Veränderungen welcher Art?«

»Bei ihrer Gründung hatte die Organisation zwei Hauptziele. Erstens, den Zusammenbruch der UdSSR herbeizuführen und den Kalten Krieg durch den Einsatz aller erforderlichen Mittel zu beenden. Und zweitens, eine neue Weltordnung zu errichten, die auf absehbare Zeit die amerikanischen Interessen begünstigt.«

»Was ist schiefgegangen?«

»Schiefgegangen?« Starke zuckte resigniert mit den Achseln. »Sie haben gewonnen. Das ist schiefgegangen.«

»Das verstehe ich nicht.«

»Der einzige Daseinszweck des Circles bestand darin, nicht nur den Kalten Krieg zu gewinnen, sondern auch den Frieden, der darauf folgte«, erklärte Starke. »Doch ohne einen Feind, den es zu besiegen galt, stagnierte die Organisation und geriet ins Trudeln. Ihre Ziele veränderten sich. Macht wurde nicht mehr als Mittel verwendet, um Zwietracht und Konflikte zu beenden, sondern man verwendete Zwietracht und Konflikte als Mittel, um immer mehr Macht anzuhäufen. Sie legten die Saat für Stellvertreterkriege und Revolten auf der ganzen Welt, um von dem Chaos und der Instabilität zu profitieren, die sie erzeugten. Die Ausbreitung des Internets gab ihnen die Möglichkeit, die globale Kommunikation zu kontrollieren und die öffentliche Meinung zu beeinflussen. Und in demselben Maße, wie ihre Macht und ihr Einfluss wuchsen, wuchsen auch ihr Ehrgeiz und ihre Hybris. Sie kennen den alten Spruch: Macht korrumpiert?«

»Ich habe davon gehört«, erwiderte Drake und dachte an den Mann, der darauf aus war, Chef des größten Geheimdienstes der Welt zu werden.

»Der Circle war ebenfalls nicht dagegen gefeit. Ich habe das erkannt – und Ihre Mutter auch. Uns war klar, dass wir nicht einfach zurücktreten und ausscheiden konnten, deshalb ... haben wir den Entschluss gefasst, etwas dagegen zu unternehmen.«

Drake ging auf den NSA-Direktor zu. »Was hat sie getan?«

»Ihre Mutter glaubte, dass eine veränderte Führung den Circle wieder auf den rechten Weg lenken könnte. Sie hatte den Eindruck, dass er eine frische Perspektive benötigte. Von jemandem ... der nicht so sehr von der Vergangenheit beeinflusst war. In diesem Fall eine junge Operateurin, die für die Agency rekrutiert worden war.«

Drakes Herz schlug schneller. »Anya.«

»Korrekt«, bestätigte er. »Anya unterschied sich sehr vom Rest des Circles. Eine Soldatin, eine Spionin, eine Person mit Mut, Intelligenz und angeborenen Führungsqualitäten – doch was noch wichtiger war: mit einem Gefühl für Grundsätze und Moral. Ihre Mutter hatte größte Hoffnungen in sie gesetzt und überzeugte mich, ihr zu helfen. Gemeinsam sorgten wir dafür, dass Anya schnell an Macht und Einfluss gewann, bis zu dem Punkt, an dem der Circle auf sie aufmerksam wurde. Man war bereit, sich mit ihr zu treffen, und beabsichtigte, sie in die Führungsriege aufzunehmen.«

»Und was ist dann passiert?«, fragte Drake, obwohl er das Gefühl hatte, die Antwort bereits zu kennen.

»Marcus Cain kam dazwischen«, sagte Starke grimmig. »Er wusste, dass er seine eigenen Ambitionen vergessen konnte, wenn Anya in den inneren Circle aufgenommen wurde. Deshalb hetzte er ihre eigene Einheit gegen sie auf und redete ihrem Anführer ein, dass sie sie verraten wollte.«

Drake kannte diesen Teil der Geschichte nur zu gut, denn Anya hatte ihm selbst davon erzählt. Lieutenant Munro, der ihr größtes Vertrauen genossen hatte, hatte einen Putschversuch gegen sie unternommen. Bei dem Blutbad, das daraus resultierte, wurde die Task Force Black selbst buchstäblich zerfetzt.

»Danach verlor der Circle das Vertrauen in Anya. Und in Ihre Mutter«, fügte Starke hinzu. »Sie wusste, dass sie beide niemals wieder eine so einflussreiche Position erreichen würden.«

»Und was hat sie dann getan?«

Starke spreizte die Finger. »Was *hätte* sie tun können? Sie nahm es hin. Nachdem Anya neutralisiert war, stieg Cain zum Favoriten auf. Ihre Mutter wusste, dass seiner Macht keine Grenzen mehr gesteckt sein würden, wenn er erst zum inneren Circle gehörte. Sie wusste, dass sie ihn aufhalten musste. Er wusste es auch. Deshalb rekrutierte er Sie für die Agency, Mister Drake. Als Vorsichtsmaßnahme.«

Drake schloss die Augen, als ihm die Wahrheit dämmerte. »Als Druckmittel.«

»Genau. Wenn ihm Freya in die Quere gekommen wäre, hätte er sich dafür an Ihnen gerächt. Und so entstand eine Pattsituation – zumindest für eine Weile.«

Das hatte Drake nicht gewusst und ebenso wenig den wahren Grund dafür geahnt, weshalb sich seine Mutter nie bei ihm gemeldet und nie versucht hatte, einen Kontakt herzustellen. Cain war es gewesen, der sie daran gehindert hatte.

»Um 2007 war Cain sowohl beim Circle als auch bei der Agency auf dem aufsteigenden Ast. Aber er hatte eine Menge ungelöster Probleme zu beseitigen: die Männer, die ihm bei seinem Aufstieg zur Macht dienstbar gewesen waren – Männer, die ihn in Schwierigkeiten bringen konnten. Er brauchte eine Person mit den richtigen Fähigkeiten, um sie zu erledigen, die ihn aber nicht damit in Verbindung bringen konnte, falls sie aufflog. Mit anderen Worten: Er brauchte Anya. Sie lebte noch – in einem russischen Gefängnis. Also holte er sie heraus, denn er wusste, dass sie auf der Suche nach Antworten die Männer töten würde, die er selbst tot sehen wollte. Und wer wäre besser dafür geeignet gewesen als Sie, um Anya aus dem Gefängnis herauszuholen?«

An diesem Punkt musste sich Drake neben ihn auf die Kirchenbank setzen. Seine Gedanken überschlugen sich, als er begriff, in welch komplexe Intrigen er während der letzten Jahre verwickelt gewesen war. Starke schilderte sie auf eine knappe, effiziente Weise, wie ein Geschichtslehrer, der eine längst vergessene Schlacht rekapitulierte. Der schiere Umfang und die Komplexität von Cains Plänen waren einfach erschütternd.

»Aber als Anya frei war und Sie sich gegen Cain stellten, witterte Ihre Mutter eine Chance. Die Gelegenheit, sich mit Anya zu verbünden und gemeinsam Cain zu Fall zu bringen. Das war zumindest ihr Plan gewesen.«

Washington, D.C. – 24. April 2009

Starke schwieg, nachdem sie ihm ihren Plan vollständig dargelegt hatte, und starrte nachdenklich in die Flammen, die neben ihm im Kamin flackerten. Sie hatte dafür den weiten Weg zu seiner Privatresidenz auf sich genommen und war erst spät am Abend eingetroffen.

Sie spürte, wie der hochintelligente Starke, bedacht und gewissenhaft wie stets, alles rekapitulierte, was sie ihm erzählt hatte, und dann die Risiken und den Nutzen, die Variablen und die Möglichkeiten gegeneinander abwog.

Freya drängte ihn nicht. Starke war ein Mann, der das Wort ergriff, wenn er so weit war, und sich zurückhielt, bis er eine Schlussfolgerung gründlich durchdacht hatte, bevor er seine Meinung äußerte.

»Sind Sie sicher, dass Sie das wollen?«, fragte er schließlich.

Sie wusste, dass es möglich war, Anya über ihre alten Kommunikationskanäle zu erreichen. Ob die ehemalige Operateurin der Agency zu einem Treffen bereit sein würde, war nicht sicher, doch sie musste es versuchen.

»Anya hat Ihnen früher schon einmal vertraut, aber es ist ihr nicht gut bekommen«, warnte Starke. »Sie wird das nicht vergessen haben.«

Freya seufzte und nickte – auch nach fast einem Jahrzehnt war die Erinnerung an Cains Verrat noch überaus schmerzhaft. »Darauf zähle ich. Sie ist wütend, sie ist gefährlich und sie will Rache. Vielleicht können wir uns das zunutze machen.«

»Angenommen, sie lässt ihr Rachebedürfnis an Ihnen aus. Was dann?«

Freya nahm einen Schluck von dem Scotch, den er ihr eingeschenkt hatte. Der starke Alkohol brachte wenig Trost, doch er half, ihre rastlosen Gedanken zu beschwichtigen.

»Dann sterbe ich«, räumte sie ein und blickte in das Feuer.

Sie seufzte und dachte an die lange Serie turbulenter Ereignisse, die sie zu dieser Entscheidung geführt hatten. Die Triumphe und Niederlagen, die Allianzen und der Verrat. Und was hatte das alles gebracht? Nichts.

»Ich bin 60 Jahre alt, Richard. Ich bin eine alte Frau«, sinnierte sie. »Vielleicht ist das meine letzte Chance, etwas zu bewegen.«

Starke wandte sich zu ihr; ihr Tonfall hatte eine Endgültigkeit, die ihn verwunderte. »Sie haben geholfen, der Welt ein neues Gesicht zu geben, Freya. Das kann Ihnen niemand nehmen.«

»Und ich habe mir eingebildet, sie in einen besseren Ort verwandelt zu haben«, bemerkte sie scharf. »Aber das habe ich nicht ... wir haben das nicht getan. Es war reine Arroganz, so etwas anzunehmen. Die Welt wäre besser dran ohne mich, ohne den Circle und ohne das Chaos, das wir gestiftet haben.«

»Glauben Sie wirklich, man könnte es jetzt, nach all der Zeit, wieder rückgängig machen?«

»Das weiß ich nicht«, gab sie zu. »Aber ich glaube, die Welt verdient die Chance, das herauszufinden.«

Starke seufzte und nickte; er merkte, dass sie sich nicht von ihrem Kurs abbringen lassen würde.

»Wir wollen nur hoffen, dass sie bereit sein wird, wenn es so weit ist.«

Freya trank den letzten Schluck von ihrem Scotch. »Es gibt noch eine Sache, die Sie für mich tun müssen.«

»Sprechen Sie.«

»Für den Fall, dass etwas schiefgeht, habe ich meinem Sohn Ryan eine Nachricht hinterlassen. Ich habe ihm gesagt, er soll zu Ihnen kommen. Und falls das jemals geschehen sollte ... tun Sie, was in Ihrer Macht steht, um ihm zu helfen. Bitte.«

»Selbstverständlich.« Starke legte ihr beruhigend die Hand auf die Schulter. »Sie können sich auf mich verlassen.«

»Ich hatte sie gewarnt, aber sie blieb hartnäckig«, sagte Starke und schüttelte traurig den Kopf. »Freya war keine Frau, die sich umstimmen ließ.«

Daran hegte Drake keine Zweifel. Wie er selbst entdeckt

hatte, war Freya Shaw eine außergewöhnliche Frau gewesen, und das betraf nicht nur ihre Erfolge, sondern auch ihre Charakterstärke und Entschlossenheit. Sie war bereit gewesen, für ihre Überzeugungen alles zu riskieren und alles zu opfern.

»Ich glaube, sie verstand es als eine Chance zur Wiedergutmachung. Ihre Mutter hatte sich jahrelang die Schuld an dem gegeben, was mit Anya geschehen war, und es sich nie verziehen. Sie glaubte, wenn sie mit ihr zusammen Cain zur Strecke brächte, könnte sie dazu beitragen, alles wieder in Ordnung zu bringen. Darauf hatte sie alle Hoffnung gesetzt.« Er blickte auf seine Hände hinab, die in seinem Schoß gefaltet waren. »Aber das ist nicht geschehen.«

Nordwales, Vereinigtes Königreich – 1. Mai 2009

Freya riss ihren Arm los und drehte sich um, weil sie ihrer Gegnerin ins Gesicht sehen wollte. Ihr Blick glühte vor Verachtung. Sie wollte ihr nicht die Genugtuung geben, ihr eine Kugel durch den Hinterkopf zu jagen.

»Du wirst mir in die Augen sehen, du Feigling«, sagte sie und starrte ihr ins Gesicht. »Sieh mir in die Augen, wenn du abdrückst.« Eine Sekunde kam und ging. Eine Sekunde, gestört nur vom Wispern der Abendbrise, dem fernen Schrei einer Eule und Freyas hämmerndem Herz.

Falls sie erwartet hatte, ihre Worte würden einen Nerv treffen und eine Reaktion auslösen, so wurde sie enttäuscht.

Sie sah, wie sich der Lauf einer Waffe auf sie richtete, sah den langen Tubus eines Schalldämpfers im silbernen Mondlicht glänzen.

Freya keuchte. »Von allen Menschen auf dieser Welt ...«

Ein 9mm-Projektil, das durch ihre Brust schlug, unterbrach sie mitten im Satz. Sie keuchte erstickt und überrascht, dann stürzte sie rückwärts zu Boden und rutschte den steinigen Abhang hinunter, bis ihr Körper schließlich in einer großen Wasserpfütze liegen blieb.

Starke stieß hörbar den Atem aus und blickte ins Leere, als er eine alte Erinnerung heraufbeschwor. »Ihre Mutter war bereit, alles zu riskieren, um Cain zu stoppen. Und am Ende hat sie den höchsten Preis dafür bezahlt.«

»Sie glauben, er hat sie töten lassen?«, hakte Drake nach.

»Das ist die einzig logische Schlussfolgerung.«

Drake beugte sich vor und starrte ihm tief in die Augen. »Sind Sie sicher, dass es Cain war?«

Starke drehte sich um und sah ihn an. »Die Kräfteverhältnisse hatten sich verändert. Freya war für ihn zu einer Bedrohung geworden, und Marcus kennt nur eine Methode, um mit solchen Bedrohungen umzugehen. Genau wie bei Carpenter, genau wie bei Surovsky und jedem anderen, der sich gegen ihn stellte.« Er nickte. »Ja, ich bin mir sicher, dass er es gewesen ist.«

Drake lehnte sich mit dem Rücken an die Kirchenbank, sein Verstand raste auf Hochtouren – genau wie sein Puls. Er hatte schon lange vermutet, dass Cain etwas mit dem Tod seiner Mutter zu tun hatte, aber jetzt die Umstände zu erfahren, die dazu geführt hatten – das war eine ganz andere Sache. Je mehr er über seine Mutter erfuhr, desto deutlicher erkannte er, wie sehr er sich in ihr getäuscht hatte.

»Sie wussten es, und Sie haben ihn damit durchkommen lassen«, sagte Drake. Sein Schock und seine Erschütterung verdichteten sich zur unausweichlichsten aller Emotionen: Wut. »Sie haben sich herausgehalten und nichts unternommen.«

Starke dachte darüber einen Moment lang sorgfältig nach – aber nicht wie jemand, der um sein Leben fürchtete und überlegte, ob er flehen oder drohen musste, um sich zu retten, sondern wie jemand, der ernsthaft sein eigenes Verhalten und seine Motivation reflektierte.

»Ja«, gab er zu. »So ist es.«

»Warum?«

»Weil ich nicht so enden wollte wie sie«, sagte Starke jetzt mit einem etwas härteren Unterton. »Marcus Cain ist ein einzigartig gefährlicher Gegner. Wann immer man etwas unternimmt, ist er einem drei Schritte voraus. Er ist auf jeden Plan vorbereitet, den man sich ausdenkt. Er spielt dieses Spiel fast schon so lange, wie Sie am Leben sind; er kennt jeden Trick und ist auf jede Strategie vorbereitet. Das ist der Grund, weshalb er sich noch halten kann, auch wenn sämtliche Personen in seinem Umfeld gestürzt sind. Was wollen Sie gegen so einen Mann ausrichten?«

Drakes Blick gab keine Sekunde nach. Alles, was Starke gesagt hatte, entsprach völlig der Wahrheit, wie er aus bitterer Erfahrung wusste. Marcus Cain war außerordentlich gerissen und intelligent, er verfügte buchstäblich über unbeschränkte Ressourcen und eine beispiellose Macht; und er hatte keine Schwächen und kein hemmendes Mitgefühl.

Das alles entsprach der Wahrheit, aber nichts davon spielte noch eine Rolle für Drake.

»Ich werde diesen Bastard töten. Und Sie werden mir dabei helfen.«

41

Eine Stunde später kehrte Drake mit Dietrich im Schlepptau in die stillgelegte Autowerkstatt zurück und gab dem Team eine kurze Zusammenfassung der Ereignisse in der Kathedrale – er erzählte alles, was er von Starke erfahren und welchen Plan er entwickelt hatte.

Es verstand sich von selbst, dass die Enthüllungen über ihre Mutter besonders Jessica schwer zu schaffen machten. Drake sah, wie sie mit ihren Gefühlen kämpfte, als er ihr den letzten Teil seines Gesprächs mit Starke berichtete. Er wollte sich später eingehender mir ihr unterhalten, aber zunächst gab es dringendere Angelegenheiten zu besprechen.

»Er ist bereit, uns zu helfen«, kam er zum Schluss. »Er sieht die Gefahr, die von Cain ausgehen wird, wenn er in den inneren Circle aufsteigt. Nicht nur für uns, sondern auch für alle anderen. Es gibt nur eine Möglichkeit, ihn aufzuhalten. Wir müssen ihn umlegen.«

»Okay, ist ja toll, aber was kann er eigentlich für uns tun?«, fragte Frost. »Ich will dir nicht zu nahetreten, aber für deine Mutter hat er keinen Finger gerührt.«

»Das war etwas anderes. Er hatte Cains Möglichkeiten unterschätzt und Freya zugetraut, selbst auf sich aufzupassen«, stöhnte Drake unglücklich. »Er hat sich in beiden Fällen geirrt. Diesen Fehler begeht er nicht noch einmal.«

»Was uns zur ursprünglichen Frage zurückbringt«, unterstrich Mitchell. »Was kann Starke für uns tun?«

»Er ist der Direktor der NSA und ein hochrangiges Mitglied des Circles. Er kann uns Informationen über Cains Aufenthaltsorte und Kommunikationswege geben, an die niemand anders herankommt. Und er kann selbst mit dem Mann in Kontakt treten. Das verschafft uns das, was wir brauchen: ein Zielfenster.«

Der entscheidende Aspekt jeder gezielten Tötung ist es, genaue Kenntnisse darüber zu haben, wo und wann eine Zielperson verwundbar sein wird. Leibwächter und physische Schutzmaßnahmen ließen sich überwinden, am wichtigsten aber war, jenes kostbare Zeitfenster zu finden, in dem man zuschlagen konnte.

Aus diesem Grund verließen sich Präsidenten, Staatschefs und sogar Prominente der oberen Liga auf Irreleitung als wichtigste Schutzmaßnahme. Sie mieden Routine und Regelmäßigkeit, reisten nie zweimal auf derselben Route und benutzten oft mehrere Fahrzeuge mit Doubles, um Verfolger zu verwirren und Hinterhalte zu erschweren.

Marcus Cain bildete da keine Ausnahme. Dem Mann war durchaus bewusst, wie viele Feinde er sich gemacht hatte, und er bediente sich jeder Verteidigungsstrategie, die es gab. Sein Zuhause war zur Festung ausgebaut und konnte nur unter schweren Verlusten gestürmt werden. Er verließ nur selten Langleys Hochsicherheitszonen, und falls doch, dann immer in Begleitung einer bewaffneten Eskorte. Ein Zeitfenster ergab sich nur, wenn er unterwegs war. Und mit Starkes Hilfe konnten sie jetzt vielleicht eines finden.

»Aber selbst wenn wir ihn abhören könnten – wie kommen wir an ihn heran?«, fragte Jessica. »Er hat doch sicher Leibwächter.«

»Wir könnten uns Langley nicht mal bis auf eine Meile nähern«, gab Frost ihr recht. »Und selbst wenn wir es schafften, kämen wir nie wieder heraus.«

»Das ist auch nicht nötig. Es gibt einen Ort, von dem wir wissen, dass Cain dort bald aufkreuzen muss«, sagte Drake, öffnete einen Nachrichtenartikel auf seinem Smartphone und zeigte ihn den anderen. »Hier.«

Der Artikel trug die Überschrift: *Eine neue Ära – Bestätigung des neuen CIA-Direktors wird in Kürze erwartet.*

»Dieser Mistkerl«, murrte Frost, als ihnen klar wurde, was das bedeutete.

»Das Auswahlkomitee kann seine Ernennung jederzeit per Abstimmung bestätigen«, erläuterte Drake. »Cain muss bei dem Bestätigungsverfahren anwesend sein.«

»Dort ist er verwundbar«, begriff Dietrich.

Ihr Timing war tatsächlich ein Zufallstreffer. Sie waren, nur wenige Tage bevor mit seiner Vereidigung gerechnet wurde, in Washington eingetroffen. Marcus Cains Machtergreifung konnte, wenn sie Glück hatten, auch sein Ende bedeuten.

»Die Zeremonie zur Bestätigung im Amt wird im Capitol durchgeführt«, fuhr Drake fort. »Wir brauchen uns keine Hoffnungen zu machen, die dortige Security zu überwinden, aber Cain muss hin- und wieder wegkommen – vermutlich mit einer Autokolonne. Falls wir ihn verfolgen können, ist das für uns die beste Gelegenheit zuzuschlagen.«

»Jesus«, sagte Mitchell, als sie sich klarmachte, worauf sein Plan eigentlich abzielte. »Mitten in Washington eine Autokolonne der CIA anzugreifen ...«

»Ich weiß«, sagte Drake; er war sich sehr wohl darüber im Klaren, dass es zu Kollateralschäden kommen könnte. Nicht nur unter Cains Personenschützern, sondern auch unter Washingtoner Zivilisten, die womöglich ins Kreuzfeuer gerieten. »Es könnte ein Blutbad werden.«

»Solche Leute sind wir jetzt geworden?«, fragte Frost unverblümt.

»Niemand hat behauptet, dass es leicht wird …«

»Du redest davon, mitten in Washington einen Krieg vom Zaun zu brechen«, protestierte die junge Frau. »Das ist nicht *schwierig*, das ist wahnsinnig.«

»Es ist unsere beste Chance, es zu beenden. Vielleicht unsere einzige.«

»Aber nicht, wenn man dabei getötet wird und die halbe Stadt mitnimmt«, meldete sich Jessica zu Wort. »Es darf zu keinem Blutbad kommen, Ryan.«

Drake stieß langsam den Atem aus und dachte darüber nach. Ein ausgedehntes Feuergefecht in den Straßen Washingtons würde mit Sicherheit viele Opfer fordern, ganz zu schweigen von den Polizei- und Militäreinheiten, die aus der ganzen Stadt zusammengezogen werden würden. Aber ihm fiel keine Alternative ein.

»Ihr habt selbst gesagt, dass wir uns Langley nicht mal bis auf eine Meile nähern könnten«, gab er zurück. »Und mit dem Sicherheitspersonal des Capitols können wir es nicht aufnehmen. Deshalb kommen beide Orte für uns nicht infrage.«

Das Capitol gehörte als Sitz des US-Kongresses zu den bestgesicherten Gebäuden der Welt, insbesondere während der Anhörungen für eine Amtsbestätigung, wenn mit der Anwesenheit vieler hochrangiger Regierungsvertreter zu rechnen war.

Frost war sich dieser Tatsache allzu bewusst. Aber ihr fiel auch nichts ein.

»Dann bleibt uns nur ein Hinterhalt auf der Strecke. Nur so kann es funktionieren.«

Das war bestenfalls ein uneleganter Plan, aber der einzige mit Erfolgsaussichten. Drake hatte bereits eine ganze Reihe von Einsätzen erfolgreich abgeschlossen, die unter weniger idealen Umständen begonnen hatten.

»Aber …«

»Ich weiß, worauf du hinauswillst«, unterbrach Drake sie ungeduldig. »Wir können diesen Einsatz nicht so durchziehen, als wären wir in der Innenstadt von Bagdad, deshalb kommt ein blutiges Gemetzel keinesfalls infrage. Wir müssen es schnell, intelligent und sauber durchziehen, und das fängt damit an, dass wir für Cain ein Bewegungsprofil erstellen. Ich muss wissen, was er tut, wohin er geht und mit wem er redet. Lasst euch was einfallen, wie wir ihn überwachen könnten, dann können wir Starke dafür einspannen, damit es funktioniert.«

Frost öffnete den Mund, um zu protestieren, aber dann besann sie sich. »In Ordnung«, gab sie sich geschlagen.

Nachdem sich die junge Frau an die Arbeit gemacht hatte, wandte sich Drake an die anderen. »Mitchell, Dietrich – wir müssen verschiedene Angriffspläne ausarbeiten. Wie steht es um unsere Waffen und unsere Ausrüstung?«

Für eine Operation wie diese brauchte man spezielle Waffen und eine Ausrüstung, wie man sie kaum im nächsten Fachgeschäft für Jagdwaffen bekam. Aber zu den Vorteilen, die die Arbeit in ihrer Branche mit sich brachte, gehörten Kontakte zu einem Netzwerk von Waffenhändlern, die Zugriff auf aus Militärdepots gestohlene Ausrüstungsteile hatten.

»Ich kenne ein paar Typen in Baltimore, die uns bestücken können«, bestätigte Dietrich. Er machte eine Pause und fügte hinzu: »Das wird aber nicht billig. Sie verlangen viel Geld dafür, keine Fragen zu stellen.«

Drake schüttelte den Kopf. Geld spielte zu diesem Zeitpunkt kaum eine Rolle.

»Vertraust du ihnen?«

Der Deutsche antwortete mit einem verhaltenen Lächeln. »So sehr, wie du Starke vertraust.«

»Sehr witzig«, gab Drake zurück. »Wir brauchen das volle Programm. Angriffswaffen, panzerbrechende Waffen und Scharfschützenausrüstung.«

Drakes Blick fiel auf Jessica, die mit verschränkten Armen und hängenden Schultern weiter hinten im Raum stand. Er konnte sich denken, was ihr durch den Kopf ging.

»Dann setz dich mit ihnen in Verbindung«, befahl er Dietrich. »Eine Liste reiche ich dir so bald wie möglich nach.«

Dietrich nickte. »Ich bin dran.«

Drake ging an ihm vorbei und näherte sich vorsichtig seiner Schwester. Er wusste nur zu gut, wie hart es war, die Todesumstände ihrer Mutter zu erfahren, und schlimmer noch zu wissen, wer dafür die Verantwortung trug.

»Es tut mir leid, dass du das mit anhören musstest, Jess«, sagte er leise.

»Das braucht es nicht«, erwiderte sie, ohne sich zu ihm umzudrehen. »Ich bin hergekommen, weil ich Antworten wollte, und ich wusste, dass sie mir nicht gefallen würden. Ich habe bekommen, was ich wollte.«

»Sie hat versucht, alles richtig zu machen«, seufzte Drake, und ließ sich die Dinge durch den Kopf gehen, die er einmal von Freya Shaw geglaubt hatte. »Ich habe ihr unrecht getan. All die Jahre – es war so leicht, ihr die Schuld zu geben ... ja sogar, sie zu hassen. So viel verschwendete Zeit. Ich wünschte, ich könnte es rückgängig machen.«

Endlich kannte er die Wahrheit über die Frau, die er einmal für distanziert, rücksichtslos und abweisend gehalten hatte, später dann für eine machthungrige Agentin im Dienst einer zwielichtigen Geheimorganisation. Jetzt sah er in ihr eine gute Frau, die gezwungen gewesen war, schwierige Entscheidungen zu treffen und schmerzhafte Kompromisse einzugehen. Die sich im Dienste eines höheren Ziels teilweise selbst verleugnet hatte und trotzdem wieder und wieder ausgebremst worden war.

Seine Schwester reagierte für eine Weile gar nicht, und er fragte sich bereits, ob sie mit den Tränen kämpfte. Doch als sie schließlich redete, klang sie nicht angespannt oder aufgewühlt. Ihr Tonfall war kalt, hart und entschlossen.

»Versprich mir etwas, Ryan.«

Drake kam einen Schritt näher. »Was?«

Sie drehte sich zu ihm um und sah ihm fest in die Augen. »Verspricht mir, dass *du* ihn umbringst. Nicht Frost, nicht Dietrich, sondern du. Verspricht mir, dass du ihm in die Augen siehst, wenn er stirbt.«

Zu jedem anderen Zeitpunkt hätte ihre Veränderung Drake vielleicht schockiert, aber nicht jetzt. Sie hatte zu viel durchgemacht, hatte zu viel verloren und zu sehr gelitten. Er begriff, was in ihr vorging, ihren Wunsch nach Vergeltung, weil er in ihm ebenso entschlossen und kalt brannte.

»Das verspreche ich.«

Jessica schluckte und nickte. »Danke.«

»Ryan!«, rief Frost vom anderen Ende des Raums. »Ich habe etwas, was du dir ansehen solltest.«

Drake sah zu ihr hinüber, und dann zurück zu seiner Schwester. Er mochte sie nicht allein lassen.

»Geh ruhig«, forderte ihn Jessica auf. »Ich komme schon klar.«

Drake ging zu der Technikexpertin an ihrer improvisierten Workstation. »Was hast du gefunden?«

»Ich habe einen möglichen Hinweis auf Anya«, erwiderte Frost. Als sie die Veränderung in seiner Miene sah, fügte sie hinzu: »Freu dich nicht zu früh. Es ist keine genaue Adresse oder so was.«

Drake zog die Mundwinkel nach unten. »Und was *weißt* du?«

»Ich habe dir doch erzählt, dass Alex meinen Computer plattgemacht hat, als ich versuchte, Kontakt mit ihm aufzunehmen. Der kleine Mistkerl hat einen Virus auf meinem Rechner eingeschleust, der meine ganze Festplatte löschte.«

»Okay, er hat dich also drangekriegt«, folgerte Drake. »Und weiter?«

»So eine Nummer zieht man nur als letzte Notlösung durch.« Sie machte eine kleine Pause und suchte nach einer passenden Metapher für ihren computertechnisch unbewanderten Gefährten. »Es ist … wie bei einem Boxer, der zu einem großen Schwinger ausholt. Er wird das nicht oft tun, weil er keine Deckung mehr hat, wenn er nicht trifft.«

»Aber er hat getroffen«, erinnerte Drake. »Er hat deinen Computer gelöscht.«

Frost schüttelte den Kopf. »Das war nie ein großes Problem. Es hat mich nur Zeit gekostet, und das war ihm auch klar. Er hat versucht, mich auszubremsen. Er wusste, dass ich von allem ein Online-Back-up habe und dass ich es schaffen würde, die Festplatte zu rekonstruieren und seinen Virus zu finden.«

»Und?«

»Das war ein hundsgemeines Teil, aber letzten Endes auch nur Programmcode. Wenn man ihn zerlegt, erfährt man eine Menge. Zum Beispiel, woher der Befehl kam, mit dem der Virus aktiviert wurde. Er benutzte ein VPN, um seine IP-Adresse zu maskieren, aber …«

»Spring zum interessanten Teil«, verlangte er. »Wo ist er?«

»Pakistan.«

Drake zog eine Braue hoch. »Pakistan?«

»Ich weiß nicht, was er vorhat, aber ich verwette meinen Hintern darauf, dass er dort nicht alleine ist.«

Drake strich sich nachdenklich über das Kinn. »Kannst du wieder mit ihm kommunizieren?«

»Ich glaube nicht«, gab sie zu. »Er hat alles gelöscht, womit ich ihn vorher getrackt habe. Er wird dieselben Fehler nicht wiederholen.«

Sie zeigte zum provisorischen Terminal, das sie sich aufgebaut hatte.

»Ich kann es weiterhin versuchen, aber ich kann mich nicht gleichzeitig damit beschäftigen und unsere Operation gegen Cain planen. Also … worauf soll ich mich konzentrieren?«

Drake schwieg ein paar Sekunden. Ihm lag zwar viel daran, wieder mit Anya in Kontakt zu treten, aber er wusste aus Erfahrung, dass sie erst wieder auftauchen würde, wenn sie dazu bereit war. Auf jeden Fall hatten sie eine wichtigere Aufgabe zu erledigen. Sie zu finden musste hinter ihrer Mission gegen Cain zurückstehen.

»Lass es«, entschied er. »Widme dich mit ganzer Kraft Cain.«

Er hatte die einzige Entscheidung getroffen, die unter diesen Umständen möglich war, trotzdem blieb er besorgt und musste sich mit ganz neuen Fragen konfrontieren. Was suchte sie in Pakistan? Und was würde sie tun, wenn sie es gefunden hatte?

42

Islamabad, Pakistan

In den Rücksitz seines Luxus-SUVs geschmiegt, das langsam durch den Abendverkehr fuhr, war Vizur Qalat bester Laune. Dazu hatte er auch allen Grund. Sein kürzlicher Aufstieg an die Spitze des ISI, Pakistans wichtigstem Geheimdienst, hatte es ihm ermöglicht, eine Reihe tiefgreifender Veränderungen durchzusetzen, die seine Position erheblich gestärkt hatten.

Alte Feinde und politische Rivalen waren entweder eliminiert oder still und leise zu unbedeutenden Galionsfiguren degradiert und gegen jüngeres, formbareres Personal ausgetauscht worden.

In knapp sechs Monaten hatte Qalat der einflussreichsten Organisation des Landes ein neues Gesicht gegeben und die Macht auf sich konzentriert. Er hatte den größten Teil seiner langen Karriere dafür verwendet, sich darauf vorzubereiten, hatte im Windschatten großer Ereignisse operiert, ausgeharrt und auf den richtigen Moment gewartet, um in Aktion zu treten.

Dieser Moment war im Sommer des letzten Jahres gekommen, während eines angespannten, letzten Endes aber fruchtbaren Treffens mit Marcus Cain, dem Interimschef der CIA. Beide Männer hatten von diesem Treffen etwas mitgenommen, wonach sie bereits lange gesucht hatten. Zumindest war jeder von ihnen davon überzeugt gewesen.

Qalat rang diese Erinnerung ein schwaches Lächeln ab. Marcus Cain war vielleicht mächtig und skrupellos, aber er hatte noch viel zu lernen. Das würde er im Laufe der Zeit auch noch begreifen, genau wie alle anderen.

Der Straßenverkehr vor ihnen floss nur noch im Schritttempo. Qalat beugte sich neugierig vor, um zwischen den beiden muskulösen Leibwächtern auf den Vordersitzen hindurchzuschauen. Pakistan konnte ein gefährliches Land sein, und ein Mann in seiner Position durfte kein Risiko eingehen.

»Warum dauert das so lange?«, fragte er. Die Verzögerung schlug ihm auf die Laune. Es war ein langer Tag gewesen, er war müde und hungrig und hatte absolut keine Lust, sich aufhalten zu lassen.

»Es sieht aus, als wäre vor uns einer liegen geblieben, Sir«, erwiderte der Fahrer. »Vielleicht ein Motorschaden.«

Ein verrosteter alter Kastenwagen war scheppernd mitten auf der Straße stehen geblieben, sein Heck hing wegen kaputter Stoßdämpfer sichtlich durch. Dichter Gegenverkehr verhinderte, das Hindernis passieren zu können.

Qalat machte eine abwehrende Geste. »Schaffen Sie das Ding aus dem Weg. Schieben Sie es von der Straße, falls es sein muss.«

Der Fahrer nickte, drückte auf die Hupe und schleuderte dem Besitzer des Kastenwagens ein wütendes Hupsignal entgegen. Er hoffte zweifellos, sich die Demütigung ersparen zu können, selbst auszusteigen, um dabei zu helfen, das heruntergekommene Fahrzeug zur Seite zu schieben.

Plötzlich schwenkten die Flügel der Hecktür des Kastenwagens auf. Qalats erster Gedanke war, dass sich die Passagiere des Wagens daranmachen wollten, das Fahrzeug aus dem Weg zu schaffen, aber ein plötzlicher Blitz im Innern des dunklen Frachtraums ließ ihn zusammenzucken.

Einen Augenblick später folgte ein donnernder Knall, der sich durch die Karosserie des SUVs fortsetzte, und das Krachen des Motors, der sich in Einzelteile auflöste. Er begriff in einer furchtbaren Schrecksekunde, dass jemand auf sie schoss.

Es war ein Hinterhalt!

»Bringen Sie uns hier weg!«, schrie er, als ein zweiter heftiger Einschlag das SUV erschütterte. Der Fahrer warf den Schaltknüppel in den Rückwärtsgang und rammte den Fuß aufs Gaspedal, richtete damit aber nichts aus. Der Antrieb des Wagens war von zwei schweren, panzerbrechenden Geschossen auf ein Chaos aus zerbrochenen Kolben und zerfetzten Treibstoffleitungen reduziert worden.

»Einheit eins, wir sind getroffen!«, schrie der Fahrer ins Funkgerät. »Sind unter Beschuss an der Ecke von ...«

Seine Stimme wurde abrupt durch das explodierende Glas der angeblich kugelsicheren Windschutzscheibe zum Schweigen gebracht, gefolgt von einer Art feuchtem Knall, als sein Kopf auseinanderplatzte. Qalat wich reflexartig vor dem grauenhaften Anblick zurück, sein Gesicht und sein teurer Anzug waren voller Blut und Knochensplitter.

»Runter! Sofort runter!«, schrie der zweite Leibwächter und ging in dem Moment in Deckung, als eine Gestalt aus dem Frachtraum des Transporters kam.

Qalat konnte nur ungläubig durch die zerbrochene, blutbespritzte Windschutzscheibe starren. Ihr Gegner war von Kopf bis Fuß in eine schwere, sperrige ballistische Panzerung gehüllt, die ihn fatal an einen Ritter auf einem mittelalterlichen Schlachtfeld erinnerte. Auch Kopf und Gesicht waren hinter einer gepanzerten Maske und einem Helm verborgen. Von seiner Schulter hing ein Sturmgewehr, das wegen eines aufgesetzten Trommelmagazins klobig wirkte.

Dahinter konnte Qalat den langen Lauf eines panzerbre-

chenden Scharfschützengewehrs erkennen, das im Frachtraum des Transporters montiert war – wahrscheinlich eines
der Gewehre mit .50er Kaliber, die man gegen gepanzerte
Militärfahrzeuge wie Humvees oder Mannschaftstransporter einsetzte.

»Schaffen Sie sofort unsere Verstärkung her«, verlangte
er, als sein Schock und seine Überraschung kälteren, klareren Gedanken wichen. So brutal dieser Hinterhalt auch
war – solche Anschläge hatten sie einkalkuliert.

»Einheit zwei, wir sitzen fest«, meldete sein Leibwächter
eindringlich ins Funkgerät. »Der Angreifer läuft frei herum.
Schalten Sie ihn aus!«

Ein zweites Fahrzeug war ihnen in geringer Entfernung
gefolgt, um sie bei Bedarf zu unterstützen. Qalat hörte
Türen knallen und drehte sich in seinem Sessel um, als zwei
Agenten an seinem Fenster vorbeirannten. Einer war mit
einer Pistole bewaffnet, der andere umklammerte eine P90-
Maschinenpistole.

Beide Männer eröffneten gleichzeitig das Feuer und be-
harkten ihr Ziel mit einem tödlichen Geschosshagel unter-
schiedlicher Kaliber. Ringsum schrien panisch Zivilisten
und flüchteten verängstigt, während Fahrer ihre Gefährte
zurückließen und um ihr Leben rannten.

Der Attentäter taumelte unter den Einschlägen rückwärts,
seine ballistische Panzerung kräuselte sich bei jedem Treffer.
Aber anstatt zu Boden zu gehen und gekrümmt in einer
Blutlache liegen zu bleiben, wie es zu erwarten gewesen wäre,
richtete er das M4A1-Sturmgewehr auf die Agenten und erwiderte die Attacke mit einem ausdauernden Feuerstoß.

Um ihn herum prasselten Patronenhülsen auf den Boden, als er seine Feinde umlegte wie eine Sense, die durch
hohes Gras schneidet. Ihre leichten Kevlarwesten boten so
gut wie keinen Schutz vor dem unerbittlichen Kugelhagel.

Qalat schreckte zurück, als ein Mann gegen das Fenster stürzte, die brechenden Augen voll Schmerz und Furcht, und aus dem Blickfeld rutschte, wobei er einen langen Streifen Blut auf dem Glas hinterließ.

»Wo ist unsere Verstärkung?«, wollte Qalat wissen, als die maskierte Gestalt das leere Trommelmagazin auswarf und nach einem neuen griff. »Wir brauchen sie hier und jetzt!«

»Mayday, Mayday.« Sein einziger verbliebener Leibwächter hatte sein Funkgerät auf eine offene Frequenz geschaltet und forderte im ganzen Umkreis Hilfe an. »Wir werden angegriffen. Erbitten Verstärkung.«

Die Panik, die sich immer mehr in seinem Blick abzeichnete, ließ erkennen, dass er keine Verbindung bekam.

»Ich kriege kein Signal nach draußen. Sie blockieren alle Frequenzen.«

Qalat biss die Zähne zusammen und überdachte seine eingeschränkten Möglichkeiten; gleichzeitig ließ ihr Gegner ein neues Magazin einrasten und hob die Waffe.

»Dieses Auto ist gepanzert. Er kommt nicht herein. Wenn wir ruhig sitzen bleiben und ...«

Seine Stimme wurde von dem Stakkato überlagert, mit dem die Schüsse gegen das Fenster hämmerten. Das Glas bröckelte und wölbte sich bei dem unerbittlichen Angriff. Noch hielt das Fenster irgendwie stand, aber es fehlte nicht mehr viel.

Der Angreifer senkte das Sturmgewehr und hielt inne, um über das Problem nachzudenken. Dann griff er an sein Gurtband, zog einen kleinen metallischen Gegenstand hervor und hielt ihn hoch, damit ihn alle sehen konnten. Qalat kannte sich so gut mit Kriegswaffen aus, dass er eine Granate mit weißem Phosphor erkannte, wenn er eine sah. Ob gepanzert oder nicht – kein Fahrzeug konnte sie vor diesem tödlichen Feuer schützen.

Dann hielt der maskierte Angreifer überraschenderweise etwas anderes an die Scheibe. Etwas, das weniger gefährlich war, doch, wie sich herausstellen sollte, weitaus effektiver.

Es war ein Stück Papier, auf dem in Punjabi zwei einfache Sätze geschrieben standen.

Ich will nur Qalat. Liefern Sie ihn aus, dann leben Sie weiter.

Um seinen Worten Nachdruck zu verleihen, schwenkte er die Granate provozierend langsam hin und her. Der Blick des Leibwächters wandte sich langsam dem Passagier auf dem Rücksitz zu, der mit dem Blut seines gefallenen Kameraden bespritzt war.

»Du stehst deinen Mann«, befahl Qalat, der seine schwankende Loyalität spürte. »Wenn *er* dich nicht tötet, werde ich es tun. Und deine ganze Familie.«

Unter normalen Umständen hätte die Drohung gewirkt, aber jetzt fehlte Qalats Worten die übliche Autorität. Der Leibwächter brauchte ganze drei Sekunden, um seine Entscheidung zu treffen.

Er zog seine Pistole und hielt sie am Abzugsbügel hoch. Dann öffnete er mit zitternden Händen die Tür und stieg aus. Der maskierte Angreifer hielt die Waffe auf ihn gerichtet, bis er seine Pistole fallen ließ, mit erhobenen Händen rückwärts ging, schließlich zu laufen begann und floh.

Qalat konnte nur wütend zusehen, wie der Lauf des Sturmgewehrs durch die Tür kam und sich auf ihn richtete.

»Raus!«, befahl eine Stimme.

Die Stimme, die sprach, war eindringlich und autoritär, aber auch unverkennbar weiblich. Seine gesamte Eskorte von Leibwächtern war in weniger als einer Minute von einer Frau eliminiert worden!

»Sofort!«, wiederholte sie. »Die Hände da, wo ich sie sehen kann.«

Qalat öffnete unwillig die Tür und stieg mit erhobenen Händen aus.

»Damit werden Sie nicht durchkommen, Madam«, sagte er ruhig, als sie seine Hände hinter seinen Rücken riss. »Meine Leute werden mich suchen. Sie werden diesen Angriff zehnfach zurückzahlen.«

»Sie und ich haben bald Zeit, uns zu unterhalten, Vizur«, erwiderte sie, fesselte seine Handgelenke mit Kabelbinder und führte ihn zum wartenden Kastenwagen.

Er wurde unsanft hineingestoßen und stürzte hart auf den dreckigen Boden des Frachtraums. Seine Entführerin kletterte neben ihn, dann knallte sie die Hecktüren zu und hämmerte mit ihrer behandschuhten Faust gegen die Fahrerkabine.

»Wir sind drin! Fahr!«

Sekunden später lief der Motor wieder, und sie rasten davon. Was sie zurückließen, war ein Bild heilloser Zerstörung.

43

Washington, D. C.

»Alles klar, hört zu«, sagte Drake und winkte sein Team an den provisorischen Planungstisch, den er aufgebaut hatte und der bereits mit Gebäudeplänen und Karten der Innenstadt von Washington, D.C., bedeckt war. Es war alles da: von Straßenplänen bis hin zu Satellitenbildern, U-Bahn-Plänen, ja sogar Abwasserleitungen und Versorgungsschächten.

Frost hatte mit ihren Computerkenntnissen eine wahre Schatztruhe an Informationen über ihr Einsatzgebiet ausgegraben. Ein großer Teil davon war online und für die Öffentlichkeit frei zugänglich. Diese Informationen hatten Drake in die Lage versetzt, die Grundzüge eines Schlachtplans zusammenzustellen, wozu auch geeignete Punkte für einen Hinterhalt und Fluchtrouten gehörten. Alles war noch skizzenhaft, aber etwas Besseres stand nicht zur Verfügung.

»Wir wissen, dass die Anhörung zu Cains Amtsantritt in der Senatskammer auf dem Capitol-Hügel stattfinden wird«, begann er und zeigte auf das Senatsgebäude auf der Karte, die ausgebreitet vor ihm lag. »Wir wissen außerdem, dass er wahrscheinlich die Tiefgarage unter dem South-Capitol-Park benutzen wird. Sobald er dort ist, gibt es keine Möglichkeit mehr, an ihn heranzukommen.«

»Deshalb schlagen wir zu, bevor er dort ankommt«, spekulierte Mitchell.

»Exakt. Wir wissen, dass er mit einer gepanzerten Autokolonne unterwegs ist, deshalb können wir nur versuchen, ihm unterwegs einen Hinterhalt zu legen. Unser Ziel wird es sein, seine Fahrzeugkolonne abzufangen, die Leibwächter zu neutralisieren und ihn zu erledigen, bevor sie Verstärkung anfordern können. Vorzugsweise mit minimalen Verlusten unter Zivilisten.«

Dietrich verschränkte die Arme. »Das ist viel verlangt, Ryan.«

Drake nickte, er akzeptierte seinen Vorbehalt. »Um das zu schaffen, müssen wir drei Hauptprobleme in den Griff bekommen. Erstens: Wir müssen herausfinden, wo und wann wir ihn angreifen können.«

»Ich werde dich decken«, sagte Frost.

Drake hatte zum letzten Mal in der Silvesternacht zwei Jahre zuvor am Thomas-Jefferson-Memorial gestanden. Es war die Nacht gewesen, in der er herausgefunden hatte, dass Anya noch lebte, und nicht wie angenommen in Moskau getötet worden war.

Alles sah noch genauso aus wie damals, nur dass die Kirschbäume, die die Rotunde umgaben, jetzt in frühlingshafter Blüte standen. Er wartete im Schatten einer der Rundbögen der Gebäudeportale, und der kalte Stahl seiner verdeckt getragenen Pistole drückte hinten gegen seinen Rücken. Frost, die neben ihm stand, war auf die gleiche Weise bewaffnet.

Als auf den Pflastersteinen, mit denen das Gebäude eingefasst war, Schritte zu hören waren, tauschte Drake einen kurzen Blick mit seiner jüngeren Begleiterin. Sie nickte, bereit, seiner Führung zu folgen. Der Neuankömmling bestieg die Stufen zur Rotunde, dann ging er auf den großen, freien Platz, blieb stehen und ließ den Blick durch die Dunkelheit schweifen, die sie umgab.

»Ich bin hier«, verkündete Starke etwas ungeduldig. »Und ich habe nicht viel Zeit.«

Drake löste sich leise aus dem Dunkel; Frost blieb knapp hinter ihm.

»Sie sind spät dran«, sagte er.

Starke drehte sich gelassen zu ihm um. »Und Sie sind gut. Ich habe nichts gehört.« Dann richtete Starke die Aufmerksamkeit auf Drakes Begleiterin und begrüßte sie mit einem Kopfnicken. »Sie müssen Keira Frost sein, wenn ich mich nicht irre.«

»Was geht Sie das an?«

»Rein berufliches Interesse. Ich lege Wert darauf, die Leute zu kennen, mit denen ich zusammenarbeite, und ich weiß eine ganze Menge über Sie, Miss Frost. Eine jugendliche Ausreißerin, die fast ein Jahr lang obdachlos auf der Straße gelebt hat, eine Reihe strafrechtlicher Verurteilungen ...«

»Wir sind nicht hier, um tragische Lebensgeschichten auszutauschen«, schnitt sie ihm knapp das Wort ab.

Aber Starke spürte, dass er den gewünschten Eindruck erzielt hatte, und lenkte seine Aufmerksamkeit wieder auf Drake. »Also, was brauchen Sie von mir?«

»Zugriff auf Cains Kommunikation«, erklärte Drake.

Frost griff in ihre Tasche, fischte ein Handy heraus und hielt es ihm hin. Für das ungeübte Auge sah es wie ein normales, im Laden erhältliches Smartphone aus.

»In dieses Gerät ist ein maßgeschneidertes Tracking-Programm eingebaut«, erklärte sie. »Es stellt sich automatisch auf die SIM-Karten aller anderen Handys in der Nähe ein und klont sie. Damit kann ich eine Kopie von Cains privatem Handy erstellen. Ich kann sämtliche eingehenden und ausgehenden Nachrichten lesen und wie bei jedem anderen Handy seinen Standort verfolgen.«

Starke zog eine Augenbraue hoch. »Sehr eindrucksvoll. Wo ist der Haken?«

»Der Haken ist, dass Sie in seiner Nähe sein müssen, damit es funktioniert.«

»Wie lange?«, fragte er.

»Mindestens 60 Sekunden, vielleicht länger.«

Starke musterte das Gerät misstrauisch und dachte über das Gehörte nach. »Sagen wir, ich tue es«, fragte der NSA-Direktor. »Was dann?«

»Dann kümmern wir uns um den Rest.«

Je weniger Starke über ihre Pläne erfuhr, desto besser.

»Die letzte Chance auszusteigen«, drängte ihn Drake, der spürte, wie Zweifel in Starke aufstiegen. »Ob wir es durchziehen oder nicht, hängt davon ab, was in den nächsten zehn Sekunden passiert. Sind Sie dabei oder nicht?«

»Falls herauskommt, dass ich ein Komplize bei dieser …«

»Dann sind Sie geliefert – genau wie wir«, beantwortete Drake die Frage. »Entweder sind wir alle dabei, oder keiner.«

Das war der entscheidende Moment. Falls Starke jetzt ausstieg, hätte Drake zwei Lösungen finden müssen – einen ganz neuen Ansatz, um seinen Plan umzusetzen, und ein Versteck für Starkes Leiche, wo man ihn nie wiederfinden würde.

Der NSA-Direktor starrte ihn lange und durchdringend an, als ob er die Zukunft erkennen wollte, die diesen Mann erwartete. Dann akzeptierte er die Risiken und Unwägbarkeiten, streckte den Arm aus und nahm das Handy von Frost.

Drake atmete kaum hörbar aus und lockerte seinen Griff an der Waffe.

Noch bevor einer der beiden Männer etwas sagen konnte, reichte Frost Starke ein durchsichtiges Plastikkästchen mit einem verborgen im Gehörgang zu tragenden Funkgerät. »Das werden Sie brauchen. Die Übertragung ist verschlüsselt und schon auf unsere Frequenz eingestellt. Schalten Sie es erst ein, wenn die Sache akut wird. Die Batterie reicht nur für ein paar Stunden.«

»Ich kenne das Prozedere«, erwiderte er und ließ beide Gegenstände in seine Manteltasche gleiten.

»Cain könnte jeden Moment im Amt bestätigt werden. Sie werden vermutlich davon erfahren, bevor es öffentlich bekannt gemacht wird?«, fragte Drake.

Der NSA-Direktor grinste ironisch. »Es ist mein Beruf, Dinge zu wissen.«

»Das bietet Ihnen eine perfekte Gelegenheit. Melden Sie sich bei uns, wenn Sie so weit sind.«

»Das werde ich tun.« Er warf einen Blick in die Richtung, aus der er gekommen war, und nickte. »Ich habe jetzt keine Zeit mehr. Ich hoffe für uns alle, dass Sie wissen, was Sie tun, Ryan.«

Da sind Sie nicht der Einzige, dachte Drake.

»Erledigen Sie Ihren Teil. Wir kümmern uns um unseren.«

Darauf erwiderte Starke nichts mehr, sondern drehte sich um und verließ das Bauwerk.

44

Alaska – 27. September 2001

Die Morgensonne stieg über den archaischen Urwald; die hoch aufragenden Fichten und Birken warfen lange Schatten auf den fetten Lehmboden, der noch feucht war vom nächtlichen Regen. Bienen und kleine Insekten kreisten in dem diesigen grünen Licht, und goldbraune Blätter lösten sich aus dem Baldachin der Baumkronen und schwebten herab.

Eine andere Jahreszeit zog herauf, der kurze, prachtvolle Sommer neigte sich langsam dem Ende zu.

Im flachen Talgrund senkte ein kleiner Schwarzwedelhirsch den Kopf, um aus einem Bach zu trinken. Es war ein Bock, dessen Gehörn im Vergleich mit den markanten Geweihen anderer Arten klein und wenig beeindruckend wirkte. Auch er passte sich dem Wechsel der Jahreszeiten an und tauschte seine rotbraune Sommerdecke gegen ein dichteres, dumpfes Grau, das ihn durch den bitteren Winter Alaskas bringen würde.

Eine leichte Brise rauschte durch die Bäume, die einen unvertrauten Geruch mit sich führte. Er hielt inne, reckte den langen Hals in die Höhe und suchte mit seinen dunklen, trüben Augen den Wald ringsum nach Raubtieren ab. Seine Nüstern weiteten sich, als er witterte und nach dem Ursprung des flüchtigen Geruchs forschte.

Er sah den Pfeil nicht kommen. Er bemerkte nur eine plötzliche Bewegung in einem entfernten Gebüsch. Das tödliche Geschoss flog in einem Bogen durch die Luft und traf ihn in den

Hals. Sein Instinkt gewann die Oberhand, und er versuchte panisch zu fliehen, doch er stolperte und stürzte mit zuckenden Gliedmaßen zu Boden.

Sein Jäger bewegte sich schon, bevor der Hirsch zu Boden gefallen war; er lief über den Talboden auf ihn zu, Stiefel wühlten den schlammigen Boden auf und sprangen flink über freiliegende Wurzeln. Dann hörte man Metall über Metall kratzen, als ein Messer gezückt wurde.

Anya kam rutschend neben dem erlegten Tier zum Halt, sie packte das Geweih und riss den Kopf nach hinten, wodurch sie die empfindliche Kehle freilegte.

»Danke für dein Opfer, Bruder«, flüsterte sie in ihrer Muttersprache, bevor sie die Halsarterien durchtrennte.

Eine Stunde später kehrte Anya mit ihrem Jagdbogen in der Hand und dem ausgeweideten Hirsch über den Schultern zu ihrer Blockhütte an einer Flussgabelung zurück. Obwohl er zu einer kleineren Art gehörte, war der Hirschbock, der bereits Winterspeck angesetzt hatte, schwer und unhandlich. Ihn meilenweit durch zerklüftetes Gelände zu transportieren war keine leichte Aufgabe gewesen. Eigentlich wären zwei Männer dafür nötig gewesen, aber es gab keinen Mann, der ihr helfen konnte. Hier draußen gab es nur sie.

Und genauso wollte sie es auch.

Sie hatte über ein Jahr an diesem Ort verbracht, hatte im vorigen Sommer eine baufällige alte Hütte gekauft und sich darangemacht, sie herzurichten. Sie hielt sich für eine nur mäßig begabte Tischlerin, hatte sich aber mit hartnäckiger Entschlossenheit an die Arbeit gemacht und bis spät in die hellen Sommernächte hinein gearbeitet. Als der Winter nahte, hatte sie ihre Behausung mehr oder weniger bewohnbar gemacht.

In Wahrheit war diese einfache, anstrengende Arbeit genau das, was sie gebraucht hatte. Es war leicht gewesen, sich darin zu verlieren und allmählich die katastrophalen Ereignisse des vorangegangenen Jahres zu vergessen, als sie gezwungen gewesen war, gegen ihre eigenen Männer zu kämpfen und sie zu töten. Ihre Einheit war völlig aufgerieben worden, sie hatte keine Macht mehr, und ihre Pläne waren zerschlagen.

Und jetzt war sie fertig. Fertig mit der Agency, dem Circle, dem Leben, das sie einst geführt hatte. Fertig mit Menschen. Hier draußen in der ursprünglichen Wildnis, die sie so sehr an die Heimat ihrer Kindheit erinnerte und wo ihre einzige Sorge dem nackten Überleben galt, hatte sie einen gewissen Frieden gefunden. Vielleicht würde sie hier den Rest ihrer Tage in selbstgenügsamer Isolation verbringen.

Sie hörte das unverwechselbare Dröhnen von Rotorblättern in der Entfernung, blieb instinktiv stehen und wandte langsam den Kopf, bis sie den Ursprung des Lärms entdeckt hatte. Ein kleines, dunkles Objekt war am Horizont erschienen, es kam über einen der hohen Berggipfel geflogen, die die Gegend prägten. Ein Hubschrauber.

Sie redete sich ein, dass er vielleicht nichts mit ihr zu tun hatte. Weiter im Westen gab es Goldminen, wo man oft Helikopter benutzte, um Personal oder Ausrüstung einzufliegen. Vielleicht steckte nicht mehr dahinter.

Ihre Hoffnungen wurden zunichtegemacht, als der Hubschrauber einen Bogen beschrieb und auf sie zukam, er folgte dem Verlauf des Flusstals. Als er näher kam, sah sie die typische mattgraue Lackierung. Militär.

Anya reagierte, indem sie einen Pfeil aus dem Köcher zog, der über ihrer Schulter hing, als der Bell Huey über ihr kreiste. Das Donnern der Rotoren und das Kreischen der Turbinen waren ohrenbetäubend.

Der Pilot fand einen geeigneten Landeplatz am gegenüberliegenden Ende der offenen Lichtung und senkte den Huey, bis dessen Kufen den Boden berührten. Als die Turbine verstummte und die großen Rotorblätter langsam austrudelten, wurde die Seitentür aufgeschoben, und ein Mann sprang heraus. Allein.

Es schnürte Anya die Kehle zusammen, als Marcus Cain näher kam. Er bewegte sich langsam und vorsichtig, ohne den Blick von dem gespannten Bogen zu lösen. Er sieht älter aus, dachte sie. Sein Gesicht war eingefallen und faltig, und an seinen Schläfen zeigten sich graue Strähnen.

»Du bist nicht leicht zu finden, Anya«, bemerkte er.

»Geh nach Hause, Marcus«, warnte sie ihn. »Es gibt hier nichts zu holen für dich.«

Er stoppte in einigen Metern Entfernung und musterte sie von oben bis unten. Vielleicht dachte er über sie das Gleiche. »Ich brauche deine Hilfe, Anya. Wir brauchen deine Hilfe.«

»Nein.« Anja schüttelte den Kopf. »Keine Hilfe mehr, keine neuen Einsätze. Ich bin fertig mit der Agency. Und mit dir.«

»Die Dinge haben sich verändert ...«

»Auf Wiedersehen, Marcus«, sagte sie, machte auf dem Absatz kehrt und ging weg. Sie hatte ihm nichts mehr zu sagen. Es waren keine Wut und kein Schmerz mehr übrig. Sie wollte nur noch in Ruhe gelassen werden.

»Es hat einen Anschlag gegeben.«

Anya stoppte. Es war nicht seine Stimme, die sie so schockierte, sondern die Tragweite seiner Worte. Das war außerhalb des Üblichen, gehörte nicht zu jenen vorhersehbaren Tragödien, die Männer wie Cain schon lange nicht mehr berührten. Dies ging darüber hinaus.

»In New York, vor zwei Wochen«, fuhr er fort. »Das World Trade Center, das Pentagon ... Es gibt Tausende Tote und Zehntausende Verletzte. Es war der schlimmste Terroranschlag der Geschichte.«

Anya waren Verluste und Tod nicht fremd, aber dieses Ausmaß überstieg alles, was sie je erlebt hatte. Und sie hatte überhaupt nichts davon mitbekommen. Hier draußen, abgeschnit-

ten von der Welt, hätte sie bis ans Ende ihrer Tage leben können, ohne jemals davon zu erfahren.

Aber jetzt wusste sie es.

»Warum erzählst du mir das?«, flüsterte sie.

Cain stöhnte. Es war das schmerzerfüllte, ausgelaugte Stöhnen eines Mannes, der dazu gezwungen war, sein eigenes Scheitern einzugestehen. »Hinter dem Angriff stand Al Kaida.«

Anya schloss die Augen, sie begriff sofort die erschütternde Tragweite. Die Terrororganisation Al Kaida war aus unzufriedenen Mudschahedin-Kämpfern hervorgegangen, die verbittert waren von dem Verrat, den Amerika ihrer Meinung nach an ihnen begangen hatte. Sie operierten unter dem Schutz der Taliban, die nach einem langen und brutalen Bürgerkrieg in Afghanistan die Macht ergriffen hatten.

Genau so, wie sie es vorhergesagt hatten.

»Ich habe dich gewarnt, dass so etwas passieren würde, Marcus«, sagte sie in einem kalten und bedrohlichen Tonfall. »Ich habe dich angefleht, Afghanistan nicht im Stich zu lassen, und du hast mich ignoriert.«

»Ich habe getan, was ich konnte …«

»Wir hätten ihnen helfen können!«, rief sie und ging langsam um ihn herum. Vorhin hatte sie sich geirrt – sie war immer noch wütend auf Marcus Cain. Da war noch so viel Wut in ihr, und in diesem Moment drängte alles heraus und an die Oberfläche.

Die Lügen, die Ausflüchte, die Überheblichkeit … alles hatte dazu beigetragen.

»Afghanistan wurde von einem Bürgerkrieg zerrissen, Terroristen und Fanatiker übernahmen die Macht, und wir standen daneben und haben nichts unternommen. Nichts! Du hast sie benutzt, um deinen schmutzigen Krieg zu führen, so wie du mich auch benutzt hast, und als es vorbei war, hast du sie weggeworfen. An deinen Händen klebt ihr Blut.«

»Verdammt noch mal, 3000 Menschen sind tot!«, explodierte er, packte sie an der Jacke und zog sie zu sich heran. »Und wer weiß, wie viele noch sterben werden, bis diese Sache vorbei ist.«

»Willst du damit sagen ...?«

»Wir ziehen gegen Afghanistan in den Krieg«, sagte er unverblümt. »Der Kongress schreit danach. Das Pentagon arbeitet bereits an den Invasionsplänen.«

»Und du willst, dass ich loslaufe und mitmache, so wie früher«, sagte Anya und lachte bitter. »Tut mir leid, Marcus, aber ich bin nicht mehr so jung und auch nicht mehr so idealistisch.«

»Wir rufen alle Kräfte zusammen, die wir noch haben«, erklärte er. »Du hast jahrelang in Afghanistan gekämpft. Du kennst das Land, du kennst die Menschen ...«

»Und jetzt willst du, dass ich dorthin zurückkehre und sie umbringe.«

Es spielte keine Rolle, mit wem sie jetzt verbündet waren – die Aussicht, gegen dieselben Männer in den Krieg zu ziehen, an deren Seite sie einst gekämpft hatte, und sie zu töten, war ihr zuwider.

»Ich will, dass du Leben rettest«, konterte er. »Die Invasion wird zu einem Blutbad – für sie und für uns. Nur mit Leuten wie dir haben wir eine Chance, das zu verhindern.«

»Was willst du denn noch alles von mir, Marcus? Hast du mir nicht schon genug genommen?« Anya wich vor ihm zurück und breitete die Arme aus, um auf die Wildnis zu weisen, die sie umgab. »Das ist alles, was ich jetzt habe. Ich bin keine Soldatin mehr. Dieser ... dieser Mensch kann ich nicht wieder sein.«

Jetzt sah sie für einen kurzen Moment etwas in ihm aufflackern. Mitgefühl, Bedauern – genau konnte sie es nicht benennen. Aber es war schnell wieder verschwunden, und an seine Stelle war etwas Kälteres und Pragmatischeres getreten.

»Die Task Force Black wird dort reingehen«, sagte er bestimmt. »Ich biete dir das Kommando dieser Einheit an, wenn du es willst. Wir wissen beide, dass du sie besser führen kannst als jeder andere.«

Anya konnte es jetzt spüren. Die unsichtbaren Tentakel ihrer Vergangenheit, die sich nach ihr ausstreckten, nach ihr griffen und sie aus dem neuen Leben herauszureißen versuchten, dass sie sich gerade aufbaute. Die Killerin, die sie hinter sich lassen wollte, erhob sich aus den dunklen Abgründen ihrer Seele.

»Genau wie in den alten Zeiten«, sagte sie mit einem bitteren, spöttischen Unterton.

»Ich bitte dich nur, ein letztes Mal hinzugehen.« Seine Stimme war jetzt leise und sanfter. »Hilf uns, diese Sache zu beenden. Hilf uns, es richtig zu machen. Danach …« Er sah sich um und betrachtete die Bäume, den Fluss und die Berge, »… danach kannst du dich ausruhen.«

Anya wandte sich ab, ließ den Blick über die Umgebung schweifen und dachte an das Leben, das sie hier hatte. Das Leben, das sie hier aufgab. Sie schloss die Augen, um die Tränen zu verbergen, die zu fließen drohten.

Islamabad, Pakistan – 30. April 2011

»Sie verschwenden Ihre Zeit«, hallte Qalats Stimme durch das leere Lagerhaus. Er klang trügerisch ruhig und gefasst, als wollte er den Ernst der Lage überspielen. »Meine Leute sind schon unterwegs. Wenn Sie noch halbwegs bei Verstand sind, sollten Sie flüchten und beten, dass sie Sie nie erwischen.«

Anya hörte ihm nicht zu. Wenigstens nicht in diesem Moment.

In ihrem Versteck, einem kleinen verlassenen Lagerhaus, stöhnte sie vor Schmerzen, als sie den klobigen, ballistischen Körperpanzer abstreifte, der sie während des Hinterhalts am Leben gehalten hatte. Sie löste die Schnallen und ließ die verstärkten Stahl- und Kevlarplatten auf den Boden fallen. Darunter kam ihr allzu verletzlicher Körper zum Vorschein.

Der Panzer mochte sie vor tödlichen Verletzungen geschützt haben, aber all jene kinetische Energie musste trotzdem abgefangen werden. Eine Serie von Treffern mit Hochgeschwindigkeitsgeschossen hatten ihr eine Reihe schmerzhafter Striemen und heftiger Prellungen zugefügt, die sich über ihren Torso, ihre Arme und Beine verteilten. Sie fühlte sich, als wäre sie unerbittlich mit Fäusten und Stiefeln malträtiert worden.

»Jesus Christus«, entfuhr es Alex, der in der Tür stand. »Wie lange soll das noch gut gehen?«

»Das wird schon«, erwiderte Anya mit gepresster Stimme. »Wir wussten, dass so etwas passiert.«

Der Plan für den Hinterhalt war weder elegant noch ausgeklügelt gewesen. Anya hatte sich für einen brutalen Frontalangriff entschieden – eine Vorgehensweise, die ihr früher nie in den Sinn gekommen wäre –, weil sie es so eilig gehabt hatte, ihre Zielperson in die Finger zu bekommen. Vielleicht zu eilig, dachte sie jetzt und hielt den Atem an, als sie ihre geprellten Muskeln dehnte.

»Behalte Qalat im Auge. Ich muss hier erst fertig werden.«

»Er ist mit Handschellen an einen Stuhl gefesselt«, erinnerte sie Alex. »Der geht nirgendwohin. Außerdem habe ich das Alarmsystem der ISI aufgemischt und ein Dutzend Fehlalarme über die Stadt verteilt, damit sie Gespenstern hinterherjagen. Die werden uns so schnell nicht finden ...«

»Geh einfach, Alex«, sagte sie energisch. »Ich komme gleich.«

Alex gab nach; er wusste, dass es besser war, jetzt keine Diskussion vom Zaun zu brechen.

Sobald er weg war, war es mit Anyas Fassade der Stärke und Gelassenheit vorbei, und sie gab ihrer Qual nach, als der Schmerz und die Erschöpfung ihren Tribut forderten. Mit gesenktem Kopf stützte sie sich an der Wand ab und atmete langsam tief durch, um sich wieder in den Griff zu bekommen.

Nicht jetzt, befahl sie sich. Nicht jetzt.

Sie griff in ihre Tasche, ließ den Deckel eines Röhrchens mit Schmerztabletten aufspringen und schluckte mehrere Pillen trocken herunter. Dann sammelte sie ihre Kraft und richtete sich langsam und trotzig auf.

Als sie wenige Augenblicke später in den Lagerraum kam, ging sie hoch aufgerichtet und selbstbewusst, ihre Verletzungen waren unter der frischen Kleidung verborgen, und ihre Miene war eine teilnahmslose Maske, mit der sie sich dem Gefangenen näherte.

Qalat betrachtete sie mit mäßigem Interesse, aber seine professionelle Neugier wurde schnell durch etwas anderes ersetzt. Wiedererkennen. Dabei war sich Anya sicher, dass sie einander nie begegnet waren.

»Ich muss zugeben, ich bin überrascht«, begann der ISI-Direktor, der sofort versuchte, seinen Fehler zu überspielen. »In unserer Branche gibt es nur wenige … weibliche Mitspieler. Sagen Sie mir doch, was …«

Anya zückt ihre Pistole, zielte auf sein linkes Bein und drückte ab. Dem dumpfen Knall aus dem Schalldämpfer folgte der erschreckte Schmerzensschrei des gefesselten Mannes, weil Blut aus dem zerrissenen Fleisch seines Oberschenkels sickerte. Es war allenfalls eine oberflächliche Verletzung, aber eine schmerzhafte Erinnerung daran, wer hier das Sagen hatte.

»Hören Sie auf zu jammern. Es ist nur eine Fleischwunde«, erklärte Anya und legte wieder auf ihn an. Diesmal war die Waffe auf seinen Unterleib gerichtet. »Beim nächsten Treffer werden die Folgen … dauerhafter.«

Sie hatte schon viele Verhöre durchgeführt und wusste, wie wichtig es war, sich von vornherein dominant zu zeigen. Dafür eignete sich die Aussicht auf einen Unterleibstreffer aus einer 45er hervorragend.

»Was wollen Sie?«, herrschte Qalat sie an.

»Ich will Informationen.« Sie nahm einen kaputten alten Holzstuhl, der in der Nähe an der Wand lag, und setzte sich vor ihn. »Bevor wir beginnen, sollten Sie wissen, dass ich das Talent habe, Lügen zu durchschauen. Ganz egal, wie gut Sie darin zu sein glauben – ich merke es. Und jedes Mal, wenn Sie mich anlügen, werde ich Ihnen die nächste Kugel verpassen.« Sie deutete auf die schallgedämpfte M1911, die auf ihrem Schoß lag. »Ich habe noch sieben Patronen im Magazin, Vizur. Sie wollen nicht, dass ich sie alle benutze.«

Qalat erwiderte nichts. Sie spürte, dass sie sich verständlich gemacht hatte.

»Erzählen Sie mir, woher Sie mich kennen.«

Er betrachtete sie durch schmale Lider, blieb aber stumm.

»Legen Sie es nicht drauf an, Vizur«, warnte sie ihn. »Sie haben mein Gesicht erkannt, als ich hereinkam. Woher kennen Sie mich?«

Qalat stöhnte und richtete den Blick zur Decke, bevor er endlich redete.

»Ich kenne Sie schon sehr lange, Maras«, gab er zu. »Marcus Cains kleine Protegé, sein Lieblingsprojekt. Die schöne junge Frau, auf die er ein Auge geworfen hatte.« Er betrachtete sie von oben bis unten. »Jetzt natürlich nicht mehr ganz so jung, aber ich verstehe, weshalb Sie ihm den Kopf verdreht haben.«

Anya biss die Zähne zusammen. »Und weiter?«

»Als Sie 1988 von den Sowjets gefangen genommen wurden, war Marcus fest entschlossen, Sie zu retten, ganz gleich, was es ihn selbst kosten konnte. Aber Sie hatten Ihr eigenes kleines Geheimnis, nicht wahr?«

Anya spürte, wie sich bei seinen Worten ihr Herzschlag beschleunigte.

»Sie waren eine KGB-Agentin mit dem Auftrag, die CIA zu infiltrieren. Und es ist Ihnen außerordentlich gut gelungen. Sie haben es sogar geschafft, dass Ihr Führungsoffizier sich in Sie verliebt hat.« Er setzte ein schiefes Grinsen auf. »Und wer hätte jemals eine Frau verdächtigt?«

»Offenbar haben Sie das getan«, entgegnete sie. Dieser Mann wusste Dinge über sie, die sogar die Agency noch nicht aufgedeckt hatte.

Qalat nickte. »Sie hatten sich zu jenem Zeitpunkt eine Menge Feinde gemacht. Die sowjetischen Führungsoffiziere, die Sie hintergangen hatten, die amerikanischen Militärs, die Ihnen nie ganz vertrauten, und Teile der CIA, die Ihnen den Erfolg nicht gönnten …«

Daran brauchte Anya nicht erinnert zu werden. Das wusste sie selbst nur allzu gut.

»Aber Marcus hat an Sie geglaubt. Und zwar bis zu dem Moment, als ich ihm Ihre KGB-Akte gezeigt habe. Sein Gesichtsausdruck war … tragisch.« Qalat seufzte und tat betroffen. »Tja, keine Rettungsaktion für Sie.«

Anya beugte sich vor und rammte ihm die Mündung des Schalldämpfers in die Fleischwunde an seinem Oberschenkel, was einen knurrenden Schmerzensschrei und einen frischen Schwall Blut aus ihm herausquetschte. Alex, der in der Nähe stand, wandte betreten den Blick ab.

»Sie sind das gewesen«, zischte sie. »Sie haben ihn davon überzeugt, die Rettungsaktion abzublasen.«

»Das habe ich getan«, sagte er und biss die Zähne zusammen.

»Warum?«

»Wir dachten, Sie hätten die Agency hinters Licht geführt und seien zu Ihren sowjetischen Führungsoffizieren zurückkehrt. Wir hielten die ganze Sache für eine Falle, um den Rest der Einheit anzulocken.«

Anya verringerte den Druck und lehnte sich in ihren Stuhl zurück. Ihr Verstand lief auf Hochtouren. Cain hatte sie nicht freiwillig im Stich gelassen. Er war dazu gezwungen worden – in der irrtümlichen Annahme, dass sie ihn betrogen hatte. Das traumatische, lebensverändernde Ereignis, das dauerhaft einen Keil zwischen sie getrieben hatte, war durch Dinge ausgelöst worden, die ihr nie klar geworden waren.

Was gab es noch, das sie nicht wusste oder an dem Mann nicht verstand?

»Sie und ich, wir leben in einer Welt der Lügen«, fuhr Qalat fort. »Wir haben uns dieses Leben ausgesucht. Aber trotzdem ... macht es das nicht leichter, wenn wir diejenigen sind, die belogen werden.«

Genug, dachte Anya. Was auch immer damals hinter Cains Entscheidung gestanden hatte, sie in Afghanistan im Stich zu lassen, änderte nichts daran, wie er jetzt war. Und ganz bestimmt änderte es auch nichts an ihrer Mission hier.

»Wenn Sie mich so gut kennen, wie Sie behaupten, dann wissen Sie, dass ich ein zweites Mal von den Russen gefangen genommen wurde«, sagte sie und konzentrierte sich wieder auf das Verhör. »Vor acht Jahren. Sie haben mich wiedergefunden.«

»Das weiß ich«, bestätigte Qalat grimmig.

»Dann wissen Sie auch von einem israelischen Agenten namens Russo«, fuhr sie fort. »Er hat mir erzählt, dass er von pakistanischen Geheimdienstlern dazu gezwungen wurde, mich zu verraten. Die Männer standen unter Ihrem Kommando, Vizur.«

Qalat war wieder verstummt. Sie konnte ihm ansehen, dass er fieberhaft überlegte, wie viel sie wissen konnte und was er antworten sollte.

»Cain hatte diesen Auftrag an Sie weitergereicht, oder nicht?«, bohrte sie nach. »Dann hätte er notfalls alles abstreiten können. Er hat Sie und Ihre Männer dazu benutzt, mich aufzuspüren, damit er mich den Russen ans Messer liefern konnte. Sagen Sie mir die Wahrheit, dann lasse ich Sie leben.«

Sie hatte erwartet, wenn sie ihn mit so belastenden Fakten konfrontierte, würde er einknicken und alles bestätigen. Es hätte ihren Zorn und ihren Verrat gerechtfertigt. Aber zu ihrer Verblüffung schüttelte der Mann nur den Kopf und lachte leise in sich hinein.

»Sie kapieren es immer noch nicht, oder?«, sagte er und lachte weiter. »Die Sache ist größer als Marcus Cain, größer als Sie oder ich. Wir sind nur die Bauern, Schachfiguren in einem viel größeren Spiel.«

Anya presste wütend die Kiefer aufeinander, dann richtete sie die schallgedämpfte Automatik auf sein anderes Bein und drückte ab. Urplötzlich verdrängten Schmerzensschreie Qalats kicherenden Spott; er beugte sich vor und stemmte sich gegen die Fesseln.

»Es reicht!«, schrie Anya, packte seinen Haarschopf, riss seinen Kopf so zurück, wie sie es zehn Jahre vorher bei jenem Hirsch getan hatte, und zwang ihn, sie anzusehen. »Das ist kein Spiel! Geben Sie mir Antworten, sonst werde ich Sie foltern, bis Sie darum betteln, sterben zu dürfen, Vizur.«

»Anya …«, schaltete sich Alex ein. Er klang besorgt.

»Halt dich da raus, Alex!«, warnte sie. »Sagen Sie mir, warum ich verraten wurde!«

»Ich habe Ihnen doch gesagt … Wir leben in einer Welt der Lügen«, stieß Qalat zwischen keuchenden Atemzügen hervor. »Sogar Marcus.«

»Anya!«, wiederholte Alex – diesmal eindringlicher.

»Was ist denn?«, herrschte sie ihn an, weil sie sich über die Störung ärgerte.

Seine Aufmerksamkeit war auf den Laptop gerichtet, der neben ihm stand. »Der Bewegungssensor wurde ausgelöst. Draußen ist jemand.« Er sah zu ihr hoch. Seine Miene schien vor Angst erstarrt. »Sie haben uns gefunden!«

45

Washington, D.C.

»Sobald wir uns in Cains Kommunikation eingeklinkt haben, wissen wir, wann er wohin ausrückt«, fuhr Drake fort, »und wo wir zuschlagen können.«

»Es sind nur gut zehn Meilen von Langley bis zum Capitol«, sagte Mitchell. »Ungefähr zwanzig Minuten bei normalem Verkehr.«

Drake nickte. »Das bedeutet zwanzig Minuten Verwundbarkeit.«

»Ja, aber sieh dir die Karte an, Ryan. Es gibt über hundert verschiedene Routen, die er nehmen könnte«, betonte die ehemalige CID-Ermittlerin. »Einen Hinterhalt wie diesen können wir nicht einfach kurz aus dem Handgelenk schütteln. Selbst wenn wir wissen, wann er fährt, müssen wir auch wissen, *auf welcher Route.*«

»Mitchell hat recht«, stimmte Dietrich zu. »Wenn die Sache wirklich klappen soll, müssen wir den Schauplatz vorbereiten.«

Das war zweifellos richtig. Drake teilte seine Meinung. Um mit den verfügbaren Ressourcen einen bewaffneten Autokonvoi der Agency auszuschalten, mussten sie alle Register ziehen. Der eigentliche Angriff musste schnell, hart und absolut koordiniert ablaufen.

»Heiliger Strohsack, Dietrich. Bist du wirklich mal meiner Meinung?«, stichelte Mitchell.

»Gewöhn dich bloß nicht dran.«

»Wenn wir nicht an Cain herankommen, müssen wir dafür sorgen, dass Cain zu uns kommt.« Drake deutete auf die Karte, wo die Stadt durch den mäandernden Verlauf des Potomac zweigeteilt wurde. »Egal, welche Strecke er nimmt – er muss auf jeden Fall den Potomac überqueren.«

Jessicas Augen leuchteten auf. »Die Brücken.«

Er nickte. »Es kommen drei Brücken infrage – die Key Bridge im Norden, die Thomas Jefferson Bridge im Zentrum und die Brücken der 14. Straße weiter im Süden.«

»Was ist mit der hier?«, fragte Jessica und deutete auf die Flussüberquerung, die dazwischen lag. Die Arlington Memorial Bridge.

Frost schüttelte den Kopf. »Unwahrscheinlich. Der Zubringer von Langley läuft genau darunter durch«, erläuterte sie und deutete auf die Straße, die der Autokonvoi höchstwahrscheinlich nehmen würde. »Wenn er den Fluss an dieser Stelle überqueren wollte, müsste er einen Teil der Strecke zurückfahren.«

»Damit bleiben uns drei Kandidaten«, folgerte Drake.

»Nicht schlecht, Ryan«, stimmte ihm Dietrich zu. »Keine Gebäude in der Nähe, kaum Zivilisten auf den Gehwegen. Wir bräuchten uns nur um den fließenden Verkehr zu kümmern.«

»Damit haben wir zwar unsere Optionen eingegrenzt, aber wir können trotzdem nicht an drei Orten gleichzeitig sein«, erinnerte Mitchell. »Wie können wir ihn dorthin lotsen, wo wir ihn haben wollen?«

Drake sah zu seinem deutschen Mitstreiter hoch. »Und da kommst du ins Spiel, Jonas.«

»Verdammt, hier stinkt's«, murmelte Dietrich auf dem Weg durch das Fahrzeugdepot; reihenweise klobige Muldenkipper, Schaufellader und Kettenbagger. Alle standen still und reglos im frühen Morgendunst und warteten auf den Beginn der Frühschicht.

»Es ist eine Deponie, Jonas. Was hast du erwartet?«, erwiderte Mitchell, obwohl sie zugeben musste, dass der faulige Müllgestank, der in der Luft lag, nicht gerade angenehm war.

Dietrich ließ sich nicht ärgern. »Hast du dich schon mal gefragt, warum die Scheißjobs immer an uns hängen bleiben?«

»Weil Ryan dich nicht ausstehen kann.«

»Das Gefühl beruht auf Gegenseitigkeit«, schnaubte er und verlangsamte das Tempo, als er sich einem ganz bestimmten Mülllaster näherte und im orangefarbenen, trüben Schein einer Notbeleuchtung das Nummernschild entzifferte. »Da ist er.«

Mitchell nickte. »Dann rauf. Ich passe auf.«

Dietrich kletterte zur Führerkabine hoch und versuchte die Tür zu öffnen – nur für den seltenen Fall, dass sie unverschlossen war. Es hatte schon seltsamere Zufälle gegeben. Aber diesmal nicht. Ersatzweise zückte Dietrich sein Öffnungswerkzeug und machte sich an die Arbeit.

Während er sich um das Schloss kümmerte, berührte Mitchell ihr Funkgerät. »Keira, Bericht?«

Am anderen Ende der Stadt saß die junge Technikexpertin über ihren Computer gebeugt. Es war ihr mühelos gelungen, die Videoüberwachung des Depots zu hacken und die Livebilder auf ihr Terminal umzuleiten. Sie hatte ihre beiden Kameraden jetzt gut im Blick.

»Bitte lächeln, ihr seid bei *Vorsicht Kamera*.«

Mitchell grinste schief. »Wie sitzt meine Frisur?«

»Super. Die lokalen Videobilder laufen in einer Schleife, deshalb können sie euch auf ihren Monitoren nicht sehen. Aber ihr solltet euch trotzdem beeilen.«

»Verstanden.« Sie blickte zu Dietrich hinauf, der an dem Schloss herumfummelte. »Ich würde gerne behaupten, dass wir unseren besten Mann darauf angesetzt haben, aber ...«

»Das habe ich gehört«, murmelte Dietrich. Augenblicke später klickte das Türschloss. »Hast du was gesagt?«

Sie grinste unschuldig. »Ich habe nie auch nur eine Sekunde an dir gezweifelt.«

Dietrich verschwand aus dem Blickfeld, als er anfing, die Zündkabel freizulegen, um die Zündung kurzzuschließen. Hollywood lässt es so leicht aussehen, aber in Wahrheit muss man viel mehr Technik und Zeit dafür aufwenden.

»Ich unterbreche euch Turteltäubchen nur sehr ungern«, sagte Frost in eindringlichem Ton, »aber ihr bekommt Besuch.«

»Hey, ihr da drüben!«, rief eine Stimme weiter unten an der Reihe geparkter Fahrzeuge. »Was treibt ihr da? Die Frühschicht fängt erst in einer Stunde an.«

»Mist«, stieß Mitchell leise hervor, setzte ein falsches Lächeln auf und wandte sich zu dem Mann, der auf sie zukam. Er war Mitte fünfzig, sein kurz geschorenes Haar war so dicht wie bei einer Schrubberbürste, und sein wohlgenährter Körper drohte seine Nachtwächteruniform zu sprengen.

»Deshalb sind wir hier«, antwortete sie in einem selbstsicheren, entspannten Tonfall und klang fast ein wenig gelangweilt. Sie wusste längst, dass man nur so dreinzuschauen und sich zu benehmen brauchte, als ob man dazugehörte, damit es einem die meisten Leute abkauften. »Es gibt ein Problem mit einem eurer Laster. Wir sind hier, um ihn zur Reparatur abzuholen.«

Der Nachtwächter kniff die Augen zusammen. »Was für ein Problem?«

Mitchell machte eine Show daraus, in dem mitgebrachten Ordner zu blättern, der ein paar auf die Schnelle gefälschte Laufzettel enthielt. »Hier steht, die Vorderräder machen Geräusche und vibrieren. Wahrscheinlich ist ein Lager durch. Ist ein Mordsaufwand, so was auszutauschen, deshalb haben sie uns so früh hergeschickt, um ihn abzuholen.«

»Rede weiter mit ihm«, summte Dietrichs Stimme in ihrem Ohr. »Ich bin fast fertig.«

Der Nachtwächter kam näher und musterte sie von oben bis unten. Sie und Dietrich waren in die blauen Overalls des Fuhrparkservice gekleidet und trugen ihre Helme.

»Das ist eigenartig. Normalerweise machen sie einen Eintrag im Logbuch des Fahrzeugs«, dachte er laut nach und schien etwas misstrauisch zu werden.

Mitchell zuckte abwehrend mit den Schultern. »Hey, auf meinem Mist ist das nicht gewachsen. Uns hat man gesagt, wir sollen hier einen Laster abholen, und da sind wir.« Sie machte eine Pause. »Wie auch immer. Sie können ja anrufen.«

Der Mann zögerte, dann griff er nach seinem Walkie-Talkie und funkte das Wachhäuschen an. »Hey Mike, hörst du mich?«

»Was gibt's?«

»Also, ich habe hier eine Mechaniker-Crew, die einen unserer Müllaster abholen will. Steht davon was auf deinem Arbeitszettel für heute?«

»Moment …« Ein paar Sekunden verstrichen. »Nee, ich hab nichts auf dem Zettel.«

Mitchell spürte, wie sich ihr Puls beschleunigte, und dachte an die Waffe, die hinten in ihrem Arbeitsgürtel steckte. Notfalls hätte sie sich den Weg freischießen können, aber sie mochte keinen Unschuldigen töten.

»Was ist mit dem Computerlogbuch?«, fragte der Wachmann.

»Die haben dein Gesicht gesehen. Wenn das in die Hose geht, weißt du, was getan werden muss«, warnte Dietrich sie mit ausdrucksloser Stimme. Er war jetzt außer Sicht, aber sie wusste genau, was er sagen wollte. Wenn sie den Nachtwächter nicht erledigte, hätte er keine Hemmungen, es für sie zu tun.

»Äh ... ja, hier habe ich es«, bestätigte der zweite Wachmann. »Einer der Mülllaster ist ausgefallen. Probleme mit einem Lager. Er soll noch vor der Frühschicht von einer Crew abgeholt werden. Ich schätze mal, die haben vergessen, den Papierkram auszufüllen.«

Mitchell entspannte sich sofort. Frost hatte es geschafft, einen falschen Eintrag einzufügen. Der Schwindel würde wahrscheinlich in absehbarer Zeit auffliegen, aber das spielte keine Rolle. Sie hatten jetzt, was sie brauchten.

Sie kommentierte das mit einem abgeklärten Achselzucken. »Bürohengste, hab ich recht?«

Er grinste. »Du sagst es. Braucht ihr Hilfe, um das Ding hier rauszukriegen?«

Als Antwort richtete sich Dietrich in der Fahrerkabine auf und lies das Fenster herunter. »Nein, wir sind hier startklar«, sagte er mit einem gefakten amerikanischen Akzent.

Der Nachtwächter wirkte für einen kurzen Moment perplex, aber Dietrich warf den Motor an, bevor er weitere Fragen stellen konnte.

»Schönen Tag noch!«, schrie Mitchell, um den dröhnenden Motor zu übertönen, und kletterte auf den Beifahrersitz.

Dietrich fuhr langsam an, weil er erst noch ein Gefühl für die Kupplung und die Gänge bekommen wollte. Er warf seiner Komplizin einen kurzen Seitenblick zu: »Du bist echt 'ne gute Märchentante, Mitchell.«

Die Frau grinste kurz. »Ich habe bei den Besten gelernt.«

46

»Sobald ihr den Laster habt, ist es eure Aufgabe, möglichst viel Chaos zu verursachen und die südlichen Zufahrten zu blockieren, damit Cain nur eine Möglichkeit bleibt.«

Drake kringelte die Key Bridge ein, besser bekannt als die Francis Scott Memorial Bridge, die nördlichste der infrage kommenden Brücken.

»Sobald wir Cains Autokonvoi in die Todeszone gelotst haben, kommt es nur noch darauf an, die Falle zuschnappen zu lassen«, fuhr er fort. »Und ab da wird es interessant.«

»So kann man es auch nennen«, bemerkte Frost.

Drake warf ihr einen kurzen Blick zu, dann fuhr er fort: »Offizieller Standard für den Autokonvoi eines CIA-Direktors sind drei Fahrzeuge: eins an der Spitze, die Nachhut als Schlusslicht und die Hauptlimousine in der Mitte. Das heißt, wir haben es insgesamt etwa mit einem Dutzend bewaffneter Agenten zu tun.«

Der CIA-Direktor stand nicht ganz auf derselben Stufe wie der Präsident der Vereinigten Staaten von Amerika, der mit einem beachtlichen Heer von Secret-Service-Agenten, Beamten aus dem Weißen Haus, Rettungsärzten und Dutzenden anderer Mitarbeiter unterwegs war, um seine Unversehrtheit in jeder Hinsicht zu schützen. Dennoch bekleidete der Chef der CIA ein wichtiges Regierungsamt, wozu ein angemessen umfangreiches Sicherheitspaket gehörte.

Die Falle zuschnappen zu lassen war das eine. Sicherzustellen, dass Cain darin gefangen war, etwas ganz anderes.

»Viele Waffen«, sinnierte Mitchell.

»Um die Waffen können wir uns kümmern. Aber die Limousine ist das Problem.«

Mit diesen Worten legte Drake ein Foto vor sie auf den Tisch. Es war die Aufnahme einer imposanten Business-limousine auf dem Weg zu einer offiziellen Veranstaltung.

»Hier seht ihr das offizielle Fahrzeug des CIA-Direktors«, fing Drake an. »Kugelsicheres Glas, unzerstörbare Reifen, Vollpanzerung mit Kevlar- und Keramikeinlagen. Eine harte Nuss, wenn man das knacken will.«

»Und was schlagt ihr vor?«, fragte Jessica.

»Einen Hammer«, erwiderte Dietrich. Er ging zu dem Kastenwagen, der mitten in der stillgelegten Werkstatt ge-parkt war, schob die Seitentür auf und wuchtete einen gro-ßen, stabilen Kunststoffkoffer heraus. Nachdem er ihn mit einem lauten Rums auf den Tisch gewuchtet hatte, löste er die Verschlussbügel. Dann schaute er wie ein Zauberer, der gleich seinen Trick vorführen wollte, in die Gesichter der anderen und klappte den Deckel auf.

»Jesus Christus, Dietrich. Hättest du nicht noch etwas Größeres finden können?«, fragte Frost und ließ den Blick über das großkalibrige Scharfschützengewehr schweifen, das in dem Schaumstoffbett des Koffers lag. Es wirkte weit-aus größer und klobiger als alles, was sie jemals in der Hand gehalten hatte.

Dietrich grinste spöttisch. »Für dich sieht doch fast alles groß aus, Kleine.« Er hob die Waffe vorsichtig an und nahm sie aus dem schützenden Transportkoffer. »Das ist ein pan-zerbrechendes AS-50-Gewehr mit integrierter Zieloptik und klappbarem Zweibein-Stativ. Treffsicher auf 1500 Meter.«

Das AS-50 war eine britische Waffe, die erst vor wenigen Jahren von Accuracy International auf den Markt gebracht worden war. Es wurde eingesetzt, um gepanzerte Mannschaftstransporter, niedrig fliegende Flugzeuge und andere, nur leicht gepanzerte Fahrzeuge auszuschalten. Das Konzept beruhte auf den Panzerfäusten des Ersten und Zweiten Weltkriegs, das Design entsprach jedoch unverkennbar dem neuesten Stand der Technik. Man hatte eine ganze Reihe von Kompositmaterialien und rückstoßmindernden Mechaniken verbaut und so eine Waffe geschaffen, die eine große Feuerkraft besaß, sich aber ohne Verletzungsgefahr bedienen ließ.

Er hielt sie Drake hin, der ihm die schwere Waffe abnahm, sie an seine Schulter hob und Gewicht und Balance testete. Das Gewehr wog schon ohne Munition knapp 15 Kilo. Es im Stehen abzufeuern war unmöglich; diese Waffe musste an einer vorbereiteten Position aufgebaut werden.

»Gut«, beschied er und senkte die Waffe.

»Und ob sie gut ist«, schnaubte sein Kollege. »Ich musste alle Register ziehen, um da ranzukommen.«

»Aber reicht das auch?«, fragte Mitchell.

Dietrich setzte ein wölfisches Grinsen auf. »Mit denen hier bestimmt«, sagte er, öffnete eine Munitionsschachtel und hielt eine der beeindruckenden Patronen der AS-50 hoch. »Raufoss Mk 211, Kaliber 50. Panzerbrechende Wolframspitze mit einem hochexplosiven Brandsatz im Kern. Hat die Durchschlagskraft eines 20mm-Projektils, ist aber nur halb so groß. Mit dieser Munition könnte man theoretisch einen russischen Mi24-Kampfhubschrauber abschießen.«

Raufoss-Projektile waren besonders üble Geschosse, die Panzerplatten durchdringen konnten, bevor ein hochexplosiver Brandsatz detonierte, der sämtliche Personen, die in dem angegriffenen Fahrzeug eingeschlossen waren, tötete oder schwer verletzte.

»Das wird reichen«, entschied Drake und legte die Waffe ab.

Der Plan war schlicht. Sobald Cains Limousine fahruntüchtig war, wollte er das stehende Fahrzeug mit Raufoss-Geschossen durchsieben, was den gesamten Innenraum in eine Todeszone verwandelte. Falls Cain nicht von einem direkten Treffer oder einem Schrapnell getötet wurde, würde der Brandsatz das Innere des Wagens entzünden und ihn bei lebendigem Leib verbrennen. Falls es ihm gelingen sollte herauszukommen, wollte Drake bereit sein, um ihn zu erledigen.

Die anderen beiden Fahrzeuge des Konvois wären in diesem Moment irrelevant. Cain und sämtliche anderen Fahrzeuginsassen wären längst tot, bevor ihnen jemand zu Hilfe eilen könnte. Ein derart großer Kollateralschaden würde noch lange sein Gewissen belasten, das wusste Drake, aber das war der einzige halbwegs erfolgversprechende Plan.

»Wo wirst du sein?«, fragte Mitchell. »Wo ist deine Schussposition?«

Drake richtete wieder den Blick auf die Karte.

»Hier«, erklärte er und kreiste ein Gebäude auf der Nordseite der Brücke ein. Der 30 Meter hohe Uhrenturm diente den Studenten als Orientierungspunkt. Von dort aus hatte man ein perfektes Schussfeld auf die Brücke weiter unten. »Georgetown University.«

Die Gruppe verfiel in Schweigen, als alle das unschuldig aussehende Gebäude betrachteten, das auf der Karte markiert war. Dort sollte es geschehen. Von dort sollte Marcus Cain den Fangschuss bekommen.

47

Anya schaltete sofort um, ihre Wut und ihr Rachebedürfnis wurden von schnell kalkulierenden Entscheidungsprozessen abgelöst. Sie lief zu Alex' Laptop und sah sich den Livestream der drahtlosen Überwachungskameras an, die draußen installiert waren. Tatsächlich waren zwei Transporter vorgefahren, und ein Dutzend bewaffneter Einsatzkräfte rückte auf das Lagerhaus vor, in vollständiger Schutzkleidung und mit Maschinenpistolen bewaffnet. Obwohl sich Alex größte Mühe gegeben hatte, war ihnen der pakistanische Geheimdienst auf die Spur gekommen.

»Lösch alles. Sofort!«, befahl sie und lief los, um das Sturmgewehr zu holen, das sie im Kastenwagen gelassen hatte. »Sobald du fertig bist, gehst du zum Notausgang!«

Als Qalat sah, wie brenzlig die Lage für sie wurde, grinste er trotz seiner Schmerzen. »Zeit auszufliegen, kleines Vögelchen«, stichelte er. »Ich habe Ihnen doch gesagt, dass sie mich finden werden.«

Anya nahm das Sturmgewehr und drehte sich zu ihrem Gefangenen um. Aus ihm war sicherlich noch mehr herauszuholen, aber nicht hier. Qalat würde sie begleiten müssen.

Sie war erst ein paar Schritte auf ihn zugegangen, als sie zersplitterndes Glas klirren hörte. Sie sah gerade noch rechtzeitig hoch, um ein paar kleine Metallgegenstände durch die Belüftungsfenster ganz oben hereinfallen zu sehen.

Sie wandte sich instinktiv ab und presste die Augen zu, als nacheinander zwei betäubend laute Explosionen das Gebäude erschütterten. Der Sturmtrupp konnte keinen Einsatz von Splittergranaten riskieren, solange einer ihrer Leute hier drin war, deshalb mussten sie auf Blendgranaten zurückgreifen.

Ihre Ohren klingelten, als sie die Augen öffnete und zu den Haupttoren blickte. Es waren massive Stahlelemente, die auf Rollen liefen und von innen mit einer schweren Kette samt Vorhängeschloss gesichert waren. Ein ernst zu nehmendes Hindernis.

Aber das plötzliche Röhren eines Fahrzeugmotors verriet ihr, dass sie eine Lösung für ihr Problem gefunden hatten. Eine Sekunde später wölbten sich die Türen nach innen und fielen gleichzeitig um, als einer der Transporter durchbrach. Aus dem zerquetschten Kühlergrill stieg Dampf auf.

Noch bevor das Fahrzeug zum Stillstand gekommen war, wurde die Seitentür geöffnet, und schwarz gekleidete Einsatzkräfte sprangen heraus, weitere strömten durch das aufgebrochene Tor.

Anya wandte sich ab und sprang genau in dem Moment hinter ihrem geparkten Fahrzeug in Deckung, als einer der Angreifer die Waffe hob und eine Salve abfeuerte.

»Kontakt!«

Das Lagerhaus hallte vom Rattern des Automatikfeuers wider, ein Hagel von 9mm-Projektilen zischte vorbei und prallte nur wenige Meter entfernt aufheulend vom Betonfußboden ab. Anya drückte sich mit dem Rücken an den Kastenwagen, während die Seiten und das Heck unter Beschuss genommen wurden, die Reifen zerfetzt und die dünne Blechkarosserie perforiert wurde.

Sie rollte sich ab, legte sich flach auf den Boden und sah unter dem Kastenwagen durch. Ein paar gestiefelte Füße waren in ihre Richtung unterwegs. Sie legte ihr M4 an und feuerte eine ausgedehnte Salve. Die Waffe ratterte und schlug gegen ihre Schulter, Patronenhülsen prallten an den Unterboden des Fahrzeugs und landeten schließlich qualmend neben ihr auf der Erde. Die 5,56mm-Projektile flogen unter dem Kastenwagen durch und trafen die Füße und Knöchel eines bedauernswerten Kommandosoldaten, zertrümmerten seine Knochen und zerfetzten sein Fleisch.

Sie sah ihn stolpern und stürzen, hörte seinen gequälten Schrei, dann rollte sie zur Seite, um dem Geschosshagel zu entgehen, der darauf antwortete. Ein paar Projektile wurden sogar als Querschläger vom Boden und der Unterseite des Kastenwagens abgelenkt und heulten wenige Zentimeter entfernt an ihr vorbei.

Nicht weit davon feuerte Riley grinsend die nächste Salve ab und genoss den Rückstoß der MP5 an ihrer Schulter. Sie war mit einer einzigen Mission in dieses heiße, stinkende Land auf der anderen Seite der Welt geschickt worden: Anya zu finden und zu töten.

Jetzt war ihr Ziel in Sichtweite.

»Vorrücken«, befahl sie. »Macht sie fertig.«

Sie hatten sie festgenagelt, das wusste Anya. Es war nur eine Frage von Sekunden, bevor sie es über die Flanken versuchen oder sie mit Granaten herausscheuchen würden. Auf jeden Fall wäre sie dann ins Feuer der Maschinenpistolen geraten.

Sie griff an ihr Funkgerät und drückte auf Senden. »Alex, bitte melden.«

»Anya! Wo bist ...«

»Sie haben mich eingekesselt!«, unterbrach sie. »Ich brauche Deckung. Feuer im Loch!«

»Bist du sicher?«

Direkt neben ihr prallte das nächste Projektil vom Chassis ab, und abgeplatzte kleine Brocken halb geschmolzenen Metalls trafen sie seitlich im Gesicht.

»Feuer im Loch!«, wiederholte sie. »Jetzt!«

Nicht weit von ihr näherten sich dem zerschossenen Kastenwagen drei Einsatzkräfte mit vorgehaltenen, schussbereiten Waffen. Auf ein Signal von Riley löste sich einer der Männer und ging nach links, der nächste nach rechts, um ihre Zielperson einzukreisen. Anya mochte gefährlich und gut ausgebildet sein, aber sie war allein und eingekesselt. Sie waren ihr zahlenmäßig und an Feuerkraft überlegen, und Riley war fest entschlossen, sich beides zunutze zu machen.

Sie packte fest die MP5-Maschinenpistole und sprach in ihr Funkgerät.

»Auf Position?«

»Bereit.«

»Erwarte Befehl.«

Beide Männer standen mit Blendgranaten parat. Anya war gezwungen, entweder ihre Deckung aufzugeben, damit Riley sie erledigen konnte, oder sich von den beiden Männern überwältigen zu lassen, solange sie geblendet und taub war. So oder so gab es für sie kein Entkommen mehr.

Riley atmete tief durch und machte sich bereit, dann erteilte sie den Befehl.

»Los!«

Aber in genau diesem Moment wurde ihre Stimme von einem hohen, wimmernden Kreischen übertönt, das von irgendwo oben kam. Riley blickte erschrocken hoch – gerade rechtzeitig, um ein leuchtend rotes Geschoss qualmend, funkensprühend und heulend auf sich zurasen zu sehen.

»RPG!«, schrie sie und warf sich zur Seite.

Die seltsame Rakete zischte über ihren Kopf hinweg und detonierte dann mit einem Blitz in einem Funkenregen. Ihr folgten fast sofort die nächste und die nächste. Binnen

Sekunden war im Lagerhaus die Hölle los, weil von beiden Seiten Feuerwerkskörper herunterregneten, aufblitzten, kreischten, explodierten und dem Einsatzkommando mit ihrem Getöse und ihrer Blendwirkung jegliche Orientierung nahmen.

»Scheiße!«, schrie Riley wütend und ignorierte das Sperrfeuer, weil sie jetzt dessen Geheimnis kannte. »Es sind nur verdammte Böller. Sofort vorrücken!«

Das improvisierte Feuerwerk, das auf sie herunterregnete, war vielleicht laut und erschreckend, stellte aber für den voll gepanzerten Sturmtrupp keine Gefahr dar. Die Einsatzkräfte sprangen auf die Beine und rückten durch Funkenregen und leuchtend bunte Qualmwolken mit vorgehaltenen, schussbereiten Waffen auf ihre Zielperson vor.

Anya hatte das kurze Ablenkungsmanöver jedoch genutzt und ihre Position aufgegeben. Sie rannte mit eingezogenem Kopf auf die Eisentreppe am anderen Ende des Lagerhauses zu und gab ihr Bestes, um nicht von herumsausenden Raketen getroffen zu werden. Die Einsatzkräfte des Sturmtrupps mit ihrer Körperpanzerung konnten Treffer wahrscheinlich einfach abschütteln, aber sie war nicht so geschützt.

Außerdem wusste sie, dass das Überraschungsmoment und die Verwirrung nicht lange vorhalten würden. Ihr blieben nur noch Sekunden, um Alex zu erreichen und zu fliehen. Sie konnte nur hoffen, dass der junge Mann so schlau gewesen war, die Beine in die Hand zu nehmen.

Doch im nächsten Moment löste sich direkt vor ihr ein Schemen aus dem Qualm und verdichtete sich vor ihren Augen zu greifbarer Realität. Sie sah ihn im selben Moment, in dem er sie sah und seine Maschinenpistole auf sie anlegte.

Ihr erster Impuls war, ihm auszuweichen, aber dann traf Anya eine jener Entscheidungen, die, in Sekundenbruchteilen gefällt, oft den Unterschied zwischen Leben und Tod bedeuten konnten. Sie lief einfach weiter, lehnte sich leicht nach rechts und verlagerte dann ihr Gewicht, sodass sie nach hinten fiel. Sie wurde von ihrem Schwung weiterbefördert und rutschte auf dem Boden an ihm vorbei.

Sie sah, wie er sie wieder anvisierte und die Waffe nach unten richtete, hörte die knatternde Salve hinter sich im Boden einschlagen, aber es war zu spät.

Noch im Vorbeirutschen hatte sie das M4 in seine Richtung geschwenkt und das Feuer erwidert. Keine Chance, ihn für einen gezielten Treffer auch nur ungefähr ins Visier zu nehmen – also drückte sie einfach ab und leerte das ganze Magazin. Viele der Projektile verfehlten ihn komplett, manche verformten sich nur an seiner Panzerung oder wurden als Querschläger abgelenkt, aber es blieben genug übrig, die ins Ziel fanden und ihn aus dem Gleichgewicht brachten.

Am Ende ihrer Rutschpartie ließ Anya die entladene, qualmende Waffe fallen und sprang auf die Füße. Sie ignorierte die Schmerzen ihres geschundenen Körpers, zückte die M1911-Automatik und trat den angeschlagenen Gegner zu Boden, bevor er wieder schießen konnte. Sie rammte ihm den Lauf unter das Kinn und feuerte einen einzigen Schuss nach oben. Es folgten ein dumpfes Knirschen und ein metallischer Aufprall, als das 45er-Projektil seinen Schädel durchschlug und an der Innenseite seines Helms zerschellte.

Er war erledigt, aber es konnte nicht mehr lange dauern, bis die anderen, von den Schüssen alarmiert, eintreffen würden. Sie musste dort weg ...

Ihre Überlegungen fanden ein jähes Ende, als sie plötzlich so heftig von etwas am Hinterkopf getroffen wurde, dass es sie nach vorne schleuderte. Weißes Licht explodierte vor ihren Augen, und sie ging zu Boden. Dabei fiel ihr die Pistole aus der Hand.

Anya landete verkrümmt neben dem Mann, den sie gerade getötet hatte; sie sah Sternchen, und von ihrem Hinterkopf breitete sich Schmerz aus. Sie war getroffen worden. Wie schwer, konnte sie nicht sagen. Aber sie lebte. Sie musste aufstehen.

Doch noch während sie sich aufrichten wollte, sah sie verschwommen die Umrisse der Maschinenpistole des toten Soldaten in greifbarer Nähe und streckte benommen die Hand danach aus. Ein Tritt in die Rippen bereitete ihrem kläglichen Versuch ein plötzliches Ende und schleuderte sie auf den Rücken.

»Diesmal nicht, du kleines Miststück«, sagte eine gedämpfte Stimme hinter einer Gesichtsmaske.

Anya blickte auf und sah den Mann, der sie mit dem Kolben seiner Waffe niedergestreckt hatte. Er ragte riesig und bedrohlich vor ihr auf, die Blitze und der Qualm der Feuerwerkskörper hinter ihm betonten seine Silhouette, als er die Waffe hob, um auf sie zu schießen.

Ein Schuss krachte, ihm folgte der nächste und dann noch einer. Anya zuckte bei jedem lauten Knall zusammen und begriff nicht, weshalb sie noch am Leben war.

Der Kommandosoldat vor ihr zuckte und taumelte von den Treffern, bis schließlich ein letztes Projektil mitten durch seine Gesichtsmaske schlug. Er stolperte nach hinten und löste im Todeskampf einen verzweifelten, unkontrollierten Feuerstoß aus, der die Decke traf. Dann brach er zusammen und blieb zuckend liegen.

Einen Augenblick später sprang eine zweite Gestalt ins Blickfeld. Ein junger Mann, dessen Miene von Angst und Sorge gezeichnet war und der eine qualmende Automatik mit den Händen umklammerte.

»Anya, bist du okay?«, fragte Alex mit zitternder Stimme. »Kannst du laufen?«

Sie starrte ihn benommen an und versuchte zu begreifen. »Alex …?«

»Steh auf!«, zischte er. »Wir müssen hier weg!«

Alex hakte eine Hand unter ihren Arm, schaffte es, die verletzte Frau hochzuziehen, und schleifte sie geradezu zur Eisentreppe. In ihren Ohren pochte das Blut, und vor ihren Augen verschwamm alles, aber sie hatte noch genug Geistesgegenwart, um den Ernst der Lage zu begreifen. Irgendwie brachte sie die Kraft auf, einen Fuß vor den anderen zu setzen und sich schwankend die Treppe hochzuziehen.

»Beeilung!«, drängte Alex, der wegen des dichten Qualms, der überall in der Luft lag, husten musste.

Das Sperrfeuer knatterte kaum noch, die letzten Feuerwerkskörper waren gezündet, und es war nur ätzender, erstickender Qualm geblieben, der sich in einer dichten Wolke im ganzen Lagerhaus ausgebreitet hatte. Den beiden war klar, dass sich der Rauch bald lichten würde.

Anya schaffte es, den oberen Treppenabsatz zu erreichen, von dort ging zu es einem Laufstieg, der direkt unter dem Dach verlief. Gemeinsam taumelten sie bis zur anderen Seite, wo eine Leiter zu einer Ausstiegsluke im Dach führte.

Alex ließ seine verletzte Freundin zurück, stieg die Leiter hinauf, entriegelte den Lukendeckel und drückte ihn auf. Durch die Öffnung stieg Qualm auf, doch man sah dahinter ein Stück des dunklen Nachthimmels.

»Komm schon!«, zischte der junge Mann. »Weiter.«

Alles drehte sich vor Anyas Augen, aber mit großer Willenskraft klammerte sie sich fest und hievte sich Sprosse um Sprosse hinauf.

Vor ihren Augen wurde wieder alles unscharf, Schmerz und Benommenheit nahmen sie in die Zange. Sie fühlte sich wie mit Bleigewichten beschwert, und jede neue Sprosse war wie eine Bergbesteigung, trotzdem kämpfte sie sich immer weiter nach oben.

Fast angekommen.

Da rutschte sie aus, ihre Hand hatte oben die letzte Sprosse verfehlt. Sie merkte, wie sie nach hinten stürzte und machte sich schon darauf gefasst, auf das darunterliegende Gitter zu stürzen. Noch im Fallen wusste sie, dass sie nicht noch einmal die Kraft aufbringen könnte, die Leiter hinaufzuklettern.

Plötzlich spürte sie, wie sich etwas um ihr Handgelenk legte, ihr Sturz wurde ruckartig unterbrochen, und als sie nach oben sah, entdeckte sie Alex über sich in der offenen Luke. Sein Arm zitterte, das Gesicht war verzerrt von der Kraftanstrengung, sie festzuhalten, aber er ließ nicht locker.

Und mit einer titanischen Anstrengung, die der Verzweiflung entsprang und der sturen, schlichten Weigerung, sich geschlagen zu geben, hievte er sie hoch, bis sie die Lukenkante packen konnte. Sie hakte ihre Füße weiter unten in die Sprossen, um ihn mit ihren eigenen, letzten Kraftreserven zu unterstützen, und schaffte es, sich mit erschöpftem Keuchen durch die Luke nach draußen zu ziehen.

Von der Anstrengung erledigt, brachen sie beide auf dem Dach zusammen.

Unten kauerte Vizur Qalat in einem Winkel der raucherfüllten Halle. Das plötzliche und unerwartete Feuerwerk hatte ihm die Zeit verschafft, die er brauchte, um sich zu befreien. Er brachte seinen Stuhl so zum Kippen, dass er beim Aufprall zerbrach.

Als er sich wieder bewegen konnte, humpelte er von der wilden Schießerei weg und flüchtete sich in den hinteren Teil des Gebäudes, wo er abwartete, dass sich der Sturmtrupp um Maras und ihren Komplizen kümmerte. Jetzt saß er zusammengesunken an der Wand. Er war erschöpft und wachsam und biss die Zähne aufeinander, weil die Schussverletzungen so schmerzten. Sie hatte Wort gehalten und darauf geachtet, ihm nur Fleischwunden zuzufügen, auch wenn das die Feindseligkeit, die er ihr entgegenbrachte, kaum milderte.

Er hoffte inständig, dass es dem Team gelänge, sie lebend gefangen zu nehmen. Er wollte ihr die heutige kleine Verhörrunde persönlich heimzahlen. Ganz zu schweigen von dem Leibwächter, der seinen Posten verlassen hatte und geflohen war, um sein eigenes, erbärmliches Leben zu retten. Qalat war entschlossen, seine Drohung wahr zu machen und den Mann samt seiner Familie für diese Feigheit umzubringen.

Das Geräusch nahender Schritte lenkte seine Aufmerksamkeit zurück auf kurzfristigere Angelegenheiten, und er blickte auf, als zwei Männer in voller Kampfausrüstung mit vorgehaltenen und schussbereiten Waffen näher kamen.

»Ihr habt lange gebraucht«, schimpfte er auf Paschtu. »Holt mir einen Sanitäter.«

Keiner der Männer zeigte eine Reaktion, und ihre Waffen senkten sie auch nicht.

»Seid ihr taub?«, herrschte Qalat. »Seht ihr nicht, dass ich was abbekommen habe?«

Einer der Agenten hob langsam die Hand und schaltete das Mikrofon seines Funkgerätes ein. »Alpha Team. Der Direktor ist in Sicherheit. Erbitten Befehle.«

Qalat erbleichte. Es war die Stimme einer Frau gewesen, und die Agentin hatte Englisch gesprochen. Dieser Sturmtrupp bestand aus Amerikanern.

»Verstanden«, erwiderte eine Stimme. »Wie ist der Status der Zielperson?«

»Sie waren auf uns vorbereitet. Wir haben Männer verloren.«

»Verluste interessieren mich nicht. Ich will, dass sie stirbt.«

»Marcus Cain hat euch geschickt, oder?«, fragte Qalat, dessen Herz jetzt schnell und heftig schlug. »Er wusste, dass Maras es auf mich abgesehen hatte. Sagt ihm, dass ich ihm helfen kann, sie zu finden.«

»Haben Sie das gehört?«, fragte Riley, die die Funkverbindung aufrechterhalten hatte, damit Hawkins mithören konnte.

Die paar Sekunden Stille, die nun folgten, schienen sich wie Stunden auszudehnen.

»Ich habe genug von ihm gehört«, entschied Hawkins. »Töten Sie ihn und finden Sie Anya.«

»Warten Sie!«, flehte Qalat, als die Frau ihre Waffe auf ihn richtete. Seine lange Karriere war von sorgfältiger Planung und taktischen Manövern, von kalkulierten Risiken und Verhandlungen, von Verrat und von Personen gekennzeichnet, die er geopfert hatte, wenn es seinen eigenen Interessen diente. Aber erst jetzt erfuhr er, was wahre Angst bedeutete.

»Cain braucht mich. Da sind Dinge, die er nicht weiß. Wir ... wir haben einen Deal!«

»Ihr *hattet* einen Deal, Arschloch«, sagte Riley ruhig, bevor sie ihm drei Kugeln durch die Brust jagte. Der Tote sackte zu Boden; die Wand hinter ihm war mit seinem Blut bespritzt, und Riley wandte sich an ihren stellvertretenden Kommandanten. »Ausschwärmen. Findet sie!«

Ein paar Sekunden lang konnten weder Anya noch Alex ein Wort herausbringen. Sie lagen japsend mit jagendem Puls und schmerzenden Muskeln auf dem Rücken. Aber auch wenn beide erschöpft waren und ihnen alles wehtat – sie waren nicht außer Gefahr.

Alex drehte sich um, griff nach dem Lukendeckel und schloss ihn. Weil er nichts zum Fixieren hatte, zog er sich den Gürtel ab, fädelte ihn durch die angeschweißten Ösen und zurrte den Ledergurt so fest wie möglich.

»Das wird sie nicht lange aufhalten«, warnte er und wandte sich zu seiner Gefährtin. »Wir müssen weiter.«

Anya richtete sich auf und zeigte zum anderen Ende des Daches.

»Das Kabel«, murmelte sie. »Mach es bereit.«

»Du hältst dich direkt hinter mir«, sagte Alex und eilte davon.

Das Lagerhaus befand sich mitten in einem Gewerbegebiet, eines von fast einem Dutzend identischer Gebäude, die an einer Zufahrtsstraße aufgereiht waren und hinter denen sich ein von Gebüsch überwucherter, ungenutzter Landstreifen entlangzog. Zwischen den einzelnen Lagerhäusern klaffte ein Abstand von mindestens zehn Metern – weiter, als ein Mensch springen konnte.

Glücklicherweise hatten sie eine andere Fluchtroute im Sinn. Weil sie einen möglichen Angriff eingeplant hatte, hatte Anya ein langes Kabel vom Dach ihres Lagerhauses und über das freie Feld dahinter gezogen und es an einem Stützpfeiler des Drahtgitterzauns befestigt, der die ganze Anlage umgab. Sie hatte das Kabel absichtlich nicht gespannt und es stellenweise sogar eingegraben, damit niemand darauf aufmerksam wurde.

Alex lief zum Rand des Daches, wo dieses Kabel um das umlaufende Geländer geschlungen war. Er entdeckte den Stapel Gasbetonsteine, die an seinem Ende festgebunden waren, umklammerte sie und hievte sie über die Kante. Das schwere Gegengewicht stürzte ins Dunkel und nahm das

Kabel mit, bis es gestrafft war und kein Spiel mehr hatte. Dem alten Geländer war die Belastung anzusehen.

»Es ist bereit!«, rief er. »Beeil dich!«

Anya kämpfte sich auf die Füße und humpelte zu ihm. Alex schnappte sich inzwischen zwei schlichte Lederstreifen, die als improvisierter Abseilgurt dienen sollten, und wickelte sich ein Ende ums Handgelenk.

»Los«, befahl sie. »Ich bin die Nächste.«

Alex blickte unsicher auf das Kabel, das sich ins Dunkel erstreckte, und dann zurück zu Anya. »Vielleicht solltest du als Erste gehen.«

Ein lauter Schlag sorgte dafür, dass sich beide gleichzeitig umdrehten, als die Lukenklappe ein, zwei Zentimeter hochsprang, bevor sie von Alex' improvisierter Fixierung blockiert wurde.

»Keine Zeit für Diskussionen«, entschied Anya. »Los jetzt, Alex!«

Alex stieß einen leisen Fluch aus, schlang sein Abseilgeschirr um das Kabel, packte es mit beiden Händen und belastete es probehalber. In den nächsten paar Sekunden konnte eine Menge schiefgehen. Das Kabel konnte reißen, das Geschirr konnte nachgeben, und er konnte den Halt verlieren und stürzen. Ganz zu schweigen von der Aussicht, erschossen zu werden, während er hilflos am Kabel hing.

»Scheiß drauf«, murmelte er und stieß sich von der Kante ab.

Das Kabel ruckelte und dehnte sich unter seinem Gewicht, es schwang ihn hin und her, wobei ihm fast das Geschirr aus der Hand gerissen worden wäre, aber er klammerte sich hartnäckig fest; schon rutschte er am Kabel hinunter und nahm dabei immer mehr Fahrt auf. Der Fahrtwind schlug ihm ins Gesicht, und der Boden rauschte unter ihm vorbei, während das Dach und Anya in der Ferne verschwanden.

Alex spannte die Muskeln an und machte sich bereit, als der Zaun auf ihn zuraste. Er hob die Füße hoch, um den Aufprall abzufedern, und krachte gegen das Hindernis.

Hinter ihm verfolgte Anya, wie der junge Mann in der Dunkelheit verschwand; das Metallgeländer drohte unter seinem Gewicht nachzugeben.

Das Geknatter von Maschinenpistolen lenkte ihre Aufmerksamkeit zurück zur Ausstiegsluke, wo ein Feuerstoß das Blech der Einfassung perforiert und Alex' Gürtel zerfetzt hatte. Als der Lukendeckel von innen umgeklappt wurde, wusste Anya, dass ihr keine Zeit mehr blieb. Sie hatte keine andere Wahl und musste es riskieren.

Sie schlang den Abseilgurt um das unvermindert zuckende Kabel, packte die Lederenden und stürzte sich vom Dach.

Der schwindelerregende Moment, als es plötzlich in die Tiefe ging, wurde von einem heftigen Ruck unterbrochen, als das Kabel mit ihrem vollen Gewicht belastet wurde, was ihr fast den Haltegurt aus den Händen gerissen hätte. Sie war nach dem Kampf geschwächt und benommen und hatte höchstwahrscheinlich eine Gehirnerschütterung, war also, kurz gesagt, kaum in der Verfassung, um einen schnellen Seilabstieg wie diesen zu wagen, aber es gab keine Alternative. Entweder ließ sie es darauf ankommen, oder sie starb.

Hinter ihr knatterte eine Salve, aber Anya achtete kaum darauf. Ihre Willenskraft und Stärke war jetzt restlos darauf konzentriert, nicht loszulassen, während der Boden unter ihr vorbeiraste und sie sich von Sekunde zu Sekunde weiter von dem Dach und den bewaffneten Männern entfernte, die ausgeschickt worden waren, um sie zu töten.

Sie spürte, wie ihr Griff immer schwächer wurde und der

Gurt durch ihre Finger zu rutschen begann. Sie versuchte verzweifelt, sich festzuklammern, aber der Körper wollte ihr nicht mehr richtig gehorchen, und sie merkte, dass sie nach und nach den Halt verlor.

Vor sich sah sie den Zaun rasend schnell näher kommen. Alex kauerte daneben. Sie biss die Zähne zusammen und kämpfte darum, sich nur einige wenige Sekunden länger zu halten.

Es reichte nicht. Der Riemen rutschte ihr durch die Hand und verschwand. Sie stürzte, taumelte durch die Luft und erwartete den knochenbrechenden Aufprall, als ihr der Boden wie eine Riesenfaust entgegenkam.

Aber zu ihrer Überraschung erreichte sie nur einen Augenblick später den Grund, stürzte nach vorn und rollte sich instinktiv ab, um den Aufprall und einen Teil des Schwungs abzufedern.

»Anya! Bist du okay?«, fragte Alex und eilte zu ihr.

Anya richtete sich mühsam auf und bewegte vorsichtig die Gliedmaßen. Dutzende Prellungen und Schürfwunden an den Stellen, wo scharfe Steine ihre Haut verletzt hatten, verursachten einen Schmerz, der sich blitzschnell in ihr ausbreitete, aber wenigstens hatte sie nicht den Eindruck, sich etwas gebrochen zu haben. Sie wusste nicht, dass das überlastete Geländer unter ihrem Gewicht schließlich nachgegeben und sich nach außen gebogen hatte, woraufhin das Kabel so weit durchhing, dass ihr ernsthaftere Verletzungen erspart geblieben waren.

Die Flucht war tatsächlich geglückt.

»Es geht mir gut«, bestätigte sie, nicht ganz sicher, ob das der Wahrheit entsprach.

Von entfernten Schreien auf dem Dach aufgeschreckt, zeigte Alex zu einem Spalt im baufälligen Zaun. »Wir können hier nicht bleiben. Komm jetzt!«

Als sie durch ein ausgefranstes Loch in dem Maschendraht ins Dunkel schlüpften, meldete sich Anya zu Wort. »Ich muss Ryan warnen.«

»Ryan?«, rief Alex. »Ich dachte, du willst nichts mehr mit ihm zu tun haben?«

»Die Dinge haben sich geändert«, erwiderte die Frau. »Alles hat sich geändert.«

TEIL VIER

WOFÜR ZU TÖTEN LOHNT

Wer auf Rache aus ist,
der grabe zwei Gräber.

Chinesisches Sprichwort

48

CIA-Hauptquartier, Langley – 1. Mai.

Kurz nach 13 Uhr klingelte Marcus Cains Schreibtischtelefon. Er sammelte sich und hob den Hörer ab. »Direktor Cain.«

Er wurde knapp und professionell von einer Telefonistin begrüßt. »Der Präsident möchte Sie sprechen. Bitte bleiben Sie am Apparat, Sir.«

Es wurde wieder still am anderen Ende. In der Leitung klickte und summte es mehrere Male, während die Verbindungen synchronisiert wurden und an beiden Endgeräten die Verschlüsselungssoftware ansprang. Einen Moment später war Cain mit dem Präsidenten der Vereinigten Staaten verbunden.

»Marcus, schön, Sie wieder zu sprechen«, begann der Präsident in seinem typischen, ruhigen Tonfall. »Wie läuft es bei Ihnen?«

»Bei mir läuft alles bestens, Mister President«, log er. »Danke der Nachfrage.«

»Nun, ich habe das Gefühl, dass es Ihnen gleich noch viel besser gehen wird«, sagte der Präsident, der über die Neuigkeit, die er mitzuteilen hatte, hörbar erfreut war. »Gerade kam das Abstimmungsergebnis aus dem Senatsausschuss herein. Ich habe die Ehre, Ihnen mitzuteilen, dass man Ihrer unbefristeten Berufung zum CIA-Direktor zugestimmt hat. Herzlichen Glückwunsch, Direktor Cain.«

Cain schloss die Augen, atmete langsam aus und nahm sich einen kurzen Moment Zeit, um die Nachricht auf sich wirken zu lassen und sich über die Beförderung zu freuen.

»Die Ehre ist ganz meinerseits, Mister President.«

»Ich weiß, dass Sie lange und hart dafür gearbeitet haben. Sie haben unserem Land bereits sehr große Dienste geleistet. Ich vertraue darauf, dass Sie einen hervorragenden Direktor abgeben werden, und ich habe das Gefühl, dass wir in den Jahren, die vor uns liegen, Männer wie Sie gebrauchen können.«

»Danke, Sir. Ich werde Sie nicht enttäuschen.«

»Guter Mann«, sagte der Präsident, und Cain hatte den Eindruck, dass er es wirklich so meinte. »In Kürze wird sich der Direktor der Nationalen Geheimdienste bei Ihnen melden, um Sie zur Amtseinführungszeremonie einzuladen, die heute im Laufe des Tages stattfindet. Es ist nur eine Formalität, aber wir müssen das volle Programm durchziehen. Sofern Sie nichts dagegen haben, noch einmal auf diese Seite des Potomac zu kommen, heißt das.«

Cain rang sich ein Lachen ab. »Natürlich nicht, Sir.«

»Gut. Meine Leute kümmern sich um die Vereidigungszeremonie in Langley, sobald Sie im Senat fertig sind. Wir haben zurzeit so viele Baustellen, dass wir versuchen werden, die Anwesenheit von Journalisten auf ein Minimum zu reduzieren. Und danach können wir uns vielleicht richtig an die Arbeit machen, nicht wahr?«

Cain lächelte bei dem Gedanken. Ja, es gab wirklich eine Menge Arbeit zu erledigen.

»Danke, Mister President.«

Keine zwanzig Minuten nach Cains schicksalhaftem Telefonat mit dem Weißen Haus vibrierte Drakes Handy. Er straffte sich und nahm das Gespräch an.

»Ja?«

»Ich bin's«, meldete sich Starke. »Das Weiße Haus hat gerade Cains Büro angerufen. Die Zeremonie geht heute über die Bühne.«

Drake, der mitten in der provisorischen Basis stand, hob die freie Hand und schnippte mit den Fingern, um allgemeine Aufmerksamkeit einzufordern. Sämtliche Beschäftigungen und Gespräche wurden unterbrochen, und alle sahen ihn erwartungsvoll an.

»Wann?«

»Die Zeremonie zur Amtseinführung beginnt um 18 Uhr.«

Drake sah auf seine Armbanduhr. Knappe zwei Stunden, bis alles am Platz sein musste. Das war knapp, aber machbar.

»Sie wissen, was Sie zu tun haben?«

»Ja, das weiß ich«, bestätigte Starke.

»Gut. Schalten Sie Ihr Funkgerät ein und fahren Sie nach Langley. Wir erklären Ihnen alles.«

»Ich bin bereits unterwegs«, bestätigte der NSA-Direktor. Er hielt kurz inne und fügte dann hinzu: »Es ist so weit, Ryan. Lassen Sie mich nicht hängen.«

»Werde ich nicht.«

Er beendete das Gespräch und sah seine Gefährten der Reihe nach an: die kleine Gruppe, die ihm bis hierher gefolgt war und unzählige Male ihr Leben für ihn riskiert hatte – die Menschen, die er ein letztes Mal um Hilfe bat.

Jetzt ruhten ihre Blicke auf ihm. Abwartend und bereit.

»Es geht los«, verkündete er. »Macht euch bereit.«

49

Goljanowo-Bezirk, Moskau – 10. März 2003

Marcus Cain atmete ein und schmeckte die eiskalte Nachtluft. Er stand im Schatten einer halb fertigen Betonwand und wartete auf eine Verabredung. Die Baustelle, auf der er sich befand, hatte bereits existiert, als der Kreml noch im Zeichen von Hammer und Sichel gestanden hatte: Ein ambitioniertes Wohnungsbauprojekt für die Arbeiter der Stadt, das nie verwirklicht worden war. Man hatte die Bauarbeiten in den frühen 1990er-Jahren, als die Sowjetunion zerfiel, eingestellt und nie wieder aufgenommen. Überall standen gespenstische, halb fertige Bauten herum, deren Betonsäulen bereits bis auf die eingearbeiteten Stahlarmierungen weggebröckelt waren. Alles, was sich zu Geld machen ließ, war längst verschwunden, zurückgeblieben waren nur Rohbauten als stumme Mahnung dessen, was hätte werden können.

Er ertappte sich nicht zum ersten Mal dabei, dass er über seinen eigenen Anteil daran nachdachte. Würden die roten Fahnen mit Hammer und Sichel noch hier flattern, wenn er und andere nicht gehandelt hätten? Wären Europa noch geteilt und der Kalte Krieg in vollem Gange?

Er schüttelte den Kopf und verbannte den Gedanken. Er war nicht hier, um über die Kriege der Vergangenheit nachzudenken, sondern um zukünftige zu verhindern.

Er tastete unter seinem Mantel nach den harten Konturen der Glock-Pistole, die er mitgebracht hatte. Wenn einen je-

mand mitten in der Nacht an einen verlassenen Ort in den Außenbezirken Moskaus bestellte, standen die Chancen auf eine gewalttätige Auseinandersetzung gut. Insbesondere, wenn dieser Jemand Victor Surowski war.

Cain hatte über den Mann Erkundigungen eingezogen. Der hochrangige KGB-Agent hatte in den 1980er-Jahren als Geheimdienstoffizier in Afghanistan gedient und einen ebenso brutalen wie äußerst effektiven Feldzug gegen die Mudschahedin geführt. Nach der Auflösung der UdSSR war er zunächst in der Versenkung verschwunden, auch vom Radar der Agency, aber er war vor Kurzem beim Konflikt in Tschetschenien wieder auf der Bildfläche erschienen und hatte dort, allem Bekunden nach, die gnadenlose und effektive Taktik fortgeführt, die er sich in Afghanistan angeeignet hatte.

Ein harter, gefährlicher Mann, der ein hartes, gefährliches Leben gelebt hatte.

»Eine kalte Nacht, mein Freund.«

Cain fuhr herum und sah eine Gestalt im Schatten eines ausgeweideten Wohnblocks stehen. Es kostete ihn sehr viel Selbstkontrolle, nicht automatisch nach der Pistole zu greifen.

Die Gestalt bewegte sich, und die Umrisse eines älteren Mannes, der in einen schwarzen Mantel gehüllt war und eine Uschanka trug, die traditionelle, überall in Russland verbreitete Pelzmütze, zeichnete sich ab.

»In meinem Land können wir gut mit der Kälte umgehen«, fuhr der Russe fort.

Sein Englisch war hervorragend und hatte nur einen leichten Akzent. Lächelnd griff er in seine Manteltasche, und Cain kämpfte wieder mit der Versuchung, nach der Pistole zu greifen.

Einen bangen Moment später holte Surowski einen kleinen Flachmann hervor, drehte den Stöpsel ab und nahm einen ordentlichen Schluck. Als er genug hatte, streckte er Cain die Flasche hin, der jedoch den Kopf schüttelte.

»*Ich habe den weiten Weg nicht auf mich genommen, damit wir zusammen einen trinken.*«

Der Russe schnaubte belustigt. »*Das ist wahr. Sie sind hier, weil Sie Informationen von mir wollen. Informationen, die äußerst wertvoll für Sie sein könnten.*«

Cain sah ihn skeptisch an. »*Das hängt davon ab, was Sie dafür wollen.*«

»*Wir reden gleich über das, was ich will. Lassen Sie uns zuerst über das reden, was Sie wollen, Marcus Cain*«, sagte er. »*Die Vereinigten Staaten planen den Einmarsch im Irak. Der Krieg könnte in wenigen Tagen beginnen.*«

Das war natürlich kein Geheimnis. Nachrichtenagenturen auf der ganzen Welt hatten ausführlich über den Truppenaufmarsch im Golf berichtet.

»*Wir wissen beide, dass sich dieser Einmarsch als kostspieliger Fehler erweisen wird*«, fuhr Surowski im Brustton tiefster Überzeugung fort. »*Glauben Sie mir, wir Russen kennen den Preis unzureichend durchdachter Invasionen.*«

Bei diesen Worten lag ein Schimmern in seinen Augen. Es war das alte Feuer der Wut und des Hasses, genährt von der demütigenden Niederlage in Afghanistan. Auch dies ein Ereignis, bei dem Cain mitgewirkt hatte.

»*Sie sind hier, Mister Cain, weil Sie nach einem Weg suchen, diesen Krieg zu beenden, bevor er beginnt. Nach einem Weg, um Hunderttausende Menschenleben zu retten.*« Der Mann lächelte, aber sein Lächeln war so kalt wie die Nacht, die sie umgab. »*Wie wäre es, wenn ich Ihnen sagte, dass ich die Lösung für Sie habe?*«

Jetzt endlich ging es zur Sache. »*Was haben Sie anzubieten?*«

»*Den irakischen Präsidenten.*«

Cains Blick wurde lebendiger. Saddam Hussein war der Fels, auf dem das irakische Regime aufgebaut war. Ohne ihn würde die Herrschaft innerhalb von Tagen zusammenbrechen, *und moderatere Nachfolger konnten seinen Platz einnehmen. Eine bewaffnete Invasion war dann nicht mehr nötig.*

»Und wie genau?«, fragte er vorsichtig.

»Ein Mitglied seines inneren Führungskreises ist bereit, gegen Geld und eine Freiheitsgarantie seinen Standort preiszugeben. Sobald Sie diesen kennen, reicht ein einfacher Drohnenangriff, um ihn zu eliminieren. Sie würden als der Mann in die Geschichte eingehen, der einen Krieg verhindert und Abertausende von Leben gerettet hat, Mister Cain. Wäre das kein Vermächtnis, auf das Sie stolz sein könnten?«

Das wäre es in der Tat. Die Vereinigten Staaten waren bereits in einen teuren und sinnlosen Krieg in Afghanistan hineingezogen worden. Sie kämpften schon seit zwei Jahren, und ein Ende war nicht in Sicht. Ein neuer Krieg war das Letzte, was sie jetzt gebrauchen konnten.

»Das ist Ihr Angebot«, sagte er. »Was wollen Sie dafür haben?«

Der FSB-Agent nahm den nächsten Schluck aus seinem Flachmann und genoss den Alkohol ebenso wie den Moment, der jetzt bevorstand. »Was ich dafür haben will?«

Cain war mit den letzten Vorbereitungen vor der Abfahrt aus Langley beschäftigt, als die Gegensprechanlage auf seinem Schreibtisch brummte. Es war seine Privatsekretärin aus dem Vorzimmer.

»Ja, Martha?«

»Sir, NSA-Direktor Starke ist hier und möchte Sie sprechen.«

Cain verzog das Gesicht. Während ihrer gesamten Zusammenarbeit hatte ihn Starke nie in Langley besucht. Ihre Treffen hatten im Geheimen und fern von neugierigen Augen stattgefunden. Weshalb kam er heute hierher?

Er warf einen kurzen Blick auf die Armbanduhr. Seine

Fahrzeugkolonne wartete unten bereits darauf, ihn zum Senat zu kutschieren. Eine größere Verspätung durfte er sich nicht erlauben.

Aber er war neugierig und ließ sich deshalb darauf ein.

»In Ordnung. Führen Sie ihn herein.«

Augenblicke später öffnete sich die Tür, und Richard Starke marschierte ins Büro. Er trug ungewohnterweise seine offizielle Marineuniform und nicht einen jener dezenten grauen Anzüge, die er normalerweise bevorzugte. Er ging sogar aufrechter und demonstrierte das Selbstbewusstsein und die Haltung des Militärs, der er einst gewesen war.

»Richard, das ist … unerwartet«, fing Cain an und betonte nachdrücklich das letzte Wort, während er von seinem Schreibtisch aufstand. »Kommt nicht oft vor, dass wir den NSA-Direktor hier in Langley begrüßen dürfen.«

Cains Sekretärin zog hinter ihm diskret die Tür zu. In diesem Büro wurden oft Angelegenheiten von großer Tragweite besprochen, weshalb das Zimmer schalldicht und frei von allen Aufnahmegeräten war. Sie konnten offen reden.

»Nun, einen neuen CIA-Direktor bekommen wir auch nicht alle Tage«, erwiderte Starke. »Wie ich höre, darf man gratulieren, Marcus?«

Auf der anderen Seite des Potomac kauerte Keira Frost im Laderaum ihres Kastenwagens und gab ihr Bestes, das unablässige Getrommel der Regentropfen auf dem Dach zu ignorieren.

Sie standen auf einem Parkplatz am von Bäumen gesäumten Clara Barton Parkway. Die Allee lag direkt am gegenüberliegenden Flussufer und war knapp tausend Meter von Cains Büro entfernt. Näher kamen sie nicht an ihn heran, ohne Gesetze zu brechen.

»Ich kann jetzt meinen Scan durchführen«, sagte sie

ruhig und deutlich in ihr Headset. »Sie müssen dicht an ihn herankommen, Starke.«

»Wie lange wird das dauern?«, rief Mitchell vom Fahrersitz aus und hielt dabei ein wachsames Auge auf vorbeifahrende Fahrzeuge.

»Es sind zu viele Variablen im Spiel«, erwiderte Frost knapp und ließ für einen kurzen Moment die Anspannung und den Druck erkennen, die die Lage kennzeichneten. »Aber wir haben nur einen Versuch, mehr nicht.«

»Sie hören eine Menge, Richard«, bemerkte Cain anerkennend.

Der Anflug eines Lächelns erhellte die für gewöhnlich stoische Miene des Mannes. »Ich wäre kein besonders guter NSA-Direktor, wenn es sich anders verhielte.«

Er ging dicht an Cains Schreibtisch heran, bis die beiden Männer einander über die glänzende Oberfläche aus Teakholz hinweg in die Augen sahen.

»Offiziell gehört es natürlich zur Tradition, dass die Direktoren der anderen Geheimdienste Neuzugänge in ihren Reihen willkommen heißen. Ich glaube, wir werden in den nächsten Jahren eng zusammenarbeiten.«

Das modifizierte Handy, das die Umgebung nach anderen Geräten abgescannt hatte, um sie zu kopieren, war endlich fündig geworden und meldete einen Suchtreffer, der einen Sekundenbruchteil später mit einem *Ping* an Frosts Laptop angekündigt wurde.

»Ja! Ich hab was«, rief sie und beugte sich vor, um auf dem Screen die Daten zu sichten. Doch schon bald war es mit der Freude vorbei, und sie runzelte verwirrt die Stirn. »Moment mal, was zum Teufel?«

Mitchell drehte sich in ihrem Sessel. »Stimmt was nicht?«

»Es gibt zwei Handys im Nahbereich«, erwiderte die Technikexpertin. »Entweder ist noch jemand im Zimmer, von dem wir nicht wissen ...«

»Oder Cain hat ein Wegwerf-Handy versteckt«, beendete Mitchell für sie den Satz. »Kannst du beide klonen?«

Es lag auf der Hand, dass das anonyme Handy höchstwahrscheinlich die brauchbarsten Informationen liefern würde. Das Problem war nur, dass sie sie nicht zuordnen konnte und womöglich nicht genug Zeit blieb, um beide zu klonen.

»Ja, aber das dauert. Ich isoliere jetzt das erste.« Das Klonen begann, und der Fortschrittsbalken auf ihrem Screen füllte sich langsam. Währenddessen beendete Frost die Stummschaltung ihres Headsets und wandte sich an Starke. »Es funktioniert, Starke. Reden Sie mit ihm und *lassen Sie ihn um Gottes willen noch nicht aufbrechen.*«

Cain zog eine Braue hoch und musterte sein NSA-Pendant neugierig. »Und inoffiziell?«

Starke setzte sich ihm gegenüber in einen Sessel und musterte Cain über den Schreibtisch hinweg. »Wir kennen einander schon lange, Marcus.«

Diese Feststellung weckte Cains Interesse. Sie hatten sich im Laufe der Jahre oft getroffen und Informationen ausgetauscht, dabei aber nie über persönliche Angelegenheiten gesprochen. Cain kannte die wahre Persönlichkeit des Mannes, der ihm gegenübersaß, nicht besser als die eines Fremden auf der Straße.

»Und ich habe Ihnen gegenüber immer mit offenen Karten gespielt«, fuhr Starke fort und wirkte dabei seltsam gequält, als bereitete es ihm Mühe, die richtigen Worte zu finden. »In Ihrer neuen ... Position vergessen Sie das hoffentlich nicht. Wenn die Zeit gekommen ist.«

Frosts Blicke klebten an dem Fortschrittsbalken, der quälend langsam der 100-Prozent-Marke entgegenkroch. Die Anspannung im Transporter war mit Händen zu greifen, während der frühe Abendregen unablässig auf das Blechdach trommelte.

»Das erste Handy ist bei 50 Prozent«, sagte sie und dehnte und spannte nervös ihre Finger. Es gab nichts, was sie tun konnte, um den Prozess zu beschleunigen. Sie konnte nur zusehen. »Halten Sie ihn im Gespräch, Starke.«

Cain lehnte sich in seinen Sessel zurück und musterte sein Gegenüber. Zumindest offiziell waren sie einander gleichgestellt: Als Chefs ihrer jeweiligen Organisationen verfügten sie über beträchtliche Autorität und Einfluss. Aber beim wahren Wettrennen um die Spitzenpositionen stand Cain im Begriff, dramatisch an seinem Rivalen vorbeizuziehen. Ein Umstand, der ihm momentan zweifellos schwer auf der Seele lag.

»Kommen Sie, Richard. Sie halten mich doch wohl nicht wirklich für so kleinlich, oder?«

Starke veränderte ganz leicht seine Sitzposition. Es war nur ein minimaler Wechsel seiner Haltung und zeigte doch ganz deutlich, wie unwohl er sich fühlte. Dieser Mann war es nicht gewohnt, so wie jetzt auf seinen Platz verwiesen zu werden.

»Der Charakter eines Mannes zeigt sich darin, wie er die Menschen behandelt, zu denen er *nicht* freundlich zu sein braucht«, zitierte Starke ein bekanntes Sprichwort um.

»Komm schon, komm schon«, flüsterte Frost beim verzweifelten Versuch, den Computer anzutreiben. Von Mal zu Mal schien das Vorrücken des Fortschrittsbalkens länger zu dauern, und die Sekunden dehnten sich, als wären es Stunden.

»Wie lange noch?«, wollte Mitchell wissen. Sie war genauso nervös wie ihre jüngere Gefährtin, wusste aber nicht das Geringste über die erreichten Zwischenstände.

»Wir sind beim ersten Handy auf 78 Prozent. Bleiben Sie bei ihm, Starke«, befahl sie dem NSA-Direktor.

Jetzt war Cain an der Reihe, ein mattes, wissendes Lächeln aufzusetzen. »Wissen Sie, als wir uns letztes Mal unterhalten haben, hatten Sie ein paar Ratschläge für mich. Ich finde es nur fair, diesen Gefallen jetzt zu erwidern.«

Starke sah ihn schweigend an.

»Wollen Sie wissen, was Ihr Problem ist?« Cain legte die Hände auf den Schreibtisch und blickte ihm in die Augen. »Sie denken klein, Richard. Sie betrachten die Welt aus einer so engen Perspektive und klammern sich dabei an Details, aber das große Bild entgeht Ihnen. Wenn Sie die Dinge so sehen würden, wie ich sie sehe, wären unsere Rollen jetzt vielleicht vertauscht.«

Jetzt sah er hinter dem Blick von Starke, der ihm jetzt stocksteif auf der anderen Seite des Schreibtisches gegenübersaß, etwas aufflackern. Wut, Abneigung, Eifersucht … vielleicht auch alles zusammen. Er konnte es nicht genau benennen, aber da war zweifellos etwas vorhanden.

Starke kam jedoch nicht mehr dazu, darauf zu reagieren. Cain hatte gerade erst den Satz beendet, als seine Gegensprechanlage brummte.

»Sir, Ihre Wagenkolonne wartet unten«, erinnerte ihn seine Sekretärin. Ihr Unterton warnte, dass die Zeit knapp wurde.

»Tut mir leid, Richard, aber die Pflicht ruft«, sagte er, erhob sich aus seinem Sessel und ließ ein charmantes Lächeln aufblitzen. »Das möchte ich mir nicht entgehen lassen. Dafür haben Sie doch Verständnis, stimmt's?«

»Selbstverständlich.« Starke stand verkrampft auf. »Wir haben alle unsere Pflicht zu erledigen, und ich möchte Sie nicht von Ihrer abhalten.« Er umrundete den Schreibtisch, ging näher und streckte ihm die Hand hin.

Cain nahm sie und spürte die Kraft in Starkes Griff.

»Genießen Sie den Tag, Marcus«, sagte er leise. »Sie haben es verdient.«

Da war schon wieder dieser Blick, und Cain fragte sich für einen kurzen Moment, welche Absicht sich dahinter verbarg. Hatte er Eifersucht und Neid mit etwas Kälterem und Bedrohlicherem verwechselt?

Dann lockerte er den Griff, und sein Blick erlosch.

Cain hatte keine Zeit mehr. Er musste jetzt aufbrechen.

» Vielen Dank, dass Sie vorbeigekommen sind, Direktor Starke«, sagte er, wandte sich ab und öffnete die Bürotür, damit seine Sekretärin sie wieder hören konnte. »Ich freue mich auf unsere Zusammenarbeit. Ach so, und Sie finden selbst heraus, nicht wahr?«

»Scheiße, er hat uns abgehängt«, zischte Mitchell. Sie fuhr in ihrem Sitz herum und sah zu Frost, die weiterhin konzentriert auf ihren Computermonitor starrte. »Sag mir, dass du es hast.«

»Ich hatte nur Zeit, ein Handy zu klonen«, erwiderte sie, und ihre Miene strafte ihr vertrautes schiefes Grinsen Lügen. »Aber wir haben den Hurensohn. Gib mir ein paar Minuten, um es hier wieder aufzuspielen, dann können wir loslegen.«

Sie brannte vor Aufregung und Erwartung. Sie hatten ihn!

»Keira, erinnere mich daran, dir einen auszugeben, wenn das alles vorbei ist«, sagte Mitchell und wechselte den Kanal, um mit Drake zu sprechen.

»Ich nehme Tequila«, rief Frost zurück.

»Ryan, kommen. Over.«

»Ich höre.«

»Cain hat sich aus dem Treffen verdrückt. Er hat zwei Handys, und wir hatten nur Zeit, eins zu klonen.«

»Verstanden. Wie ist sein Status?«

»Er verlässt Langley jeden Moment. Sein Fahrzeugkonvoi steht auf Abruf parat.« Sie drehte sich wieder zu Frost um und spürte ihre Sprungbereitschaft. Die Spannung stieg von Sekunde zu Sekunde. »Du entscheidest. Was willst du tun?«

Drake schwieg ein paar Sekunden lang und wog alles ab, was auf dem Spiel stand, was sie verlieren konnten und was sie bereits investiert hatten, um bis an diesen Punkt zu gelangen.

»Wir ziehen es durch«, sagte er entschlossen. »Alle auf Position. Es geht los.«

50

Als Cain herauskam und zu den wartenden Fahrzeugen ging, regnete es leicht, wie es für den Frühling in Virginia typisch war. Er versuchte aber gar nicht erst, sich vor dem ungünstigen Wetter zu schützen. Stattdessen blieb er stehen, schloss die Augen, hob sein Gesicht zum Himmel und spürte die Wassertropfen auf der Haut.

Heute war der Tag, das wusste er. Der Tag, der alles ändern würde.

»Sir?«, fragte der Leibwächter, der am Wagen wartete, unsicher. »Alles okay?«

Cain öffnete die Augen und lächelte kaum merklich. »Sicher. Alles in Ordnung.«

Er schlüpfte in den Wagen, holte sein Telefon aus der Tasche, wählte eine interne Nummer der Agency und wartete ein paar Sekunden, bevor jemand das Gespräch annahm.

»Franklin.«

»Dan, ich bin's, Marcus«, fing er an. »Wie ist der Status von Neptuns Speer?«

»Wir haben auf ganzer Linie grünes Licht«, bestätigte Franklin hörbar erwartungsvoll. »Die Sturmtruppe ist in zehn Minuten einsatzbereit, so wie Sie es befohlen haben. Ein Wort von Ihnen, und wir können losschlagen.«

»Ich nehme Sie beim Wort, Dan. Setzen Sie sich mit Vizeadmiral McRaven vom JSOC in Verbindung und sagen Sie ihm, dass er autorisiert ist, umgehend alle nötigen

Schritte in die Wege zu leiten«, instruierte ihn Cain. »Alarmieren Sie alle Mitglieder des Nationalen Sicherheitsrates und lassen Sie das Lagezentrum vorbereiten. Das werden die sich nicht entgehen lassen wollen.«

»Was ist mit Ihnen?«, fragte Franklin. »Wäre es nicht besser, wenn Sie bei dieser Sache vor Ort sind?«

»Ich habe Angelegenheiten, um die ich mich kümmern muss. Ihnen untersteht der Bereich Spezialkommandos. Ich will, dass Sie die Sitzung leiten.«

Cain hörte, wie sein Untergebener den Atem ausstieß, als ihm dämmerte, welche Tragweite das Bevorstehende hatte. »Zu Befehl.«

»Jetzt schreiben wir Geschichte«, sagte Cain, als der Wagen losfuhr.

Jalalabad, Afghanistan

Franklin brauchte keine fünf Minuten, bis er den Vizeadmiral William McRaven am Telefon hatte. Der Chef der Vereinten Spezialkommandos aller Teilstreitkräfte war mit der Aufgabe betraut worden, die Operation Neptuns Speer vom Boden aus zu koordinieren.

Von dort wurden die Einsatzbefehle an die Kommandotrupps ausgegeben, die in einer vorgelagerten Militärbasis in den Bergen Südost-Afghanistans stationiert waren, wo bereits die Nacht hereingebrochen war. Die zerklüfteten Berggipfel ragten schwarz in den Sternenhimmel.

»Alles klar, macht euch bereit! Wir haben die finale Freigabe. Heute Nacht schlagen wir zu«, rief der SEAL-Teamleiter, während seine Männer kreuz und quer durch den Hangar eilten, der in den letzten Tagen ihr Zuhause gewe-

sen war, und Waffen und Ausrüstung einsammelten. »Es ist
so weit, Männer!«

Hinter ihm schnallten sich Piloten in den Cockpits ihrer
Transporthubschrauber an und arbeiteten zügig die vor jedem Flug erforderlichen Routinekontrollen ab, während
hoch oben unbemannte Drohnen umgelenkt und zum
Zielgebiet gesteuert wurden. Die ganze Macht der US-ame-
rikanischen Spezialkommandos bereitete sich darauf vor,
ihre Aufgabe zu erfüllen.

Washington, D.C.

»Er ist unterwegs!«, rief Frost und sah auf ihren Monitor.
»Er fährt in südöstlicher Richtung auf die Innenstadt zu.
Genau ins Schwarze getroffen.«

»Hast du das gehört, Ryan?«, fragte Mitchell.

»Bestätige«, erwiderte Drake. Sein Atem war etwas angestrengt, weil er sich beeilte, mit seiner schweren Last in
Position zu gehen. »Wie ist seine geschätzte Ankunftszeit
auf der Brücke?«

»Etwa 10 Minuten.«

»Verstanden. Dietrich, bist du bereit?«

»Ein Wort genügt«, knurrte der deutsche Kämpfer.

»Dann leg los.«

Die Theodore-Roosevelt-Brücke überspannt den Potomac
gleich nördlich der riesigen weißen Marmorsäulen des Lin-
coln Memorial. Sie ist eine der Hauptverkehrsadern, die ins
Herz der Hauptstadt führen. Die Straße mündet auf der östlichen Seite in einen komplexen Knoten von Kreuzungen
und Ausfahrten. Hier spaltet sich die Schnellstraße, darunter

auch in Richtung Constitution Avenue, die sich auf der Nordseite der National Mall bis zum Capitol-Hügel hinzieht.

Jetzt herrschte dort sehr dichter Verkehr. Nur wenige der müden Pendler, die sich auf dem Heimweg befanden, bemerkten den Müllkipper, der in Gegenrichtung unterwegs war. Die meisten wollten aus der Washingtoner Innenstadt *heraus*, nicht hinein, weshalb ein Fahrzeug der Stadtverwaltung für sie kaum von Interesse war.

Als sich der große Müllwagen dem Ostende der Brücke näherte, wo die Straße scharf nach rechts abbiegt, verlangsamte er das Tempo nicht, sondern wurde immer schneller und raste an den langsamer fahrenden Autos auf den rechten Fahrspuren vorbei, begleitet vom Gehupe wütender Autofahrer, die gezwungen waren, zum Fahrbahnrand auszuweichen. Dennoch setzte der Fahrer scheinbar ungerührt seinen Weg fort.

Im letzten Moment riss er das Lenkrad hart nach rechts, was die Hinterräder ins Rutschen brachte, die auf dem Asphalt ihren Halt verloren. Der Laster schlingerte unkontrolliert, raste durch die Leitplanke aus Beton, schleuderte heftig nach links und drohte schließlich von seinem eigenen Schwung umzustürzen.

Begleitet vom Knirschen knickender Metallteile und berstenden Betons kam der Laster rüttelnd zum Stehen. Aus dem verformten Motorraum stiegen Qualm und Dampf auf, und aus dem zerrissenen Getriebe leckte Öl. Das Wrack hatte auf der Brücke schlagartig sämtlichen Verkehr in östlicher Fahrtrichtung blockiert.

Im Autokonvoi, der am Ufer des Potomac in südwestlicher Richtung unterwegs war, runzelte die leitende Sicherheitsbeamtin Sarah Watts die Stirn, als sie über Funk den Unfallbericht erhielt.

»Einheit zwei, Achtung. Verkehrsunfall auf der Roosevelt-Brücke, in östlicher Fahrtrichtung. Der Verkehr staut sich schon bis zur Auffahrt im Westen.«

Watts verdrehte die Augen. »Verstanden, Zentrale. Erbitte Lagebericht.«

»Anscheinend ist am östlichen Ende ein Mülllaster in die Leitplanken gekracht. Die örtlichen Polizeikräfte sind schon dran, aber momentan ist da nichts zu machen«, erwiderte der Beamte in der Zentrale. »Ich schlage vor, Sie nehmen eine Ausweichroute.«

Watts überkam kurz ein ungutes Gefühl. Sie konnte es nicht klar benennen, aber es weckte Erinnerungen an einen ähnlichen Zwischenfall, der sich vor einigen Jahren ereignet hatte. Verkehrsunfälle geschahen in Washington, D.C., so häufig wie in jeder anderen größeren Stadt, aber wie hoch war die Wahrscheinlichkeit, dass sich ein solcher Unfall gerade in diesem Augenblick mitten auf ihrer geplanten Fahrtstrecke ereignete?

»Verstanden, Zentrale«, bestätigte sie. »Wechseln jetzt auf Ausweichroute eins.«

Sie wechselte die Funkfrequenz, damit sie von allen Fahrern des Konvois gehört werden konnte, und erteilte die Instruktionen. »An alle Teams. Achtung. Es gibt einen Verkehrsunfall auf der Roosevelt-Brücke. Wechseln Sie jetzt auf Ausweichroute eins. Ich wiederhole, wechseln Sie jetzt auf Ausweichroute eins.« Sie machte eine Pause und fügte dann hinzu: »Und halten Sie die Augen auf. Melden Sie jede ungewöhnliche Beobachtung.«

»Woran denken Sie, Watts?«, fragte der Fahrer, als sie das Mikrofon ausschaltete. Sie fühlte sich nur selten genötigt, die Leute daran zu erinnern, ihren Job zu erledigen.

Watts brachte nur ungern ihre Bedenken zur Sprache, was ihrem Aberglauben zu verdanken war, die Befürchtungen auszusprechen würde sie irgendwie realer und deshalb wahrscheinlicher machen. Es gelang ihr aber auch nicht, jenes Déjà-vu-Gefühl abzuschütteln, dass es jemand auf sie abgesehen hatte. Genau wie vor einigen Jahren, als ein routinemäßiger Gefangenentransport zu einem absoluten Albtraum geworden war, an dessen Ende ihr eine CIA-Agentin eine Waffe vors Gesicht gehalten hatte.

Damals war auch zuerst ein Lkw-Unfall geschehen.

»Nur so ein Gefühl«, erwiderte sie und beobachtete konzentriert die Schnellstraße, die vor ihnen lag. »Ich hoffe, ich irre mich.«

Das Georgetown Car Barn war ein großes rotes Backsteingebäude, das vor deutlich über 100 Jahren am Ufer des träge und schlammig dahinfließenden Potomac errichtet worden war. Anfangs wurden dort Straßenbahnwagen gebaut, danach hatte es im Laufe seiner langen Geschichte unterschiedlichen Zwecken gedient und schließlich ungenutzt leer gestanden.

Nach jahrelanger Vernachlässigung pachtete schließlich die Georgetown-Universität das Gebäude, die dort nach Umbaumaßnahmen den Lehrbetrieb aufgenommen hatte. Es war bei graduierten Studenten beliebt, die dort nach dem Grundstudium vertiefende Forschungssemester absolvierten. Um diese Tageszeit näherte sich der akademische Betrieb jedoch langsam dem Ende, und die meisten Studenten beendeten ihre wissenschaftliche Arbeit.

Im allgemeinen Hin und Her nahmen nur wenige Notiz von dem Mann in steingrauer Hausmeisteruniform, der mit einem schweren Werkzeugsack beladen durch den Hauptkorridor des Gebäudes ging. Der Campus und die Räumlichkeiten waren alt, Handwerker wie dieser waren ein alltäglicher Anblick.

Er hielt den Kopf gesenkt, das Gesicht wurde von einer Baseballkappe verborgen, seine Größe war durchschnittlich und sein Körperbau unspektakulär. Man stellte ihm keine Fragen, als er die Treppe hinaufging, und niemand nahm von ihm Notiz, als er ein kleines Gerät hervorholte und damit innerhalb von Sekunden das Schloss der Tür zum Glockenturm überwand. Wenige Augenblicke später war er darin verschwunden und hatte die Tür wieder hinter sich zugezogen.

Allein im engen Treppenhaus, nahm Drake die Mütze ab, wuchtete sich den schweren Sack über die Schulter und machte sich an den Aufstieg. Sein Herz schlug fest und schnell, der Sack und sein sperriger Inhalt ruckelten und stießen gegen seinen Rücken.

Sein Funkohrhörer knisterte. »Erledigt. Die Brücke ist blockiert«, meldete Dietrich.

»Verstanden. Wie ist dein Status?«

»Ich musste vor dem Eintreffen der Ortspolizei schnell von dort verschwinden«, keuchte er. »Aber da geht mit Sicherheit nichts mehr. Ich kann sehen, wie sich die Bremslichter bis zum westlichen Ende stauen.«

»Guter Mann«, lobte Drake. »Keira, wann kommen sie voraussichtlich an?«

»Noch ein paar Minuten. Du solltest dich beeilen.«

»Ich bin dabei.«

Am oberen Treppenabsatz angekommen, versuchte er die Tür zu öffnen. Sie war abgeschlossen, genau wie die Tür unten, aber ein paar Versuche mit der Sperrpistole reichten aus, bis alle Stifte im Sicherheitsschloss auf der Position standen, in die sie ein richtiger Schlüssel gebracht hätte, und das Schloss überwunden war.

Den Türgriff in der Hand hielt er kurz inne. »Ich bin an der Tür. Schalte die Kameras auf dem Dach aus.«

»Verstanden«, erwiderte die Technikexpertin. »Ich lasse eine Endlosschleife durchlaufen... jetzt. Du hast freie Bahn.«

Drake zögerte keine Sekunde. Für Frosts technische Fähigkeiten legte er die Hand ins Feuer. Er öffnete die Tür und gelangte in einen überdachten Gang, der sich über das Dach erstreckte und regelmäßig mit Giebelbögen versehen war, die den Ausblick auf die Straße darunter gestatteten. Diese ungewöhnliche Architektur war vermutlich ein Überbleibsel der ursprünglichen Gebäudenutzung und nur aus ästhetischen Gründen erhalten geblieben.

Sie bot jedoch eine perfekte Aussicht auf die unten verlaufende Brücke, die momentan von tiefen Wolken eingehüllt war. Der Regen hatte inzwischen zugenommen; er tropfte von den Dachrinnen, strömte in kleinen Rinnsalen über das ziegelgedeckte Dach und sickerte durch Abflussrohre aus dem Glockenturm weiter oben. Die Luft war warm und feucht; typisch für diese Jahreszeit.

Drake blieb in gebückter Haltung, hastete zum nächsten Giebel und setzte seine Last ab. Er war froh, das schwere Gewicht loszuwerden. Nun öffnete er den Sack, entnahm ihm vorsichtig die Bestandteile des zerlegten Scharfschützengewehrs und machte sich an die Arbeit.

Zuerst schob er den Lauf und die Verschlusskomponente in den Schaft mit dem Auslösemechanismus und drückte sie nach unten, bis sie einrasteten. Dann lud er ein paarmal durch, um zu überprüfen, ob der Patronentransport einwandfrei funktionierte.

»Die Zielperson nähert sich der Brücke«, warnte Frost. Die Anspannung war jetzt fast mit den Händen zu greifen. »Noch zwei Minuten.«

Drake antwortete nicht, setzte nur seine Arbeit mit derselben schnellen, einstudierten Effizienz fort. Als Nächstes war das Hochleistungs-Zielfernrohr an der Reihe. Es glitt mühelos in die oben angebrachte Schiene. Zuletzt kam das große, schwere Magazin. Es war mit fünf Patronen einer hochexplosiven, panzerbrechenden Munition vom Kaliber 50 mit integrierten Brandsätzen bestückt. Jedes einzelne Projektil verfügte über genug Zerstörungskraft, um damit einen niedrig fliegenden Helikopter vom Himmel zu holen.

Fünf Schuss. Fünf Chancen, Marcus Cain zu töten.

An dieser Stelle hielt Drake inne und rekapitulierte alles, was in den nächsten zwei Minuten geschehen musste. Er dachte über die Tragweite der Tat nach, die er gleich begehen wollte. Jemand anders wäre womöglich angespannt und ängstlich gewesen, hätte vielleicht schon beim Gedanken an sein Vorhaben gezittert – aber nicht Drake. Nicht jetzt. Er hatte zu viel durchgemacht, um sich von solchen Emotionen beeinflussen zu lassen.

Er spürte nichts als Ruhe, kontrollierte und äußerste Entschlossenheit. Alle Furcht und jeder Zweifel waren von ihm abgefallen; übrig geblieben war nur die Mission. Seine Gefährten hatten ihr Leben riskiert, um es zu ermöglichen und ihm diese eine perfekte Chance zu verschaffen, aber den letzten Schritt musste er selbst machen.

Er drückte das Magazin in die Waffe, bis der Haltestift einrastete, dann griff er nach vorn und klappte die beiden Stativbeine an der Unterseite aus. Die fertig montierte und durchgeladene Waffe stellte Drake auf den Rand des Fensters, ging dahinter in Position und nahm die Brücke ins Visier.

»Bin auf Position«, meldete er mit eiskalter, ruhiger Stimme. »Ich warte.«

51

Afghanistan

Der etwa zwei Dutzend Einsatzkräfte zählende Sturmtrupp befand sich an Bord zweier mit zusätzlichen Tarnvorrichtungen aufgerüsteten Black-Hawk-Hubschrauber, die kurz vor Mitternacht Ortszeit von ihrem Sammelpunkt abhoben. Zwei schwere Chinook-Transporthubschrauber schlossen sich ihnen an. Als Begleitschutz waren einige für die Bekämpfung von Bodenzielen geeignete Kampfflugzeuge in der Luft.

Die Chinooks sollten sie auf dem Weg zum Einsatzort nur auf einer Teilstrecke begleiten, sich dann von ihnen lösen und in der offenen Wüste landen, um sich dort auf Abruf als schnelle Eingreiftruppe bereitzuhalten. Beim eigentlichen Angriff waren die Black Hawks auf sich allein gestellt.

Gleich nach dem Start gingen die Black Hawks auf unter 100 Fuß, beschleunigten auf maximale Reisegeschwindigkeit und rasten, den Geländekonturen angepasst, die ganze Strecke im Tiefflug durch gewundene Bergtäler. Ohne Suchscheinwerfer waren die Piloten im spärlichen Mondlicht gezwungen, sich auf Nachtsichtgeräte und Hightech-Flugkontrollinstrumente zu verlassen, um einen tödlichen Zusammenstoß zu vermeiden.

In den Mannschaftskabinen beider Hubschrauber war die Stimmung angespannt, als die SEAL-Einsatzkräfte ihre Ausrüstung und ihre Waffen checkten und sich auf den Einsatz vorbereiteten. Sie hatten diese Mission monatelang trainiert und vorbereitet, um auf jedes erdenkliche Szenario vorbereitet zu sein, aber alle brachten Erfahrungen aus früheren Einsätzen mit und wussten, wie leicht etwas schiefgehen konnte.

»Sechzig Minuten bis zum Ziel, sechzig Minuten!«, rief der Teamchef laut. »Sechzig Minuten!«

CIA-Hauptquartier, Langley

Dan Franklin saß im Konferenzraum in der obersten Etage des New Headquarters Building. Er ballte die Fäuste und starrte auf den Monitor vor sich, der ihm die Position des Stoßtrupps anzeigte, der sich dem Ziel mit einer – wie ihm schien – gletscherhaften Langsamkeit näherte.

Er konnte sich die Stimmung an Bord dieser Hubschrauber vorstellen. Die Anspannung, die Erwartung, den hohen Adrenalinpegel. Er hatte solche Emotionen selbst erlebt, kannte den Schrecken und das Hochgefühl der Schlacht – aber das hier war anders. Die Bedeutung dieser Mission überstieg bei Weitem alles, woran er selbst je beteiligt gewesen war.

Diese Mission konnte den Lauf der Geschichte ändern.

»Der Nationale Sicherheitsrat tagt gerade«, meldete Kennedy und sah auf seinen Laptop. »Der Präsident und sein Stab befinden sich im Lagezentrum im Weißen Haus. Sie müssten jeden Moment online gehen.«

»Verstanden«, erwiderte Franklin, dem überaus bewusst war, dass sich gleich einige der mächtigsten Männer der Erde zuschalteten. Und er war es, der ihnen Rede und Antwort stehen musste.

»Wo zum Teufel ist Cain?«, erkundigte sich Kennedy ungehalten nach dem abwesenden Direktor. »Er sollte die Sache von hier aus überwachen.«

»Konzentrieren Sie sich auf Ihre Arbeit«, befahl Franklin. »Die Sache ist jetzt größer als Cain. Größer als jeder Einzelne von uns.«

Kennedy sah zu ihm hoch, schwieg aber wohlweislich.

Während sein Wagen sich im strömenden Regen durch dichten Verkehr zur Washingtoner Innenstadt durchkämpfte, zückte Marcus Cain sein Handy und rief seinen Untergebenen an.

»Franklin«, meldete sich jener angespannt.

»Wie ist die Lage, Dan?«

»Der Sturmtrupp ist unterwegs zum Ziel. Geschätzte Ankunftszeit sechzig Minuten. Wir haben gleich eine Liveschaltung mit dem Präsidenten und dem Nationalen Sicherheitsrat«, meldete Franklin. »Sind Sie sicher, dass Sie nicht hier vor Ort sein wollen?«

Wie gern er das getan hätte! Er wollte mit den anderen dort im Lagezentrum sein, über die Satellitenschaltung zusehen, wie die Ereignisse ihren Lauf nahmen und direkt vor seinen Augen Geschichte geschrieben wurde. Er wollte mit ihnen gemeinsam das Hochgefühl erleben und feiern, so wie er es vor zwanzig Jahren getan hatte, als der Kalte Krieg vorbei war, als die Zukunft sich vor ihm wie eine breite Schnellstraße geöffnet hatte, die zu unendlichen Möglichkeiten führte.

Aber er wusste, dass es unmöglich war. Sein Plan konnte nur gelingen und aller Einsatz nur dann erfolgreich sein, wenn sich alles so abspielte, wie er es vorgesehen hatte.

»Ich muss mich zuerst um andere Angelegenheiten kümmern.«

»Das verstehe ich nicht.«

»Ich weiß, Dan. Ich weiß.«

Er blickte aus dem Fenster auf den trüben Potomac. Sie näherten sich der Brücke. Jetzt dauerte es nicht mehr lange.

»Aber wenn das hier vorbei ist, werden Sie es verstehen.«

»Achtung«, warnte Frost über Funk. »Die Zielperson nähert sich jetzt aus westlicher Richtung.«

Drake richtete den Lauf des schweren Scharfschützengewehrs aus, dann justierte er das Zielfernrohr und fokussierte es, bis sich die gegenüberliegende Seite der Brücke scharf abzeichnete. Wie erwartet entdeckte er dort den aus drei Fahrzeugen bestehenden Autokonvoi, der sich mit dem Verkehrsstrom langsam vorwärtsbewegte. Cain saß da drin. Und kam genau auf ihn zu, auf geradem Wege in die Todeszone.

»Hab sie im Visier«, bestätigte er. »Entfernung 500 Meter.«

»Verstanden. Handytracking aktiv.«

Drake packte den seitlich montierten Ladehebel, zog ihn zurück und hörte das laute Klicken, mit dem die erste Patrone ins Lager gezogen wurde. Der Konvoi befand sich inzwischen deutlich innerhalb der effektiven Reichweite des Gewehrs, die bei 1500 Metern lag, aber er wollte noch nicht das Feuer eröffnen. Er musste ganz sicher sein.

Er ignorierte die schwarzen SUVs vorne und hinten und konzentrierte sich auf die Limousine in der Mitte des Konvois. Ihre Fenster waren dunkel getönt, damit der Innenraum nicht einsehbar war. Groß, bullig und schwer bewegte sie sich mit der behäbigen Geschwindigkeit eines kraftvollen V8-Motors, der von dem Gewicht der Panzerung und der schusssicheren Scheiben abgebremst wurde.

Dort wollte er sein Feuer konzentrieren. Der erste Schuss sollte den Kühler durchschlagen, den Motorblock sprengen und die Limousine fahruntüchtig machen. Danach wollte er alle weiteren Projektile durch die Windschutzscheibe feuern und zuerst den Fahrer töten, bevor die hochexplosiven Geschosse im Fahrzeuginneren explodierten. Der geschlossene Raum würde die Auswirkungen der tödlichen Projektile verstärken. Falls Cain nicht durch einen direkten Treffer oder ein herumfliegendes Schrapnell den Tod finden sollte, fiele er auf jeden Fall dem Brandsatz zum Opfer.

Neben ihm lag ein Ersatzmagazin zum Nachladen, für den Fall, dass die Eröffnungssalve nicht ausreichte, um die Arbeit zu erledigen. Drake hatte den Magazinwechsel so lange geübt und wiederholt, bis er ihn mit verbundenen Augen durchführen konnte.

»Vierhundert Meter. Ich habe ein gutes Sichtfeld.«

Wenn von der Limousine nur ein qualmendes Wrack übrig geblieben und sichergestellt war, dass im Wageninneren niemand überlebt hatte, sollte die finale Phase seines Plans beginnen: der Rückzug.

Diese Phase musste in größter Eile durchgeführt werden, weil der Lärm der AS-50 mit Sicherheit seine Position verriet. Selbst wenn es möglich gewesen wäre, einen Schalldämpfer an eine derart massive Waffe anzupassen, hätte es nichts genützt – der Knall eines 50er-Kalibers ließ sich unmöglich kaschieren.

»Dreihundert Meter.«

Sie waren jetzt weit innerhalb seiner Reichweite und perfekt für einen tödlichen Schuss aufgereiht. Nur selten bot sich Scharfschützen ein idealeres Ziel.

Eine knappe Sekunde lang dachte Drake an all die Menschen, die er wegen des Mannes in der Limousine verloren hatte. Gute Leute, die seinetwegen gestorben waren. So viele andere, deren Leben zerstört worden waren. Es kam ihm vor, als wäre in diesem Moment jeder von ihnen an seiner Seite – schattenhafte Geister, die sich über ihn beugten und darauf warteten, dass er handelte.

»Jetzt kommt es nur noch auf dich an, Ryan«, sagte Frost leise und atemlos, weil der Moment gekommen war. »Schieß.«

Drake visierte den Kühlergrill der Limousine an; er atmete langsam aus und ließ alle Spannung aus dem Körper, während sein Finger den Druck auf den Abzug erhöhte. Keine Fragen mehr, keine Zweifel und kein Zögern.

Nur noch er und sein Ziel.

»Ich schieße.«

Dann stoppte er abrupt. Eine Veränderung in seiner Umgebung ließ ihn hellwach werden. Ein minimaler Wechsel des Luftzugs, der kaum hörbare Laut, den ein Stiefel auf dem nassen Dach verursachte.

Jemand hatte ihn erwartet.

»Keine Bewegung«, befahl eine Stimme. »Den Finger vom Abzug.«

52

Die Sekunden zogen sich qualvoll in die Länge, während im Kastenwagen alle den Atem anhielten. Sie warteten darauf, dass die ersten Schüsse fielen, warteten auf die Bestätigung, dass ihr Ziel zerstört worden war.

Aber nichts geschah. Keine Gewehrschüsse in der Ferne. Keine Explosion des Benzintanks. Kein Funkspruch, mit dem Drake die Ausführung seiner grausigen Aufgabe meldete.

Nur das Trommeln des Regens auf dem Blechdach.

»Ryan, er ist jetzt in Reichweite. Ich wiederhole, du kannst das Ziel anvisieren«, sagte Frost in ihr Funkgerät. Ihre Stimme klang sorgsam kontrolliert, aber die anderen sahen, dass ihre Hand zitterte. »Jetzt oder nie. Worauf wartest du?«

Es gab keine Antwort, nur das leise Hintergrundrauschen des Funknetzes.

»Da stimmt was nicht«, sagte Jessica. Sie wusste, dass ihr Bruder in einem Moment wie diesem nicht zögern würde. »Schau mal, was die Dachkameras dort zeigen.« Frost wechselte die Displays und schaltete sich in die Video-Streams der Überwachungskameras auf dem Dach. Dann wechselte sie zu der Kamera, die auf Drakes Position gerichtet war.

Sobald man auf dem Screen die ersten Bilder sehen konnte, stieß Jessica einen Angstschrei aus.

»Oh Gott.«

»Den Finger vom Abzug und die Waffe hinlegen.«

Die Stimme, die zu ihm sprach, gehörte einer Amerikanerin, und sie wurde von einer Maske oder einem Stück Stoff über dem Mund gedämpft. Wer auch immer sie war – sie hatte auf ihn angelegt.

Der Konvoi kam jetzt näher. In knapp zweihundert Metern Entfernung bewegte er sich stetig durch den dichten Verkehr auf der Brücke. Drake sah Cains Limousine vor sich, alles war perfekt vor ihm ausgebreitet, aber viel länger bliebe es nicht mehr so.

Er hatte nur Sekunden für eine Entscheidung.

»Dafür bringst du mich um?«, fragte er. »Für ihn?«

Er hörte das Klicken einer Waffe, deren Hahn gespannt wurde, und hatte den Geruch von Waffenöl in der Nase. Sie konnte nur Zentimeter von seinem Kopf entfernt sein.

»Zwing mich nicht, es zu beweisen.«

Drake schloss die Augen, seufzte leise und nahm den Finger vom Abzug des Gewehrs. Ein enttäuschter Seufzer, der dem galt, was er als Nächstes tun wollte.

Es passierte schnell. Drake riss den Arm herum, schlug mit aller Kraft die Waffe zur Seite und hörte das typische metallische Geräusch, mit dem sie in der Nähe zu Boden fiel. Wo sie gerade gelandet war, interessierte ihn nicht, Hauptsache, sie war aus dem Spiel.

Jetzt musste er sich um ihre Besitzerin kümmern.

Er stürzte sich auf seine Gegnerin und holte zu einem Schlag auf die Kehle aus, weil er wusste, dass ein harter Treffer ihren Kehlkopf eindrücken und sie wie einen Stein fällen würde. Sie war darauf vorbereitet, drehte sich zur Seite und blockte den Schlag mit ihrem Unterarm. Drake bemerkte die plötzliche Gewichtsverlagerung, wusste, dass ein Gegenangriff bevorstand, und hob instinktiv die Arme, um ihn zu parieren.

Er und seine Gegnerin waren verschieden, aber einander ebenbürtig, der eine größer und stärker, die andere schneller und agiler. Einige Sekunden lang tauschten sie Schläge aus, duckten sich darunter weg, blockierten sie und suchten nach einer Bresche, einem Moment der Verletzbarkeit.

Drake wollte sich auf keinen langen Kampf einlassen, solange die Mission am seidenen Faden hing. Er musste die Sache schnell zu Ende bringen.

Als seine Gegnerin versuchte, seinen Arm zu packen, um ihn umzudrehen und Drake damit aus dem Gleichgewicht zu bringen, konterte dieser mit einem Tritt gegen ihr Bein, von dem ihr die Knie wegknickten. Ein ungebremster Schlag mitten auf ihre Brust ließ sie sich nach vorne krümmen.

Aber weit davon entfernt, kampfunfähig zu sein, nutzte sie den Schwung, rollte rückwärts ab und sprang in die Hocke. Im selben Moment zog sie ein Messer aus dem Gürtel und spannte die Muskeln, um sich von Neuem auf ihren Gegner zu stürzen.

Aber ihr kurzer Aussetzer hatte Drake die Zeit verschafft, die er brauchte, um sich ihre zu Boden gegangene Waffe zu greifen und auf sie zu richten.

»Es reicht, Ryan!«, bellte die Frau. »Ich bin nicht deine Feindin!«

Sie ließ das Messer fallen und riss sich die Maske vom Gesicht, das er jetzt zum ersten Mal erkennen konnte. Drake hätte nie geglaubt, jemals im Leben wieder in dieses Gesicht zu blicken. Er schnappte unwillkürlich und ungläubig nach Luft.

»Sam?«

»Einheit zwei, wie ist Ihr Status?«, wollte Watts wissen. Der Konvoi rollte langsam über den nassen Asphalt und näherte sich dem Ostende der Brücke. Die Scheibenwischer kämpften gegen den Regen.

»Hier zwei. Alles gut. Keine Kontakte.«

»Haben Sie immer noch dieses Gefühl?«, fragte der Fahrer in einem etwas spöttischen, aber wohlmeinenden Tonfall. Intuition und »ungute Gefühle« waren in ihrer Branche zwar nicht unbekannt, aber nur selten hatten sie irgendwelche Konsequenzen.

Sie suchte mit den Blicken die Gebäude ab, die vor ihnen das Ostufer des Potomac säumten und sich in den tristen grauen Himmel streckten. Es gab überall Hotels, Bürogebäude und Wohnblocks, aber aus irgendeinem Grund blieben ihre Blicke immer wieder an dem markanten roten Backsteinbau des Georgetown Car Barn haften. Insbesondere an dem großen, quadratischen Uhrenturm, der den ganzen Komplex überragte und einen perfekten Blick auf alles bot, was sich der Brücke näherte.

Hätte sie einen Hinterhalt geplant, wäre sie jetzt genau dort.

»Weiß nicht«, sagte sie und versuchte, das Unbehagen abzuschütteln. »Es war wohl nichts.«

»Ganz genau, Ryan«, sagte sie und richtete sich dabei steif auf. »Ich bin's, Sam.«

Drake traute seinen Augen kaum. Samantha McKnight, einst geschätztes Mitglied seines eigenen Teams. Die Frau, bei der er sich sogar vorgestellt hatte, ein neues Leben mit ihr beginnen zu können.

Die Verräterin, die von Anfang an Spitzeldienste für Marcus Cain geleistet, ihre Mission in Pakistan vereitelt und sie alle betrogen hatte. Ihr Verhalten hatte Menschenleben gekostet.

Drake stürzte sich auf sie, packte sie mit einer Hand an

der Kehle und hob sie buchstäblich vom Boden hoch. Dabei drückte er ihr die Waffe an die Brust.

»Sag mir, warum ich dich nicht auf der Stelle töten sollte«, zischte er. Der Schock und die Verwirrung, die er bei McKnights plötzlichem Auftauchen empfunden haben mochte, waren verflogen, und jahrelang aufgestaute, quälende Wut über ihren Verrat war an deren Stelle gerückt.

»Ryan, du hast dein Ziel direkt vor der Nase«, summte Frosts Stimme eindringlich in seinem Ohrhörer. »Noch zwanzig Sekunden, und du wirst ihn verlieren!«

»Ich bin hier, um dich aufzuhalten«, sagte McKnight mit krächzender Stimme, weil sein Griff immer fester wurde. »Du machst einen Fehler.«

»Mein größter Fehler war es, dir zu vertrauen«, stieß er hervor. »Du hast uns ans Messer geliefert, du mieses Stück Scheiße!«

»Ryan, was ist da los?«, drängte Frost über Funk.

»Ich habe euch nicht ans Messer geliefert!«, protestierte McKnight, griff nach seinen Handgelenken und versuchte die Hand von ihrer Kehle wegzuziehen. »Ich will genau wie du, dass Cain stirbt. Aber so wird das nichts!«

»Dummes Zeug!«, sein Griff wurde immer fester, die Sehnen an seinen Armen standen straff und betont hervor. »Du würdest alles sagen, um dein Leben zu retten.«

In diesem Moment stoppte sie ganz plötzlich. McKnight hörte auf zu kämpfen, leistete keinen Widerstand mehr und wurde stattdessen schlaff, ohne den Versuch zu unternehmen, sich zu schützen.

»Dann bring mich um«, sagte sie mit einer Stimme, die inzwischen kaum mehr als ein heiseres Flüstern war. »Bring es zu Ende, Ryan. Denn anders kannst du mich nicht aufhalten. Wenn du auf diesen Konvoi schießt, dann ist alles umsonst gewesen.«

Der Kampf der beiden unversöhnlichen Kräfte in seinem Innern steigerte sich zu einem Crescendo. Einerseits war Drake voll und ganz darauf fixiert, Marcus Cains Leben zu beenden, andererseits erschütterte ihn das leidenschaftliche Flehen der Frau, die vor ihm stand. Ob sie all das wirklich für einen Mann wie Cain auf sich nehmen würde? Oder irrte er sich? Gab es da noch etwas, was er nicht begriff?

McKnight verzichtete auf jeden weiteren Versuch, ihn zu beeinflussen. Sie stand nur da und wartete schicksalsergeben, dass er sich entschied.

Es war schließlich ihr Schweigen, das für ihn den Ausschlag gab.

Drake senkte die Waffe und ließ genau in dem Moment von ihr ab, als unten der Konvoi vorbeifuhr und aus dem Blickfeld verschwand. Seine Chance, Marcus Cain zu erledigen, war passé. Alle eingegangenen Risiken und alle Opfer waren wertlos geworden, er hatte sie gerade für die Frau aufgegeben, die vor ihm stand. Jetzt konnte er nur hoffen, dass es nicht der größte Fehler seines Lebens gewesen war.

»Danke«, krächzte McKnight und rieb sich die Kehle.

Er hob noch einmal die Waffe, zielte über ihre Schulter und drückte den Abzug. Anstelle eines schallgedämpften Schusses hörte er nur ein lautes, metallisches Klicken, als der Hammer auf eine leere Kammer schlug.

Drake atmete tief aus. Die Waffe war nie geladen gewesen. Alles nur ein Bluff. Sie hätte ihn gar nicht töten können, ebenso wenig wie er sie.

Die Frau seufzte. »Tut mir leid. Ich musste herausfinden, ob du mir vertraust.«

»Was zum Teufel tust du hier, Sam? Verdammt, was hat das zu bedeuten?«

Er mochte zwar darauf verzichtet haben, sie zu töten – fürs Erste jedenfalls –, das bedeutete aber nicht, dass ihr Verrat vergeben oder vergessen war. Was sie in der nächsten Minute sagen würde, sollte den Ausschlag geben, ob sie auch noch die übernächste Minute erlebte.

»Ich versuche, dich zu beschützen.«

»Mich beschützen?«, höhnte er. »So wie du mich in Pakistan beschützt hast?«

»Was in Pakistan geschehen ist, dafür bin ich nicht verantwortlich. Ich wünschte, ich hätte die Zeit, alles zu erklären, aber ich sage die Wahrheit.« Sie wandte den Blick von ihm ab und kochte innerlich vor Wut wegen all der Dinge, die sie ihm jetzt nicht sagen konnte. »Nur so viel: Was glaubst du, wer deine Schwester gerettet hat, als sie sie holen wollten?«

Drake erinnerte sich urplötzlich an das Gespräch, das er vor einer Woche mit seiner Schwester darüber geführt hatte, als sie sich von der Beinahe-Entführung durch Cains Leute erholte.

»Die haben mir gesagt, dass sie mich für immer mitnehmen. Mich foltern, mich töten…« Ihre Stimme wurde brüchig. *»Und dann ist* sie *aufgetaucht.«*

»Sie?«

»Ich habe nie ihr Gesicht gesehen. Aber sie hatte auf sie gewartet. Sie hat ihren ganzen Konvoi ausgeschaltet und mich in Sicherheit gebracht. Sie ist der einzige Grund, weshalb ich nicht tot oder gefangen bin.«

»Du bist das gewesen«, sagte Drake leise, dessen Verstand auf Hochtouren arbeitete, weil gerade ein großes Teil des Puzzles an die richtige Stelle gerückt war.

»Die Frau hinter der Maske.«

McKnight nickte beschwörend.

»Warum?«

»Ich hatte den Befehl, deine Schwester zu beschützen«, erklärte sie.

Drake sah sie hellwach an. »Wer hat das befohlen?«

53

Zwei Monate zuvor

Sie war tot.

Ein Gespenst – nur noch die vage Erinnerung an ein Leben, das im letzten Jahr zu Ende gegangen war. Und nicht mit einem Gefühl von Endgültigkeit und Abgeschlossenheit – es hatte einfach aufgehört. Ihre ganze Existenz war ausgelöscht wie Kreidestriche auf einer Wandtafel.

Nur wenige erinnerten sich an sie, und niemand trauerte ihr nach. Am allerwenigsten die kleine Gruppe von Männern und Frauen, die sie einst als Freunde betrachtet hatte. Für die war sie schlimmer als ein Gespenst. Sie war ein Paria, eine Verräterin, deren Täuschungsmanöver alles zunichtegemacht hatte, wofür sie gearbeitet und sich aufgeopfert hatten. Eine Verstoßene, deren Name nur mit Verachtung ausgesprochen wurde.

Sie hatte diese Tatsache akzeptiert, weil man alle unbequemen Wahrheiten akzeptieren muss, die man nicht ändern kann. Sie verdiente kein Mitleid und keine Trauer, noch viel weniger Vergebung. Von ihnen nicht und auch von niemand anderem. Unterm Strich erinnerte sie sich an kaum etwas aus ihrem früheren Leben, worauf sie stolz sein konnte.

Und allein in einer dunklen Gefängniszelle, mit nichts als ihren Gedanken als Beschäftigung, hatte sie ganz gewiss genug Zeit gehabt, darüber nachzugrübeln.

Ihr Entführer hatte bitteren Ernst aus seinem Versprechen

gemacht, ihr lebenslänglich Zeit zu geben, ihre Entscheidungen und Fehler noch einmal zu durchleben und sich darüber klar zu werden, welchen Preis es kostete, ihn zu betrügen. Er hatte alle Zeit und Mittel aufgewendet, die nötig waren, um sie am Leben zu halten, auch wenn man sie kaum als gesund bezeichnen konnte.

Sie stand während ihrer erbärmlichen Einzelhaft unter permanenter Beobachtung, ihre Nahrungsaufnahme wurde sorgfältig überwacht und ihr Verhalten analysiert, um drohende Suizidversuche zu erkennen. Das war ihr auf die harte Tour beigebracht worden, als sie nach mehrtägigen ruhigen und rationalen Überlegungen, inneren Streitgesprächen und finsteren Planungen versucht hatte, ihrem Leben ein Ende zu setzen. Sofort waren drei Wachen hereingestürmt und hatten sie gewaltsam daran gehindert.

Für diesen kleinen Regelverstoß war sie eine Woche lang auf ein Bett geschnallt worden.

Das Leben und auch der selbstbestimmte Tod waren ihr versagt und unmöglich gemacht worden; sie vegetierte eingesperrt in einer schattenhaften Zwischenwelt; aus den Tagen und Wochen waren langsam Monate geworden, und schließlich kam es ihr vor, als verlöre sie jedes Zeitgefühl. Die Welt drehte sich ohne sie weiter, und sie brütete allein in der Dunkelheit.

Sie ächzte laut, als der Transporter durch das nächste Schlagloch fuhr und ihr Rücken an die blanke Seitenwand aus Metall prallte. Tief in ihrem Innern erwachte ein stechender Schmerz. Ihr Körper erholte sich noch von der anstrengenden Tortur, die sie erst vor Kurzem hatte ertragen müssen. Eine Tortur, die es unumgänglich gemacht hatte, sie – wenn auch widerwillig – in eine reguläre medizinische Einrichtung zu verlegen, wo man sich um sie kümmern konnte. Eine Gelegenheit zur Ruhe und Erholung war das jedoch nicht.

Sobald ihre Wachen einen Entlassungsbefehl erzwingen

konnten, war alles vorbei, und sie trat, zum Bündel geschnürt, hinten in einem gepanzerten Fahrzeug den Rückweg zu dem Geheimgefängnis an, wo sie seit jenem furchtbaren Tag in Pakistan gefangen gehalten worden war.

»Der Urlaub ist fast vorbei«, spottete einer ihrer Bewacher. »Bald bist du wieder schön zu Hause. Fühlt sich gut an, oder?«

Der zweite Mann kicherte amüsiert.

Sie ignorierte seinen Spott und warf einen kurzen Blick zu den Hecktüren. Sie bildete sich ein, einen feinen Streifen Tageslicht zu sehen, das durch einen Spalt in der Luke drang. Nicht viel, nur ein leichter Schimmer natürlichen Lichts auf dem Metall. Sie wusste, dass es draußen heiß war. Sie spürte, wie die Hitze durch die Stahlarmierungen des Transporters strahlte und den Innenraum stickig machte.

Sie stellte sich die heiße Sonne draußen vor und verspürte plötzlich eine niederschmetternde Sehnsucht. Sie hätte so gerne noch einmal das Sonnenlicht gesehen, bevor man sie in die Zelle zurückbrachte – nur um sich zu erinnern, wie es war.

Nur einmal.

»Augen nach vorn.«

Sie rührte sich nicht, ignorierte den Befehl.

Ein fester Ellenbogenstoß an ihre Rippen reichte als Erinnerung daran, wer hier das Sagen hatte. Sie drehte sich um und sah den Bewacher an ihrer Seite wütend an. Er war übergewichtig und schwitzte sichtlich in der heißen Luft. Sie konnte seinen stinkenden Schweiß schmecken.

»Ich sagte: Augen nach vorn, Sträfling«, wiederholte er und spuckte jedes Wort einzeln aus. »Haben Sie ein gottverdammtes Problem damit?«

Sie ballte langsam die Hände zu Fäusten und erwiderte stumm und hasserfüllt seinen Blick. Sie wünschte sich von ganzem Herzen, dass die Schellen und Ketten, von denen sie zurückgehalten wurde, von ihr abfielen. Nur ein paar Sekunden, mehr brauchte sie nicht. Genug Zeit für einen Aufwärtshaken mit offener Handfläche, der ihm die Nasenwurzel in den Schädel rammte. Mehr brauchte sie nicht, um den fetten Sack für immer zum Schweigen zu bringen.

Das war alle Prügel wert, die es sie kosten würde, war alles wert, was sie ihr antun konnten. Was hatte sie jetzt noch zu verlieren?

Sie sah ihn nach dem Taser an seinem Gürtel greifen, mit dem Daumen den Halteriemen abstreifen und machte sich auf den Schmerz gefasst, der ihr bevorstand.

Doch er stellte sich nicht ein. Stattdessen passierte etwas anderes.

Draußen krachte ein heftiger Donnerschlag und ließ das ganze Chassis erzittern. Trümmerteile prasselten gegen die Panzerung.

»Was zur Hölle?«, schrie ihr Bewacher und blickte sich ängstlich um.

Sie wurde zur Seite geworfen, als der Fahrer das Lenkrad herumriss und panisch versuchte, dem Hindernis auszuweichen, das ihnen den Weg versperrte, aber ein zweiter lauter Knall, begleitet vom Bersten der schusssicheren Windschutzscheibe, die nach innen gedrückt wurde, verriet ihr, dass seine Mühe vergebens war.

»Oh Scheiße! Wir sind getroffen!«, schrie der andere Bewacher, als ihr Fahrzeug zur Seite ausscherte, von der Straße abkam und sich überschlug.

In den nächsten paar Sekunden herrschte entsetzliches, schmerzerfülltes Chaos, als der Transporter umkippte und eine Böschung hinunterrollte. Nur das gepanzerte Chassis verhinderte, dass ihr Fahrzeug völlig zusammengedrückt wurde. Um sie herum drehte sich alles, und die drei Passagiere wurden mit brutaler Gewalt gegen die Wände, den Boden und das Dach geschleudert.

Als das Fahrzeugwrack endlich zum Stillstand gekommen war, lag sie auf den Resten einer Trennwand. Das Herz trommelte ihr von innen gegen die Brust, sie hatte Prellungen und litt Schmerzen. Sie schlug die Augen auf, sah sich um und bewegte probehalber die Gliedmaßen. Es schien nichts gebrochen zu sein.

Der Fahrzeugmotor lief nicht mehr, aber noch flackerte unentschlossen die Innenbeleuchtung. Etwas tropfte ihr über die Wange. Zuerst hielt sie es noch für Blut, aber der beißende Gestank belehrte sie eines Besseren. Es war Benzin aus dem durchlöcherten Treibstofftank.

Jetzt schaltete sich ihr Überlebensinstinkt ein. Sie war am Leben, der Transporter nur noch ein Wrack, das jeden Moment in Flammen aufgehen konnte. Alles andere war unwichtig. Es zählte nur noch, wie sie jetzt handelte. Sie musste sich losmachen, bevor alles hochging. Vielleicht gab es einen Ausweg.

Wild entfesselte, irrationale Hoffnung erfasste sie wie ein reißender Strom.

Sie hörte neben sich leises, mitleiderregendes Stöhnen, sah ein feistes, blutbeschmiertes und schmerzverzerrtes Gesicht und trat mit beiden zusammengeketteten Füßen so gnadenlos zu, dass der Bewacher das Bewusstsein verlor. Gern hätte sie sich mehr Zeit gelassen, um ihre animalische Freude darüber auszukosten, aber jetzt ging es ums nackte Überleben. Sie kletterte auf ihn und tastete an seinem Gürtel nach dem Schlüsselbund.

Der andere Bewacher lag ausgestreckt bei den Heckklappen. Sein Kopf war unnatürlich abgewinkelt. Bruch der Halswirbelsäule, sofort tödlich. Er war vielleicht ein guter Mann gewesen, hatte vielleicht eine Frau, die ihn liebte, und Kinder, die um ihn trauern würden.

Möglich. Aber sie würde ihm bestimmt keine Träne nachweinen.

Ihre Suche wurde unterbrochen, als plötzlich etwas gegen die Tür schlug. Sie erstarrte, lauschte angestrengt und hörte draußen Bewegungen. Da waren Schritte, die sich schnell hin- und herbewegten. Und noch einmal schlug etwas gegen die Tür.

Sie wandte sich wieder dem Gürtel des Bewachers zu, löste seinen Schlüsselbund und machte sich daran, ihre Fesseln zu öffnen. Noch mehr Geräusche draußen; ihre Handschellen klickten und rutschten herunter. Dann bearbeitete sie in rasender Eile ihre Fußeisen.

Sie hörte ein leises Klicken, als das Schloss nachgab, und riss sich die Metallbügel von den Knöcheln. Sie hatte sich gerade befreit, als der ganze Innenraum dröhnte wie von einem Flintenschuss. Ein Gerät, das man an den Türen einsetzte, um sie aufzusprengen. Sie warf sich flach auf den Boden. Da wurde schon die untere Tür aufgerissen und hartes, blendendes Sonnenlicht strömte herein.

Ihre Augen tränten vom beißenden Qualm der Sprengladung, und sie sah, wie die andere Tür aufgerissen wurde. Vor dem glühenden Sonnenlicht zeichnete sich die Silhouette einer einzelnen Person ab. Einer Person mit einer Waffe in der Hand. Sie zuckte zusammen, fragte sich, ob es das jetzt gewesen war und sie auf diese Weise den Tod finden würde.

Wenn man die Alternative betrachtete, war es vielleicht gar nicht so schlecht. Und für die Welt war sie ohnehin schon lange gestorben.

»Na los«, stieß sie hervor, richtete sich auf und starrte trotzig ihren Henker an. Sie war zu allem bereit. »Mach schon! Ich habe keine Angst vor dir.«

»Gut«, antwortete eine verstörend vertraute Stimme. »Denn ich brauche deine Hilfe, Samantha.«

Samantha McKnight keuchte ungläubig; sie konnte nicht begreifen, wie die Person, die vor ihr stand, sie gefunden haben konnte. Oder was sie dazu brachte, für ihre Befreiung ihr Leben zu riskieren.

»Und?«, drängte Anya. »Kommst du?«

»Anya hat mir das Leben gerettet, als mich alle anderen aufgegeben hatten«, sagte McKnight im Tonfall distanzierter Traurigkeit.

»Warum dich?«

Da blickte sie ihm traurig und sehnsuchtsvoll in die Augen: »Vergebung.«

Drake konnte Anyas Beweggründe nicht einmal ansatzweise nachvollziehen. Sie hatten McKnight nicht grundlos fallen lassen – sie hatte das Team verraten und die Chance vereitelt, Cain zur Strecke zu bringen. Falls sie von ihm Vergebung erwartete, war sie an der falschen Adresse.

»Sie hat dich nie aufgegeben«, fuhr McKnight fort. »Sie wollte, dass ich unter allen Umständen für deine Sicherheit sorge. Ich beschatte dich seit London.«

Plötzlich erinnerte sich Drake an jene Nacht gleich nach dem Grenzübertritt, als er draußen vor dem Motel gestanden und ins Dunkel gestarrt hatte. Dieses Gefühl, beobachtet zu werden. Dann hatte er sich das doch nicht eingebildet! McKnight war ihnen ungesehen und ungehört gefolgt.

»Ich erwarte nicht, dass du mir vergibst, aber …«

»Das tut nichts zur Sache«, unterbrach er sie. Ihre Vergangenheit musste warten. Jetzt ging es um wichtigere Themen. »Warum hast du dich heute Abend eingemischt? Warum schützt du Cain?«

»Das tue ich nicht. Ich will genau wie du, dass dieser Hurensohn stirbt.« McKnight deutete nach unten zur Brücke. »Aber das war nicht Marcus Cain. Es war eine Falle.«

Drake schüttelte energisch den Kopf. »Dummes Zeug. Wir haben sein Handy getrackt.«

Völlig ausgeschlossen, sagte er sich. Heute Abend hatten sie alles im Griff gehabt. Die Amtseinführungszeremonie, den Kontakt mit Starke, die Route des Autokonvois, das gehackte Handy. Alles sprach für Cains Anwesenheit.

»Sein Handy, aber nicht ihn«, konterte sie. »Begreifst du denn nicht, Ryan? Der Autokonvoi war eine Finte, genau wie alles andere. Er wusste, dass du dir vorgenommen hast, ihn zu töten. Und als du zuschlagen wolltest, war er bereit. Genau so, wie er es immer ist.«

Drakes Verstand arbeitete auf Hochtouren. Er rief sich die Ereignisse ins Gedächtnis, die ihn hergeführt hatten. Die versuchte Entführung seiner Schwester, die Erstürmung des Tresorraums und wie sie beim Überqueren der mexikanischen Grenze nur knapp davongekommen waren. Cain hatte seine Reisen durch die ganze Welt verfolgt, er hatte seine Absichten erraten und ihm eine perfekte Falle gestellt, in die er hineintappen sollte.

Er war darauf hereingefallen.

»Woher weißt du das alles?«

»Weil ich selbst versucht habe, Cains Spiel zu spielen«, sagte sie. Er sah, wie Schmerz und Wut über ihre Gesichtszüge huschten. »Bei diesem Spiel gewinnt man nicht.«

Ihre Miene sprach für sich, doch das musste fürs Erste warten. »Anya hat dich geschickt, damit du auf mich aufpasst. Was bedeutet, dass sie es nicht konnte«, überlegte er. »Also: Wo ist sie?«

McKnight wandte den Blick von ihm ab. Sie war hin- und hergerissen.

Er warf ihre ungeladene Waffe beiseite, zückte die Smith-&-Wesson-Automatik, die in seiner Jacke versteckt gewesen war, und zielte damit auf sie. Ihre Waffe mochte entladen gewesen sein. Seine war es nicht.

»Was du von Cain erzählt hast, könnte stimmen. Oder

auch nicht«, gab er zögernd zu. »Aber bilde dir keine Sekunde lang ein, dass ich dich nicht sofort umlegen würde, wenn du mir jetzt etwas verschweigst.«

McKnight erstarrte, als er den Hahn spannte.

»Wo ist Anya?«

54

Goljanowo-Bezirk, Moskau – 10. März 2003

Eisig heulte der Nachtwind durch die Betonruinen. Marcus Cain stand mitten in der verlassenen, aufgegebenen Baustelle und hatte nur einen alten Feind zur Gesellschaft. Er wartete, dass Victor Surowski seinen Preis nannte.

»Ich werde Ihnen sagen, was ich weiß. Ich weiß, dass Sie vor fünfzehn Jahren ein in Amerika ausgebildetes Team als Spezialkommando in Afghanistan eingesetzt haben, das illegale Operationen gegen sowjetische Streitkräfte durchführte, die viele meiner Landsleute das Leben kosteten.«

»Mister Surowski, selbst wenn ich … «

Der Russe winkte mit knorriger Hand ab. »Das können Sie sich sparen. Die sind mir egal. Junge Männer sterben – von denen gibt es genug.«

Cain schwieg. Diese gefühllose Geringschätzung menschlichen Lebens erschütterte ihn. Selbst unter den abgebrühten Agenten der Agency wurden Verluste bei den eigenen Soldaten noch betrauert.

»Aber das Team selbst ist mir nicht egal. Insbesondere die Frau, die mit ihnen gedient hat«, fuhr Surowski fort. »Eine Frau mit dem Decknamen Maras.«

Cain lief ein kalter Schauer über den Rücken, aber das hatte nichts mit der Temperatur zu tun. Dieser Mann wusste alles über die Task Force Black, die aufgestellt worden war, um einen Guerillakrieg gegen die sowjetischen Streitkräfte in

Afghanistan zu führen. Diese Gruppe hatte geholfen, den Krieg zu gewinnen und letzten Endes den Untergang der UdSSR beschleunigt.

Am wichtigsten war jedoch, dass Surowski über Anya Bescheid wusste.

»Ihrer Reaktion nach zu urteilen, irre ich mich nicht«, bemerkte der alte Mann scharfsinnig. »Ich weiß, dass sie und ihr Team noch aktiv sind. Die sind mir schon lange ein Dorn im Fleisch. Und ich möchte, dass er herausgezogen wird.«

»Angenommen, Sie haben recht«, sagte Cain. »Warum jetzt?«

Surowski nahm wieder einen Schluck aus dem Flachmann und schüttelte sich ein wenig, als die Flüssigkeit seinen angegriffenen Magen erreichte. Ein Magengeschwür vielleicht, oder eine andere jener Beschwerden, die Männer seiner Generation heimsuchten. Harte Männer, deren Leben noch härter war.

»Ich habe Pläne, was meine Karriere beim FSB betrifft«, deutete er vage an. »Pläne, die mich schon bald … sichtbarer machen werden.«

Cain verstand ihn richtig. Victor Surowski, der nach dem Ende des Kalten Krieges von der Bildfläche verschwunden war, strebte eine Machtposition an.

»Aber ein Mann, der ungelöste Probleme hinterlässt, steigt niemals so weit auf. Und Maras ist ein Problem, das ich mir schon seit geraumer Zeit vom Hals schaffen wollte.«

Inzwischen wusste Cain, weshalb Surowski sie unbedingt haben wollte. Anya war eine KGB-Mitarbeiterin gewesen – damals, in den dunklen Zeiten des Kalten Krieges. In den Westen geschickt, um die CIA zu infiltrieren, hatte sie ihren früheren Herren einfach den Rücken gekehrt und war – was noch schwerer wog – brutal und äußerst effektiv gegen diese zu Felde gezogen.

Anya verkörperte die größte Niederlage des KGB, und es gab in Moskau zweifellos noch eine ganze Reihe von Männern, die ihren Kopf wollten. Einer davon stand vor ihm.

Surowski drückte den Rücken durch. Er hatte gesagt, was er zu sagen hatte. »Das ist mein Preis, Mister Cain. Geben Sie mir Maras, dann gebe ich Ihnen Hussein. Das ist ein guter Handel, glaube ich.«

Selbst Cain, ein Mann, den nur sehr wenig überraschen konnte, brauchte einige Sekunden, um sich zu fassen. Die Task Force Black gehörte nach wie vor zu seinen wertvollsten Ressourcen für Kommandounternehmen im tiefsten Feindesland – insbesondere jetzt, da der Krieg gegen den Terror mit größtem Einsatz geführt wurde. Und abgesehen von ihrem militärischen Wert handelte es sich um reale Menschen, die ihm jahrzehntelang treu gedient hatten. Noch entscheidender war für ihn die Zumutung, Anya zu opfern. Wie hätte er sie verraten können? In den Fängen dieses brutalen Mannes stünde ihr ein langsamer, qualvoller Tod bevor.

»Sie verlangen viel von mir.«

»Und ich biete im Gegenzug eine Menge«, erinnerte ihn Surowski. »Denken Sie darüber nach: Der Mann, der den irakischen Diktator auszuschalten half, der einen Krieg verhinderte und Tausende von Menschenleben rettete. In Ihrem Land wären Sie ein Held, und Helden werden belohnt.« Er zuckte mit den Schultern. »Auf einem Posten mit größerer Machtfülle könnten Sie auch viel mehr Gutes bewirken. Und letzten Endes läuft es doch immer darauf hinaus: das übergeordnete Gute. Oder etwa nicht?«

Cain wandte – zutiefst zerrissen – einen Moment lang den Blick von ihm ab. Anya und die anderen hatten für ihn unzählige Missionen durchgeführt und alles getan, was von ihnen verlangt worden war, ohne viel dafür zu verlangen. Konnte er sie wirklich verraten – an diesen Russen, der sich an ihr rächen wollte. Konnte er danach noch in den Spiegel schauen?

Aber hier ging es um das Leben eines Dutzend Kämpfer,
und auf der anderen Seite der Waagschale waren es Tausende,
vielleicht Hunderttausende Tote in dem heraufziehenden
Krieg. Nicht nur amerikanische Soldaten, sondern auch ira-
kische Zivilisten. Frauen und Kinder, deren einziges Verbre-
chen darin bestand, am falschen Ort geboren zu sein.

Hätte eine solch kalte und pragmatische Arithmetik wirk-
lich das rechtfertigen können, was von ihm verlangt wurde? Es
war eine verdammt dürftige Rechtfertigung, aber für Marcus
Cain, der in jener kalten, nächtlichen Einöde stand, vielleicht
ausreichend.

Washington, D.C. – 1. Mai 2011

»Willkommen im *Meridian*, Mister Cain«, begrüßte ihn die
Rezeptionistin lächelnd, als Cain die Treppe zum gediegenen Hauptfoyer des Gebäudes heraufkam. »Wir freuen
uns, Sie als unseren Gast zu begrüßen.«

Cain konnte nicht umhin, seiner Verabredung ein Gespür für Nostalgie zu attestieren. Der Name an der Tür
mochte sich geändert haben, auch die Kunstwerke und das
Mobiliar waren wohl auf einen aktuelleren Stand gebracht
worden, um den wechselnden Moden Rechnung zu tragen,
dennoch war es derselbe Ort geblieben, den er zwanzig
Jahre zuvor betreten hatte.

Damals nannte man es *L'Infini*, und die Frau, die ihn
einst einbestellt hatte, war lange tot, aber hier war er und
stimmte sich auf ein weiteres Treffen ein.

»Es tut gut, hier zu sein«, erwiderte er und schritt selbst-
sicher über den Marmorboden.

Die Hemmungen und die Befangenheit, die ihm damals

zugesetzt hatten, waren jetzt verschwunden. Er war kein unsicherer Mann mehr, der die ersten Schritte in einer neuen Welt unternahm. Jetzt war er etwas ganz anderes.

In einem schlichten, unauffälligen Auto ohne Eskorte oder Leibwächter war er in Langley aufgebrochen und auf der Fahrt erwartungsgemäß unbehelligt geblieben. Drake konzentrierte sich schließlich auf den offiziellen Autokonvoi, der den Capitol-Hügel ansteuerte, was Cain Gelegenheit bot, heute Abend seinen wahren Geschäften nachzugehen.

»Ich vermute, mein Geschäftspartner weiß, dass ich hier bin?«

Die Frau nickte. »Das weiß er, Sir.« Sie deutete zur Rundbogentür, die in den Hauptbereich des Klubs führte. »Möchten Sie mir folgen? Er erwartet Sie.«

»Gehen Sie voran.«

Cain folgte der jungen Frau, die ihn durch einen weitläufigen Restaurationsbereich mit hohen Decken führte, der etwa zur Hälfte besetzt war. Die unablässig dahinplätschernden, von Gläserklingen und Besteckgeräuschen begleiteten Gespräche wurden von den Marmorsäulen und dem mächtigen Deckengewölbe zurückgeworfen.

Im Gegensatz zum letzten Mal, als seine Ankunft weitgehend unbemerkt geblieben war, spürte er jetzt die Blicke, die er anzog, und bemerkte, wie an jedem Tisch, an dem er vorbeiging, die Gespräche leicht ins Stocken gerieten. Er war jetzt ein angesehener und mächtiger Mann, wohlbekannt in Washington und darüber hinaus. Ein Mann, dessen Ankunft stets für Raunen sorgte.

Cain ließ seinerseits den Blick durch den Raum schweifen; er suchte nach seiner Verabredung und fragte sich, an welchem der Tische er sitzen mochte: der Führer an der Spitze der riesigen Pyramide, in der Cain seit zwanzig Jahren langsam, aber sicher immer höher aufgestiegen war.

Die junge Frau bog nach rechts ab und brachte ihn zu einem Tisch in der Saalmitte. Dort saß ein einzelner Gast mit einem Glas Wein in der Hand vor einem halbleer gegessenen Teller und wartete auf ihn. Cain hätte beinahe laut gelacht, als er ausgerechnet diesen Mann an diesem Platz entdeckte und ihm die absurde Ironie des Augenblicks bewusst wurde.

»Hier bringe ich Ihnen Mister Cain, Sir«, sagte die Frau und entschuldigte sich.

Der Mann tupfte sich mit einer Serviette die Lippen, dann stand er zur Begrüßung lächelnd auf. Cains erstaunter Gesichtsausdruck amüsierte ihn.

»Marcus, schön Sie wiederzusehen. Es ist viel Zeit vergangen.«

Pakistanischer Luftraum

Der Black Hawk schwankte hart nach Backbord; er folgte den gewundenen Konturen eines Bergtals. Dem Leiter des SEAL-Teams blieb nichts anderes übrig, als sich an den Haltegurt zu klammern und dem Geschick und der Kompetenz der beiden Piloten zu vertrauen, die alle Hände voll zu tun hatten, um den schwer beladenen Hubschrauber zu bändigen.

Die Chinooks und die Kampfflugzeuge hatten sich vor etwa zehn Minuten von ihnen getrennt und waren ausgeschert, um zu landen und in Bereitschaft zu bleiben. Jetzt waren sie auf sich allein gestellt.

Außerhalb der schwach beleuchteten Innenkabine sah er nichts als Dunkelheit. Sie mochten 10 oder 10 000 Fuß hoch sein, er wusste es nicht. Der andere Black Hawk konnte sich direkt vor ihnen befinden, oder tausend Meter hinter ihnen. Er wusste nur, dass sie die doppelten Mantelstrom-Triebwerke des Hubschraubers bis an ihre Leistungsgrenzen beanspruchten. Alles hing jetzt davon ab, beim schnellen Anflug in Deckung zu bleiben und das Ziel zu erreichen, bevor sie selbst entdeckt wurden.

Die Pakistanis wussten nichts von dieser Mission. Womöglich würden sie versuchen, die Hubschrauber abzuschießen, wenn sie sie entdeckten. Die verbaute Stealth-Technik, die sie vor dem feindlichen Radar schützen sollte, war schön und gut, aber zwei Black Hawks voller Soldaten und Ausrüstung gaben für Boden-Luft-Raketen leichte Ziele ab.

Seine düsteren Gedanken wurden unterbrochen, als sein Headset knisternd zum Leben erwachte.

»Viper eins. Hier Eagle. Erbitte Statusmeldung.«

»Hier Viper eins. Noch zehn Minuten. Alles im grünen Bereich. Wir sind einsatzbereit. Ich wiederhole: einsatzbereit.«

»Verstanden, Viper eins.«

Zehn Minuten, dachte der Teamleiter im Stillen. Zehn Minuten, bis sie Geschichte machen.

Washington, D. C.

Cain sagte und tat sekundenlang nichts. Er starrte nur den Mann an, der vor ihm stand, und ließ jedes Detail seiner äußeren Erscheinung auf sich wirken. Er war diesem Mann fast zwei Jahrzehnte nicht begegnet.

Seit ihrer letzten Begegnung hatte er sich unverkennbar verändert. Das schüttere braune Haar war inzwischen fast völlig verschwunden und hatte nur an den Schläfen einige wenige, kurz geschnittene, silbrige Strähnen hinterlassen. Seine Gesichtshaut war deutlich erschlafft, die Wangen hohl, die Stirn faltig zerfurcht und die Augen von einer teuren Brille gerahmt. Auch seine Leibesmitte ließ ihn längst nicht mehr so sportlich wie früher wirken.

Und dennoch handelte es sich zweifelsfrei um denselben Mann, der ihn im Sommer 1989 bei seiner ersten Verabredung hier durch den Klub geführt hatte. James, Freyas loyaler Assistent und Leibwächter, der bereit gewesen war, bedingungslos jeden ihrer Befehle auszuführen. Dieser Mann stand an der Spitze des Circles? Am Gipfel der Pyramide? Er war der mächtigste und gefährlichste Mann unter der Sonne?

Diese Erkenntnis war ebenso faszinierend wie verstörend.

»Was ist los?«, erkundigte sich James mit einem schiefen Grinsen. »Sie wirken so, als hätten Sie ein Gespenst gesehen.«

Cain räusperte sich und fasste sich wieder. »Das kann man wohl sagen. Sie sind …«

»Nicht das, was Sie erwartet haben?«

Das Grinsen des Mannes wurde breiter. Er sah Cain an wie vor zwanzig Jahren, als er – gar nicht weit von hier – eine Waffe auf ihn gerichtet und auf den Feuerbefehl gewartet hatte. Damals hatte er Cain schwitzen sehen.

»Aber darum geht es doch, nicht wahr? Derjenige zu sein, mit dem niemand rechnen würde«, fuhr er fort. »Meine Rolle verlangt mir einiges ab, Marcus. Manche Verpflichtungen sind angenehm und befriedigend, andere … eher nicht. Aber ich muss zugeben, dass mir Treffen wie dieses am meisten zusagen. Jeder Ihrer Vorgänger reagierte an diesem Punkt ein wenig anders. Ich habe erschrockene Gesichter gesehen, Abwehr, Belustigung, ja sogar Wut. Jede einzelne Reaktion verriet mir etwas über diese Person.«

»Meine Vorgänger?«

»Sie glauben doch wohl nicht, dass Sie der Erste sind, der hier auf diesem Fleck steht? Oder dass Sie der Letzte sein werden?« Er ließ diese Aussage einen Moment im Raum stehen und deutete auf einen zweiten Stuhl an ihrem Tisch. »Sie haben bestimmt viele Fragen. Bitte nehmen Sie Platz und machen Sie es sich bequem.«

Beim Hinsetzen beobachtete Cain, wie der Mann beiläufig seine Mahlzeit fortsetzte, ein Stück von seinem Steak absäbelte und in seinen Mund schob.

»Heute ist ein großer Tag für Sie, Marcus«, bemerkte er. »Beförderung zum Direktor der CIA.«

»Was ich anscheinend Ihnen zu verdanken habe.«

James nickte bestätigend. »Ich hatte womöglich die Finger im Spiel. Selbstverständlich wurden Sie wärmstens empfohlen. Aber das ist nicht der Grund, weshalb ich Sie ausgewählt habe.«

»Warum dann?«

Er lächelte. »Weil ich Sie mag. Ich habe Sie von Anfang an gemocht.«

Langsam ging Cain auf, weshalb sich dieser Mann vor all den Jahren hinter einer angenommenen Rolle verborgen hatte. »Das war ein Test, nicht wahr? Als Sie sich vor zwanzig Jahren als Freyas ›Assistent‹ ausgegeben haben, stellten Sie mich auf die Probe.«

James griff nach der Flasche Rotwein, die mitten auf dem Tisch stand, und schenkte Cain ein Glas ein. »Ich war stets der Überzeugung, dass man den Charakter eines Mannes am besten daran erkennt, wie er Menschen behandelt, zu denen er *nicht* freundlich zu sein braucht. Und ich wollte Ihren Charakter erkennen, Marcus. Ich wollte herausfinden, was für ein Mann Sie wirklich sind.«

Er spreizte die Hände zu einer raumgreifenden Gebärde.

»Und jetzt sind Sie hier. Am ersten Tisch, gewissermaßen.«

Er griff nach seinem Weinglas und stand langsam auf. Alle Gespräche im Speisesaal verstummten, alle Augen waren auf James gerichtet, und sämtliche Gäste schwiegen erwartungsvoll. Jeder von ihnen hatte einmal dort gesessen, wo Cain jetzt saß, und jeder hatte sich durch langjährige, hingebungsvolle Dienste, vorsichtiges Taktieren und makellose Strategien bewährt. Jeder von ihnen gehörte zum inneren Circle und war in das geheime Netzwerk eingebunden, auch wenn keinem nur das Geringste nachzuweisen gewesen wäre.

James erhob das Glas zum Toast. »Auf Ihren Erfolg, Marcus. Herzlichen Glückwunsch.«

Cain blieb nichts anderes übrig, als darauf zu antworten. Er nahm sein Glas, erhob es dankend und trank. Dabei brandete im ganzen Saal Applaus auf.

Einen Moment lang gestattete er sich, das Schicksalhafte dieser Nacht anzuerkennen.

Er hatte es geschafft. Nach zwanzig ehrgeizigen und aufopferungsvollen Jahren hatte er den Gipfel dieses scheinbar unüberwindbaren Berges erklommen und zugleich den Ursprung und das Ende des Circles erreicht.

Anya ignorierte den Regen, der auf sie niederging, kroch an den Rand des Flachdachs und sah quer über die Straße auf ihr Ziel. Von außen war nicht viel zu erkennen. Das Haus war zwar elegant gestaltet und geschmackvoll eingerichtet – wie viele der Botschaften und diplomatischen Vertretungen in diesem Teil der Stadt –, dennoch war nichts daran einschüchternd oder protzig.

Das überraschte sie nicht im Geringsten. Die Menschen, die hier verkehrten, posaunten ihre Macht und ihren Einfluss nicht in die Welt hinaus. Es kam auf das an, was sich hinter dieser unschuldigen Fassade verbarg. Und deshalb war sie heute Abend hier.

Sie schaltete ihr Funkgerät ein.

»Ich bin auf Position«, sagte sie ruhig. »Hast du bekommen, was du brauchst?«

»Ich bin dran«, erwiderte Alex angespannt und nervös, während er an seiner Aufgabe arbeitete. »Woher wusstest du, dass er hier sein würde?«

»Ich war früher selbst schon mal hier«, erwiderte Anya. Vor langer Zeit hatte sie genau dort gestanden, wo sich Cain gerade befand. »Kannst du uns sein Handy freischalten?«

Unter den richtigen Umständen ließ sich buchstäblich jedes Handy hacken und so manipulieren, dass es sich in ein umprogrammiertes Abhörgerät verwandelte und auch im ausgeschalteten Zustand sämtliche Gespräche im Umkreis übertrug. Die NSA und verschiedene andere Geheimdienste verwendeten die Technologie bereits seit Jahren zum Ausspionieren der eigenen Bevölkerung.

Neben beträchtlichen technischen Kenntnissen benötigte man dafür lediglich die SIM-Kartennnummer des Handys. Und genau die hatte Anya erst vor wenigen Minuten an sich gebracht, indem sie einen Scanner in der Nähe des *Meridian*-Eingangs platziert und abgewartet hatte, bis Cain am Portal vorbeiging. Sie hoffte nur, dass er lange genug in Scanner-Reichweite geblieben war, damit sich Alex holen konnte, was er brauchte.

»Ich arbeite daran«, bestätigte Alex. »Ich werde mich melden.«

»Verstanden.« Sie schaltete das Funkgerät aus und flüsterte: »Beeile dich, Alex.«

James setzte sich wieder, stellte das Glas auf den Tisch, widmete sich von Neuem seiner Mahlzeit und schnitt das nächste Stück Fleisch ab. Das rasiermesserscharfe Steakmesser durchtrennte das Steak wie Butter.

»Lassen Sie uns zur Sache kommen«, sagte er beschwingt. »Sie haben Fragen – und vor allem eine ganz bestimmte, die jeder andere, der auf diesem Platz saß, auch gestellt hat. Am besten bringen wir es gleich hinter uns.«

Was Cains Fragen betraf, hatte er selbstverständlich recht. Fragen gab es tatsächlich. Und wie James zutreffend vermutete, kam die grundlegendste zuerst.

Er beugte sich vor und sah seinem Gastgeber in die Augen. »Warum?«

James erwiderte seinen suchenden Blick und lächelte.

»Genau wie die anderen, wie schon gesagt«, sinnierte er. »Das gleiche menschliche Grundbedürfnis, allem, was rings um uns geschieht, einen Sinn und eine Absicht zuzuschreiben. Deshalb haben unsere Vorfahren Religionen und Aberglauben erfunden, um Krankheiten und Naturkatastrophen erklären zu können – bis wir darüber hinauswuchsen und alles durch Wissenschaft und Vernunft ersetzten. All das, um die grundlegendste aller Fragen zu beantworten: warum?«

Cain erwiderte nichts. Er wartete einfach ab, bis James fortfuhr.

»Sie wollen wissen, warum es den Circle gibt. Das kann ich Ihnen sagen. Aber manche Antworten sind schwerer zu akzeptieren als andere. Deshalb werden unsere Kandidaten so sorgfältig ausgewählt und auf die Probe gestellt. Wir wollen sichergehen, dass sie aufnahmefähig und bereit sind. Sind *Sie* bereit, Marcus?«

Das war er mehr als jemals zuvor. »Das bin ich.«

»Gut.« James machte eine kleine Pause, bevor er fortfuhr.

»Die Antwort ist im Prinzip so einfach wie die Frage: Chaos.«

Cain zog verblüfft die Stirn in Falten. »Das verstehe ich nicht.«

»Sie sollten es auch nicht verstehen. Zuerst müssen Sie begreifen, wie ich auf die Lösung gekommen bin.«

»Wir sind drin!«, rief Alex über Funk. »Ich schalte dich gerade durch.«

Anya kauerte an ihrem Beobachtungsposten auf dem Flachdach und wartete auf die Verbindung. Das Audiosignal war gedämpft und von minderer Qualität, vermutlich weil das Handy in Cains Jacke steckte, aber sie konnte der Unterhaltung folgen.

Anya hörte mit, als säße sie direkt neben ihm.

Als sie das Vibrieren des Handys in ihrer Tasche spürte, ging ein Ruck durch ihren Körper, aber sie unternahm keinen Versuch, das Gespräch anzunehmen. Es war McKnight, und was sie zu berichten hatte, musste warten.

Hier und jetzt konzentrierte sie sich auf die Ereignisse in dem Gebäude gegenüber. Nur darauf kam es jetzt an.

»Verdammte Scheiße!«, schimpfte Drake und knallte die Faust aufs Lenkrad, als sein Anruf zum x-ten Mal unbeantwortet blieb. »Sie ignoriert die Anrufe.«

Er und McKnight rasten durch die Stadt, kurvten und drängelten an den Verkehrsstaus vorbei. Drake hatte sie mitgenommen – einerseits, damit sie ihn zu Anya führte, und andererseits, weil sein Vertrauen in sie nicht so groß war, dass er sie zurücklassen wollte.

Er hatte keine Ahnung, wer Samantha McKnight in Wirklichkeit war, und wusste weder, warum sie getan hatte, was sie getan hatte, noch, was sie eigentlich wollte. Und jetzt fehlte ihm die Zeit, es herauszufinden. Das musste bis später warten, sofern sie die Nacht überlebten.

»Sie wird nicht rangehen«, bekräftigte McKnight, während er mit durchgetretenem Gaspedal trotz roter Ampel über eine Kreuzung raste. »Dafür ist sie zu nah dran.«

Drake antwortete nicht. Er hielt das Lenkrad fest, die Straße vor sich im Blick, und kämpfte sich durch den dichten Verkehr.

»Sie weiß, was sie tut, Ryan«, wagte sich McKnight vor. »Sie braucht weder dich noch sonst jemanden ...«

»Halt die Klappe!«, schrie Drake, dem nicht nach Ratschlägen zumute war. »Du atmest nur noch, weil du vielleicht nützlich sein könntest. Das kann sich sehr schnell ändern.«

McKnight hielt klugerweise ihre Zunge im Zaum, und Drake schaltete sein Funkgerät ein. »Keira, melde dich.«

»Ryan, wo zur Hölle hast du gesteckt?«, wollte Frost wissen. »Was ist los?«

»Lange Geschichte. McKnight ist bei mir ...«

»Samantha McKnight?«, warf Frost hörbar schockiert und entsetzt ein. »Was zum ...«

»Welchen Teil von ›lange Geschichte‹ hast du nicht kapiert?«, fiel ihr Drake ins Wort. »Hör zu, der Autokonvoi war ein Fake. Alles war gefakt. Cain wusste, dass wir kommen. Er ist heute Abend nicht zum Capitol-Hügel gefahren.«

»Und wo ist er dann?«, fragte Frost, die mit dieser Flut neuer Informationen zu kämpfen hatte.

»Dreizehnte Straße, Nordwest.« Sie hörte genau zu, als er die komplette Adresse abspulte. »Ich brauche alles, was du mir über das Gebäude beschaffen kannst.«

»Ich bin dran«, sagte sie und war schon an der Arbeit. »Aber willst du etwas Bestimmtes finden?«

Drake warf einen kurzen Seitenblick auf seine Beifahrerin. Die Frau, die er noch vor wenigen Minuten beinahe getötet hätte.

»Den Circle.«

55

James lehnte sich, das Weinglas in der Hand, in seinem Stuhl zurück und begann zu erzählen.

»Der Circle wurde während der letzten Zuckungen des Kalten Krieges von mir und ein paar Gleichgesinnten geschaffen, die erkannten, welch ein Sturm heraufzog. Es begann mit den edelsten Absichten: Ordnung in das zu erwartende Chaos zu bringen. Eine neue Weltordnung, in der Wohlstand und Freiheit an erster Stelle stehen sollten.« Er zog eine ergraute Augenbraue hoch. »Eine Epoche des Friedens, wenn Sie so wollen.«

Cain nickte. Bisher war das alles für ihn nichts Neues. Es waren dieselben Ideale, die ihn schon damals so gefesselt hatten: Die Welt zu einem besseren Ort zu machen.

»Mit den vereinten Kräften von Menschen wie Ihnen und … vielen anderen war es uns schließlich gelungen, unser Ziel zu erreichen. Der Kalte Krieg war vorbei, die Sowjetunion war Geschichte und die Welt von der Atomkriegsdrohung erlöst. Es hätte eine Zeit zum Feiern sein sollen. Bedauerlicherweise erwies sich unser größter Erfolg letztlich als unser größter Irrtum. Oder vielleicht sollte ich sagen: unsere prägendste Lehrstunde.«

»Wie das?«, fragte Cain.

»Das Ende eines halben Jahrhunderts voller globaler Konflikte gab den Anstoß zu einer neuen Denkweise. Man wurde leger und selbstgefällig. Ohne einen Feind, gegen den es sich behaupten musste, kam unser Land vom Weg ab. Durch jahrelange Budgetkürzungen verkümmerten unsere Streitkräfte, und unsere Behörden mitsamt allen Geheimdiensten folgten ihnen auf dem Fuß. Unsere Kultur wurde verweichlicht und egozentrisch, weil Materialismus und engstirniges Denken alles zersetzten. Fortschritt und Entwicklung stagnierten. Hatten wir früher noch Weltraumraketen konstruiert, bauten wir jetzt ...« Er griff sich in die Tasche und hielt ein elegantes schwarzes Smartphone hoch. »... so etwas.«

Danach warf er das Handy verächtlich auf den Tisch.

»In den 1990er-Jahren ging es mit der amerikanischen Weltmacht und ihrem Einfluss bergab. Neue Feinde traten an die Stelle der alten, aber wir waren weder gewillt noch daran interessiert, uns um sie zu kümmern. Unser größter Sieg vernichtete uns Schritt für Schritt.«

Cain dachte fieberhaft nach, als er begriff, was der Mann damit sagen wollte. Das Ende des Kalten Krieges, der Zusammenbruch der Sowjetunion, die Befreiung eines halben Kontinents aus Totalitarismus und Unterdrückung ... Das alles waren in den Augen dieses Mannes Misserfolge.

»Selbstverständlich stellte sich die Frage, was zu tun sei. Unsere Anstrengungen, Kriege und Konflikte beizulegen, hatten uns nicht die erwartete Dividende eingebracht. Es ging eher bergab. Schließlich wurde deutlich, dass wir nur deshalb keine Lösung fanden, weil wir das Problem falsch verstanden hatten.

Friede und Ordnung waren nicht die Lösung, auf die ich gehofft hatte – sondern in Wahrheit die Wurzel des Problems. Ausgedehnte Friedensperioden führen zur Stagnation und Dekadenz, was wiederum den Zerfall der Gesellschaft begünstigt und schließlich zum völligen Zusammenbruch führt. Es ist immer der gleiche Prozess, und ihn haben fast alle Imperien und Königreiche der menschlichen Geschichte durchlaufen. Aber das hatte bisher niemand völlig durchschaut und die richtigen Schlussfolgerungen daraus gezogen. Stattdessen laufen wir immer wieder den gleichen, unzureichenden Idealen hinterher, hoffen jedes Mal auf ein anderes Ergebnis und erleben unvermeidlich dasselbe – unser Scheitern.«

Er blickte auf sein Weinglas, versetzte es langsam in kreisende Bewegungen und betrachtete die purpurrote Flüssigkeit, die im Glas hin und her schwappte.

»Und da ist mir klar geworden, dass die wahre Lösung eine … andere Philosophie erforderte.«

Die beiden Black Hawks verließen röhrend das gewundene Tal, das sie vor der Außenwelt abgeschirmt hatte. Jetzt glitten die Hubschrauber im Tiefflug über die karge Landschaft aus staubigem Buschland und kleinen bewässerten Feldern. Jede Sekunde brachte sie ihrem endgültigen Ziel näher.

»Noch fünf Minuten bis zum Einsatzort!«, rief der Teamchef und ließ den Blick über die SEAL-Kämpfer schweifen, die in der engen Kabine aufgereiht saßen. Selbst im trüben roten Schein der Notbeleuchtung konnte er ihre angespannnten und tatendurstigen Mienen erkennen.

»Letzte Checks Waffen und Ausrüstung!«

Er reckte den Hals, um vorn aus dem Cockpitfenster zu sehen, aber mehr als die fernen Lichter einer Kleinstadt, die direkt auf ihrem Kurs lag, konnte er nicht erkennen. Irgendwo inmitten dieser wuchernden Vorstädte befanden sich das Zielgebäude und der Mann, für dessen Tötung sie um die halbe Welt geflogen waren.

Nur noch wenige Minuten, dann war es so weit.

Im Zentrum jenes gediegenen, extravaganten Speisesaals in der Washingtoner City hörte Marcus Cain immer noch seinem Tischgenossen zu, der allmählich ans Ende seines Vortrags gelangte.

»Wenn Frieden und Wohlstand der Kern des Problems waren, ergab sich daraus die logische Schlussfolgerung, dass die entgegengesetzten Bedingungen herrschen mussten, damit eine Gesellschaft floriert. Was mich zu der Antwort zurückführt, die ich Ihnen ganz am Anfang gegeben habe: Chaos«, erklärte James geduldig. »Menschliche Wesen profitieren von Kriegen und Konflikten, die geschichtlich betrachtet die treibenden Kräfte für bahnbrechende Fortschritte gewesen sind. Flugzeuge, Computer, Weltraumreisen, Atomkraft, Hightech-Medizin … das alles wurde erfunden, um ein Grundbedürfnis zu befriedigen: das Grundbedürfnis, sich gegen einen Feind zu behaupten. Und da dämmerte mir die wahre Lösung. Wir hatten Kriege und Konflikte stets als Mittel zum Zweck angesehen. Aber wir irrten uns. Krieg ist kein Mittel, er ist ein Selbstzweck. Eine Welt voll endloser Kriege und Konflikte führt zu immer größeren Fortschritten und bewahrt die Stärke und Entschlossenheit der Bevölkerung und der Regierungsform, die sie sich aussuchte. Es geht darum, die wahren Kräfte auszubalancieren. Keine Ordnung, die das Chaos beendet, sondern ein geordnetes Chaos.«

Er lächelte und trank einen Schluck Wein.

»Doch selbst Chaos erfordert eine gewisse Kontrolle. Eskalierende ungezügelte Konflikte könnten schließlich in eine globale Katastrophe münden. Krankheiten, Hungersnöte und Aufstände, deren Ausbreitung nicht eingedämmt wird, höhlen unter Umständen das gesamte System aus. Was die Welt braucht, ist Gleichgewicht, und an dieser Stelle kommen wir ins Spiel. Das ist der wahre Daseinszweck des Circles, Marcus: Wir erhalten das Gleichgewicht im Chaos der Welt. So geben wir der Menschheit, was sie braucht, sich aber niemals eingestehen würde.«

Cain lehnte sich in seinem Stuhl zurück. Der Vortrag hatte ihm die Sprache verschlagen. Er schreckte vor bitteren Erkenntnissen und unerfreulichen Tatsachen nicht zurück, aber das Schicksal der Menschheit in solch kalten, pragmatischen und analytischen Begriffen umrissen zu sehen war etwas völlig anderes. Endlich lagen die wahren Absichten des Circles offen zutage. Es ging nicht darum, die Menschheit vor Kriegen zu bewahren und eine bessere Welt zu erschaffen. Sie sollte stattdessen durch endlose Konflikte und Zerstörungen am Leben erhalten werden. Und er hatte zwanzig Jahre dabei mitgemacht.

Jetzt saß er da, die Hände lagen auf dem Tisch, und sein Blick huschte kurz zu seiner Armbanduhr. Er prägte sich die Uhrzeit ein. Fast geschafft.

Im Konferenzraum in Langley sah Franklin zu, wie die beiden Black Hawks das Zielgelände überflogen und einer über dem Haupthof auf Position ging, während der andere über dem hinteren Ende der Freifläche schwebte, die als Garten diente. Die Bilder wurden live von einer Reaper-Drohne übertragen, die über dem Ziel kreiste.

»Viper eins auf Position. Wir steigen jetzt aus.«

»Verstanden, Viper eins. Sie haben grünes Licht.«

Doch gerade als die Seile hinausgeschleudert wurden und die Sturmtrupps loslegen wollten, kam der erste Black Hawk bedrohlich ins Schlingern und kämpfte mit der Höhenkontrolle. Er konnte nur mühsam die Position halten. Als er ungewollt seitwärts ausscherte, streifte der Heckrotor eine der hohen Mauern.

»Scheiße«, stieß Franklin leise aus, als sich der Hubschrauber nach vorn neigte, mit der Nase durch den Boden pflügte und gegen die Außenmauer des Anwesens krachte. »Eagle, wie ist der Status bei Viper eins?«

»Wir sind okay«, meldete ein deutlich schockierter Teamleiter. »Viper eins ist einsatzbereit.«

Binnen Sekunden stiegen leuchtend grüne Gestalten aus dem verunglückten Hubschrauber, sie bewegten sich trotz der unkontrollierten, rauen Landung rasch und diszipliniert und vereinten sich mit dem Team, das aus dem zweiten Black Hawk kam.

In den umliegenden Gebäuden gingen Lichter an, weil die Bewohner hochgeschreckt waren, aber das SEAL-Team schenkte ihnen keine Beachtung und schwärmte aus in Richtung Ziel. Eine zweite Einheit löste sich, um ein kleineres Gebäude auf der südlichen Hofseite zu stürmen, während Teams aus dem anderen Hubschrauber schnell und geübt die inneren Verteidigungsmauern überwanden. Das Hauptkontingent rückte jedoch auf das zentrale, zweigeschossige Wohnhaus vor.

»Team eins und zwei in Position.«

»Verstanden. Zugriff! Zugriff!«

Franklin konnte nur noch abwarten, als das Team im Innern des Hauses verschwand und das Blickfeld der Drohne verließ. Was in den nächsten Minuten geschah, konnte er nicht mehr beeinflussen.

»Es ist interessant, Ihre Reaktion zu beobachten, Marcus«, bemerkte James, dem Cains Blick auf die Armbanduhr nicht entgangen war. Er schien nicht im Mindesten überrascht oder neugierig zu sein. Stattdessen wirkte er wie jemand, der gerade einen Zauberer beim Tricksen ertappt hatte. »Warten Sie auf etwas?«

»Ich …«

»Der Einsatz heute Nacht wird natürlich ein Fehlschlag«, fuhr James fort.

Cain beugte sich vor. »Wie bitte?«

»Operation Neptuns Speer«, erklärte James geduldig. »Das Zielobjekt, das Ihre Teams in genau diesem Moment erstürmen, ist gefakt. Bin Laden ist ziemlich weit davon entfernt und sicher unter Dach und Fach.«

Cain spürte seinen Herzschlag. »Sie kennen seinen Aufenthaltsort?«

»Selbstverständlich kennen wir den. Seit fast schon einem Jahrzehnt.«

»Warum haben Sie ...?«

»Warum wir ihn geschützt haben?«, beendete James für ihn den Satz. Er beugte sich vor und faltete die Hände über dem Tisch. »Ist Ihnen nie in den Sinn gekommen, dass er lebendig einen größeren Wert für uns hat, als wenn er tot wäre? Seine militärische Bedeutung können wir zum gegenwärtigen Zeitpunkt natürlich vergessen, aber sein symbolischer Wert lässt sich gar nicht hoch genug einschätzen. Er ist ein Feind, den man hassen, aber niemals wirklich vernichten kann. Ein Ziel, das man anvisiert und doch nie richtig trifft. Genau wie Krieg und Chaos ist die Jagd nach ihm viel nützlicher, als sein Tod es sein könnte.«

Die kalte, pragmatische Logik des Circles war wieder am Werk. Diese Leute waren bereit, den meistgesuchten Terroristen der Welt zu schützen, um Furcht und Hass zu säen, Konflikte zu schüren und Chaos zu stiften, wo immer es ihnen gefiel.

»Wir mussten uns natürlich ins Zeug legen, um Sie davon zu überzeugen, dass Sie den richtigen Ort gefunden hatten«, fuhr der Chef des Circles fort. »Wir fütterten Ihren Kontaktmann Qalat in Pakistan so lange mit falschen Informationen, bis wir die entscheidenden Leute dort hatten, wo wir sie haben wollten. Selbstverständlich sorgten wir dafür, dass die Täuschung bis zum entscheidenden Moment gewahrt blieb.«

Nachdem die Gefangenen im Untergeschoss gesichert waren, rückte der restliche Sturmtrupp über die Haupttreppe in Richtung Obergeschoss vor. Ihre Herzen hämmerten beim Aufstieg. Sie waren ganz nah dran. Der Mann, den sie so lange gejagt hatten, war nur noch wenige Meter von ihnen entfernt.

Leise Schritte auf dem oberen Treppenabsatz ließen sie für einen Augenblick erstarren. Sie warteten, lauschten und hielten die Waffen auf die verschlossene Tür am oberen Ende der Treppe gerichtet.

Und dann, ganz langsam, öffnete sich die Tür, und eine große, schlanke Gestalt kam heraus, gekleidet in ein weites Nachthemd. Der ergrauende Bart reichte dem Mann bis auf die Brust, und sein schütteres Haar war zerzaust. Er sah zur Treppe, bis sein Blick für die Dauer eines Herzschlags an dem SEAL-Team unten hängen blieb.

Es geschah alles so schnell, dass es den Beteiligten später Mühe bereitete, den genauen Hergang zu schildern. Der Kommandosoldat an der Spitze legte das Sturmgewehr an, nahm ihn genau in dem Moment ins Visier, als der Gesuchte zurück in das Zimmer flüchten wollte, und stieß ein einziges Wort aus.

»Kontakt.«

Cain saß steif und stumm da und beobachtete sein Gegenüber. James hatte anfangs noch entspannte Jovialität ausgestrahlt, aber damit war es jetzt vorbei, etwas Kälteres, Nüchterneres trat an ihre Stelle, als er seine Instruktionen erteilte.

»Die Sache wird natürlich nicht folgenlos bleiben. Anschuldigungen und Schuldzuweisungen – aber das meiste wird von Ihnen ferngehalten werden. Ihr Untergebener Franklin wird das meiste abbekommen und wahrscheinlich den Rücktritt einreichen müssen. Aber wir haben bereits eine ... zuverlässigere Person vorgesehen, um ihn zu ersetzen.«

Es war nichts als eine Lüge gewesen. Nur ein riesiges Täuschungsmanöver – genau wie alles andere. Diese Erkenntnis stand Cain mitten ins Gesicht geschrieben.

»Eins müssen Sie noch lernen, Marcus. Ein jeder Mann hat seinen Platz. Ein jeder Mann muss seine Grenzen kennen. Sie mögen sich einen Platz an diesem Tisch verdient haben, aber Sie bestimmen nicht, was hier geschieht. Das werden Sie nie tun. Ich hoffe, wir verstehen uns?«

Franklin konnte jetzt nur noch abwarten. Er hockte am Konferenztisch und starrte auf die Luftaufnahmen, die die Nachtsichtkameras von dem Anwesen auf der anderen Seite der Welt lieferten.

Er sagte kein Wort und rührte sich nicht. Es brachte nichts, vom Einsatzleiter oder den Teamchefs einen Lagebericht zu verlangen. Die würden sich bei ihm melden, sobald es etwas zu berichten gab.

Er warf einen kurzen Seitenblick auf Kennedy. Die Augen des Mannes waren geschlossen, seine Fäuste geballt, und er flüsterte: »Kommt schon, kommt schon.«

Die Sekunden zogen sich in die Länge, ohne dass eine Erfolgsmeldung eintraf. Und von Augenblick zu Augenblick wuchsen seine Zweifel. Hatten sie sich geirrt? War das alles ein Irrtum gewesen? Stimmten ihre Informationen nicht?

Hatte Cain sie aufs Kreuz gelegt?

Dann knisterte plötzlich eine verzerrte Stimme im Funk.

»Für Gott und Vaterland – Geronimo, Geronimo, Geronimo.«

Bashir Shirani fühlte sich, als wäre gerade eine Windhose über ihn hinweggezogen. Er hörte Geräusche von Frauen und weinenden Kindern, Männer brüllten Befehle, andere hielten trotzig dagegen. Über allem lag der Gestank von verbranntem Plastik, Holz und Kordit. Eine zerstörerische Gewalt hatte in der Wohnstätte gewütet, die seit einigen Monaten sein Zuhause war.

Alles war von dem amerikanischen Stoßtrupp zerstört worden, der das Haus durchkämmt und dabei alles getötet und vernichtet hatte, was ihm in die Quere kam. Nichts konnte einer solchen Streitmacht standhalten. Nichts.

»Hoch!«, befahl der Kommandosoldat hinter ihm, packte seine gefesselten Hände und hievte ihn auf die Beine. Er sah, dass andere Gefangene – die zum Haushalt des Herren gehörten – auf die gleiche Weise gebunden waren. Manche schleuderten den Soldaten Flüche und hilflose Drohungen entgegen. Die meisten verstummten, sobald dicke Säcke über ihre Köpfe gestülpt wurden, und einen Augenblick später wurde auch für ihn alles dunkel, weil man ihm die Kapuze übergezogen hatte. Er konnte hier nichts mehr tun. Sie würden ihn zur weiteren Verwendung fortschaffen.

Cain spürte, wie sein Handy in der Tasche vibrierte, unternahm aber keinen Versuch, das Gespräch anzunehmen. Er wusste, was es bedeutete, lächelte matt und musterte den Mann, der ihm gegenübersaß.

»Ja, James. Wir verstehen einander.«

Unbemerkt vom Leiter des Circles waren hinter ihm drei Gestalten in den Saal geschlichen und hatten sich schnell und leise auf ihre Positionen begeben. Genau wie er hatten auch sie vorsichtig manövrieren müssen, um so weit zu gelangen, hatten dabei viele Widerstände und Sicherheitsmaßnahmen überwunden und viele Menschen getötet, die ihnen in die Quere gekommen waren. Aber jetzt waren sie hier und einsatzbereit.

»Aber bevor wir fortfahren, ist da noch etwas, das Sie wissen sollten.« Cain hielt inne, schwelgte im Augenblick und freute sich auf den nächsten Akt. »Mein Team ist genau dort, wo es sein muss.«

Einen kurzen Augenblick erkannte Cain den Anflug eines Zweifels. James, der sein Leben damit verbracht hatte, alles zu planen, jede erdenkliche Entwicklung vorherzusehen und jede Strategie zu durchkreuzen, spürte, dass etwas nicht stimmte, dass seine Position bedroht war.

Diese Bedrohung manifestierte sich plötzlich durch das Ploppen schallgedämpfter Automatikpistolen. An einem Tisch nicht weit von ihrem saßen ein Mann und eine Frau, die erschrocken aufschrien, als sie von einem Kugelhagel zerfetzt wurden. Der Mann fiel rückwärts und riss das Tischtuch, die Gläser, die Teller und die Bestecke mit, bis alles auf den Boden krachte.

Im Speisesaal gellten panische Schreie und Rufe, als das Schießen weiterging und die Anwesenden gnadenlos niedergemacht wurden.

James drehte sich instinktiv nach dem Ursprung des Tumultes um und löste dafür kurz den Blick von Cain. Auf diese Gelegenheit hatte er gewartet. Cain war ohne Waffe gekommen, aber er brauchte auch keine.

Sein Blick fiel auf das Steakmesser, das James unbeachtet auf dem Teller liegen gelassen hatte; er nahm es, holte aus und rammte es dem Mann mit aller Kraft, die er aufbringen konnte, in die Hand. Die scharfe Klinge schlitzte sich ihren Weg durch Haut, Muskeln und Knochen, drang danach tief die Tischplatte ein und blieb stecken.

Die Miene des Mannes fiel in sich zusammen, er verzerrte gequält das Gesicht und riss den Mund auf, um zu schreien. Aber dazu kam er nicht mehr. Bevor er auch nur einen Laut hervorbringen konnte, hatte ihm der Agent, der von hinten näher gekommen war, eine Seilschlinge um den Hals gelegt, sie kraftvoll gestrafft, seinen Hals zurückgerissen und das Schreien erstickt, bevor es begann.

Jason Hawkins war in dieser Tötungsmethode versiert und hatte es stets auf eine eigentümliche Weise befriedigend gefunden, einem Mann buchstäblich das Leben abzuwürgen. Er grinste, zog noch fester zu und war überzeugt, dass der schwächliche alte Mann nicht entkommen konnte; er hielt sich aber gerade genug zurück, damit er ihm nicht wegstarb. Sein Herr hatte ausdrücklich befohlen, dass erst auf sein Wort hin Schluss sein sollte.

Cain würdigte das Chaos und Sterben ringsum keines Blickes, als er aufstand und sich langsam dem verängstigten Mann näherte, der noch immer mit einer blutigen Hand am Tisch festgenagelt war, während er mit der anderen vergeblich am Seil zerrte.

In Cains Augen strahlte abgrundtiefer Hass, als er sich vorbeugte. Hass, der zwanzig Jahre lang sorgsam unterdrückt und kontrolliert worden war.

»Wahrscheinlich stellen Sie sich gerade die grundlegendste aller Fragen: warum?«, wiederholte er höhnisch das, was der Mann vorhin gesagt hatte. »Mir scheint, Sie haben jetzt – am Ende – ein bisschen Wahrheit verdient. Die Wahrheit ist, dass ich längst genau wusste, was der Circle ist – schon bevor ich heute Abend herkam. Ich weiß es seit Ewigkeiten. Auch, dass Sie Bin Laden beschützten, mich mit falschen Informationen fütterten und uns zum falschen Ort führten. Und ich habe Sie in Sicherheit gewiegt. Deshalb ist er jetzt so tot, wie Sie es gleich sein werden. Deshalb ist es mit dem Circle ab heute vorbei.«

Der Gestank von Schießpulver hing schwer in der Luft, weil das Angriffsteam im Saal ausschwärmte und jeden erledigte, der die erste Angriffswelle überlebt hatte. Fast der gesamte innere Circle, sämtliche Führungskader der korrupten Organisation waren entweder tot oder tödlich verwundet.

Sie hatten sich für unantastbar gehalten, sonst wären sie heute nicht aus der Deckung gekommen. Und sie hatten sich eingebildet, ihm vertrauen zu können. Das war ihr letzter und größter Irrtum gewesen.

»Haben Sie auch nur die leiseste Ahnung, wie lange ich auf diesen Moment gewartet habe?«, fragte Cain mit leicht bewegter Stimme. »Wie oft ich Sie umbringen wollte?«

Das hier war der krönende Abschluss von Cains Planungen. Alles, worauf er zwanzig lange Jahre hingearbeitet hatte. Um am Ende zu bekommen, was er wollte.

James' Hand wand sich und zog an dem Messer, mit dem sie an den Tisch genagelt war, riss das Fleisch noch weiter auf und sorgte für immer neue Schmerzenswellen.

»Die ganze Zeit über bildeten Sie sich ein, mich zu kontrollieren. Sie glaubten, mich zu kennen. Nach und nach und von Jahr zu Jahr wuchs Ihr Vertrauen in mich. Wohin hat es Sie gebracht? Alle Arbeit, die Sie in den Aufbau steckten, alle Menschen, die von Ihnen verraten wurden, und alles, was Sie erreicht haben ... alles war umsonst. Ich wollte, dass Sie das noch erfahren, James. Ich wollte Ihnen in die Augen sehen, wenn es endet.«

James kämpfte, er grunzte und versuchte verzweifelt, nach Luft zu schnappen – aber vergeblich, denn er bekam keine mehr. Er sah zu dem Mann hoch, der sich vor ihm aufgebaut hatte. Jenem Mann, der für ihn immer jemand gewesen war, den er kontrollieren und manipulieren konnte. Dieser Mann würde ihn gleich töten.

Und endlich umfing ihn die Dunkelheit, und er wusste, was wahre Angst ist.

»Da haben Sie Ihre Dividende«, höhnte Cain und kostete seinen Triumph aus. »Da haben Sie Ihren ewigen Frieden.«

Er nickte Hawkins zu und verfolgte, wie der große, muskulöse Agent die Schlinge enger zog, bis ihm vor Anstrengung die Muskeln und Sehnen hervortraten. James quollen im Todeskampf vor Angst die Augen aus den Höhlen, sein Gesicht lief blau an, aus seinem Mund flatterten Speichelfäden, und sein Arm zuckte hilflos, als der Schmerz, die Angst und die Verzweiflung ihren finalen, unerträglichen Höhepunkt erreichten.

Endlich wurde er ganz still, weil ihn der Tod geholt hatte.

Bashir Shirani blinzelte, als der Sack von seinem Kopf gerissen wurde und der helle Lichtstrahl einer Taschenlampe seine Augen traf. Er befand sich in einem kleinen Nebengebäude am anderen Ende des Anwesens. Draußen hochfrequentes Jaulen. Helikopterturbinen liefen warm, dazwischen nervöses Gebrüll der Männer vom Sturmtrupp. Sie waren auf dem Rückzug.

Mission erfüllt, jetzt wollten sie weg, bevor pakistanische Militär- und Polizeieinheiten eintrafen. Es gab nur noch eine Sache zu erledigen.

»Name?«, bellte ihn einer der Elitesoldaten misstrauisch und nervös an. Die Männer durchlebten die bedeutendste Nacht ihres Lebens. So kurz vor dem Ende des Einsatzes wollten sie auf gar keinen Fall einen Fehler machen.

»Salah ad-Din«, antwortete er ohne Zögern. Einen kurzen Moment schwiegen die Bewaffneten, die herumstanden, prüften die Antwort. Auf ein Nicken des Teamführers griff dann einer zum Messer und rückte ihm damit zu Leibe.

Shirani spürte die Plastikschellen von den Handgelenken fallen, brachte die Hände nach vorn und rieb sich die wundgescheuerte Haut. Alles in allem ein geringer Preis für das, was er heute Nacht erreicht hatte.

Bin Laden war tot, wie nahezu die gesamte Führungsriege von Al Kaida.

»Ich danke Ihnen«, sagte er leise und stand auf.

»Nein. Wir danken *Ihnen*«, erwiderte der Teamführer und reichte ihm die Hand. Sein Nomex-Kampfhandschuh war rau und kratzte an Shiranis Handfläche, aber das war egal. »Amerika steht in Ihrer Schuld. Und ... Direktor Cain entsendet seinen Dank.«

Shirani nickte, allmählich schlug die Anspannung des monatelangen Undercover-Einsatzes durch. Er war von Marcus Cain persönlich für die denkbar wichtigste und geheimste Mission ausgewählt worden, und er hatte seine Aufgabe erfüllt.

Ihm war klar, dass die Nachbereitung einige Zeit in Anspruch nehmen und es vermutlich noch viel länger dauern würde, bis er sich wieder an ein normales Leben gewöhnt hatte – er konnte sich kaum noch erinnern, was »normal« bedeutete –, doch momentan fühlte er sich einfach nur erschöpft.

Der Teamführer schien es auch zu spüren und lächelte ihn aufmunternd an.

»Jetzt sollten wir machen, dass wir hier wegkommen, okay?«

56

Washington, D. C.

Marcus Cain fühlte sich wie in einem Traum, als er durch die Rauchschwaden aus dem Restaurant ging. Sein Kommandotrupp blieb zurück, um mit dem Großreinemachen zu beginnen. Nach dem heutigen Abend musste eine ganze Reihe von Menschen »verschwinden«, aber das interessierte ihn jetzt nicht mehr.

Seine Arbeit war getan, die Aufgabe erledigt. Vor seinen Augen brach ein neues Zeitalter an. Ein Zeitalter, das befreit war vom heimtückischen Einfluss des Circles. Vor zwanzig Jahren hatte er sich hoffnungsvoll aufgemacht, eine neue Welt zu erschaffen – jetzt endlich trug seine Arbeit Früchte.

Sein Handy vibrierte wieder, und diesmal nahm er das Gespräch an. »Cain.«

»Wir haben ihn«, teilte Franklin mit. Die knappe Feststellung wurde ihrer Tragweite nicht annähernd gerecht. »Es ist erledigt.«

Cain stöhnte, schloss die Augen und nickte. Kaum zu glauben, dass nach so langer Zeit, nach so vielen Rückschlägen und Herausforderungen alles vorbei sein sollte.

»Gut gemacht, Dan«, sagte er aus tiefster Überzeugung. »Ich wusste, dass Sie mich nicht enttäuschen würden.«

Darauf erwiderte Franklin nichts, aber sein kurzes Schweigen verriet Cain, dass sein Lob angekommen war.

»Das Weiße Haus steht kopf. Sie wollen so bald wie möglich eine Erklärung abgeben. Der Präsident möchte Ihnen persönlich gratulieren. Wo sind Sie gerade?«

Cain blickte zurück in den Speisesaal, wo zwischen umgestürzten Tischen und Stühlen zerbrochenes Geschirr, Gläser und Leichen auf dem Boden verstreut lagen. Der innere Kreis – die mächtigsten, unantastbaren Männer und Frauen der Welt, lagen tot in ihrem Blut auf den kostbaren importierten Marmorfliesen.

»Ich bringe das hier nur noch zu Ende.« Er klang so ernst, dass Franklin die Hoffnung aufgab, noch mehr Informationen aus ihm herauszubekommen. »Hören Sie, sobald sich der Staub gelegt hat, wird die Agency einen neuen Stellvertretenden Direktor benötigen. Ich kann mir dafür keinen Besseren als Sie vorstellen.«

Wieder schlug ihm Schweigen entgegen. Diesmal jedoch kein verdrossenes, drückendes Schweigen, sondern als ein Ausdruck sprachloser Verblüfftheit.

»Marcus, sind Sie sich da … sicher?«, hakte Franklin nach, als er sich wieder erholt hatte.

»Ich habe den Präsidenten bereits auf Sie aufmerksam gemacht. Er ist auch der Meinung, dass Sie eine Idealbesetzung wären.« Er stöhnte. »Sie sind ein guter Mann. Ich glaube, Sie sind besser als ich. Die Agency kann Männer wie Sie jetzt gebrauchen.«

»Und wo ist der Haken?«

»Es gibt keinen Haken.«

»Ich weiß nicht, was ich dazu sagen soll …«

»Sagen Sie Ja«, riet Cain. »Stellen Sie sich nicht an.«

Franklin atmete langsam aus. »Okay. Wir reden, wenn Sie wieder in Langley sind.«

Schritte auf dem Marmorboden hinter ihm brachten Cain ins Hier und Jetzt zurück, und als er sich umdrehte, war Hawkins im Anmarsch. Seiner Miene nach zu urteilen war er ebenfalls glücklich und zufrieden. Tod war sein Geschäft, aber für Jason Hawkins bedeutete dies mehr als nur Broterwerb. Er genoss ihn, er blühte davon auf.

»Wir sind hier fertig«, meldete er.

»Das ist gut«, erwiderte Cain abwesend.

Der altgediente Agent zog eine Augenbraue hoch. »Ich dachte, Sie lassen jetzt die Champagnerkorken knallen.«

»Auch wenn der Circle wahrscheinlich Vergangenheit ist, fängt die Arbeit gerade erst an«, rief ihm Cain ernst ins Gedächtnis. Es konnte lange dauern, alles ungeschehen zu machen, was diese Leute getrieben hatten. Er deutete auf den verwüsteten Speisesaal. »Wie lange dauert es, das alles verschwinden zu lassen?«

»Maximal zwei, drei Stunden. Unsere Putz-Crew ist schon dran«, bekräftigte er. »Wenn wir hier durch sind, wird keiner mehr wissen, dass wir überhaupt hier waren.«

»Gute Arbeit, Jason. Sie müssen für mich zum Kundgebungsplatz beim Capitol-Hügel fahren. Bereiten Sie die Einsatzkommandos auf meine Ankunft vor.«

Hawkins quittierte diese Planänderung mit einem Stirnrunzeln. »Sollten wir das hier nicht erst abschließen?«

Cain schüttelte den Kopf. »Drake hat den Autokonvoi nicht angegriffen. Das bedeutet, er ist noch irgendwo da draußen. Ich will, dass Sie bereitstehen, falls er versucht, etwas abzuziehen.«

»In Ordnung.« Er war schon im Begriff zu gehen, als er kurz innehielt und die Lippen zu einem Lächeln verzog. »Nicht so finster, Marcus. Wir haben gewonnen. Genießen Sie es.«

Cain blieb ihm eine Antwort schuldig, wandte sich ab und ging durch das Hauptportal nach draußen. Sobald er sich in sicherer Entfernung vom Hotel und außerhalb der

Reichweite unerbetener Lauscher wähnte, holte er wieder das Handy hervor und wählte eine neue Nummer.

Nur wenige Augenblicke später baute sich die Verbindung auf. Sein Anruf war erwartet worden.

»Er ist unterwegs. Machen Sie Ihr Team bereit.«

»Das ist schon da«, antwortete eine verfremdete Stimme. »Ich hoffe für Sie, dass es keine Überraschungen gibt.«

»Keine«, versprach Cain. »Er gehört Ihnen.«

Jason Hawkins war ein brauchbares Werkzeug gewesen, aber er hatte am heutigen Abend sein Haltbarkeitsdatum überschritten. Für einen Mann wie ihn gab es keinen Platz in der neuen Welt, die er auf den Weg gebracht hatte. Umso besser, wenn sein Tod als Vergeltung für den Angriff auf den Tresor in London betrachtet werden konnte. Es war recht einfach gewesen, sie davon zu überzeugen, dass Hawkins seine Kompetenzen überschritten und einen unautorisierten Angriff gestartet hatte, weil es nicht gelogen war.

Diese Leute kamen ihm nur gelegen.

Sein kurzes Telefonat war erledigt. Cain steckte das Handy wieder ein und atmete tief durch. Der Regen hatte endlich nachgelassen, die Tageshitze war gewichen, die Luft war kühl und frisch. Über die große Ausfahrtsstraße rollte der Verkehr, Fußgänger spazierten auf dem Gehweg vorbei, und ein Hubschrauber schrappte irgendwo oben durchs Dunkel.

Die Welt ging ihren gewohnten Gang, ohne zu ahnen, dass sich gerade ein tektonisches Beben ereignet hatte. Die meisten Menschen würden nie erfahren, was sich in dem Restaurant zugetragen hatte, und das war für ihn auch in Ordnung. So war das Leben, das er sich ausgesucht hatte.

Er ging los, die Straße hinunter, und entfernte sich von dem Fahrzeug, das auf ihn wartete. »Sir«, rief ihm sein Leibwächter hinterher. »Sir, wo wollen Sie hin? Wir haben hier einen Wagen für Sie stehen.«

Cain warf einen Blick auf die Uhr. Er wurde in Kürze zur Amtseinführungszeremonie auf dem Capitol-Hügel erwartet, und wenn er es zu lange hinauszögerte, konnte das Misstrauen erregen. Aber er hatte Zeit. Nach allem, was er heute geleistet hatte, konnte er sie ruhig ein paar Minuten länger warten lassen.

»Ich brauche zehn Minuten, mein Junge«, antwortete Cain. »Allein.«

Der junge Mann machte keinen glücklichen Eindruck. Er war für Cains Sicherheit verantwortlich, und ihn ungeschützt zu lassen verstieß gegen die Dienstvorschrift. »Sir, ich habe den Befehl …«

»Ihre Befehle erhalten Sie von mir«, erinnerte Cain ihn schroff. Dann schlug er einen etwas sanfteren Ton an und fügte hinzu: »Es wird jedenfalls nicht lange dauern.«

Unentschlossen schaute der Personenschützer in die Richtung, die Cain eingeschlagen hatte, und ahnte seine Absicht. Er konnte nachvollziehen, warum jemand nach allem, was heute Abend geschehen war, dort allein sein wollte.

Mit einem halbherzigen Kopfnicken signalisierte er seine Zustimmung.

Cain setzte sich in Bewegung, ging mit den Händen in den Taschen die Straße hinunter. Zum Schutz vor dem Nieselregen schlug er den Mantelkragen hoch. Er konnte sich kaum noch erinnern, wann er zum letzten Mal allein gegangen war – unbewacht, unbeobachtet. Frei.

Mit jedem Schritt schienen die Jahre voller Vorsicht, Sorgen und Leid von ihm abzufallen. Es ist vorbei, sagte er sich wieder und konnte es noch immer nicht ganz fassen. Das war es wert gewesen. Das alles war es wert gewesen.

Cain richtete den Blick himmelwärts, als er seinem Ziel näher kam, und betrachtete den hohen Glockenturm und die hoch aufragenden Säulen der National City Christian Church.

Einer der großen, neoklassizistischen Sakralbauten, die über die ganze Stadt verteilt waren. Diese Kirche stand am bekannten Thomas-Rondell, benannt nach dem berühmten Unionsgeneral George Henry Thomas, dessen Reiterstandbild im Zentrum des Kreisels auf einem riesigen Steinsockel montiert war.

Cain ignorierte den Verkehrslärm, der über den riesigen Knotenpunkt brauste. Er ging zur Treppe, die zum Haupteingang der Kirche führte, und stieg langsam Stufe für Stufe hinauf, als stellte jede eine echte Herausforderung dar.

Die Türen waren zu, aber unverschlossen, damit Gläubige eintreten konnten. Cain drückte die schwere Tür auf und ging hinein, dann ließ er sie dankbar hinter sich zufallen und die Außenwelt aussperren. Kühle, kontemplative Stille umfing ihn wie eine Decke. Er atmete tief durch und nahm sich einen Moment Zeit, um die friedliche Stimmung auf sich wirken zu lassen.

Auf dem Weg durch das Mittelschiff näherte er sich dem Altar in der Nähe der großen Kirchenorgel, wo sich reihenweise Kerzenflammen sanft im kühlen Zwielicht wiegten. Er griff in seine Tasche und zog vorsichtig eine kleine Fotografie heraus, die er fast schon ein Jahr lang immer bei sich hatte. Seine Tochter Lauren, die im vergangenen Jahr in Berlin getötet worden war.

Auch sie war eine Kriegstote. Auch sie ein Opfer.

Cain verharrte mit dem Bild in der Hand und nahm sich einen Moment Zeit, um über all das nachzudenken, was er getan hatte, um an diesen Punkt zu kommen; er gedachte aller Menschen, die er manipuliert und verraten, aller Opfer, die er gebracht, und jeder Sünde, die er begangen hatte.

Er konnte nicht guten Gewissens behaupten, dass er eine Absolution oder Vergebung verdiente. Er konnte nicht einmal sagen, ob James am Ende nicht doch recht gehabt hatte und die Menschheit ohne den Circle, der für das Gleichgewicht von Konflikt und Chaos sorgte, dem Untergang geweiht war. Vielleicht war es zwecklos, nach etwas Besserem zu streben.

Er wusste nur, dass er seinen Teil beigetragen hatte.

Und vielleicht war das genug.

Er lehnte das Foto zärtlich an eine Kerze, die er danach mit einer dünneren Wachskerze anzündete und dabei ein stummes Gebet für die junge Frau sprach, die er verloren hatte. Die Flamme flackerte noch und erwachte erst langsam zum Leben, als er hinter sich Schritte bemerkte, die weich und federnd näher kamen.

»Ich habe geahnt, dass ich dich hier treffe«, sagte er leise und blies die dünnere Kerze aus. »Ich wusste, dass du mich früher oder später findest.«

»Du weißt, warum ich gekommen bin.«

»Ja, ich weiß.« Cain drehte sich langsam um und blickte ihr ins Gesicht. »Schön, dich zu sehen, Anya.«

57

Hawkins saß am Steuer eines neutralen schwarzen Dienstfahrzeugs der Agency. Er war auf dem Weg zum Treffpunkt in einer Tiefgarage, gleich nördlich vom Capitol-Gebäude. Dort sollte er das Kommando über mehrere Außenteams übernehmen und den Begleitschutz für Cains Rückfahrt nach Langley koordinieren.

Auch wenn der Circle geköpft war, liefen da draußen Drake und Anya frei herum. Es wäre die Krönung dieses ohnehin schon extrem befriedigenden Tages, die beiden gleichfalls auszuschalten.

Er richtete den Blick nach vorn und sah circa eine Meile weiter das riesige weiße Gebäude mit den herrlichen Säulen und der mächtigen Mittelkuppel. Beeindruckender Bau, das musste er zugeben. Schande über die Arschlöcher, die dort arbeiteten.

Als sein Handy vibrierte, musste er sich wieder aufs Fahrzeug konzentrieren. Unbekannte Nummer.

Hawkins kniff das Gesicht zusammen und drückte auf den grünen Button.

»Wer spricht?«

»Hören Sie gut zu, Mister Hawkins«, verlangte der Anrufer. »Wenn Sie die nächste Stunde überleben wollen, tun Sie genau, was ich Ihnen sage.«

Sekundenlang rührte sich weder Anya noch Cain. Sie blieben stumm auf dem Fleck, schätzten sich ab und verglichen unbewusst die Person, die vor ihnen stand, mit dem Menschen, den sie einmal gekannt zu haben glaubten.

Sie ist gealtert, ging es Cain durch den Kopf. Da waren Falten um ihren Mund und die Augen, die es bei ihrer letzten Begegnung noch nicht gegeben hatte. Ihr blondes Haar war noch nass von dem Schauer vorhin. Müde sah sie aus, und leidend. Dieser Frau hatte das Leben ganz besonders hart und übel mitgespielt.

Jetzt stand sie da. Verletzt, doch ungebrochen. Gezeichnet und verbittert, aber entschlossen.

Sie hatte eine Spur von Blut und Tod durch die halbe Welt hinter sich hergezogen und war mit jeder Station näher gerückt. Bis zu diesem Augenblick.

»Zwanzig Jahre«, fing die Frau an, ihre Stimme ruhig und leise. Ohne Zorn, ohne Hass. Nur still entschlossen, die Wahrheit zu erfahren. »Die letzten zwanzig Jahre – all deine Lügen und Geheimnisse, und jeder Verrat, den du begangen hast: Das war alles nur für heute Nacht, oder?«

Er hatte im Leben oft gelogen, aber heute Abend nicht. »Ja.«

Anya legte den Kopf leicht schräg, um dem Mann, der vor ihr stand, in die Seele zu sehen. Welche phänomenalen Geduldsreserven und wie viel mentale Stärke waren nötig gewesen, den Schwindel so lange am Leben zu halten und sich ständig bewähren zu müssen. Bis er schließlich das Vertrauen dieser Männer gewonnen hatte und der Moment zum Zuschlagen gekommen war.

»War es das wert?«, fragte sie. »War es so viel wert, dass du dich hier jetzt hinstellen kannst?«

Cain blickte auf das Bild, das er bedachtsam an die Kerze gelehnt hatte; das Foto leuchtete im flackernden Licht. Seine einzige Tochter, sein Kind, das ihm genommen worden war, wie so viele andere auch. Manche darunter waren gut gewesen, andere schlecht. Manche hatten den Tod verdient, andere die Chance zu leben. Sie alle lasteten schwer auf ihm und würden es bis ans Ende seiner Tage tun.

Aber die Frau, die jetzt vor ihm stand, hatte mehr ertragen, mehr geopfert und mehr verloren als die meisten. Wenn sie doch nur verstehen könnte, zu welchen Entscheidungen er gezwungen gewesen war, die unerträgliche Wahl, vor die er gestellt gewesen war, und die grausame Verstrickung von Zufällen, Umständen und Irrtümern, die sich dazu verschworen hatten, sie auseinanderzutreiben.

»Weißt du noch, was du mir mal gesagt hast?«, fragte er und rief sich eine zwanzig Jahre alte Erinnerung ins Gedächtnis. »Du hast gesagt, sie würden uns benutzen, bis nichts mehr von uns übrig sei. Dass sie uns alles nehmen und zerstören würden, was wir sind.«

Anyas gequälte Miene verriet ihm, dass sie sich allzu gut erinnerte.

»Du hattest sie richtig eingeschätzt, Anya«, flüsterte er. »Du hattest damals schon begriffen, was sie waren. *Du* bist der Grund, weshalb ich gegen sie vorgegangen bin und es mir zur Lebensaufgabe gemacht hatte, sie zu vernichten. Heute Abend habe ich sie dafür bezahlen lassen und alles zurückgeholt, was sie uns gestohlen haben.«

»Nein«, erwiderte Anya, und zum ersten Mal war ein Anflug kalten Zorns in ihren stahlblauen Augen. »Was ich verloren habe, bekomme ich nie mehr zurück. Meine Familie, meine Freiheit … meine Zukunft. Ich habe dir mein Leben gegeben, Marcus.«

Ihre Stimme bebte, und sie behielt nur mühsam die Fassung. Sie wirkte jetzt so verloren und verletzlich, und so verzweifelt bemüht zu verstehen.

»Ich habe alles getan, was von mir verlangt wurde. Warum war das nicht genug?«

»Wenn ich das nur wüsste«, gestand Cain ein.

Anya schluckte gequält, und er sah in ihren Augen Tränen glitzern.

»Eins muss ich wissen … bevor es vorbei ist«, presste sie hervor. »Warum hast du mich an die Russen verkauft? Warum hast du mich verraten?«

Sie waren endlich am entscheidenden Punkt angelangt. Anyas brutale und unerbittliche Suche nach der Wahrheit hatte sie um die Welt geführt. Sie war in keine der Fallen gegangen, die man ihr gestellt hatte, sie hatte mächtige Männer getötet, und gefährliche, hatte sämtliche Hinweise zusammengefügt, bis ihre Suche schließlich hier zu Ende war.

Aber die endgültige Wahrheit war ihr noch immer nicht aufgegangen. *Anya*, dachte er und betrachtete sie, die nur noch ein Schatten der gescheiten, vitalen jungen Frau von früher war. *Es gab einmal eine Zeit, da hätte ich mein Leben für dich gegeben. Du warst die tapferste und unglaublichste Frau, die ich jemals kennengelernt hatte, und ich liebte dich. Aber du begreifst es einfach nicht.*

Markus antwortete, ohne zu zögern.

»Ich habe dich nicht verraten, Anya.«

Goljanowo-Bezirk, Moskau – 10. März 2003

»Nein«, sagte Cain.

Selbst noch im Zwielicht der düsteren, verlassenen Baustelle sah Cain die Gesichtszüge des älteren Mannes herabsacken.

»Was haben Sie gesagt?«

»Ich sagte Nein, Victor«, wiederholte Cain, dem das Herz bis zum Hals schlug, bevor die Worte heraus waren. Aber da-

nach durchströmte ihn etwas, das er schon lange nicht empfunden hatte. Es war die unumstößliche Gewissheit, wenigstens einmal im Leben das Richtige getan zu haben. »Ich werde sie nicht ans Messer liefern. Ihnen nicht und niemandem sonst. Das ist eine Linie, die ich nicht überschreiten werde.«

»Sie würden Tausende von Menschen opfern, nur um einen zu retten?«, fragte Surowski fassungslos. »Keine Frau ist so viel wert.«

»Mir schon«, gab Cain zurück. Trotz aller Differenzen und obwohl sie einander fremd geworden waren – Anya hatte ihn kein einziges Mal hintergangen, hatte ihn nie verraten. Wie konnte er sich anders verhalten?

»Haben Sie überhaupt eine Ahnung, was ich Ihnen anbiete?«

»Ich weiß genau, was Sie anbieten, aber ich weiß, dass ich damit nicht leben könnte«, sagte Cain wahrheitsgemäß. »Wenn ich die Menschen verraten würde, die für mich ihr Leben riskieren, wäre ich nicht besser als Sie, Victor.«

Da lachte der alte Mann höhnisch auf. »Ich habe Sie für alles Mögliche gehalten, Mister Cain. Aber ganz bestimmt nicht für einen hoffnungslosen Idealisten.«

»Freut mich, Sie zu enttäuschen.« Er wandte sich zum Gehen, verharrte aber einen Moment. »Oh, eine Sache noch. Falls Sie eines Tages eine Machtposition einnehmen werden, sollten Sie etwas wissen: Unser heutiges Gespräch werde ich nicht vergessen.«

Nach diesen Worten kehrte er dem Mann den Rücken, ging davon und ließ Victor Surowski allein im Dunkeln zurück.

»Ich habe mich geweigert«, endete Cains kurze Nacherzählung. »Die Chance, Hussein zu töten und den Krieg zu beenden, bevor er begann … Ich habe sie ausgeschlagen. Für dich, Anya. Ich konnte dich nicht hintergehen.«

Anya stand stumm und fassungslos, die Augen weit aufgerissen. Ihr Verstand lief auf Hochtouren, um das gerade Gehörte zu verarbeiten. Wie passte das zu allem anderen, das sie schon aufgedeckt hatte? Dann sie drehte sich langsam um und sah ihn mit erstarrender Miene an.

»Du lügst.«

»Es ist die Wahrheit. Nichts als die Wahrheit.«

»Das reicht!«, schrie sie so laut, dass ihre Stimme durch die riesige, leere Kirche hallte. Sie hatte blitzschnell die Waffe gezückt und auf ihn gerichtet. »Ich wurde eingefangen und den Russen ausgeliefert wie ein Stück Fleisch. Carpenter, Surowski, Qalat … jedes einzelne Glied in der Kette führte zu dir.«

Sie kam einen Schritt näher an ihn heran, die Waffe zitterte leicht.

»Jeder von denen hat mir die gleiche Geschichte erzählt – dass ich von meinen eigenen Leuten verraten worden sei. Hast du dafür eine andere Erklärung?«

Cain stöhnte. Er hatte auf diesen Moment gewartet. Und er wusste, was er ihr sagen musste. Er hatte tatsächlich eine Erklärung, auch wenn es ihr schwerfallen würde, sie zu akzeptieren. Er konnte ihr nur die Wahrheit sagen.

»Weil ich in jener Nacht dort nicht der Einzige gewesen bin.«

Victor Surowski wollte gerade gehen und staunte noch immer über Cains Arroganz und Dummheit, als plötzlich vor ihm jemand wie ein Gespenst aus dem Dunkel kam.

Surowski wich zurück und griff nach der Waffe, die er im Mantel trug. Vielleicht hatte sich Cain doch nicht an seine Zusage gehalten und heimlich zu dem Treffen einen Killer mitgebracht, der ihn jetzt erledigen sollte.

»Warten Sie«, bettelte eine Frau auf Russisch. »Ich bin nicht Ihre Feindin.«

Der FSB-Agent verharrte überrascht und neugierig.

»Ach so?«, fragte Surowski vorsichtig. »Dann sagen Sie, was Sie sind. Eine Touristin, die sich verlaufen hat?«

»Nicht ganz.«

Die Frau, die ihn aus unerfindlichen Gründen aufgehalten hatte, kam näher und ließ bleiches Mondlicht über ihr Gesicht streifen. Gerade genug, dass Surowski langes braunes Haar und ein vornehmes, attraktives Gesicht ausmachen konnte. Vielleicht nicht ganz jung, dennoch hinreißend schön.

»Betrachten Sie mich einfach als so etwas wie eine ... Zwischenhändlerin«, erklärte sie. »Als jemanden, der Ihnen geben kann, wonach Sie suchen ... wenn Sie mir geben, was ich will.«

Surowski betrachtete sie durch Augenschlitze. »Ich vermute, Mister Cain weiß nichts davon.«

»Marcus Cain ist schwach und sentimental. Bei dieser Angelegenheit ist sein Urteilsvermögen getrübt«, sagte die Frau abschätzig. »Meines nicht.«

»Mag sein«, billigte Surowski ihr zu. »Aber woher weiß ich, dass Sie Maras liefern können?«

Er sah sie im fahlen Mondlicht lächeln. »Weil ich eine ganze Menge von ihr weiß. Ich war sogar an ihrer Ausbildung beteiligt. Ich weiß, wohin sie geht und weshalb. Und weil ich geholfen habe, das Treffen zu arrangieren, auf das sie so brennt.«

»Und Sie würden diese Frau verraten?«, fragte er misstrauisch. »Die Sie selbst trainiert haben?«

»Um einen Krieg zu verhindern, unbedingt. Es gibt Dinge, die wichtiger sind als persönliche Loyalität. Das hat Cain nie begriffen – ich schon.«

Surowski griff in seinen Mantel, zog wieder den Flachmann heraus, nahm einen Schluck. Als sein Magen protestierte und sich verkrampfte, verzog er das Gesicht. Sein Magengeschwür entzündete sich wieder. Er hielt auch ihr den Flachmann hin. Sie nahm ihn und trank einen kräftigen Schluck.

»Wie darf ich Sie nennen?«, fragte er.

»Nennen Sie mich Freya.«

58

Hawkins lenkte sein SUV auf einen freien Platz in der Tiefgarage, schaltete den Motor ab und stieg aus. Sein Blick strich über die Reihen geparkter Fahrzeuge. Er suchte das Außenteam, das ihn hier erwarten sollte.

»Na los. Wo steckt ihr? Kommt raus«, sagte er leise.

Wie zur Antwort blendete am anderen Ende der Tiefgarage ein Scheinwerferpaar auf. Ein Motor sprang an. Von einem Kastenwagen, der Größe nach zu urteilen.

Hawkins wich nicht vom Fleck, als der Transporter näher kam, kniff nur im hellen Lichtkegel der Frontscheinwerfer leicht die Augen zusammen. Der Fahrer stoppte wenige Meter vor ihm und ließ den Motor laufen, als er die Tür öffnete und ausstieg. Zwei weitere Männer folgten aus der seitlichen Ladeluke.

»Ich kenne euch nicht, Leute«, bemerkte Hawkins, als die drei mit ernsten, abweisenden Mienen auf ihn zugingen. »Seid ihr neu?«

Der Fahrer – offenbar der Anführer – sagte nur einen knappen Befehl: »Sie kommen mit uns.«

Hawkins' Augen wurden schmale Schlitze. »Ach ja?«

Auf ein Nicken des Anführers zogen alle drei ihre Waffen und legten auf ihn an. Hawkins rührte sich keinen Zentimeter. Jetzt war ihm klar, dass Cain ihn verraten hatte. Er sollte abserviert werden; sein Zweck war erfüllt. Also lieferte man ihn Leuten aus, die ihn umbringen wollten.

»Das war keine Bitte.«

Hawkins blickte jeden der Männer der Reihe nach an. Er betrachtete die Waffen in ihren Händen und sah die kalte, rücksichtslose Entschlossenheit in ihren Mienen. Jeder dieser Männer war ein Profikiller – so viel stand für ihn fest – mit Erfahrung in Situationen wie dieser. Auch er selbst hatte speziell so etwas oft erlebt, wenn auch mit vertauschten Rollen.

»Zu dritt, hm?«, höhnte Hawkins. »Ich hätte gedacht, sie schicken mehr.«

»Auf die Knie und die Hände hinter den Kopf.«

Hawkins ließ sich einen Moment Zeit, dann schüttelte er den Kopf. »Das sehe ich anders.«

Drei schallgedämpfte Schüsse krachten so kurz nacheinander, dass sie fast zu einem einzigen verschmolzen. Beim Einschlag der Projektile zuckten sie und verkrampften sich, dann sackten die drei Männer wie Marionetten mit durchgeschnittenen Fäden zu Boden.

Hawkins beobachtete ungerührt die letzten Zuckungen der Beinahe-Entführer vor seinen Füßen, deren Blut sich langsam auf dem Beton ausbreitete.

»Gesichert!«, rief eine junge Frau.

Hawkins sah von den Toten auf und grinste, als sich hinter einem der geparkten Autos Riley aufrichtete und – flankiert von zwei anderen Mitgliedern aus Hawkins' Team – zu ihm kam. Alle drei hielten schallgedämpfte M4-Sturmgewehre mit Zielfernrohren.

»Gut geschossen«, lobte Hawkins.

Riley lief beim Anblick der Leichen zornesrot an. »Cain hat uns verarscht«, platzte es aus ihr heraus. »Was zum Teufel machen wir jetzt?«

»Wir sind auf uns allein gestellt. Wenn das hier vorbei ist, machen wir uns offiziell selbstständig.«

Er hatte es satt, Befehlen zu gehorchen und sein Leben

für Dinge zu riskieren, die ihn nicht interessierten; er hatte es satt, Idioten zu gehorchen, die ihn von heute auf morgen ans Messer lieferten. Sobald das hier vorbei war, wollte er mit seiner Einheit zusammenpacken. Ein Team wie das seine konnte sich auf der ganzen Welt die Aufträge aussuchen.

Riley grinste tatendurstig und blutrünstig. »Das wird auch Zeit.«

»Aber zuerst müssen wir noch etwas Geschäftliches erledigen«, sagte Hawkins und wandte sich ab.

»Etwas Geschäftliches?«, hakte Riley nach.

Er grinste voller Vorfreude, weil er noch eine Rechnung offen hatte. »Marcus Cain.«

»Sie muss mir in jener Nacht gefolgt sein«, erklärte Cain. »Dann hat sie den Deal mit Surowski selbst gemacht. Bis mir klar wurde, was passiert war, hatten sie dich schon.«

Cain verstummte und beobachtete den Sturm der Gefühle in Anyas Gesicht. Sie sah aus, als würde ihre Welt zusammenbrechen. Die erbarmungslose und unbeirrbare Suche nach Antworten, die sie seit vier Jahren angetrieben hatte, war von einem auf den anderen Moment zu Ende. Alles, woran sie geglaubt hatte, auch.

»Wenn du mich anlügst …«

»Sieh mich an, Anya«, flehte Cain. »Ich habe das Lügen so satt. Alles, was ich dir erzählt habe, entspricht der Wahrheit. Nicht mehr und nicht weniger.«

Anyas Blick bestätigte, dass sie ihm glaubte.

»Dann war es also Freya, die mich verraten hat.«

»Sie hat getan, was ich nicht konnte«, räumte er mit finsterer Miene ein. »Für das … ›übergeordnete Gute‹.«

»Aber es war alles umsonst«, flüsterte Anya. »Freyas Deal hat nichts geändert. Der Krieg brach trotzdem aus.«

Cain erinnerte sich mit Grauen an den Wert, den James

Kriegen und der Jagd nach Osama bin Laden beigemessen hatte.

Ist Ihnen nie in den Sinn gekommen, dass er lebendig einen größeren Wert für uns hat, als wenn er tot wäre?

»Begreifst du denn nicht? Der Krieg war längst beschlossene Sache. Dafür hat der Circle gesorgt.«

Anya wandte sich ab und sah zu den Reihen von Kerzen, die vor ihr aufgebaut waren. Die meisten davon brannten nicht. In einem plötzlichen Wutanfall räumte sie sie mit dem Arm ab und verteilte sie überall auf dem Boden.

»Es war eine Lüge«, sagte sie – fast brach ihre Stimme – und lehnte sich Halt suchend an das leergefegte Kerzenpult. »Wieder eine Lüge. Und ich habe die ganze Zeit ein Gespenst gejagt.«

Cain zögerte, überwältigt vom einst so vertrauten Bedürfnis, die Arme nach ihr auszustrecken. Nach dieser Frau, die einmal ein wichtiger Teil seines Lebens gewesen war, für die er alles gegeben hätte und die ihn letzten Endes so viel gekostet hatte.

»Ich weiß. Aber jetzt ist es vorbei«, sagte er leise. »Es ist vorbei, Anya.«

»Nein. Noch nicht«, verkündete eine andere Stimme.

Cain und Anya sahen gleichzeitig zum Torbogen auf der anderen Seite des Altars. Dort löste sich ein Mann aus dem Dunkel, Rachedurst im Blick, die Waffe auf Cain gerichtet.

»Ryan«, keuchte Anya. »Was tust du hier? Wie hast du uns gefunden?«

»Er hatte Hilfe. Deshalb.«

Eine zweite Gestalt kam hinter einer Säule hervor und baute sich neben Drake auf. Eine Frau, von der Cain angenommen hatte, sie im Leben nie wiederzusehen.

»Sie erinnern sich an mich?«, zischte McKnight bösartig und ging einen Schritt auf ihn zu. »Sie haben gesagt, mir bliebe noch viel Zeit, um über meine Fehler nachzudenken, und Sie hatten recht, Marcus. Ich hatte auch viel Zeit, um mir diesen Moment vorzustellen.«

»Wartet!«, beschwor Anya die beiden und stellte sich zwischen Cain und die beiden Menschen, die ihn töten wollten. »Ihr macht einen Fehler.«

»Geh zur Seite, Anya«, warnte Drake und ging dichter an seinen Erzfeind heran. »Jetzt muss es geschehen.«

»Nein, muss es nicht«, entgegnete sie. »Ihr wisst nicht, was ihr tut.«

Es überstieg ihr Vorstellungsvermögen, wie es zu dieser unerwarteten Allianz zwischen Drake und McKnight kommen konnte, aber das spielte jetzt keine Rolle. Die beiden waren hier und hatten nur eines im Sinn.

»Ich weiß, dass mir dieser Mann alles genommen hat«, gab Drake zurück. »Er kommt hier nicht lebend raus. Geh zur Seite.«

Anya blieb nichts anderes übrig, als ihre Waffe auf Drake zu richten. »Das kann ich nicht zulassen.«

»Willst du mich umbringen, Anya?«, forderte Drake sie heraus. »Für *ihn*?«

»Du verstehst nicht …«

»Dieser Mann hat unser Leben zerstört und uns alles genommen«, konterte McKnight. »Warum in Gottes Namen verteidigst du ihn?«

»Weil ich mich geirrt habe, Samantha«, gab Anya zu. »In allem. Er hat mich nicht an die Russen verraten. Er hat die ganze Zeit daran gearbeitet, den Circle zu Fall zu bringen.«

»Er hat meinen Vater hinrichten lassen«, sagte McKnight durch zusammengebissene Zähne. In ihren Augen brannten Tränen. »Ich habe ihn sterben hören.«

»Nein, Sie haben am Telefon nur einen Schuss gehört«, unterbrach sie Cain.

Die Frau erstarrte nach seinen Worten. »Was haben Sie gesagt?«

»Ihr Vater lebt, Samantha«, stellte er fest. »Ich bin kein Unmensch, auch wenn Sie etwas anderes glauben. Einen Unschuldigen zu töten war nicht nötig. Ich musste Sie nur glauben lassen, dass er tot sei.«

»Sie lügen!«, schrie sie und wollte sich nichts einreden lassen.

»Tue ich das?«, fragte er. »Oder ist es einfacher, abzudrücken und sich einzubilden, dass ich es verdient habe?«

»Sie haben mich weggesperrt und mir versprochen, dass ich nie wieder das Tageslicht sehen würde. Sie haben gesagt, mein Leben sei vorbei.«

»Sie waren ein Risiko. Ich musste Sie aus dem Weg schaffen, bis das alles vorüber war.« Er warf einen Blick zu Anya. »Und wenn Sie geblieben wären, wo Sie waren, hätte man Sie freigelassen.«

McKnight riss schockiert die Augen auf und die Waffe zitterte in ihren Händen, als Cain einen Schritt auf sie zuging.

»Sie haben jedes Recht, mich zu hassen. Ich habe Sie benutzt, habe Sie in eine unmögliche Lage gebracht und Sie gezwungen, gegen die Leute zu arbeiten, die Ihnen am meisten bedeuteten. Ich weiß, dass Sie das nicht tun wollten. Sie sind ein guter Mensch.«

Er machte noch einen Schritt auf sie zu.

»Sie könnten mich umbringen und Rache nehmen für alles, was ich getan habe.« Er stöhnte. »Und den Rest Ihres Lebens vor den Konsequenzen davonlaufen. Aber so muss es nicht enden. Sie können immer noch Ihr eigenes Leben leben, Samantha«, sagte er sanft. »Eine Zukunft. Eine Familie ...«

»Das reicht, Cain«, herrschte Drake.

»Lass ihn reden, Ryan«, gab McKnight zurück, der seine Worte sichtlich nahegingen.

»Um Himmels willen, merkst du nicht, was er da tut? Er erzählt dir genau das, was du hören willst.« Drake schüttelte den Kopf. »Es reicht. Damit ist jetzt Schluss.«

Cain drehte sich langsam um und betrachtete ihn.

»Ryan Drake«, sagte er und blickte seinem Gegenüber tief in die Augen. Er sah keinen Feind in ihm, den er bezwingen musste, sondern jemanden, der es – wie er – überstanden hatte. Einen Mann, der Respekt verdiente. »Ich glaube, unter all den Menschen, mit denen ich es je zu tun hatte, ist mir keiner begegnet, der so hartnäckig war wie Sie.«

»Sie werden für Ihre Taten geradestehen.«

»Das tun wir alle«, schoss Cain zurück. »Sagen Sie doch: Wie viele Männer haben Sie getötet, um heute Abend hier zu sein, Ryan? Für wie viele Tote müssen *Sie* geradestehen?«

Drake zögerte, denn die Frage machte ihn einen kurzen Moment lang nachdenklich. Er spürte ihren wahren Kern. Bei seinem langwierigen Feldzug gegen Cain hatte er Männer getötet. Und Frauen. Viele hatten es verdient, andere nicht. Gestorben waren sie trotzdem.

Seinetwegen.

»Ich tat, was ich tun musste, um zu überleben«, sagte er leise. »Das habe ich mir nicht ausgesucht.«

»Und Lauren?«, forderte Cain ihn heraus. »Hatten Sie sich das ausgesucht?«

Seine Kiefermuskeln wurden hart, als er an die Schwester dachte, die er nie kennenlernen konnte, und wie sie in Berlin tot auf dem Gehweg gelegen hatte. »Lauren ... Ihre Tochter ... war ein Unfall. Wir haben sie nicht getötet.«

»Aber *Sie* waren verantwortlich. Ohne Sie wäre sie gar nicht dort gewesen.«

»Lassen Sie das, Cain!«, gab er zurück und packte die

Waffe fester. Auf diese Spielchen wollte er nicht eingehen. Nicht jetzt. »Wir haben uns das alles nicht ausgesucht. Sie haben uns in die Ecke getrieben, haben uns alles genommen, was wir hatten, und uns keine andere Wahl gelassen. Das alles fing mit Ihnen an und wird mit Ihnen enden. Heute Abend.«

Darauf drückte Cain den Rücken leicht durch, streckte das Kinn vor und sah Drake furchtlos in die Augen. »Dann tun Sie es«, sagte er schlicht. »Wenn Sie so rechtschaffen sind, wie Sie glauben, dann drücken Sie ab. Reden Sie sich ein, das Richtige getan, den bösen Mann bestraft und die Welt zu einem besseren Ort gemacht zu haben.«

»Erst reden *Sie*. Warum haben Sie Freya umgebracht?«

Drake hatte sich bis zu diesem Augenblick zurückgehalten, aber jetzt ging es zur Sache. Jetzt wollte er sich die Antworten holen, für die er gekommen war, und den Mann danach töten.

»Wie meinen Sie das?«

»Genug!«, schrie Drake und konnte seine Gefühle kaum noch zurückhalten. »Genug gelogen. Sagen Sie wenigstens einmal im Leben die Wahrheit. Warum haben Sie sie umbringen lassen?«

»Ryan …«, setzte Anya an.

»Halt dich da raus!«, schnauzte er und wandte sich wieder seinem Feind zu, den er wie keinen anderen hasste. »Das betrifft jetzt nur noch uns beide, Marcus. Sonst ist niemand übrig. Wollen Sie denn nicht wenigstens *einmal* ehrlich sein, bevor ich Sie umbringe?«

Cain schüttelte langsam den Kopf. »Sie begreifen es immer noch nicht, oder? Sie beschuldigen den Falschen.«

»Sie lügen.«

»Was ist mir denn geblieben, für das sich zu lügen lohnt?«, fragte Cain freimütig.

»Sie wollen am Leben bleiben.«

Cain spreizte die Finger. »Meine Arbeit ist getan. Wie es jetzt weitergeht, spielt keine Rolle mehr.«

Drake war direkt vor ihn getreten, die Mündung seiner Waffe drückte an Cains Stirn. Einmal abdrücken, und es war vorbei.

»Dann spielt das hier wohl auch keine Rolle mehr für Sie.«

»Hör auf, Ryan«, unterbrach Anya. »Er sagt die Wahrheit.«

Drake sah sie an. »Woher willst du das wissen?«

Er sah, dass sie schluckte, weil sich ihre Kehle zuschnürte. Danach schloss sie die Augen, als müsste sie auf innere Reserven ihrer Stärke und Willenskraft zurückgreifen. Schließlich schlug sie die Augen wieder auf, streckte das Kinn vor und gab Drake seine Antwort.

»Weil ich sie getötet habe.«

59

Vereinigtes Königreich – 1. Mai 2009

Freya riss ihren Arm los und drehte sich um, weil sie ihrer Gegnerin ins Gesicht sehen wollte. Ihr Blick glühte vor Verachtung. Sie wollte ihr nicht die Genugtuung geben, ihr eine Kugel durch den Hinterkopf zu jagen.

»Du wirst mir in die Augen sehen, du Feigling«, sagte sie und starrte ihr ins Gesicht. »Sieh mir in die Augen, wenn du abdrückst.« Eine Sekunde kam und ging. Eine Sekunde, gestört nur vom Wispern der Abendbrise, dem fernen Schrei einer Eule und Freyas hämmerndem Herz.

Falls sie erwartet hatte, ihre Worte würden einen Nerv treffen und eine Reaktion auslösen, so wurde sie enttäuscht.

Sie sah, wie sich der Lauf einer Waffe auf sie richtete, sah den langen Tubus eines Schalldämpfers im silbernen Mondlicht glänzen.

Freya keuchte. »Von allen Menschen auf dieser Welt ...«

Ein 9mm-Projektil, das durch ihre Brust schlug, unterbrach sie mitten im Satz. Sie keuchte erstickt und überrascht, dann stürzte sie rückwärts zu Boden und rutschte den steinigen Abhang hinunter, bis ihr Körper schließlich in einer großen Wasserpfütze liegen blieb.

Ihre Mörderin wartete einen Moment, bis sie sicher war, richtig getroffen und ihr Opfer getötet zu haben.

»Du hättest nicht nach mir suchen sollen«, sagte Anya mit leichtem Bedauern und sah auf die Tote hinab.

Es war erledigt. Sie wandte sich ab und machte sich auf den Rückweg zum wartenden Lieferwagen.

Drake stöhnte erstickt. Unsichtbare kalte Finger legten sich um seine Kehle und quetschten langsam das Leben aus ihm. Was Anya gerade gesagt hatte, ergab keinen Sinn. Jedes Atom seines Wesens lehnte sich unwillkürlich dagegen auf.

»Nein. Nein, das kann nicht sein.«

Anya sagte nichts, aber ihre verzweifelte Miene sprach für sich.

»Anya, sag, dass das nicht wahr ist«, flehte er. »Sag, dass es nicht stimmt.«

Die Frau, für die er so viel riskiert und so viel geopfert hatte, sah ihn an. Ihre Miene war eine Mischung aus Trauer und dem verzweifelten Bedürfnis, verstanden zu werden.

»Es tut mir so leid, Ryan«, flüsterte sie. »Aber ich werde nicht lügen. Ich habe Freya getötet.«

Drake schloss die Augen; er fühlte sich, als hätte man ihm gerade ein Messer in die Brust gestoßen. Er war dem Mörder seiner Mutter so lange auf den Fersen gewesen, um ihn zur Verantwortung zu ziehen. Dabei hatte er sie die ganze Zeit um sich gehabt.

Er spürte, wie sein Puls schneller wurde, der Herzschlag hämmerte in seinen Ohren, und die furchtbare, unbegreifliche Wahrheit sickerte langsam in ihn ein.

»Warum?«, fragte er und brachte das Wort kaum heraus. »Warum hast du das getan?«

»Ich wusste nicht, wer sie war.«

Drake blickte auf die Waffe in seinen Händen. Die rote Dunkelheit, die sich in seinem Kopf zusammenbraute, war beängstigend. Das Monstrum, das er längst aus sich verbannt zu haben glaubte, erwachte wieder und drängte an die Oberfläche.

»Warum hast du sie umgebracht?«, wiederholte er.

Er sah, wie sich ihre Kehle zuschnürte, als sie einen vorsichtigen Schritt auf ihn zu machte. »Freya … deine Mutter war nicht die, für die du sie hältst«, sagte Anya vorsichtig und kontrolliert. »Ich kann alles erklären, ich brauche nur Zeit.«

Drake bereitete sich unwillkürlich darauf vor zuzuschlagen, und sein Puls hämmerte immer schneller. Anya sah es auch. Sie ahnte, was er vorhatte, und wich zurück.

Drake kam einen Schritt näher, aber dann spürte er eine kräftige Hand an seinem Arm, die ihn zurückzog. Er drehte sich um und sah, dass McKnight ihn festhielt.

»Tu das nicht, Ryan«, flehte sie ihn an. »Bitte.«

Drake senkte den Kopf und nahm sich zumindest einen kurzen Moment Zeit, um über ihre Bitte nachzudenken und sich vorzustellen, wie es hier weitergehen könnte, wenn er einlenkte. Vielleicht gab es eine Erklärung. Vielleicht hatte Anya einen Grund für ihre Tat.

Im nächsten Augenblick verschwanden diese Gedanken, und alles wurde klar. Er riss seinen Arm los, schlug nach McKnight und traf ihr Gesicht mit einem Ellenbogenstoß. Sie stürzte rückwärts über die Stufe des Altarraums auf den Steinboden.

Dann nahm er sich Anya vor; er sah, wie die Frau ihre Waffe hob, als wollte sie ihn gleich so abknallen, wie sie es schon mit seiner Mutter getan hatte. Er bewegte sich mit flüssiger, beängstigender Geschwindigkeit, erwischte ihr Handgelenk und riss es hoch. Als sie den Abzug drückte, rumste die schallgedämpfte Waffe, und eine verirrte Kugel pfiff über seine Schulter, ohne Schaden anzurichten.

Jetzt brachte er seine eigene Automatik ins Spiel, ignorierte den zweiten Schuss, der ihn verfehlte. Die Schmauchgase aus dem Schalldämpfer brannten in seinen Augen.

Anya war schnell; schnell genug, um sich wegzuducken, bevor er abdrücken konnte.

Aber Drake zielte nicht auf ihren Kopf, stattdessen drehte er seine Waffe um; ihr Griff krachte wie ein Hammerschlag gegen den Schalldämpfer an Anyas Waffe. Metall schlug gegen Metall, die Waffe wurde ihr aus der Hand geschlagen und fiel ein paar Meter weiter scheppernd zu Boden.

So entwaffnet, schwenkte Anya jetzt die bloßen Fäuste und versuchte, ihn im Nahkampf zu überwältigen. Sie hatte es früher schon mit Drake aufgenommen und die Oberhand behalten, ihre überlegene Ausbildung und Erfahrung gaben ihr die nötige Schlagkraft. Sie kannte seine Fähigkeiten und Grenzen und hätte sich dieses Wissen zunutze machen können.

Aber dieser Mann war nicht mehr derselbe wie der, gegen den sie früher gekämpft hatte. Er war gereift durch unerbittliche Erfahrungen, hart geworden durch Kämpfe mit brutalen Widersachern und getrieben von Wut und Zorn.

Er blockte und lenkte ihre zusehends verzweifelten Attacken ab, trieb sie vor sich her und machte sie mürbe. Zum ersten Mal überkamen sie Zweifel. Drake griff ihren ausgestreckten Arm, riss ihn hoch und trieb ihr mit aller Kraft das Knie in den Bauch, dass ihr die Luft wegblieb. Hustend und japsend hockte sich Anya auf ein Knie und mühte sich, wieder hochzukommen.

Einem Gegner wie ihm war sie noch nie begegnet.

Mit schmerzverzerrter Miene blickte sie auf, als sich Drake düster und bedrohlich vor ihr aufbaute. Es kam ihr vor, als wäre er direkt vor ihren Augen gewachsen und massiver geworden. Sie sah den Schein der Deckenbeleuchtung auf der Waffe, die er jetzt auf sie richtete. Sein Gesicht war von Wut und Furcht verzerrt, in seinem Blick glühte Rachsucht.

»Stopp!«, schrie jemand laut.

Drake riss den Kopf herum und sah in einigen Metern Entfernung Marcus Cain stehen. Mit Anyas Waffe.

»Anya ist nicht Ihre Feindin, Ryan«, sagte Cain. »Nehmen Sie die Waffe runter.«

Unter anderen Umständen hätte Drake vielleicht über die absurde Situation gelacht. Er, bereit, die Frau zu töten, die seit vier Jahren seine Verbündete gewesen war, und Cain, bereit, ihn zu töten, um seine Erzfeindin zu beschützen.

»Warum nehmt ihr sie nicht beide herunter«, sagte McKnight und sprang zurück auf den erhöhten Altarraum. Sie blutete aus einer Platzwunde über dem Auge, wo Drake sie getroffen hatte, aber die Verletzung hatte ihre Reflexe nicht beeinträchtigt. Ihr Blick war hellwach und konzentriert geblieben, nur war jetzt kalter Zorn hinzugekommen.

»Ich habe gesagt, du sollst dich hier raushalten«, sagte Drake verbissen, die Waffe weiterhin auf Anya gerichtet.

»Sie kommt auch nicht zurück, wenn ihr euch gegenseitig umbringt.«

»Du wolltest heute Abend Cain töten.«

»Ich hatte mich geirrt«, gab sie zögernd zu. »Genau wie du.«

»Sie hat meine Mutter umgebracht.«

Anya stand langsam auf; sie hatte die Fäuste geballt und sah ihren alten Verbündeten an. Drake stand direkt vor ihr, die Waffe auf ihren Kopf gerichtet.

»Runter damit, Drake!«, warnte Cain.

»Lass das. Das ist eine Sache zwischen ihm und mir«, sagte Anya gefasst. Sie versuchte nicht mehr, Drake zu stoppen, sondern stand nur da und erwiderte ruhig und furchtlos seinen Blick. »Ich habe dir mal gesagt, du sollst nur dann eine Waffe auf mich richten, wenn du auch bereit bist abzudrücken. Bist du jetzt dazu bereit?«

»Warum, Anya?«, fragte er. Wut und das Gefühl, verraten worden zu sein, kämpften in ihm mit dem verzweifelten Bedürfnis, es zu begreifen. »Warum du?«

»Sie hat mir keine andere Wahl gelassen. Ich wünschte, es wäre nie so weit gekommen – aber das ist es.« Sie verstummte einen Moment, als müsste sie sich erst einen Ruck geben. »Und wenn ich noch einmal vor die Entscheidung gestellt würde, täte ich es wieder.«

Drake keuchte leise. Es war nicht nur der kalte Pragmatismus ihrer Aussage, der ihn so traf, sondern auch die unerschütterliche Überzeugung, die in ihrer Stimme mitschwang. Sie redete nicht herum und versuchte nicht, über die Tat zu diskutieren oder sich zu rechtfertigen.

Sie stellte ihm frei, den Abzug zu drücken.

Aber war er noch dazu imstande, wenn er ihr jetzt in die Augen schaute? Brachte er es über sich, Anya zu töten? Verdiente sie es – für das, was sie ihm weggenommen hatte?

Doch bevor er länger darüber nachdenken konnte, schaltete sich plötzlich eine Stimme in die Konfrontation ein, die donnernd und kraftvoll durch die riesige leere Kirche dröhnte und gleichzeitig von überallher zu kommen schien.

»Gut gemacht, Ryan«, verkündete die Stimme hörbar erfreut. »Nicht ganz so, wie ich mir den Verlauf des heutigen Abends vorgestellt hatte, aber so ist es auch gut.«

Alle vier sahen sich um und suchten nach dem Ursprung der Stimme, ohne etwas zu entdecken. Sie brauchten einen Moment, bis sie begriffen, dass sie über die Funklautsprecher des Gebäudes übertragen wurde. Installiert, um Predigten von Priestern bis in den letzten Winkel der Kirche zu tragen, war das System heute Abend von einem entschieden gottlosen Redner gekapert worden.

»Woher kommt das?«, flüsterte McKnight.

»Ich weiß nicht.«

»Verschwenden Sie nicht Ihre Zeit«, riet die Stimme. »Ich kann Sie sehen und hören.«

Drakes Blick ging nach oben, und er entdeckte eine auf den Altar gerichtete Überwachungskamera. Es war nur eine von mehreren, die überall in der Kirche positioniert waren, um vor Diebstahl und Vandalismus zu schützen. Wer jetzt zu ihnen sprach, musste sich in das Sicherheitssystem gehackt haben.

»Halten Sie mich wirklich für so dumm, dort persönlich hinzukommen?«

Drake kannte die Stimme. Trotz des Halleffekts des Lautsprechersystems erkannte er den Sprecher, weil er sich bereits mehrmals mit ihm getroffen hatte. Und er war nicht der Einzige.

»Starke«, japste Cain.

»Hallo Marcus«, hallte Richard Starkes Stimme. »Sie lassen immer noch ungelöste Probleme zurück, hm? Ich hatte Sie davor gewarnt.«

»Haben Sie das arrangiert?«, fragte der CIA-Direktor und zeigte auf die anderen. »Haben Sie die heute Abend hergebracht?«

»Nein, das haben *Sie* bewerkstelligt. Ich bin nur hier, um Ihren Dreck wegzuräumen«, führte er aus. »Und da wir gerade dabei sind: Es wird jetzt Zeit, die Sache zu Ende zu bringen, Ryan.«

»Zu Ende bringen?«

»Der Mann, der Ihr Leben zerstört hat, und die Frau, die Ihnen die Mutter nahm, stehen beide direkt vor Ihnen. Sie brauchen nur noch abzudrücken, dann ist alles vorbei.«

»Es ist jetzt schon vorbei. Cain hat den Circle vernichtet, und das wollten Sie doch.«

»Wie kommen Sie auf die Idee, dass ich den Circle zerstört sehen wollte?«

»Sie Hurensohn«, zischte Drake, der endlich das volle Ausmaß von Starkes Lügen und Manipulationen erkannte. »Wir haben Ihnen vertraut!«

»So wie Ihre Mutter. Anscheinend vererbt sich das in der Familie Drake.«

Drake war nicht entgangen, dass Starke damit auf etwas anspielte. »Was soll das heißen?«

»Genug«, sagte Starke, dessen Stimme so laut dröhnte, dass sie jeden von ihnen mühelos übertönt hätte. »Es wird Zeit, dass Sie zu Ende zu bringen, was Sie angefangen haben.«

»Auch wenn Sie mich töten, bringt das den Circle nicht zurück«, erinnerte Cain. »Die sind tot. Es ist vorbei.«

»Ganz und gar nicht. Sie mögen die Anführer ausgeschaltet haben, aber alles, was sie aufgebaut hatten, ist noch intakt. Man braucht nur jemanden, der ihre Arbeit fortführt.«

Es war nicht viel Fantasie nötig, um zu ahnen, an wen Starke dabei dachte. Er hatte den Circle zwar nicht vor Cain schützen können, war aber willens und bereit, die Chance zu ergreifen und das entstandene Machtvakuum auszufüllen.

»Für Sie gilt das gleiche Angebot übrigens auch, Miss McKnight. Töten Sie beide, dann wird Ihre Akte gelöscht. Sie bekommen Ihr Leben zurück, und danach ist das alles nur noch eine ferne Erinnerung.«

Drake warf einen kurzen Blick zu McKnight; er spürte die Saat der Zweifel, die langsam in ihr aufging, und wie in ihr Hoffnungen keimten, die sie schon längst begraben hatte. Sie war in Versuchung.

»Was ist los, Ryan?«, drängte Starke. »Sind es diese Leute wirklich wert, für sie zu sterben? Würden die zögern, wenn sie in Ihrer Position wären?«

Drake wich von Anya zurück, seine Blicke sprangen zwischen ihr und Cain hin und her. Die eine war seine Verbündete gewesen, der andere sein Feind. Jetzt wusste er nicht mehr, wofür jeder von ihnen stand.

Aber die Frage blieb bestehen: Würden sie an seiner Stelle abdrücken?

»Schwere Entscheidung, Ryan? Vielleicht brauchen Sie eine kleine … Überzeugungshilfe«, spekulierte Starke. »Sehen Sie nach oben.«

Zwei Großbildmonitore waren hoch oben auf beiden Seiten des Hauptaltars an den Wänden montiert, wahrscheinlich um während der Zeremonien dort die Texte von Kirchenliedern und anderes Material einzublenden. Doch als sie jetzt flackernd hochfuhren, zeigten sie etwas ganz anderes.

Drake spürte, wie die Außenwelt immer enger wurde, bis nur noch ein einziger Tunnel übrig blieb, der ihn mit dem Monitor verband. Dort liefen Livebilder einer Videoüberwachung – von minderer Qualität zwar, aber deutlich genug. Er erkannte sofort den Ort und die Menschen, weil er erst vor einer knappen Stunde bei ihnen gewesen war.

Es war der Rest seines Teams in der stillgelegten Werkstatt. Sie drängten sich alle um Frost und ihr Computerterminal.

»Ich glaube, Sie verstehen jetzt, worauf ich hinauswill. Bringen Sie Ihre Mission zu Ende, dann dürfen Sie und Ihr Team abziehen. Und wenn Sie sich weigern, dann … tja, raten Sie mal.«

Er riss sich vom Monitor los und blickte zu Cain und Anya. Zwei Menschen, die ihn bereits eine Menge gekostet hatten und womöglich noch mehr kosten würden – was davon abhing, wie er sich in den folgenden Sekunden verhielt. Waren sie es wirklich wert? Waren sie es wert, ihnen alles zu opfern, was ihm noch geblieben war?

»Nehmen Sie mich«, verlangte Cain. »Nehmen Sie mich und lassen Sie die anderen gehen.«

»Sehr nobel von Ihnen, aber ich gehöre nicht zu den Leuten, die ungeklärte Probleme hinterlassen.«

Drake spürte, dass Cain entschlossen war, Anya um jeden Preis zu schützen, selbst wenn es ihn das eigene Leben kosten würde.

»Sie haben wegen dieser Geschichte bereits jemanden verloren, der Ihnen sehr nahestand, Ryan«, erinnerte ihn Starke drohend. »Wollen Sie noch jemanden verlieren?«

»Ryan«, flüsterte McKnight. »Er wird uns sowieso umbringen, egal was wir tun.«

»Entscheiden Sie sich jetzt«, befahl Starke. »Ihre Mission oder Ihre Freunde.«

Zuletzt blieb Drakes Blick auf Anya haften. Die Frau im Zentrum aller Ereignisse, die ihm das Leben gerettet und fast auch genommen hatte – bei mehr als einer Gelegenheit. Sie hatte so vieles genommen und gegeben.

Und jetzt sah sie ihn an und erwartete seine Entscheidung.

»Weißt du noch, was ich dir einmal gesagt habe?«, fragte sie leise. »Du bist ein guter Mann, Ryan. Ganz gleich, was geschieht. Vergiss das nicht.«

»Schluss mit dem Gerede«, befahl Starke mit dröhnender Stimme, die gleichzeitig überall und nirgends war. »Töte sie jetzt.«

Drake krümmte den Finger am Abzug und bewegte ihn ganz langsam auf den Druckpunkt zu. Egal, wie sie ihre Taten rechtfertigen mochten – Cain und Anya hatten im Leben furchtbare Dinge getan. Beide hatten gemordet, betrogen und belogen, um zu überleben.

Genau wie er selbst.

War er denn wirklich besser als sie? Verdiente er mehr als sie zu leben? Was gab ihm das Recht, über sie zu richten?

»Nein«, entschied Drake schließlich und senkte die Waffe. »Ich werde es nicht tun, Starke. Wir beide wissen, dass Sie uns alle umbringen werden, egal was ich tue. Ich sterbe lieber mit einem reinen Gewissen.«

Er hörte den NSA-Direktor erschöpft ins Lautsprechersystem seufzen.

»Wissen Sie, einen Moment lang dachte ich wirklich, Sie hätten die Eier dafür«, spottete er. »Aber mit einer Sache lagen Sie richtig. Sie werden sterben.«

Wie aufs Stichwort krachten die großen Türen am anderen Ende der Kirche auf und mindestens ein Dutzend Gestalten stürmte durch die Bresche herein. Drake riss den Kopf herum, sah die Kommandokämpfer, die schwere Schutzkleidung, die schallgedämpften Sturmgewehre, die auf ihn und die anderen gerichtet waren … und mitten im Sturmtrupp einen Mann, den er kannte.

Hawkins legte grinsend das Gewehr an und zielte. Nicht auf Drake, sondern auf Anya, die allein und unbewaffnet direkt vor dem Altar stand. Sie sollte als Erste sterben.

Auch das sah Drake.

»Runter!«, schrie er, weil er wusste, dass er viel zu weit weg war, um etwas unternehmen zu können.

Es ging alles so schnell und mühelos – geradezu unfair. Hawkins visierte ihren Torso an, drückte den Finger leicht auf den Abzug, atmete aus und entspannte die Muskeln, dann gab er mit tödlicher Präzision einen kurzen Feuerstoß ab, der auf der anderen Seite ins Ziel traf.

Nur war es nicht Anya. Als der Rückstoß des Sturmgewehrs seine Schulter erreichte, schob sich im selben Moment jemand anders dazwischen.

Von Projektilen in den Torso getroffen taumelte Marcus Cain rückwärts und zog Anya mit sich. Sie landeten zusammen auf dem Steinboden vor dem Altar, sterbend schirmte

Cain sie mit seinem Körper ab, während sein Blut ringsum den Boden befleckte.

Im selben Augenblick richtete Drake seine Waffe auf Hawkins und eröffnete das Feuer, als der Mann gerade die Waffe herumriss, um das nächste Ziel anzuvisieren. Aus den Augenwinkeln sah er, dass Drake anlegte. Weil er wusste, dass der Mann es auf ihn abgesehen hatte, versuchte er in genau dem Moment in Deckung zu springen, als Drake den Abzug drückte. Aber das Projektil traf ihn in den Hals. Glutheiß explodierte der Schmerz in seinem Körper, sein Blut färbte die Kirchenbank hinter ihm, und er ging zu Boden.

Inmitten der wilden Schießerei lagen Cain und Anya gemeinsam hinter dem Altar, hielten einander fest und vergaßen alles andere ringsum. Einen kurzen Moment lang begegneten sich ihre Blicke, und alles Übrige schien zu verblassen. Cain konnte zusehen, wie Anyas Schock und Ungläubigkeit vergingen, als ihr klar wurde, was er getan hatte.

Er sah einen schwachen Abglanz der jungen Frau, die ihn einst mit so viel Liebe und Verlangen angeschaut hatte, die einst bereit gewesen war, für ihn zu sterben, und jetzt begriff, dass er genau das für sie riskiert hatte.

»Anya!«, schrie Drake, packte sie am Arm und versuchte sie wegzuziehen. »Wir müssen gehen! Sofort!«

Nicht weit von ihnen war McKnight vom Altarraum gesprungen und lieferte sich einen Schusswechsel mit drei Kommandosoldaten, die am Rand des riesigen Innenraums vorrückten und die Kirchenbänke und Säulen als Deckung benutzten. Der Donner der schallgedämpften Waffen hallte durch die Kirche.

»Beeilung, Ryan! Sie muss aufstehen!«

Cain hustete schwächlich und nickte. »Geh«, drängte er sie. »Verschwinde von hier.«

Es blieb so vieles ungesagt, so vieles noch übrig, um es

vielleicht gemeinsam zu tun. Aber aus alledem würde jetzt nichts mehr werden. An dieser Stelle endete ihre gemeinsame Geschichte, und sie wusste es.

»Es tut mir leid«, flüsterte Anya.

»Komm schon!«, flehte Drake und schleifte sie mit.

Cain hatte keinen Sinn mehr für die erbitterte Schlacht, die um ihn toste, das Tackern der automatischen Waffen und das wilde Geschrei. Mühsam atmete er, immer flacher und langsamer schlug das verwundete Herz, als sein Leben sich den letzten Augenblicken zuneigte.

Sein Kopf rollte zur Seite. Da war das Bord mit den ordentlich aufgereihten, nicht entzündeten Kerzen. Und eine einzige brannte dazwischen hell und beleuchtete das Foto, das er bedachtsam darunter platziert hatte. Lauren, seine Tochter.

Bald begegnen wir uns, dachte er, bis sein Lebenslicht flackernd erlosch und das Dunkel sich um ihn schloss.

60

»Wo zum Teufel steckt er? Sag was, Frost«, forderte Jessica, tigerte hin und her über den staubig vermüllten Werkstattboden und erwartete ungeduldig Nachrichten von Drake.

»Meinst du nicht, ich würde es dir sagen, wenn ich wüsste, was dort los war?«, gab Frost zurück.

Im bisherigen Verlauf der Nacht war das Pendel dramatisch vom Triumph zur Katastrophe und wieder zurück geschwungen, ohne ihnen auch nur den geringsten Hinweis auf den aktuellen Stand zu geben. Zuletzt hatten sie von Drake erfahren, dass er mit McKnight zu der Kirche unterwegs war, wo Anya sich Cain vorknöpfen wollte.

Wie und weshalb er auf die Idee gekommen war, sich mit ihrem verräterischen ehemaligen Teammitglied zusammenzutun – oder wie sie ihn überhaupt gefunden hatte –, war völlig rätselhaft. Sie hatten einfach keine Zeit gehabt, ihn danach zu fragen.

»Wir sollten selbst hingehen«, entschied Frost. »Er braucht vielleicht Unterstützung.«

»Was ist mit dem Plan?«, konterte Mitchell.

»Der Plan ist im Arsch«, stellte sie unverblümt fest. »Wir sind jetzt auf uns allein gestellt.«

Mitchell stöhnte, nickte aber zustimmend. »Gut. Was ist mit Dietrich?«

Frost überlegte ganz kurz, dann wechselte sie die Funkfrequenz. »Dietrich, bitte kommen. Begib dich so schnell wie möglich zur National City Christian Church. Ryan ist über Funk nicht erreichbar und braucht dringend Unterstützung. Over.«

Sie erhielt keine Antwort.

Frost wiederholte die Ortsangabe. »Dietrich, erbitte Bestätigung. Over.«

Und wieder empfing sie nur Ätherrauschen. Die beiden Männer blieben einfach verschollen.

Anya war wie betäubt, als Drake sie vom Altar fortschleifte, und bekam selbst von der Schießerei ringsum kaum etwas mit. Sie blickte nach rechts und beobachtete seltsam unbeteiligt, wie eine verirrte Salve die hölzerne Einfassung der Kanzel zerfetzte. Rechts von ihr prallten weitere Projektile von einer Steinsäule ab und zerplatzten spektakulär in Wolken von Funken und Steinsplittern.

Währenddessen schleifte Drake sie weiter, und McKnight sicherte ihren Rückzug.

»Magazinwechsel!«, schrie McKnight und warf den verschossenen Munitionsclip aus ihrer qualmenden Waffe.

Anya hörte eine andere Tür krachen, die nicht weit von ihnen aufgesprengt wurde, blickte auf und sah, wie direkt vor ihnen zwei weitere Männer in den Raum vorrückten, die ihnen den Weg abschneiden wollten.

»Kontakt vorn!«, rief Drake.

McKnight und er leerten ihre Magazine auf die zwei Agenten, zielten auf ihre Köpfe, anstatt Munition an der hervorragenden Panzerung zu verschwenden. Der eine taumelte rückwärts, der andere wurde zur Seite geschleudert und löste dabei einen ausgedehnten, vollautomatischen Feuerstoß aus, der vor ihnen eine Spur quer über das Mauerwerk hämmerte.

»Los!«, brüllte Drake und lief an den Gefallenen vorbei in den Korridor.

In diesem Augenblick fasste sich Anya wieder. Sie bückte sich, nahm die Waffe eines der Toten – ein G-36-Sturmgewehr von Heckler&Koch – und stützte sich mit einem Knie auf den Boden, um ein kleineres Ziel abzugeben.

Als der Kommandosoldat, der ihnen am nächsten war, aus der Deckung kam, feuerte sie eine kurze, tödlich präzise Salve auf ihn ab, die ihn im oberen Bereich des Brustkorbs und im Gesicht traf. Sie sah eine rote Fontäne und hörte den erstickten Schrei, mit dem er zu Boden ging.

»Rückzug!«, schrie McKnight.

»Geh! Ich gebe dir Deckung.«

Als Antwort packte McKnight sie am Arm und zwang sie, sich umzudrehen. »Hier kannst du nur verlieren, Anya. Wir müssen hier weg. Sofort!«

Ihre Wut und der Rachedurst hatten ihren Verstand vernebelt, aber diese Worte drangen zu ihr durch. Sie konnte hier hocken bleiben, wahrscheinlich noch ein paar von ihnen mitnehmen, aber am Ende würden die anderen sie erwischen. Ein sinnloser, überflüssiger Tod.

Sie sah zu dem Toten zu ihren Füßen, öffnete eine Tasche an seinem Gurt und zog die Splittergranate heraus, die darin steckte. Ein paar Sekunden später hatte sie den Sicherungsstift herausgezogen und die Sprengfalle unter der Leiche versteckt.

Nach einer letzten, ungezielten Salve durch die offene Tür zog sie sich, dicht gefolgt von McKnight, tiefer in das Gebäude zurück.

Nicht weit davon entfernt nahm Jason Hawkins seine Hand vom Hals. Der Nomex-Kampfhandschuh war von seinem eigenen Blut getränkt. Drakes hastig gezielter Schuss hatte ihn nur gestreift und eine Arterie knapp verfehlt, trotzdem blutete er heftig.

»Sind Sie okay, Sir?«, fragte einer seiner Männer mit Blick auf die blutende Wunde.

»Das ist nichts. Vorrücken!«, knurrte Hawkins. »Überrennt diese Bastarde.«

Während sich sein Team zur Seitentür vorarbeitete, stand Hawkins auf, bestieg die Stufen zum Altarraum, blickte nach oben zum Kreuz und sah dann nach dem Mann, der tot auf dem Boden lag.

Marcus Cain, der Direktor der CIA. Einer der mächtigsten Männer des Landes. Der Mann, der noch vor weniger als einer Stunde versucht hatte, ihn exekutieren zu lassen. Auge um Auge, wie sein Vater stets zu sagen pflegte.

Er hob die Hand und schaltete das Funkgerät ein. »Die Sache ist erledigt. Cain ist tot.«

»Gut«, erwiderte Starke, der über die sichere Funkverbindung zu ihm sprach. »Und die anderen?«

»Wir sind dran.«

»Ich schlage vor, Sie bringen es schnell zu Ende. Örtliche Polizeikräfte wurden bereits alarmiert. Ich kann sie nicht lange aufhalten.«

Vor ihm drang sein Team in den Korridor ein, in dem die Männer zwei ihrer Kameraden fanden, die auf dem Steinboden lagen. Jemand bückte sich, um nach Lebenszeichen zu tasten, seine Kameraden gaben ihm währenddessen Deckung.

Die Granate, die unter der Schulter des Toten klemmte, bemerkte er erst beim leisen Klicken des Sicherheitshebels, dann sah er den Metallzylinder herausrollen.

»Granate!«

Die heftige Detonation schickte eine Wolke aus Qualm und Steinsplittern in den großen Kirchensaal, die Druckwelle erfasste das ganze Gebäude und ließ von oben Staub herunterrieseln.

Hawkins musste sich wegdrehen, um nicht von fliegenden Trümmerteilen getroffen zu werden. Aber als sich der Nachhall der Explosion gelegt hatte, stieß er langsam und kontrolliert die Luft aus.

»Vorrücken«, befahl er, innerlich vor Wut kochend. »Findet sie.«

Das zentrale Kirchengebäude wurde von zwei viergeschossigen Häusern flankiert. Sie waren aus demselben grauen Sandstein gebaut wie die Kirche und dienten weniger spirituellen als praktischen Zwecken. Man nutzte sie für die Verwaltung und Projektplanung, außerdem gab es dort Büros und Arbeitsräume für den großen Mitarbeiterstab der Kirche. Heute Abend hielt sich dort jedoch niemand mehr auf, die Beleuchtung war ausgeschaltet, die Schreibtische und Konferenzräume lagen verwaist.

Mit gezückter Waffe eilte Drake über eine Steintreppe und danach durch einen kurzen Korridor, der das Kirchengebäude mit dem Verwaltungshaus verband. Sein Ziel war das nördliche Ende des Bauwerks, wo man durch ein Treppenhaus nach unten zu einem Notausgang gelangte. Über diesen Weg waren McKnight und er hereingekommen.

Er hatte keine Vorstellung davon, wie es für sie weitergehen sollte, wenn das hier vorbei war, und er war bisher nicht in der Lage gewesen, auch nur ansatzweise zu verarbeiten, was er über Anya und seine Mutter erfahren hatte. Das musste warten.

Denk jetzt nicht darüber nach, schärfte er sich ein. *Bleib in Bewegung.*

Er hob die Hand und schaltete für eine dringende Durchsage das Mikrofon seines Funkgerätes ein. »Keira, Keira, bitte kommen. Ihr müsst dort sofort verschwinden. Ich wiederhole: Man hat euch entdeckt. Verschwindet sofort.«

Keine Antwort von Frost oder sonst wem. In seinem Ohrhörer nichts als leises elektrostatisches Rauschen. Waren die dicken Mauern ringsum oder etwas anderes schuld? Kam er zu spät?

Er hörte hinter sich Schritte, sah sich um. Seine beiden Gefährten näherten sich im Laufschritt.

»Sie kommen«, meldete Anya und vermied es, Drake anzusehen. »Wir haben die Tür am anderen Ende verbarrikadiert, aber das wird sie nicht lange aufhalten.«

»Es ist nicht mehr weit«, antwortete Drake. Sie waren inzwischen in ein offenes Großraumbüro mit gleichmäßig verteilten Schreibtischclustern und kleinen Konferenzräumen gelangt. Man hatte zum Feierabend alles heruntergefahren, die Beleuchtung und die Computer ausgeschaltet. Nur die Straßenlaternen draußen spendeten etwas Licht, das diffus durch die zugezogenen Vorhänge sickerte.

»Wir müssen die anderen warnen«, sagte McKnight.

»Ich kriege keine Funkverbindung«, antwortete er und versuchte es zusehends verzweifelt noch einmal. »Keira! Ist da jemand? Meldet euch!«

Nichts.

»Scheiße!«, brüllte er. Ihre Funkverbindung wurde auf einer oder beiden Seiten von Starke gestört, dem Chef der NSA, der überall mithören konnte.

»Die können Sie nicht hören«, höhnte eine Frauenstimme. »Sie sind zu spät.«

Drake reagierte reflexhaft aus reinem Instinkt. Er drehte sich zur Seite und warf sich genau in dem Moment hinter ein paar zusammengeschobene Schreibtische, als er von vorn mit einem wilden Kugelhagel aus Automatikgewehren beschossen wurde. Die Mündungsfeuer blitzten im Dämmerlicht des Büros. Glas zersplitterte. Die Projektile zerfetzten Computermonitore und perforierten dünne Tischplatten. Ein Hagel von Trümmerteilen prasselte auf ihn nieder.

Auf der gegenüberliegenden Seite des Ganges gingen Anya und McKnight in Deckung. Anya ließ ihre Waffe über einen Schreibtisch ragen und feuerte eine ausgedehnte Salve ab. Die leeren Geschosshülsen klimperten zu Boden. Es war laut, aber nicht besonders effektiv und brachte ihnen höchstens ein paar Sekunden. Der Kugelhagel, mit dem ihr geantwortet wurde, war ebenso ausdauernd wie gut gezielt, und zwang sie, sich flach auf den Boden zu drücken.

Drake schätzte ihre Lage ein und kam gleichzeitig mit seinen Kameradinnen zum selben Schluss. »Verschwindet hier, alle beide«, zischte er. »Ich ziehe ihr Feuer auf mich.«

Anya schüttelte den Kopf. »Wir müssen das zusammen durchstehen.«

Die beiden zuckten zusammen, als zwischen ihnen weitere Projektile in den Boden hämmerten und hinter ihnen Querschläger die Wand zersiebten.

»Keine Zeit für Diskussionen! Verschwinde einfach!«, bellte Drake und machte sich bereit.

Anya starrte dem Mann in die Augen, der sein Leben für sie riskieren wollte, und wünschte sich, dass es etwas gäbe, was sie ihm jetzt sagen konnte. Um es irgendwie gutzumachen.

»Tut mir leid, Ryan«, flüsterte sie.

Drake erwiderte ihren Blick, und einen Moment lang fragte sie sich, ob vielleicht etwas Ähnliches in ihm vorging. »Du musst die anderen warnen«, befahl er. »Damit das hier nicht umsonst ist.«

Anya schluckte und nickte.

Am gegenüberliegenden Ende des Raumes grinste Riley, während sie genüsslich alles, was das Magazin ihrer P90-Maschinenpistole noch hergab, in Drakes Richtung feuerte.

Die kurze, kompakte Waffe rüttelte mit erregender Gewalt an ihrer Schulter, und die Luft stank nach verbranntem Pulver.

Tod und Zerstörung waren für sie immer faszinierend und aufregend, in ihrer Intensität geradezu erotisierend gewesen. Aber heute Abend wurde die Vorfreude noch gesteigert, weil sie wusste, wen sie gleich töten würde. Drake und Anya, die gemeinsam in der Falle saßen. Es gab für die beiden keinen anderen Weg als an ihr vorbei.

Sie entfernte das leere Magazin, griff nach einem neuen und schob es geschickt in den Aufnahmeschacht. Zeitgleich brummte ihr Ohrhörer – wieder eine neue Durchsage von Hawkins. »Team zwei, Lagebericht.«

»Wir haben beide vor uns«, meldete Riley leise und ließ währenddessen den Blick über die dunklen Schreibtischreihen schweifen. »Die leben nicht mehr lange.«

»Negativ. Halten Sie sie in Schach und warten Sie auf Unterstützung.«

Ihr war klar, was er vorhatte. Riley und ihr Team sollten Drake aufhalten, damit Hawkins und die anderen von hinten angreifen konnten. Eingekeilt zwischen Hammer und Amboss bliebe ihnen nur der Tod.

Aber seine Stimme hatte einen Unterton. War es die Anspannung oder die Ungeduld?

»Keine Zeit«, entschied sie. »Wir müssen sie *jetzt* fertigmachen.«

Sie konnte es tun, das wusste sie; aus ihrem tiefsten Inneren strömten das Hochgefühl und die Energie dieses Moments. Sie brauchte weder Hawkins noch sonst jemanden. Sie wollte diejenige sein, die Drake und Anya erledigte – ihre letzten verbliebenen Feinde. Dann wäre sie sie endlich los.

Hawkins wollte antworten, aber sie schaltete das Funkgerät aus. Der Kontakt war unterbrochen. Sie warf einen

Seitenblick auf die beiden Kommandosoldaten, von denen sie flankiert wurde.

»Vorrücken. Treibt sie aus der Deckung.«

Beide Männer nickten, dann zogen sie ab.

»Das war's, Drake!«, rief sie und zog den Ladehebel der Waffe zurück. »Machen Sie es uns nicht zu leicht. Ich will, dass es sich richtig lohnt.«

Drake presste sich auf den Boden und robbte bis ans Ende der Schreibtische. Dort streckte er den Kopf gerade lange genug heraus, um die Lage abschätzen zu können. Zwei Männer rückten gegen ihn vor. Sie waren mit Maschinenpistolen bewaffnet und trugen Nachtsichtbrillen. Die Männer konnten in der Dunkelheit sehen, als wäre es taghell. Riley hielt sich währenddessen im Hintergrund und wartete darauf, dass er aus der Deckung kam.

Drei gegen einen. Schlechte Karten.

Da fiel sein Blick auf etwas, das in der Nähe an der Wand montiert war. Ein großer roter Zylinder, der im trüben, orangefarbenen Schein der Straßenlaternen matt schimmerte. Ein Feuerlöscher.

»Macht euch bereit«, flüsterte er zu Anya und McKnight.

Dann holte Drake tief Luft, beugte sich vor, zielte und schoss. Der erste Schuss schlug nur eine Beule in den Zylinder und prallte ab. Der zweite traf besser und perforierte den Stahl. Sofort explodierte der Hochdrucklöscher und stieß eine Wolke von weißem Kohlendioxid aus, die das andere Ende des Büroraums einnebelte.

»Los!«, schrie Drake und sprang auf.

Anya und McKnight sprangen auf die Füße. Weil der Notausgang für sie unerreichbar war, hasteten sie stattdessen zu den Fenstern zur Straße. Anya hob das Sturmgewehr und feuerte ihre letzte Munition in die Scheiben, die von der Attacke zerplatzten und zusammenfielen.

Sie spürte, wie die Projektile an ihr vorbeizischten, weil ihre Gegner ahnten, was sie vorhatte, und blind in den Gasnebel feuerten. Sie konnte die Schüsse weder vorhersehen noch ihnen ausweichen, sie konnte nur laufen und hoffen, dass das Glück auf ihrer Seite war.

Sie schloss die Augen, richtete sich auf, sprang durch die Lücke und stürzte circa viereinhalb Meter tief auf die Straße. Häuser und Straße rasten an ihr vorbei, bevor der Gehweg ihren Sturz brutal beendete. Sie schlug hart auf; es presste ihr die Luft aus der Lunge. Glassplitter schlitzten Kleidung und Haut auf, und sie spürte den vertrauten, brennenden Schmerz durch ihren geschundenen Körper rasen.

Eine Sekunde später landete McKnight neben ihr, die sich abrollte, um den Aufprall abzufedern, und erst ein paar Schritte von ihr entfernt liegen blieb. Sie war durchnässt, verdreckt und blutete aus mehreren Platzwunden, aber sie lebte.

»Steh auf, Samantha. Bewegung!«, zischte Anya, zog sie hoch und drängte sie aus dem Sichtbereich der oberen Fenster und dicht ans Fundament des Gebäudes.

Sie waren verletzt, aber frei.

»Beeil dich, Ryan«, flüsterte sie.

Drake blieb unten, robbte weiter und ignorierte die panisch abgegebenen, ungezielten Schüsse, die knapp über seinem Kopf durch die Luft flogen. Die Laservisiere, die seinen Gegnern beim Zielen und Schießen geholfen hatten, arbeiteten jetzt gegen sie, weil ihre Strahlen im wirbelnden Kohlendioxidnebel gut zu sehen waren.

Drake zielte auf den nächstbesten Gegner, feuerte drei Projektile ab und hörte das unverwechselbare feuchte Knirschen, als sich eines davon durch einen menschlichen Schädel fräste. Aber das Mündungsfeuer seiner Waffe hatte seine

Position verraten. Er rollte in Deckung, um der Reaktion auszuweichen: einem ausgedehnten Feuerstoß, der neben ihm einen Schreibtisch zerfetzte.

Riley durchschaute seine Taktik sofort, und sie wusste, wie sie ihm einen Strich durch die Rechnung machen konnte. Sie drehte sich zu dem Notschalter neben ihr an der Wand, der bei Bedarf das Brandschutzsystem aktivierte, zerschlug mit dem Gewehrkolben das Schutzglas, griff hinein und riss den Hebel hoch. Sofort schaltete sich die rote Notbeleuchtung ein, und die Sprinkleranlage an der Decke spritzte los. Auf das Büro regnete ein Sturzbach herunter. Als sich durch diese Dusche das Gas zu lichten begann, wusste Drake, dass ihm nur noch wenige Sekunden blieben. Er sprang aus seiner Deckung hervor, stürzte sich auf die zweite Einsatzkraft und riss die P90 zur Seite, bevor der Mann damit auf ihn anlegen konnte. Drake nutzte die Blöße, die sich sein Gegner kurzfristig gab, rammte ihm den Lauf seiner Waffe in die Achselhöhle, verdrehte sie im Stoff der Kevlarweste und drückte den Abzug. Der Schuss wurde vom Stoff und dem Fleisch, das auf die Mündung drückte, gedämpft, aber der hämmernde Rückstoß verriet, dass die Waffe gefeuert hatte.

Der Mann zuckte krampfartig und wollte einen Schmerz- und Angstschrei ausstoßen, aber dann hustete er sich nur den Mund voll Blut. Ein zweiter Schuss reichte als finaler Treffer. Es war Drakes letzte Patrone gewesen. Seine Waffe war nutzlos geworden.

Drake hielt den Mann aufrecht und schwenkte sein menschliches Schutzschild genau in dem Moment in Richtung Riley, als sie das Feuer eröffnete und den Toten mit Dauerfeuer bestrich. Drake spürte die Einschläge, mit dem die Kugeln in seinen provisorischen Schutzschild hämmerten. Die Kevlarweste absorbierte das meiste davon.

Sobald das Dauerfeuer endete, ließ Drake den Toten zu Boden fallen und griff die letzte verbliebene Gegnerin an. Weil seine Pistole entladen war, holte er aus und schleuderte ihr die nutzlos gewordene Waffe entgegen, was sie zwang, zur Abwehr ihre Maschinenpistole hochzureißen. Beide Waffen krachten laut, als die Automatik den Polymermantel der P90 traf.

Die Aktion war aus der Not der Verzweiflung geboren, hatte ihm aber kostbare Sekunden eingebracht, die er brauchte, um an sie heranzukommen. Als Riley merkte, dass ihr keine Zeit zum Nachladen blieb, ließ sie das klobige Gewehr fallen, griff nach dem Messer an ihrer Hüfte und schwenkte es genau in dem Moment in einem wilden Bogen, als er auf sie zusprang. Drake versuchte instinktiv, sich mitten im Schwung zu drehen, und hob abwehrend den Arm.

Heißer Schmerz explodierte in seinem Unterarm, als die Klinge in sein Fleisch schnitt. Durch den Versuch, der tödlichen Klinge auszuweichen, aus dem Gleichgewicht gebracht, krachte er gegen die Wand und spürte die volle Kraft des Aufpralls an der Schulter.

Sofort stürzte sich Riley auf ihn, die seinen Sturz ausnutzen und ihm den Rest geben wollte. Wieder fuhr die im Notlicht rötlich schimmernde Klinge von oben herab, trieb dann aber nur eine gezackte Kerbe quer über die Gipswand, weil sich Drake noch wegducken konnte.

Draußen auf der Straße rannten Anya und McKnight weg von dem hoch aufragenden Kirchenbau. Sie hörten schon die nahenden Polizeisirenen, deren Gejaule sich mit dem Feueralarm der Kirche vermischte. In ein, zwei Minuten würde die ganze Gegend abgeriegelt sein.

»Wir können ihn nicht zurücklassen«, sagte McKnight.

»Es war seine Entscheidung«, erwiderte Anya, zückte ihr Handy und wählte.

»Anya, was zum …«, fing Alex an, nachdem er das Gespräch angenommen hatte.

»Rede nicht, hör zu!«, unterbrach sie. »Ich brauche deine Hilfe, sofort!«

Die beiden Gegner umkreisten einander vorsichtig und lauerten auf eine Blöße, während von oben Wasser herabströmte und der Feueralarm heulte.

Riley hatte die besseren Karten. Sie war bewaffnet und schnell und verstand es, beides optimal für sich zu nutzen. Drake war erschöpft und verletzt. Sie grinste, änderte den Griff, mit dem sie das Messer hielt, täuschte an, analysierte Drakes Reaktionen und spannte schon die Muskeln zum nächsten Angriff.

Schusswaffen hatten eine Berechtigung, aber nichts war so archaisch, so instinktiv und aufregend wie ein Messerkampf. Zu sehen, wie im Blick des Feindes Todesangst flackerte, wenn die Klinge in sein Fleisch drang.

»Darauf habe ich gewartet, Drake«, sagte sie, und ihre gierigen Augen glänzten im Rotlicht wie Kohlen. »Jetzt gibt es nur noch uns beide.«

Die Stöße ihrer Angriffe kamen schnell und zwangen ihn rückwärts, hielten ihn in der Defensive. Der einzige brauchbare Ratschlag, den Drake über die Teilnahme an Messerkämpfen auf den Weg bekommen hatte, lautete schlicht und einfach: Bring eine Schusswaffe mit.

Das war jetzt keine Option. Riley erwies sich als teuflische Gegnerin: schnell und wendig, mit der unangestrengten Anmut einer Leistungsturnerin. Es war nur eine Frage der Zeit, bis ihn ihre Klinge erwischte.

Er musste sie entwaffnen. Als sie beim nächsten Angriff

mit der Klinge auf seine Kehle zielte, verlagerte er plötzlich das Gewicht und wich aus, sodass die Klinge seitlich an ihm vorbeiflog. Er erwischte Rileys Arm, riss ihn fest herunter, ließ sich auf ein Knie fallen und schleuderte sie mit aller Kraft über die Schulter. Die junge Frau machte in der Luft einen Salto und krachte vor ihm auf den Schreibtisch. Akten und andere Büroausstattung verteilten sich auf dem Boden.

Das war seine Chance. Sie gab sich eine Blöße und war für einen kurzen Moment angreifbar. Er sprang auf die Füße und wollte ihr einen Ellenbogenschlag versetzen, aber die wendige Agentin sah ihn auf sich zukommen und rollte zur Seite. Der Schmerz schoss seinen Arm hoch, als sein Ellenbogen den Schreibtisch rammte. Noch bevor er sich davon erholen konnte, riss Riley ihr Knie herum und traf Drake hart an der Schläfe.

In seinem Schädel explodierten Schmerz und weißes Licht. Als er verletzt und benommen zur Seite taumelte, sprang Riley vom Schreibtisch, die Stiefel klatschten ins Wasser, das auf dem Boden schon Pfützen bildete.

»Der große Ryan Drake«, sagte sie verächtlich und keuchte in einer Mischung aus Anstrengung und Erregung. »Verdammt jämmerlich. Ich tue der Welt einen Gefallen, wenn ich mit Ihnen Schluss mache.«

Sie witterte schon den Triumph und näherte sich langsam wie ein Raubtier, das seine Beute anpirscht, dem angeschlagenen Gegner. Er stellte für sie keine Bedrohung mehr dar.

Jetzt war er gekommen. Der Moment, auf den sie gewartet hatte.

»Ein Jammer, dass Sie nicht mehr sehen können, wie wir Ihre Freunde töten«, sagte Riley und drehte das Messer in ihrer Hand um. »Sie werden es sich vorstellen müssen.«

Sie holte aus und stürzte sich auf ihn.

Aber Drake war nicht so schwer verletzt oder hilflos, wie er vorgegeben hatte.

Als sie zu einem Überhandschlag ausholte, streckte er die Arme hoch und schaffte es, ihr Handgelenk genau in dem Moment zu packen, als die Klinge von oben auf ihn niederfuhr. Die plötzliche Reaktion überraschte sie kurz, das sah er ihr an, aber ihre Miene änderte sich sofort, als ihr etwas Neues einfiel.

Drake wusste genau, was sie vorhatte. Er zählte darauf.

Sie ließ das Messer aus ihrer Hand rutschen, als ob sie es loswerden wollte. Aber während es fiel, schoss ihre andere Hand vor, um das Messer aufzufangen und es ihm von unten in den Bauch zu rammen.

Doch dazu bekam sie keine Gelegenheit mehr.

Drake fing das Messer blitzschnell, noch bevor sie es in die Hand bekam. Riley riss die Augen auf, in denen zum ersten Mal Verblüffung und plötzliche Panik lagen, als die Schneide im glühenden Notlicht aufblitzte. Und stöhnte ungläubig und vor Schmerz, als das Messer sich in ihre Brust grub.

So verharrten sie eine Sekunde; die Zeit blieb stehen, das Wasser fiel in Zeitlupe. In einer letzten, trotzigen Gegenwehr griff Riley nach seinem Hals und versuchte mit schwindender Kraft, ihn näher zu ziehen, ohne ihn dabei aus den Augen zu lassen.

Der Blick ihres Gegners zeigte weder Bedauern noch Mitleid.

Als Drake das Messer herauszog, gaben ihre Beine nach; sie sank zu Boden und sackte seitlich an einem Schreibtisch zusammen. Sie starrte ihn unverwandt aus glasigen Augen an und wollte etwas sagen, aber aus ihrem Mundwinkel sickerte nur Blut. Sie konnte nicht fassen, dass sie verloren hatte.

Drake würdigte sie keines weiteren Blickes; er hob seine heruntergefallene Waffe vom Boden auf, wechselte das leere Magazin gegen ein neues, das hörbar einrastete. Riley stellte für ihn keine Bedrohung mehr dar. Weil sein Weg jetzt frei war, wandte er sich ab, verschwand und überließ die Frau ihrem einsamen Tod.

61

In der stillgelegten Autowerkstatt stieg die Anspannung extrem, weil die Sekunden ohne einen Kontakt mit ihrem Außenteam verstrichen.

»Such die Polizeifrequenzen ab«, sagte Mitchell. »Finde heraus, ob eine Schießerei gemeldet wurde.«

»Schon dabei.«

Einfache Geräte zum Empfang von Polizeifrequenzen konnte man sogar im normalen Elektronikfachhandel erwerben. Frosts Anlage war jedoch um Klassen besser und ermöglichte ihr, viele der verschlüsselten Frequenzen zu knacken, die Durchschnittsbürger nicht empfangen konnten. Wenn es einen Zwischenfall gegeben hätte, wäre sie im Nu fündig geworden.

»Was zum Henker?«, sagte sie und wirkte zusehends beunruhigt. Dann neigte sie den Kopf und lauschte konzentriert.

»Was ist denn?«, wollte Jessica sofort wissen. »Ist er tot?«

»Nein, aber sämtliche Frequenzen«, antwortete die junge Frau. »Keine Meldungen, überhaupt kein Funkverkehr, nichts.« Sie drehte sich schockiert zu den anderen um. Es gab dafür eine mögliche Erklärung, die ebenso naheliegend wie verstörend war. »Wir werden gejammt.«

»Wie könnten die uns jammen, wenn sie nicht wissen …« Jessica stutzte einen kurzen Moment, als es ihr dämmerte. »… wo wir sind?«

Frosts Computer piepste, und auf dem Monitor ploppte ein Dialogfenster auf. Ein Dialogfenster, wie sie es bei ihrer

Kommunikation mit Alex verwendet hatte. Sie drehte sich um, überflog die Nachricht auf dem Monitor und bekam vor Schreck fast einen Herzinfarkt.

IHR SEID AUFGEFLOGEN. VERSCHWINDET DA! SOFORT!

Drake versteckte die schallgedämpfte Automatik unter seiner durchweichten Jacke. Er lief in nördlicher Richtung die Hauptstraße hinunter, um so viel Distanz wie möglich zwischen sich und die Kirche zu legen. Er hörte bereits die Sirenen der lokalen Polizeikräfte, die zum Schauplatz rasten.

In der Umgebung wurden auch andere Menschen aufmerksam; aus einem Busbahnhof kamen zahlreiche Schaulustige gelaufen. Viele Handykameras richteten sich auf die Kirche. Drake zog den Kopf ein und versuchte, sich unsichtbar zu machen.

Das hätte er sich sparen können. Er war nicht nur der Einzige, der sich von dem Ort wegbewegte, an dem es allem Anschein nach zu einem größeren Zwischenfall gekommen war, sondern auch bis auf die Haut durchnässt. Hinzu kamen Prellungen und einige frische, blutende Wunden. Er spürte warmes Blut am Unterarm heruntertröpfeln, das in seine Jacke sickerte.

»Oh Scheiße, Mann. Was ist dir denn passiert?«, fragte ein junger Schwarzer, der wie ein Collegestudent aussah.

»Was ist denn mit dem da los?«, hörte er einen anderen Mann fragen. »Hey, Sie! Haben Sie was damit zu tun? Warum haben Sie es denn so eilig, Mann?«

Drake merkte, dass die Stimmung umschlug und in eine gefährliche Richtung driftete. Gerade Amerikaner waren aus naheliegenden Gründen sensibel, wenn es um mögliche Terroranschläge ging, und sie wussten, dass heute Abend etwas vorgefallen war.

Er versuchte, Abstand zu der immer feindseligeren Menge zu gewinnen, überquerte die Straße nach rechts und hoffte, dort eine ruhigere Nebenstraße zu finden, in die er abtauchen konnte. Er musste einen Stopp einlegen, die Wunden versorgen und sich etwas ausdenken, um seine Freunde zu warnen und sich mit Anya und McKnight zu treffen. Aber das war unter den Augen der Öffentlichkeit nicht möglich.

Die Stimmung wandte sich gegen ihn, und immer mehr Rufe wurden laut. Er blickte sich um und sah, dass sich zwei der jüngeren, größeren Männer an seine Fersen geheftet hatten. Das durfte er nicht zulassen. Er griff unter die Jacke und legte die Finger um die Waffe.

Bremsenquietschen lenkte seine Aufmerksamkeit zur Straße zurück, und er sah, wie keine zehn Meter vor ihm ein alter Chevy mit blockierenden Rädern eine Vollbremsung hinlegte. Die Scheinwerfer blendeten ihn. Drake zögerte nicht, zückte die Waffe und richtete sie auf den Fahrer, weil er vermutete, dass es sich bei dem Fahrzeug um ein Zivilfahrzeug der Polizei, vielleicht sogar der Agency handelte.

»Hör auf mit dem Scheiß und steig ein, Ryan«, knurrte ungeduldig eine raue Stimme.

Drake riss die Augen auf. »Dietrich?«

»Wer sonst? Und jetzt beweg dich!«

Drake hielt sich nicht mehr zurück, sprang in den Wagen und knallte die Tür zu. Er saß noch gar nicht richtig, als Dietrich das Gaspedal durchdrückte, mit dem Wagen eine 180-Grad-Wende hinlegte und zügig das Weite suchte. Der Mob, der langsam größer geworden war, blieb zurück.

»Wie hast du mich gefunden?«, fragte Drake und zog seinen Jackenärmel hoch. Auf dem Unterarm kam eine klaffende, tiefe Wunde zum Vorschein.

»Polizeifunk«, erklärte Dietrich. »Du hast verdammt viel losgetreten, Ryan. Was ist da hinten passiert?«

»Cain ist tot. Den Circle gibt es nicht mehr.«

Zum ersten Mal ließ Dietrich seine stoisch unerschütterliche Maske fallen. »Soll das heißen, die Sache ist vorbei? Erledigt?«

»Nein. Die sind jetzt hinter Jessica und den anderen her. Wir müssen sie warnen.«

»Die sind unerreichbar«, sagte der Deutsche. »Ich habe es nicht geschafft, Kontakt mit ihnen aufzunehmen.«

»Verdammt«, stöhnte Drake. »Dann müssen wir selbst dorthin!«

Die Deckensprinkler gaben kaum noch Wasser her, als Hawkins und seine Truppe in das verwüstete Büro stürmten. Zwei Männer gingen am kaputten Fenster auf Position, um die Straße unten im Auge zu behalten, während die anderen ausschwärmten und das Großraumbüro sicherten.

Es dauerte nur wenige Sekunden, bis Hawkins die beiden toten Teammitglieder entdeckte, die auf dem Boden lagen und deren Blut das Wasser färbte, das sich dort angesammelt hatte. Schließlich fiel sein Blick auf die junge Frau, die vor einem Schreibtisch in der Ecke des Raumes zusammengesackt war. Ihr Kopf hing nach unten, und das blonde Haar klebte in stumpfen Strähnen am Kopf.

»Fenster gesichert!«, rief einer aus dem Team.

»Ausgang gesichert!«

Hawkins ignorierte das, ging langsam zu der Gefallenen und kniete sich vor sie hin. Er legte seine Waffe zur Seite, streckte den Arm aus, führte die Hand unter ihr Kinn und hob ihren Kopf, um sie anzusehen. Augen, die einmal diensteifrig und grenzenlos ergeben gefunkelt hatten, starrten ihn jetzt leblos an.

Verwundert neigte Hawkins den Kopf, als ob er es noch gar nicht richtig begriffen hätte. Riley war tot. Er strich ihr das feuchte Haar aus dem Gesicht und schloss ihr dann sanft die blind gewordenen Augen.

»Riley, verdammt«, flüsterte er. »Ich habe dir gesagt, du sollst auf mich warten.«

»Sir!«, rief ihn einer aus dem Team. »Sir, wir müssen hier weg!«

Hawkins beugte den Kopf in stiller Trauer und ignorierte die immer eindringlicheren Warnungen seines Untergebenen.

»Sir, die Polizei kann jeden Moment eintreffen! Wenn die uns hier finden ...«

Hawkins zückte seine Pistole, richtete die Waffe auf sein Teammitglied, zielte genau zwischen die Augen und drückte ab.

Die anderen erstarrten schockiert und ungläubig; sie sahen entgeistert zu dem Kameraden, der zuckend inmitten von Blut und Gehirnmasse auf dem Boden lag.

»Hat sonst noch jemand was zu sagen?«, fragte Hawkins und richtete sich langsam auf. Er war eine mächtige, furchterregende Gestalt, die jetzt noch über sich hinauszuwachsen schien. Ein Mann, dessen Miene unbändige Wut verriet.

Keiner von ihnen hatte den Mut, etwas zu sagen.

Hawkins nickte und sah zum nächsten Mann. »Erteilen Sie unserem Einsatzkommando den Sturmbefehl. Töten Sie alle außer Drake. Den will ich lebendig.«

»Scheiße!«, keuchte Frost und sah die anderen an. »Wir sind aufgeflogen.«

Mitchell begriff sofort den Ernst der Lage und zweifelte die Einschätzung keinen Sekundenbruchteil an. Sie ging zur provisorischen Waffenbank und nahm eine MP5-Maschinenpistole.

Frost startete währenddessen auf ihrem Terminal ein

schnelles Löschprogramm, das alle Spuren ihrer Arbeit eliminieren sollte.

»Jessica, geh nach hinten ins Büro und warte dort auf mich«, sagte sie leise. Sie klang nervös und besorgt. »Beeil dich.«

Sie hatte es kaum ausgesprochen, als das Licht erlosch. Keine Sekunde später erzitterte das ganze Gebäude plötzlich von einer heftigen Explosion draußen. Die drei Frauen ließen sich zu Boden fallen, als die Tore von versiert platzierten Sprengladungen aus den Angeln gerissen wurden.

»Runter! Ohren zuhalten!«, schrie Frost, als drei Blendgranaten durch die klaffende Öffnung geschleudert wurden.

Jessica kniff ihre Augen zu und presste sich die Hände genau in dem Moment an die Ohren, als die Granaten detonierten. Die Druckwellen erfassten ihren ganzen Körper und hämmerten schmerzhaft gegen ihren Schädel.

»Zugriff! Vorwärts!«, schrie eine Stimme.

Sie öffnete die Augen und sah, wie Mitchell den Stahltisch umwarf, neben dem sie gerade gekauert hatte. Im selben Moment lösten sich mehrere Gestalten aus den Rauch- und Staubschwaden.

»Kontakt! Kontakt!«

Dann brach die Hölle los. Mitchell legte den Lauf der MP5 über die Tischkante und feuerte eine Salve auf den Anführer des Stoßtrupps, der getroffen nach hinten taumelte.

Die anderen reagierten auf die Bedrohung, schwärmten aus und erwiderten das Feuer. Die Mündungsfeuer ihrer Waffen erhellten die Dunkelheit wie Blitze. Überall schlugen Projektile in die Wände und die Computermonitore.

Etwa eine Sekunde lang erstarrte Jessica so verängstigt und gebannt wie ein Tier im Scheinwerferlicht. Trotz aller Gefahren, die sie schon überstanden hatte, erlebte sie zum ersten Mal ein echtes Feuergefecht. Sie war fasziniert.

»Jessica, beweg dich!«, schrie Frost, sprang und rutschte neben sie und packte sie so heftig am Arm, dass es wehtat. »Rückzug!«

Das reichte, um sie wieder auf den Boden der Tatsachen zu bringen. Sie hörte Frosts Befehl, begriff aber nicht, worauf sie hinauswollte.

»Rückzug wohin? Da hinten ist nichts.«

»Geh einfach! Ich bin gleich bei dir!« Dann ging Frost auf die Knie, zielte und gab mehrere Schüsse aus ihrer Automatik ab. »Lauf jetzt!«

Jessica wusste, dass sie jetzt besser gehorchen sollte. Sie sprang auf und sprintete zum kleinen Bereich aus Lager- und Büroräumen im hinteren Gebäudeteil. Als wenige Armlängen entfernt mehrere Projektile eine Gipswand perforierten, zuckte sie zusammen.

Während Drakes Schwester den Rückzug antrat, wandte sich Frost zu Mitchell, die einen kurzen Augenblick in Deckung geblieben war, um einen neuen Munitionsclip in ihre Waffe zu laden. Es knallte von der anderen Seite, und der Metalltisch wurde durchlöchert.

»Wir müssen uns zurückziehen!«

»Geh! Ich gebe dir Deckung.«

Mitchell stand auf, presste sich die Waffe an die Schulter, nahm ihr nächstes Ziel ins Visier und drückte den Abzug. Aber in genau diesem Moment knallte es wieder auf der anderen Seite. Ein Geschoss durchschlug ihre improvisierte Deckung und traf ihr Bein.

Mitchell stieß einen Schmerzensschrei aus, fiel zu Boden und versuchte, wieder hinter den Tisch zu kriechen, der weiterhin unter Feindfeuer stand. Aus der offenen Wunde spritzte pulsierend ihr Blut – vermutlich war eine Arterie zerfetzt.

»Oh Gott«, japste Frost. »Halt durch, ich komme!«

Sie versuchte aufzustehen, aber die Feinde hatten ihre Position bereits unter Beschuss und eine neue Salve zwang sie zurück in ihre Deckung.

»Nein!«, rief Mitchell und hielt abwehrend eine blutige Hand hoch. Sie zitterte, weil sie akut in einen Schockzustand fiel; ihr Gesicht war bleich und schmerzverzerrt. Aber als sie Frosts Blick erwiderte, wirkte sie entschlossen. Sie hatte ihre ausweglose Lage erkannt und wusste, dass ihr nur noch eines zu tun blieb.

»Du verschwindest hier«, befahl sie. »Ich gebe dir Feuerschutz und verschaffe dir etwas Zeit.«

»Vergiss es!«, schrie Frost. »Du kommst mit mir.«

Mitchell blickte auf ihr verletztes Bein und schüttelte den Kopf. In diesem Zustand würde sie keine zwanzig Meter schaffen, das wusste sie.

Frost wusste es ebenfalls, so hart es auch war. Sie schluckte, in ihren Augen brannten Tränen, und sie sagte der Frau, die nicht nur eine Teamkameradin, sondern eine Freundin geworden war, ihre letzten Worte.

»Es tut mir leid.«

Mitchell nickte, machte ihre Waffe schussbereit und sammelte ihre letzten, schwindenden Kraftreserven. »Los!«, schrie sie, zwang sich auf ihrem gesunden Bein hoch und eröffnete das Feuer.

Jetzt auch nur eine Sekunde zu zögern, hätte Mitchells Opfer sinnlos gemacht. Frost sprang auf und lief auf demselben Weg, den Jessica genommen hatte, tiefer ins Gebäude hinein. Sie erlaubte sich keinen Blick zurück.

Hinter ihr verschoss Mitchell ihre letzte Munition auf den nächsten Agenten. Die meisten der 9mm-Geschosse prallten an seinem Kevlarpanzer ab, aber wenigstens eines traf seinen linken Arm und machte ihn kampfunfähig.

Ihr Widerstand war unerschrocken, aber nicht von langer Dauer. Als der Ladehebel zurückschnellte und das leere Patronenlager sehen ließ, sank sie hinter ihre Deckung und ließ das qualmende, ungeladene Gewehr fallen. Allmählich legte sich der Adrenalinrausch, der sie bis an diesen Punkt gebracht hatte. Betäubende Kälte stieg von ihren Beinen hoch, und schleichend nahm die Müdigkeit von ihr Besitz, während das Blut aus ihr strömte.

Sie lag im Sterben. Diese Einsicht hätte ihr Angst machen sollen, aber eine seltsame Ruhe und Gelassenheit war über sie gekommen. Sie hatte getan, was sie konnte, und bis zum letzten Augenblick gekämpft, aber mehr war nicht drin.

Sie dachte nur noch, dass sie unterm Strich seit der Mission in Istanbul vor ein paar Jahren von geborgter Zeit gelebt hatte. Drake und seine Freunde hatten ihr Leben riskiert, um sie zu retten. Da passte es doch, wenn sie ihnen den Gefallen erwidern konnte.

Sie lächelte müde, als zwei Kommandosoldaten um den Tisch herumkamen und laut brüllten, dass eine Zielperson gefunden sei. Als die beiden auf sie anlegten, schloss sie einfach nur die Augen.

Drake und Dietrich rasten zum Ort des Geschehens und hatten inzwischen jeden Gedanken daran aufgegeben, möglichst unauffällig zu bleiben. Sie wollten ihre Freunde erreichen, bevor es zu spät war. Vielleicht ist es schon vorbei, dachte Drake unwillkürlich. Vielleicht verschwendeten sie ihre Zeit bei dem Versuch, eine Schlacht zu gewinnen, die bereits verloren war.

»Fahr schneller, Mann«, drängte er und wickelte sich einen abgerissenen Hemdstreifen um die Schnittverletzung in seinem Arm. Der Schmerz war nebensächlich, aber er musste die Blutung stillen.

»Schneller geht es nicht«, warnte Dietrich, als sie über eine Kreuzung bretterten, eine rote Ampel überfuhren und nur knapp einer Kollision mit kreuzendem Verkehr entgingen. Er warf Drake einen Seitenblick zu.

»Ryan, glaubst du, wir beide können gegen ein komplettes Sturmkommando etwas ausrichten?«

Drake nahm seine Pistole in die Hand und zog den Schlitten zurück, um sich zu vergewissern, dass eine Patrone im Lager lag, danach checkte er, ob der Schalldämpfer sicher befestigt war.

»Jedenfalls werden wir alles versuchen.«

Jessica war in eins der Hinterzimmer geflüchtet, in denen früher Ersatzteile und Werkzeuge gelagert gewesen waren. Sie hielt ihre Automatik fest in der Hand, und ihr keuchender Atem ging in kurzen, flachen Zügen; das Herz schlug ihr bis zum Hals, und durch ihre Venen rauschte das Blut.

Jetzt, in akuter Lebensgefahr, fühlte sie schmerzhaft intensiv, wie sehr sie am Leben hing.

Als sie draußen Schritte hörte, hob sie die Waffe und entsicherte sie, aber dann war es nur Frost, die durch die Tür stürmte, dicht gefolgt von einer Automatiksalve mit Querschlägern, die von der Wand dahinter abprallten.

»Nicht schießen!«, warnte sie.

Jessica senkte die Waffe und war unbeschreiblich froh, ihre Kameradin zu sehen. Das andere Teammitglied war jedoch nirgendwo zu sehen. »Wo ist Mitchell?«

Frost schüttelte mit ernster Miene den Kopf, ihr Gesichtsausdruck sagte alles.

»Oh Gott …«

»Trauern kannst du später!«, fuhr Frost sie an. »Jetzt kommt es nur darauf an, hier herauszukommen.«

»Wie denn? Die haben alles umstellt.«

Es gab hier keine bequemen Notausgänge, keine Fenster oder Feuerleitern. Die Werkstatt war ein geschlossener Block mit Waschbetonwänden hinten und an den Seiten. Hinein oder hinaus kam man nur durch das Haupttor.

»Es gibt eine andere Möglichkeit«, sagte Frost, wenn auch ohne besonderen Enthusiasmus. »Leg dich auf den Boden, mach den Mund auf und halt dir die Ohren zu.«

»Was ...?«

»Tu es einfach!«, bellte Frost.

Draußen rückten drei Kommandosoldaten durch den kurzen Korridor vor; sie hielten die Waffen feuerbereit im Anschlag, und die Ziellaser ihrer Visiere schnitten durch die inzwischen völlig verqualmte Luft.

»Ein Gegner ausgeschaltet«, gab der Teamleiter über Sprechfunk durch. »Wir rücken weiter vor.«

»Es gibt keinen anderen Ausgang. Wir haben sie festgenagelt.«

Da hörten sie Geräusche aus dem letzten Raum auf der linken Seite. Das Team verständigte sich mit Handzeichen und rückte weiter vor. Einer von ihnen griff an seinen Gürtel und zog eine neue Blendgranate heraus. Jetzt wurde nicht mehr geredet. Sie hatten genug Routine und kannten das Prozedere.

Als sie nah genug herangekommen waren, hob der Teamleiter die Finger und zählte langsam herunter.

Drei, zwei, eins ...

Die Detonation dröhnte so laut, dass Drake und Dietrich sie zwei Blocks weiter hören konnten. Dietrich legte eine Vollbremsung hin, und Drake sprang aus dem Wagen, um sich ein Bild von der Lage zu machen. Die Druckwelle hatte Autoalarmanlagen ausgelöst, deren schrille, elektronische Warntöne durch die Nacht jaulten. Die Fußgänger in der näheren Umgebung schrien und blickten sich erschrocken um.

Aber Drake wusste, was es bedeutete. Er sah in der Entfernung eine Rauchwolke aus der Werkstatt aufsteigen. Der Anblick traf ihn wie ein Hammerschlag.

»Frost, bitte kommen«, sagte er leise und ruhig in sein Funkgerät.

Keine Antwort.

»Mitchell, kannst du mich hören?«

Sein Ohrhörer rauschte nur.

Drake schluckte gequält, sein Herz hämmerte, und der Verletzungsschmerz war vergessen.

»Ryan, hier können wir nicht bleiben«, warnte Dietrich, der ebenfalls auf die Wolke blickte.

»Jess, kannst du mich hören?« Drake schloss die Augen und richtete ein stummes Gebet an jeden, der sich geneigt fühlen könnte, es zu erhören. »Bitte.«

Und wieder war nur leises Knistern und Rauschen die Antwort.

»Ryan ...«

»Moment!«, rief Drake. Er hatte etwas empfangen – so leise und verzerrt, dass es fast vom Grundrauschen verschluckt worden war – aber er bildete es sich nicht ein. Er lauschte angestrengt und wiederholte seinen Ruf. »Bitte bestätigen, falls mich irgendjemand empfängt.«

»Ryan ... kannst du mich ... hören?«, fragte eine Frauenstimme.

Drakes Herz machte einen Sprung. Die Stimme war zu verzerrt, als dass er erkennen konnte, um wen es sich handelte, aber wenigstens lebte noch jemand vom Team.

»Ich höre dich. Wie ist eure Lage?«, fragte er und zwang sich, die Ruhe zu bewahren.

Unter ihnen hastete Jessica die Gleise einer U-Bahn-Linie entlang und versuchte trotz der beträchtlichen Dunkelheit mit Frost Schritt zu halten.

»Wir sind im U-Bahn-Tunnel unter dir«, erklärte sie. Ihre Stimme hallte durch den Tunnel. »Wir mussten uns einen Fluchtweg freisprengen.«

Eine Serie kleiner, aber kraftvoller Hohlladungen im Werkstattboden hatte ausgereicht, um das Betonfundament zu knacken und einen Zugang zum Tunnel zu öffnen, den die beiden Frauen zur Flucht benutzen konnten. Es war eine Notfallroute, die Frost schon vor dem Beginn der Operation präpariert hatte – als letzte Rettung im Belagerungsfall.

Ihre Ohren klingelten noch von der Explosion, sie hatte sich bei ihrem halsbrecherischen Sprung in den Tunnel verletzt, und ihre Haut und ihre Kleidung waren von einer dicken Staubschicht überzogen. Aber sie war am Leben.

Vorerst, zumindest.

»Geht nicht mehr zurück!«, schickte Frost hinterher und stoppte kurz, um zu Atem zu kommen. »Da könnt ihr nichts mehr tun.«

Drake stutzte – vielleicht weil er den bedrückten Unterton wahrnahm. »Lagebericht?«

Jessica hörte Frosts gequälten Seufzer. »Mitchell hat es nicht geschafft.«

»Verstehe.« Mehr sagte er nicht. Darüber mussten sie sich später unterhalten.

»Wo seid ihr jetzt?«

»In der Grünen Linie, allem Anschein nach«, sagte Frost. »Wir sind in südlicher Richtung unterwegs. Wartet an der Anacostia-Station auf uns.«

»Wiederholen, bitte.«

»Anacostia-Station!«

»Negativ ... Breche ab ...«

»Verdammt noch mal!«, knurrte sie frustriert. »Scheiß U-Bahn-Tunnel.«

Sie mussten auf eigene Faust aus dem Tunnel herausfinden und, sobald es keine Funkstörungen mehr gab, erneut versuchen, einen Kontakt herzustellen. Frost wandte sich ab und wollte gerade weiterlaufen, als Jessica sie plötzlich am Arm festhielt.

»Warte«, flüsterte sie. »Hörst du das?«

Frost hielt still und lauschte. Langsam wandte sie sich um und blickte in die Richtung zurück, aus der sie gekommen waren – obwohl es zu dunkel war, um etwas erkennen können. Weil sie nichts sehen konnte, waren ihre anderen Sinne umso geschärfter.

Da! Leise schürfte ein Stiefel über den Betonboden; eine Waffe klickte, als sie anders gefasst wurde.

Wortlos zupfte sie Jessica am Arm und ließ die Frau neben sich auf dem Boden kauern. Sie hatte es kaum getan, als auch schon etwa 50 Meter hinter ihnen im Tunnel zwei Mündungen aufblitzten und glutheiße Projektile durch das Dunkel schickten.

Ihre Verfolger hatten sie eingeholt.

»Unten bleiben!«, zischte Frost.

Jessica hob ihre Waffe, zielte aufs Geratewohl in die Richtung des nächsten Mündungsfeuers, drückte ab und war überrascht, wie heftig der Rückstoß in ihr Handgelenk schlug. Der stinkende, beißende Qualm des Pulverrauchs brannte in ihren Augen, aber sie ignorierte es und schoss ein zweites Mal.

An ihrer Seite warf sich Frost mit eigener Feuerkraft in die erbitterte Schlacht. Obwohl sie besser ausgebildet und treffsicherer war, machte ihr die fehlende Sicht genauso zu schaffen. Aber das hielt sie nicht davon ab, es trotzdem zu versuchen. Binnen Sekunden hatte sie nahezu blind einen ganzen Clip verschossen.

Sie warf ihn aus und ließ mit der Geschwindigkeit und Präzision einer ausgebildeten Kommandosoldatin einen neuen einrasten. Dann stand sie auf und wollte sich auf ihre Feinde stürzen.

»Wir können hier nicht gewinnen«, warnte Jessica sie, als ihr klar wurde, dass es Frost nicht nur darum ging, die anderen auf Abstand zu halten. Sie *wollte* kämpfen, um ihre Wut an den Mördern Mitchells abzulassen.

»Geh einfach! Ich gebe dir Deckung!«

»Keira, hör zu!«, schrie Jessica, packte sie am Arm und zog sie näher an sich heran. »Wenn wir hier nicht lebend herauskommen, ist Mitchell umsonst gestorben. Wir müssen weiter! Jetzt!«

Dieser energische Appell schien Frost trotz ihrer unbändigen Wut zu erreichen. Sie riss sich zusammen, machte kehrt und folgte Jessica auf ihrer Flucht durch den Tunnel. Ihr hektisches Keuchen mischte sich mit den peitschenden Schüssen, immer wieder jaulten Querschläger von den Wänden. Vor ihnen wurde der Tunnel heller, weil sie sich einer unterirdischen Station näherten.

Die beiden Frauen rannten, so schnell sie konnten, und brachten ihre erschöpften Körper an ihre Leistungsgrenzen, aber ihre Verfolger waren schneller und besser bewaffnet, und die veränderten Lichtverhältnisse machten die beiden zu einfacheren Zielen – drei Faktoren, die sie unausweichlich ins Hintertreffen brachten.

Ein dumpfer, schwerer Schlag, ein erschreckter Schmerzensschrei von hinten, und Jessica wusste, dass ihre Gefährtin einen Treffer abbekommen hatte. Als sie herumfuhr, sah sie Frost stürzen.

»Keira!«, rief sie und lief zu ihr.

Frost drückte sich die Hand auf die Schulter, stöhnte vor Schmerzen und versuchte, wieder hochzukommen. Jessica rutschte mit Schwung neben sie, richtete ihre Waffe in den Tunnel, gewahrte im Dunkeln verschwommene Bewegungen und schoss ein paarmal darauf.

Sie wusste nicht, wie viele Patronen übrig waren. Besonders viele konnten es nicht sein. Auch Frost hatte ihre Munition fast verbraucht.

»Hau ab hier«, sagte Frost durch zusammengebissene Zähne. »Geh, verdammt noch mal!«

Jessica schüttelte den Kopf. »Heute habe ich schon eine Freundin verloren. Und ich werde keine zweite verlieren.«

»Sind wir jetzt Freundinnen, oder was?«, schnaubte Frost sarkastisch und erinnerte sich an den holprigen Start ihrer Beziehung.

Der kleine Halt hatte ihren Verfolgern Zeit verschafft, um aufzuholen, und neue Sturmgewehrsalven zwangen die Frauen, sich flach auf den kalten Beton des Tunnelbodens zu pressen. Sie waren festgenagelt, hatten keine Rückzugsmöglichkeit und konnten ihre Stellung nicht verteidigen.

»Wir haben sie!«, rief eine Stimme. »Vorrücken!«

Jessica blickte auf die junge Frau neben sich, die verletzt war und Schmerzen litt, aber bis zum Ende Widerstand leistete. Sie fragte sich, ob sie beide hier das Ende erwartete. In einem stinkenden U-Bahn-Tunnel?

Sie zuckte zusammen, als die nächste Salve knatterte – nicht vor, sondern hinter ihnen. Überzeugt, dass ihnen die Feinde den Weg abgeschnitten hatten, verkrampfte sie sich und machte sich auf den unvermeidlichen Schmerz gefasst, der sie erwartete, wenn sie gleich von Kugeln durchsiebt werden würden.

Aber nichts dergleichen geschah. Stattdessen hörte sie einen erstickten Schrei, der vor ihnen aus dem Tunnel drang, gefolgt von einem schweren Schlag, mit dem jemand zu Boden ging. Jessica fuhr herum und erstarrte, als sie eine Frau näher kommen sah, die ein Sturmgewehr an ihre Schulter drückte und deren Gesicht bei jedem Schuss vom Mündungsblitz aufleuchtete. Neben ihr klimperten glühend heiße Patronenhülsen zu Boden.

Sie verharrte nur einen kurzen Moment und sah zu den beiden Fliehenden. »Steht auf.«

Jessica erkannte die Stimme, auch wenn die Frau bei ihrer letzten Begegnung das Gesicht verhüllt hatte. Sie und niemand anders war schon im Vereinigten Königreich zu ihrer Rettung gekommen. Aber wie hatte sie ihre Spur aufnehmen können?

Während ihr diese Gedanken durch den Kopf schossen, spürte Jessica einen Luftstrom, der aus einem entfernteren Tunnelabschnitt zu kommen schien. Sie kannte das Phänomen von der Londoner U-Bahn und wusste sofort, was es bedeutete.

»Beeilung!«, befahl die Frau und feuerte ein paar Schüsse ab, die ihre Feinde zwangen, in Deckung zu bleiben.

Jessica half Frost auf die Beine und fing genau in dem Moment an zu laufen, als es im Tunnel hinter ihnen plötzlich hell wurde und zwei blendend weiße Scheinwerfer erschienen. Es war eine U-Bahn, die direkt auf sie zukam.

Ihre Gegner merkten es auch, drehten sich nach dem Licht und dem Lärm um, aber es war zu spät. In das plötzliche Bremsenquietschen mischten sich zwei Schreie, als die Bahn sie bei vollem Tempo erwischte und sofort tötete.

»Scheiße!«, schrie Frost, die begriff, dass sie es nicht schaffen konnten. »An die Wand, sofort!«

Die drei Frauen brachen ihre Flucht ab, sprangen von den Gleisen und drückten sich flach gegen das Tonnengewölbe, als eine Washingtoner City-U-Bahn kaum eine

Armeslänge entfernt an ihnen vorbeiraste. Aus der stromführenden Schiene sprühten Fontänen leuchtend gelber und blauer Funken. Der Luftzug pfiff an ihnen vorbei und vermengte sich mit dem Kreischen der Bremsen zu einer ohrenbetäubenden Kakofonie. Der U-Bahn-Zug brauchte noch etwa 50 Meter, bis die Notbremsung ihn stockend zum Halt brachte.

Sekundenlang rührte keiner von ihnen auch nur einen Muskel. Sie blieben an die Tunnelwand gepresst, keuchten und konnten kaum glauben, dass sie noch am Leben waren.

Es war ihre Retterin, die sich als Erste fasste. »Beeilung! Weiter!«

Die drei Frauen liefen am stehenden Zug vorbei, ignorierten die Warnrufe des Fahrers und legten zügig die verbliebenen circa 100 Meter bis zur großen Station zurück.

McKnight warf das Sturmgewehr weg, sprang auf den Bahnsteig und zog die anderen hoch. Inzwischen war es spät am Abend, weshalb nur wenige Menschen an der Haltestelle gewesen waren. Die knatternden Schüsse im Tunnel hatten gereicht, um auch die letzten Pendler in die Flucht zu jagen.

Jessica und Frost waren am Rand des Zusammenbruchs, als sie über den langen Bahnsteig, dann die Treppe hinauf und durch das Drehkreuz sprinteten.

»Hilfe!«, schrie Jessica mit gespielter Panik in die Richtung des diensthabenden Wachmanns. »Da unten schießt jemand!«

Der Mann hatte sein Funkgerät bereits in der Hand, um Verstärkung anzufordern.

Sie folgten McKnight durch den Haupteingang nach draußen, wo ihnen frische Nachtluft entgegenschlug und unvermindert prasselnder Regen niederging. McKnight lief zwischen den Autos durch den dichten Verkehr auf der

Hauptverkehrsader vor der Station und immer weiter, ohne anzuhalten, bis ihre Begleiterinnen kurz vor dem Zusammenbruch standen.

»Hier rein«, sagte sie und zeigte auf eine schmale Gasse zwischen den Häusern, die für die Müllabfuhr genutzt wurde. Dann warf sie einen Blick in die Straße zurück, um sich zu vergewissern, dass niemand ihnen gefolgt war.

»Fürs Erste sind wir sicher, aber …«

Sie erstarrte, als sie die Waffe sah, die jetzt auf sie gerichtet wurde.

»Keine Bewegung, McKnight«, zischte Frost. Sie mochte verletzt und erschöpft sein, war aber durchaus noch imstande, eine Waffe zu bedienen. Und wie die Dinge lagen, war sie begierig darauf, es auch zu tun.

»Keira, was soll das?«, herrschte Jessica. »Sie hat uns gerade das Leben gerettet.«

»Diese verdammte Schlampe ist für Coles Tod verantwortlich«, fluchte die junge Frau. »Sie hat uns verraten und uns in Cains Auftrag ausspioniert. Ohne sie wäre das hier alles nie passiert.«

McKnight schüttelte den Kopf. »Es ist nicht so, wie du denkst.«

»Halt's Maul!« Frost ging näher an sie heran und presste ihr die Waffe an die Brust. »Ihr Schweine seid doch alle gleich. Du hast es verdient.«

McKnight streckte das Kinn vor und blickte ihr in die Augen. »Dann tu es«, sagte sie ruhig. »Wenn du glaubst, ich habe es verdient, drück ab, Keira. Ich fürchte mich nicht vor dem Tod.«

»Hör auf!«, sagte Jessica und drängte sich zitternd vor Wut zwischen die beiden. »Egal, was sie vorher getan hat, heute hat sie uns das Leben gerettet. Willst du sie dafür umbringen?«

Frost biss die Zähne zusammen und erweckte einen kurzen Moment lang den Anschein, als wollte sie trotzdem schießen. Aber dann keuchte sie nur, wich zurück und stützte sich an der Wand ab. Sie war bleich, ihre Miene vor Schmerz versteinert, und ihr Blick von Trauer erfüllt.

»Du musst damit leben«, sagte sie und sah McKnight wütend an. »Du lebst mit dem, was du getan hast. Und jetzt verschwinde, denn wenn ich dich das nächste Mal sehe, *werde* ich abdrücken.«

McKnight schluckte und öffnete den Mund, um etwas zu erwidern, aber dann besann sie sich. Sie fügte sich ins Unvermeidliche, wandte sich ab und ging weg. Die beiden anderen Frauen blieben allein zurück.

62

»Die SEAL-Teams ziehen sich zum Basislager zurück«, meldete Kennedy, der die Video-Livestreams der Drohnen überwachte, als der letzte Black-Hawk-Hubschrauber von dem Anwesen in Abbottabad abhob. Er hatte eine Handvoll Gefangener zum Verhör an Bord, dazu einen Berg von Dokumenten, Handys, Festplatten und weiterem Beweismaterial, das die Analysten der Agency noch monatelang beschäftigen würde. Außerdem die Leiche eines gewissen Osama bin Mohammed bin Awad bin Laden.

Sobald die sterblichen Überreste formal identifiziert waren, seine Identität also zweifelsfrei feststand, sollte er der US-Navy zur Seebestattung überstellt werden.

Um das Anwesen selbst und die unbedeutenderen Gefangenen sollten sich die Pakistanis kümmern. Die unausgesprochene, aber naheliegende Vermutung, dass sie ihn geschützt hatten, stand ebenso ungeklärt im Raum wie die unautorisierte Erstürmung, die sicherlich ein Nachspiel haben würde. Aber diese Dinge konnten bis morgen warten.

Der Präsident bereitete eine offizielle Ansprache vor, und im Internet sickerte schon durch, was geschehen war. Vor dem Weißen Haus und anderen wichtigen Gebäuden in der Hauptstadt sammelten sich nach dem Bekanntwerden der Neuigkeit Menschenmengen, und das ganze Land wartete aufgeregt auf die offizielle Verlautbarung.

»Verdammt«, sagte Kennedy und schüttelte langsam den Kopf. »Ich kann kaum glauben, dass es vorbei ist.«

So fühlte es sich also an, wenn man nicht nur Zeuge der Geschichte war, sondern ihren Lauf veränderte. Morgen würde die Welt ein anderer Ort sein, und sie hatten dazu beigetragen.

»Ich weiß«, sagte Franklin ruhig. Er hatte erwartet, Jubel zu empfinden, aber diese Empfindung wollte sich bei ihm nicht einstellen. Stattdessen fühlte er sich einfach ausgelaugt.

Die Anspannung und der dramatische Verlauf des Abends hatten ihm viel abverlangt.

Er war so gedankenverloren, dass ihm fast das Vibrieren seines Handys entgangen wäre, das vor ihm auf dem Tisch lag. Franklin blinzelte, raffte sich auf, griff nach dem Handy und nahm das Gespräch an. Er rechnete mit einem Vertreter des Weißen Hauses, einem Repräsentanten des Pentagons, einem Mitglied des Nationalen Sicherheitsrats oder einem Mitarbeiter der Dutzend anderen Agenturen, die schon den ganzen Abend über anriefen.

»Franklin.«

Sein müder Gesichtsausdruck änderte sich schnell, als er die Neuigkeit erfuhr. »Entschuldigen Sie, können Sie das bitte wiederholen?«

Kennedy sah, wie Franklin ungläubig zuhörte, blass wurde und ihm schockiert der Kiefer herunterklappte.

»Wie ... wie ist das passiert?«

Kennedy wartete in angespannter, nervöser Stille auf das Ende des Telefonats. Einen schlimmen Moment lang überlegte er, ob sie sich geirrt, das falsche Anwesen angegriffen und den falschen Mann getötet hatten. Ob ihnen vielleicht alles, auf das sie hingearbeitet hatten, wieder aus den Händen gerissen werden sollte.

Franklin beendete das Telefonat und stand langsam auf. Er war zutiefst erschüttert. Kennedy hatte seinen Chef noch nie so erlebt.

»Was ist denn?«, fragte er und fürchtete die Antwort. »Was ist passiert?«

»Cain«, erwiderte Franklin rau. »Direktor Cain ist einem Anschlag zum Opfer gefallen.«

Als Bin Ladens Tod offiziell verkündet wurde und überall in Washington und anderswo Menschen zu Jubelfeiern zusammenströmten, saßen Drake und die anderen nördlich der City im Rock Creek Park allein auf einem bewaldeten Hügel.

Vier Menschen unterschiedlichster Herkunft mit grundverschiedenen Werdegängen, die sich einst für ein gemeinsames Ziel zusammengeschlossen hatten, aber jetzt nur noch erschöpft und niedergeschlagen waren. Nach den dramatischen Ereignissen der letzten Nacht und allem, was sie aufgedeckt, überwunden und verloren hatten, waren die Reserven aufgebraucht.

»Sie wusste, dass sie nicht mehr herauskommen konnte«, sagte Frost, die nachdenklich zur fernen Stadtsilhouette blickte und an die Freundin dachte, die sie zurückgelassen hatten. »Sie hat sich für uns geopfert.«

»Sie war eine gute Frau«, gab ihr Dietrich recht und verzichtete ausnahmsweise auf seine übliche Schroffheit. »Das hatte sie nicht verdient.«

»Keiner von uns hat so etwas verdient«, erwiderte Frost.

Jessica, die neben ihrem Bruder saß, blickte zu ihm auf. »Anya hat unsere Mutter ermordet.«

Sie sah, wie sich die Muskeln an seinem Hals zusammenzogen. »Ja.«

Es war so lange so einfach gewesen, alle Schuld Cain anzulasten, diesem korrupten, bösartigen und gewissenlosen Mann – jenem Erzfeind, den es zu vernichten galt. Doch allmählich kam sie dahinter, dass die Wahrheit bei Weitem komplexer war, als sie es sich hätten vorstellen können.

Er nickte, gestand damit die kalte, erbarmungslose Wahrheit ein, der sie jetzt ins Gesicht blickten. Freya Shaw war zwar keine skrupellose, ehrgeizige Strippenzieherin gewesen, wie sie anfangs angenommen hatten, aber auch keine tugendhafte Heldin, die von ihren Zeitgenossen zu Unrecht verurteilt und betrogen worden war, wie sie es später gern gesehen hätten.

Jetzt begriffen sie, dass in Wahrheit alles viel komplizierter gewesen war und die Grenzen nie scharf verlaufen waren. Wie immer also.

»Verdammte Lügen«, sagte Frost bitter. »Von vorne bis hinten. Lug und Betrug und Bockmist. Der eine ist so schlecht wie der andere, und jeder hat gekriegt, was er verdient. Cain, der Circle, Anya … sogar eure Mutter.«

Drake spürte, wie ein Ruck durch seine Schwester ging, weil sie aufspringen wollte, doch er hielt sie mit einem strengen Blick zurück. Frost musste sich anscheinend etwas von der Seele reden.

»Sie spinnen ihre verdammten Netze und legen sich gegenseitig rein, aber was bringt ihnen das? Worum geht es denen?« Sie schüttelte frustriert den Kopf. »Leute wie wir geraten einfach nur in die Schusslinie. Leute wie Mitchell, Cole, Keegan …«

Ihre Stimme zitterte bei jedem einzelnen Namen. Das waren alles gute Leute gewesen, die es verdient hätten, am Leben zu bleiben. Trotzdem waren alle tot.

»Jetzt ist es vorbei«, sagte Jessica. »Cain ist tot. Der Circle ist Geschichte. Was bleibt?«

Drake kannte die Antwort darauf so gut wie seine Team-Kameraden.

»Starke«, sagte er und schloss stöhnend die Augen, weil er daran dachte, wie übel man ihnen allen mitgespielt hatte. Richard Starke, der Meistermanipulator. Der Mann, der erfolgreich alle, die ihm in die Quere gekommen waren, ausgetrickst und verraten hatte – Rivalen und Feinde gleichermaßen. Inzwischen war niemand übrig, der ihn in die Schranken weisen konnte.

Niemand, außer diesen vier ausgelaugten und verzweifelten Menschen, die auf jenem Hügel saßen.

»Er wird den Circle wieder aufbauen«, fuhr Drake fort, der sich Starkes ungebremsten Aufstieg an die Macht vorstellen konnte. »Er weiß, wie sie gearbeitet haben, und er kennt die Geheimnisse jedes Einzelnen. Er hat überall die Finger im Spiel und wird all das übernehmen, was sie einmal kontrolliert haben. Und er wird nicht ruhen, bevor wir alle tot sind.«

Schweigen legte sich über sie, als sich alle dieses Schreckensszenario ausmalten. Ein Mann, der sich die Macht und den Einfluss aneignete, über die der Circle einmal verfügt hatte, ohne dass jemand seine Autorität oder seine Entscheidungen hinterfragen konnte. Ein Mann, der nicht eher ruhen würde, bis seine alten Widersacher restlos eliminiert waren, weil nur sie noch von seinen dunklen Geheimnissen wussten.

»Dann müssen wir ihn eben auch erledigen«, überlegte Jessica.

»Ach ja? Und womit, bitte?«, fragte Frost. »Wir haben heute Nacht alles auf eine Karte gesetzt und verloren. Was gibt es denn noch?«

Darauf wusste keiner von ihnen eine Antwort.

»Okay, Leute, alle mal herhören«, fing Franklin an und blickte in das Meer von Gesichtern, die ihn erwartungsvoll ansahen. Viele von ihnen wirkten noch schockiert und bestürzt, andere verwirrt und manche sogar traurig. Jetzt warteten alle auf seine Rede.

Da die Nachricht von Cains Tod in der Agency schon die Runde machte, hatte Franklin die ranghöchsten Abteilungs- und Bereichsleiter zu einer Krisensitzung in einen abhörsicheren Konferenzraum in Langley bestellt. Wer nicht persönlich anwesend sein konnte, hörte über eine sichere Verbindung mit.

»Wie Sie inzwischen alle wissen, haben wir vor Kurzem erfahren, dass Direktor Cain ... Marcus Cain, unser Kollege und Freund, heute Abend bei einem Zwischenfall in der Washingtoner City gewaltsam ums Leben kam. Wir erhalten ständig neue Informationen, deshalb ist es zum gegenwärtigen Zeitpunkt nicht möglich, genaue Aussagen zum Tathergang oder zu den Verantwortlichen zu machen.«

Er sah, dass ein paar Leute die Köpfe senkten. Franklin hatte zwar persönliche Vorbehalte gegen den Mann gehabt, aber Cain hatte sein Leben dem Dienst in der Agency verschrieben. Viele in diesem Raum hatten jahrelang, sogar jahrzehntelang mit ihm zusammengearbeitet.

»Ich weiß, dass viele von Ihnen Schmerz und Entsetzen empfinden und um ihn trauern wollen«, fuhr er fort. »Bedauerlicherweise müssen wir das Andenken an Direktor Cain zurückstellen, bis wir diese Situation überstanden haben.«

Einige in der Runde nickten.

»Um funktionsfähig zu bleiben, bis die aktuelle Krise bewältigt ist, brauchen wir eine klare Kommandostruktur. Deshalb übernehme ich ab sofort die Funktion eines Interimsdirektors. Alle Abteilungsleiter sind mir direkt unterstellt. Wir werden eng mit dem FBI und anderen Diensten zusammenarbeiten, deshalb brauche ich von jedem von Ihnen in einer Stunde einen Lagebericht. Sollten Sie Mitarbeiter haben, die noch nicht im Haus sind, bestellen Sie sie ein, weil wir sie garantiert brauchen werden.«

Er ließ den Blick über die Anwesenden schweifen.

»Fragen?«

Es gab keine.

»Gut. Dann an die Arbeit.«

Die hochrangigen Beamten waren noch gar nicht alle aus der Tür, als Franklin aufblickte. Ein Mann in Marineuniform betrat den Raum.

»Direktor Starke«, begrüßte ihn Franklin. Das Auftauchen des NSA-Direktors überraschte ihn. »Sie wurden mir nicht angekündigt.«

»Ich weiß«, räumte Starke ein. »Ich habe gehofft, Sie unter vier Augen sprechen zu können.«

Kennedy, der seit dem Bekanntwerden von Cains Tod als Franklins inoffizieller Stabschef fungierte, sah seinen Chef fragend an. Franklin nickte ihm kurz zu; ihm war klar, dass Starkes Wunsch keine Bitte war.

Kennedy packte seine Sachen zusammen, verließ das Zimmer und schloss die Tür hinter sich.

»Bei allem Respekt, Sir, ich hoffe, Sie verstehen, dass meine Zeit heute Abend begrenzt ist«, eröffnete Franklin die Unterhaltung. Ihm war nicht nach Kompetenzgerangel zwischen den Diensten zumute.

»Das verstehe ich vollkommen«, kam ihm Starke entgegen und ging im Zimmer umher. »Deshalb komme ich gleich auf den Punkt. Ich weiß, wer Markus Cain umgebracht hat.«

Franklin starrte ihn an. »Woher wissen Sie das, Sir?«

»Marcus Cain war an einer streng geheimen, verdeckten Operation beteiligt, die das Ziel hatte, staatsfeindliche Netzwerke innerhalb der amerikanischen Dienste zu infiltrieren und unschädlich zu machen. Nicht nur bei der CIA, sondern auch beim Militär und der NSA und bei einigen Regierungsbehörden.«

»Wie bitte?«, keuchte Franklin wie vom Donner gerührt.

»Die Operation war so heikel, dass nur Direktor Cain, ich selbst und einige wenige andere vollständig über ihren Umfang und ihre Zielsetzung informiert waren. Nicht einmal Sie wurden eingeweiht«, fügte er hinzu, blickte auf und sah Franklin bedauernd an. »Tut mir leid, dass wir Sie im Dunkeln gelassen haben, mein Junge. Aber wir mussten alle erdenklichen Vorsichtsmaßnahmen treffen.«

Franklin wandte fassungslos den Blick von ihm ab. Stimmte das wirklich? Hatte Marcus Cain etwas anderes verfolgt, dessen Tragweite die Ereignisse des heutigen Abends sogar übertraf?

»Und obwohl die Operation erfolgreich gewesen ist, kamen … andere Faktoren zum Tragen.«

»Welche Faktoren?

Der NSA-Direktor seufzte, ein Vorbote schlechter Neuigkeiten. »Ein ehemaliger CIA-Agent namens Ryan Drake und eine andere Person, die unter dem Decknamen Maras bekannt ist.«

Franklin spürte, wie ihm das Blut in den Adern gefror. Was Starke behauptete, konnte unmöglich wahr sein!

»Wir wussten nicht, dass beide an dieser skrupellosen Verschwörung beteiligt waren und es geschafft hatten, heute Abend nach Washington, D.C., zu kommen. Sie haben Direktor Cain in einen Hinterhalt gelockt und …« Er zögerte und ließ sich einen Moment Zeit, bis er sich wieder gefasst hatte. »Als unsere Teams eingreifen konnten, war es zu spät.«

Er schüttelte den Kopf.

»Es war meine Schuld, mein Junge«, sagte er voller Selbstvorwürfe. »Ich hätte es vorhersehen müssen.«

Franklin legte die Hände auf den Tisch; er hatte das Gefühl, sich festhalten zu müssen.

»Sind Sie sich absolut sicher, Sir? Sie sagen, Ryan Drake und Maras haben Marcus Cain ermordet?«

Starke erwiderte seinen Blick mit großem Ernst. »Ja, ich bin mir absolut sicher.«

Dan Franklin fühlte sich wie nach einem Schlag in den Magen. War es möglich, dass er sich bei Cain und Ryan so fundamental getäuscht hatte? War sein ehemaliger Freund tatsächlich an einer Verschwörung in den Reihen der Agency beteiligt? Hatte ihn Anya irgendwie mit hineingezogen?

»Es versteht sich von selbst, dass nichts von dem, was ich Ihnen gerade erzählt habe, diesen Raum verlassen darf«, fuhr Starke fort. »Würde die Wahrheit publik werden, würde das den amerikanischen Geheimdiensten über Jahrzehnte schwersten Schaden zufügen. Wir müssen beide Verdächtige aufspüren und um jeden Preis unschädlich machen.«

Franklin begriff recht gut, was er damit ausdrücken wollte: tot oder lebendig.

»Ich habe eine Spur, aber ich benötige Ihre Hilfe.« Starke kam näher und sah ihn unverwandt an. »Es tut mir leid, dass ich Ihnen das alles aufbürden muss, Dan, aber Sie sind in der jetzigen Situation der Einzige, dem ich vertrauen kann. Darf ich auf Ihre Unterstützung zählen?«

Franklin schlug das Herz bis zum Hals, und sein Verstand lief auf Hochtouren, um das alles wirklich begreifen zu können. Er hatte für Marcus Cain nicht besonders viel übriggehabt, aber der Mann hatte unbestreitbar einen der größten Erfolge im Kampf gegen den Terror erzielt. Und falls er tatsächlich einer viel gewichtigeren und bösartigeren Sache auf der Spur gewesen war, erwies sich sein Tod womöglich als verheerender Verlust, der ihnen allen schadete.

Die Info, dass Anya womöglich dahintergesteckt hatte, bestätigte nur seine größten Befürchtungen, was sie betraf. Es war das Mindeste, dass sich die beiden für ihre Taten verantworten mussten.

»Selbstverständlich, Sir«, bekräftigte er. »Sie haben meine volle Unterstützung.«

63

Alex wartete am vereinbarten Treffpunkt in dem kleinen Fischerdorf Rose Haven am Ufer der Chesapeake-Bucht. Weil in der Hauptstadt nichts mehr zu tun war, hatte er seine Sachen gepackt und sich hierher zurückgezogen, wo er auf seine Verabredung wartete.

Er stand an den Piers und besah sich die Jachten und Fischerboote, die sanft in der Dünung schaukelten. Ganz in der Nähe tobte eine wilde Feier in einer der Hafentavernen, unterstützt vom Hupen vorbeifahrender Wagen.

Vor knapp dreißig Minuten hatte der Präsident live im Fernsehen den Tod Osama bin Ladens bestätigt. Der meistgesuchte Terrorist der Welt war tot, und Amerika feierte.

Aber Alex war heute Abend nicht in Feierstimmung.

Er blick hoch, als ein Auto auf den Parkplatz einbog und eine einsame Gestalt ausstieg. Alex brauchte Anya nur ins Gesicht zu sehen, um zu erkennen, wie übel der Abend verlaufen war.

»Haben sie es geschafft rauszukommen?«, fragte er, weil er unbedingt erfahren wollte, ob seine Warnung angekommen war.

»Samantha hat sich gerade gemeldet. Frost und Drake sind zusammen mit ihr geflüchtet.«

Die Angst schnürte Alex den Magen zusammen. »Und Mitchell?«

Anya schüttelte den Kopf.

Alex atmete tief durch und wandte sich ab, um den

Schmerz zu verbergen. Olivia Mitchell hatte ihm einmal das Leben gerettet und war dabei fast selbst draufgegangen. Jetzt hatte es sie erwischt. Ein weiteres Opfer dieses endlosen Krieges.

»Was zum Teufel ist heute Abend passiert, Anya?«, fragte er gequält.

»Ich weiß es nicht«, gestand sie. »Wie konnte ich mich nur so irren?«

»Was Cain betrifft?«

»In allem. Cain, Freya, der Circle … sogar bei Starke. Sie haben mich benutzt und belogen, und ich bin jedes Mal darauf hereingefallen.« Die Frau legte die Hände auf die Metallbrüstung am Rand der Kaimauer, ließ den Kopf hängen und umklammerte das Geländer. »So viel verschwendete Zeit. Und mein eigenes Leben war die größte Lüge von allen.«

Alex seufzte. Er hatte weitere schlechte Neuigkeiten für sie, aber Hemmungen davor, ihr ausgerechnet jetzt noch mehr aufzubürden. Schließlich hatte sie schon so viel durchgemacht.

»Du willst mir etwas sagen«, stellte Anya fest, als ob sie seine Gedanken lesen könnte. »Nur zu, keine Angst, Alex.«

»Bist du sicher, dass du es hören willst?«

»Es ändert ja nichts, wenn du es mir verschweigst. Ich möchte es lieber erfahren.«

Er rückte näher und stellte sich neben sie. »Sie machen dich für Cains Tod verantwortlich. Die Agency, das FBI … Sie sind mit sämtlichen verfügbaren Kräften hinter dir her.«

»Das hatte ich erwartet«, sagte die Frau düster. »Starke weiß, dass ich ihm gefährlich werden kann. Er wird alle verfügbaren Ressourcen mobilisieren, um mich zu finden.«

»Das ist noch nicht alles«, fuhr Alex fort. »Die Israelis haben sich ebenfalls drangehängt. Sie bringen dich mit der

Ermordung Russos in Verbindung. Ganz zu schweigen von den Pakistanis und den Russen ...«

Die Liste ihrer Feinde wuchs von Tag zu Tag. Anya hatte auf ihrer Suche nach Antworten um die halbe Welt eine Spur aus Blut und Tod hinterlassen. So etwas blieb nicht folgenlos.

Anya setzte ein dünnes, sprödes Lächeln auf. »Anscheinend will die ganze Welt meinen Tod.«

Ihre Stimme hatte einen erschöpften und resignierten Beiklang, so als ob sie schon immer gewusst hätte, dass es darauf hinausliefe. Als hätte sie den Preis, den es sie kostete, schon akzeptiert, bevor sie sich auf ihre Mission begeben hatte.

»Ich könnte sie hinhalten«, bot Alex halbherzig an. »Falsche Spuren legen, sie in die Irre führen, aber ...«

Es auszusprechen brachte er nicht über sich. Sie beide wussten, dass Alex das Unausweichliche selbst mit aller Mühe nur hinauszögern konnte. Auch jemand wie Anya, die wie ein Geist erscheinen und wieder verschwinden konnte, machte sich keine Hoffnungen, sämtlichen wichtigen Geheimdiensten der Welt auf Dauer entkommen zu können. Früher oder später würden sie sie finden.

Sie blickte auf die ausgedehnte Bucht. Der Wind fuhr ihr durchs Haar. Sie dachte über ihre chaotische Vergangenheit nach, der sie das hier zu verdanken hatte, und überlegte, wie es künftig weitergehen konnte. Sie analysierte ihre Lage und gelangte zu dem einen, unausweichlichen Schluss.

»Es ist in Ordnung«, sagte Anya sanft. »Du hast genug getan. Mehr kann ich von dir nicht verlangen, Alex.«

»Was soll das heißen?«

»Du hast getan, was ich von dir verlangt habe. Es gibt nichts mehr zu tun.« Sie sah ihn an. »Ich entlasse dich aus unserer Vereinbarung.«

»Aber du brauchst mich«, widersprach Alex und wollte sich nicht abfinden. »Es gibt immer noch ...«

Anya hob eine Hand. »Schon gut, Alex«, sagte sie ruhig und voller Verständnis. Sie wusste, weshalb er rebellierte und es nicht wahrhaben wollte, aber auch, dass es nichts nützte. »Du hast deinen Teil erledigt. Für den Rest bin ich jetzt verantwortlich.«

Es dämmerte ihm, dass sie Abschied nahm. Sie war gekommen, Lebewohl zu sagen, hatte den Kurs schon abgesteckt. Und als er ihre traurige, entschlossene Miene sah, begriff Alex, dass er Anya niemals wiedersehen würde.

Er konnte ihr nicht mehr in die Augen schauen und wandte den Blick von ihr ab. In diesem Moment spürte er ihre Hand, die sich auf seine legte.

»Du bist wahrscheinlich so was wie der letzte Freund, der mir geblieben ist, Alex«, gestand sie. »Ich bin froh, dich kennengelernt zu haben.«

Alex konnte sich nicht mehr zurückhalten. Obwohl sie einander eher selten ihre Zuneigung gezeigt hatten, tat er es jetzt. Er streckte die Arme aus, zog sie an sich und schlang die Arme um sie. Er hätte nicht annähernd in Worte fassen können, wie grundlegend sie ihn umgekrempelt hatte und wie dankbar er ihr war – aber vielleicht kam es jetzt nicht darauf an. Vielleicht verstand sie ihn auch so.

»Lebe dein Leben«, sagte sie und ließ ihn los. »Ein richtiges Leben. Verschwende es nicht so wie ich.«

Seine Kehle war wie zugeschnürt, und seine Stimme klang angestrengt, als er sie fragte: »Wo willst du jetzt hin?«

Anya schluckte und blickte wieder aufs Meer, ihre Gedanken wandten sich nach innen, und ihr kam eine andere Zeit in den Sinn. Ein anderes Leben.

»Nach Hause.«

TEIL FÜNF

WOFÜR ZU STERBEN LOHNT

Und sind wir auch nicht mehr so stark wie einst,
da wir die Erde und den Himmel regten,
so sind wir doch noch immer, die wir sind:
ein Bündnis heißer, gleichgestimmter Herzen,
zwar schwach durch Alter und durch manchen Schlag,
doch stark in einem ungebeugten Willen,
zu streben, suchen, finden und nicht weichen.

Alfred Tennyson

64

Havanna, Kuba – 3. Mai 2011

An der Nordküste Kubas lag pulsierend und vital Havanna – eine Stadt, wie es auf der Welt keine zweite gab. Selbst ein halbes Jahrhundert kommunistischer Herrschaft, Armut und ökonomische Strangulation hatten den Charakter und die Kultur dieses Ortes nicht beeinträchtigen können.

Hinzu kam, dass Kuba niemanden auslieferte. Die Insel wies eine bunt gemischte Bevölkerung auf, lag keine 100 Meilen von der Südspitze Floridas entfernt und lebte überwiegend vom Tourismus. Drake und sein Team hatten die Stadt für einen passenden Ort gehalten, um sich zu erholen, neu aufzustellen und die nächsten Schritte zu planen.

Optionen gab es ohnehin kaum noch. Cain und der Circle mochten verschwunden sein, aber es hatte sich ein neuer und ebenso skrupelloser Feind erhoben und diesen Platz eingenommen. Richard Starke überschlug sich geradezu in dem Bemühen, weltweit die geballte Macht der Geheimdienste gegen sie aufzubieten, weshalb ihnen nur wenige Versteckmöglichkeiten geblieben waren, und noch weniger Möglichkeiten zurückzuschlagen.

Der Mann war unberührbar, unerreichbar und unschlagbar.

Was Anya anbetraf, so war sie zwei Tage zuvor von der Bildfläche verschwunden. Drake steckte ihretwegen in einer schlimmen Zwickmühle. In einer einzigen Nacht hatte sich vieles geändert. So viele Wahrheiten, an die er sich geklammert hatte, waren als Lügen entlarvt worden. Wie sollte er jemals wieder einer Sache sicher sein können?

Die Gedanken lasteten schwer auf Drake, als er in jener Nacht auf dem Rückweg zu der billigen Team-Unterkunft in einem von Havannas anrüchigeren Stadtteilen durch das Gewirr kurzer, schmaler Straßen und Gassen lief.

Motorroller und Mopeds flitzten vorbei und zogen schmutzig graue Abgaswolken hinter sich her. Dann und wann rasselte ein Auto des Wegs, uralte Vehikel, die meist mehr Jahre als Drake auf dem Buckel hatten und pedantisch gewartet und restauriert wurden. Das Handelsembargo hatte zur Folge, dass nur wenige moderne Autos auf den kubanischen Markt kamen, was die Einheimischen zwang, sich immer kreativere Lösungen auszudenken, um die alten Gefährte am Laufen zu halten.

Er hätte nicht genau sagen können, wann er bemerkte, dass er verfolgt wurde. Vielleicht war er nur aus einem unbestimmten Bauchgefühl heraus aufmerksam geworden, als ihn jemand etwas länger als nötig angeschaut hatte. Vielleicht hatte er zu oft dieselben Schuhsohlen auf dem Kopfsteinpflaster gehört.

Doch was auch der Grund gewesen sein mochte – Drake legte innerlich sofort einen anderen Gang ein, stoppte die düsteren Grübeleien über das Schicksal und schaltete in den Survival-Modus. Äußerlich ließ er sich nichts anmerken und schlenderte in demselben, gelassenen Tempo wie bisher weiter, nur seine Blicke sprangen unruhig hin und her, analysierten jedes Detail der Umgebung und schätzten Optionen und Bedrohungslagen ab.

Vor ihm teilte sich die Straße in drei Stränge. Ein großer Wohnblock ragte in die Kreuzung wie ein Schiffsbug. Ein Strang zweigte nach rechts ab und führte steil bergauf, die anderen beiden fielen nach links ab und endeten nach vielen sanften Kurven unten im Hafenviertel der Stadt.

Drake nahm die rechte Abzweigung und kauerte sich, kaum außer Sicht, in einen kleinen Tordurchgang. Er zückte seine Browning Automatik und wartete reglos auf den Verfolger.

Wie erwartet, hörte er wenige Sekunden später Schritte auf dem Gehweg, die eilig die Straße heraufkamen. Drake wartete, bis sie den Eingang des Ganges passiert hatten, dann sprang er heraus, presste seinem Verfolger die Hand auf den Mund und zog ihn ins wartende Dunkel.

»Nicht, warte!«, stieß jemand panisch hervor, als ihm Drake die Waffe ans Genick setzte. »Ich bin es, Ryan.«

Drake wich ein Stück zurück; mit diesem Verfolger hätte er niemals gerechnet. »Alex?«

Er zerrte den Mann ins Licht und starrte ihn an, den jungen Computerhacker, der von Anya rekrutiert worden war. Drake hatte den Mann seit ihrer Afghanistanmission nicht mehr gesehen und auch nicht damit gerechnet, ihm jemals wieder zu begegnen.

»Begrüßt du alle deine Freunde so?«, fragte Alex etwas gefasster.

»Was zum Teufel treibst du hier?«, gab Drake zurück. »Wie hast du mich gefunden?«

Alex schüttelte den Kopf. »Nicht dich, sondern Frost. Furchtbar schwer zu tracken ist sie nicht. Ich bin schon durch die ganze blöde Stadt gelatscht, um dich zu finden. Reines Glück, dass ich dich heute Abend erkannt habe.«

»Jetzt weiß ich, *wie* du uns gefunden hast, aber nicht, *warum*«, drängte Drake ihn wieder auf das Thema zurück.

Alex zog sein ohnehin schon zerknittertes Hemd glatt und blickte sich um. Es war keine besonders anheimelnde Gegend, und es stank widerlich nach verfaulendem Müll.

»Ich will mit dir reden«, erklärte er. »Könnten wir … woanders hingehen?«

Zehn Minuten später hatten die beiden Männer in einer der vielen Straßenkneipen in der Altstadt Havannas einen Tisch gefunden – am Rand eines kleinen, palmengesäumten Hofs.

In der Mitte des Hofes stand ein verwitterter Springbrunnen, aus dem nur noch ein Rinnsal tröpfelte.

Auf dem Platz war viel los, man hörte Livemusik, Gelächter und beschwingte Unterhaltungen in einem halben Dutzend Sprachen. Aber Drake konzentrierte sich weniger auf das Nachtleben als auf den jungen Mann ihm gegenüber.

»Also, spuck's aus!«, verlangte Drake.

Alex nippte an seinem Tequila, dann ergriff er das Wort. »Vor ein paar Monaten, wir hatten Afghanistan gerade verlassen, meldete sich Anya mit einem Jobangebot bei mir. Es ging darum, Informationen über bestimmte Personen zu finden und Sicherheitssysteme zu hacken … etwas in dieser Richtung. Kurz gesagt, ich war bis vor ein paar Tagen in Washington mit ihr zusammen. Und nach den Ereignissen jener Nacht … hat sie sich noch einmal mit mir getroffen.«

»Und weiter?«, hakte Drake nach.

Alex sah mit leerem Blick von seinem Drink hoch. »Sie kam, um Lebewohl zu sagen, Ryan. Sie sagte, ich könnte für sie nichts mehr tun.«

»Hast du eine Ahnung, wo sie hin ist?«

»Ja.« Alex nahm einen weiteren Schluck. »Sie wollte nach Hause, hat sie gesagt.«

Drake erinnerte sich sofort an eine ganz bestimmte Nacht. Es war schon ein paar Jahre her, seit sich Anya endlich geöffnet und ein paar Details aus ihrem früheren Leben erzählt hatte. Darunter auch, dass sie in Litauen aufgewachsen war.

»Und warum kommst du damit zu mir?«

Alex schluckte und sagte ernst: »Sie geht dorthin, um zu sterben, glaube ich.«

Drake ließ sich nicht leicht aus der Fassung bringen, aber die Abgeklärtheit und die tiefe, emotionale Verbundenheit, die aus Alex' Worten herauszuhören waren, weckten bei ihm böse Vorahnungen, und ihm lief ein Schauer über den Rücken.

»Anya überlebt. Wie immer«, entgegnete er. »Sie braucht keine Hilfe, weder von mir noch sonst wem. Vielleicht brauchte sie das nie.«

Alex schüttelte den Kopf. »Du warst nicht dabei. Du hast den Blick in ihren Augen nicht gesehen. Sie wirkte … wie ein geschlagener Hund. Als ob sie aufgegeben hätte.«

Darauf erwiderte Drake nichts. Anya war eine äußerst widerstandsfähige Persönlichkeit und deshalb mit jeder Herausforderung, jeder Härte und Widrigkeit fertiggeworden, mit denen das Leben sie konfrontiert hatte. Bis eben war er der festen Überzeugung gewesen, dass sie sich ungeachtet aller äußeren Umstände niemals geschlagen geben würde.

Bis eben.

»Ich möchte ihr helfen, aber allein schaffe ich das nicht. Ich wüsste nicht einmal, wie ich sie finden könnte. Und selbst wenn, kann ich sie nicht vor dem beschützen, was ihr bevorsteht. Aber *du* kannst das«, fuhr Alex fort. »Okay, ich weiß, ihr hattet eure … ›Differenzen‹.«

»So nennst du das?«, bemerkte Drake bitter. »Sie hat meine Mutter umgebracht, Alex. Drei meiner Teamkameraden sind tot. Drei Menschen, für die ich mein Leben gegeben hätte. Das ist verdammt viel mehr als irgendwelche ›Differenzen‹.«

Plötzlich schlug Alex so fest mit der Faust auf den Tisch, dass sein Glas umkippte und einige der anderen Gäste erschrocken zu ihnen herübersahen, weil sie fürchteten, gleich könnte eine Schlägerei ausbrechen. Sogar Drake bekam das mit.

»Schön ruhig bleiben, mein Junge«, beschwichtigte er ihn mit einem warnenden Unterton.

»Sie hat dich nie abgeschrieben!« Der junge Mann bemühte sich, die Fassung zu bewahren. »Selbst nach allem, was passiert ist, hat sie es nicht über sich gebracht, dich deinem Schicksal zu überlassen.« Er beugte sich vor und sah Drake beschwörend an. »Bitte, Ryan ... lass es nicht so enden.«

Drake lehnte sich auf seinem Stuhl zurück. Und schwieg.

65

Anya war jetzt fast am Ende ihrer langen Reise angelangt. Eine Reise, die sie von Israel nach Pakistan und Amerika, und schließlich zurück ins Land ihrer Geburt geführt hatte. Dorthin, wo sie sich ihrem letzten Kampf stellen wollte.

Aber eines war noch zu erledigen. Einen Menschen musste sie besuchen. Diesmal nicht, um sich zu rächen, um Informationen oder Unterstützung zu bekommen, sondern aus persönlichen Gründen.

Sie entdeckte ihn auf seinem üblichen Heimweg. Sie wusste, dass er nach einem anstrengenden Tag zur Entspannung oft einen kleinen Abstecher durch den Grüneburgpark machte. Manchmal kaufte er auch Schokolade in einem der kleinen Cafés in der Gegend.

Ihr Herz schlug schneller, als er gemächlich näher kam. Anya hielt sich im Schatten einiger Bäume und Büsche, die den öffentlichen Gehweg überragten, und nutzte die natürliche Deckung. Er ging an ihr vorbei, als sie endlich den Mut fand, ihn anzusprechen.

»Yasin«, sagte sie leise und kam aus dem Versteck.

Der junge Mann erstarrte beim Klang der Stimme. Und noch mehr erschreckte ihn deren Besitzerin. Aber er drehte sich nicht um. Sie hörte, wie er stattdessen leise durchatmete, und sah, wie seine Schultern leicht nach unten sackten und er den Kopf hängen ließ.

»Du hast mich gefunden.« Seine Stimme war tiefer geworden, es war die Stimme eines jungen Mannes, nicht mehr die des Knaben, den sie einmal gekannt hatte.

»Ja.«

»Was willst du?«

»Ich …« Anya schluckte und suchte nach den richtigen Worten. »Ich wollte reden.«

Schließlich drehte er sich zu ihr um und betrachtete sie zum ersten Mal seit fast einem Jahr. Anya musterte ihn ebenfalls und staunte, wie sehr er sich in so kurzer Zeit verändert hatte. Als sie ihn kennengelernt hatte, war Yasin ein Straßendieb gewesen, der obdachlos in den Slums der größten Stadt Pakistans gelebt hatte. Gerade mal zwölf Jahre alt, schmächtig, unterernährt und ungewaschen, war er in ihre provisorische Operationsbasis eingebrochen, hatte versucht, wertvolle Ausrüstungsgegenstände zu stehlen und Anya gezwungen, ihn zu bändigen.

Er hatte sich später jedoch als unschätzbarer Verbündeter erwiesen und ihr das Leben gerettet, als die Mission ihres Teams zu einem furchtbaren Fehlschlag wurde. Sie hatte ihn nach Europa mitgenommen, wo er ein weiteres Mal bemerkenswerte Loyalität und Einfallsreichtum demonstriert hatte.

Aber ihr gefährliches Leben war für einen jungen Knaben nicht geeignet, ganz gleich, wie tapfer und schlau er sein mochte, und nachdem sie bei der Rettung Drakes und seines Teams erfolgreich gewesen war, hatte sie Yasin gezwungen, sich den deutschen Behörden zu stellen, weil die sich besser als sie selbst um ihn kümmern und ihn beschützen konnten.

Das war fast ein Jahr her.

Jetzt erkannte sie, wie viel sich seither verändert hatte. Sein schmächtiger, unterentwickelter Körper hatte Muskeln aufgebaut. Seine früher strähnigen, ungewaschenen Haare waren ordentlich geschnitten, und sein Gesicht bekam die klareren, maskulineren Züge der Reife. Sie bildete sich sogar ein, ein paar verirrte Härchen an seinem Kinn zu sehen. Der Knabe, den sie einmal gekannt hatte, wurde zum Mann.

Und sie hatte das alles verpasst. Ein seltsames Verlustgefühl überkam sie.

»Na schön«, willigte er mürrisch ein. »Reden wir.«

Ein paar Minuten später gingen sie schweigend und bedrückt durch die angenehme Parklandschaft. Sie hatten kein Auge für die anderen spielenden Kinder oder die Familien, die in der Nähe spazieren gingen. Anya konnte die Verbitterung fast mit Händen greifen, die der Junge neben ihr ausstrahlte.

»Du siehst gut aus«, versuchte sie es verlegen. Als er nicht reagierte, fügte sie hinzu: »Deine neue Familie ... kümmert sie sich um dich?«

»Das ist dir doch egal.«

Das schmerzte mehr, als sie erwartet hatte. »Das ist mir nicht egal, Yasin.«

»Hast du mich deshalb im Stich gelassen, so wie alle anderen?«, gab Yasin betont feindselig zurück. »Du hast mich doch einfach weggeworfen, als ich nicht mehr nützlich für dich war.«

Anya drehte sich zu ihm um, hielt ihn an den Schultern fest und sah ihm in die Augen. Er war jetzt fast so groß wie sie, und sie wusste, dass er sie schon bald überragen würde.

»Du weißt genau, warum ich dich verlassen habe.« Ihre Stimme bekam einen energischen Unterton. Sie hatte versucht, geduldig zu sein, aber jetzt wollte sie, dass er es einsah. »Wo ich hingegangen bin ... das war kein Ort für dich.«

»Ich wäre trotzdem mitgekommen«, konterte er unbeirrt, aber diesmal hörte sie heraus, wie verletzt er war. Der Schmerz des Verlassenen.

Anya seufzte. »Ich weiß. Wenn du das getan hättest, wärest du verletzt oder getötet worden. Das hätte ich mir nie verziehen. Und wenn nicht, hättest du schließlich genauso enden können wie ich.« Sie schüttelte entschieden den Kopf. »Du kannst mir glauben, es ist nicht erstrebenswert, so ein Leben zu leben wie ich. Du hast etwas Besseres verdient: eine Zukunft. Und das ist etwas, was ich dir nicht geben kann.«

Er schien zu verstehen, was sie ihm sagen wollte. Anya spürte, wie der Zorn etwas anderem Platz machte – Angst und allmählichem Begreifen.

»Warum bist du heute hergekommen? Warum jetzt, nach all der Zeit?«

Anya wandte den Blick von ihm ab und betrachtete die wohltuende, friedliche Umgebung. Die Spaziergänger schienen völlig sorglos zu sein. Ein solches Leben hatte sie niemals kennengelernt. Und das würde sie auch nie.

»Die Dinge haben sich nicht so entwickelt, wie ich es gehofft hatte«, gab sie zu. »Ich muss jetzt weg, und ... ich weiß nicht, ob ich zurückkommen kann. Ich wollte dich vorher sehen.«

»Um dich zu verabschieden?«

»Um dir zu danken«, korrigierte sie und richtete ihren Blick wieder auf den jungen Mann. »Weil du mir geholfen hast zu verstehen, worauf es wirklich ankommt.«

Sie merkte, dass es ihm die Kehle zuschnürte, als die Worte einsickerten, und sah ihn mit seinen Gefühlen ringen. Es dauerte eine Weile, bevor er sich wieder traute, etwas zu sagen.

»Meine Pflegefamilie, das ... das sind gute Leute«, brachte

er heraus. »Fair, vertrauensvoll. Sie waren immer freundlich zu mir.«

Mehr brauchte Anya nicht zu hören. Sie zog Yasin an sich, schloss ihn ein letztes Mal fest in die Arme und kniff die Augen zusammen, um ihre Tränen zu verbergen.

66

CIA-Hauptquartier, Langley

Dan Franklin stützte die Ellenbogen auf seinen Schreibtisch und rieb sich die Augen, die vor Müdigkeit trocken und gerötet waren. Er war seit zwei Tagen nicht zu Hause gewesen, hatte kaum geschlafen und definitiv keine Zeit gehabt, um sich auf irgendetwas anderes als die Arbeit zu konzentrieren.

Die Jagd nach Cains Mördern war noch in vollem Gang, und inzwischen beteiligten sich daran nicht nur die CIA und das FBI, sondern auch ausländische Geheimdienste. Die Pakistanis reagierten erwartungsgemäß gereizt auf die Ermordung ihres eigenen Geheimdienstdirektors, die sich erst wenige Tage zuvor zugetragen hatte. Außerdem empörte sie der unautorisierte Sturm auf Bin Ladens Anwesen in ihrem Hoheitsgebiet.

Die Israelis waren ebenfalls auf der Jagd nach dem Mörder eines ihrer hochrangigen Geheimdienstoffiziere; sie waren überzeugt, dass Anya dafür verantwortlich gewesen war. Selbst die Russen nutzten die Ereignisse als Vorwand, um die drei Jahre zurückliegende Ermordung Victor Surowskis zu rächen, und ließen sich bereits über mögliche Vergeltungsmaßnahmen aus.

Alle verlangten energisch nach Aufklärung, aber Franklin hatte nichts, was er ihnen geben konnte. Sowohl Drake als auch Anya waren zumindest momentan von der Bildfläche verschwunden. Und der Dauerstress seiner Arbeit setzte ihm zu.

Er blickte auf, als es an seiner Tür klopfte.

»Herein«, rief er und raffte die letzten Reste von Geduld und Ausdauer zusammen, die ihm noch geblieben waren.

Aber als die Tür sich öffnete, stand kein Abteilungsleiter davor, der Bericht erstatten wollte, und auch kein Regierungsvertreter, der Unmögliches von ihm verlangte.

»Dan, haben Sie eine Minute Zeit?«, fragte Kennedy.

»Kann das warten?«

»Eher nicht.«

Frank stöhnte und zeigte zum Stuhl auf der anderen Seite. Kennedy kam herein, schloss die Tür und setzte sich. Mitglieder der Shepherd-Kommandos redeten nicht lange herum, folglich verschwendete er auch keine Zeit.

»Die Sache gefällt mir nicht.«

»Was sollte einem daran wohl schon gefallen?«, konterte Franklin. »Cain ist tot, die Geheimdienste verlieren kollektiv den Verstand, und die Verantwortlichen sind von der Bildfläche verschwunden.«

»Das ist der Punkt«, fuhr Kennedy fort. »Wer ist wirklich dafür verantwortlich?«

»Ich habe seit 30 Stunden nicht geschlafen, Chris. Wenn Sie etwas zu sagen haben, spucken Sie es einfach aus.«

Kennedy beugte sich vor. »Hören Sie, ich habe versucht, die Aufzeichnungen der Videoüberwachung von Cains Ermordung zu beschaffen. Kirchen werden wie alle anderen öffentlichen Gebäude videoüberwacht. Aber sämtliche Kameras waren ausgeschaltet und alle Datenbanken gelöscht.«

»Dann haben sie ihre Spuren verwischt«, schlussfolgerte Franklin. »Die beiden sind Profis. Die wissen, was sie tun.«

»Das bedeutet, wir haben nur Starkes Wort, dass sie wirklich die Mörder sind.« Er mahlte mit den Kiefern, sichtlich nicht erfreut über das, was er gleich sagen wollte. »Ich habe ein seltsames Gefühl dabei. Cain stirbt, es gibt keinen einzigen Beleg dafür, wie es wirklich passiert ist, und keine Stunde später taucht Starke herausgeputzt hier auf und schildert uns haarklein, wie sich alles abgespielt hat. Als wäre er darauf vorbereitet gewesen.«

»Wollen Sie andeuten, Richard Starke habe Cain ermordet und es den anderen in die Schuhe geschoben?«, fragte ihn Franklin. »Warum zum Teufel sollte er das tun? Der Tod des Mannes nützt ihm nicht.«

»Ich weiß nicht. Aber ich sage Ihnen, dass hier noch mehr vor sich geht, als wir sehen. Starke weiß mehr, als er uns verrät«, stellte der Mann fest. »Und wenn seine Leute Drake stellen und umlegen, bevor er die Gelegenheit hatte, seine Version zu erzählen, werden wir sie nie erfahren.«

Franklin sah ihn an. »Was genau wollen Sie von mir?«

»Falls wir eine Spur finden, setzen Sie mein Team darauf an. Geben Sie uns eine Chance, ihn lebend festzusetzen, anstatt ihn Starke auszuliefern.«

»Sie wollen den NSA-Direktor hintergehen?«

Der Shepherd-Teamleiter zuckte mit den Achseln. »Nennen Sie es, wie Sie wollen. Aber ich möchte Drake eine Chance geben. Das hat er verdient.«

Havanna, Kuba

»Absolut nicht«, sagte Frost und schüttelte den Kopf. »Vergiss es, das werde ich nicht tun.«

Drake war mit Alex Yates im Schlepptau in die Wohnung zurückgekehrt, hatte alles berichtet, was ihm der junge Mann über seine letzte Begegnung erzählt hatte, und danach seine Absicht verkündet, nach Litauen zu fahren und Anya abzufangen.

»Ich kann dich zu nichts zwingen«, stellte Drake fest. »Ich wollte dir nur sagen, was *ich* tun werde. Es ist deine Entscheidung, ob du mich begleitest oder nicht.«

»Und *wenn* du sie findest?«, fragte Jessica. »Was ist dann? Was siehst du in ihr: Freund oder Feind?«

»Ich wünschte, ich wüsste es«, gab Drake zu. »Das weiß ich erst genau, wenn ich sie treffe.«

»Verdammt, habt ihr noch nicht genug? Alle beide?«, fragte sie und blickte vorwurfsvoll zwischen den beiden Männern hin und her. »Haben wir nicht schon genug verloren?«

»Sie braucht unsere Hilfe«, stellte Alex fest.

»Du kannst mich mal, Alex«, knurrte Dietrich. »In Washington hätten wir *ihre* Hilfe gebraucht – aber weißt du was? Sie war nicht für uns da. Warum sollten wir jetzt für sie da sein?«

»Anya hat euch vor dem Hinterhalt in der Werkstatt gewarnt«, sagte Alex und wandte sich danach an Jessica, die mit verschränkten Armen dastand. »Sie war es auch, die Samantha beauftragt hatte, dir in Großbritannien den Arsch zu retten und dich hier aus diesem U-Bahn-Tunnel zu holen. Keiner von euch wäre noch am Leben, wenn sie nicht ...«

»Verschone mich damit. Hinterher lässt sich immer gut reden!«, blaffte Frost. »Du bist keiner von uns, Alex. Du weißt einen Scheiß über McKnight und das, was sie getan hat. Und ganz sicher nicht, was in dieser Werkstatt los gewesen ist. Wäre deine kleine Warnung nicht einen Tag zu spät gekommen, würde Mitchell vielleicht noch leben.«

Jetzt reichte es Alex. Er schleuderte seinen Stuhl zur Seite, sprang auf und wäre bestimmt auf sie losgegangen, wenn Drake nicht dazwischengegangen und ihn mit körperlicher Gewalt zurückgehalten hätte.

»Sag das noch einmal!«, schrie Alex mit vor Wut rotem Kopf und versuchte sich loszureißen. Selbst Frost schien von seinem Ausbruch überrascht zu sein. »Los, sag es!«

Mitchell war vor Jahren in Istanbul seine Lebensretterin gewesen. Und er hatte sie vor allen anderen gekannt. Keinem von ihnen war ihr Tod so nahegegangen wie ihm.

»Das reicht! Alle beide!«, befahl Drake und richtete den Finger drohend auf Frost. Dann kümmerte er sich um Alex. »Atme tief durch und hör auf!« In seiner Stimme schwang ein leicht drohender Unterton mit. »So etwas läuft hier nicht, klar?«

Alex atmete hörbar aus, nickte nach einigem Zögern und wandte sich ab, um sich zu fassen. Drake ließ dem jungen Mann einen Moment Zeit, sich zu beruhigen, und richtete sich an die anderen.

»Ob es uns gefällt oder nicht: Anya ist die einzige Verbündete, die uns noch geblieben ist. Wir brauchen sie«, erinnerte er. »Ich gehe – allein, wenn es sein muss. Wie schon gesagt, ich kann und will niemanden zwingen.«

»Wann brichst du auf?«, fragte Dietrich.

»Sobald ich einen Transport arrangiert habe.« Drake stöhnte und blickte der Reihe nach jedem von ihnen in die Augen. »Denkt darüber nach, aber nicht zu lange. Falls Alex recht hat, bleibt uns nicht viel Zeit.«

67

Litauen

Es war vierunddreißig Jahre her, seit Anya zum letzten Mal den Fuß in dieses Land gesetzt hatte – ganze zwei Drittel ihres Lebens. Sie hätte nicht einmal sagen können, weshalb sie so lange ferngeblieben war. Natürlich hatten sich im Laufe der Jahre eine ganze Reihe von Gelegenheiten geboten zurückzukommen, insbesondere nachdem der Kalte Krieg zu Ende war und das Land seine Unabhängigkeit zurückerlangt hatte. Trotzdem war sie kein einziges Mal hier gewesen.

Vielleicht wollte sie nicht an das Leben erinnert werden, das sie zurückgelassen hatte. Ein einfaches, unschuldiges und zufriedenes Leben voller Verheißungen, Hoffnungen und Zukunftsträume, eines Tages vielleicht eine Familie, Kinder und ein eigenes Zuhause zu haben.

Es war ihr Schicksal, dass sie niemals so ein Leben führen würde.

So viel Zeit war vergangen, so viele dramatische Ereignisse hatten ihre Zukunft drastisch umgeformt, dass dieses Land und die damit verknüpfte sorglose Kindheit längst zu einer halb vergessenen Vergangenheit verblasst waren, an die sie immer nur als das »Bevor« dachte.

Bevor sie den qualvollen Verlust ihrer Eltern ertragen musste. Bevor sie in den endlosen Kampf zwischen dem KGB und der CIA hineingezogen worden war. Bevor der Circle sein Netz aus Täuschungen gesponnen hatte. Bevor

Cain in ihr Leben getreten war und sie verraten hatte. Bevor sie sich auf den Weg gemacht hatte, der Mensch zu werden, der sie jetzt war.

Anya hatte die Erinnerung an diesen Ort so tief in sich vergraben, dass es ihr jetzt schwergefallen war, sich noch zurechtzufinden. Sie hatte die falschen Abzweigungen zu unbekannten Straßen genommen, die sie einmal wie ihre Westentasche gekannt hatte. Sie war wie im Nebel durch Wälder und über Lichtungen gewandert, die nur noch den Schatten einer Erinnerung in ihr geweckt hatten, das unbestimmte Gefühl, dass sie ihr einst vertraut gewesen waren.

Aber in den frühen Morgenstunden, als die Sonne gerade über den Horizont gekrochen kam, hatte sie es geschafft und war endlich am Beginn des kurvigen Feldwegs angelangt, der lange schon ungenutzt und zugewuchert war. An dieser Stelle hatte sie es gespürt. Den Ansturm des Vertrauten, der längst vergessenen Erinnerungen an ein Leben, das sie einst gelebt hatte.

Sie verlor sich im Nebel wehmütiger Gefühle, als sie stumm ihre jetzige Umgebung mit dem Ort verglich, den sie einmal gekannt hatte. Sie erinnerte sich daran, diesen Weg im Wagen ihres Vaters gefahren zu sein, erinnerte sich an die Stöße und die schaukelnde Federung, wenn er durch Schlaglöcher holperte, an den schwachen Geruch von Benzin, Öl und altem Leder.

Rechts von ihr ging es leicht bergab zu einem See, der ein paar Hundert Meter entfernt lag. Sie erkannte den Felsvorsprung, von dem sie als Kind immer gesprungen war, um dann lachend und nach Luft schnappend aufzutauchen.

Zu ihrer Linken lag die Hochebene, die die ganze Gegend überragte. Die Hänge waren dicht bewaldet, aber die Hügelkuppe selbst ganz kahl. Dort hatte sie immer im Gras gesessen, Bücher gelesen, in die wilde, menschenleere Landschaft hinausgeschaut und von fernen Ländern und Abenteuern geträumt, die auf sie warteten.

Die Kiefern und Fichten, die dort wuchsen, waren jetzt größer, ihre Wipfel ragten in den Morgenhimmel empor. Vielleicht fühlte sich die restliche Landschaft auch nur irgendwie kleiner an, als wäre alles näher zusammengerückt.

Direkt vor ihr stand in etwa 50 Metern Entfernung das Haus, das einmal ihr Zuhause gewesen war.

Viel war nicht davon übrig. Nach jahrzehntelanger Vernachlässigung hing das Dach deutlich durch, und viele Dachziegel fehlten. Die Fenster und Türen waren verschwunden, Plünderer hatten vor langer Zeit schon alles von Wert ausgeräumt. Inzwischen war nur noch die äußere Hülle übrig, und auch die verrottete und verfiel langsam.

Aber früher war eben alles anders gewesen. Sie auch.

Anya verließ den überwucherten Feldweg und trat auf die hohe Wiese, in der das Gras in diesem Frühling schon hoch stand. Sie legte ihren schweren Rucksack ab, ging auf die Knie und überließ sich den grünen Halmen, die ringsumher sanft im Wind wogten. Es hatte etwas zutiefst Beruhigendes, den Wind durch das Gräsermeer streichen und strömen zu sehen.

Ein Moment des Friedens in einem Leben voller Krieg.

Sie streckte den Arm aus und ließ die Hände über die Grashalme gleiten, spürte die Bewegung und das Leben darin. Es hatte die Nacht über geregnet. Das Gras war noch feucht und netzte ihre Fingerspitzen.

Wie sie es früher so oft getan hatte, strich sich Anya mit den Händen sanft übers Gesicht. Das kühle Wasser war erfrischend und belebend, es klärte ihre Gedanken und fokussierte ihren Verstand. Sie schloss die Augen, atmete ein und roch den Duft der Wildblumen, bevor sie sich öffneten, die feuchte Erde, das Moos und die nassen Blätter.

Die lebendige Welt, die sie umgab, die schon, lange bevor sie geboren wurde, existiert und geblüht hatte und es auch noch tun würde, wenn es sie schon längst nicht mehr gab.

Da fiel ihr auf, dass sie sich in ihrem Leben nur an Orten wie diesem wirklich wohlgefühlt hatte, weit weg von Städten, Lärm und Leuten. An Orten, die sie an ihr Bevor erinnert hatten.

Gerade ging die Sonne auf; sie ragte schon über die fernen Berge im Osten und stieg in den makellos blauen Himmel empor. Anya konnte ihre warmen Strahlen im Gesicht spüren, die die Morgenkühle vertrieben. Ein neuer Tag dämmerte – ihr letzter vielleicht.

Anya lächelte ganz leicht und öffnete die Augen. Sie war überzeugt, bereit zu sein. Vielleicht passte es, hier zu beenden, was an diesem Ort vor langer Zeit begonnen hatte.

Mit diesem Gedanken im Kopf griff sie nach dem Handy in ihrer Tasche.

Drake traf letzte Vorkehrungen, die Wohnung in Havanna zu verlassen, um sich mit dem Mann treffen, der ihren Transport organisieren konnte. Da spürte er sein Handy in der Tasche vibrieren. Er war sofort hellwach. Die einzigen Menschen auf der Welt, die seine Nummer kannten, befanden sich mit ihm in diesem Raum.

Die anderen bekamen es mit und warteten gespannt, dass er den Anruf entgegennahm.

»Ja?«

»Ryan«, sagte Anya. Ihre Stimme war sanft, ruhig und von Traurigkeit durchzogen.

Er hatte sich bis zu diesem Moment gar nicht eingestanden, wie sehr er den Klang ihrer Stimme vermisste, doch jetzt wurde es ihm schlagartig bewusst. Da war sie plötzlich und sprach mit ihm.

Als ihm klar wurde, welche Gelegenheit sich gerade bot, sah Drake zu Frost hinüber und schnippte mit den Fingern. Sie machte sich sofort daran, den Anruf zurückzuverfolgen.

»Halte sie im Gespräch«, formten tonlos ihre Lippen.

Drake wandte sich ab, ging zum Balkon und blickte auf die Uferpromenade Havannas hinab.

»Anya, wo steckst du?«

»Das spielt jetzt keine Rolle.«

»Doch, das tut es«, versprach Drake. »Wir können dir helfen.«

»Nein, Ryan. Es ist vorbei.« Das klang endgültig. Als fände sie sich bedauernd mit etwas ab, das sie schon immer gewusst hatte. »Ich möchte nicht, dass du zu mir kommst. Deshalb habe ich nicht angerufen.«

Drake öffnete die Tür und trat auf den Balkon hinaus. »Was möchtest du denn?«

»Nur sagen … dass es mir leidtut. Alles. Ich habe etwas genommen, das du nicht mehr zurückbekommen kannst. Und ich wünschte …« Sie suchte nach den richtigen Worten. »Ich wünschte, es wäre anders gelaufen. Hätten wir uns doch nur in einem anderen Leben kennengelernt.«

Drake schluckte und nickte; er hatte das Gefühl, als wäre ihm ein Gewicht von den Schultern genommen worden. Das Gewicht der Schuld und Reue, das ihn belastete, seit er die Wahrheit über seine eigene Vergangenheit erfahren hatte.

»Ich bin müde, Ryan«, sagte Anya, deren Stimme verriet, wie viel ihr das Leben abverlangt hatte. »Ich habe es satt davonzulaufen, habe es so satt, zu kämpfen … und zu verlieren. Ich will nur noch, dass es vorbei ist. Und das wird es auch bald sein, glaube ich.«

Drake löste den Blick von der mondhellen Bucht, die sich vor ihm ausbreitete, und schaute nach oben, in das große Rund des Nachthimmels.

»Tu es nicht«, sagte er plötzlich und legte alles in ein letztes Plädoyer. »Egal, was du planst, egal, woran du denkst, tu es nicht. *Bitte*.«

»Warum nicht?«

»Weil …« Drake atmete durch und hielt sich jetzt nicht mehr zurück. »Weil ich nicht will, dass du stirbst. Nicht jetzt und nicht dafür. Lass es nicht so enden.«

Die Frau schwieg. Und als die Sekunden immer länger wurden, fragte sich Drake, ob seine Worte bei ihr Resonanz gefunden hatten. Einen Moment lang schöpfte er Hoffnung, sie werde ihre Meinung ändern.

»Weißt du noch, was ich dir einmal gesagt habe?«, sagte sie schließlich. »Ich würde lieber für etwas sterben, als für nichts zu leben. Manche Dinge *sind* es wert, für sie zu sterben.«

Drake klammerte sich am verrosteten Balkongeländer fest. Sie wollte sich nicht umstimmen lassen. Sie hatte es sich in den Kopf gesetzt und über ihr Schicksal entschieden.

»Ich weiß jetzt, was ich zu tun habe, und … ich habe keine Angst. Jetzt nicht mehr.«

»Anya …«

»Leb wohl, Ryan. Leb ein gutes Leben.«

Als die Verbindung verstummte, löste Drake den Klammergriff am Geländer, der seine Knöchel weiß hat hervortreten lassen, und stürmte zurück in die Wohnung.

»Sag mir, dass du sie gefunden hast.«

Frost sah von ihrem Laptop auf und nickte. »Ich habe sie.«

NSA-Hauptquartier, Fort Meade, Maryland

Tief im Innern des riesigen, monolithischen schwarzen Gebäudes, in dem sich das NSA-Hauptquartier befand, stand

Richard Starke mit verschränkten Armen und wartete angespannt, während Techniker daran arbeiteten, das Telefonat zu entschlüsseln, das sie gerade abgefangen hatten. Dabei wurden sie von einem Verbund von Supercomputern unterstützt, auf denen die ausgefeilteste Entschlüsselungssoftware lief, die die Menschheit jemals entwickelt hatte. Allein dieses Gebäude verfügte über mehr Rechenpower als die NASA, das FBI und die CIA zusammen, und alles unterstand seiner Befehlsgewalt.

»Und?«, erkundigte er sich, als der Chef-Analyst einen Blick auf die Ergebnisse warf.

»Wir haben sie«, bestätigte der junge Mann. »Das GPS-Tracking ist abgeschlossen. Der Anruf kam aus Litauen.«

Starke grinste amüsiert, weil Anya offenbar der Nostalgie erlegen war. »Schau an. Sie geht nach Hause.«

»Sir?«

»Vergessen Sie's«, winkte er ab. »Wir brauchen das komplette Überwachungspaket. Luftüberwachung und Satellit. Ich will jeden Wimpernschlag von ihr sehen.«

»Wir sind dran, Sir.«

Starke wandte sich ab, fingerte sein Handy aus der Tasche und rief einen Mann an, der, wie er wusste, darauf brannte, etwas Neues zu erfahren.

»Machen Sie Ihr Team bereit, Jason. Es geht los.«

Havanna, Kuba

Weniger als eine Stunde nach seinem Telefonat mit Anya erreichte Drake mit Alex im Schlepptau ein kleines, privates Flugfeld am Rand der Stadt. Es war nicht mehr als ein Rollfeld mit einer Ansammlung kleinerer Gebäude, die von einem maroden Fluglotsentower überragt wurden, dem sich kein kommerzielles Flugzeug nähern würde.

Es war perfekt für den Mann, den er hier treffen wollte.

»Wehe, wenn das nicht gut wird, Drake«, warnte Cesar Rojas, der wie stets mit katzenhafter Anmut aus einem Gulfstream-Jet, einem 500 Executive, stieg. »Und damit meine ich gut bezahlt.«

Cesar Rojas war ein ehemaliger CIA-Auftragskiller, der schon vor Jahren aus dem Dienst ausgeschieden war und seine üppigen Honorare in etwas »anrüchigere« Geschäfte investiert hatte. Anya hatte ihn vor einigen Monaten in Rio de Janeiro rekrutiert.

Er hatte sich nach den Ereignissen in Afghanistan aus dem Team verabschiedet und war seiner eigenen Wege gegangen. Doch der Mann war sich treu geblieben und auf beiden Beinen gelandet. Bis zur Gründung seines neuen Unternehmens auf Kuba hatte es nicht lange gedauert. Gut frisiert und makellos gekleidet sah er wie ein Filmstar aus, der aus dem Urlaub zurückkehrte, und nicht wie ein zum Drogenschmuggler mutierter Killer.

Drake war jedoch weniger an den unappetitlichen Geschäften des Mannes als an dem Privatjet interessiert, mit dessen Hilfe er sie durchführte.

»Fünfzigtausend Dollar«, sagte Drake, »werden dir gleich nach unserer Landung aufs Konto überwiesen. Gut genug?«

Das Geld aus dem Vermächtnis seiner Mutter hatte sich als nützlich erwiesen. So sehr er es auch verabscheute, einem Mann wie Rojas die Taschen zu füllen, blieb ihm keine andere Wahl, wenn er Anya noch rechtzeitig erreichen wollte.

Er machte sich keine Illusionen, dass ihr Telefonat unbemerkt geblieben war. Starke, der jetzt über uneingeschränkte Ressourcen gebot, machte ganz bestimmt gerade seine

Truppen mobil, um Anya zu vernichten. Aber vielleicht gab er sich damit sogar eine Blöße.

Rojas grinste. Es gefiel ihm immer, einen Mann um sein Bargeld zu erleichtern. »Geht in Ordnung. Sagst du mir, worum es geht?«

»Anya steckt in Schwierigkeiten. Jeder Geheimdienst der Welt will ihren Tod. Wir werden das verhindern«, stellte Drake schlicht fest.

»Verstehe«, sagte der Mann und zog eine Augenbraue hoch. »Wie viele Männer habt ihr?«

»Nur uns beide«, antwortete Alex.

Rojas warf lachend den Kopf in den Nacken. »Ein Söldner und ein Computernerd?«

»Geek, um genau zu sein«, warf der junge Mann ein.

Rojas ignorierte ihn, kam einen Schritt näher und senkte die Stimme. »Hör mal, Drake, ich will ehrlich sein. Ich mag dich. Ich wäre sogar froh, einen Mann wie dich in meinen Diensten zu haben«, fügte er hinzu. »Deshalb lass mich dir einen Rat geben: Nimm dein Geld, fahr nach Hause und sitz die Sache aus. Dabei kann nichts Gutes herauskommen.«

»Mir tut schon zu vieles leid, mit dem ich leben muss. Das hier wird nicht dazugehören«, sagte Drake und blickte dem Exkiller in die Augen. »Und wenn es sein muss, ziehe ich es auch allein durch.«

Er hatte sich bereits von den anderen verabschiedet, weil er von ihnen nicht mehr verlangen wollte. Jessica sollte bei Frost bleiben, bis er wieder zu ihnen stoßen konnte. Für den Fall, dass er scheiterte, hatte er seiner Schwester genug Geld für einen frischen Start unter einer neuen Identität hinterlassen.

Es war nicht viel, aber das Beste, was er ihr jetzt geben konnte.

Rojas wollte gerade darauf antworten, als sein Blick über Drakes Schulter zuckte. Drake registrierte es, drehte sich um und sah einen Wagen auf sich zukommen. Es war eines jener alten, bunt lackierten, aber abgewirtschafteten Taxis, die hier ihren Dienst versahen und normalerweise Touristen auf der verarmten Insel herumkutschierten.

Doch es waren keine Touristen, die ausstiegen.

»Ihr habt doch nicht etwa geglaubt, dass wir euch Arschlöchern zutrauen, die Sache allein durchzuziehen, oder?«, sagte Frost, wuchtete sich einen Rucksack über die Schulter und kam mit großen Schritten auf sie zu. Sie sah zu dem Jet hoch, der in der Nähe geparkt war. »Wehe, die haben keine Snacks an Bord.«

Dietrich stieg als Nächster aus und grüßte Drake auf seine typisch schroffe Art. »Schenk dir die Frage. Auf meinem Mist ist dieser Irrsinn nicht gewachsen.«

Drake musste unwillkürlich grinsen, dann schaute er an seinem knorrigen Kameraden vorbei zum letzten Mitglied der Gruppe, seiner Schwester Jessica. Die Frau, die an seiner Seite geblieben war, seit die ganze Sache begonnen hatte: von London bis Washington und jetzt zu ihrem endgültigen Ziel.

»Bist du sicher, dass du das willst?«

Er würde alles tun, was er konnte, damit ihr nichts passierte, aber er wollte ihr bewusst machen, worauf sie sich einließ. Ihre kleine, leicht bewaffnete Truppe wollte es mit einem Gegner aufnehmen, der viel gefährlicher war und dem weitaus umfangreichere Mittel zur Verfügung standen, als jedem anderen, mit dem sie es bisher zu tun hatten. Es gab keine Garantien, dass auch nur einer von ihnen zurückkehren würde.

Jessica nickte, die Gefahr war ihr bewusst, und sie fürchtete sich ein wenig. Aber das durfte sie nicht einschüchtern.

Sie wollte nie wieder angesichts einer Gefahr einen Rückzieher machen.

»Als das alles angefangen hat, habe ich versprochen, bis zum Schluss bei euch zu bleiben«, sagte sie mit Bestimmtheit. »Das meinte ich auch so, Ryan. Lass uns Anya finden und die Sache zu Ende bringen.«

Obwohl die Lage ernst war, grinste Drake und wandte sich an die anderen. Sie warteten geduldig auf seinen Befehl.

»Ihr habt die Lady gehört. Geht an Bord.«

CIA-Hauptquartier, Langley

»Bereitstellungsprobleme interessieren mich nicht. Sorgen Sie nur dafür, dass die Hubschrauber parat sind. Ich will sie vollgetankt und bewaffnet, sobald das Kommando eintrifft«, bellte Franklin in sein Telefon. »Außerdem brauchen wir Drohnen, die permanent über dem Zielgebiet kreisen.«

Als gemeldet wurde, dass dank eines abgefangenen Handytelefonats Anyas Aufenthaltsort ermittelt werden konnte, hatte Starke bereits ein komplettes Kommando entsandt, das sich um sie kümmern sollte. Franklin war die Aufgabe übertragen worden, dafür zu sorgen, dass die benötigten Transportmittel und die militärische Hardware in Litauen bereitstanden, wenn Starkes Männer eintrafen.

»Sir, ich muss Sie warnen. Eine nicht autorisierte Operation im litauischen Luftraum durchzuführen ist ...«

»Ich kenne die Risiken, Kaminsky«, erwiderte er. Litauen war wie die anderen Länder des Baltikums inzwischen ein NATO-Mitglied, was jedoch nicht bedeutete, dass die Vereinigten Staaten dort nach Gutdünken tun konnten, was sie wollten. »Erledigen Sie es einfach.«

Er legte auf, stieß einen erschöpften Atemzug aus und lehnte sich in seinem Sessel zurück. Die Blicke, mit denen Kennedy ihn durchbohrte, waren fast körperlich greifbar.

»Verdammt noch mal, Chris, sagen Sie, was Sie zu sagen haben.«

»Die Sache stinkt von vorne bis hinten, Sir«, sagte Kennedy, ohne Zeit zu verschwenden. »Starke schickt anstelle von Agency-Kräften seine eigene kleine Privatarmee hin. Keine Kontrolle, keine Fragen. Was glauben Sie, was das bedeutet?«

»Sagen Sie es mir.«

»Die werden sie umbringen und gar nicht erst versuchen, sie gefangen zu nehmen. Sie wollen ihren Tod, genau wie sie Ryans Tod wollen.«

»Ryan ist nicht in Litauen«, erinnerte ihn Franklin. »Nur Anya.«

»Sie haben das Transkript gelesen. Wir wissen beide, dass er ihr hinterherreisen wird. Er wird in eine Falle laufen.«

»Das hat sich Ryan selbst zuzuschreiben. Niemand hat ihn gezwungen, so etwas zu tun.«

»Das ist Bockmist, und das wissen Sie auch!«, schimpfte Kennedy.

»Was soll ich Ihrer Meinung nach dagegen unternehmen?«, schrie Franklin, dem nach tagelanger Frustration mit viel aufgestauter Wut plötzlich die Nerven durchgingen. »Die Mission abblasen? Den Befehl verweigern? Den Direktor der NSA einlochen?«

Kennedy stöhnte und zwang sich, wieder ruhiger zu werden. »Lassen Sie mich mit meinem Team dorthin.«

»Verdammt, hören Sie sich reden? Das ist hier keine Schulhofschlägerei. Wenn Sie zwischen die Fronten geraten, könnte es passieren, dass Sie und Ihr Team endgültig von der Bildfläche verschwinden.«

»Wir sind bereit, das Risiko auf uns zu nehmen.«

»Das ist leicht gesagt, wenn man sich nicht dafür verantworten muss«, erinnerte ihn Franklin spitz.

»Hören Sie, ich weiß, dass Sie bei dieser Sache selbst Ihre Zweifel haben, auch wenn Sie es nicht zugeben wollen«, sagte Kennedy und blickte dem amtierenden CIA-Direktor eindringlich in die Augen. »Aber Sie dürfen jetzt nicht länger die Füße stillhalten. Wenn Sie Starke nicht vertrauen, wenn Sie glauben, dass er Dreck am Stecken hat, könnte das unsere letzte Chance sein, etwas dagegen zu unternehmen.«

Franklin stöhnte und stand langsam von seinem Sessel auf. »Raus hier«, sagte er ruhig.

»Wie bitte?«

»Ich sagte: Raus hier, Chris«, wiederholte Franklin und bedachte ihn mit einem harten, kalten Blick. »Sie sind Ihrer Pflichten entbunden. Sie und Ihr gesamtes Team.«

Kennedy stand wie betäubt auf und wich zurück.

»Nehmen Sie sich ein paar Tage frei, bis Sie wieder zur Vernunft kommen«, riet ihm Franklin, als er auf die Tür zusteuerte. »Ach, und Chris?«

Der Shepherd-Teamleiter stoppte und sah sich um.

»Um diese Jahreszeit soll es in Litauen richtig schön sein, habe ich gehört.«

Er konnte das Grinsen im Gesicht des jüngeren Mannes kaum sehen, aber das brauchte er auch nicht.

Kennedy ging ohne ein weiteres Wort.

68

Es war erledigt. Nach einem Tag voll harter körperlicher Belastungen war Anya erschöpft, verschwitzt und durstig. Aber jetzt stand endlich ihre Verteidigung. Sie hatte getan, was sie konnte; nun blieb ihr nichts anderes übrig, als das Unausweichliche abzuwarten.

Sie wusste, dass sie nach Einbruch der Nacht kommen würden, damit sie ihre Überzahl, ihre überlegene Technologie und ihre Feuerkraft ausspielen konnten. Sie würden gut ausgebildet, gut ausgerüstet und verständlicherweise siegessicher sein. Das wollte sie gegen sie verwenden.

Doch zunächst würde sie die ihr verbliebene Zeit nutzen, um sich auszuruhen und ihre Kräfte zu sammeln.

Die Sonne ging unter, als Anya erschöpft den Hügel hinter ihrem früheren Zuhause bestieg. Die hohen Fichten warfen lange Schatten auf die Erde. Als Kind war sie unbeschwert diesen Hügel hinaufgehüpft und wie ein wildes Reh über umgefallene Baumstämme und Gestrüpp gesprungen, heute waren ihre Schritte langsamer und schwerer.

Sie fühlte sich so ausgelaugt wie selten zuvor, und ihre Verletzungen, von denen sie nicht wenige davongetragen hatte, schmerzten. Sie vertraute wie immer darauf, zum richtigen Zeitpunkt ihre Kräfte mobilisieren zu können, um zu tun, was nötig war. Aber in diesem Moment gestand sie sich zu, das Ausmaß ihrer Erschöpfung einfach an sich heranzulassen.

Als sie schließlich die Hügelkuppe erreichte, ließ sie sich ins Gras sinken und war froh, ihre Füße entlasten zu können. Sie atmete jetzt langsamer und richtete die Blicke auf das Panorama, das sich vor ihr ausbreitete, den schimmernden See, den dichten Wald, der jetzt im Dunkeln lag, und die Hügel und Täler, gestreift vom Licht der untergehenden Sonne. Der tiefblaue Himmel darüber, ein paar Wolken, weit oben und rot in der Dämmerung schimmernd.

Sie war unbeschreiblich dankbar, das noch einmal gesehen zu haben.

Die Arme seitlich auf den Boden gestützt, schloss Anya die Augen, atmete tief ein und aus und spürte, wie der Wind über ihre Haut strich und ihr langes blondes Haar flattern ließ. Ein zufälliger Betrachter hätte eine Frau im völligen Einklang mit der Welt zu sehen geglaubt.

Für einen kurzen Moment traf das zu.

»Wer bist du?«

Anya öffnete erschreckt die Augen und sah auf. Verwirrt und entgeistert entdeckte sie ein kleines Mädchen, das sie beobachtete. Sie musste in einen Halbschlaf gefallen sein, und ihre sonst so scharfen Sinne hatten sie im Stich gelassen.

Anya musterte das Mädchen von oben bis unten und versuchte, ihre Herkunft zu erraten. Sie war zehn, höchstens zwölf Jahre alt, groß und hager, mit blondem Haar, das zu einem einfachen Zopf nach hinten gebunden war. Ihre Gesichtszüge, in denen sich eine Kombination aus Neugier und Vorsicht widerspiegelte, kamen Anya zutiefst vertraut vor, und sie war sich sicher, dass das Mädchen aus der Gegend stammte. Wahrscheinlich wohnte es irgendwo in der Nähe, war zum Spielen hinausgegangen und zufällig auf Anya gestoßen.

»Früher habe ich hier gelebt«, erklärte Anya. »Das da ist mein Haus.«

»Da wohnt niemand«, erwiderte das Mädchen verwirrt.

»Das war lange, bevor du geboren wurdest, Kleine.«

Zu ihrem Entsetzen ließ sich das Mädchen neben ihr auf den Boden sinken; es ging in den Schneidersitz und betrachtete sie aus intelligenten, großen blauen Augen. »Was willst du jetzt hier?«

»Ich bin gekommen, um etwas zu beenden.« Anya deutete in die Ferne, dorthin, wo ein paar Meilen weiter der nächste Ort lag – falls sie sich richtig erinnerte. »Wohnst du in der Gegend?«

Das Mädchen nickte.

»Du solltest dich in den nächsten paar Tagen von hier fernhalten«, riet Anya. »Und deine Freunde auch, sag ihnen das.«

»Warum?«

»Schlechte Menschen kommen. Dann wird es hier gefährlich.«

Das Mädchen dachte einen Moment nach. »Dann solltest du auch weggehen.«

Anja schüttelte traurig den Kopf. »Geht nicht. Die wollen zu mir.«

»Bist du *auch* ein schlechter Mensch?«, fragte das Mädchen mit der unverstellten, freimütigen Neugier, die nur Kinder aufbringen.

Anya wollte die Frage zuerst verneinen und dem Mädchen eine einfache, tröstliche Lüge auftischen, die seine Sorgen zerstreute und ihm bestätigte, dass in ihrer Welt alles so war, wie es sein sollte. Aber dann ertappte sie sich doch dabei, über die Frage nachzudenken, weil sie nicht lügen wollte und keine Antwort wusste. Vielleicht konnte sie wenigstens ganz zum Schluss ehrlich zu sich sein.

»Ich habe schlimme Dinge getan«, gestand sie, »die ich am liebsten ändern würde. Aber ich habe mir nie die Zeit genommen, um mir die Frage zu beantworten, was ich eigentlich tat und welchen Leuten ich diente. Ich führte immer nur ihre Befehle aus, habe das getan, was ihnen nützte. Was hat mir das eingebracht?« Sie sah den Hang hinunter zu der unbewohnten Hausruine, die dort einsam und verlassen stand. »Ein leeres Haus?«

Anya schüttelte den Kopf und verdrängte den Gedanken, dann blickte sie in den Sonnenuntergang. Für einen flüchtigen Moment stellte sie sich vor, ihr ganzes Leben in den Händen zu halten. All die Worte und Taten, die Pläne und Absichten, die Gedanken und Gefühle. Alles, was sie früher, und alles, was sie jetzt war, außerdem das, was noch werden konnte.

»Ich habe getan, was zum Überleben nötig war – im Guten wie im Schlechten«, sagte sie schließlich so ehrlich, wie es ihrem Wesen entsprach. »Es steht mir nicht zu, den Wert meines Lebens zu bestimmen, oder wie lange es dauern sollte.«

Sie blinzelte. Dann lief ihr eine Träne über die Wange, und sie spürte die Sonne auf der Haut und den Wind im Haar. Ihr ganzes Leben war in diesem einzigen Moment perfekt ausbalanciert.

»Aber in der Zeit, die mir zur Verfügung stand, und mit dem Leben, das mir gegeben wurde, *tat ich immer mein Bestes.*«

Als sie es ausgesprochen hatte, fühlte sich Anya erleichtert. Endlich hatte sie sich ihrer Wahrheit gestellt und ihren Frieden damit gemacht, wer sie wirklich war. Sie konnte den Menschen loslassen, der nie aus ihr geworden war. Ihre Ängste, die Sorgen und alle Reue waren überwunden.

»Es wird spät, Kind«, sagte sie und wischte sich die Augen. »Du solltest jetzt nach Hause gehen, bevor sich deine Familie Sorgen macht.«

Sie erhielt keine Antwort.

Anya verzog ihr Gesicht und drehte sich um, aber das Mädchen war spurlos verschwunden. Nichts zeugte mehr davon, dass es einmal hier gewesen war. Sie atmete durch und überließ sich dem Augenblick, als die Sonne hinter dem Horizont verschwand und das letzte Tageslicht verblich.

69

Die Stimmung an Bord des Gulfstream-Jets war angespannt. Sie waren nach einem Hochgeschwindigkeitsflug über den Nordatlantik, der die Reichweite des Privatjets an seine Grenze gebracht hatte, in den litauischen Luftraum gelangt.

Drake scherte sich nicht darum, wie viele Luftfahrtgesetze sie gebrochen hatten, um herzukommen. Jetzt zählte nur, dass sie Anya erreichten, bevor Starke und seine Männer eintrafen. Mithilfe kombinierter Computerhacks und logischer Schlussfolgerungen hatten Frost und Alex einen nicht deklarierten Flug entdeckt. Das Flugzeug war seit seinem Start im amerikanischen Luftraum auf einem ähnlichen Kurs unterwegs. Die beiden Flugzeuge hatten sich die ganze Strecke über ein erbittertes Rennen geliefert.

Drake vermutete, dass die anderen auf den Luftwaffenstützpunkt Šiauliai im Norden des Landes zusteuerten. Es war die einzige NATO-Einrichtung Litauens, die sich für amerikanische Transportflugzeuge eignete, und nur ein knappes Dutzend Meilen von Anyas Aufenthaltsort entfernt. Ein idealer Ausgangspunkt für den Angriff.

Das sollte Anya nicht entgangen sein. Er baute darauf.

Er sah von den Karten und Satellitenbildern hoch, die vor ihm auf dem Tisch lagen, weil seine Schwester einen Becher heißen Kaffee brachte.

»Danke«, sagte er und nahm ihn ihr ab.

»Bedank dich nicht zu früh«, warnte sie. »Die Pantry gibt nicht viel her.«

Drake grinste und nahm einen Schluck. »Wie fühlst du dich?«

»Nun … mal überlegen.« Sie dachte ein paar Sekunden nach. »Mir ist kotzübel, ich habe Angst, bin wütend und … ungeduldig, würde ich sagen. Mit dem, was uns bevorsteht, kann ich umgehen. Aber das Warten ist am schlimmsten.«

»Ich weiß. So ist es immer.«

»Sogar für dich?«, fragte sie.

»Ganz besonders für mich.« Er rückte näher, sah seiner Schwester in die Augen und antwortete ehrlich: »Vor jeder Mission und bevor es an die Front geht. Es ist immer das Gleiche.«

Seine Schwester blickte sich um und betrachtete die anderen. Sie waren müde, erschöpft und nervös, aber bereit, ihm ein letztes Mal zu folgen. »Ganz ehrlich, Ryan«, sagte sie. »Wird das funktionieren? Haben wir eine Chance?«

Drakes Plan beruhte zu großen Teilen auf Vermutungen und Bauchgefühl. Aber vielleicht irrte er sich, das konnte er nicht ausschließen. Dann führte er sie in den Tod.

Doch behielt er recht, hatten sie vielleicht – aber nur vielleicht – noch eine Chance auf den Sieg.

»Wir haben nie aufgegeben – ganz egal, wie schlimm es wurde oder gegen wen wir kämpfen mussten. Und bisher sind wir ziemlich weit gekommen«, erinnerte er sie. »Das kann doch nicht umsonst gewesen sein.«

Jessica nickte; sie verstand, was er damit sagen wollte, und brauchte nicht mehr zu hören.

Weiter hinten arbeitete Alex an seinem Laptop; er verfolgte den Flug ihrer Gegenspieler über das Netzwerk der litauischen Luftverkehrskontrolle, als Frost kam und sich vor ihn setzte.

»Hast du einen Moment Zeit?«, fragte sie, weil er nicht auf sie reagierte.

Alex blickte nicht auf. »Wenn du nur gekommen bist, um Scheiße zu labern, Frost, bin ich nicht in Stimmung.«

Morgen um diese Zeit konnten sie schon alle tot sein – es war sinnlos, jetzt noch kleinlichen Zank und Streitereien aufzuwärmen.

»Entspann dich, ich will mich nicht mit dir streiten. Ich bin gekommen, um mich bei dir zu entschuldigen.«

Alex zog eine Augenbraue hoch und sah sie an.

»Weil ich mich in Havanna so danebenbenommen habe. Ich weiß, du hast getan, was du konntest, um uns zu warnen. Ohne dich wären Jessica und ich vielleicht tot.«

Alex stöhnte und schob endlich den Computer beiseite. »Mitchell war meine Freundin«, sagte er ruhig. »Sie hat mein Leben gerettet. Ich wünschte, ich hätte mich bei ihr revanchieren können.«

»Du hast es versucht, Alex. Mehr kann man nicht verlangen.« Sie wollte gehen, aber dann besann sie sich. »Ich habe das nicht so gemeint, weißt du.«

»Was gemeint?«

»Dass du keiner von uns bist. In Wahrheit hast du uns so oft geholfen, dass ich schon gar nicht mehr mitzählen kann. Vielleicht bist du nicht so wie wir, aber das bedeutet nicht, dass du keiner von uns bist.«

Er hätte sich nicht gewundert, wenn eine kleine Unverschämtheit oder ein Seitenhieb gegen ihn gefolgt wäre, aber sie blieb überraschenderweise stumm. Was sie gesagt hatte, hatte sie auch so gemeint.

Von ihrer reumütigen Entschuldigung gerührt, richtete Alex sich auf und streckte ihr die Hand entgegen.

»Das soll aber nicht heißen, dass wir jetzt zusammen Urlaub machen«, sagte die junge Frau, grinste verschmitzt und schlug ein. »Du bist und bleibst ein Arschloch.«

Alex erwiderte das Grinsen. »Du auch.«

Vorn kam Rojas mit Neuigkeiten aus dem Cockpit. »Wir sind fast da. Noch zehn Minuten.«

Frost hob eine Augenbraue. »Und dann ... Showtime!«

Die Gulfstream landete auf dem Istra Aerodrome, einem kleinen Regionalflughafen im nördlichen Landesteil, und rollte gleich weiter bis in einen freien Hangar. Dort stoppte das Flugzeug, und die Turbinen fuhren herunter. Die Maschine sollte wieder aufgetankt werden und, wenn alles gut lief, bereitstehen, um das Team auszufliegen, wenn es den Einsatz erfolgreich abgeschlossen hatte.

»Wir bleiben, solange es geht«, rief Rojas Drake hinterher, als er die Gangway hinunterging. Die anderen checkten ganz in der Nähe Ausrüstung und die Waffen. »Verspätet euch nicht.«

Drake wusste, was er meinte. Rojas würde sich aus dem Staub machen, sobald es brenzlig wurde.

»Kommst du nicht mit?«, fragte er schnippisch. »Wir könnten einen Mann wie dich gebrauchen.«

Bei ihrer letzten Mission hatte sich der ehemalige Auftragskiller Rojas mit seinen speziellen Talenten wiederholt nützlich gemacht. Aber diesmal grinste er nur. »Ich bin Geschäftsmann, kein Muskelmann. Das hier ist eure Baustelle.«

»Na schön.«

Er wollte sich abwenden, als Rojas nachsetzte. »Drake, wenn du sie wiedersiehst, sag ihr ...« Er stockte, und die einstudierte coole Fassade bröckelte kurz. »Sag ihr, sie schuldet mir noch eine Flasche Tequila.«

Drake ahnte echte Gefühle hinter Rojas Sprüchen.

»Und du hältst uns den Flieger parat.«

Dann ließ er ihn stehen und ging weiter zu den Gefährten. Das kleine Fähnlein der Überlebenden erwartete ihn stumm.

»Ich brauche euch nicht zu sagen, mit wem wir uns anlegen«, fing er an. »Dieser Kampf entscheidet unser Schicksal. Alles, was wir getan, und alles, was wir gemeinsam durchgestanden haben, kommt am heutigen Abend zu seinem Höhepunkt. Kein Weglaufen mehr, keine zweite Chance. Damit ist jetzt Schluss. Das hier wird die Entscheidungsschlacht.«

Während er sprach, wechselten seine Teamkameraden Blicke, sahen einander in die Augen und erinnerten sich an alles, was sie zusammen durchgemacht hatten. Sie vertrauten darauf, dass sie bis ans Ende füreinander einstehen würden.

»Jeder weiß, was er zu tun hat. Ich kann nicht versprechen, wie es ausgehen wird – aber eins weiß ich. Es war mir bei jedem Einzelnen von euch eine Ehre, ihn kennenzulernen. Was auch geschieht: Für das, was ihr heute Abend tut, werde ich euch immer dankbar sein. Viel Glück.«

Als die Gruppe ihre Ausrüstung zusammenpackte, kam Jessica zu ihm. Ihr war bewusst, dass es vielleicht die letzte Gelegenheit war, miteinander zu reden.

»Ryan, ich …« Sie schluckte und versuchte sich wieder zu fassen. »Ich weiß, wie es weitergehen muss. Ich kann dich dabei nicht begleiten, klar, aber … ich wollte dir noch sagen, wie stolz ich auf dich bin. Du bist mein Bruder, und ich liebe dich.«

Drake streckte die Arme aus, zog sie an sich und umarmte seine Schwester – vielleicht zum letzten Mal.

»Danke«, flüsterte er. »Für alles.«

Danach ließ er sie wieder los, atmete tief durch und konzentrierte sich wieder auf die unmittelbare Zukunft.

»Bringen wir es zu Ende!«

70

Das schwerfällige C-17-Globemaster-Transportflugzeug landete auf dem Luftwaffenstützpunkt Šiauliai. Das riesige Flugzeug stellte die kleine Ansammlung dort stationierter Kampf- und Versorgungsflugzeuge mühelos in den Schatten.

Der Stützpunkt selbst war eine überschaubare, kleine Einrichtung im ländlichen Hinterland mit einer einzigen Rollbahn, ein paar verstreuten großen Hangars und bunkerähnlichen Unterständen aus den Zeiten des Kalten Krieges sowie einigen Lager- und Verwaltungsgebäuden. Er war nicht mit den weitläufigen Stützpunkten in Kleinstadtgröße zu vergleichen, die das US-Militär überall in der Welt unterhielt.

Heute war die Einrichtung jedoch zum Schauplatz fieberhafter Vorbereitungen geworden. An seiner Hauptrampe standen zwei schwarze Black-Hawk-Transporthubschrauber bereit. Nicht weit davon entfernt wartete ein riesiger, gedrungener Mi-24-Kampfhubschrauber.

Der Sturmtrupp hatte das Verwaltungsgebäude mit Beschlag belegt und im Handumdrehen in eine Kommandozentrale verwandelt. Von hier aus sollte der Angriff koordiniert werden.

Jason Hawkins stieg, gefolgt von seinem restlichen Team, aus der Heckluke der Globemaster und ging sofort zu den abgestellten Hubschraubern weiter. Alle Kommandosoldaten waren bereits bewaffnet und in voller Kampfmontur. Hawkins lief kerzengerade mit dem Ausdruck finsterer, konzentrierter Entschlossenheit im Gesicht. Während des Fluges hatte er kaum ein Wort fallen lassen, und selbst seine eigenen Männer fürchteten sich vor ihm.

»Wie weit sind wir mit der Luftaufklärung?«, wollte er wissen.

»Wir haben jetzt eine Predator-Drohne über dem Zielgebiet«, meldete Sanchez, sein neuer stellvertretender Kommandant. »GPS-Ortung ist aktiv.«

»Und ist sie noch da?«

»Hat sich nicht gerührt, Sir. Sie sitzt einfach nur da.«

Hawkins nickte. »Sie ködert uns. Mal sehen, was sie zu bieten hat.« Er hob den Arm und schwenkte ihn im Kreis. »Aufsitzen, Männer! Es geht los!«

In der Einsatzzentrale stand Richard Starke vor einer Batterie von Monitoren, auf denen jeweils Aufnahmen der Helmkameras der Teammitglieder zu sehen waren. Er wurde Zeuge, wie sie in die Transporthubschrauber stiegen und Waffen und Ausrüstung sicherten, während die Hubschrauberturbinen hochgefahren wurden.

»Bravo eins und zwei heben jetzt ab, Sir«, meldete der Techniker, der am Terminal Dienst hatte.

Bravo eins und zwei bezeichneten die Black Hawks. Dem Mi-24-Kampfhubschrauber war die Kennung Alpha zugewiesen worden. Der Hubschrauber aus russischer Produktion – eine Leihgabe der Litauer zur Luftunterstützung – hatte einst den Tod auf die Schlachtfelder Afghanistans herabregnen lassen. Er eignete sich perfekt für diese Rolle, denn er starrte vor Raketenwerfern und schweren Maschinengewehren und war so dick gepanzert, dass es ihm den Spitznamen »fliegender Schützenpanzer« eingebracht hatte.

»Zeit bis zum Ziel?«, fragte Starke militärisch schroff.

»Fünf Minuten, Sir.«

Sein Blick wechselte zum Monitor, der Echtzeitaufnahmen der Predator-Drohne zeigte. Anya saß in der Nähe eines verfallenen Hauses auf der Kuppe eines kleinen Hügels und rührte sich nicht.

Allmählich begann er sich zu fragen, ob sie überhaupt Gegenwehr leisten würde.

Das Land lag so ruhig da, wie es nur in den frühesten Morgenstunden vorkam. Es war kühl und windstill. Hinter den ziehenden, schmalen Wolkenbändern ließen sich deutlich die Sterne erkennen, denn hier beeinträchtigte keine Lichtverschmutzung die Sicht.

In der Nähe rief eine Eule, ihr eindringlicher Schrei hallte durch den schlafenden Wald. Die Wellen des Sees schwappten sanft ans Ufer, und weiter draußen klatschte ein Fisch aufs Wasser, bevor er wieder leise in den Tiefen verschwand.

Inmitten dieser nächtlichen Stille saß die Frau mit dem Rücken an einen Baum gelehnt; sie wartete, wachte und rührte keinen Muskel. Sie wusste, was auf sie zukam, kannte ihre Chancen und hatte keine Angst.

Es begann mit einem fernen, leisen Klopfgeräusch aus südwestlicher Richtung. Es hätte leicht unbemerkt bleiben können, so leise war es, aber nach stundenlangem, geduldigem Warten hatten sich ihre Sinne perfekt an die Umgebung angepasst.

Sie hörte das typische Wummern sich nähernder Hubschrauber. Da wusste sie, dass ihre Zeit gekommen war. Sie sprang auf und lief den Hang hinunter zur Ruine.

»Die Zielperson bewegt sich!«, rief der Techniker.

Starke beobachtete durch die Nachtsichtkamera der Drohne, wie eine verschwommene grüne Gestalt den Waldhang hinunterlief, dabei geschickt über Hindernisse auf ihrem Weg sprang und in gerader Linie auf ein bestimmtes Ziel zusteuerte.

»Sie läuft zum Haus«, erkannte Starke, den ihre Entscheidung, sich dort zu verschanzen, ebenso amüsierte wie wunderte. »Du kannst rennen, Anya. Aber verstecken kannst du dich nicht.«

Er beugte sich vor und sprach in das Mikrofon der Funkverbindung mit Hawkins. »Alpha eins, sehen Sie das?«

»Bestätige«, erwiderte Hawkins. »Sie will zum Haus.«

»Sind Sie auf Position?«

»Dreißig Sekunden.«

Starke konzentrierte sich von Neuem auf die Drohnenbilder. Anya war erwartungsgemäß im Vordereingang des Gebäudes verschwunden. Sie bildete sich wohl ein, dort nicht entdeckt werden zu können.

»Alpha eins auf Position«, meldete Hawkins. »Feuerbereit.«

Starkes Mundwinkel zuckten kaum merklich nach oben. »Heizen Sie ihr ein.«

Die beiden Black Hawks ließen noch auf sich warten, aber der Mi-24-Kampfhubschrauber senkte sich mit donnernden Rotoren und kreischenden Turbinen aus dem Nachthimmel wie ein düsteres Untier aus uralten Albträumen.

Die Raketenwerfer an den Flügeln fuhren aus und feuerten eine Salve ungelenkter Raketen ab, die durch die Dunkelheit zischten und schließlich mit mehreren dumpfen Schlägen explodierten. Das durch jahrzehntelange Vernachlässigung geschwächte Dach brach von den Treffern zusammen und stürzte ein. Die Fassade bekam den Großteil der Druckwelle ab und explodierte in einem tödlichen Trümmerhagel nach innen, bevor sie zusammenbrach und dabei einen Großteil des verbliebenen Gebäudes mitriss.

Binnen Sekunden war von dem Haus und allem darin nur ein qualmender Trümmerhaufen übrig.

Hawkins, der das Zerstörungswerk mit größter Genugtuung verfolgt hatte, grinste und schaltete sein Mikro ein. »Treffer. Ich wiederhole, Alpha eins hat einen Volltreffer auf dem Ziel gelandet.«

»Verstanden«, erwiderte Starke. »Vorrücken. Vergewissern Sie sich, dass sie tot ist.«

»Bravo eins, klarmachen zum Einsatz. Wir geben euch Deckung.«

»Verstanden, Alpha. Bravo eins geht runter.«

Während der Mi-24 schützend kreiste, neigte der erste Black Hawk die Nase und flog über den See auf die flache, freie Ebene zwischen Haus und Seeufer zu.

Unten rührte sich nichts. Wärmebildkameras schwenkten auf der Suche nach möglichen Heckenschützen oder Angreifern mit Panzerfäusten über den umliegenden Wald und höher gelegene Punkte, konnten aber keine Gegner erfassen. Der Black Hawk setzte seinen Kurs fort, flog in gerader Linie mit stetigem Tempo über den See und richtete schließlich die Nase auf, um den Vortrieb zu verringern.

Weder die Piloten noch die Einsatzkräfte an Bord konnten sehen, wo die vier grünen Plastikkästen im hohen Gras verborgen waren. Sie hatten eine leicht gewölbte Form mit einem matten, olivgrünen Tarnstrich, und jedes der Kunststoffkästchen war nur mit einer einfachen Warnung gestempelt: VORDERSEITE IN FEINDRICHTUNG.

Normalerweise wurden Claymore-Antipersonenminen horizontal montiert, um vorbeimarschierende Infanteristen auszuschalten oder kampfunfähig zu machen. Aber hier waren alle vier nach oben ausgerichtet und in Reihe geschaltet, um sie mit einem Clacker genannten Fernzünder gleichzeitig zur Detonation bringen zu können.

So einen Clacker hielt gerade die Frau in den Händen, für deren Ermordung sie gekommen waren. Sie war durch ein in die Rückwand geschlagenes Loch aus dem Haus gekrochen und ungesehen durch einen flachen Graben geflüchtet, den sie in die weiche Erde gegraben und mit Tarnplanen abgedeckt hatte.

Jetzt hockte sie reglos und stumm in einem Erdloch am Waldrand, das ebenfalls von einer Plane verdeckt war, und beobachtete den nahenden Truppentransporter. Ihr Gesicht und ihre Haut waren mit Tarnfarbe überzogen.

Sie wartete, bis der Hubschrauber direkt über der Landezone war, dann duckte sie sich und löste den Clacker aus.

Es dauerte nur eine Millisekunde, bis der elektrische Impuls durch die Zünddrähte bis zu den Sprengkörpern gelangte. Alle vier detonierten gleichzeitig; sie feuerten wie mächtige, überdimensionierte Schrotflinten ihre Ladung schwerer Stahlkugeln himmelwärts und genau in die Unterseite des Black Hawks.

Der Effekt war verheerend. In Sekundenbruchteilen durchschlugen die tödlichen Projektile die Außenhaut und das Unterdeck des Black Hawks, zerfetzten Hydraulikleitungen und Bordelektronik und perforierten zuletzt auch die Rotorblätter. Aber am schlimmsten traf es die Menschen an Bord.

Vier von ihnen wurden sofort von den Schrapnellen zerrissen und getötet – darunter auch der Pilot, der nach vorn auf den Steuerknüppel stürzte. Der Co-Pilot – selbst schwer verletzt – mühte sich vergeblich, die Kontrolle zurückzuerlangen, sogar noch, als eines der beschädigten Rotorblätter abschmierte und sich in ein tödliches Geschoss verwandelte, das wie eine Sense durch die nächsten Bäume schnitt und schließlich zerschellte.

Die Augen der Frau glänzten in der Dunkelheit, als sie

beobachtete, wie der Black Hawk stark nach Steuerbord kippte, sich überschlug und am Seeufer zerschellte.

In der Einsatzzentrale beobachtete Starke ungläubig den Absturz des angegriffenen Hubschraubers. Die Rotorstummel wühlten das Wasser des Sees auf, und aus geborstenen Turbinenteilen stiegen Qualm und Dampf.

»Was zum Teufel geht da unten vor?«, schrie er. »Machen Sie Meldung, sofort!«

»Ich … ich weiß es nicht, Sir«, erwiderte der Techniker verwirrt. »Alpha eins, Statusbericht.«

»Bravo eins ist abgestürzt. Wiederhole, Bravo eins ist abgestürzt.«

»Was Sie nicht sagen«, bellte Starke. »Das war sie! Finden Sie sie!«

Der angegriffene Hubschrauber war gerade erst abgestürzt, als ein zweiter Feuersturm entfacht wurde. Diesmal weniger explosiv, aber dafür hitziger. Holzhaufen, im nahen Wald zusammengesammelt, in regelmäßigen Abständen in der Gegend verteilt und mit Benzin satt getränkt, entzündeten sich plötzlich wie von Geisterhand.

Die plötzliche aufflackernde, thermische und optische Energie hatte auf die Infrarotkameras denselben Effekt wie eine Nuklearexplosion. Sekunden später blendete die Wolke aus Hitze und Licht die verbliebenen Hubschrauber und die Predator-Drohne.

Die Frau, die in dem Erdloch hockte, ignorierte es und stellte sich hinter das Scharfschützengewehr, das am Rand des Erdlochs auflag. Als der erste Mann panisch und verletzt aus dem Hubschrauberwrack kletterte, zielte sie genau und jagte ihm ein panzerbrechendes Hochgeschwindigkeitsprojektil durch die Brust.

Zwei weitere Männer folgten, die fast im selben Moment herauskamen. Den ersten erledigte sie mit einem Kopfschuss, aber der zweite schaffte es, sich seitlich über den umgestürzten Rumpf ins Wasser fallen zu lassen.

Sie hob das Gewehr aus dem Stativ, stand auf, rückte vor und stoppte erst für einen dritten Schuss, der ihn niederstreckte. Dann zog sie den Bolzen nach hinten und lud eine neue Patrone ins Lager. Die alte leere Hülse fiel vor ihren Füßen zischend ins Gras.

»Bitte!«, hörte sie ihn schreien. »Nicht mehr schießen!«

Ihr nächster Schuss brachte ihn für immer zum Schweigen. Dann warf sie die schwere und unhandliche Waffe weg, watete ins flache Wasser, griff nach dem Toten und riss ihm sein Funkgerät vom Kopf.

In dem Kampfhubschrauber in der Luft hörte Hawkins eine neue Stimme im Funk. »Hören Sie zu?«

Er spürte, wie sich sein Puls beim Klang der Frauenstimme beschleunigte.

Das war *sie*.

»Netter Trick mit den Claymores«, erwiderte er und versuchte, sich die Wut nicht anmerken zu lassen. »Dafür werde ich mich revanchieren.«

»Gut. Kommen Sie und holen Sie mich.«

Sie warf das Funkgerät des Toten beiseite, griff an seinen Gürtel, packte zwei Splittergranaten, riss die Sicherungsstifte heraus und warf die beiden Sprengkörper durch die geöffnete Seitenluke des Hubschraubers.

Die Explosion entzündete die Treibstofftanks, kurz darauf folgten die Munitionsreserven an Bord, was zusätzlich dazu beitrug, die Aufnahmen sämtlicher Infrarotkameras zu überblenden, bis auf ihnen fast nur noch Weiß zu sehen war.

Hawkins biss die Zähne zusammen und wechselte die

Funkfrequenz, um mit dem Piloten zu sprechen. »Bringen Sie uns näher ran. Sie haben Feuererlaubnis.«

»Sir, wir haben keinen Sichtkontakt«, warnte der Pilot. »Wir können da unten nichts erkennen.«

»Dann fackeln Sie den ganzen Umkreis ab!«, schrie er. »Feuer!«

Der Kampfhubschrauber griff wieder an, Raketen und Maschinengewehrmündungen blitzten auf, als er das Feuer eröffnete und auf gut Glück den Bereich rings um die Hausruine unter Beschuss nahm.

Die Frau, die er erledigen wollte, hatte aber längst den Rückzug angetreten und war im dichten Baumbestand in Deckung gegangen.

Während die Bordschützen des Mi-24 ihre Arbeit fortsetzten, funkte Hawkins den zweiten Black Hawk an. »Bravo zwei, gehen Sie jetzt runter.«

»Negativ, Sir. Für eine Landung ist es in dem Bereich zu heiß«, protestierte der Pilot.

»Dann landen Sie weiter weg und nähern sich zu Fuß«, knurrte er. Er hatte den Schwachpunkt von Anyas Strategie entdeckt. »Sie kann sich nicht von dem Feuer entfernen, weil wir sie sonst sehen. Schwärmen Sie aus und treiben Sie die Schlampe in die Enge.«

Der zweite Black Hawk landete etwa eine Viertelmeile entfernt, wo der Pilot eine geeignete Lichtung entdeckt hatte, und entließ ein Dutzend Einsatzkräfte in voller Kampfmontur, geschützt durch Kevlar und bewaffnet mit Sturmgewehren, leichten Maschinengewehren und Granatwerfern. Genug Feuerkraft, um es mit einem ganzen Infanteriezug aufzunehmen.

Der Hubschrauber hob danach rasch wieder ab, der Pilot war nicht darauf aus, dasselbe Schicksal wie seine Kameraden zu erleiden. Die Einsatzkräfte bildeten eine Schützenkette und durchkämmten schnell und unauffällig den dunklen Wald. Sie liefen auf die Feuer zu, die weiter hinten rings um die Ruine loderten, und rückten auf ihre Zielperson vor.

71

CIA-Hauptquartier, Langley

Dan Franklin war in seinem Büro und wartete nervös auf Neuigkeiten aus Litauen. Er hatte sich noch nie im Leben so zerrissen und aufgewühlt gefühlt – aus beruflicher und persönlicher Betroffenheit.

Es hatte sich so viel ereignet, dass er einfach nicht mehr wusste, wem er glauben sollte. War Drake wirklich zum Verräter geworden? Er hatte zuletzt geglaubt, sein Bild von Drake revidieren zu müssen, und ihn als korrupten und skrupellosen Abweichler eingeschätzt. Doch traf das wirklich zu? Und hatte Anya den Tod verdient, der sie erwartete?

Tausend Fragen schossen ihm durch den Kopf, Fragen, auf die er keine Antworten hatte. Er wusste nur, dass er ein gefährliches Spiel mit dem denkbar höchsten Einsatz spielte.

Er stürzte sich auf sein Handy, als es vibrierte.

»Franklin.«

Das war aber nicht der erwartete Anruf von Kennedy. Dafür sprach eine andere Stimme zu ihm. »Sagen Sie jetzt nichts, hören Sie nur zu. Wenn Sie der Mann sind, für den ich Sie halte, wird es Sie interessieren, was ich Ihnen zu sagen habe.«

Der Sturmtrupp hatte eine Schützenlinie mit jeweils etwa fünf Metern Abstand gebildet und bewegte sich methodisch, aber zügig, durch das dichte Unterholz; die Männer schwenkten die Waffen langsam hin und her. Inzwischen hatten sich ihre Augen an das schwache Umgebungslicht gewöhnt, und sie kommunizierten beim Vorrücken mit Handzeichen.

Die Frau, die sich etwa fünfzig Meter vor ihnen an einen Baum lehnte, hielt ihr M14-Gewehr fest und checkte, ob die Waffe durchgeladen war. Obwohl das M14 seit geraumer Zeit durch weiterentwickelte Infanteriewaffen abgelöst wurde, galt es als brauchbares und zielgenaues Halbautomatikgewehr; da es jahrzehntelang im Kampf erprobt war, blieb es immer noch die erste Wahl mancher Spezialkommandos. Seine 7,62mm-Munition war beim Einsatz gegen Körperpanzer erfolgversprechender als die leichteren Projektile, die von moderneren Waffen verschossen wurden.

Die Kommandosoldaten kamen jetzt näher. Sie konnte das leise Rascheln hören, mit dem sie sich durchs Unterholz bewegten. Wenn sie das Feuer eröffnete, würde sie damit ihre Position verraten. Es sei denn, sie nähme ihnen die Sicht.

Sie verlangsamte ihre Atmung, griff nach dem Fernauslöser in ihrer Tasche, entsicherte ihr Gewehr und wartete.

Die ersten Einsatzkräfte waren bis auf zwanzig Meter herangerückt, als plötzlich direkt vor ihnen ein blendend helles, starkes Licht aufflammte. Sie konnten schlagartig nichts mehr im Halbdunkel erkennen, und was nicht flutlichthell war, existierte nicht mehr für sie.

»Deckung! Deckung!«, schrie einer der Männer und ließ sich auf den Boden fallen. Sein Kamerad reagierte etwas langsamer – ein Fehler, der sich als tödlich erweisen sollte. Anya kam hinter dem Baum hervor, legte die M14 an, feuerte drei Schüsse auf den Torso des Soldaten und streckte ihn zu Boden.

Als die anderen das Feuer erwiderten, legte sie auf den

zweiten Gegner an, als der sich weiter vorwagte, und gab mehrere Schüsse ab. Wenigstens einer traf ins Ziel und durchschlug seinen Oberschenkel. Der Mann fiel mit einem gequälten Schrei um.

Da knackte es plötzlich, nicht weit von ihr zischte ein Funkenregen, und dann war es im Umkreis wieder dunkel. Sie hatten das Licht gelöscht. Als sie erkannte, dass sie ihre Position nicht halten konnte, machte sie kehrt und zog sich zurück. Sie warf gerade das halbleere Magazin aus und lud ein volles nach, als sie von hinten mit automatischen Waffen beschossen wurde. Die Projektile trafen Büsche und Baumstämme und prallten von Felsen ab.

Ihr Herz schlug wie wild, und Adrenalin pumpte durch ihre Venen. Sie stürmte weiter und huschte wie ein flüchtiger Schatten fast unsichtbar zwischen den Bäumen hindurch. Ihr Ziel war die nächste Verteidigungsstellung, in die sie sich flüchten wollte, um einen neuen Angriff auf das vorrückende Kommando zu starten.

Das Projektil traf sie wie eine riesige steinerne Faust in den Rücken, und sie taumelte zu Boden. Sie versuchte den Fall abzufangen, und rollte sich über den schlammigen Boden und Gebüsch ab, aber sie fühlte sich, als ob ein großes Gewicht auf ihre Lunge drückte und sie am Atmen hinderte.

»Zielperson am Boden!«, hörte sie eine Stimme rufen. Es folgten schnelle Bewegungen, genau in ihre Richtung.

Sie rollte herum, zog ihre Automatik und eröffnete in dem Moment das Feuer, als jemand aus der Dunkelheit drang. Die Waffe schlug an ihr Handgelenk, wieder und wieder, bis ihr Ziel neben ihr zusammenbrach.

Der Mann war ausgeschaltet, aber ihm würden andere folgen. Sie musste sich zurückziehen, sie anlocken und beschäftigen.

Steh auf, befahl sie sich. Du musst jetzt aufstehen.

Jede Extrasekunde, die sie durchhielt, war wie ein zusätzlicher, winziger Sieg. So betrachtete sie das jetzt. Es ging nicht mehr ums Überleben, sondern nur noch darum, sich an jede einzelne Sekunde zu klammern.

Sie stöhnte vor Schmerz, hob das Gewehr auf, das ihr aus der Hand gefallen war, und stemmte sich hoch. Ihre Lunge brannte, und das Atmen fiel ihr immer schwerer, aber sie zwang sich dazu, sich zu bewegen, weiterzumachen und sich durchzukämpfen. Schmerz spielte jetzt keine Rolle. Den konnte sie ertragen.

Sie biss die Zähne zusammen und lief humpelnd weiter, während immer mehr Kommandosoldaten anrückten, die von den Schüssen angezogen wurden wie Haifische von Blut. Es war jetzt nur noch eine Frage der Zeit.

Eine Sache von Sekunden.

In der Einsatzzentrale stand Starke stumm und angespannt und hörte sich die eingehenden Berichte an. Weil aufgrund der Kombination von Feuer, Qualm und dichtem Baumbewuchs keine Wärmebildaufnahmen zur Verfügung standen, blieb ihm nichts anderes übrig, als den Funk abzuhören, um sich ein Bild über den Fortgang der Kampfhandlungen zu machen.

»Die Zielperson ist im Wald und bewegt sich in westlicher Richtung auf die Hügelkuppe zu«, meldete einer der Männer. »Team zwei, links halten und über die Flanke angreifen.«

»Verstanden. Team zwei ist unterwegs.«

»Zündet ein paar Fackeln an. Ich sehe hier einen Scheiß.«

»Da! Ich sehe sie! Sie läuft nach rechts zu dieser Felsrinne.«

»Ich habe sie. Geht rein. Schneidet ihr den Weg ab!«

Starke verschränkte die Arme, biss die Zähne zusammen und stellte sich Anyas verzweifelte Anstrengungen bildlich vor. Sie hatte einen beachtlichen Kampf hingelegt – sogar besser als von ihm erwartet. Aber jetzt war es vorbei. Sie war eingekesselt und an Kampfstärke und Feuerkraft unterlegen.

Jetzt blieb ihr nichts übrig, als kämpfend zu sterben.

Der Wald erstrahlte karminrot von einer Fallschirmfackel, die, in den Himmel geschossen, im Umkreis von hundert Metern alles ausleuchtete – selbst die Flüchtende beim verzweifelten Rückzug bergauf in Richtung Hügelkuppe.

»Zielperson gesichtet!«, schrie hinter ihr eine Stimme. »Kontakt!«

Hinter ihr fielen Schüsse, und links von ihr wurde anscheinend auch geschossen. Sie mussten ein Schützenteam ausgeschickt haben, das über die linke Flanke angreifen sollte. Von den Verletzungen ausgebremst, brauchte sie sich keine Hoffnungen zu machen, ihnen davonlaufen zu können.

Der dichte Baumbestand bot etwas Deckung, und die Stämme wurden von vielen Schüssen gestreift, die in den Wald abgelenkt wurden. Unausweichlich kamen manche Projektile aber durch. Ringsum prasselten Einschläge in den Boden und schleuderten Klumpen feuchter Erde hoch. Sie spürte stechende Schmerzen im Bein, wo ein Projektil ihren Oberschenkel gestreift hatte. Sie taumelte und stürzte nach vorn, konnte sich aber fangen und blieb in Bewegung.

Dann schaltete sie das Funkgerät ein.

»Anya«, krächzte Samantha McKnight, während sie den Hang hinaufkroch. »Ich kann … mich nicht mehr lange halten. Du musst … es jetzt tun.«

Sie hatte jede Sekunde gekämpft, die Feinde zu sich gelockt und beschäftigt gehalten, um Anya Zeit zu verschaffen, das zu tun, was sie tun musste.

Sie konnte nur hoffen, dass es reichte.

Zehn Meilen weiter, beim Šiauliai-Luftwaffenstützpunkt, kauerte Anya im Dunkel hinter einem Tankfahrzeug. In ihrem schwarzen Kampfoverall, das Gesicht und den Hals mit Tarnfarbe bemalt, war sie nur ein undeutlicher Schemen, der in der Dunkelheit lauerte. Eine Gestalt, die unbemerkt bis zur Umzäunung gekommen war, ein Loch in den Zaun geschnitten und sich durchgeschlängelt hatte.

Als sie McKnights dramatischer, von Schüssen unterlegter Funkspruch erreichte, quälten sie Schuldgefühle. Es tat weh. Die Frau hatte, obwohl sie wusste, dass es sie vermutlich das Leben kosten würde, freiwillig angeboten, den Lockvogel zu spielen. Und zwar nur, um Anya die kostbare Zeit zu verschaffen, die sie brauchte, um eine nur sehr temporäre Schwachstelle auszunutzen.

»Verstanden«, flüsterte sie. Als letzten Gruß hatte sie nur ein paar knappe, aber tief empfundene Worte anzubieten. »Viel Glück, Samantha. Und danke.«

»Mach das Beste draus!«, erwiderte McKnight und schaltete das Funkgerät aus.

Es kostete Anya Mühe, sich wieder auf das Nächstliegende und ihr weiteres Vorgehen zu konzentrieren. Sie beugte sich weit vor, bis sie das Gelände überblicken konnte. Vor ihr lag das Verwaltungsgebäude, das der Kommandoeinheit zurzeit als Befehlszentrale diente.

Dort würde sie ihn finden, und dort wollte sie der Sache ein Ende machen.

Vor dem Gebäude standen zwei Wachen in voller Kampfmontur, beide mit G36-Sturmgewehren von Heckler&Koch bewaffnet. Gefährliche und treffsichere Waffen, die sie mit Leichtigkeit niederstrecken konnten. Anya hatte glücklicherweise mit so etwas gerechnet.

Sie griff hinter sich und ließ vorsichtig ihre Hauptwaffe von der Schulter gleiten. Sie vertraute keinem Gewehr und keiner Maschinenpistole, sondern einer weitaus primitiveren, aber vielleicht auch effektiveren Waffe.

Anya hatte im Laufe ihres Lebens sehr viel Zeit gehabt, um sich mit Jagdbogen vertraut zu machen. Sie hatte ihre Schusstechnik trainiert, praktiziert und perfektioniert, bis sie ihr in Fleisch und Blut übergegangen war.

Nur auf menschliche Ziele hatte sie noch nie geschossen.

Sie legte den ersten Pfeil an, spannte ihre Armmuskulatur, schloss die Augen und atmete durch. Wenn es geschah, musste es schnell gehen. Ein einziger Fehler konnte alles zunichtemachen. Dann wäre Samanthas Opfer umsonst gewesen.

Zum ersten Mal seit langer Zeit dachte sie an das Mantra, das man ihr vor Jahren eingeschärft hatte. Es waren Worte, die sie durch die dunkelsten Stunden ihres Lebens geleitet und ihr Mut und Entschlossenheit gegeben hatten, wenn sonst nichts mehr half.

Ich werde ausharren, wenn alle anderen scheitern.

Sie kam aus ihrer Deckung, zog den Arm zurück, zielte und ließ den Pfeil fliegen. Das leise, todbringende Geschoss flog durch die Luft und traf Anyas Ziel mitten im Brustpanzer. Die Kevlar- und Keramikschichten waren so konzipiert, dass sie bis hin zu Hochgeschwindigkeitsprojektilen aus Sturmgewehren alles aufhalten konnten – aber man hatte nie die tödliche, scharfe Stahlspitze eines Jagdpfeils berücksichtigt.

Der Pfeil traf mit einem hörbaren Schlag, drang durch die Brustplatte bis in den Brustkorb dahinter, durchtrennte Arterien und verursachte tödliche innere Verletzungen. Der Mann grunzte verwirrt und vor Schmerzen, als seine Beine nachgaben, aber Anya interessierte sich nicht mehr für ihn.

Ich werde ausharren, wenn alle anderen den Rückzug antreten.

Sie griff zum Köcher, der über ihrer Schulter hing, legte einen zweiten Pfeil an und spannte den Bogen, noch bevor der Mann auf dem Boden aufschlug.

Von den Geräuschen seines angegriffenen Kameraden alarmiert, zielte der zweite Wächter genau in dem Moment mit seiner Waffe in ihre Richtung, als sie den Pfeil abschoss. Dieses Mal hatte sie höher gezielt, der Pfeil durchbohrte seine Kehle und durchtrennte seine Halswirbelsäule. Er kippte um, und die Waffe fiel aus seiner Hand.

In meinem Herzen wird keine Schwäche sein.

Anya hatte sich schon in Bewegung gesetzt, während er noch fiel. Sie schlang sich den Bogen um die Schulter, zückte ihre schallgedämpfte M1911 Automatik und sprintete zum Gebäude. Zwei Schüsse reichten, um das Schloss zu zertrümmern, damit sie die Tür eintreten und ins Innere vordringen konnte.

Im Hauptkorridor dominierte unverputzter, pastellgrün gestrichener Beton. Viele Deckenpaneele fehlten, und man sah die Rohre und elektrischen Leitungen dahinter. Sie bewegte sich schnell, schwenkte die Waffe nach links und rechts und achtete auf jede Ecke und jeden Winkel, während sie zum Haupttreppenhaus vorrückte.

Ich kenne keine Angst.

Sie erreichte es, nahm immer zwei Stufen auf einmal und umrundete den Treppenabsatz vor der nächsten Treppe, wo ihr der nächste Gegner entgegenkam. Sie sah den kurzen, erschrockenen Blick und den Griff zur Pistole, hob die M1911 und jagte ihm zwei Kugeln durch den Kopf; sein Blut klatschte an die pastellgrünen Wände.

Ich werde keine Gnade zeigen.

Sie sprang über seine Leiche, als er die Treppe hinunterrollte, stürmte keuchend weiter, schob sich durch die Tür am oberen Ende des Treppenhauses und näherte sich ihrem Ziel.

Sie war jetzt so nah dran. Das wollte sie sich nicht nehmen lassen. Nichts sollte sie aufhalten.

Ich werde niemals zögern.

Während sie durch den Korridor vorrückte, hörte sie leise und eindringliche Stimmen. »Charlie drei, wir sind kompromittiert. Verdacht auf Feindberührung am Stützpunkt.«

»Verstanden, wir überprüfen das.«

»Wachsam bleiben.«

Sie drückte sich mit dem Rücken an eine Wand, zog ein Messer aus einer Scheide an ihrer Hüfte und wartete, bis sie den nächsten Gegner um die Ecke kommen sah. Der Mann presste eine schallgedämpfte P90-Maschinenpistole an seine Schulter. Ein zweiter, genauso bewaffneter Mann folgte direkt hinter ihm.

Ich werde nie aufgeben.

Als sein Blick auf sie fiel, sprang sie sofort vor, ging auf ihn los und zog ihm das Messer über seinen exponierten Arm. Die Klinge drang tief ein, durchtrennte Sehnen und Muskeln, und die Waffe rutschte ihm aus seinen gefühllos gewordenen Fingern.

Der zweite Mann drehte sich um und wollte an seinem verletzten Kameraden vorbei auf sie schießen. Anya hatte ihn schon im Visier und feuerte mit der M1911. Die altgediente Waffe zuckte, als sie zwei Kugeln ausspuckte, die beide den Mann mitten in die Stirn trafen und sofort töteten. Sein Finger krümmte sich am Abzug, die ungezielte Salve verfehlte sie nur knapp und traf die Wände und die Decke.

Der erste Mann, der verletzt war und blutete, versuchte, mit seinem gesunden Arm nach ihr zu schlagen, aber Anya wich dem Schlag aus und bückte sich darunter hindurch, dann rammte sie ihm die Mündung ihrer Waffe unter den Kiefer und schoss. Sie spürte sein warmes Blut, das ihr seitlich ins Gesicht spritzte, als sie an ihm vorbeilief.

Die Kommandozentrale befand sich direkt vor ihr. Sie hatte es geschafft.

Dafür war sie hergekommen.

Samantha McKnight kletterte über einen umgestürzten Baumstamm und brach auf der anderen Seite zusammen. Sie lehnte sich an die solide Deckung und keuchte mit kurzen, schmerzerfüllten Atemzügen. Adrenalin und pure Entschlossenheit hatten sie bis an diesen Punkt gebracht, aber noch weiter schaffte sie es nicht.

Sie zuckte zusammen, als der nächste Feuerstoß in den Stamm hämmerte und Splitter von verrottetem Holz heraussprengte. Sie kannten ihre Position und nagelten sie dort fest, damit sie sich nicht weiter zurückziehen konnte.

Sie blieb in Deckung, presste die Hand auf die Schussverletzung an ihrem Oberschenkel und biss vor Schmerz die Zähne zusammen. Es war nur eine Fleischwunde, aber trotzdem ernst zu nehmen. Doch die Brustverletzung war es, die ihr das Atmen immer schwerer machte.

Aus allen Richtungen gellten Schreie, ihre Feinde zogen das Netz zu, kamen näher. Keine Chance, sie abzuwehren. Keine Chance, es länger hinauszuzögern.

Sie war etwas enttäuscht, weil sie es nicht bis auf die Hügelkuppe geschafft hatte. Da oben hätte sie sich vielleicht etwas länger behaupten können.

Aber sie musste sich mit dem hier abfinden: das Gewehr in ihren Händen, verkrustet von Schlamm und dem Blut seiner Besitzerin. Der letzte verbliebene Munitionsclip.

Sie zwang sich aufzustehen, legte das Gewehr oben auf den Stamm, entdeckte einen weiteren Gegner, der durchs Dunkel huschte, und eröffnete das Feuer. Die feuerstarke Waffe schlug wieder und wieder gegen ihre Schulter. Aber die Schüsse verfehlten ihr Ziel.

Ihre Feinde nutzten die reichlich vorhandene Deckung zu ihrem Vorteil und hielten sie in Atem, während sie gleichzeitig über die Flanken näher rückten.

Jetzt hörte sie auch hinter sich im Unterholz Bewegung. Das war's. Jetzt kamen sie, um ihr den Rest zu geben.

Sie keuchte, rollte auf die andere Seite und schwenkte das Gewehr herum, um sich der neuen Bedrohung zu stellen, aber dann schnappte sie nur ungläubig nach Luft. Aus dem Dunkel kam eine junge Frau, klein und zierlich, mit einer ungebärdigen dunklen Mähne. Samantha McKnight hätte sich nie träumen lassen, ausgerechnet von dieser Frau getötet zu werden.

»Ich gebe dir Deckung!«, schrie Keira Frost und feuerte eine lange Salve in den Wald hinter ihr. Die Mündungsblitze illuminierten ihre harten, entschlossenen Gesichtszüge.

Nur Augenblicke später erschien ein zweiter, ebenso bewaffneter Mann an ihrer Seite, ließ sich auf ein Knie fallen und feuerte weiter, um die Gegner vorübergehend auf Abstand zu halten. Frost stürmte vor und rutschte neben McKnight.

»Du bist getroffen«, stellte sie fest.

»Keira«, erwiderte McKnight mit schmerzhaft rasselnder Stimme. »Was tust du hier?«

»Beeilung!«, bellte Dietrich und zog den Kopf ein, als weiter auf sie geschossen wurde und die Kugeln an ihnen vorbeipfiffen.

»Wir sind die verdammte Kavallerie, Sam!«, verkündete Frost und sah ihr ins Gesicht. »Wir holen dich hier raus.«

72

Anya trat die Tür auf und stürmte in die Kommandozentrale. Ein finsterer Racheengel, das Gesicht mit Tarnfarbe und Blut beschmiert. Ihre Pistolenmündung schwenkte zwischen den erschrockenen Technikern hin und her, die sich auf ihren Stühlen umgedreht hatten und sie ansahen.

»Keiner rührt sich!«, schrie sie und blickte von einem entgeisterten Gesicht zum nächsten, ohne den finden zu können, nach dem sie suchte. »Wo ist er? Wo ist Starke?«

Eine Antwort bekam sie von keinem. Die Sekunden zogen sich in die Länge, während Anya überlegte, was sie als Nächstes tun, wo sie suchen und wen sie als Ersten verhören sollte.

Doch bevor sie neuen Schwung nehmen konnte, schaltete der an der Wand montierte Monitor, auf dem bisher Livestreams der Predator-Drohne zu sehen gewesen waren, plötzlich um und zeigte etwas völlig anderes.

Starke saß am Ende eines luxuriösen Konferenztisches. Eines Tisches, wie man sie in Hauptquartieren fand. In Langley, zum Beispiel.

»Sie suchen nach mir, Anya?«

»Diese verdammte Schlampe!«, brüllte Hawkins, als die Übertragung durchkam. Sie waren hereingelegt worden. Anya war nicht hier, sie befand sich auf dem Stützpunkt.

Und nicht nur das. Seine Bodentruppen waren gerade von unbekannten feindlichen Kräften angegriffen und gezwungen worden, sich zurückzuziehen und neu zu formieren. Es war eine Finte gewesen, begriff er jetzt. Ein Ablenkungsmanöver, um sie beschäftigt zu halten.

Und er war darauf reingefallen.

»Alpha eins, geben Sie Ihre Position auf und bringen Sie uns sofort wieder zum Luftwaffenstützpunkt«, knurrte er in sein Headset. »Die Bodenteams sollen vorrücken und jeden töten, der da unten noch lebt.«

Als der schwere Kampfhubschrauber von der Schlacht abdrehte, die unten unvermindert tobte, und die Rotorblätter durch die Nachtluft dröhnten, rammte Hawkins die Faust an das Schott neben ihm.

Anya mochte sie hereingelegt haben, aber das Spiel war noch nicht vorbei.

Anya sah sich um und entdeckte einen kleinen Lagerraum in der Nähe. Fensterlos und ohne zweiten Ausgang.

»Alle da rein, sofort!«, befahl sie. »Bewegung!«

Sobald die Männer hineingegangen waren, knallte sie die Tür zu und drückte mit aller Kraft gegen einen Aktenschrank, der daneben stand. Einen Moment später fiel er um, krachte zu Boden, versperrte die Tür und schloss die Techniker ein.

Nachdem das erledigt war, konzentrierte sie sich wieder auf den Monitor. Sie ging langsam näher, ihre Brust hob und senkte sich, und sie hielt die Waffe mit den Händen fest umklammert.

»Sie sind nie hier gewesen.«

»Selbstverständlich nicht. Haben Sie sich wirklich eingebildet, ich würde den weiten Weg bis zu Ihrem beschissenen kleinen Land zurücklegen, nur um Sie sterben zu sehen?«, spottete Starke.

»Das hatte ich gehofft.«

»Das glaube ich gern.« Er beugte sich am Tisch vor. »Sehr undankbar von Ihnen, das muss ich schon sagen. Denn ohne mich wären Sie heute nicht mehr am Leben.«

Zwei Jahre zuvor

»Ich werde an erhöhten Positionen rings um den Treffpunkt Scharfschützen postieren«, führte Freya aus, als sie den Plan für ihre – wie sie hoffte – allerletzte Begegnung mit Anya darlegte. »Sobald ich den Kontakt hergestellt habe und es eine bestätigte Sichtung gibt, werden die sie erledigen.«

»Und dann?«, fragte Starke.

»Der Circle will schon seit geraumer Zeit, dass sie stirbt. Und vielleicht reicht das schon aus, um deren Vertrauen in mich wiederherzustellen. Danach setzen wir unseren Plan fort, den inneren Circle zu infiltrieren und auszuschalten.«

Starke schwieg eine Weile und starrte in die Flammen, die neben ihm im Kamin flackerten. Sie war den weiten Weg bis zu seiner Privatresidenz gereist, um ihren Vorschlag zu präsentieren, und erst spätabends eingetroffen, damit ihr Besuch unbemerkt blieb.

»Sind Sie sicher, dass Sie das wollen?«, fragte er schließlich.

»Das bin ich.«

Er nickte schweigend und hatte dabei längst einen anderen Ablauf im Sinn. Freya war zu einer Belastung geworden, und die Probleme mit ihr nahmen allmählich katastrophale Ausmaße an. Es war vernünftig, sie zu eliminieren – und am schlauesten, wenn es ihm gelänge, Anya dafür zu benutzen.

Danach ließe es sich einrichten, dass sie sich wieder auf Cain konzentrierte. Mit etwas Glück würde sie ihn eines Tages auch noch töten.

»Warum?«, fragte Anya, die wusste, dass es ihre letzte Chance war, die Frage zu stellen, die ihr seit zwei Jahren auf der Seele lag. »Warum wollte sie meinen Tod?«

»Sie begreifen es einfach nicht, oder? Freya wusste, dass Sie früher oder später herausfinden würden, wer Sie an die Russen verraten hatte: sie selbst nämlich. Wenn Freya Sie zuerst töten und den Mord danach als Eintrittskarte für den inneren Circle verwenden könnte, hätte sie mit einem Streich zwei Probleme gelöst. Sie wollte aus Ihrem Tod das Beste für sich herausholen, wie ihr das bei Ihrem Leben bereits gelungen war. Für Freya waren Sie ein Bauernopfer, Anya. Mehr sind Sie nie gewesen.«

»Sie hat Ihnen vertraut«, platzte es aus Anya heraus. »Sie hat an Sie geglaubt.«

»Genau wie Sie. Und Freyas Sohn«, bemerkte Starke amüsiert. »Eine Schwäche, die Sie verbindet, wie mir scheint. Sie sind berechenbar. Und deshalb sind Sie heute Abend in Litauen und ich nicht.« Er lachte und schüttelte den Kopf. »Ich habe nie nachvollziehen können, was Marcus und der Circle in Ihnen gesehen haben.«

»Etwas, das sie bei Ihnen vermissten, Starke«, gab sie zurück. »Sie sind ein unbedeutender, neidischer und kleinlicher Mensch. Sie sind eine jämmerliche Figur.«

Sie sah für einen kurzen Moment Wut in seinem Blick aufflackern. Ein alter Groll kam zum Vorschein, verschwand aber schnell wieder hinter der Fassade. »Aber ich bin noch da. Marcus, Freya, der Circle … sie alle haben mich unterschätzt. Und sie alle haben dafür mit dem Leben bezahlt. Am Ende auch Sie, Anya.« Er beugte sich vor und starrte intensiv in die Kamera. »Haben Sie es denn nicht selbst gemerkt? Haben Sie nicht gespürt, dass Ihnen die Zeit davonlief? Sie sind ein Relikt, eine wunderliche kleine Kuriosität aus einer anderen Welt. Und damit ist Ihre Geschichte auch schon vorbei.«

Seine vernichtenden Worte trafen sie zutiefst, weil sie ihren wahren Kern spürte.

»Wissen Sie, normalerweise lasse ich nicht zu, dass diese Dinge persönlich werden. Cain und Freya zu töten ... das war notwendig. Aber ich muss zugeben, Anya, dass mir die Nachricht von Ihrem Tod ganz bestimmt ... *eine gewisse Genugtuung bereiten wird.*«

Anya hob die Waffe, zielte auf sein Gesicht und drückte ab. Mit einem Blitz und einem Funkenregen verschwand Richard Starkes Bild vom Monitor.

Sekunden später heulten überall im Gebäude Sirenen. Nach seinen letzten, eiskalten Worten hatte Starke wahrscheinlich aus der Ferne Alarm ausgelöst.

Ihr blieb nur die Flucht.

Als sie in den Korridor zurückkehrte, hörte sie, wie krachend eine Tür aufgestoßen wurde, dann die Rufe von Einsatzkräften, die sich näherten. Sie hatte weder die Zeit noch die Feuerkraft, um es mit ihnen aufzunehmen.

Ohne ihr Tempo zu verlangsamen, sprintete sie in die entgegengesetzte Richtung und suchte fieberhaft nach einem anderen Ausgang, als sie hinter sich einen Schrei gellen hörte.

»Kontakt!«

Sie hatte gerade die Ecke umrundet, als die Wand von einem kurzen Feuerstoß getroffen wurde, der die dünnen Gipsplatten perforierte. Bei ihrem überstürzten Fluchtversuch war ihr der Mann, der jetzt vor ihr im Korridor stand, nicht aufgefallen. Sie sah ihn erst, als sie ihn voll im Blick hatte.

Sie stoppte sofort und hob die Automatik im selben Moment wie ihr Gegner. Aber dann erstarrten sie und blickten einander in die Augen, ohne die Waffen herunterzunehmen, mit denen sie unverwandt aufeinander zielten.

Anya keuchte erstickt und ungläubig. »Ryan?«

Es musste Drake trotz aller Schwierigkeiten irgendwie gelungen sein, ihren Plan vorherzusehen und sie heute Abend hier zu finden. Jetzt stand er kaum sieben Meter von ihr entfernt.

Für einen kurzen Moment trat alles andere in den Hintergrund. Sie starrte den Mann an, den sie zurückgelassen hatte. Den Mann, dem sie so viel genommen hatte. Er hatte den ganzen Weg hierher zurückgelegt und alles aufs Spiel gesetzt, um sie wiederzufinden.

Eine plötzliche Bewegung im Korridor hinter ihr brach den Bann. Anya wirbelte zu dem bewaffneten Soldaten herum, der sie eingeholt hatte, und wusste schon in der Drehung, dass sie es nicht schaffte. Aber als er die Waffe hob, zuckte sein Kopf, plötzlich von einer Kugel getroffen, brutal nach hinten.

Anya drehte sich zu Drake um, aus dessen Waffe Qualm aufstieg. Sie warf ihm einen kurzen, dankbaren Blick zu, dann wandte sie sich um und flüchtete. Sie brach durch die nächste Tür und stürmte in den Büroraum dahinter, während weiter geschossen wurde.

Falls einer von ihnen hier noch lebend herauskommen sollte, brauchte sie ein Ablenkungsmanöver. Glücklicherweise hatte sie bereits eines vorbereitet. Sie griff an ihr Koppel, zog einen Fernzünder heraus und legte den Hebel um, der ihn scharf schaltete. Dann ging sie in Deckung und drückte den Auslöser.

Draußen explodierte die Hohlladung, die sie unter dem Tankwagen befestigt hatte. Die Explosion zerriss den Tank und vaporisierte seinen Inhalt, was die Sprengkraft um ein Vielfaches vergrößerte. Die Druckwelle zerschmetterte jedes Fenster im Gebäude, warf alle Anwesenden zu Boden und ließ Glassplitter auf sie herabregnen.

»Heilige Scheiße!«, keuchte der Pilot des Mi-24-Kampfhubschraubers, als er plötzlich die orangefarbene Flammenexplosion vor seiner Kanzel sah. »Der Stützpunkt wird angegriffen.«

Hawkins löste die Sicherheitsgurte, ging nach vorn und beugte sich ins Cockpit, um selbst einen Blick darauf zu werfen. Die fernen Flammen leuchteten in seinen Gesichtszügen, in denen sich langsam Wut abzeichnete.

»Sieht aus wie nach einem Luftangriff.«

»Von wegen Luftangriff«, knurrte Hawkins. »Das ist sie.«

73

»Feuerschutz!«, rief Dietrich, der als Nachhut den Rückzug der kleinen Gruppe absicherte. Als er einen weiteren Gegner zwischen den Baumstämmen sah, eröffnete er das Feuer und schickte ihm eine Salve hinterher.

Frost war währenddessen damit beschäftigt, die verletzte McKnight halb zu tragen, halb mitzuschleifen. Deren Miene war entschlossen; sie biss die Zähne zusammen, aber ihre Atmung wurde zusehends flacher und angestrengter.

»Komm schon, verdammt noch mal!«, knurrte Frost und zog sie weiter. »Ich mach diesen ganzen Scheiß doch nicht, damit du mir hier am Ende verreckst.«

Sie hatten die Hügelkuppe fast erreicht, der Baumbestand dünnte aus.

»Ich dachte ... du ... hast gesagt, du bringst mich um«, keuchte McKnight.

Keira Frost sah sie an. Ihr war klar, wie viel McKnight zu opfern bereit gewesen war. »Ich habe mich geirrt.«

Darauf erwiderte McKnight nichts.

»Magazinwechsel!«, rief Dietrich. Seinem Ruf folgte unmittelbar ein dumpfer, heftiger Schlag. Er ging zu Boden, umklammerte seine Schulter und knurrte vor Schmerzen.

»Jonas!«, sagte Frost, ließ McKnight kurz zurück und sprintete zu ihm. Er blutete aus einer Schusswunde in der rechten Schulter. Sie brauchte nur einen einzigen Blick auf die Verletzung zu werfen, um zu wissen, dass es ernst war. Er wusste es auch.

»Tja, Mist«, stöhnte er und verzog das Gesicht.

Frost schüttelte den Kopf. »Stell dich nicht an. Steh auf und beweg dich!«

Sie half ihm auf die Beine, dann eilte sie zu McKnight. Gemeinsam stolperten die drei das letzte kurze Stück bis zur Hügelkuppe, wo sie von verstreut liegenden, verwitterten Felsen und hohem Gras umgeben waren. McKnight sackte gegen einen der Felsen. Sie war am Ende ihrer Kräfte.

»Sie schwärmen aus, um uns zu umzingeln«, warnte Dietrich und versuchte mit seinem gesunden Arm ab, die Waffe anzulegen. »Sie schneiden uns den Rückweg ab, wenn wir uns nicht bewegen.«

»Sam, hier können wir nicht bleiben«, redete Frost auf sie ein. »Wir müssen gehen.«

McKnight schüttelte den Kopf. Ihr Blick sprach Bände.

»Gib mir mein Gewehr«, verlangte sie. »Ich werde sie in Schach halten … solange ich kann. Ihr beide zieht euch zurück und …«

»Nein!«, erwiderte Frost. »Heute habe ich schon eine Freundin verloren. Noch eine kommt nicht dazu.«

Anstatt dagegen zu protestieren, sah ihr McKnight nur in die Augen und nickte sanft. »Es ist okay, Keira«, flüsterte sie. »Ich wusste, worauf … ich mich eingelassen habe. Lass es mich tun. Bitte.«

Frost wandte kurz den Blick von ihr ab und blinzelte die Tränen weg. »Wir bleiben zusammen«, sagte sie schließlich, dann hob sie die Hand und schaltete ihr Funkgerät ein.

»Alex, es ist so weit.«

»Eine Minute«, antwortete knisternd der junge Mann.

»Wir haben keine Minute!«

»Sir, wir haben sie mit der Wärmebildkamera erfasst«, meldete einer der Techniker.

Starke blickte auf und konzentrierte sich auf die Bilder, die eine Infrarotkamera der Predator übertrug. Die kleine Gruppe Flüchtiger hatte auf der Hügelkuppe über dem zerstörten Haus Schutz gesucht, um sich dort ihrem letzten Gefecht zu stellen.

Aber sie hatten sich bei dieser Gelegenheit auch sichtbar gemacht.

Er konnte die Aufnahmen seines eigenen Kommandotrupps sehen, der durch den Wald vorrückte und die Schlinge um sie herum immer enger zog. Natürlich würden sie mit den drei Verteidigern fertigwerden, aber das konnte Zeit in Anspruch nehmen. Zeit, die Starke nicht hatte.

»Haben Sie das Ziel erfasst?«

»Ja, Sir. Die Hellfire-Raketen sind scharf und abschussbereit.«

Damit war die Sache klar.

»Veranlassen Sie den Drohnenschlag«, befahl er. Die schwierige Lage auf dem Stützpunkt bereitete ihm größere Sorgen. »Vernichten Sie sie.«

»Viper eins, halten Sie drauf. Sie haben Feuererlaubnis. Bodeneinheiten: danger-close. Ich wiederhole: Gefahr durch Artillerieschlag.«

Auf der anderen Seite des Planeten zog die unbemannte Predator-Drohne nach links auf eine geeignete Position für den Bodenangriff. Ihre Infrarotkameras erfassten sofort wieder die drei Zielpersonen und übermittelten die Koordinaten an die vier Hellfire-Luft-Boden-Raketen, die an den Flügelpylonen befestigt waren.

»Viper eins ist scharf. Ziel erfasst. Fox zwei.«

Die Techniker im Drohnen-Kontrollzentrum warteten auf den Einschlag der Rakete und die vollständige Vernichtung von allem, was sich auf der Hügelkuppe befand. Aber es passierte nichts.

»Viper eins, bestätigen Sie den Raketeneinsatz.«

»Negativ, Viper eins reagiert nicht auf Feuerimpuls.«

»Wiederholen Sie das!«

Starke blickte mit wachsender Besorgnis auf den Monitor. Das Zielsystem der Predator schaltete plötzlich von den drei Gestalten, die auf der Hügelkuppe hockten, zu den Kommandotrupps an der Baumgrenze des umliegenden Waldgebietes.

»Viper eins, Achtung. Sie zielen auf unsere eigenen Leute«, warnte der Funker. »Ich wiederhole, Sie zielen auf unsere eigenen Leute.«

»Viper eins ist außer Kontrolle. Ich wiederhole, Viper eins reagiert nicht mehr.«

»Was zum Teufel ist da los?«, wollte Starke wissen. »Sofort Meldung erstatten!«

Eine Sekunde später lösten sich alle vier Hellfire-Raketen aus den Startschienen und stürzten durch den Nachthimmel abwärts auf ihre Ziele. Starke und den anderen blieb nichts anderes übrig, als zuzusehen, wie gleichzeitig vier Lichtpunkte auf dem Display explodierten, was den Livestream der Wärmebildkamera vorübergehend überblendete und die Einsatzkräfte auslöschte, die sich im Explosionsradius aufgehalten hatten.

»Scheiße, ja!«, schrie Alex laut und streckte triumphierend die Faust in die Luft, als der Livestream der Drohne, den er auf seinem Laptop verfolgte, die verheerenden Folgen seiner Arbeit offenbarte. »Fresst das, ihr Schweine!«

Er und Jessica waren am Flughafen zurückgeblieben und hatten das dort vorhandene Luftverkehrskontrollsystem benutzt, um das unbemannte Flugobjekt zu lokalisieren, das über dem Kampfgebiet kreiste. Nachdem er die Position der Predator-Drohne bestimmt hatte, brauchte er nur noch die Verschlüsselung ihres Steuersystems zu knacken und dem technischen Personal, das die Drohne bediente, alle Zugriffsrechte zu entziehen.

Das war ihm allerdings erst in allerletzter Sekunde geglückt. Seine Hände zitterten immer noch.

»Gut gemacht, Alex«, sagte Jessica und klopfte ihm auf die Schulter. Dann schaltete sie ihr Funkmikro ein. »Keira, Jonas, hört ihr uns? Seid ihr okay?«

»Wir hören euch«, erwiderte Dietrich hustend, weil der Qualm der explodierten Raketen über sie hinzog. Ihm klingelten noch die Ohren. »Wir sind okay. Aber vielleicht könnt ihr nächstes Mal etwas weiter weg zielen?«

»Es wäre mir lieber, wenn es kein nächstes Mal gibt«, erwiderte Jessica.

Dietrich ließ ein sardonisches Grinsen aufblitzen. »Da sind wir uns mal einig.«

Ganz in der Nähe strich sich Frost das Haar aus dem Gesicht und sah zu McKnight hoch, die mit dem Rücken an einem Felsen lehnte. Als sie den Blick der jungen Frau bemerkte, wandte sie langsam den Kopf und schaute Frost an. »Hast du dir das ausgedacht?«

Frost nickte. »Aber ich hatte keine Ahnung, ob es funktioniert. Ich glaube, jetzt schulde ich Alex wirklich ein Bier.«

Beim Blick auf das Blut, mit dem der Felsen hinter McKnight verschmiert war, kam Frost näher. »Wir müssen dich zusammenflicken lassen.«

McKnight winkte mit einer schwachen Geste ab. Das war sinnlos; sie wusste es. Sie hatte einen Schuss in die Lunge abbekommen, und allmählich schwanden ihre Kräfte.

»Tu mir einen Gefallen. Wenn du Ryan wiedersiehst, sag ihm ...« Sie hustete und hinterließ Blutflecken auf dem Boden. »... sag ihm, dass es mir leidtut. Okay?«

Frost streckte den Arm vor und drückte ihr fest die Hand. »Das werde ich tun.«

Damit gab McKnight sich zufrieden, sie wandte sich von der jüngeren Frau ab und sah in den Himmel hinauf. Im Osten wurde es schon heller, und allmählich verblassten die Sterne. Ein neuer Tag zog herauf.

Aber sie würde ihn nicht mehr erleben.

Sie hatte um jede Sekunde gekämpft und gesiegt. Mehr wollte sie gar nicht.

Sie lächelte, dann erschlaffte ihr Griff, und ihre Hand rutschte herab.

74

Drake arbeitete sich mit der entsicherten Waffe im Anschlag hustend durch die verqualmten Räume vor. Seine
Trommelfelle klingelten, seine Augen brannten, und seine
Haut war von Glassplittern zerschnitten. Aber er lebte und
konnte sich bewegen.

Jetzt musste er Anya finden und von hier verschwinden.

Am Rand des Gebäudes leckten Flammen schon hoch
bis ans Dach. Brennendes Benzin aus dem zerfetzten Tanklaster hatte das Verwaltungsgebäude entzündet. Falls Anya
in diese Richtung geflüchtet war, konnte er ihr nicht folgen.
Er musste einen anderen Ausweg finden.

Als er in den Korridor zurückkehrte, sprang plötzlich jemand aus der Ecke und drückte ihn gegen die gegenüberliegende Wand. Es war einer der Soldaten, die sich zu ihnen
vorgearbeitet hatten, und von der Explosion ebenso überrascht worden waren wie er. In einem Ausbruch von Wut
und Zorn stieß Drake dem Mann das Knie vor die Brust,
schleuderte ihn rückwärts an die gegenüberliegende Wand,
richtete die Waffe auf ihn und feuerte einen tödlichen
Schuss in seinen Torso.

Noch während der Mann an der Wand herunterrutschte,
lief Drake weiter und blieb erst wieder wie angewurzelt stehen, als er aus einem Raum weiter vorn Klopfen und verzweifelte Hilfeschreie hörte. Dort waren Menschen eingeschlossen, die ein Flammentod erwartete, falls er ihnen
nicht half. Es würde ihn kostbare Zeit kosten, aber sollte

er wirklich weglaufen und unschuldige Menschen sterben lassen?

»Verdammt«, zischte er und eilte in das schwer beschädigte Befehlszentrum. Dort war alles zerstört, es gab keinen Strom mehr, und aus den Lüftungsgittern an der Decke strömte Rauch, weil sich das Feuer allmählich durchs Gebäude fraß.

Die Schreie kamen aus der Richtung einer Tür auf der anderen Seite des Raumes, die von einem schweren Metallschrank blockiert wurde. Er lief hin, legte seine Waffe ab, packte den Schrank und versuchte ihn wegzuschieben. Er bewegte sich höchstens zwei Zentimeter. Nun verdoppelte Drake seine Mühen, drückte sich an der Wand ab und presste. Er mobilisierte seine gesamte Körperkraft, bis seine Muskeln vor Anstrengung zitterten. Endlich bewegte sich knirschend und quietschend der Schrank vom Fleck.

Die Tür sprang auf, und die Eingeschlossenen zwängten sich panisch durch den schmalen Spalt. Sie waren unbewaffnet.

»Alle raus hier!«, befahl Drake, wandte sich ab und lief durch das Treppenhaus ins Erdgeschoss. Eine Flammenwand loderte am anderen Ende des Korridors, wo einmal der Ausgang gewesen war, und versperrte ihm den Weg.

»Anya!«, rief er und hielt sich zum Schutz vor der sengenden Hitze eine Hand vors Gesicht.

Niemand antwortete.

Hier konnte er nicht bleiben. Er trat die nächste Tür ein, sprintete durch ein verwüstetes Besprechungszimmer und sprang durch das zerschmetterte Fenster ins Freie. Nach einer schmerzhaften Landung kam er gleich wieder auf die Beine, drückte den Gewehrkolben an die Schulter und sah sich um.

Auf dem Stützpunkt herrschte das blanke Chaos – Sirenen heulten, und Personal rannte kreuz und quer. Man versuchte die brennenden Gebäude mit rasch angeschlossenen Feuerwehrschläuchen zu retten. Ganz in der Nähe fuhr ein Humvee vor, und die Insassen sprangen heraus, um bei den Löschversuchen zu helfen.

Als sich Drake in der Gegend umsah, entdeckte er eine Gestalt, die verstohlen hinter das Lenkrad des Humvees kletterte. Sekunden später sprang der Motor an, und das Humvee fuhr quer über das Flughafengelände direkt auf den Zaun zu. Es war Anya, die in dem gestohlenen Fahrzeug flüchtete.

Ohne das Tempo zu verringern, durchbrach das Humvee den Maschendrahtzaun und rumpelte in das unebene Gelände dahinter.

Doch Drake war nicht der Einzige, der das gesehen hatte. Mehrere Hundert Fuß darüber beobachtete Hawkins die Flucht des Fahrzeugs durch die Nachtsichtkameras des Mi-24-Kampfhubschraubers. Er grinste, als es durch den Zaun bretterte und auf das dichte Waldgebiet zusteuerte.

»Das ist sie«, sagte er. »Bringen Sie uns dicht heran.«

Drake stand mitten auf dem zerstörten Stützpunkt und konnte nur mit stummem Entsetzen zusehen, wie der riesige Kampfhubschrauber seine Höhe verringerte und dem Fluchtfahrzeug folgte.

»Nein ...«, flüsterte er.

»Ziel erfasst!«, rief der Schütze.

Hawkins grinste triumphierend. »Heizt ihr ein.«

Der Kampfhubschrauber feuerte ab, was er an Munition noch übrig hatte, und schickte einen Schwarm ungelenker Raketen hinunter, die quer vor dem Humvee einschlugen. Die Auswirkungen auf das leicht gepanzerte Fahrzeug waren verheerend, eine Rakete zerfetzte das Fahrzeugheck und eine weitere verfehlte zwar knapp ihr Ziel, warf das Fahrzeug aber um. Das Autowrack überschlug sich mehrmals und blieb schließlich brennend und qualmend am Waldrand liegen.

»Guter Treffer, Alpha«, sagte Hawkins und nickte zufrieden. »Bringen Sie uns hin. Die Sache ist erst vorbei, wenn ich ihre verdammte Leiche sehe.«

Der Kampfhubschrauber ging in den Schwebeflug über, und seitlich wurden Abstiegsseile ausgeworfen, an denen Hawkins und ein aus vier Männern bestehendes Team herabrutschten. Hawkins klinkte sich aus seinem Harnisch, hob die Waffe und nickte den Männern an seiner Seite zu.

»Alpha hat keine Munition mehr«, meldete der Pilot über Funk. »Wir müssen in die Basis zurück, um Munition zu laden. Viel Glück.«

Hawkins achtete nicht darauf, als der Hubschrauber abdrehte. Er konzentrierte sich auf das Wrack des Humvees. Es lag auf dem Dach, Flammen leckten aus dem zerstörten Motorraum, aber die Karosserie des Fahrzeugs war noch zu erkennen.

»Gebt mir Deckung«, befahl er, griff nach der Fahrertür und riss sie mit brutaler Kraft auf. Anyas Leiche wollte er unbedingt mit eigenen Augen sehen. Er hielt die Waffe an seine Schulter gedrückt und hatte den Finger am Abzug, um ihr den Rest gegeben, falls sie auf wundersame Weise überlebt haben sollte.

Sie war nicht da. Das Humvee war leer.

Ihm lief vor Schreck ein eiskalter Schauer den Rücken hinunter, als er auf dem Kabinenboden den eisernen Klappspaten liegen sah, den sie hinter das Gaspedal geklemmt hatte.

Anya war nicht an Bord. Es war eine Falle gewesen.

»Deckung!«, schrie er laut, fuhr herum und ließ sich auf ein Knie fallen.

Etwas zischte durch die Luft und traf den Mann neben ihm. Er taumelte rückwärts; aus seiner zerfetzten, blutigen Kehle ragte ein Pfeil.

»Kontakt!«, brüllte Hawkins und feuerte auf gut Glück in den Wald.

Anya stand mit dem Rücken hinter einem Baumstamm, der ihr sichere Deckung bot, legte den nächsten Pfeil ein, spannte die Sehne und wartete auf ihre Gelegenheit. Querschläger schwirrten an ihr vorbei und schlugen in den Stamm, aber sie rührte sich nicht.

Drake lief zu der Stelle, wo sie die Absperrung durchbrochen hatte, und sprang über die zerfetzten Reste des Zauns, als er das unverkennbare Geknatter automatischer Waffen hörte. Das konnte nur eins bedeuten.

Anya war noch am Leben!

Er verdoppelte seine Anstrengungen, kämpfte sich weiter und mobilisierte bei diesem letzten, verzweifelten Wettlauf gegen die Zeit alle Energie, die noch in ihm steckte. Es war seine letzte Chance, sie noch zu erreichen.

Hawkins sah ein, dass sie nur ihre Munition verschwendeten. Und genau das wollte sie. Er hielt eine Hand hoch, damit seine Männer das Feuern einstellten. Als sich ringsum Stille ausbreitete, ging er langsam hinter das Wrack des Humvees und suchte mit den Blicken den dunklen Wald ab.

Er war weit davon entfernt, Angst zu haben, und grinste über die Lage, in der er sich jetzt befand. Anya spielte mit ihnen und erledigte einen nach dem anderen, um das Zahlenverhältnis auszugleichen. Aber in Wirklichkeit ging es ihr um ihn.

Und so würde er sie schlagen.

»Komm raus, komm raus, wo auch immer du bist«, sagte

er spöttisch und rückte näher an einen seiner Männer heran. »Ich weiß doch, dass du es willst.«

Anya hielt ihre Position, sie zwang sich keuchend, jetzt nicht die Kontrolle zu verlieren. Sie wartete auf den perfekten Moment, genau wie ein Jäger es tun sollte.

»So endet es also«, fuhr Hawkins fort. »Die große Maras, die beste Agentin, die die Agency jemals hatte … Wie fühlt es sich an, wenn man nichts mehr zu verlieren hat? Weil man schon alles verloren hat, das einem jemals etwas bedeutete?«

Anyas Herz schlug schneller, und ihre Muskeln zitterten, weil sie unbedingt handeln wollte. Es kostete sie unsagbar viel Beherrschung, auszuharren und abzuwarten.

Ganz in der Nähe machte sich Hawkins bereit. »Cain hat sein Leben gegeben, um deins zu retten. Es ist mir ein Vergnügen, dich ihm hinterherzuschicken, das muss ich zugeben.«

Jetzt.

Anya kam um den Baum herum und suchte nach den Gegnern. Sie entdeckte den Mann, auf den sie es abgesehen hatte, legte den Bogen an und spannte ihn. Sie brauchte nur einen kurzen Augenblick zum Zielen, dann ließ sie den Pfeil fliegen.

Im selben Augenblick packte Hawkins den Mann, der neben ihm stand, riss ihn zurück und genau in die Flugbahn des Pfeils. Als das Geschoss traf und der Mann einen Schmerzensschrei ausstieß, spuckte Hawkins' Sturmgewehr eine kurze, bösartige Salve aus.

Anya spürte den Treffer wie einen Faustschlag, und den vertrauten Ausbruch kalter Taubheit, als das Projektil in sie eindrang. Der Bogen fiel ihr aus der Hand, und sie ging zu Boden; sie blutete aus einer Schussverletzung im Bauch.

Hawkins ließ den Sterbenden los und ging auf sein verletztes Opfer zu, während Anya vergeblich versuchte wegzukriechen, und dabei eine Blutspur hinter sich herzog. Die anderen beiden Einsatzkräfte schlossen sich ihm an, die Waffe im Anschlag, die Finger auf den Abzügen.

»Wenn sie einer tötet, dann bin ich es«, warnte Hawkins die Männer.

Sie hatte für den Jagdbogen keine Verwendung mehr. Anya drehte sich um und zückte ihre M1911-Automatik. Darauf hatte Hawkins nur gewartet. Er zielte genau und schoss ihr in den Oberarm, der davon zurückgerissen wurde. Anya stöhnte, als sich eine neue Welle von Schmerz durch ihren Körper ausbreitete, aber sie weigerte sich hartnäckig zu schreien.

Hawkins ging kein Risiko ein, setzte seinen Stiefel auf ihren Arm und drückte ihn zu Boden, damit sie nicht nach ihrer Waffe greifen konnte. Anya fletschte die Zähne und sah wütend zu ihrem Feind hoch.

»Zu deiner Zeit bist du wirklich was Besonderes gewesen, aber deine Zeit ist vorbei«, sagte Hawkins und musterte kopfschüttelnd seine geschlagene Feindin. »Und weißt du was? Ich war immer besser.«

Er kostete den Augenblick aus, hob seinen anderen Fuß und drückte ihn auf ihren verletzten Bauch. Diesmal war der Schmerz unerträglich. Anya schrie qualvoll, als Hawkins den Stiefel drehte und das Blut ungehindert aus der Wunde strömte.

Als er den Fuß zurückzog, war sie kurz davor, ohnmächtig zu werden; sie sah alles verschwommen und empfand nur noch den durchdringenden Schmerz, der sie von allen Seiten attackierte. Dann bückte sich Hawkins, nahm die Automatik vom Boden hoch und betrachtete die kampferprobte, verlässliche Waffe.

»Ich möchte wirklich wissen, wie viele Menschenleben

dieses alte Stück Eisen genommen hat«, dachte er laut nach und drehte sie in der Hand. Er grinste und ließ sein Sturmgewehr fallen. »Ich glaube, es ist nur gerecht, wenn es noch eines nimmt.«

Er hob Anyas Waffe und zielte damit auf ihre Besitzerin. Verletzt und blutend konnte Anya nichts anderes tun, als zurückzustarren: die Silhouette eines riesigen, muskulösen Mannes, konturiert von den Feuern, die hinter ihm flackerten. In seinem Blick glühten blanker Hass und Bösartigkeit.

So sollte es jetzt enden. So sollte sie sterben.

»Mehr bist du nie gewesen, Anya«, sagte er und krümmte langsam den Finger am Abzug. »Austauschbar.«

Plötzlich traf rechts von ihm eine Automatiksalve ihr Ziel, und die beiden Einsatzkräfte hinter ihm fielen leblos zu Boden. Erschrocken drehte sich Hawkins blitzschnell der neuen Bedrohung zu und riss die Waffe mit.

Die schallgedämpfte Automatik dröhnte, als Drake angesprungen kam, ein ungezielter Schuss traf seine Schulter, als er das entladene Sturmgewehr wie eine Keule schwang und die Pistole genau in dem Moment erwischte, als Hawkins den Abzug drückte. Der Aufprall schlug ihm die Waffe aus der Hand, und ein zweiter Schuss verfehlte Drake im Fallen nur knapp.

Drake registrierte den stechenden Schmerz von der Fleischwunde nur am Rande, verdrängte ihn aber und konzentrierte sich ganz auf seinen Feind. Er brachte den Gewehrkolben nach vorn und schlug nach dem Kopf des Gegners. Aber Hawkins hatte den Schock darüber verarbeitet, dass er so plötzlich aufgetaucht war, fing das Gewehr genau in dem Moment ab, als es auf ihn zukam und riss es zur Seite.

Ein oder zwei Sekunden lang standen sich die beiden Männer Auge in Auge gegenüber und betrachteten einander mit ungezügeltem Hass und Rachedurst.

Drake rammte seinem Widersacher zähnefletschend ein Knie in die Seite, was ihn vor Schmerzen grunzen ließ, dann beugte er sich zurück und versetzte Hawkins einen Kopfstoß mitten ins Gesicht. Der Aufprall war so hart, als hätte er den Kopf gegen eine Wand geschlagen; er hörte leises Knirschen brechender Knorpel und spürte, wie ihm warmes Blut ins Gesicht spritzte.

Hawkins stieß ein animalisches Knurren aus, als er sein Blut aus der gebrochenen Nase strömen spürte. Aber die plötzlich aufflackernde Angst wurde von einem Sturm reinsten Hasses abgelöst.

Mit jeder Faser seiner beträchtlichen Muskelkraft riss Hawkins die Waffe hoch, zog Drake dabei mit, verlagerte dann seinen ganzen Schwung nach vorn und schleuderte den kleineren Mann zu Boden. Drakes Atem steigerte sich zu einem heftigen Keuchen, als ihm die Luft aus der Lungern gedrückt wurde und er so hart auf den steinigen Boden prallte, dass sein ganzer Rücken vor Schmerz glühte.

Doch jetzt war keine Zeit, um an Schmerzen oder Verletzungen zu denken. Hawkins riss ihm das Sturmgewehr aus der Hand und wollte nachsetzen, Drake wich seitlich aus und hätte es fast geschafft, Hawkins einen Tritt zu verpassen, der ihn wie einen Stein zu Fall gebracht hätte. Hawkins war wie besessen und ließ Schläge auf ihn herunterprasseln, was Drake zwang, in Deckung zu bleiben und die Angriffe abzublocken. Er war bereits müde und verletzt und konnte nicht hoffen, lange standhalten zu können.

Bei einem stechenden Schlag in die Rippen wäre er fast vornübergekippt; er verlor das Gleichgewicht, und so konnte Hawkins ihm einen Stiefeltritt verpassen, der ihn mit viel Schwung wie ein Dampfhammer traf. Er klappte vornüber, ging zu Boden und fiel auf Hände und Knie.

»Glaubtest du wirklich, du kannst es verhindern?«,

knurrte Hawkins und kam näher, aus Mund und Nase tropfte ihm dabei das Blut. »Du hast mir gerade das beste Geschenk überhaupt gemacht, Ryan. Zwei zum Preis von einem.«

Hawkins' Miene war von Wut und Rachedurst gezeichnet, als er näher kam, weil er ihm das Knie ins Gesicht stoßen wollte. Aber die kurze Verzögerung hatte Drake ein paar kostbare Sekunden verschafft, um sich zu sortieren. Als er zuschlagen wollte, richtete sich Drake plötzlich auf, drehte sich zur Seite und kehrte die Schwungkraft seines Gegners gegen ihn.

Mit einem wilden Wutschrei rammte Drake Hawkins eine Faust in den Rücken. Die Schockwelle des Schlages spürte der Mann in der ganzen Wirbelsäule. Nach einem Tritt von hinten gegen das Bein knickte sein Knie ein und verschaffte Drake die Gelegenheit, ihm einen Arm um den Hals zu legen. Seine Muskeln und Sehnen strafften sich, als Drake fester zupackte. Er drückte und drehte, biss die Zähne zusammen und legte alles hinein, was er hatte.

Er hörte den Mann schnauben und keuchen, Blut blubberte aus seiner gebrochenen Nase, und er schnappte vergeblich nach Luft.

Jetzt habe ich dich, du Bastard, dachte Drake in diesem Moment ungezügelter, rasender Wut. Er hatte vor, Hawkins das Leben aus dem Leib zu prügeln, ihm den Hals zu brechen und seine Luftröhre zu zerquetschen.

Er bemerkte nicht, dass Hawkins an seiner Hüfte nach etwas griff, und hatte keine Zeit zu reagieren, als Stahl kratzte und im Feuerschein etwas bedrohlich aufblitzte. Hawkins holte blitzschnell aus und stach ihm mit der Klinge in die Seite.

Und dann schien plötzlich alles langsamer zu werden. Drake blickte verwirrt an sich herunter, sah, wie ihm Hawkins eine Klinge aus der Seite zog und spürte, wie eine seltsame Kälte von ihm Besitz ergriff.

»Nein!«, schrie Anya entsetzt, als Drakes Klammergriff seine Spannung verlor und er rückwärts taumelte. Aus der Messerwunde an seiner Seite strömte Blut.

Hawkins baute sich vor ihm auf, eine furchteinflößende Gestalt im Schein der Flammen. Das Messer, das er in der Hand hielt, triefte von Drakes Blut.

Denk nicht an den Schmerz, beschwor sich Drake, als Hawkins zum nächsten Angriff ansetzte. *Schmerz bedeutet nichts.*

Hawkins verzerrte das Gesicht zu einem blutigen Grinsen, griff wieder an und schwenkte das Messer. Drake wich aus und versuchte, den Messerarm zu greifen, aber sein Gegner änderte abrupt die Richtung, und Drake bekam ihn nicht zu fassen. Ein neuer Schmerz loderte an seiner Seite auf, als die Klinge wieder seine Seite aufschlitzte und in Haut und Muskeln schnitt.

Drake drehte sich zu ihm um und bückte sich leicht, um seine verletzte Seite zu schützen. Hawkins umkreiste sein Opfer in einem lauernden, fast gemächlichen Tempo; er streckte und spannte die Finger am Messergriff. Er hatte die Oberhand und die freie Wahl, wie und wann er das nächste Mal angreifen wollte. Jetzt konnte er es in die Länge ziehen.

Drake starrte seinem Feind in die Augen; die Verletzungen schwächten ihn, aber sein Widerstandsgeist war ungebrochen. Seine Arme waren noch oben, seine Fäuste geballt und sein geschundener Körper machte sich ein letztes Mal bereit.

Hawkins' Miene verdüsterte sich wieder. Er setzte mit einem Sprung zum nächsten Angriff an, diesmal kam er tief, das Messer schlitzte durch Drakes Oberschenkel, als er vorbeirauschte. Er hätte es unmöglich verhindern können.

Als Drake auf die Knie ging, drehte sich Hawkins mit triumphierender Miene zu ihm um.

Er hatte gewonnen, und er wusste es.

Ganz aus der Nähe verfolgte Anya Drakes letzten Widerstand mit verschwommenem Blick, der Schmerz reichte bis in den Kern ihres Wesens. Sie war früher schon verletzt worden und hatte jede erdenkliche Strafe ausgehalten, die ihr vom Leben auferlegt worden war, aber sogar ihre Geduld hatte Grenzen. Und die waren jetzt überschritten.

Sie hatte alles in ihrer Macht Stehende getan, bis zum letzten Moment gekämpft und ihre Stärken völlig ausgereizt. Aber das hatte nicht gereicht, um diesen letzten Kampf durchzustehen. Sie spürte schon, wie das Dunkel ringsum näher rückte, langsam und heimtückisch einladend. Eine tiefe und immerwährende Dunkelheit ohne Schmerzen oder Angst. Sie fühlte, wie sie darin zu versinken drohte, spürte, wie sich ihre Augen langsam schlossen.

Aber dann meldete sich plötzlich eine ungebetene Stimme in ihrem Kopf. Eine Stimme, die von überall zu kommen schien, die die Dunkelheit zurückdrängte und Klarheit in ihre Gedanken zwang. Eine Stimme, die zu ihr sprach und ihr Befehle erteilte, wie sie es schon viele Male getan hatte.

Vergiss nicht, was du ihm gesagt hast.

Du würdest lieber für etwas sterben, als für nichts zu leben.

Das hier ist der letzte Kampf deines Lebens.

Ihre getrübten Augen sprangen auf, von Neuem klar und fokussiert.

Steh auf.

Blutige Hände stemmten sich auf die Erde, sie schaffte es mit äußerster Anstrengung, sich aufzurichten, und sah, wie Hawkins mit dem Messer, von dem Drakes Blut tropfte, ihn umkreiste. Ihr waren keine Waffen geblieben. Nur die Pfeile für den Bogen.

Sie griff hinter sich und zog einen aus dem Köcher. Sie musste die Zähne zusammenbeißen, und ihre Muskeln zitterten, aber dann schob Anya den Schmerz und die Erschöpfung beiseite und zwang sich dazu, sich aufzurichten, Zentimeter für Zentimeter, Herzschlag um Herzschlag.

Steh auf.

»Oh Ryan. Ich habe mir so oft vorgestellt, dich umzubringen, dass ich schon fürchtete, es könnte eine Enttäuschung werden, wenn es endlich so weit ist«, sagte Hawkins, wischte sich das Blut aus dem Gesicht und blickte auf seinen besiegten Feind herunter. »Aber ich habe mich geirrt, Mann. Das ist besser, als ich es mir jemals hätte träumen lassen.«

Hawkins wollte wieder angreifen, aber dann zögerte er. Er hörte von rechts etwas kommen und drehte sich gerade danach um, als sich Anya auf ihn stürzte und mit dem Pfeil nach seinem Bauch stieß. Es war knapp, aber Hawkins' Reaktionsvermögen rettete ihn. Er wich genau in dem Moment zur Seite aus, als der Pfeil auf ihn zukam, aber dann nur den Stoff seiner Kevlarweste aufriss und die Panzerplatte darunter zum Vorschein brachte.

Als Anya realisierte, dass sie ihn verfehlt hatte, stieß sie mit der improvisierten Waffe nach seiner Kehle, aber diesmal erwischte er ihren Arm und drehte ihn mit überlegener Kraft nach hinten. Der Pfeil rutschte ihr aus ihrer Hand, als Hawkins mit wutglühendem Blick seine Faust in Anyas verletzten Bauch rammte.

Anya stürzte, sie fiel gekrümmt zu Boden und alles verschwamm vor ihrem Blick. Für sie war dieser Kampf gelaufen.

»Verdammt noch mal, du gibst einfach nicht auf«, knurrte Hawkins, den ihr letzter verzweifelter Kraftakt ebenso überrascht wie wütend gemacht hatte. »Du sture Schlampe.«

Er packte Drakes Haare, riss den Kopf des Mannes nach hinten und legte seine Kehle frei. Die blutige Klinge glänzte im Halbdunkel, als er sie hob.

»Ich will, dass du dir diesen Moment einprägst«, sagte der Mann und sah sie wütend an. »Präge dir seinen Blick ein, wenn ich ihn töte.«

Aber Anyas letzte Kraftanstrengung war nicht umsonst gewesen. Während sich Hawkins auf die Frau konzentrierte, die ihn so wütend gemacht hatte, hatte Drake den Boden abgetastet, dabei den Pfeil zwischen die Finger bekommen, der ihr aus der Hand gefallen war, und ihn aufgehoben. Gerade als sich Hawkins vorbeugte, um ihm die Kehle aufzuschlitzen, drehte Drake den Pfeil in der Hand um und rammte ihn ihm tief in den Oberschenkel. Der Mann warf den Kopf in den Nacken und wimmerte vor Schmerz, als Drake den Pfeil brutal herumdrehte und ihm mit der scharfen Stahlspitze das Fleisch zerschlitzte und zerriss.

Hawkins sank nach unten, und während er fiel, stürzte sich Drake in einem Aufflackern verzweifelter, letzter Kraft auf ihn, packte seine Messerhand und drehte sie um, bis sich die Waffe gegen ihn selbst richtete. Die beide verletzten und blutenden Männer verkeilten sich in einem finalen Kräftemessen; sie ließen einander nicht aus den Augen und atmeten beim Kampf ums Überleben flach, schnell und keuchend.

Drake war oben und drückte die Klinge mit aller Kraft nach unten. Hawkins seinerseits versuchte das Messer wegzudrehen, weil die Spitze sich seinem Hals immer weiter näherte. Er spannte seine muskulösen Arme in einer letzten, titanischen Anstrengung. Und für ein paar Sekunden waren die beiden Männer perfekt ausbalanciert. Das Messer zwischen ihnen zitterte und bewegte sich weder vor noch zurück.

Die Gesichter all der anderen, die dieser Mensch auf dem Gewissen hatte, blitzten vor Drakes innerem Auge auf, und er drückte das Messer millimeterweise tiefer. Alles, was ihm Hawkins genommen hatte. Alles, was er zerstört hatte.

Jedes Quäntchen Hass und Rachedurst türmten sich in ihm zu einer Flutwelle auf, die sich durch nichts aufhalten ließ.

»Ich habe es dir gesagt, Jason«, flüsterte Drake. Die Venen in seinem Arm schwollen unter der Haut, weil er seine ganze Kraft zusammennahm. »Ich habe dir gesagt ... dass ich das Letzte sein werde, was du jemals siehst.«

Als sein verzweifelter Kampf schließlich den unerträglichen Höhepunkt erreicht hatte, entdeckte er in den Augen seines Feindes, worauf er gewartet hatte: Er sah Angst.

Mit einem archaischen Wutschrei trieb er das Messer durch Haut und Luftröhre, durch Arterien und Sehnen. Hawkins riss im Todeskampf die Augen auf. Sein Kiefer klappte nach unten, weil er schreien wollte, aber dann kam nur ein erstickter, gurgelnder Blutschwall heraus.

Schließlich erlahmte die Gegenwehr, und er rührte sich nicht mehr.

Drake rollte sich von ihm herunter und blieb mit dem Rücken auf der kühlen Erde liegen. Er war grenzenlos erschöpft, und seine Atmung nur noch ein zerrissenes, gequältes Keuchen.

Es war vorbei.

Er konnte fast spüren, wie die letzte Kraft aus seinem Körper sickerte.

»Ryan ...«

Der schwache, leidende Tonfall riss ihn aus seiner wachsenden Erschöpfung.

Anya.

Er rollte sich auf den Bauch und schaffte es irgendwie, zu

ihr zu kriechen. Sie lehnte verkrümmt an einem Baumstamm und presste ihre blutige Hand auf die Bauchwunde. Als er näher kam, sah sie zu Drake hoch.

»Du bist meinetwegen gekommen«, flüsterte sie.

Er nickte und zuckte vor Schmerzen.

»Warum?«

Warum war er zurückgekehrt? Warum hatte er alles für die Frau riskiert, die ihm so viel genommen hatte? Warum hatte er mit aller Kraft zum Schutz der Frau gekämpft, die seine eigene Mutter umgebracht hatte?

»Manches ist wert, dafür zu sterben.«

Die fernen Sirenen näher kommender Feuerwehrwagen warnten Drake, dass sie nicht sicher waren. »Wir müssen von hier verschwinden.«

Anja schüttelte schwach den Kopf. »Ich kann nicht, Ryan.«

Ihr traurig-resignierter Unterton tat ihm fast genauso weh wie die Verletzungen, die ihm zugefügt worden waren. Sie wusste, was es bedeutete, wenn er sie zurückließ. Sie hatte immer gewusst, welchen Preis sie für den heutigen Abend zahlen musste.

»Von wegen, du kannst nicht. Ich werde dich jetzt nicht aufgeben«, sagte er entschlossen und hakte sie unter. »Steh auf! Los, komm!«

Mit größter Willenskraft und aller Stärke, die noch in ihm war, zog er die verletzte Frau auf die Beine, ignorierte den Schmerz, der ihn durchzuckte, und ihr gequältes Stöhnen. Anya begriff, dass er sie nicht zurücklassen wollte, ganz egal, was sie sagte oder tat, und fügte sich schließlich widerstrebend. Gemeinsam, blutend und einander haltend humpelten sie in den Wald.

75

NSA-Hauptquartier, Maryland

Richard Starke verließ das Kontrollzentrum und steuerte mit großen Schritten sein Privatbüro an. Er musste in der kommenden Stunde viele Telefonate führen und jeden, der ihm etwas schuldig war, als Unterstützer mobilisieren, wenn er unbeschadet aus der Sache herauskommen wollte.

Es war alles geplatzt. Sein Plan war in sich zusammengebrochen und hatte nur katastrophales Chaos verursacht.

Aber es war noch nicht vorbei. Er verfügte auch weiterhin über enorme Macht und Ressourcen. Und er wusste: Auch wenn er es heute nicht geschafft hatte, würden sich noch andere Gelegenheiten ergeben. Selbstverständlich gab es eine Menge zu erklären, und eine ganze Reihe von Menschen musste jetzt zum Schweigen gebracht werden, aber er konnte auch diese Krise meistern.

Das war ihm schließlich schon häufig genug gelungen.

»Dan«, sagte er erstaunt, als er feststellte, dass der amtierende CIA-Direktor in seinem Büro auf ihn wartete. »Was führt Sie her?«

»Sie!«, sagte Franklin und machte einen Schritt auf ihn zu. Sein Blick war so unverhohlen feindselig, dass Starke stockte.

»Wie bitte?«

Franklin zückte sein Smartphone, wählte eine Audiodatei aus und drückte auf Play.

»Wissen Sie, normalerweise lasse ich nicht zu, dass diese Dinge persönlich werden,« hörte er seine eigene Stimme in der Aufzeichnung sagen. »Cain und Freya zu töten … das war notwendig. Aber ich muss zugeben, Anya, dass mir die Nachricht von Ihrem Tod ganz bestimmt … *eine gewisse Genugtuung bereiten wird.*«

Franklin drückte auf Pause und ließ das Handy sinken. »Wir haben alles, Richard. Ihr ganzes Geständnis. Es ist vorbei.«

Starke schloss die Augen. Ein bitteres Lächeln lag um seinen Mund, als ihm dämmerte, wie maßlos dumm er gewesen war. Anya hatte von Anfang an gewusst, dass er nicht auf jenem Flugplatz in Litauen sein würde. Sie war dort nicht hingekommen, um ihn umzubringen, sondern um ihm weitaus nachhaltiger zu schaden – und ihn zu zerstören. Und er war ihr mit seiner Arroganz auf den Leim gegangen.

»Bilden Sie sich etwa ein, dass Sie wirklich etwas in der Hand haben, Dan?«, fragte er. »Glauben Sie, dass es in diesem Land auch nur ein Schwurgericht gibt, das mich verurteilen würde? Wir kontrollieren sie, mein Junge.«

»Es gibt kein ›Wir‹ mehr«, erinnerte ihn Franklin. »Ihre kleine Verschwörung ist Schnee von gestern. Es gibt niemanden, der Ihnen jetzt noch helfen wird.«

Starke hob trotzig das Kinn, dennoch konnte er nicht verhindern, dass seine Stimme leicht zitterte, als er weiterredete. »Sie sind dabei, den größten Fehler Ihres Lebens zu begehen.«

»Das werden wir noch sehen. Kommen Sie!«

Auf seine Aufforderung kamen zwei FBI-Agenten ins Zimmer, die draußen gewartet hatten. »Direktor Starke, wir verhaften Sie wegen Hochverrats, Verschwörung zum Mord und der Planung terroristischer Aktivitäten«, verkündete

Franklin, während die Beamten Starke trotz Gegenwehr die Hände hinter dem Rücken in Handschellen legten. »Sie haben das Recht zu schweigen. Alles, was Sie sagen, kann und wird gegen Sie verwendet werden.«

»Warten Sie ein paar Jahre«, sagte Starke und sah den jüngeren Mann wütend an.

»Sie haben das Recht auf einen Anwalt. Falls Sie sich keinen leisten können, wird Ihnen ein Anwalt gestellt.«

»Warten Sie noch ein paar Jahre«, wiederholte er, »dann sind Sie genauso wie ich.«

»Ich habe mit Ihnen absolut nichts gemein.«

Er sah ihn noch einmal kurz an, dann nickte Franklin den beiden Agenten zu.

»Schafft mir dieses Stück Scheiße aus den Augen.«

Die Nacht näherte sich dem Ende, und ein neuer Tag dämmerte herauf. Sie stolperten und humpelten durch den langsam heller werdenden Wald. Drake zwang sich, trotz aller Schmerzen weiterzugehen und in Bewegung zu bleiben. Falls es ihnen gelang, vom Flugplatz wegzukommen, konnten sie sich vielleicht mit seinem Team vereinigen und eine Fluchtmöglichkeit finden …

Tief im Inneren wusste er, dass es aussichtslos war und keiner von ihnen jetzt noch weit kommen konnte, aber damit wollte er sich nicht abfinden.

Einfach immer weitergehen, befahl er sich. *Geh weiter, dann kommst du hier auch raus.*

Nachdem sie den Wald durchquert hatten, standen sie am Rand einer kleinen Wiese. Sie schleppten sich weiter, wollten auf die andere Seite, wo eine kleine Baumgruppe stand, und um sie herum stieg der Duft von feuchtem Gras und Wildblumen auf.

»Ryan, ich kann … nicht mehr weiter …«, keuchte Anya,

deren Schritte immer langsamer und deren Atmung immer angestrengter wurden.

»Alles wird gut«, erwiderte er und presste dabei eine Hand auf die Wunde an seiner Seite. »Jetzt wird alles gut.«

Erst als sie die Baumgruppe passiert hatten und sahen, wie es dahinter weiterging, stoppte Drake endlich und stöhnte erschöpft und geschlagen.

Der Fluss, der dort träge strömte, war mindestens zehn Meter breit. Keine Brücke, die hinüberführte. Kein anderer Ausweg.

»Oh, nein ...«

Neben ihm sank Anya zu Boden und sackte an den Stamm eines umgestürzten Baumes. Drake brach neben ihr zusammen; weil es nicht mehr weitergehen konnte, verließen ihn die letzten Kraftreserven.

»Schluss jetzt«, keuchte sie und schüttelte den Kopf. »Schluss jetzt, Ryan. Bitte.«

Sie waren so weit wie möglich gegangen und hatten bis zur allerletzten Sekunde gekämpft, aber jetzt war das Ende erreicht. Das Ende des Weges, auf den sie sich vor all den Jahren gemacht hatten. Sie hatten getan, was sie konnten.

Jetzt brauchten sie nicht mehr weiterzukämpfen.

Als Anyas Atem ruhiger wurde, ließ sie den Blick schweifen, sah den friedlichen Strom vorbeifließen, und die Wildblumen und Bäume ringsum. Über ihren Köpfen wurde der unendliche blaue Himmel immer heller, und die Sonne stieg im Osten über den Horizont. Ein neuer Tag brach an.

Das Ende der alten Welt und der Beginn einer neuen Zukunft.

Hier war ein guter Platz zum Sterben.

»In einem anderen Leben«, wiederholte Drake, was sie früher einmal zu ihm gesagt hatte.

Da schaute Anya ihn an und sagte:

»Ich wünschte, wir hätten uns in einem anderen Leben begegnen können. Dann wäre vielleicht manches anders gelaufen.«

Es gab viel in ihrem Leben, das sie gern geändert, viele Entscheidungen und Irrtümer, die sie am liebsten ungeschehen gemacht hätte. Aber unter all diesen Dingen war etwas, das Anya nie bereuen würde: Ryan Drake getroffen zu haben.

»Vielleicht sehen wir uns in einem anderen Leben wieder«, sagte sie. »Ich bin froh, dass ich mit dir zusammen sein konnte ... am Ende.«

Drake streckte den Arm aus, nahm ihre Hand und schloss seine blutigen Finger darum. Nach allem, was sie durchgestanden und gemeinsam ertragen hatten, passte es vielleicht, dass es hier und auf diese Weise enden sollte. Nur sie beide.

Es war nichts mehr übrig, wofür sie hätten kämpfen können. Nichts, was sie noch fürchten mussten.

Er schreckte auf, als ihm der Wind ein Geräusch zutrug. Aus dem Waldgebiet hinter ihnen kamen Rufe. Da waren Menschen unterwegs, riefen sich etwas zu, kamen näher. Es konnte nicht schwer gewesen sein, ihnen zu folgen, weil es reichte, dem Blut und den Spuren im Unterholz nachzugehen, die sie auf ihrem Weg hinterlassen hatten.

»Sie haben uns gefunden«, sagte Anya. Sie griff in ihren Umhang, zog ihre alte M1911-Pistole hervor, ließ das Magazin herausschnellen und zählte, wie viele Patronen übrig waren.

»Wie viele?«, fragte Drake. Die Rufe wurden allmählich lauter.

Sie sah ihm in die Augen. »Zwei.«

Sie brauchte es nicht auszusprechen. Er wusste, was sie dachte. Sie wollte sich nicht gefangen nehmen lassen, wollte nicht den Rest ihres Lebens im Gefängnis verbringen oder einen Schauprozess durchstehen und am Ende exekutiert werden. Dafür war sie zu weit gekommen, und dafür hatte sie zu viel durchgemacht.

Es ging ihm nicht anders.

»Wir wussten beide, dass es so kommen würde, Ryan«, sagte sie ruhig. »Es war uns vorherbestimmt. Und so sollte es enden.«

Er blickte auf die Waffe, die durch den langen Gebrauch zerkratzt und angeschlagen und jetzt mit Blut befleckt war. Ob es seine oder ihre war, das konnte er nicht mehr sagen.

Ohne ein weiteres Wort streckte er die Hand aus und nahm ihr die Waffe ab.

»Es ist alles in Ordnung«, versprach sie und machte ihm vorsichtig Mut. »Ich bin bereit.«

Sie nickte, ließ den Blick über den Fluss schweifen, die Wildblumen und die Sonne, die an einem perfekten Himmel stand. Hoch oben erhaschte sie einen flüchtigen Blick auf etwas, das sich langsam durch die endlos blaue Weite bewegte – leuchtend weiß und schnurgerade. Der Kondensstreifen eines in großer Höhe dahinziehenden Flugzeuges. Das Sonnenlicht ließ die Hülle glänzen und so hell wie eine Sternschnuppe strahlen.

Sie dachte an die Tage, die sie als Kind damit verbracht hatte, im hohen Gras zu liegen, zu Flugzeugen wie diesem hinaufzuschauen und sich vorzustellen, zu welchen fernen Ländern sie unterwegs sein mochten. Sie hatte davon geträumt, was dort draußen sein konnte. Hatte sich die Abenteuer vorgestellt, die auf sie warteten.

Sie lächelte milde, als Drake die Waffe hob.

»Ich bin bereit.«

Er schloss die Augen und krümmte langsam den Finger am Abzug.

»Ryan!«, rief jemand laut. »Ryan Drake!«

Drake stöhnte, nahm den Finger vom Abzug und drehte sich zur Lichtung um, wo drei Einsatzkräfte durch das hohe Gras in seine Richtung unterwegs waren. Zwei Männer und eine Frau. Sie waren bewaffnet, doch sie hielten die Waffen gesenkt, und ihre Mienen ließen eher Sorge als Wut erkennen.

»Sieht jemand was?«, fragte der Anführer. »Meldung?«

Plötzlich sah die Frau Drake und zeigte auf ihn. »Da! Ich sehe ihn!«

Als er das hörte, sprintete der Anführer los. Der Mann kam rutschend neben Drake zum Halten, legte die Waffe zur Seite, sah die beiden Verletzten an und erkannte schnell, in welchem Zustand sie sich befanden.

»Verdammt«, fluchte er leise. »Ich brauche hier einen Sanitäter!«

»Ich kümmere mich darum!«, rief die Frau.

»Kennedy?«, fragte Drake beim Anblick des vertrauten Shepherd-Operateurs ungläubig. »Was machen … Sie denn hier?«

Kennedy grinste ihn an, obwohl sein Lächeln von Sorge durchsetzt war. »Franklin hat uns inoffiziell auf einen kleinen Erholungsurlaub geschickt. Offensichtlich eine sehr gute Idee.«

Die Shepherd-Agentin kümmerte sich bereits um Anya. »Sie müssen Druck auf die Wunde ausüben«, erklärte sie ihr mit der sachlichen, ruhigen Effizienz einer professionellen Medizinerin. »Wir bringen Sie hier raus.«

Der zweite Mann sprach in sein Funkgerät. »Zulu eins, wir haben sie gefunden. Ich wiederhole, wir haben sie gefunden, aber sie sind verletzt und in einem kritischen Zustand. Wir brauchen sofort jemanden, der uns hier abholt.«

»Die suchen nach uns«, murmelte Drake, dem allmählich alles vor den Augen verschwamm. Es war zwar mühsam, sich auf den Mann zu konzentrieren, der vor ihm stand, aber ihm war bewusst, dass die Agency noch Jagd auf sie machte. »Sie werden uns finden.«

»Machen Sie sich darum keine Sorgen, Mann. Das haben wir geklärt.«

Drake streckte blind den Arm aus, berührte wieder Anyas Hand und spürte, wie sie seine fest umklammerte.

Bevor ihm vor den Augen alles dunkel wurde, sah er zuletzt noch, wie sie in den Morgenhimmel schaute. Endlich Frieden.

TEIL SECHS

WOFÜR ZU LEBEN LOHNT

Wir wissen wohl, wer wir sind,
aber nicht, was wir werden können.
William Shakespeare

76

Arlington Nationalfriedhof – ein Monat später

Die Bäume und Büsche standen in voller Sommerblüte, und die Sonne strahlte aus dem wolkenlosen Himmel – es war ein angenehmer Abend, um draußen zu sein, die frische Luft zu atmen und eine warme Brise auf der Haut zu spüren. Umso mehr für Ryan Drake, der viel Zeit im Krankenhaus verbracht hatte, wo er sich langsam von seinen Verletzungen erholen musste.

Eine Notoperation in einem eiligst aufgebauten Operationssaal in Litauen hatte ihn vor tödlichen inneren Blutungen bewahrt, obwohl es sehr knapp gewesen war, wie ihm Kennedy erzählt hatte, als er später in einem Safehaus in Vilnius wieder zu Kräften kam.

Inzwischen war seine Genesung bereits gut vorangeschritten. Er konnte fürs Erste nicht mehr zurück aufs Feld und war schon erschöpft gewesen, als er oben auf dem sanft ansteigenden, grasbewachsenen Hügel im Zentrum des Friedhofs angelangt war. Doch wie bei den meisten Dingen war es nur eine Frage der Zeit.

Jedenfalls hatte er sich heute nicht von seinem Besuch hier abbringen lassen. Manchmal musste man eben Prioritäten setzen.

Er ging an den Reihen exakt ausgerichteter Grabsteine entlang, bis er den Bereich fand, nach dem er gesucht hatte. Dort legte er einen Halt ein und betrachtete die vier schneeweißen Grabsteine, die vor ihm standen. In jeden war der Name eines gefallenen Kameraden eingraviert.

John Keegan (1956–2008)
Cole Mason (1970–2010)
Olivia Mitchell (1972–2011)
Samantha McKnight (1976–2011)

Vier Freunde, die in Ausübung ihrer Pflicht ihr Leben gegeben hatten. Mitglieder seiner Familie, denen er vertraute und die ihm so am Herzen gelegen hatten, als ob sie von seinem Blut gewesen wären.

Am längsten haftete sein Blick auf dem Grab Samantha McKnights. Was auch immer die Widersprüche in ihrem Leben gewesen sein mochten und zu welchen Entscheidungen sie vielleicht gezwungen worden war, sie hatte gebüßt und sogar ihr Leben für andere geopfert. Niemand hätte mehr von ihr verlangen können, und Drake würde nie vergessen, was sie getan hatte.

Er wünschte sich nur, dass er am Ende für sie hätte da sein können.

»Schön, dass du wieder auf den Beinen bist«, sagte Franklin beim Näherkommen und stellte sich neben seinen Freund. »Ich war mir, ehrlich gesagt, nicht sicher, ob du es schaffst.«

»Wie war das mit dem Unkraut noch mal?«, erwiderte Drake.

Franklin lächelte nur dünn.

»Hast du überhaupt eine Ahnung, wie hier die Scheiße hochgekocht ist, während du dich in deinem Krankenhausbett entspannt hast? Ich hätte liebend gern mit dir getauscht.«

Drake war durchaus bewusst, welchen Aufruhr es nach

der tödlichen Konfrontation in Litauen gegeben hatte. Alle waren in heller Aufregung und eifrig bemüht gewesen, jegliche Schuld von sich zu weisen. Nur Blut sehen wollte jeder.

Trotz allem hatte Franklin es mit großem diplomatischem Geschick, mit abgebrühten Täuschungsmanövern und ein paar gezielt gestreuten Fakten fertiggebracht, durch diese gefährliche politische Krise zu navigieren und sie halbwegs vernünftig beizulegen. Die Aufzeichnung von Richard Starkes Schuldeingeständnis hatte viel dazu beigetragen, Drake und die anderen zu entlasten. Man hatte sich mehrheitlich davon überzeugen lassen, dass sie den Machenschaften weitaus mächtigerer Männer ausgeliefert und selbst nur Opfer gewesen waren.

Denn schließlich hatten sie ihren obligatorischen Sündenbock gefunden.

Was Letzteren anging, hatte Starke ein Prozess mit mehreren Anklagen wegen Hochverrats und Verschwörung bevorgestanden. Der hätte für ihn bestenfalls mit einer lebenslangen Freiheitsstrafe geendet. Aber so weit war es nicht gekommen. Seine Wärter hatten ihn vor zwei Wochen tot in seiner Gefängniszelle gefunden. Er hatte eine tödliche Blausäuredosis geschluckt. Bis zum heutigen Tag wusste niemand, wie das Gift in seinen Besitz gelangt war oder von wem es stammte.

Sie würden es auch nie herausfinden.

In der Zwischenzeit war Marcus Cain im Rahmen einer einfachen, formellen Zeremonie bestattet worden. Drake hatte nicht im Geringsten bedauert, dass er daran nicht teilnehmen musste. Obwohl Cain nie offiziell als CIA-Direktor vereidigt worden war, hatten sein Tod und die Ereignisse, die ihm vorausgegangen waren, bei den Medien großes Interesse geweckt und für einige Spekulationen gesorgt –

insbesondere bei den Verschwörungstheoretikern im Internet, die sich beharrlich an seinen Geheimnissen abarbeiteten.

Die CIA wollte natürlich unbedingt einen Skandal vermeiden, der sie bis ins Mark erschüttert hätte, und unternahm deshalb ihrerseits alles, was sie konnte, um solche Aufklärungsbemühungen zu vereiteln. Marcus Cains facettenreiches Leben sollte – zumindest für die meisten Menschen – ein Mysterium bleiben.

»Ich halte mich lieber an meinen Teil des Deals«, stellte Drake fest. »Aber auf deiner Position geht es doch um nichts anderes, oder? Dass ständig irgendwo die Scheiße überkocht?«

»Ich finde, ich habe eine Pause verdient, meinst du nicht?«

»Vielleicht solltest du dich lieber daran gewöhnen«, schlug Drake vor – eingedenk Franklins bisher erfolgreich verlaufenen Amtszeit als amtierender CIA-Direktor. »Direktor Dan Franklin. Das klingt doch gut.«

Franklin dachte einen Moment darüber nach und träumte von den Möglichkeiten, die sich ihm böten, aber dann ließ er es dabei bewenden. Darüber konnte er sich später Gedanken machen. »Was ist mit dir? Hast du dir überlegt, wie es für dich weitergeht?«

»Oh ja, er wird ein sehr stilles, langweiliges und vernünftiges Leben leben«, sagte Jessica und trat einen Schritt vor, um sich in das Gespräch der beiden Männer einzuschalten. »Und zwar da, wo ich ihn im Auge behalten kann.«

Drake grinste bei ihren Worten. Er hatte sich noch nicht so ganz daran gewöhnt, nicht mehr gesucht zu werden und sich bewegen zu können, ohne unentwegt Überwachung und Angriffe fürchten zu müssen. Manchmal fragte er sich sogar, ob er sich jemals daran gewöhnen würde.

Manche Gewohnheiten wurde man schwer wieder los.

»Dem schließe ich mich an!«, rief Frost, die nicht weit von den anderen stand. »Ach, und übrigens: Du schuldest mir noch einen fetten Batzen Gefahrenzulage, Ryan.«

»Träum weiter«, gab Drake zurück.

»Also, falls du jemals einen Job suchen solltest, ruf mich an«, gab ihm Franklin mit auf den Weg. »Wir finden ganz sicher was für jemanden wie dich.«

Er kannte Drake gut genug, um zu wissen, dass »still« und »vernünftig« zwei Worte waren, die in seinem Wortschatz nicht vorkamen. Früher oder später würde er in ihre Welt zurückkehren. Sie war ein untrennbarer Teil von ihm. Vielleicht der beste.

»Danke, aber ich hatte an etwas anderes gedacht«, bemerkte Drake kryptisch. »Etwas, das ein kleines bisschen … unabhängiger ist.«

Franklin zog eine Augenbraue hoch, sagte aber weiter nichts dazu, weil er vermutete, dass Drake ihm noch nicht mehr darüber verraten wollte. Auch das gehörte zu den Dingen, die man zu einem anderen Zeitpunkt besprechen konnte.

»Gut, dann fahre ich besser zurück. Man weiß nie, wann der nächste Shitstorm losgeht«, erklärte Franklin und warf einen Blick auf die Stadt, bevor er seinem Freund zunickte. »Wir sehen uns, Ryan.«

Er wollte sich gerade zum Gehen wenden, als Drake ihn zurückrief. »Dan?«

»Ja?«

Drake ging zu ihm, nahm seine Hand und schüttelte sie. »Danke. Für alles.«

Franklin nickte, dann ließ er die Hand los, ging den Hügel hinunter und überließ Drake seinen Freunden.

Die lächelten erleichtert, hochgestimmt und erwartungsvoll, als er zu ihnen zurückkehrte. Hier trafen sie einander zum ersten Mal, seit sich ihre Wege auf jenem Flughafen in Litauen getrennt hatten. Wieder vereint und an der Seite ihrer gefallenen Kameraden waren sie sogar vollzählig.

Es kam Drake fast vor, als spürte er ihre Anwesenheit, würden sie über die Freunde wachen, denen das Leben noch bevorstand.

Sie waren dankbar für die gemeinsame Zeit und wussten, dass sie sich eines Tages wiedersehen würden. Das war ein beruhigender Gedanke.

»Meinst du, wir könnten uns *jetzt* eine Zeit lang ausruhen?«, fragte Jonas Dietrich mit gespielter Gereiztheit. »Ich bin allmählich zu alt, um mit Bekloppten wie euch durch die Landschaft zu robben.«

Drake grinste seinen ruppigen, ungehobelten Kameraden an. Ihre Freundschaft war anfangs etwas spröde gewesen, aber Dietrich hatte seine Qualitäten am Ende stets unter Beweis gestellt.

»Ich will doch nur vermeiden, dass du zu selbstgefällig wirst, Jonas«, erwiderte er grinsend und richtete die Aufmerksamkeit danach auf den jungen Mann neben ihm.

Alex Yates – ein Computerhacker, den sie nur zögerlich für ihr Team rekrutiert hatten. Ein junger Mann, der der Bedeutungslosigkeit entrissen und völlig unvorbereitet in eine andere Welt geworfen worden war. Aber anstatt sich zu verkriechen, war er daran gewachsen und ein stärkerer und mutigerer Mann geworden, als er es sich jemals hätte träumen lassen.

»Was ist mit dir, Alex? Gehst du zurück ins Vereinigte Königreich?«

Alex dachte kurz darüber nach, erinnerte sich an das Leben, das er dort zurückgelassen hatte, und schüttelte den Kopf. »Das ist nicht mehr meine Heimat«, erklärte er. »Dorthin zieht mich nichts mehr. Vielleicht ... ich weiß nicht, vielleicht gibt es irgendwo da draußen noch was Besseres.«

»Verdammt, sag bloß nicht, du bist auf den Geschmack gekommen!«, prustete Frost.

Alex grinste und zuckte mit den Achseln. »Mal sehen.«

Zu guter Letzt wandte Drake sich an Keira Frost. Die engagierte, temperamentvolle, ungestüme, ungehobelte und provozierende junge Technikspezialistin, mit der er seit Jahren – anfangs noch gezwungenermaßen – zusammenarbeitete. Eine Kameradin, die für ihn jedes Risiko eingegangen war. Eine Freundin, die er von ganzem Herzen liebte.

»Da ist was, das du wissen solltest, Keira«, sagte er mit sanfter, ruhiger Stimme. »Worüber ich noch nie mit dir gesprochen habe.«

Frost wartete schweigend und gespannt.

Drake ging näher an sie heran und grinste dann süffisant. »Du hast bedauerlicherweise keinen Anspruch auf Gefahrenzulage. Tut mir sehr leid.«

»Du Arschloch!«, schrie sie und boxte ihn gegen den Arm.

»Immer mit der Ruhe!«, protestierte er und tat so, als hätte sie ihm wehgetan. »Ich bin noch ein Invalide.«

»Das wirst du auch bleiben, wenn du jemals wieder so was abziehst.«

Aber ihr spielerisches Geplänkel verebbte, als sie ihn ansah und endlich die Erinnerungen an alles, was sie gemeinsam durchgestanden hatten, an die Oberfläche steigen ließ. Schließlich gab es kein Halten mehr. Sie schlang die Arme um ihn, zog ihn dicht an sich heran, als er ihre Umarmung erwiderte, und schmiegte ihr Gesicht an seinen Hals. Er spürte ihre Tränen auf seiner Haut.

Sie brauchten nichts zu sagen. Das war nicht nötig.

Als er sie schließlich losgelassen hatte, nahm er sich einen Moment Zeit und betrachtete die kleine Versammlung. Seine Freunde. Seine Familie. Die Menschen, die bei ihm geblieben und ihm bis zum Ende gefolgt waren.

Ihm ging durch den Kopf, dass sie vielleicht auch weiterhin zusammenarbeiten würden. Es gab noch vieles zu besprechen und zu entscheiden, sobald sie hier fertig waren – Erfahrungen auszutauschen, Erinnerungen zu teilen und Dank zu erstatten. Vielleicht auch Zukunftspläne zu schmieden. Ein paar Ideen hatte er durchaus, was das betraf.

Doch als er den Hügel hinauf zum Grab des Unbekannten Soldaten blickte und dort am Eingang zum Auditorium eine einsame Gestalt stehen sah, wusste Drake, dass diese Dinge warten mussten. Da war noch eine letzte Person, die er heute treffen wollte.

Er entschuldigte sich bei seinen Freunden, dann stieg er das letzte Stück den Hügel hinauf, ging an der Ehrenwache der Marines vorbei, die das Grab bewachte, und weiter durch den hohen weißen Torbogen in das leere Auditorium.

Dort wartete sie auf ihn; sie stand allein da, wie so oft.

Anya, die Frau, die sein Leben für immer verändert hatte.

Sie war im Laufe des vergangenen Monats von ihren Verletzungen weitgehend genesen; ihr Körper war Schmerzen und Belastungen gewohnt. Körperlich erholte sie sich gut, sie wirkte gesund und ausgeruht. Wie es aber hinter jener immer noch berückend schönen Fassade aussah, musste Drake noch herausfinden.

Sie sprachen sich zum ersten Mal seit jenem Morgen in Litauen.

»Wie fühlt man sich so als Tote?«

Dem offiziellen Bericht der Agency zufolge war Anya bei dem Einsatz in Litauen ums Leben gekommen. Der Luftangriff auf ihr ehemaliges Zuhause hatte ihren Leichnam angeblich vaporisiert. Franklin hatte zwar geschickt taktieren und sich einiger Listen bedienen müssen, aber schließlich hatten sich die meisten Geheimdienste, die hinter ihr her gewesen waren, davon überzeugen lassen, dass sie tot war. Sie hatten ihre Suche abgebrochen, um sich auf dringendere Angelegenheiten zu konzentrieren.

»Überraschend befreit«, gab Anya mit einem schiefen Grinsen zu. »Ich glaube, das hätte ich längst schon ausprobieren sollen.«

Ihre Miene wurde jedoch ernster, als sie weitersprach. »Es fühlt sich irreal an. Nach all dieser Zeit zu wissen, dass es endlich vorbei ist ...«

Drake wusste genau, was sie meinte, weil er mit denselben Zweifeln gerungen hatte.

»Ein Leben ohne diese Dinge ist schwer vorstellbar, stimmt's? Das Laufen, das Kämpfen, die Angst. Nach einer Weile wird es zu einem Teil von dir. Und jetzt ist es weg, und man hat das Gefühl, etwas verloren zu haben.«

Sie nickte; seine Einsicht überraschte sie.

Dann schwiegen sie eine Zeit lang – jeder wusste, dass er etwas zu sagen hatte, ohne sich ganz sicher zu sein, wie er es aussprechen sollte. Schließlich machte Anya den ersten Schritt. »Ich war bereit, da draußen zu sterben, Ryan. Ich hatte meinen Frieden damit gemacht.«

Das wusste er nur zu gut. Der Tod hatte sie nicht in Angst versetzt.

»Wolltest du es?«

Sie dachte gründlich über die Frage nach. »Ich wusste immer, dass es so enden würde. Denn so hatte ich gelebt: für die Mission, für den Kampf und für den Augenblick. Niemals für die Zukunft. Denn wenn es keine Zukunft gab, gab es auch nichts zu verlieren und nichts zu fürchten. Jetzt ... fühle ich mich verloren.«

»Vielleicht ist das gar nicht so schlimm«, beschwichtigte Drake. »Nicht alles endet so, wie wir es erwarten.«

Für ihn ganz bestimmt nicht. Drake hatte sich die Aufzeichnungen Anyas angehört und kannte Starkes Geständnis, was seine Mutter betraf. Sie hatte versucht, Anya umbringen zu lassen, und ihr keine andere Wahl gelassen, als zu tun, was sie getan hatte. Einmal mehr hatte sich sein Bild von Freya Shaw verändert, und zugleich auch sein Bild von der Frau, die sie getötet hatte.

Keine von beiden war perfekt gewesen. Und keine ganz schuldlos. Doch er akzeptierte die Wahrheit, ohne jemanden zu verdammen oder freizusprechen.

Anya nickte nachdenklich, sie spürte den doppelten Sinn seiner Worte.

»Weißt du noch, was du mir einmal gesagt hast?«, fragte Drake. »Dass du lieber für etwas sterben möchtest, als für nichts zu leben?«

Anya schluckte. So hatte die längste Zeit ihres Lebens ihr Mantra gelautet. Ihr Tod sollte einen Sinn haben. Sie wollte ihr Leben selbstbestimmt, sinnvoll und entschlossen beenden.

»Das weiß ich sehr gut.«

Drake ging einen Schritt näher, streckte den Arm aus, berührte ihre Hand und nahm sie in seine.

»Vielleicht wird es Zeit, dass du etwas findest, wofür du *leben* willst.«

Anya lächelte leicht und wandte den Kopf ab. Er war sich nicht ganz sicher, doch ihm war, als hätte er da ein Schimmern in ihren Augen gesehen.

Vielleicht konnte sie endlich damit beginnen, den schützenden Panzer abzulegen, der sie ihr ganzes aufwühlendes Leben über beschützt hatte. Den Panzer, der zur Bürde geworden war – eine Last, die sie bedrückte und zurückhielt.

»Was wirst du jetzt tun?«, fragte er.

Sie warf ihm einen kurzen, fragenden Blick zu. »Tun?«

»Na ja, du bist offiziell tot«, rief er ihr ins Gedächtnis. »Du hast die Chance auf einen Neuanfang. Du kannst überallhin, wohin du willst, alles tun, was du willst ... und *sein*, wer immer du sein willst.« Er hielt inne und rückte ein wenig näher an sie heran. »Die Frage ist nur, *wer* willst du sein, Anya?«

Die Frau blickte den Hügel hinunter und betrachtete die Reihen von Grabsteinen. Die Krieger vorangegangener Generationen, die gekämpft hatten, gestorben und hier zur letzten Ruhe gebettet worden waren. Auch einige ihrer eigenen Kameraden lagen hier beerdigt. Sie selbst hatte sich immer vorgestellt, eines Tages an diesem Ort zu enden.

»Ich bin mein Leben lang Soldatin gewesen«, sagte sie mit nachdenklicher Miene. »Ich habe in dieser Welt gelebt, aber ... ich bin nie wirklich ein Teil von ihr gewesen. Ich habe sie nur von außen betrachtet.«

Sie seufzte und hob ihr Gesicht himmelwärts, beschwor alles herauf, was sie jemals gewesen war, jede Entscheidung, zu der man sie gezwungen, und jeden Aspekt ihrer Identität, den sie sich selbst geschaffen hatte. Das alles rief sie sich ins Gedächtnis.

Und legte es schließlich beiseite.

Frankfurt, Deutschland

Yasin ging inmitten des Grüppchens von Kindern, die im Laufe der letzten sechs Monate nach und nach zu seinen Freunden geworden waren, durch das Schultor. Sie redeten und lachten miteinander und schmiedeten Pläne für den bevorstehenden Sommer.

Er war nach einem langen Schultag erschöpft, da er sich in letzter Zeit mit noch größerer Entschlossenheit auf seine Schularbeiten gestürzt und sein Bestes gegeben hatte, um sich geistig zu fordern. Er bemühte sich, die Frau zu vergessen, die ihn vor einem Monat besucht hatte.

»Was ist mit dir, Yasin?«, fragte einer seiner Freunde.

Aber Yasin hörte ihm nicht zu. Er hatte auf den offenen Spielfeldern hinter der Schule etwas gesehen, und er blieb wie angewurzelt stehen.

»Ich möchte ein wirkliches Leben führen«, flüsterte sie. »Keine Missionen, keine Agency und kein Versteckspiel im Dunkeln mehr. Ich will mehr aus mir machen.«

Drake nickte, weil er spürte, dass vielleicht ein kleines Stück des Panzers abgefallen war. Wieder eine kleine Last weniger. Vielleicht konnte sie endlich die Düsternis und die Kämpfe der Vergangenheit hinter sich lassen und für sich eine bessere Zukunft gestalten. Nicht mit Kämpfen und Töten oder Weltflucht, sondern mit etwas Gutem, um die verbliebene Zeit zu nutzen.

»Ich würde dir zunächst einen Urlaub vorschlagen«, fügte er grinsend hinzu. »Den hast du dir verdient, glaube ich.«

Und da geschah es. Zum ersten Mal seit langer Zeit lachte Anya. Ein echtes, ehrliches, offenes Lachen, voller Freude, Erleichterung, voller Leben. Als er es hörte, ging ihm das Herz auf.

»Und du?«, fragte sie, als ihr Lachen verebbte. »Was willst du mit *deinem* Leben anstellen?«

Drake zuckte grinsend mit den Achseln, dann warf er einen Blick den Hügel hinunter zu der kleinen Versammlung seiner Leute. Seinen Freunden. Seiner Familie. Vielleicht brachen sie gemeinsam zu neuen Ufern auf.

»Du kennst mich. Ich finde immer eine Möglichkeit, Ärger zu machen.«

Anya rückte näher, streckte zögernd die Arme aus, legte ihm die Hände auf die Schultern und blickte ihn eine ganze Weile lang an. Es war, als würde sie ihm bis auf den Grund der Seele blicken. Und dann konnte sie sich nicht mehr zurückhalten, zog ihn an sich und hielt ihn so fest, als wollte sie ihn nicht mehr loslassen.

Auch Drake empfand das Besondere dieses Augenblicks, die Bedeutung dieser Umarmung.

Sie waren einander so vieles gewesen. Kameraden, Verbündete, Feinde und Liebhaber. Aber jetzt, hier und am Ende, war ihnen davon nichts mehr geblieben. Vielleicht hatten sie auch einen Neuanfang verdient.

»Geht schon mal ohne mich weiter«, erwiderte Yasin abwesend. »Ich komme nach.«

Er ließ seine Freunde zurück, ging über die große Grasfläche und ignorierte die anderen Kinder, die herumrannten, lachten und spielten. Seine Blicke waren auf die Frau fixiert, die da hinten stand.

Eine Frau, von der er bereits Abschied genommen hatte.

»Ich dachte, du kommst nie mehr zurück«, flüsterte er, als sie einander von Angesicht zu Angesicht gegenüberstanden.

Anya nickte. »Das dachte ich auch.«

»Du hast gesagt, für einen wie mich wäre dein Leben nichts.«

In diesem Moment – und es war fast das erste Mal, an das er sich erinnern konnte – lächelte Anya. »Dann wird es vielleicht Zeit für mich, ein besseres Leben zu leben.«

Da war es um seine Fassung geschehen. Yasin ließ die Schultasche fallen, rannte auf sie zu und schlang seine Arme um sie.

»Weißt du, was dein Problem ist, Ryan Drake?«, flüsterte Anya und trat einen Schritt zurück. »Du bist ein guter Mann.«

Mit einem letzten, wehmütigen Lächeln wandte sich Anya ab und ging davon. Drake blieb stehen und schaute ihr hinterher. Er dachte an alles, was sich durch sie verändert hatte. Alles, was er getan, alles, was er verloren oder gewonnen hatte, und alles, was er geworden war. Ihretwegen.

Er hörte neben sich Schritte, spürte, wie seine Schwester näher kam.

»Meinst du, wir sehen sie jemals wieder?«, fragte Jessica sanft und sah Anya nach.

So lange waren die beiden wie Magneten gewesen, die einander unausweichlich angezogen hatten. Ganz gleich, wie viel Zeit zwischen ihren Treffen gelegen hatte oder wie groß die Entfernung zwischen ihnen gewesen war – irgendwie hatten sie stets den Weg zueinander gefunden. Und vielleicht würden sie es auch künftig tun. Vielleicht würden sich ihre Wege eines Tages wieder kreuzen, vielleicht sollte dies auch ihre letzte Begegnung gewesen sein. Das musste sich erst herausstellen.

»Ich weiß nicht«, gestand Drake. »Aber jetzt ist sie frei – so wie wir. Und das ist doch nicht schlecht.«

Ob er sie wiedersehen würde oder nicht – eins wusste Drake ganz genau, als er sie aufrecht und mit hoch erhobenem Kopf davongehen sah: Anya hatte etwas gefunden, für das zu leben lohnte.

Und das hatte er auch.

DANKSAGUNG

»Das Ende ist ein Teil des Weges.«
Nie hatten sich diese Worte zutreffender angefühlt als im Sommer 2019, als ich mich hinsetzte, um dieses Buch zu schreiben. Es ist ein Weg, der für mich vor über einem Jahrzehnt begann. Ich war ein junger Autor, der noch nichts veröffentlicht hatte, und lag eines Nachts wach im Bett. Hunderte Puzzlesteine von Ideen kreisten in meinem Kopf. Da geschah plötzlich eines jener seltenen Zufallsereignisse, die den Lauf eines Menschenlebens ändern können. In einem Moment der Klarheit schien sich plötzlich alles zusammenzufügen, und Ryan Drake, Anya und viele ihrer Freunde und Feinde wurden geboren. Es ist ein Weg, der mich an meinem Computer mit unzähligen Tassen Kaffee durch neun Bücher, zwei Novellen und viele frustrierende und lohnende Stunden geführt hat. Es ist ein Weg, der mein Leben besser gemacht hat, mehr als ich das zum Ausdruck bringen kann.

Und es ist ein Weg, der mich unweigerlich bis an diesen Punkt, ans Ende brachte. *Angriffsziel Circle* zu schreiben – mir diese Charaktere vorzunehmen, die so lange ein wichtiger Teil meines Lebens gewesen waren, und sie in ihr letztes Abenteuer zu schicken war für mich von Anfang an eine bittersüße Erfahrung, aber ich hätte mir nie träumen lassen, wie herausfordernd, anstrengend und erschöpfend dieses Buch schließlich sein würde. Ich hoffe aufrichtig, dass es mir gelungen ist, ihnen gerecht zu werden und den Abschied zu geben, den sie verdienen.

Die Herstellung eines solchen Buches hängt jedoch nicht allein von mir ab. Es ist ein Unterfangen, das hinter den Kulissen die vereinten Kräfte vieler anderer erfordert, und es ist nur fair und richtig, wenn ich ihnen an dieser Stelle danke. Zuallererst geht mein aufrichtiger Dank an meinen Lektor Craig Lye für seine unermüdliche Arbeit, seine grenzenlose Begeisterung für diese Serie und seine exzellenten Vorschläge und Ideen. Dieses Buch ist dank seiner Anstrengungen weitaus besser (und kürzer!) geworden.

Ebenso möchte ich mich bei Iain Millar und den anderen Mitarbeitern von Canelo dafür bedanken, mich in ihren lebendigen, positiven und wunderbar hilfreichen Verlag aufgenommen zu haben, weil sie das Potenzial in meiner Arbeit erkannten und mir erlaubten, diese Geschichte auf meine Art zu erzählen. Ich danke auch für ihr Verständnis, wenn ich meinen Abgabetermin überzogen habe!

Wie immer gilt mein Dank meiner Agentin Diane Banks bei Northbank Talent dafür, dass sie sich vor all den Jahren meiner angenommen und mich dazu angetrieben hat, das, was ich tue, noch besser zu tun. Außerdem danke ich ihr für ihre Hilfe und Führung in dieser seltsamen, oft verwirrenden Welt der Buchverlage.

Zu guter Letzt möchte ich meiner Frau Susan und meinen beiden Jungs Daniel und Matthew dafür danken, dass ich durch ihre Unterstützung geerdet und fokussiert geblieben bin, für ihr Verständnis, dass ich mich Abend für Abend im Büro eingeschlossen habe, für ihre Liebe und ihr Lachen und weil sie mich an das erinnern, was wirklich wichtig ist.

Ihr alle, die ihr mir im Laufe der Jahre geholfen und mich beraten, die ihr mich unterstützt und ermutigt habt: Ich danke euch.